超脱寻味《红楼梦》
—— 超脱境界对话录

黄伟宗◎著

CHAOTUO
XUNWEI
HONGLOUMENG

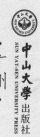
中山大学出版社
·广州·

版权所有　翻印必究

图书在版编目（CIP）数据

超脱寻味《红楼梦》：超脱境界对话录/黄伟宗著. —广州：中山大学出版社，2022.10

ISBN 978-7-306-07632-8

Ⅰ. ①超… Ⅱ. ①黄… Ⅲ. ①《红楼梦》研究 Ⅳ. ①I207.411

中国版本图书馆 CIP 数据核字（2022）第 192383 号

出 版 人：	王天琪
策划编辑：	李　文　张　蕊
责任编辑：	张　蕊
封面设计：	林绵华
责任校对：	舒　思
责任技编：	靳晓虹
出版发行：	中山大学出版社
电　　话：	编辑部 020-84110283，84113349，84111997，84110779，84110776
	发行部 020-84111998，84111981，84111160
地　　址：	广州市新港西路 135 号
邮　　编：	510275　　　传　真：020-84036565
网　　址：	http://www.zsup.com.cn　　E-mail：zdcbs@mail.sysu.edu.cn
印 刷 者：	广州市友盛彩印有限公司
规　　格：	787mm×1092mm　1/16　28.25 印张　435 千字
版次印次：	2022 年 10 月第 1 版　2022 年 10 月第 1 次印刷
定　　价：	120.00 元

如发现本书因印装质量影响阅读，请与出版社发行部联系调换

作 者 简 介

黄伟宗，男，汉族，1935年11月出生于广西贺州，祖籍广东肇庆。1951年初参加中国人民解放军，在广西公安总队司令部工作。1955—1959年就读于中山大学中文系。历任《羊城晚报》副刊《花地》编辑及"文艺评论"版责任编辑、《韶关文艺》主编、广东省作家协会评论委员会委员兼《作品》杂志编辑。1979年到中山大学中文系任教，历任教员、副教授、教授至今。1992年起受聘为  广东省人民政府参事（含特聘），持续5届，至2019年达26年之久。是广东省珠江文化研究会创会会长，现为广东省海上丝绸之路研究开发项目组组长、广东省建设21世纪海上丝绸之路专家智库成员、广东海上丝绸之路研究院学术委员、中国作家协会会员，享受国务院特殊津贴。曾参加首届茅盾文学奖评选工作，历任广东省鲁迅文学奖多届评委、广东省文学职称评审委员会多届评委、广州市社会科学项目评审委员会多届评委，曾任中国新文学学会理事、广东省作家协会理事、广东省文艺批评家协会副主席、广州市文艺批评家协会名誉主席、广东省广府人世界联谊总会副会长兼广府学会会长，先后或多次荣获广东省优秀社会科学奖、鲁迅文艺奖、中山大学优秀教学奖及科研成果奖、参事积极贡献奖和优秀成果奖及优秀议政奖。

1958年开始发表作品，迄今60余载文学文化生涯，发表近千万字著作。其中个人专著有：《创作方法史》《创作方法论》《欧阳山创作论》

《文化与文学》《当代中国文艺思潮论》《文艺辩证学》《珠江文化论》《海上丝绸之路与海洋文化纵横论》《惠能禅学散论》，以及散文集《浮生文旅》等20余部，《黄伟宗文存》4册500万字、《黄伟宗珠江文化散文报告集成》(3部150万字)。此外，还先后总主编"珠江文化丛书"（已出版百余部，近千万字）、《中国珠江文化史》（上、下卷，共300万字）、"中国禅都文化丛书"（6部）、"中国南海文化研究丛书"（6部，300万字）、"海上丝绸之路研究书系"（5篇30部，800万字）、"珠江—南海文化书系"（3书链22部，600万字）。

黄伟宗长期从事文艺理论批评和教学研究工作，自1992年任广东省政府参事后，主要从事政府决策咨询和文化研究开发工作。多年来，他先后提交了省政府参事建议百余篇，受到各级政府重视并付诸实施，为建设文化大省、泛珠江三角洲区域合作和珠江三角洲经济圈提供了理论支撑。他一直倡导珠江文化，创建广东省珠江文化研究会，建设多学科交叉的珠江文化工程，持续不断地有新的学术发现和新成果。例如：1995年，在南雄发现并提出珠玑巷及其寻根后裔文化；1996年，在封开发现广信文化、广府文化和粤语发祥地，为岭南文化找到源流，为广府文化研究领域的开拓，以及广府人世界联谊会的成立与发展奠定了学术基础；2005年在粤西考察发现南江文化、鉴江文化、雷州文化，2007年在东莞、台山提出莞香文化、客侨文化、侨圩文化，均被称为"填补学术空白"的新发现和新概念。他因主持编著"珠江文化丛书"和《中国珠江文化史》，填补了中国江河文化史空白，确立了与黄河文化、长江文化并列的珠江文化体系，得到广东省委主要领导致信表扬。2000年6月，率领考察团在徐闻发现中国最早的海上丝绸之路始发港，将中国海上丝绸之路史推前了1300多年，接着在湛江举办了全国性的学术研讨会予以确认；2002年，在南华禅寺1500周年庆典上提出举办"六祖禅宗文化"国际论坛并参与主持，开拓了惠能禅学学术研究领域并提出禅学海上丝绸之路概念；2007年，在粤北梅关珠玑巷以及广西贺州潇贺古道等地，发现并提出海上与陆上丝绸之路对接通道；2003年，在阳江为"南海Ⅰ号"宋代沉船定位为"海上敦煌"，受到联合国教科文组织和世界著名海洋学家的赞许；2013

年，先后在梅州发现印度洋海上丝绸之路和客家人出海始发港，在台山广海湾发现广府人出海第一港。2013年，他应约提交的关于海上丝绸之路调研报告，受到广东省委领导的高度重视。省委领导于2014年春出访东盟三国（越南、马来西亚、新加坡）时，将他任总主编的"海上丝绸之路研究书系"之"开拓篇"作为礼品用书。此后还接连出版了该书系的"星座篇""概要篇""史料篇""港口篇"等专著30部，为我省和国家"一带一路"倡议和建设提供了系列学术成果。此外，他还总主编"中国南海文化研究丛书"6部，开拓了南中国海及海洋文化研究领域，荣获国家出版基金优秀奖。2018年，他总主编"珠江—南海文化书系"（3书链22部），属广东省原创精品出版项目，梳理并确立了珠江文明、珠江文派、珠江学派之学术体系，为建设中国学派、学术中国作出贡献。

2020年，黄伟宗年届八五高龄。他应广东省政府参事室约定，完成了为国务院参事室编的《全国参事履职轶事实录》之唯一广东专稿《二十六载履职广东省政府参事轶事选录》；同时还完成了应中国作家协会指定、由广东省作家协会制作的《著名作家访谈录像——黄伟宗专辑》，提交北京中国现代文学馆和广东文学馆展藏；并且，在先后出版《珠江文事》《文艺辩证学》《惠能禅学散论》等3部专著之后，又陆续完成《广东文坛六十秋——口述历史文稿》《超脱寻味〈红楼梦〉》《珠江文化综论》等3部专著书稿。2022年3月，黄伟宗荣获第三届广东文艺终身成就奖，这是对他60余载文学文化生涯的肯定和鼓励。

电话：020-84034515，13660039039

电子邮箱：adshwz@mail.sysu.edu.cn

题　　记

因年事已高，退出教坛，仍时有学生见询，常就某个专题进行超脱境界的对话交流，谨以问答方式录之。现录一例如下。

问：老师，你在《珠江文事》题记的对话中说，"天地间皆有超脱，超脱中自有天地。超脱自有的天地，就是超脱境界"，并以"梦"和"棋"来讲"以做事超脱，以超脱做事"的学问。请你以一部文学作品为例，解读这个学问好吗？

答：可以。古典名著《红楼梦》的创作，我看就是以这种学问做事成功的小说，这部名著就是以"寻味超脱境界"再创造的"欣赏超脱境界"。

问：是的，"做梦""下棋"即超脱，《红楼梦》写有许多幻梦和下棋。

答：不在于写多少，主要在于怎么写，怎样"以超脱做事，以做事超脱"。具体而言，创造一部作品，从开始到结束的全过程，都是以超脱境界再创造新的超脱境界的过程；甚至早在动笔之前的酝酿时期，以至成书出版以后，都莫不贯穿着这样的过程。这个过程，包括许许多多、方方面面、反反复复、此伏彼起、无穷无尽的超脱，有似长江后浪推前浪的态势那样，不断地从一个超脱境界再创造新的超脱境界。

目 录

憧味篇　超脱当下之"憧味"超脱境界 ················· 1
　一、处境的超脱境界 ····························· 2
　二、主题的超脱境界 ····························· 4
　三、身世的超脱境界 ····························· 5
　四、时世的超脱境界 ····························· 7
　五、小说模式的超脱境界 ························· 9
　六、梦境的超脱境界 ···························· 10
　七、性恋的超脱境界 ···························· 12
　八、"痴呆"的超脱境界 ·························· 15
　九、"憧味"的超脱境界 ·························· 18

辩味篇　对立统一之"辩味"超脱境界 ················ 21
　一、主导理念：佛禅思想与道家思想的对立统一 ········ 22
　二、艺术方法：生活真实与艺术真实的对立统一 ········ 25
　三、故事线索：家族史与恋爱史的对立统一 ············ 28
　四、矛盾冲突：人物关系诸方面的对立统一 ············ 31
　五、人物结构：整体性与解体性的对立统一 ············ 37
　六、人物塑造：相同与差异的对立统一 ················ 43

禅味篇　色空净化之"禅味"超脱境界 ················ 55
　一、惠能禅学只是对"一时一地"有影响吗 ············· 56
　二、《红楼梦》的主导思想是惠能禅学 ················ 58

三、贾宝玉形象的"禅机""禅味"和意义 …………………… 60

四、林黛玉的"禅境"与薛宝钗的形象 …………………… 63

五、《红楼梦》的高超思想艺术功夫 …………………… 65

六、《红楼梦》是作者对其生活时代的"盛世警言"和"梦境挽歌" …………………… 68

七、《红楼梦》是惠能禅学小说之经典 …………………… 69

八、《红楼梦》是以超脱哲学再创造的"超脱境界" …… 70

恩味篇　涌泉以报之"恩味"超脱境界 …………………… 75

一、两部交叉因"恩"兴衰聚散的历史 …………………… 76

二、《红楼梦》是因"恩"而起、而写之作 …………………… 76

三、《红楼梦》是从写感恩故事正式开始的 …………………… 77

四、两部历史的兴起期正是感恩故事的兴起期 …………………… 78

五、两部历史兴旺期与感恩故事的关系及其相互体现 …… 80

六、两部历史的衰散期与感恩故事之分道 …………………… 81

七、后四十回对前八十回"恩味"的承传与发展 …………… 84

八、《红楼梦》之"恩味"与"禅味"的对立统一 …………… 85

情味篇　繁花满眼之"情味"超脱境界 …………………… 91

一、从五个书名透露的八个亮点和"情味"境界 …………… 92

（一）《红豆词》的主题歌意义 …………………… 92

（二）《金陵十二钗》书名透露的亮点和境界 …………… 94

（三）《风月宝鉴》书名透露的亮点和境界 …………… 95

（四）《情僧录》书名透露的亮点和境界 …………… 97

（五）《石头记》书名透露的亮点和境界 …………… 99

（六）《红楼梦》书名透露的亮点和境界 …………… 100

（七）贯串《红楼梦》通篇的写作特点和亮点 …………… 101

二、贾宝玉亲历的"五方情缘"显现的亮点"情味"境界 …… 106

（一）贾宝玉亲历的"五方情缘" …………………… 106

（二）"木石前盟"的亮点和"情味"境界 ……………… 108
　　（三）"金玉良缘"的亮点和超脱境界 ……………… 117
　　（四）"金玉良缘"与"木石前盟"的相互关系和作者
　　　　　倾向 ……………………………………………… 121
　　（五）"麒麟缘"的亮点和"情味"境界 ……………… 124
　　（六）"芙蓉情"的"情味"和超脱境界 ……………… 127
　　（七）"袭人情"的亮点和超脱境界 ……………… 131
三、贾宝玉目睹的男女情缘之亮点和"情味"境界 ……… 134
　　（一）《红楼梦》所写"情味"境界的七个层面 ……… 134
　　（二）贵族小姐系列 …………………………………… 136
　　（三）贵族少妇系列 …………………………………… 139
　　（四）贵族丫鬟系列 …………………………………… 141
　　（五）命运多舛少女系列 ……………………………… 142

诗味篇　层层超脱之"诗味"超脱境界 ………………… 147
　一、王国维的"境界说"与"超脱境界论"的关系 ……… 148
　二、王国维"境界说"与《红楼梦》的"诗味"境界 …… 150
　三、《红楼梦》诗词创作概况 ………………………… 151
　四、造境界与写境界 …………………………………… 153
　五、有境界与无境界 …………………………………… 156
　六、大境界与小境界 …………………………………… 162
　七、有我之境与无我之境 ……………………………… 165
　八、动态之境与静态之境 ……………………………… 167
　九、阅世之境与赤子之境 ……………………………… 170
　十、阅人之境与阅史之境 ……………………………… 186

画味篇　神入其境之"画味"超脱境界 ………………… 191
　一、以小说写画，以画写小说 ………………………… 192
　二、《红楼梦》的绘画理论与实践 …………………… 193

三、以场景画展现故事情节并塑造人物 …………………… 194
四、以工笔画为主体的综合性场景画 …………………… 197
五、连环场景组画与横面综合场景画交叉串接的结构 …… 200
六、以视点与距离的持续及转换创连环场景组画 ………… 202
七、以梳辫型纽带结构和串珠型连环结构组编场景画面 … 204
八、以场景画定格风景、风情、风俗之美 ………………… 207
九、以场景诗画升华天、地、人之美学境界 ……………… 209

特味篇　以形写神之"特味"超脱境界 ………………… 217
一、"以形写神"活灵活现各类人物神态之形象族群 …… 218
二、从天生之神态写人物之"特" ………………………… 219
三、从肖像之神态写人物之"特" ………………………… 220
四、从身份之神态写人物之"特" ………………………… 222
五、从心动之神态写人物之"特" ………………………… 224
六、从正反之神态写人物之"特" ………………………… 227
七、从返照之神态写人物之"特" ………………………… 230
八、从对话之神态写人物之"特" ………………………… 233
九、从说话之神态写人物之"特" ………………………… 237
十、以寓意之名号写人物之"特" ………………………… 241
十一、从族群之风写人物个性之"特" …………………… 246

食味篇　酒茶餐宴之"食味"超脱境界 ………………… 251
一、《红楼梦》饮食文化的两大特点 ……………………… 252
二、美酒——《红楼梦》之"酒味"超脱境界 …………… 253
三、香茶——《红楼梦》之"茶味"超脱境界 …………… 262
四、美餐——《红楼梦》之"餐味"超脱境界 …………… 270
五、盛宴——庄重繁华的"宴味"超脱境界 ……………… 276

余味篇　悬念丛生之"余味"超脱境界
　　——关于《红楼梦》后四十回续书的对话 …… 281

一、从《红楼梦》新版本作者加署"无名氏"说起 …… 282
二、创作观念逆反的"余味" …… 284
三、主题思想逆反的"余味" …… 285
四、故事结局逆反的"余味" …… 286
五、若干人物形象扭曲的"余味" …… 287
六、怎样理解逆反和扭曲的现象 …… 290
七、如何理解逆反性的超脱和效果 …… 292
八、后四十回保护了哪些"缘起之言" …… 293
九、继续保持并发挥了惠能禅学指导思想的"余味" …… 294
十、挑明惠能禅学与宋明心学的承传及其与儒学对峙关系的
　　"余味" …… 296

争味篇　层出不穷之"争味"超脱境界 …… 299

一、"旧红学"与"新红学" …… 300
　（一）旧红学之"索隐派" …… 301
　（二）旧红学之"评点派" …… 302
　（三）蔡元培的"民族政治小说索引说" …… 303
　（四）侠人之"人性代表小说说" …… 305
　（五）王国维之"欲念解脱说"与"悲剧说" …… 306
　（六）鲁迅对"红学"的三大贡献 …… 308
　（七）陈独秀的"千古奇文说" …… 311
　（八）胡适的"自叙传自然主义说" …… 312
　（九）俞平伯的"还原道路" …… 315

二、20世纪50—70年代的"红学" …… 322
　（一）毛泽东《关于红楼梦研究问题的信》 …… 322
　（二）李希凡的"人民性和现实主义"与"市民说" …… 324

（三）何其芳的"异峰说""民主思想说"和
　　　　　"共名说" ………………………………………… 326
　　（四）蒋和森的"全民共感说"与"通体说" ………… 328
　　（五）周扬的"先进说"和"人性批判现实主义说" …… 330
　　（六）"文革"时期关于《红楼梦》的内外斗争 ……… 333
三、20世纪80年代—21世纪20年代的"红学" ………… 334
　　（一）新时期俞平伯、李希凡呼唤"学术红学"之先声
　　　　　与实践 ……………………………………… 334
　　（二）王朝闻《论凤姐》和王昆仑《红楼梦人物论》的正本
　　　　　新探旧痕现象 ………………………………… 336
　　（三）曾扬华《钗黛之辨》：呼唤并践行"学术红学"之
　　　　　新声 …………………………………………… 338
　　（四）周汝昌的《红楼梦新证》及其"红学体系" …… 341
　　（五）刘心武的"秦学"及其探佚"五原"之说 ……… 343
　　（六）王蒙的"王氏红学"与"现代感悟评点派" …… 349
　　（七）新时期的红学史研究的"通""风""档"现象
　　　　　及专著 ………………………………………… 354
　　（八）新时期"学术红学"的"大观园"——高淮生《红学
　　　　　学案》 ………………………………………… 356
　　（九）《红楼梦》诗词艺术研究的新现象和新成果 …… 357
　　（十）《红楼梦》禅道思想研究的新现象和新成果 …… 359
　　（十一）以新视角、新方法研究《红楼梦》的新现象 … 362
　　（十二）关于《吴氏石头记增删试评本》的网络信息
　　　　　　与质疑 ……………………………………… 365
　　（十三）关于《红楼梦》作者的种种言说 …………… 369
四、《红楼梦》三百年的五个时代和"五味"论争现象 …… 374
五、《红楼梦》的"先天性"不足和"超时代"成就 ……… 378
六、曹雪芹的"事与愿违"与"始所未料"的后果与成就 …… 380

七、"争味"体现并提出若干带根本性的文艺规律现象
　　和问题 ·· 381
八、"争味"提出艺术形象与文学现象相互关系与区别的
　　新课题 ·· 385

假味篇　春风吹又生之"假味"超脱境界
　　　　——关于两件新起"假味"现象的对话 ············· 389
关于《吴氏石头记增删试评本》的对话 ························· 390
一、"假味"现象和境界是《红楼梦》一道独特的亮丽
　　风景线 ·· 390
二、《吴氏石头记增删试评本》的出现是"假味"现象的春风
　　吹又生 ·· 393
三、从《红楼梦》前八十回本艺术形象看癸酉本《石头记》
　　后二十八回本的真伪 ··· 401
　　（一）从癸酉本《石头记》后二十八回本大结局看主题思想
　　　　和基本理念的逆反 ··· 401
　　（二）从人物形象变形看对基本美学原则和理想的破坏
　　　　与逆反 ··· 406
　　（三）从故事情节及矛盾冲突的变异看小说的性质变异
　　　　与逆反 ··· 412
　　（四）从《序一：打开红楼大门的金钥匙》看离开文学形象
　　　　制造的种种假象 ·· 418

关于"《红楼梦》的真实作者是冒辟疆"信息的对话 ·········· 425
一、两件新起的异曲同工、性质不同的"假味"现象 ············ 425
二、第一个伪命题："曹雪芹"是否实有其人 ····················· 426
三、第二个伪命题："曹雪芹"能否写出《红楼梦》 ············· 428
四、第三个伪命题：所谓《红楼梦》作者只能是"明末
　　清初人" ·· 429

五、第四个伪命题：以所谓"必备要素"，将冒辟疆套为
　　《红楼梦》作者 …………………………………………… 432
六、第五个伪命题：以所谓五大类同点，将冒辟疆与贾宝玉
　　等同于曹雪芹 ……………………………………………… 435

后记　寻味进去享受，超脱出来欣赏 ………………………… 443
参考文献 ………………………………………………………… 446
附　　记 ………………………………………………………… 449

憧味篇

超脱当下之『憧味』超脱境界

《红楼梦》（甲戌本）《脂砚斋重评石头记》凡例诗：『浮生着甚苦奔忙，盛席华筵终散场。悲喜千般同幻渺，古今一梦尽荒唐。漫言红袖啼痕重，更有情痴抱恨长。字字看来皆是血，十年辛苦不寻常。』

满纸荒唐言，一把辛酸泪。
都云作者痴，谁解其中味？

——《红楼梦》第一回

一、处境的超脱境界

问：对于有成就的作家来说，在决定创作一部大型作品的时候，起步的超脱是什么呢？

答：首先是处境的超脱。任何成功人士的起步，都是对个人当下处境的挑战，也即是超脱，无论好的处境还是坏的遭遇，都是如此。好的处境，可能使人坐享其成，不谋进取；也可能使人条件优裕而大志大成。坏的遭遇，可能使人悲观自叹，畏缩不前；也可能使人绝处求生，知难奋进，开创新的天地。在古今中外文学史上，著名作家的成功，从这两种处境中起步的都有，但多数是在坏的遭遇中知难奋进的作家。中国古代著名作家多数是这样，如屈原、李白、杜甫、韩愈、苏轼、辛弃疾、文天祥、汤显祖、关汉卿等莫不如此，故自古有"诗穷而后工""愤怒出诗人"的说法。

问：曹雪芹也是这样么？

答：是的。曹雪芹出生于清代康熙年间的官宦世家，童年时过着贵族公子的生活。十五岁时（雍正六年，1728），曹家因亏空获罪被抄家，迁回北京老宅，由此家业日渐衰败，晚年在西山过着穷困的生活。据他的朋友爱新觉罗·敦敏在《瓶湖懋斋记盛》中记载，曹雪芹的家居是"筑石头为壁，断枝为椽，垣堵不齐，户牖不全"的破烂屋子，经常是"举家吃粥"，还要靠卖画还"赊酒"债，穷至常靠亲朋好友接济之地步。曹雪芹卒于乾隆二十七年除夕（1763年2月12日），未达半百之年，真是英年早逝，可以说是穷困死的。

问：真是令人同情，让人敬仰。

答：是呵，在如此穷困的处境下，他仍热爱生活，保持气节，发挥自己对金石、诗书、绘画、园林、中医、织补、工艺、饮食之爱好和专长，既坚持进行集这些专长于一身的"百科全书"——《红楼梦》的创作，又不时为穷人治病，还以制作风筝的工艺接济穷人，并创造了自成一格的风筝工艺理论，《南鹞北鸢考工志》即为该工艺理论的代表作。他是当时著名的画家和文人，常被人比作阮籍，同样嗜酒狂放、坚韧洒脱。敦敏《题芹圃画石》诗说："傲骨如君世已奇，嶙峋更见此支离。醉余奋扫如椽笔，写出胸中磈礧时。"这首诗既是曹雪芹的画风写照，又是其胸襟和骨气之再现。

问：由此可见，曹雪芹是在极度贫困的处境中以超脱的精神境界写作的？

答：是的，曹雪芹在《红楼梦》第一回中透露，他是在"茅椽蓬牖，瓦灶绳床，其晨夕风露，阶柳庭花"之"悼红轩中披阅十载，增删五次"而成的书稿。这不就是在极度的困境中"以做事超脱，以超脱做事"的典型事例么？

问：能再具体解释么？

答：试想一下，曹雪芹在自己命名为"悼红轩"的破烂房屋中生活，在吃粥借债中度日，他完全可以不做事，也难做事，即使做事也当首先做能解决温饱之事，但他做的却是"满纸荒唐言""谁解其中味"的事，而且长达"十载"之久。这个创作过程本身，不就是一种极致的精神活动吗？同时，他以这种精神一直坚持进行《红楼梦》创作，这不就是以做事超脱当下极度穷困的处境吗？从更深层次来看，如果曹雪芹不是在困境中坚持《红楼梦》的创作，如果不做事或只做眼前寻温求饱之事，那么，他就只能是苟且偷生的庸碌之辈，而不能超脱为千古流芳、万代景仰的伟大作家。这就是以做事超脱，而且是要做事才能超脱的杰出范例。

问：怎样理解以超脱做事呢？

答：以超脱做事的学问更多体现在《红楼梦》的创作中。这次对话开头引用的四句话，是这门学问的结晶，也是曹雪芹苦心留下的谜团。为什么说自己费尽十多年心血写出的长篇小说是"满纸荒唐言"？为什么写这些"荒唐言"是"一把辛酸泪"？为什么"都云作者痴"？"痴"是什么？"谁解其中味"的"味"是什么？这一系列疑问，正是《红楼梦》中超脱做事的学问精华。

二、主题的超脱境界

问：那请你逐个解释这些疑问吧。

答：先说什么是"满纸荒唐言"吧。曹雪芹所说的"荒唐言"，是有多种含义的，也是有多种超脱意义的。所谓"荒唐言"，其实不是真正的"荒唐言"，而是超脱寻常的话语或叙述方式。具体表现有二。其一，超脱的荒诞故事。小说写的是：僧道二仙将一块石头化成"宝玉"，由贾宝玉含着投胎到王公贵族的贾府中，经历了极度的荣华富贵与儿女情仇，最后全都像做梦一般幻灭的故事。显然，这个故事是神怪的、荒诞的，是超脱常理的。石头怎能化为宝玉？世上哪有含玉出生的人？但小说以这个荒唐的故事来揭出的主题，则是严肃的。这就是《红楼梦》开篇即以"警""幻"二字讲明的总主题，以警醒世人勿贪荣贪色。这个严肃的主题，本是一般，但将这个"荒唐"的故事升华为看破红尘、保持干净的"空""净"的禅学思想，使其超脱一般，就显得不寻常了。所以，这就是以超脱的故事超脱一般的主题。

问：这就是以"满纸荒唐言"故事来体现本是一般的主题，从而使其超脱为不寻常的道理。

答：是的。其二，是超脱的哲理，即《红楼梦》第一回讲明：整部小说都是以"甄士隐"将"真事"隐藏，代之以"贾雨村"之"假语"而讲的故事。并且点出：小说所写的这些"假语"（贾雨），是"假作真时真亦假，无为有处有还无"。这句话的含义，浅白地说，就是将假的作为真的来写，到头来还是假的；将虚无的作为存在的来写，到头来还是虚无的。显然，其意是要以假写真、以有写无；假即虚有之真，真即虚假之有，也可以说真即假，有即无。所以，是以真假颠倒、虚有实无的虚构故事昭示和告诫世人的虚假与真实、虚无与存在的辩证哲理。这个哲理，表面上看荒诞，却是事物的实质。因为所言之"假"，是指事物的表象，是假象，即虚假的、暂时的表象；这暂时的、虚假的表象，虽然眼前存在，是有的，但终归消逝，是虚无的。这个哲理，正是"满纸荒唐言"的真正含义，具体而言，是指小说所写的荣华富贵、儿女情仇的故事，都是虚假的表象，是暂时的存在，是过后即无的幻梦。这即是"满纸荒唐言"的哲理，是所写故事及其主题之要津。

问：这真是对所写故事和主题的高妙超脱。这是什么哲理呢？

答：是唐代六祖惠能禅学"空""净"的哲理，也可以说是与20世纪西方现代主义荒诞派有点相通的哲理。前者认为：菩提本无树，明镜亦非台。本来无一物，何处染尘埃？后者认为：人的存在和世界的存在，人与人、人与世界的关系都是荒诞的，人和世界的一切都是虚无的（英国戏剧评论家马丁·艾斯林）。这些哲理，以后另找机会对话吧，可先看看我近年出版的《惠能禅学散论》和30年前出版的《创作方法史》。

三、身世的超脱境界

问：这个哲理在《红楼梦》的创作中是怎样体现的呢？

答：这个超脱哲理，运用并体现于这个超脱的虚构故事之中，是将其主题寓于所写的贾氏家族的兴衰故事之中。具体地说，就是以虚构（虚假）的荣、宁二府的贾家身世，超脱作者自身及其曹氏家族之身世，而使所写故事和主题更具普遍意义,即更具典型意义。

问: 以前不是有学者说《红楼梦》是作者的"自叙传"么?

答: 这个说法可说是,但不完全是。因为《红楼梦》的主要结构和故事,确有许多与作者的身世相似。据历史资料介绍,曹雪芹祖上曹振彦,在清兵入关时,是多尔衮属下的满族正白旗,当佐领,立过功,历任知州、知府、盐法道等官职。其子曹玺之妻任康熙保姆。随即曹玺任江宁织造,达23年,在任上病故。曹玺之子曹寅任苏州织造后,继任江宁织造、两淮巡盐御史等职,深受康熙信任,先后主持四次接驾大典。在任上病故后,其子曹颙继任三年又病故,由过继子曹頫继任。雍正五年(1727)十二月二十四日,曹家被抄家。至此,曹家祖孙三代在江宁织造任上共历60余年。雍正六年(1728),曹頫全家迁回北京。

问: 小说所写的荣国公、宁国公正是因立过功而被封公位,公位可由后代世袭。

答: 正是这样。曹頫是曹雪芹的父亲(另一说是曹颙)。曹雪芹在南京出生。出生年月有两说:一是康熙五十四年(1715),二是雍正二年(1724)。卒年有三说:一是乾隆二十七年除夕(1763),二是乾隆二十八年除夕(1764),三是乾隆二十九年岁首(1764)。三种说法不一,难做定论,但相差不大,享年均在48~49岁,未过50岁,真是英年早逝。值得特别注意的是:曹雪芹是曹家被抄家后随全家迁回北京,时年虚龄14岁,与《红楼梦》所写贾宝玉同龄。另有一说是5虚岁。两说虽相差10岁,但两者一致肯定:曹雪芹亲历了曹氏家族从兴转衰的节点。这个节点,对《红楼梦》的创作是极其重要的。

问: 何以见得呢?

答: 这既是曹雪芹及其家族命运的转折点,又是《红楼梦》故事情节、艺术构思和主题思想的依据和立足点。因为这个从兴至衰的转折，使作者亲历了从高度的享受到切肤之痛的衰败，切身认识到社会从"好"到"了"的现象，感悟到人生从"有"（存在）到"无"（虚无）的哲理，从而产生以"幻""警"世之意念。正如《红楼梦》开篇所写："作者自云：因曾历过一番梦幻之后，故将真事隐去，而借'通灵'之说，撰此《石头记》一书也。"而且明确指出，所写女子皆"闺阁中本自历历有人"，"其行止见识，皆出于我之上"，"为使闺阁昭传"，故"敷衍出一段故事"来。可见，作者本是从切身经历的身世写作的，只是故意以"甄士隐"将"隐"去的真人真事，借"贾雨村"的名义说出而已。

问：作者为什么要将真人真事"隐"去呢？

答：可能出于两个方面的考虑。一方面，是创作的需要，若全受真人真事的局限，则不能放开手脚写作，还会影响作品的典型意义。因为满族入关后，从"马上民族"变成了"坐享其成"的贵族，类似曹氏家族从兴至衰之沉沦者，此伏彼起，连续不断，已成相当普遍的社会现象，必须将更多类似现象概括其中，才更有价值。另一方面，是有所顾忌，以防不测。因为清代从康熙至乾隆期间，"文字狱"是很厉害的，若造文用字触犯忌讳，则会受灭顶之灾，更何况曹氏家族犯的是抄家之罪，如明目张胆鸣冤叫屈，希求昭雪翻案，后果不堪设想。所以，要以贾（假）隐甄（真）才能确保无虞。

四、时世的超脱境界

问：此外，还有什么超脱办法么？

答：还有时世超脱。《红楼梦》第一回写道：所写这一段故事，"第一件，无朝代年纪可考；第二件，并无大贤大忠理朝廷、治风俗的善政，其中只不过几个异样女子，或情或痴，或小才微善，亦无班姑、蔡女之德能……上面虽有些指奸责佞贬恶诛邪之语，亦非伤时骂世之旨；及至君仁臣良父慈子孝，凡伦常所关之处，皆是称功颂德……因毫不干涉时世，方从头至尾抄录回来，向世传奇"。这段开篇话语，既是以超脱境界书写"满纸荒唐言"而避世的表白，又是以超脱境界写下"一把辛酸泪"而痴情的宣言。

问：超脱时世这么重要吗？

答：是的。很明显，第一件，"无朝代年纪可考"之作，不是声言避开时世么？第二件，所写几个"异样女子"，只是"小才微善""毫不干涉时世"，更是表白超脱时世，完全是有意制造"荒唐言"而超脱时世的延续。所说"第二件"，是声明所写的几个"或情或痴"的"异样女子"，都是与自己同在"锦衣纨绔之时"，在"闺阁中本自历历有人"，而且又都是自己在"今风尘碌碌""半生潦倒"中仍然难忘思念之女子，为不"使其泯灭"而写的故事。这就清楚表明，"一把辛酸泪"正就是为这些"异样女子"所写，以及为她们与自己"或情或痴"的已逝生活而流下的。

问：这个表白，也是一个超脱境界。

答：其实，《红楼梦》主要写两个故事：一个是贾宝玉的富贵荣华经历，一个是他亲历的儿女情仇往事。这两个故事，大都是在同一环境（贾府，尤其是大观园）中交叉开展，并主要是通过主人公贾宝玉的亲历展开。作者对这两个故事的褒贬态度，也即从中体现的思想倾向截然不同，对前者是"满纸荒唐言"，对后者则是"一把辛酸泪"。但对两者所使用的超脱境界则异曲同工，都是以超脱寻常而创造不寻常，以超脱境界再创新的超脱境界。

五、小说模式的超脱境界

问：小说模式的超脱境界表现在哪里呢？

答：首先是对小说模式的超脱。作者在小说第一回即发表一番关于小说老套模式的议论，他认为："历来野史，皆蹈一辙，莫如我这不借此套者，反倒新奇别致，不过只取其事体情理罢了，又何必拘拘于朝代年纪哉！再者，市井俗人喜看理治之书者甚少，爱适趣闲文者特多。历来野史，或讪谤君相，或贬人妻女，奸淫凶恶，不可胜数。更有一种风月笔墨，其淫秽污臭，屠毒笔墨，坏人子弟，又不可胜数。至若佳人才子等书，则又千部共出一套，且其中终不能不涉于淫滥，以致满纸潘安、子建、西子、文君，不过作者要写出自己的那两首情诗艳赋来，故假拟出男女二人名姓，又必旁出一小人其间拨乱，亦如剧中之小丑然。且鬟婢开口即者也之乎，非文即理。故逐一看去，悉皆自相矛盾、大不近情理之话。"在小说第五十四回的描写中，当说书女先生开讲新书《凤求鸾》之名时，贾母即猜到是公子王熙凤向雏鸾小姐求婚的故事，由此议论说："这些书都是一个套子，左不过是些佳人才子，最没趣儿。把人家女儿说的那样坏，还说是佳人，编的连影儿也没有了。开口都是书香门第，父亲不是尚书就是宰相，生一个小姐必是爱如珍宝。这小姐必是通文知礼，无所不晓，竟是个绝代佳人。只一见了一个清俊的男人，不管是亲是友，便想起终身大事来，父母也忘了，书礼也忘了，鬼不成鬼，贼不成贼，哪一点儿是佳人？便是满腹文章，做出这些事来，也算不得是佳人了。比如男人满腹文章去作贼，难道那王法就说他是才子，就不入贼情一案不成？可知那编书的是自己塞了自己的嘴。"这些议论和描写，正就是作者要超脱俗套的挑战书，也即是要另创新的情爱小说模式的宣言书。

六、梦境的超脱境界

问：它的新模式是怎样的呢？

答：首先是创造一个超脱现实而又兆示现实的虚幻梦境。实在地说，以幻梦超脱现实的方法并不稀奇，许多小说、戏剧（如《水浒传》《牡丹亭》）都有类似手法，其出新之处，是在全书开篇，即以幻梦缩影故事人物，昭示主题。这与19世纪西方兴起的现代主义"意识流"方法有相通之处。具体表现在小说第五回写的贾宝玉梦游"太虚幻境"。贾宝玉梦入太虚幻境时，即闻歌"春梦随云散，飞花逐水流；寄言众儿女，何必觅闲愁"。见石牌书"太虚幻境"四个大字，并有对联"假作真时真亦假，无为有处有还无"；牌坊后有一宫门，门书"孽海情天"四个大字。在警幻仙子的导游下，他翻阅了《金陵十二钗册》，观赏了《红楼梦》十二支曲，首曲就是［红楼梦·引子］"怀金悼玉的《红楼梦》"。这些描写，实际是以超脱现实的梦境，缩演小说的情爱故事，预示了书中主要"几个异样女子"（金陵十二钗）的命运和结局。

这个幻梦描写，实际是贾宝玉潜意识的体现。因为在写这梦境之前，贾宝玉曾进入两个铺垫性的情景，一是在秦可卿上房内间，贾宝玉看到劝人读书的《燃藜图》以及对联"世事洞明皆学问，人情练达即文章"，于是进入了他后来经历的读书之情景，这情景是当时尚未经历而本性反应的。二是他接着进入秦可卿的卧房，所见房内的陈设，是一系列与古代香艳故事有关的器物：武则天的宝镜、赵飞燕的金盘、内盛有安禄山掷伤杨贵妃的木瓜、南朝寿昌公主的榻、唐懿宗同昌公主的联珠帐、西施浣过的纱衾、红娘抱过的鸳枕等等。贾宝玉中意地睡下，很快进入梦境。这两个情景，实际是贾宝玉后来人生经历的两个故事（一个是富贵荣华的经历，一个是儿女情仇的往事）的预习，也即是他在未经历前的潜意识预见。贾宝玉进入梦境后之所见所闻，全是他后来经历的儿女情仇故事的预习，但他当时只是出于一个尚未成年的14岁男童潜意识的感应，尚未真正领悟男女之情。最后由仙子亲授后他才领悟，从而沉入"孽海"，离开梦境。所以，这梦境是潜意识描写。

这段描写，实际与小说第一回异曲同工，表现出超脱的故事和主题，正如在梦境中警幻仙子所言："宝玉一人，禀性乖张，生性怪谲，虽聪明灵慧，略可望成，无奈吾家运数合终，恐无人规引入正。幸仙姑偶来，万望先以情欲声色等事警其痴顽，或能使彼跳出迷人圈子，然后入于正路。"这段主题表白，显然是从告诫的角度陈述写情欲声色之理由，为所写加上保护色；也可能是受时代思想局限（但明显与贾宝玉形象的反传统礼教思想倾向相矛盾）。但从文学创作的意义上说，这梦境描写，不仅是在创作方法上具有超脱意义，对于《红楼梦》这部曹雪芹未最终完成而又一直被后人续补的小说而言，也是具有重要意义的，因为现在流行的一百二十回版本中，后人续补的后四十回之结局，与这段梦境的预示不很一致。

问：请你详细说说这梦境与"意识流"和"潜意识"的关系好么？

答：可以。"意识流"是20世纪20年代西方新生的一个文学流派，也是一种创作方法，对西方现代主义有广泛影响。它的理论基础主要是弗洛伊德的精神分析学。这种学说认为，人有两种本能性意识：一种是社会意识，一种是潜意识。社会意识是由于人生活于社会环境中，受社会环境影响而形成的意识；潜意识是人本有的自然意识，由于受社会意识的影响，潜藏于人的自然意识中，所以叫潜意识。潜意识往往在人做梦、性欲被激发的时候出现，或者是在出生时即有痴呆的人身上表现出来，因为人在这些时候或者在这些人身上，受到社会意识影响或压抑较小。"意识流"则主要是以这种潜意识活动，反映人的心理和社会生活的一种艺术方法。

问：《红楼梦》那么着重写梦、写男女性爱，所写的主人公贾宝玉又是天生"痴呆"的人，正是受此影响么？

答：不是，只能说是有相似或相通之处。因为西方现代主义"意识流"和"潜意识"学说产生于20世纪20年代，曹雪芹早在17世纪50年代即运用这种学说和方法了，比西方超前3个世纪，只不过是有实践未出理论罢了；而且两者的内容实质有根本区别，只能说是在形式上有所相似或相通而已。

七、性恋的超脱境界

问：这个很能说明曹雪芹的伟大和超脱。

答：是的。《红楼梦》不仅写梦境超脱，在描写男女性爱的超脱方面，更是别开生面、新奇独到。突出事例，还是在小说第五回所写贾宝玉梦游"太虚幻境"中。警幻仙子安排他这个尚未成年的"处男"，与一位"鲜艳妩媚，有似乎宝钗，风流袅娜，则又如黛玉"的女子初试性欲。同时又告诫宝玉"淫虽一理，意则有别。如世之好淫者，不过悦容貌，喜歌舞，调笑无厌，云雨无时，恨不能尽天下之美女供我片时之趣兴，此皆皮肤淫滥之蠢物耳。如尔则天分中生成一段痴情，吾辈推之为'意淫'。'意淫'二字，惟可心会而不可口传，可神通而不可语达。汝今独得此二字，在闺阁中，固可为良友，然于世道中未免迂阔怪诡，百口嘲谤，万目睚眦"。这个"意淫"之论，正是《红楼梦》在男女性爱中独到的超脱境界和理论。

问：从何见得呢？

答：值得特别注意的是，贾宝玉从"太虚幻境"中得知并初享男女性欲之后，只与花袭人试过一次云雨情，此后全书再无贾宝玉的性欲描写；尽管他在梦境中同享性欲的女子既似宝钗又似黛玉，但全书都未出现他与这两位心仪女子的性欲行为，始终只是保持着情感上的迷恋；对其他女子（主要是"金陵十二钗"）也有动心的意念，但也都莫不如此，即始终保持在警幻仙子点出的"意淫"红线上。在小说第五十九回中，通过一个丫鬟之口,复述贾宝玉的话:"女孩儿未出嫁,是颗无价之宝珠;出了嫁,不知怎么就变出许多的不好的毛病来,虽是颗珠子,却没有光彩宝色,是颗死珠了;再老了,更变的不是珠子,竟是鱼眼睛了。分明一个人,怎么变出三样来?"可见,贾宝玉所钟情的是未成年的少女,他对少女的泛爱,即"意淫",是着意其青春、美貌和纯洁的人品,并无性欲占有之意,也无恋爱之心;唯对宝黛二人,尤其是黛玉有明显的爱慕之情。可见,《红楼梦》所写的男女性欲与其他小说戏剧大不相同,这正是其独到的超脱境界。

问:"意淫",是否有情爱过泛、过滥的意味呢?

答:"淫"字之义,确有此嫌。古语有云:"百善孝为先,论心不论事,论事世间无孝子;万恶淫为首,论事不论心,论心天下少完人。"可见"意淫"的普遍性。但《红楼梦》中贾宝玉与"几个异样女子"之间的情爱关系,却是真情,不是滥情。小说首回即介绍道:所传的这段情爱故事,"比历来风月事故更加琐碎细腻了","历来几个风流人物,不过传其大概以及诗词篇章而已,至家庭闺阁中一饮一食,总未述记。再者,大半风月故事,不过偷香窃玉,暗约私奔而已,并不曾将儿女之真情发泄一二。想这一干人入世,其情痴色鬼、贤愚不肖者,悉与前人传述不同矣"。可见,作者所写情爱之主旨,是在于以"儿女之真情发泄",而与"前人传述不同",也即是以真情超脱俗套滥情,也可以说是以真情升华或超脱一般的"意淫"。例如,小说第五十八回,写大观园中两个戏子藕官与菂官在演戏中扮夫妻恩爱如真,菂官死后,藕官每每焚纸拜祭,以表真情;后来,菂官之角色由蕊官接替,藕官与其同样恩爱。有人嘲笑这是得新弃旧,贾宝玉为其辩说:"这又有个大道理。比如男子丧了妻,或有必当续弦者,也必要续弦为是。便只是不把死的丢过不提,便是情深意重了。若一味因死的不续,孤守一世,妨了大节,也不是理,死者反不安了。"并称道说:"天既生这样人,又何用我这须眉浊物玷辱世界。"这番"大道理",从戏子在扮演戏中情爱角色之间的恩爱之情,进而以夫妻丧偶后续弦之恩爱情结，阐发真情不在外表，而在真心之说，正就是以真情对"意淫"的升华超脱之体现。

问：贾宝玉称少女圣洁如水，为何称男人是"须眉浊物"呢？

答：这是对男尊女卑传统礼教的挑战，也是一种性爱超脱。《红楼梦》所写的主要男人形象，除贾政是个"正人君子"外，几乎都是在男女性爱上有不轨行为的人。正如侠客柳湘莲所说，贾府"除门前两个石狮子外，没有一个是干净的"，其意是说全都是粗俗性欲之辈（也有包括女子之意）。值得注意的是，小说中除了有不少男人对女性的性欲描写外，尚有一些篇章含蓄地揭露了男性之间"鸡奸"和"男妓"的丑闻，如小说第九回写贾宝玉和秦钟在学堂被顽童取闹的背后故事，第四十七回写呆霸王薛蟠向柳湘莲调情被痛打的故事，都是当今所称男子"同性恋"的故事。耐人寻味的是，故事中两位被调戏的男子，都是与贾宝玉情投意合的好友，但他们之间却没有丝毫"同性恋"的行为或关系。这个事例，也从男性密友的真情角度上，体现了贾宝玉在男子性欲上的超脱境界。

问：此外，在性恋上还有什么"浊物"事例么？

答：有，且多得是。最"浊"而最有超脱意味的，是第十二回王熙凤设下的相思局。写的是贾瑞迷于凤姐姿色而起淫心，约其幽会。凤姐借机设下圈套，将其戏弄惩罚，使贾瑞病入膏肓，仍执迷不悟，日夜单思风月之幽。恰逢道士相救，授其"风月宝鉴"自照。此镜照正面是美女滥淫，照背面是死人骷髅。道士本嘱其照背面，以死亡而促其悔过淫心。但贾瑞却屡次照正面，即陷入滥淫之中致死。这个事例，以正背两面的境界，揭示了男子的淫乱和乱伦（贾瑞与凤姐是弟嫂关系）的"污浊"，又以"警""幻"之题旨而将其超脱为"宝鉴"之境界。

八、"痴呆"的超脱境界

问：上述你发现了《红楼梦》以"意淫"和真情，在男女性恋上的超脱境界，是新知灼见，那么，请你解释开篇题诗中"都云作者痴"之句的"痴"是何意。

答：从小说所写的爱情故事上说，其所说的"痴"和全书突出描写的贾宝玉"痴呆"性格（或病态），都可以说是在男女性恋上的"意淫"和真情境界地再超脱。

问：请问，这是否与"潜意识"所称的"痴呆"概念相同？

答：有点像，但不同。两者都称其人出生时即具有，即都具有尚未受社会污染的本性纯正之意，都是用来折射社会的世态和心态；"潜意识"用来折射丑态，曹雪芹则主要用之突出贾宝玉的性格特征，并折射所写"几个异样女子"的美态及其与贾宝玉之间的圣洁纯情。其实，曹雪芹所写所称的"痴呆"，主要是迷性迷情之代号，即将男女之间之爱慕之情，升华至极其单纯而沉迷（以至病态）的境界描写，旨在透过贾宝玉与这些女子的故事，清晰地显现出彼此的圣洁纯情，从而超脱一般性爱故事的俗套，创造出超脱的圣洁纯情境界。

问：请举例说说好么？

答：例如，小说第三十回写贾宝玉在大观园中，偶见戏子龄官在地上反反复复地画个"蔷"字，一副痴迷的神态，连下雨也毫无感觉；在假山后的贾宝玉，一直看着她的神态，也反反复复地揣摩她画的是什么字、是何意，也看得发呆了。当发现龄官已被雨淋湿时，宝玉即呼叫她避雨，连自己被淋湿也无感觉，倒是龄官反过来提醒，他才醒悟自己也被淋湿了。这段故事，描写龄官在地上画字的神态，是她对情人贾蔷的迷恋深情之体现；贾宝玉对其看得入迷，既强化了龄官的神态和深情，又鲜明地体现了自己的痴呆性格，从而共同构成了一个"痴迷不悟"的纯情境界。

问：此外，还有什么意思呢？

答："痴呆"与一般所称之"傻"相通，精神失常之病人叫"傻子"，超出一般常态的作为和个人，也常被称为做"傻事"，是"傻子"。《红楼梦》中写贾宝玉常有一些使人费解的心态和行为，恰恰是在这些描写中，更显出贾宝玉的性格和纯正人品。例如，小说写贾宝玉对丫头亲如姐妹，朝夕共处，忧乐与共，而且作为主子，不仅对丫头从不责罚问过，反而常以讨好服侍丫头为荣。这些表现是一反常态常规的，连贾母也对此感叹："别的淘气都是应该的，只他这种和丫头们好却是难懂。我为此也耽心，每每的冷眼查看他，只和丫头们闹，必是人大心大，知道男女的事了，所以爱亲近他们。既细细查试，究竟不是为此。岂不奇怪，想必原是丫头错投了胎不成。"这段感叹，说明了贾宝玉这些使人"难懂"的傻事，正是其性格和人品的突出体现；也正是由于这种"痴呆"的超脱，使贾宝玉这个多情公子，具有不同于一般贵族公子的独特形象。

问：再举例看看。

答：服侍贾宝玉的丫头有好几个，最贴身而贴心的是晴雯。这个貌似黛玉的美女，性格泼辣，牙尖嘴利，敢作敢为，对宝玉全心服侍，深夜带病补裘。宝玉也对她诚心如兄妹，不惜让她撕扇取乐。但在王夫人眼中，她则是个勾引宝玉的"狐狸精"，于是将她撵出了大观园。当贾宝玉私下探望她时，晴雯已病重命危，说出了发自肺腑的话："只是一件，我是死也不甘心的：我虽生的比别人略好些，并没有私情密意勾引你怎样，如何一口死咬定了我是个狐狸精！我太不服！今日既已担了虚名，而且临死，不是我说一句后悔的话，早知如此，我当日也另有个道理。不料痴心傻意，只说大家横竖是在一处。不想平空里生出这一节话来，有冤无处诉。"这番慷慨陈词，何等光明磊落，连在房外偷听的淫荡嫂子，也同情其所受委屈，后悔对她错怪。更感人的是，晴雯死后，贾宝玉曾前往送葬，错过扑空，哀痛不已。随即借小丫头制造的晴雯升天司芙蓉花之美言，撰写长篇祭文《芙蓉女儿诔》，痛哭吟诵遥祭，痛诉"红绡帐里，公子情深；黄土垄中，女儿命薄"的悲哀。从晴雯的慷慨陈词可见，她被冤枉为勾引宝玉的"狐狸精"，是因为她对宝玉的"痴心傻意"，被认为是不正常的；宝玉对晴雯死后升天为花神的传言，信以为真并认真祭奠，本身是"难懂"的傻事。但正是在这种反常的"痴呆"中，生动地显现了他与晴雯的各自性格和相互之间的纯情关系，从而共同创造了一个纯洁崇高的超脱境界。

问："痴呆"是否还有"疯狂"的意思？

答：两个词词义不同，但有时会相通，这就是说，"痴呆"到极端，会达"疯狂"的地步，所谓爱得发疯、爱得发狂，就是如此。到达这个地步，也是一种超脱。例如，小说第五十七回，写贾宝玉听紫鹃说林家要接林黛玉回苏州，当即痴呆发作，"一头热汗，满脸紫胀""两个眼珠儿直直的起来，口角边津液流出，皆不知觉"，用手按其嘴唇人中，也无反应，以为是不行了。袭人即到潇湘馆找紫鹃，黛玉正吃完药，听说宝玉"已死了大半个了"，即"'哇'的一声，将腹中之药一概呛出，抖肠搜肺，炽胃扇肝的痛声大嗽了几阵，一时面红发乱，目肿筋浮，喘的抬不起头来"，甚至要紫鹃"拿绳子来勒死我"。当紫鹃到怡红院，宝玉方叫出"嗳呀"一声，大哭起来，一把拉住紫鹃不放，说"要去连我也带了去"。当听说有林之孝家的来看望，即以为是林家来接黛玉的人，要打发出去；当一眼见到陈设的一只金西洋自行船，即以为是来接人的船，便取来掖在被中，笑道："可去不成了。"这一场自古罕见的情爱闹剧，精彩至极！林黛玉知贾宝玉"不行"要死，贾宝玉以为林黛玉要"走"发疯，相互的深情和两人的性格在以假为真的闹剧中历历展现，又都以痴呆到疯狂的状态而体现出深情深爱的超脱境界。

九、"憧味"的超脱境界

问：你前面列出了的超脱境界，是否有个总的或根本性的超脱境界呢？

答：有，就是"憧味"超脱境界。所谓"憧味"，即憧憬之味，即似梦非梦、似有非有的朦胧之味。这种味，有的来自对过去曾有生活的回味，有的是对未经历过的生活的想象。这就是说，前面所列的超脱境界，都是以作者的"憧味"超脱而创造出来的境界。可以说，《红楼梦》是作者以"憧味"超脱境界而进行前面一系列超脱而创造出来的成果，是一个"憧味"超脱的境界。这个境界的总体现或根本性体现，就是这次对话开篇引用的四句诗，即"满纸荒唐言，一把辛酸泪。都云作者痴，谁解其中味？"

问：请你具体解释吧！

答：可以分句说说。第一句"满纸荒唐言"，前面已讲过，是指小说所写的富贵荣华的经历和儿女情仇的往事，都是荒唐的。这"荒唐"一词，有两层含义：一是虚假的，即表面的假象，不是实在的、实体性的东西，似"存在"实"虚无"，似"正常"实"荒诞"；二是暂时的，即昙花一现的过眼烟云，风消云散，有"好"即"了"，似"兴"实"衰"。这层"憧味"超脱，鲜明地体现于"主题超脱"和"梦境超脱"中；其实，这两个超脱，也是在"憧味"超脱的境界下进行的。

问：请解释第二句吧！

答：第二句"一把辛酸泪"，是指回味往事，人生在世之甜、酸、苦、辣经历，莫不刻骨铭心，感慨流涕。虽然在经历过程中已尝过这些滋味，但事过之后，痛定思痛，热后冷思，即是"憧味"超脱，则另有一番境界。前列的"处境超脱""性恋超脱",正是从回味中超脱,也即是"憧昧"超脱的体现。

问:第三句怎样?

答:"都云作者痴"的"痴",有两方面意思:一是指"事",即对所经历的事和现在所做的事过于认真,也即是说,既然是"荒唐"之事,何必还纪念它呢?何苦在饥寒交迫的处境中记述它呢?二是指"情",即痴迷于所写之事和所写之人的情,尤其是对"几个异样女子"之情。曹雪芹称他写《红楼梦》之所为"悼红轩",鲜明地体现了他这种"情"。前列的超脱境界,尤其是在"痴呆"超脱境界中,都是在"憧昧"超脱境界中进行的超脱,也都是"憧昧"超脱境界之体现。

问:第四句是总结吧?

答:既是总结,又是另行超脱境界之开篇。"谁解其中味"这句诗,首先是点出前三句诗之要津,即作者着意的是"满纸荒唐言,一把辛酸泪。都云作者痴"中的"味",读者也应着意求解其中之"味"。同时,这句话又是一句问语,有个问号。这就意味着向读者和后人提出寻味《红楼梦》的要求,这个要求,不就是从"憧昧"境界再进入"寻味"超脱境界之开篇课题吗?

(2018年5月25日完稿)

辩味篇

对立统一之『辩味』超脱境界

> 假作真时真亦假,无为有处有还无。
> ——《红楼梦》第一回、第五回

问：请问，你为何引用"假作真时真亦假，无为有处有还无"这两句话作为咱们寻味《红楼梦》"辩味篇"对话的开场白呢？

答：这次对话主要是探讨《红楼梦》中对立统一的"辩味"境界，也即探讨其对立统一的辩证思想和艺术。从哲学上说，对立，是指事物之间的区别、差异、对称、对比、矛盾、对抗；统一，是指事物之间的相互联结、联系、转位、转移、转化、变异。从美学和艺术上说，则是客观事物与作家创作、客观生活与艺术形象之间的对立统一关系。具体而言，就是真实与虚构、存在与虚无的辩证关系。在《红楼梦》的语言中，"真"就是真实，"假"就是虚构；"有"即"存在"，"无"即"虚无"。引用这两句话作为开场白，是因为我感到这是《红楼梦》的思想和艺术的宣言和基本纲领，前句侧重于表白其艺术手法和艺术构思，后句主要是张扬其思想哲学与人生主题。当然，正如前句也有思想意味那样，后句也有艺术内蕴，因为从一定意义上说，"假"（假象）即"无"或"虚无"，"真"（真象）即"有"或"存在"，两者既相通也有异，所以，前后句之内涵也是对立统一的。

一、主导理念：佛禅思想与道家思想的对立统一

问：听起来很玄奥，请用实例解释吧。

答：先从主导理念上说。我认为"无为有处有还无"这句话，就是《红楼梦》的主导思想，也即小说第一回空空道人所说的十六个字："因空见色，由色生情，传情入色，自色悟空。"简而言之，就是"色"与"空"的对立统一。俞平伯在《空空道人十六字闲评释》中称，"虽然，此十六字固未必综括全书，而在思想上仍是点睛之笔"，而"十六字乃释氏之义，非关玄门。道士改为和尚，事亦颇奇。其援道入释，盖三教之中终归于佛者，《红楼》之旨也"。可见，俞平伯也认为《红楼梦》的主题思想是这十六个字，而且明确指出这是"援道入释，盖三教之中终归于佛"的。按佛家说法，"空"即"无""虚无"；"色"，虽是人之性，但

更深层的意思是指事物外表的"色相",即"有"或"存在"之"形"。由此可知,这十六个字,按佛理而言,是因无知而受外表的"色相"迷惑,以致坠入"色相"困境之中,最后才醒悟这是一场空梦,即一场虚幻的"红楼梦"。

问:俞平伯这个说法不好懂,请浅白解释好么?

答:俞平伯说这十六个字虽是空空道人说出,实则是佛家本义;虽是道佛思想和儒家思想的结合,但仍以佛家思想为基本或主体。俞平伯这个说法是符合《红楼梦》的时代背景和小说实际的。在清朝康雍乾三朝,中国儒道佛实际上已是大体合流的,尤其是道佛两教更是常混一体,所以《红楼梦》中道士与和尚常同时出现,贾府内有修道也有修佛,办道观也办佛寺,但在总体上还是以佛为主,尤其重佛门禅宗,主要是六祖惠能的禅学思想。在《红楼梦》第二十二回写"贾宝玉悟禅机"时,还郑重地点明了惠能"菩提本无树,明镜亦非台。本来无一物,何处染尘埃"的"空""净"思想。这种思想不仅鲜明地体现在小说主人公贾宝玉爱情悲剧并最后出家做和尚的结局中,而且体现在小说第五回"太虚幻境"所预示的"白茫茫大地真干净"的整体大结局中,还体现在空空道人改《石头记》为《情僧录》的书名中。可见,在中国思想文化传统中,道家与佛学是两种不同的思想,但在《红楼梦》中则两家思想是统一融合的,同时又明显是以惠能禅学的"空""净"思想为主导的。因此,可以说"无为有处有还无"这句话是《红楼梦》的主导思想。

问:解得有理,还可以取更多实证吗?

答:当然可以,最明显的是第一回中的《好了歌》,这是一个最清楚而全面的例证:"世人都晓神仙好,惟有功名忘不了!古今将相在何方?荒冢一堆草没了。世人都晓神仙好,只有金银忘不了!终朝只恨聚无多,及到多时眼闭了。世人都晓神仙好,只有姣妻忘不了!君生日日说恩情,君死又随人去了。世人都晓神仙好,只有儿孙忘不了!痴心父母古来多,孝顺儿孙谁见了?"这首《好了歌》每句开头,都是"世人都晓神仙好",但每句又清楚地誓告:天下人对"功名""金银""姣妻""儿孙"都终生追求,不仅求"有",而且"只恨聚无多",到头来都是"荒冢一堆草没了",实则全都"无"了。空空道人随后还解释:"世上万般,好便是了,了便是好。若不了,便不好;若要好,须是了。"这个解释,更清楚地讲明"了"即"无"、即"空"的意思;并且以"神仙好"(即离开人世或出家之意)作为"好"的标志,更清楚显示佛家禅学"空""净"的思想主旨。此外,这一思想更深刻地显示在甄士隐对《好了歌》领悟后所做的注解词中:"陋室空堂,当年笏满床;衰草枯杨,曾为歌舞场。蛛丝儿结满雕梁,绿纱今又糊在蓬窗上。说什么脂正浓、粉正香,如何两鬓又成霜?昨日黄土陇头送白骨,今宵红灯帐底卧鸳鸯。金满箱,银满箱,转眼乞丐人皆谤。正叹他人命不长,那知自己归来丧!训有方,保不定日后作强梁。择膏粱,谁承望流落在烟花巷!因嫌纱帽小,致使锁枷扛。昨怜破袄寒,今嫌紫蟒长:乱烘烘你方唱罢我登场,反认他乡是故乡。甚荒唐,到头来都是为他人作嫁衣裳!"这首注解词,数尽荣枯互变、贫富交替、福祸相伴、生死莫测的人生世态,都是以人生的"好了"变异、世态的"有无"瞬变,揭示出"无为有处有还无"的佛道对立统一的主导思想,同时也是为《红楼梦》全书所写的富贵荣华、恩爱情仇故事的实质(一场虚梦)做出了根本性的概括和揭示。

问:还有更明确的实证吗?

答:有。《红楼梦》第五回写贾宝玉梦游"太虚幻境",其过程和所见的《金陵十二钗册》,实际上是《红楼梦》全书所写故事的预示,也即故事中主要人物命运的预示和缩影。"假作真时真亦假,无为有处有还无"在第一回写僧道二仙带甄士隐到"太虚幻境"之后,又在第五回再写这副"太虚幻境"的门首对联,可见,这对联本就是作者一再强调这个幻境的主题的意义,既说明这幻境是《红楼梦》人物故事的缩影,也说明其主题是整部《红楼梦》的主题;更何况"太虚幻境"本身就是

"虚幻"之"境",而且又是梦游,岂不更是"无为有处有还无"么?所以,可以说这就是《红楼梦》的主导思想,也即是《红楼梦》"有"与"无"对立统一所体现的佛道思想对立统一的超脱境界。

二、艺术方法:生活真实与艺术真实的对立统一

问: 怎样理解"假作真时真亦假"这句话呢?

答: 这句话本是这副"太虚幻境"对联的上联,与"无为有处有还无"对称,从哲理而言,实则是"真"与"假"的另一面,即"真"(真象)可谓"有","假"(假象,包括虚幻、虚假、虚伪、虚无、荒谬)即"无"。但从《红楼梦》的语言来看,其所谓的"真"与"假"主要是从艺术构思或艺术方法上而言的,即"真"指真实描写,"假"指虚构,所以,"假作真时真亦假"这句话,可着重看作《红楼梦》的艺术纲领。

问: 请详细解释。

答:《红楼梦》中有两个"真",一是艺术真实,二是生活真实。艺术真实即艺术方法的真实,也即是写法的真实。鲁迅在《中国小说的历史的变迁》一文中指出:"至于说到《红楼梦》的价值,可是在中国底小说中实在是不可多得的。其要点在敢于如实描写,并无讳饰,和从前的小说叙好人完全是好,坏人完全是坏的,大不相同,所以其中所叙的人物,都是真的人物。总之自有《红楼梦》出来以后,传统的思想和写法都打破了。"同时,鲁迅还说:"只要知道作品大抵是作者借别人以叙自己,或以自己推测别人的东西,便不至于感到幻灭,即使有时不合事实,然而还是真实。其真实,正与用第三人称时或误用第一人称时毫无不同。倘有读者只执滞于体裁,只求没有破绽,那就以看新闻记事为宜,对于文艺,活该幻灭。而其幻灭也不足惜,因为这不是真的幻灭,正如查不出大观园的遗迹,而不满于《红楼梦》者相同。……我宁看《红楼梦》,却不愿看

新出的《林黛玉日记》，它一页能够使我不舒服小半天。……幻灭以来，多不在假中见真，而在真中见假。"（《三闲集·怎么写》）从鲁迅这些说法可见，鲁迅是充分肯定《红楼梦》"假中见真，真中见假"，"真"与"假"对立统一的艺术真实的。

问：什么是生活真实？

答：生活真实是指作家所写人物故事的生活原型。自《红楼梦》问世至今两百多年来，经历代研究家的反复考证，现已肯定其人物故事的生活原型，就是在清代康熙、雍正、乾隆三朝时代背景下，作者曹雪芹家族三代从兴至衰的生活史。这段生活史的原型，即其生活真实，是作者的切身感受，因此念念不忘，有强烈要求写出的冲动，但又碍于种种原因，不能如实写出，只能采取"假中见真，真中见假"或"真"与"假"交叉的方法，将其变为真实与虚构对立统一的真实艺术形象表现出来。所以，在艺术方法上是生活真实与艺术真实这两个真实的对立统一。

问：在《红楼梦》中是怎样运用这种方法的呢？

答：主要表现在对三个神话故事进行的艺术构思上，具体见小说第一回所写。第一个神话是女娲补天时，留下一块顽石在大荒山无稽崖青埂峰下，炼成了已通灵性之石，求得僧道二仙用幻术将其变成一块美玉，经茫茫大士、渺渺真人携入红尘，历尽离合悲欢、世态炎凉的一段故事，后写成了《石头记》一书。后由空空道人检阅一遍，"因见上面虽有些指奸责佞贬恶诛邪之语，亦非伤时骂世之旨；及至君仁臣良父慈子孝，凡伦常所关之处，皆是称功颂德，眷眷无穷，实非别书之可比。虽其中大旨谈情，亦不过实录其事，又非假拟妄称，一味淫邀艳约、私订偷盟之可比。因毫不干涉时世，方从头至尾抄录回来，问世传奇"。这段道白，一方面，实是为避当朝严厉的文字狱而写，也是故作石头神话掩盖其所写家史生活原型的真正用心。这是以虚构神话之"假"掩盖或冲淡其生活原型之"真"。另一方面，则是以神话故事来加工其生活原型之真实，使其具有传奇色彩，引人入胜，反而更有可信性和魅力，这是以虚构之"假"美化生活之"真"，反而更"真"。实乃"假作真时真亦假"之第一招也。

问：第二招是什么呢？

答：是虚构"太虚幻境"。顾名思义，其境又"虚"又"幻"，明显是虚构的神话。小说第一回和第五回，写甄士隐、贾宝玉先后都神游这个幻境，而且都同样注视其门联："假作真时真亦假，无为有处有还无"。可见，作者虚构这个仙境，具有极其重要的作用和意义。在我看来，起码有几点：一是将作者生活原型中那些"闺阁中本自历历有人"之女子，即"金陵十二钗"，以神秘的意境缩影，并以此预示小说主要人物和故事的命运，将其美化为仙境早有留"册"的仙女，塑造成令人钦羡的似"假"却"真"的艺术形象，由此而使小说又名《金陵十二钗》；二是将小说主要写的爱情故事的警世目的，以虚幻和宿命神秘地预示出来，既可超出一般"才子佳人"小说之俗套，又以艺术形象感染力取代古板说教之枯燥，还可以"仙境"之虚无幻灭紧扣"无为有处有还无"之主题，由此使小说又有《风月宝鉴》之名，并创造出超脱一般情爱小说的对立统一境界。

问：第三招是什么呢？

答：是千古未闻的罕事：西方灵河岸上三生石上的一株绛珠草，与赤瑕宫神瑛侍者的还泪故事，并用这个虚构的故事，作为《红楼梦》中贾宝玉、林黛玉两位主人公的"前世"，将其"还泪"作为宝黛"今生"爱情故事的主线（流泪是林黛玉性格特征之一，每每为贾宝玉流泪，泪完即仙逝）。这个"假"的虚构，为宝黛的形象和故事增添了神秘感和美感，更令人相信、同情、羡慕以至崇拜。这种"真"中有"假"或"假"中有"真"的艺术构思和方法，也是其超脱自古爱情故事俗套，而又具有亘古贯今艺术魅力的奥秘之一。

问：除以上三招外，还有其他的吗？

答：有，虽然不是神话，但也是虚构的。小说开头即写道："作者自云：因曾历过一番梦幻之后，故将真事隐去，而借'通灵'之说"，故曰"甄士隐"（即真事隐）、"贾雨村"（即假语存）云云。这段开场白明确说明所写的故事是真事隐藏、假语留存的小说。这种说法和做法，实际上也是一种"假作真时真亦假"的艺术构思和手段，因为既是"因曾历过一番梦幻之后"之事，自然是"梦幻"而且是已"无"之"假"事；又以"甄士隐"而将真事"隐"、以"贾雨村"而将假语"存"，那就更明显地说所写故事果真是"满纸荒唐言"了。然而，既然是"假"的、"荒唐"的，为什么又为此而付出"一把辛酸泪"呢？为什么作者会为此而"痴"呢？为什么还希望有"谁解其中味"呢？这不是明明白白地说，所写的故事也是"真"的吗？只不过这个"真"事，已不是或不同于甄士隐"隐"去的生活原型的真事（其实在具体描写中，还是穿插一些生活原型之实事的，如写江南的甄宝玉及其被抄家等情节），而多是以虚构的"假语"加工过的艺术的真事。可见这个开场白，就是《红楼梦》"假作真时真亦假"的艺术宣言书，也是其创作全书真实与虚构（即两个真实）对立统一的艺术纲领。

三、故事线索：家族史与恋爱史的对立统一

问：自古以来，《红楼梦》一直被认为是"情书"，你的看法呢？

答：是的，历来研究家和读者大都是这么认为的。作者在第一回中直言此书是"大旨谈情"，小说的故事线索也主要是以贾宝玉、林黛玉、薛宝钗的"三角"恋爱史贯串始终，所以，一般都将其看作言情小说。其实，还有另一条故事线索，即荣宁二府（贾府）从兴旺到衰亡的家族史，这也是贯串《红楼梦》始终的一条故事主线。这两条故事线索是平行交错发展、互为因果而不可分割的。贾府家族史是宝黛钗的"三角"恋爱史的温床，因为离开贾府的地位和社会关系，就没有贾宝玉、林黛

玉、薛宝钗的生长和恋爱环境，贾府衰落也必然导致其恋爱史的悲剧结局，所以，两者是同兴同荣、共存共亡的。这是一种对立统一的关系。这两条主线的故事虽然相互依存、兴衰命运相同，但主题不同，这又是一种同中有异的对立统一关系，是别有一番深意的辩证超脱境界。

问：请示其详。

答：这番境界内涵丰富，有两个层次：第一个层次是前面所说的两条主线的对立统一关系；第二个层次是在两条主线中，又各有两条正副线交叉结合的对立统一关系。现在先说贾府家族史这条主线中的正线，即贾府兴衰史这条线索中的对立统一关系。具体地说，《红楼梦》所写的贾家，始祖是同胞两兄弟，因开国有功，被分封为宁国公、荣国公，并赐建宁国府、荣国府两宅，二宅相连，共占大半条街，荣耀至极，但是如今都萧疏了，不比先时光景了，尤其是儿孙一代不如一代了。正如小说第十三回写秦可卿死前所说的那样："常言'月满则亏，水满则盈'，又道是'登高必跌重'。如今我们家赫赫扬扬，已将百载，一日倘或乐极悲生，若应了那句'树倒猢狲散'的俗语，岂不虚称了一世的诗书旧族了。"并且以《易经》"否泰交替"思想说道："否极泰来，荣辱自古周而复始，岂人力能可保常的！"在《红楼梦》中所写的贾府家族史正是如此，从贾赦、贾敬到贾琏夫妇，一代比一代腐败，贪赃枉法，草营人命，无恶不作，最终落得抄家的下场。也正如作者借丫头红玉所说的那样，"千里搭长棚——没有个不散的筵席"。这是贾府家族史这条故事主线的始末，从中揭示了其主题是荣辱交替、兴衰轮回，即荣中辱所伏、兴内衰所倚的对立统一哲理，这是首条主线中的正线内涵。

问：这条故事主线的副线是什么？

答：你这问题提得好。现在人们看小说或研究小说，以至创作小说，不太注意在小说故事结构上有主线及其副线，或者称之为明线及其暗线（亦称伏线）。《红楼梦》的故事主线之正线，是贾府家族的兴衰史，其主题是兴与衰的对立统一。其副线则是王公贵族的"红黑史":"红"是小说所写贾、史、王、薛四大家族,及其代表的王公贵族群的荣华富贵,显赫盖世,正如小说第四回所写:"贾不假,白玉为堂金作马。阿房宫,三百里,住不下金陵一个史。东海缺少白玉床,龙王来请金陵王。丰年好大雪,珍珠如土金如铁。"其实,"四家皆连络有亲,一损皆损,一荣皆荣,扶持遮饰,俱有照应的",这是王公贵族群的缩影,外表是儒雅世家,红得发紫,实则是狼狈为奸,漆黑一团。这条副线的主题,实则是其主线主题的延伸扩大,即意味着不仅是贾府的荣衰兴亡史,而且是这群贵族所统治的王朝以至整个封建社会的不可逆转的荣衰兴亡对立统一规律。

问:《红楼梦》另一条故事主线的正副线是什么呢?

答:另一条故事主线是贾宝玉与林黛玉、薛宝钗的"三角"恋爱史。其实这条主线,在小说中是比贾府荣衰兴亡史这条主线更鲜明突出且更占主导地位的。其主题更是如此,《红楼梦》被称为"情书",也由此而来。在这条故事主线中,宝黛情史是正线,玉钗姻缘是副线,也可以说两条是平行交织的情线。这两条情线在小说中分分合合、相互交错结合,贯串全书故事情节始终,虽然各有主题、结局不同,但与小说的另一主线——贾府家族史一样,从兴至衰之结局,也都是两者的对立统一。

问:那么,从第二层次上说,这两条情线是怎样的对立统一关系呢?

答:贾宝玉与林黛玉之间的宝黛情史,从性质和主题上说,主要是以男女的天性爱情从萌生到逐步毁灭的故事,揭示人性情的美好,但是,又为当时社会所不容而必然衰亡的悲剧;而贾宝玉与薛宝钗的玉钗姻缘,则是以婚姻为主导之男女情恋故事,揭示社会情实际上是以社会规范抹杀人性情之本质。所以,两条情线的性质是对立的,但为什么两条情线老绞在一起难解难分呢?这就是多种统一关系造成的。因为宝黛之"木石之盟",虽是"前世"已订,又是人性真情;且其"今生"落在富贵荣华之家,具有独特优越身份(贾宝玉是受宠的多情公子,林黛玉是独苗的娇美才女），身处有如世外桃源的大观园环境，使两人有短暂的谈情说爱的时间和空间，但他们毕竟生活在封建社会里，必然受到社会规范的制约，以至幻灭死亡。其实，薛宝钗的出现及其与贾宝玉的"金玉之缘"，也即是社会规范对宝黛人性情制约的一种体现：因为薛宝钗知书达礼、温柔敦厚、美丽大方、才思过人的形象，就是封建的典范和化身。一方面，她以美才兼备的个人魅力，消除了林黛玉对她的猜忌，吸引了贾宝玉对她的情恋，以至最后宝玉认同被蒙蔽的婚姻并与她共同生活；另一方面，她以"停机德"的人品、世故得体的行为和封建道德规范遏制规劝宝黛人性情的发展张扬。应当说，薛宝钗这样想和这样做，是真诚的，因为封建道德规范对她的教育和熏陶已经渗透她的身心，使她达到了由衷拥护、虔诚为情之地步。这即是社会所赋予她的情，故称之社会情。她以"待选"为目标住进贾府是出于这种情，以同样目标关心和追求宝玉也是出自这种情。贾宝玉、林黛玉是社会人，也同样受这种情的熏染，所以也会由此而有时接受薛宝钗的遏制规劝。但社会情毕竟与他们本性的人性情是对立的，所以，贾宝玉、林黛玉与薛宝钗总是对立的，只是有些时候调和统一而已。对贾宝玉而言，虽然一直认为薛宝钗的规劝是"混账话"，但也曾为她具有林妹妹所没有的"杨妃"臂膀，以及在受笞挞重伤后的贴心慰问行动，而对其具有真诚感激之情。然而，这却不是爱情，只能说是与薛宝钗相同的社会情。贾宝玉既为薛宝钗这种社会情所动，更为薛宝钗一生只有这种没有爱情的社会情而悲哀，所以才写出"悲金悼玉"的《红楼梦》。"悲金"者，为薛宝钗之社会情可悲命运叹息是也；"悼玉"者，则是为林黛玉之人性情夭折而沉痛哀悼。可悲之叹息与沉痛之哀悼是不同的两种感情。这两种感情的微妙区别和关系，正是贾宝玉与林黛玉、薛宝钗的"三角"恋爱史这条主线最深层次的对立统一境界。

四、矛盾冲突：人物关系诸方面的对立统一

问：《红楼梦》这两条故事主线能否理解为两种矛盾冲突的主线呢？

答：可以的，事实正是如此。因为每个故事就是一个事件的始末，每个事件又都是由相关人物由于某种原因相互出现矛盾而产生和发展的，因而故事主线也即相关人物之间矛盾冲突的主线，故事情节的矛盾冲突，主要是相关（即有关系）的人物之间的矛盾冲突，即人物关系上的对立统一。相关人物之间彼此的关系越深厚，相互的矛盾就越深刻；又由于每项矛盾冲突都关联到诸多方面，也由此造成矛盾冲突更错综复杂、丰富多彩，这即是矛盾冲突及其诸方面对立统一关系的多样性和丰富性。

问：那请你以实例解说吧。

答：先以贾府兴衰史这个事件的矛盾冲突来说。相关人物当然是贾府上层的主要成员。这些成员在其兴衰史上大致分为两派，一是图兴派，如贾母、贾政、王夫人、元春、探春、李纨、秦可卿等；二是促衰派，如贾赦、贾敬、贾琏、凤姐等。这两派人物之间都有极其密切的亲属关系，如母子、兄弟、夫妻、叔侄、姐妹等，这些不同的亲属关系在家族兴亡问题上发生不同的矛盾，或者起到不同的作用。例如，元春因被封为皇妃，从而使贾府兴隆，后病逝，遂使贾府衰亡。贾母是贾府的"太上皇"，虽有图兴愿，但力不从心，只能靠儿孙取乐，临亡分尽私己。贾政虽忠心耿耿，勤政治家，但迂腐无能，孤家寡人，无力回天。探春、李纨虽在大厦将倾时，为大观园实施新治，也只是昙花一现。秦可卿虽最早有衰亡的预见，但也只不过是临终遗言。而贾府的促亡派，则是蛇鼠一窝：贾赦胡作非为，贾敬贪赃乱伦，贾琏明盗明娟，凤姐贪财枉法、草菅人命，真是一个比一个猖狂。值得注意的是，在小说描写中，对这些败家子的描写只是以其自身行为暴露其败家本性，并不正面描写这派人物与图兴派人物之间在兴衰问题上的矛盾冲突；同时，用大笔墨写贾府两派人都全心参与许多大场面中的极度荣华富贵、享受作乐的架构或场面。如荣宁二府一条街的建筑、秦可卿出殡仪仗长达十里长街、为迎元妃省亲特建横跨两府的大观园、省亲之仪威震京都、到寺院打醮车列数里、宗祠祭祖气势非凡等，都是挥霍无度的盛举；小至在大观园为刘姥姥取乐小宴，一餐用费等于老农家用三年,仅吃茄子一道菜也得用数十只鸡配制,享受奢华至极。可见,这是贾府整个家族的群体行为,是以极度之"兴"而促其"亡",是族群性的必然性衰亡悲剧,因而在这些参与这个故事始末的相关人物之间,虽有图兴与促亡的矛盾,但都因共享极"兴"的一致而统一了。这就是小说写这条贾府兴亡故事线索,在人物关系矛盾冲突描写上的重要特色及成功之所在。

问:另一条故事主线是贾宝玉与林黛玉、薛宝钗的"三角"恋爱故事。在这条线索中,人物关系的矛盾冲突是怎样的呢?

答:这条故事线索的写法则不同,是着意写人物关系的矛盾冲突,尤其是人物之间多重关系和多层面的矛盾冲突。这条故事线索相关的人物关系有三个层面:一是当事者层面,即贾宝玉与林黛玉、薛宝钗三人;二是主事者层面,即对这故事命运有决定权的人物,如贾母、元妃、王夫人、薛姨妈;三是从事者层面,即对这故事有促进或促退作用的人物,如凤姐、袭人、晴雯、紫鹃等。这三个层面的人物,都为贾宝玉是娶林黛玉还是娶薛宝钗而分为两派,即"拥林派"和"拥薛派",两派既在同一层面人物之间,也同时在不同层面人物之间明争暗斗,各自都为实现自己的目标而竭尽全力,每个人都以自身的人物关系而展开矛盾冲突,又都在矛盾冲突中展现自己的思想性格并发挥自身力量,从而使故事发展跌宕多姿,波澜起伏,人物思想性格也在矛盾中充分展现出来。应该说这种写法是很到位的。

问:那请从第一个层面说起吧。

答:当事者主要是贾宝玉,相关的当事者林黛玉是他的姑表妹,另一个则是他的姨表姐薛宝钗,由于这样的亲缘关系,三人才有机会生活在一起;又因为三人年龄相仿,正值豆蔻年华,适逢春恋之龄,加之在贾府中的优越地位,身处有似世外桃源之大观园诗境,更是情生双翼,飞上青云。这是三位当事者联结的基础和纽带,彼此的矛盾也由此而生,但出发点各不相同。就贾宝玉而言，是贾府中受宠至尊、才貌双全的多情公子，具有对青年女性"泛爱"癖和"痴呆"症，虽然如此，他还是对两位天仙般的表姐妹情深一筹、格外倾心。由于林黛玉较早到贾府与贾宝玉一道在贾母身边生活，两人青梅竹马，两小无猜，长大后情投意合，虽时有猜忌吵闹，但也只是一个阶段的"不是冤家不聚头"的脾气，经多次的反复测试，双方已情真意切，无生二心。就林黛玉而言，父母双亡，孑然一身，寄人篱下，虽受贾母特宠，也只是一时之计；既与贾宝玉相互默许，又只能如此才能长住久安，自然义无反顾，舍此莫求。就薛宝钗而言，旨在进京"候选"，落选寄居贾府，只能在此遴选门当户对之佳人，可悲偌大贾府，唯贾宝玉才貌一流，尚可备选，然宝玉却是"金玉其外，败絮其中"，离经叛道，迷心变性，虽然如此，但别无选择，只好以身范言教，虽时受贾宝玉的冷言以对，甚至以"混账话"斥责，仍然孜孜不倦，精心耐求，图其回归正道，共结连理，永享天伦。所以，这三位当事者之间的对立统一关系是极其微妙的。

问：照你看，贾宝玉对林黛玉、薛宝钗两者孰轻孰重呢？

答：小说中的实际描写明显是重林轻薛，从以上分析三位当事者的"三角"情况，已清楚贾宝玉（包括作者曹雪芹）的感情倾向。现在再从这两条故事线索的结局上看，林黛玉是在贾宝玉与薛宝钗结婚时病死，这就意味着"木石之盟"与"金玉良缘"同时结束，前者是失败的悲剧，后者是成功的喜剧；但喜剧之后不是"金玉"的夫唱妇和、情真意切的"良缘"，而是貌合神离、淡漠无情的夫妇；最后还是按贾宝玉在林黛玉生前发的誓那样：出家做和尚，回归"大荒"！这不是明明白白表明重林轻薛倾向么？奇怪的是，多年来好些"红学"权威都认为，贾宝玉对林薛是"平分秋色""双峰并峙"；更奇怪的还有，明明是两个不同的形象，却说成"两人实为一人"。

问：请说第二个层面吧。

答：二是主事者层面，即对这故事命运有决定权的人物，如贾母、元妃、王夫人、薛姨妈等（其他有决定权但在小说描写中未介入两派争斗者不列举，如贾政）。这些人物的确是分为"拥林""拥薛"两派。"拥林派"开始的首领是贾母，因为林黛玉是她唯一的外孙女，父母双亡，由她直接抚养，犹如掌上明珠，自小安排黛玉与宝玉一道生活，即有打下将来婚配基础之意；两玉成长后的恋情，她早心知肚明，对"拥薛派"编造"金玉良缘"的舆论装聋作哑，甚至对元妃以送礼表示成全金玉婚配的旨意，也借题发挥而阳奉阴违，对诸多关于宝玉婚事的介绍，都迟迟不正面表态或以"年纪尚小"为由拒之。贾宝玉母亲王夫人与薛宝钗母亲薛姨妈，是亲姐妹，自然是"金玉良缘"的主事者（且是这舆论的制造者和大力推进者），碍于贾母权威，不敢正面明争，只能私下暗中对抗。元妃是最早明示主张金玉配对，虽贵为皇妃，但为贾母孙女，明知事与愿违，也不好执意追究，不了了之。值得注意的是，后四十回写贾母最后同意凤姐"掉包"巧计，成全金玉之缘，许多专家认为这是有悖贾母思想性格及其一贯"拥林"本意的，也违背了曹雪芹构思《红楼梦》的意图。笔者则认为并非如此，因为贾母是贾府家族的"太上皇"，在自己最宝贵的孙子贾宝玉病成痴呆而又必须以婚"冲喜"，而林黛玉也正处病危的情况下，她也只能做此选择。这是其一。另一方面，更为主要的是，贾母毕竟是封建家族的守护者和卫道者，在为孙选媳的重大问题上，她始终不会忘记封建礼教规范的原则和标准，她也早已看出薛宝钗是符合原则和标准的最佳人选，所以才特地为薛宝钗做生日（林黛玉和其他姑娘无一受过如此待遇），可见，贾母在关键时刻做此抉择，并非偶然，也绝非与其一贯思想性格有悖，而是必然的合乎情理的行为，甚至可以说是更为深刻的描写。因为贾母最后竟然为封建礼教规范而违背原来一贯"拥林"之初衷和对林的深情私爱，是需要忍受多大的痛苦，这不是最大的悲剧么？这不就是曹雪芹构思《红楼梦》"千红一窟（哭）""万艳同杯（悲）"（也包括贾母在内）的悲剧结局的本意么？所以，后四十回在这点上的写法是可取的、成功的,是与曹雪芹构思意图相符的。

问:现在该说第三个层次了。

答:三是从事者层面,即对这故事起到促进或促退作用的人物,如凤姐、袭人、晴雯、紫鹃等。这些人物也都与前两个层次人物那样,分为"拥林""拥薛"两派。凤姐开始是"拥林派",后来见风使舵,摇身变为"拥薛派"的主要策划者和推行者,是个两面派人物。袭人是宝玉的贴身丫头,是宝玉的生活依靠,宝玉对她言听计从,而且是与宝玉"初试云雨情"的第一人,又是王夫人安排的钉子,早受侍妾待遇,自然是起到重要推波助澜作用的"拥薛派"。同样是宝玉贴身丫头的晴雯,虽未正面介入两派冲突,但由于性格刚直任性,嘴尖舌利,屡被袭人暗告;又由于长相颇似黛玉,被王夫人看不顺眼,以"勾引宝玉的狐狸精"的罪名赶出贾府,最后以死而为"拥林派"祭魂。作为林黛玉贴身丫头的紫鹃,一直为"木石之盟"操碎了心,因地位卑微,只能求人促其成全,以至拜错菩萨,连薛姨妈这个"金玉良缘"的舆论制造者也去拜了,主仆诚心可感;尤其是以编造黛玉返乡谎言测试宝玉一事,在整个贾府引起轩然大波,将两玉之情公开化,使两派矛盾白热化,将整个事件推向高潮,更是非凡之举;最后以陪同惜春出家而告终,真可谓彻头彻尾、坚贞不渝的"拥林派"。

问:从以上对这条故事主线的三层人物关系的矛盾冲突描写上看,有哪些值得注意的经验呢?

答:故事线索就是矛盾冲突的始末,矛盾冲突又都是在相关人物之间有多重或多方面的关系而产生发展的,所以,矛盾冲突都在人物关系的对立统一中产生和发展,直至结束。人物之间因关系不同而在矛盾冲突中有不同层面、不同方面、不同作用、不同表现,那就是在充分展现矛盾冲突始末的同时,表现了社会矛盾冲突的复杂性和多重性,同时又展现了人物思想性格的多样性和多面性。例如,第三十三回写贾宝玉受贾政笞挞事件，起因是忠顺王府派人来查找戏子琪官下落，疑是宝玉私下藏匿；二是贾环诬告宝玉调戏金钏儿致其投井自尽。这两个起因，即是故事主要线索之一，贾府家族兴亡史中王族矛盾与家族兄弟矛盾的体现。宝玉受打后引起的波澜，更生动深刻地呈现了故事另一主要线索——宝黛钗"三角"恋史中当事者、主事者、从事者三个层次人物之间的关系和矛盾冲突，黛玉、宝钗在探问中的不同语言和情态，贾宝玉对黛钗慰问的不同反应，贾母见状对贾政的训斥，王夫人对丈夫的大闹，袭人事后的亲切规劝……都在这些人物之间的独特关系中展现其独特的矛盾冲突，既表现了矛盾冲突的复杂性和多重性，推动了故事情节的发展，又体现了各个人物不同的思想性格。所以，人物关系是决定矛盾冲突和人物思想性格的关键，其对立统一关系越错综复杂，展现的矛盾冲突就越尖锐，人物思想性格就越鲜明，故事情节就越丰富多彩。

五、人物结构：整体性与解体性的对立统一

问：现在咱们关于《红楼梦》的对话，似乎从故事线索进入矛盾冲突，进入人物关系，又进入人物思想性格的艺术特点了，是么？

答：是的。据专家统计，《红楼梦》写到的人物有四百多人，不仅冠有名姓，而且是实有形象的人物，这在中外古今小说中是首屈一指的。值得注意的是，它写的人物不仅数量多、种类多，而且在结构上具有整体性，同时又具有解体性，并且将两者高度地对立统一。

问：什么是整体性呢？

答：整体性是指所写的人物虽然众多，但不是松散杂乱的，而是系统有机的，是构成一个整体的。从总体来说，《红楼梦》主要是写清朝盛世时代一个王府（贾府）从兴至衰的故事，其所写的人物，必然是王府家族的人物，上层人物包括五代主子，即第一代宁国公贾演、荣国公贾源，小说只提及，未做描写。第二代贾代化、贾代善，均未描写，这一代

主要写贾代善夫人史太君，即贾母，是小说中代表贾府家族最高"权力"的人物。第三代是贾敬（修道，未做详细描写）、贾赦及妻邢夫人、贾政及妻王夫人与妾赵姨娘、贾敏及夫林如海（林黛玉之父母，未做描写）。第四代是贾珍及夫人尤氏、贾琏及夫人王熙凤（凤姐）、贾珠及夫人李纨、贾宝玉、贾环、元春、迎春、探春、惜春等。第五代是贾蓉及夫人秦可卿、贾巧姐、贾兰、贾芹等。小说主要描写的是贾府家族四代主子与其相关的人物，包括甄士隐、贾雨村、薛姨妈、林黛玉、薛宝钗、史湘云、妙玉、尤二姐、尤三姐、薛宝琴、薛蟠、秦钟、柳湘莲、蒋玉函等。下层人物包括五种：第一种是半主子、副姑娘，如鸳鸯、平儿、香菱、袭人、晴雯、紫鹃等。第二种是管家，如林之孝家的、周瑞家的等。第三种是一般丫头，如金钏儿、玉钏儿、司棋、如画、小红、芳官、雪雁、五儿等。第四种是随身仆人，如茗烟等。第五种是老仆人（如焦大）和一般仆人。此外就是穷亲戚，如刘姥姥等。贾府家族就是由这样的五代上层、五种下层人物构成的，这是一个有似宝塔型高楼大厦之整体，每个人物都是这大厦中的梁柱或砖瓦，是这结构中的一员，具有组建或支撑大厦的作用，这就是整体性。这个整体性，是《红楼梦》人物结构的一个重要特点，同时又是《红楼梦》每个人物形象的重要特点。

问：什么是解体性呢？

答：《红楼梦》所写的贾府家族兴亡史，就是写贾府家族这个整体从兴至亡逐步解体的过程。这样，从艺术创作上说，就必须在体现其整体性的同时，显示这个整体的逐步解体过程，这就是解体性。显然，《红楼梦》就是这样做的。所以，它不仅具有整体性的特点，而且具有解体性的特点，甚至可以说主要是在整体性中体现解体性的特点；不仅整部小说的人物结构是这个特点，而且，每个人物都具有这样的特点。

问：你这说法很新颖，但颇费解，请详细解说。

答：这个特点是作者创作意图的主要体现，也即是由小说的立意本旨决定的。《红楼梦》首回即声称："此回中凡用'梦'用'幻'等字，是提醒阅者眼目，亦是此书立意本旨。"在具有全书"序曲"意味的第五回写"太虚幻境"中，以"警幻"为名的仙子，也向贾宝玉表明是受宁荣二公之灵所嘱："吾家自国朝定鼎以来，功名奕世，富贵传流，虽历百年，奈运终数尽，不可挽回者。故遗之子孙虽多，竟无可以继业。其中惟嫡孙宝玉一人，禀性乖张，生情怪谲，虽聪明灵慧，略可望成，无奈吾家运数合终，恐无人规引入正。幸仙姑偶来，万望先以情欲声色等事警其痴顽，或能使彼跳出迷人圈子，然后入于正路，亦吾兄弟之幸矣。"由此，警幻仙子亲引贾宝玉先尝"情欲声色等事"，又从《金陵十二钗册》命运、"千红一窟（哭）"之茶、"万艳同杯（悲）"之酒向其警示。从这些警示可见，作者本旨就是要写贾府家族这个整体从兴至亡的解体过程，着重揭示这个宝塔大厦或参天大树崩溃或"树倒猢狲散"的悲剧。这即是《红楼梦》的人物结构在整体性中显示其解体性特点之缘由。

问：怎样理解小说中的每个人物都主要是在整体性中显示其解体性特点呢？

答：既然小说中每个人物都是这大厦中的梁柱或砖瓦，都在整体结构中有其作用，在解体过程中充当一定角色，那就必然要在整体性中显现其解体性的特点。作者的创作本旨和思想倾向也正如此。在前引的宁荣二公之灵所嘱"故遗之子孙虽多，竟无可以继业"这句话可见，贾府子孙都是堕落无能之辈；而且"万望先以情欲声色等事警其痴顽，或能使彼跳出迷人圈子"的请求，侧面揭示了贾府家族的解体正是由于子孙陷入"情欲声色等事"的"迷人圈子"而造成的。所以，在小说中，主要写的贾府子孙都是在家族整体中起到解体作用的各色人物，对每个人物的具体描写，都在表现其整体性的同时，着重显示其解体性或解体作用。

问：如此说来，贾府家族的每个子孙都是陷入"情欲声色"之"迷人圈子"的人物，而整个家族都是由此而衰亡的么？

答：是的，但不全是。作者说是"大旨谈情"，历代都称其为"情书"，而且主要人物都写到其"情事"，可见的确写"情欲声色"为多。但请注意跟着还有"等事"两字，可见，这"迷人圈子"还有许多事，家族解体的原因和每个人的解体性或解体作用都是如此，如为荣华富贵贪赃枉法、为欢乐享受奢侈无度、为己利胡作非为、为权势草菅人命等，无不是造成这座家庭大厦崩溃的解体因素。所以，小说中的描写，既写"情欲声色"，也写其他"等事"的解体性。但它的艺术特点，则主要体现在整体性中突出解体性。

问：具体是怎样表现的呢？

答：首先表现在所写的贾府上层人物上。所列的五代和每代中的每个人，都具体描写其在家族整体中的位置，同时也具体描写其解体性作用。如贾母史太君，是小说直接描写的唯一第二代人物，是整个家族的"太上皇"，小说中描写的贾府一系列重大活动（包括元妃省亲、建大观园、寺院打醮、祠堂祭祖等）都是她主持的。这些活动所展现的铺张奢侈、挥霍无度，以及由这些活动所埋下的种种祸根，包括对贾琏荒淫行径的包庇等事，都表明她是贾府唯一的在整体性中体现解体性的第二代标志人物，尤其是小说写她主持的这些重大活动，都是贾府兴旺时期的体现，而她最后在贾府被抄家后病死，即贾府最后崩溃之时，更清楚表明她就是贾府家族从整体中解体的标志形象。

问：第三代人物是怎样的呢？

答：第三代是在继业中败业的一代。贾敬、贾赦都承袭了第一代宁荣二公的勋位，但贾敬出家修道，勋位传第四代贾珍；贾政虽未承勋位，但也得封官员外郎，都可谓继业而得到在家族整体中的重要地位。但贾赦承位不承业，贪赃枉法，荒淫无耻，贾府被抄家就是由其罪孽暴露而起；贾政虽勤政忠心，但迂腐无能，贾府兴旺时庸庸碌碌，贾府被抄家后手足无措，承业不足，败业有余。同代的邢夫人、王夫人、赵姨娘也都是继业中的享受者，败业中的肇事者或助长者。

问：第四代怎样呢？

答：第四代和第五代人物连同大致同龄的相关青年男女，是小说中描写的人物主体，是贾府家族中人数最多，在整体性和解体性中所起的作用最重要、最直接、最全面的一代。由此，当对其分种类解析为宜。

问：这些人物分几类呢？请分类详析之。

答：可分四类。第一类是决定并标志整体兴亡的人物，即皇妃元春。如果说，宁荣二公是靠皇恩而兴建贾府家族的始祖，那么，元妃则是重新振兴这座大厦的元勋。她以受皇帝恩宠之力使贾府重兴荣华富贵，又以皇妃的威仪创建了省亲别墅大观园，为一群青年男女提供了谈情说爱的乐园，具有整体性振兴的作用，也埋下了解体性的元素；随后，她患病直至病死，贾府和大观园也随之逐步消亡。所以，元春是个决定并标志兴亡的人物。探春在凤姐病后，上任接管荣府家务"三人小组"之主管，展现了她振兴贾府的雄心与才华，但也无力回天。在大厦将倾时远嫁海外，迎合她在元宵节打的风筝灯谜，意味着贾府之兴亡聚散，也可列入这类人物。

问：第二类是怎样的呢？

答：第二类是全面促使贾府家族既操持整体又促使整体解体的人物，主要是贾敬、贾琏、凤姐。所谓全面，是指他们既全面掌握贾府整体的内外大权，又全面从事促使贾府衰亡的勾当，以权谋私，贪赃枉法，无恶不作。尤其在贪、淫两个方面，均达登峰造极的地步。贾敬作为族长，竟然与自己的儿媳妇乱伦，致秦可卿自杀身亡，又在为其大办丧事和主持家祭时挥霍无度。贾琏是荣府对外总管，遇事莫不从中谋利，连助林黛玉回乡治丧，也从中谋吞林家遗产；已有美貌的妻妾凤姐、平儿还不够，仍不时找鲍二家的偷情，还偷娶尤二姐，淫乱至极。最有代表性的是凤姐，她是贾府才貌双全、八面玲珑的大管家，操持并主持贾府日常事务和重大活动，精明能干，但贪得无厌，克扣府中例银、放高利贷、滥权收赃、谋财害命，以至抄家时赃物罪证最多；她的淫事正面描写不多，但她以淫诱害贾瑞致其死亡，逼死与贾琏偷情的鲍二家的和偷娶为妾的尤二姐，也当得以淫败家之罪，是不折不扣的既操持贾府家族整体又促使整体解体的主要人物。薛蟠虽非贾府人，但作为四大家族代表的王公贵族之花花公子，也属此类人等。

问：第三类是怎样的呢？

答：第三类可谓既是受益者又是受害者，如迎春、惜春、秦可卿、李纨、巧姐、薛宝钗等。迎春因是贾府小姐而受益，但由此而受买卖婚姻之害而终。惜春因是小姐而得养尊处优，又因身在罪恶腐败的贾府中看破红尘，而走上出家之路。秦可卿自幼从孤儿院被贾府收养，生受孙媳之福，死受诰封重葬，却由此而受淫辱而自投黄泉。李纨嫁入贾府得长媳之益，但过早受"三从四德"封建礼教之害，一生饱受守寡之苦。巧姐出生身受贾府兴旺之福，成长却受贾府衰败之苦。薛宝钗是受封建礼教之益和之育的典型，也是由此而受害受苦的典型。她出生并成长在与贾府相似并有密切关系的"珍珠如土金如铁"的薛家，得受贵族小姐的高贵生活与封建教育，长成少女后寄居贾府，更享此福并展现封建教有所得之品性才华，成为才貌双全的大家闺秀，从而得以实现她孜孜以求的与贾宝玉结合的"金玉良缘"；然而，她与贾宝玉之间毕竟不是相互的意中人，同床异梦，貌合神离，最后是贾宝玉出家归大荒，她则随贾府的衰亡郁郁而终。

问：第四类是怎样的呢？

答：第四类可谓既是参与者，又是叛逆者、受害者，包括林黛玉、贾宝玉。林黛玉本是贾母的外孙女，自幼在贾府长大，与贾宝玉情投意合，但只是情恋，未成夫妻。她见证贾府兴旺期的繁华，为反抗封建礼教、追求圣洁爱情，在贾府衰亡前夕，悲愤病逝，以短暂的一生谱写了受封建礼教所害之悲歌。贾宝玉本是大荒中的一块顽石，变身为玉投身贾府，又被视作贾府家族之宝和玉，见证并参与了贾府的兴亡；同时又旗帜鲜明地反封建礼教，以圣洁的"木石之盟"追求自由恋爱，以致不为封建社会和封建家族所容，最后在大厦崩溃中出家归大荒。所以，贾宝玉既是见证者、参与者，又是叛逆者、受害者，对贾府家族起到整体性的解体作用。

◇ **问**：最后讲讲贾府最下层的人物了。

◇ **答**：这层包括五种人物，实际上既是构成者又是受害者，也可说是受益中的受害者。他们是贾府家族大厦之底层，缺其而不能构成大厦；他们都出自贫苦家庭，因入贾府而获生存，并因贾府是荣华富贵之乡而多少沾光受益。所以，金钏儿、晴雯、司棋等丫鬟在受驱逐时死活不愿离开贾府。曾救宁荣二公之命的焦大，为贾府做仆一生，被强喂马粪仍忠心耿耿；林之孝、周瑞等都是贾府能够维持百年的忠仆代表。但这群人在贾府中个个、代代所受的欺压迫害，正是贾府的罪孽写照，是促使贾府整体解体的内在因素；下层人物的命运都是随贾府整体之兴衰而兴衰的，这个群体既是贾府整体不可或缺的构成者，又是贾府解体的促成者和受害者。所以，《红楼梦》在下层人物的结构上，与贾府上层五代人物一样，都在揭示其整体性的同时，描写其解体性，实在是很高超的对立统一思想艺术。

六、人物塑造：相同与差异的对立统一

◇ **问**：《红楼梦》在整体人物结构上的特点你已经勾画出来了，在人物塑造上的特点如何呢？

◇ **答**：《红楼梦》主要是运用相同与差异之对立统一艺术，即在具有各种各样相同点的人物之间，运用多种方法显示出人物的差异性而塑造人

物。主要有八种方法：一是在同缘关系中以对称的方法塑造人物；二是在同原人物之间以对比方法塑造人物；三是在同型人物之间以差异的方法塑造人物；四是在同景中的人物之间，以各自言行自现并互现思想性格的方法塑造人物；五是以同题赋诗（诗）联句各现并互现形象的方法塑造人物；六是对同一人物多角度、多方式描写形象的方法塑造人物；七是对同一人物以其表里对比的方法塑造人物；八是对同一人物以先后对应的方法塑造人物。这八种方法都是高妙地运用并体现对立统一的思想艺术。

问：请分别以例解说。

答：首先解说第一种。所谓"同缘关系"，是指两个或几个人物之间，因为某种因缘而产生相互纠葛或矛盾冲突的联结关系，如恩爱情仇等关系，彼此是相互联结而又对立的人物。如贾宝玉与林黛玉、薛宝钗之间的"三角"恋爱关系就是这样。在这种关系中，贾宝玉是中心人物，林黛玉与薛宝钗是对立人物，小说就是以联结中对称的方法塑造这三个人物的。这种方法，最明显体现在对林黛玉、薛宝钗形象的塑造上，尤其是对两人进行描写的具体情节，往往是在同一回或相接回目中对称描写的。例如，第七回写周瑞家的到薛姨妈处接到派送宫花的差事，正面写了薛宝钗吃冷香丸和"从来不爱花儿粉儿"的性格，随接写林黛玉在接宫花时说，"我就知道，别人不挑剩下的也不给我"，对最后才送她表示不满，显示了小气脾性；同时，又写贾宝玉在林黛玉处，而不是在薛宝钗处，连薛宝钗有病也不知，知道后即派丫鬟茜雪去问候，并交代说："只说我与林姑娘打发了来请姨太太姐姐安，问姐姐是什么病，现吃什么药。论理我该亲自来的，就说才从学里来，也着了些凉，异日再亲自来看罢。"这个情节，既以对称方法正面描写了薛林的不同性格，同时也展现了贾宝玉的体贴多情性格，并微妙地显示了他重林轻薛的情感倾向。接下的第八回，回目即显示出是在描写"比通灵金莺微露意"的同时，写"探宝钗黛玉半含酸"，分别在通灵与金锁的对称中微露薛宝钗的"金玉良缘"之意，写林黛玉在探望薛宝钗时见贾宝玉已在座而生出妒忌之心，以对称的描写显示黛钗两人对贾宝玉的情意和各自的思想性格，同时也描写了贾宝玉的感情倾向和有些痴呆迟钝的性格特点。最突出的是第三十四回写贾宝玉受贾政笞挞重伤之后，先是写薛宝钗托着一丸药来探望，说出了"早听人一句话，也不至今日。……就是我们看着，心里也疼"的话，而"不觉的就红了脸，低下头来"的细节，贾宝玉"听得这话如此亲切稠密"而感受到"大有深意"。随后描写林黛玉"两个眼睛肿的桃儿一般，满面泪光"进来探望，悲伤至无声之泣，"心中虽有万句言词，只是不能说得，半日，方抽抽噎噎地说道：'你从此可都改了罢。'宝玉听说，便长叹一声，道：'你放心，别说这样话。就便为这些人死了，也是情愿的！'"这两段情景的描写，极其对称地显示了两人对贾宝玉受伤同情关心而又截然不同的情态，薛宝钗是在冷静中持续说教而又显露真情，林黛玉是在极度悲痛中失态反语；贾宝玉对薛宝钗之"心疼"的"深意"领悟，对林黛玉失态反语的长叹和回答，都极其精辟地活现了黛钗两人不同的思想性格和宝玉对两人不同的感情倾向。这就是以对称方式显示人物思想性格和人物关系的对立统一艺术。曹雪芹在小说中经常运用这种艺术手段写黛钗两人，尤其是在第五回中写贾宝玉在《金陵十二钗册》所见对称抒林黛玉与薛宝钗的判词［终身误］，"都道是金玉良姻，俺只念木石前盟。空对着，山中高士晶莹雪；终不忘，世外仙姝寂寞林。叹人间，美中不足今方信。纵然是齐眉举案，到底意难平"，以及在［红楼梦·引子］中的表态，"演出这怀金悼玉的《红楼梦》"，使好些权威研究者只将对称之法沉迷于"两峰对峙"之中，无视其内含的感情倾向及其思想艺术的深度和高妙。

◇ **问**：第二种是怎样的呢？

◇ **答**：是在同原人物之间以对比方法塑造人物。所谓"同原"，是指在人物之间原有各种各样的相同点，但彼此却有各种各样的差异，如人品、性格、作为、命运各不相同，以对比的方法将人物的差异性凸现出来，既将人物的特点显现出来，又起到相互映现刻画的作用，使形象更加鲜明。如贾宝玉与贾环是兄弟，在小说中往往将两人以正反对比方法描写，写贾宝玉是才貌双全、风流倜傥、正直正派的形象，写贾环则是其貌不扬、猥琐愚昧、狡猾奸诈的人物，两者形成正反对比，差异悬殊，使各自的形象更突出。元春、迎春、探春、惜春是贾府四姐妹，出身相同，命运各异，形象悬殊。在《金陵十二钗册》中，元春的判词是"二十年来辨是非，榴花开处照宫闱。三春争及初春景，虎兕相逢大梦归"。迎春的判词是"子系中山狼，得志便猖狂。金闺花柳质，一载赴黄粱"。探春的判词是"才自精明志自高，生于末世运偏消。清明涕送江边望，千里东风一梦遥"。惜春的判词是"勘破三春景不长，缁衣顿改昔年妆。可怜绣户侯门女，独卧青灯古佛旁"。在小说描写中，四位小姐的人生命运和思想性格正如上述判词，彼此差异甚大，形成鲜明对比，更突现各自鲜明形象。

问：第三种是怎样的呢？

答：是在同型人物之间以差异的方法塑造人物。这种方法，主要是对某些在形貌、风格、气质上属于同类型的人物，用种种细节凸现其差异而显现各自的形象。例如，小说中写主角贾宝玉，同时也写了一个与贾宝玉同名、同相貌、同是贵族公子的甄宝玉，但是当贾宝玉与甄宝玉相见并交谈之后，马上发现了这个甄（真）宝玉是与自己完全不同的人，是一个痛改"前非"而沉迷仕途经济的"蠢禄"之辈。写贾宝玉乍见秦钟，见其美貌神采，视为贴心至交，同窗共读；但小说后写秦钟在学堂和寺院中的性行为，与贾宝玉对女性多情但本质纯情的品情，形成鲜明对比，也即运用对比以显示同型人物差异之实例。众所周知，在小说中，林黛玉与晴雯、薛宝钗与袭人，这两对可谓同型人物，但这两对同型人物也都在同型中以细节之对比而显示差异。林黛玉与晴雯都是婀娜多姿的美女，同是性格爽直、任性泼辣、牙尖嘴利的人，又都与贾宝玉有同心共好的关系，但两人身份、教养、素质不同，与贾宝玉的关系也不同，因而在一系列细节上，都明显对比出相互的差异，如小说第三十一回"撕扇子作千金一笑"写出晴雯的任性泼辣而无涵养的性格；在第十八回中写林黛玉在与贾宝玉生气时剪碎她亲手为宝玉绣的香囊的细节描写，也活现了黛玉的小姐脾气及其与宝玉的爱情关系。两个细节对比呈现的差异，更显示出这对同型人物之间的明显不同。同时，又与另一对同型人——薛宝钗与袭人之间形成明显的对比。薛宝钗与袭人都是才貌双全、温柔敦厚、深有心计的人，同是封建规范下的淑女，与贾宝玉有切身的密切关系；但这两人之间，一是见多识广的贵族小姐，一是从未读书的丫鬟；一是"金玉良缘"的当事者，一是备选侍妾，显然在身份、教养、素质上迥然相异。在与贾宝玉关系上也有明显的层次不同，与林黛玉、晴雯这对同型人更是差异明显。这正是对立统一艺术的高妙之处。

问：第四种是怎样的呢？

答：是在同景中的人物之间，以各自言行自现并互现思想性格的方法塑造人物。这种方法，是《红楼梦》用得最多且用得最到位的方法；《红楼梦》艺术结构的最大特点，是以场景的更换推动故事情节的发展，每个场景无论大小，都是若干以至成群人物在活动，这就是同景中的人物。《红楼梦》中对这种方法的运用极其广泛，于大场景中写许多人，于小场景中写几个人；又在大场景中套有小场景写人；还往往用过节、宴会、诗会等欢聚场景进行描写。例如，第四十回"史太君两宴大观园，金鸳鸯三宣牙牌令"，写贾母为接待刘姥姥二进大观园，先是带刘姥姥参观园中景致，过程中既写了景又写了人。在晓翠堂宴会时，全贾府的上层妇女和姑娘们几乎都到齐了，依亲密关系排了座次，又都写到各人的言行，使到场的人及彼此关系都以各自的言行亮了相。进而在贾母说声"请"而开宴时，"刘姥姥便站起身来，高声说道：'老刘，老刘，食量大似牛，吃一个老母猪不抬头。'自己却鼓着腮不语。众人先是发怔，后来一听，上上下下都哈哈的大笑起来。史湘云撑不住，一口饭都喷了出来；林黛玉笑岔了气，伏着桌子嗳哟；宝玉早滚到贾母怀里，贾母笑的搂着宝玉叫'心肝'；王夫人笑的用手指着凤姐儿，只说不出话来；薛姨妈也撑不住,口里茶喷了探春一裙子;探春手里的饭碗都合在迎春身上;惜春离了座位,拉着他奶母,叫揉一揉肠子。……"这段描写,先是写出整体气氛,随即写出各人的笑态动作,各不相同,都显出了各自的个性,甚至所写人物发笑先后的次序,以及相互之间的动作,无不显示出各人的性格特点和相互关系。如心直口快的湘云首先笑出喷饭,敏感纤弱的黛玉接着笑叫嗳哟,宝玉滚到贾母怀中而贾母叫"心肝",最小的惜春要奶母揉肠子;尤其是写迎春,只写探春笑得将饭碗合在她身上,未写她的反应是说还是笑,笔者省这笔墨,真是具有"此时无声胜有声"而显出迎春木讷性格的效果。可见,这段描写,全都是在同景中各人自身言行及相互对比描写的精彩笔墨,堪称运用这种方法的经典实例。

问: 第五种是怎样的呢?

答: 是以同题赋诗(词)联句各现并互现形象的方法塑造人物。这也是《红楼梦》用得最多、最精彩的方法,是其相比其他古典小说文学品位更高之所在。从小说前八十回的回目即可看到许多专写诗会雅聚的章节,例如,第三十七回"秋爽斋偶结海棠社,蘅芜苑夜拟菊花题",第三十八回"林潇湘魁夺菊花诗,薛蘅芜讽和螃蟹咏",第四十五回"金兰契互剖金兰语,风雨夕闷制风雨词",第四十八回"滥情人情误思游艺,慕雅女雅集苦吟诗",第五十回"芦雪广争联即景诗,暖香坞雅制春灯谜",第七十回"林黛玉重建桃花社,史湘云偶填柳絮词",第七十六回"凸碧堂品笛感凄清,凹晶馆联诗悲寂寞"等。这些章回的诗词联句,固然是小说故事情节发展的重要元素,也是小说的传统性和文学性的要素和标志。但在《红楼梦》中,其功效主要是重在以诗写人,即在同题各异诗词中显出各人自身思想性格,又在各自的差异中互相映现彼此形象的特点和差异。例如,第七十回写几位姑娘同是填柳絮词而各异的情景:缘起是"正值暮春之际,史湘云无聊,因见柳花飘舞,便偶成一小令,调寄《如梦令》,其词曰:'岂是绣绒残吐,卷起半帘香雾,纤手自拈来,空使鹃啼燕妒。且住,且住!莫使春光别去'"。自感得意,传给各人,受到一致赞赏，便约一道各以不同词牌填作，并当即评说。首先写探春所填《南柯子》半首："空挂纤纤缕，徒垂络络丝，也难绾系也难羁，一任东西南北各分离。"宝玉接写下半首："落去君休惜，飞来我自知。莺愁蝶倦晚芳时，纵是明春再见隔年期。"接着是林黛玉填的《唐多令》："粉堕百花洲，香残燕子楼。一团团逐对成毬。漂泊亦如人命薄，空缱绻，说风流。草木也知愁，韶华竟白头！叹今生谁舍谁收？嫁与东风春不管，凭尔去，忍淹留。"宝琴的《西江月》："汉苑零星有限，隋堤点缀无穷。三春事业付东风，明月梅花一梦。几处落红庭院，谁家香雪帘栊？江南江北一般同，偏是离人恨重！"最后是宝钗的《临江仙》："白玉堂前春解舞，东风卷得均匀。蜂围蝶阵乱纷纷。几曾随逝水，岂必委芳尘。万缕千丝终不改，任他随聚随分。韶华休笑本无根，好风凭借力，送我上青云！"从这些同题词及众人的评语可见，固然各人所作，均从不同角度、以不同意象，塑造了暮春时节柳絮纷飞的景象和柳絮的形象。但更重要的是，在各人所写的诗词中，都各自体现了自身的性格或命运，如湘云的爽朗豪放、探春的分离命运、宝玉的洒脱、黛玉的漂泊感伤、宝琴的朔旅经历、宝钗之豁达和抱负，莫不跃现各自词中，使"轻薄无根无绊"（薛宝钗语）的柳絮有了人物思想感情之根，从而自现了自身思想性格，同时又在相互的评语和对比中映现出各自不同的形象。其实，将这些词分离出小说情节而仅从词作品评，也堪称上上品之作，因为同写柳絮，却创造了多种不同的"诗味"境界。

问：第六种是怎样的呢？

答：是对同一人物做出定位又以多角度描写形象的方法塑造人物。在《红楼梦》中对主要人物（如金陵十二钗）的塑造大都运用这种方法，尤其是对贾宝玉形象的塑造更是这样，典型地体现在贾宝玉先后初见林黛玉、薛宝钗的描写中。首先，在小说的开篇中，作者以三个神话故事，以及"冷子兴演说荣国府"做了铺垫之后，到第三回即正式开始写贾宝玉初见林黛玉情景。由于贾宝玉不能列进《金陵十二钗册》写判词，便特地在这时以后人所写之《西江月》作为贾宝玉的判词,即"无故寻愁觅恨,有时似傻如狂。纵然生得好皮囊,腹内原来草莽。潦倒不通世务,愚顽怕读文章。行为偏僻性乖张,那管世人诽谤。富贵不知乐业,贫穷难耐凄凉。可怜辜负好韶光,于国于家无望。天下无能第一,古今不肖无双。寄言纨绔与膏粱,莫效此儿形状!"这首判词,实则是为贾宝玉的思想性格和人生命运做出定位。可能是由于与林黛玉有密切关联,于是由此同时开始以林黛玉的视角描写贾宝玉的形象。俗话说,"情人眼里出西施",动情多在动情处,所以,有前世因缘的林黛玉初见贾宝玉的视角,自然是注视贾宝玉的仪表、服饰、举止、风度,特别是看到宝玉"面若中秋之月,色如春晓之花,鬓若刀裁,眉如墨画,面如桃瓣,目若秋波。虽怒时而若笑,即瞋视而有情。项上金螭璎珞,又有一根五色丝绦,系着一块美玉",由此而大吃一惊,心中想:"好生奇怪,倒像在那里见过一般,何等眼熟到如此!"而贾宝玉在初见林黛玉时也当即表示:"这个妹妹我曾见过的。"这段描写,既通过林黛玉的视角写出了贾宝玉的仪表风度形象,又写出了林黛玉眼中和心中的贾宝玉的情缘形象,呼应了神话故事"木石前盟"的关系,从而揭开了宝黛的情史篇章。这种手法,具有一箭三雕的作用。在第八回中,写薛宝钗初见贾宝玉情景的手法也是如此。其中,也同样有一首判词:"女娲炼石已荒唐,又向荒唐演大荒。失去幽灵真境界,幻来亲就臭皮囊。好知运败金无彩,堪叹时乖玉不光。白骨如山忘姓氏,无非公子与红妆。"这首判词,实际是从封建礼教视角对贾宝玉思想性格及其破坏作用的定位,也当是薛宝钗所体现的封建道德规范对贾宝玉所体现的反叛思想性格的定位。所以,在描写薛宝钗初见贾宝玉的情景中,薛宝钗只见"宝玉头上戴着累丝嵌宝紫金冠,额上勒着二龙抢珠金抹额,身上穿着秋香色立蟒白狐腋箭袖,系着五色蝴蝶鸾绦,项上挂着长命锁、记名符",而且特别注意到"另外有一块落草时衔下来的宝玉"。而贾宝玉也认真细看了同样是和尚给宝钗的一块刻有"不离不弃,芳龄永继"的金锁,与贾宝玉刻有"莫失莫忘,仙寿恒昌"的宝玉成双配对构成,突出了封建婚姻的门当户对理念。这段描写,既写出了贾宝玉的荣华富贵形象,又写出了薛宝钗眼中的贾宝玉"公子"形象,同时现出了规范的"红妆"形象，揭开了"金玉良缘"与"木石前盟"对比竞争的序幕。这段描写也同样具有一石三鸟的效果，可见这种方法不仅是用在塑造同一人物，而且还可以同时塑造出相关人物，并呼应、推动故事情节的发展，是一种很高妙的对立统一艺术和超脱艺术境界。

问：第七种是怎样的呢？

答：是对同一人物以其表里对比的方法塑造人物，这种方法，主要用在塑造凤姐这个人物，同时也塑造了与之相关的人物。具体体现在三个事件的描写上。一是第十一回和第十二回写的凤姐以色害死贾瑞事件。贾瑞是贾琏的族弟，称凤姐为嫂子。小说写凤姐离开宁府家宴后，在园子中偶遇贾瑞，贾瑞以请安为名，企图相约凤姐见面调情。凤姐知意，当即想道："这才是'知人知面不知心'呢，那里有这样禽兽的人呢。他如果如此，几时叫他死在我的手里，他才知道我的手段。"随后果真如此，凤姐连设两度"相思局"，诱使贾瑞上钩冻病，卧床不起，正在垂危之际，得道士送"风月宝鉴"救治，正面是凤姐招手相邀，反面是一个骷髅站立，道士嘱他只照反面，勿照正面。贾瑞不依所嘱，只照正面而死。此事可见凤姐表面是笑容满面的美女，其内是奸猾凶残的人，正如"风月宝鉴"那样，是正反两面、表里不一的人物，而受害者贾瑞，也现出了凤姐所说的人面兽心的原形。可见，这个事件既凸现了凤姐的"笑面虎"形象，也现出了贾瑞的丑陋嘴脸。二是第十五回写凤姐在铁槛寺受老尼之贿弄权仗势欺人事件。本来铁槛寺是荣宁二公修善之处，住院尼姑也是修善之人。恰恰在这个地方，在老尼的奉承教唆下，从未做善事但也不曾贪赃枉法的凤姐，却为三千两银子做害人的事，她还表示："从来不信什么是阴司地狱报应的，凭是什么事，我说要行就行。"这句话，将明目张胆在行善的道院中做恶事的凤姐形象写得活灵活现，行贿的老尼姑也同时现出了表面行善、实则行恶的原形。三是逼使尤二姐自尽事件。在第六十八、第六十九回中，凤姐知道贾琏偷娶尤二姐为妾后，趁贾琏出差在外，凤姐乘机用甜言蜜语使尤二姐认为知己，将尤二姐骗入府中之后，逐步折磨，让尤二姐在冷嘲热讽中度日。同时，又派人唆使尤二姐原嫁丈夫张华告状，造出风波，凤姐亲自登门大闹宁国府。随后再次使两面手段，一面继续以温存体贴使尤二姐心服；另一面又唆使张华告状要回原妻，促使尤二姐患病小产，悲痛至极，吞金自尽。小说对这个事件的描写，将凤姐两副面孔的形象描写得淋漓尽致、入木三分，同时也将贾琏、贾珍等披着人皮的禽兽形象暴露无遗，可见对立统一思想艺术的功力。

问：最后一种，第八种是怎样的呢？

答：是对同一人物以先后对应的方法塑造人物。应该说，《红楼梦》的主要人物大都是用这种方法塑造的，但最清晰而成功运用这种方法塑造出的人物当是刘姥姥，具体体现在对刘姥姥三进荣国府的描写中。首次是第六回，描写刘姥姥在家境艰难的情况下，带着板儿到贾府求助。这时的贾府虽然正在衰落之中，但也正如刘姥姥所说"瘦死的骆驼比马还大"，主持家政的凤姐，也正如她自己所说尚"年轻"，值风华正茂之时，为保持"祖父的虚名"，爽脆给刘姥姥二十两银子资助。这点银子，对凤姐或贾府来说，不过是牛毛小事，却解除了刘姥姥的燃眉之急，刘姥姥为之感激不已。小说对刘姥姥这次进贾府的描写，有三个方面的作用：一是以刘姥姥的视角，尤其是"乡下姥进城"的反差，写出了贾府的荣华富贵；二是初现了凤姐的威仪和能干；三是作为刻画淳朴、憨厚、感恩的刘姥姥形象的引子，为以后完成刘姥姥人物形象的塑造做出铺垫，正如在这回书之末所言："得意浓时易接济，受恩深处胜亲朋。"写刘姥姥第二次进贾府的场面特别隆重，竟用了第三十九到四十一回的三回篇幅，景观之美，人物之多，活动之盛，是罕见的。其艺术效果也在于三个方面：一是以刘姥姥的视角，映现贾府在元春封妃而得以重新振兴时期的辉煌，比首次进贾府更深入地刻画了贾府的家族和建筑结构，包括新建的大观园等；二是体现乡下农民与宫廷贵族的差距，通过刘姥姥的视角与活动，显现出"富贵场中、温柔乡里"的盛况，刻画出贾母、凤姐、宝玉以及尚留贾府的"金陵十二钗"姑娘们各自不同的思想性格；三是表现出世故的刘姥姥的感恩之情，她是为送新鲜蔬菜让贾府人尝鲜而来，意外受到贾母接待，为使大家高兴，不惜出丑供人取乐，亦为报恩之举，可见其纯朴宽厚之胸怀，这也是为其最后的报恩行为做铺垫。刘姥姥第三次进荣国府，是后续的第一一三回所写，应当说也是在三个方面符合并呼应曹雪芹所写前八十回的原意和手法的：一是以刘姥姥的视角，透视已经衰败的贾府，与前两次所见如同天渊之别，而且又正是在贾府众叛亲离、故人远避三舍的时候，刘姥姥毫不避嫌，乍知贾母去世即来探望，可谓在世态炎凉中雪中送炭。二是同前两次相对比，病危中的凤姐与前回判若两人。凤姐在墙倒众人怨的悲哀之中，见到刘姥姥来探望，正是在人情冷暖中切身感受到人间真情，更为过去的害人作为忏悔，呼应了第五回中对她的判词："机关算尽太聪明，反算了卿卿性命。生前心已碎，死后性空灵。家富人宁，终有个家亡人散各奔腾。枉费了，意悬悬半世心；好一似，荡悠悠三更梦。忽喇喇似大厦倾，昏惨惨似灯将尽。呀！一场欢喜忽悲辛。叹人世，终难定！"所以，这段描写，既写出了凤姐最后的惨败形象，也呈现了刘姥姥的感恩形象。三是小说描写凤姐询问刘姥姥现在生活怎样时，刘姥姥说：若不是当年受凤姐接济，一家"都要饿死了。如今虽说是庄稼人苦，家里也挣了好几亩地，又打了一眼井，种些菜蔬瓜果，一年卖的钱也不少，尽够他们嚼吃的了"。随即表示，愿受凤姐托孤，带巧姐到乡下。巧姐后来受贾环等至亲出卖，又是刘姥姥救她出牢笼。可见，刘姥姥正是小说写她首次进贾府时称之"受恩深处胜亲朋"的人，也正如《金陵十二钗册》的巧姐判词："势败休云贵，家亡莫论亲。偶因济刘氏，巧得遇恩人"。所以，刘姥姥是作者以先后对应的对立统一艺术方法，精心刻画、极其成功的艺术形象。

（2018年8月18日完稿）

菩提本无树，明镜亦非台。
本来无一物，何处染尘埃？

——六祖惠能

禅味篇

色空净化之「禅味」超脱境界

一、惠能禅学只是对"一时一地"有影响吗

问：你引用六祖惠能这首著名的偈语诗作为这次对话的开篇，是什么意思呢？

答：因为这是这次对话的中心。首先是回答十六年前北方某大学一位宗教学教授向我提出的问题，以了结这件历史性的学术公案。

问：是怎么回事？

答：事情的缘起，是 2002 年 11 月，在韶关南华禅寺庆祝建寺 1500 周年活动中，中国香港《中国评论》杂志社与广东省珠江文化研究会共同举办了"六祖禅宗的历史地位与中华文化"思想者论坛，我在会上提出：六祖惠能是珠江文化圣哲，与黄河文化圣哲孔子、长江文化圣哲老子，是代表中华三大江河文化的"东方三圣人"。与会的这位教授对此持异议，认为惠能禅学只是在唐代一个时候、在局部南方地区有影响，只是在南方"一时一地"之影响，在北方和中华历史上更多时候并无影响，所以，不应与孔子、老子并列为"圣人"。当时即引起争论。2003 年《中国评论》杂志第 3 期上发表了这个论坛记录。现在咱们就以《红楼梦》为例探讨超脱境界之便，对这件公案做个交代。因为曹雪芹是地道的北方作家，他在北京西山写的长篇小说《红楼梦》，从清朝乾隆年间问世到现在，影响了中华文化数百年，是举国公认的"国宝"和世界名著。恰恰这部出自北方作家之手、主要写清代北方社会生活、影响全国和世界的经典作品，又是一部全面而深刻体现惠能禅学的经典作品。从《红楼梦》着笔，是试图以经典的实例，回答惠能禅学只是在"一时一地"才有影响之说，是有说服力的。

◇ 问：如此说来，可能颇有意味。愿闻其详。

◎ 答：首先，《红楼梦》就有直接引述惠能禅学的章节。如第二十二回，前半回写的是：贾母为庆宝钗十五岁生日，特办宴会又点戏。宝钗点了一出《鲁智深醉闹五台山》，并向宝玉介绍说，这戏中一曲《寄生草》填得极妙，即念道："漫揾英雄泪，相离处士家。谢慈悲剃度在莲台下。没缘法转眼分离乍。赤条条来去无牵挂。那里讨，烟蓑雨笠卷单行？一任俺芒鞋破钵随缘化！"宝玉称赏不已，对其中"赤条条来去无牵挂"句尤有同感。随后"细想这句趣味"，大哭起来，提笔立占一偈云："你证我证，心证意证。是无有证，斯可云证。无可云证，是立足境。"并填一支《寄生草》解偈："无我原非你，从他不解伊。肆行无碍凭来去。茫茫着甚悲愁喜，纷纷说甚亲疏密。从前碌碌却因何？到如今，回头试想真无趣！"随后，林黛玉则为其偈续了两句："无立足境，是方干净。"

◇ 问：能不能说，这段描写的确表现出贾宝玉对惠能禅学，尤其是对"赤条条来去无牵挂"之"禅机"有所"顿悟"而大哭呢？随后，林黛玉为宝玉之偈续加"境""净"，是更深一层之"顿悟"呢？

◎ 答：是的。开篇所引惠能之偈诗，是惠能继承六祖禅位并开创中国禅学的纲领，"空""净"二字是惠能禅学之核心。所以，宝玉和黛玉先后对此能悟其"机"、其"境"，是对惠能禅学有所"顿悟"的直接体现。

◇ 问：真可以说是未言惠能之名，已悟其"禅"。

◎ 答：小说接着描写，薛宝钗点评宝玉是悟了"禅机"移了"性"。她对宝玉所悟之"禅机"做出介绍：说这是"当日南宗六祖惠能，初寻师至韶州，闻五祖弘忍在黄梅，他便充役火头僧。五祖欲求法嗣，令徒弟诸僧各出一偈。上座神秀说道：'身是菩提树，心如明镜台，时时勤拂拭，莫使有尘埃。'彼时惠能在厨房碓米，听了这偈，说道：'美则美矣，了则未了。'因自念一偈曰：'菩提本无树，明镜亦非台，本来无一物，何处染尘埃?'五祖便将衣钵传他。今儿这偈语，亦同此意了"。这些描写，则是对惠能禅学直呼其名、直解其"禅"了。这不就是惠能禅学影响世界知名的中国"国宝"的直接证据么？可见，这位教授连《红楼梦》也没读过，或者说是读过但没读懂，也可能是读时没在意六祖惠能禅宗和禅学对这部"国宝"的明显而重大的影响。

二、《红楼梦》的主导思想是惠能禅学

问：你说"惠能禅宗和禅学"是什么意思呢？"禅宗""禅学"是两个不同的概念么？

答：是的。两者在《红楼梦》中既有联系又有区别。请看人民文学出版社1982年版《红楼梦》第二十二回的有关注释："禅宗六祖惠能——南天竺人菩提达摩于五世纪初来中国传播禅法，建立了早期禅宗，被称为禅宗东土始祖。达摩传慧可（二祖），慧可传僧璨（三祖），僧璨传道信（四祖），道信传弘忍（五祖）。弘忍死后，禅宗分为南北两宗，北宗以神秀为六祖，南宗以惠能为六祖。惠能，一作慧能，中国佛教禅宗的实际创立者。初投弘忍门下当'行者'，在碓房里舂米。因作'菩提本无树'一偈，得到弘忍的赏识，便将禅法秘授与他，并付予法衣，史称南宗六祖。后来中国佛教史上的禅宗和思想史上的禅学，一般指南宗和惠能的禅学。"这则注释清楚而确切地指出，禅宗和禅学分别是佛教史和思想史上的两个概念，禅宗是指教派，禅学是指思想哲学；而且指出了"禅学"一词，主要是指惠能的禅学。明确这些概念，对于读懂《红楼梦》是很重要的，甚至可以说是关键性的。

问：为何如此重要？

答：因为这部小说是以僧道二仙将女娲补天时未能用于"补天"的一块石头化为一块"宝玉"并带其到世间的经历为引线，以贾宝玉和林

黛玉、薛宝钗的爱情故事为脉络，以荣宁二府从荣华富贵到"树倒猢狲散"的兴衰过程为场景，以清朝"乾隆盛世"为社会背景，以禅学思想剖现作者生活年代现实的长篇小说。小说从开头到结局（按前八十回本所预示的"宝玉出家"），都有不少儒学、佛教、道教，以及禅宗与禅学的文化元素，但各种文化元素在小说中的地位和影响不同。总体而言，虽然小说旗帜鲜明地反对男尊女卑、仕宦经济等封建礼教，但还是尊重忠孝仁义儒学正统的；全书佛教与道教影响较重，较多以两教合一的方式呈现，禅宗与禅学虽有别而影响难分。具体表现在小说所写的安排整个故事并多次在故事节点中出现的"僧道二仙"，清楚表明是佛道合一。更有意思的是，曹雪芹本名霑，字梦阮，号芹溪居士。其字"梦阮"之"阮"，是指晋代"竹林七贤"之一阮籍，阮籍是类似道家避于山林的散淡文人，曹雪芹以"梦阮"为字，显然有以"阮"自况而融入道家思想之意。同时又自号"居士"，说明他也与苏轼自称"东坡居士"那样，自明信佛。从曹雪芹将道、佛分列为自己之字和号可见，僧道合一是他本有的理念。值得注意的是，在小说中还有"空空道人"安排宝黛爱情故事之明示。这个明示，既是僧道合一理念的又一例证，又说明在这"僧道合一"中，是以佛禅为重、为主，因为所冠之"空空"，正是佛禅的主旨和代号。而在小说的总体构思和形象塑造中，更具体而鲜明地体现和证实《红楼梦》的主导思想是惠能禅学。

问：从何见得呢？

答：小说开篇即写道：小说是要以"警""幻"等字，"提醒阅者眼目，亦是此书立意本旨"。所谓"警"是告诫，"幻"是虚幻。两义集中体现于"警幻仙子"带宝玉梦"游幻境指迷十二钗，饮仙醪曲演红楼梦"。即以小说所写十二个美女的命运告诫读者，世间的名利得失、恩爱情仇，都是命中注定、昙花一现的，是有如梦境、梦后即虚无的，不应苛求，不应迷恋，应当警醒，应当超脱，应求干净。这个立意，更清楚而直接地体现在第一回的《好了歌》及其"陋室空堂"的解词上。这首歌和词,可以说是《红楼梦》的主题歌词。从中可见,这个"警""幻"立意,与禅学之"空""净"核心理念如出一辙。所以,《红楼梦》是一部惠能禅学经典小说。

问:你对《红楼梦》这个定位很有新意,能否再进一步阐述这个定位的依据?

答:可以。文学作品是以语言文字创造艺术形象的艺术,长篇小说的创作、研究、评论,必须着力于人物形象,尤其是主人公及其密切相关的主要人物形象。分析人物形象的思想文化内涵和精神实质,是为作品做出思想文化定位的重要视点和依据之一。

三、贾宝玉形象的"禅机""禅味"和意义

问:那请你从分析《红楼梦》主人公贾宝玉形象开始吧。对话开头,你引述小说第二十二回写贾宝玉所悟的"禅机",是否已显出了贾宝玉具有禅学思想之端倪?

答:是的,但还应从整部小说的描写中去看贾宝玉的形象。首先看贾宝玉的名字。作者在开篇已讲明:整部小说都是以"甄士隐"而将"真事"隐藏,代之以"贾雨村"之"假语"而讲的话。这个交代,表明小说所写的是"假作真时真亦假,无为有处有还无"。这句话的含义,浅白地说,就是小说所写的是将假的作为真的来写,到头来还是假的;将虚无的作为实有的来写,到头来还是虚无的。由此看来,贾宝玉形象原是"真"的"石头",实际是"假"的宝玉,是"无"(即空,超脱所写的"宝玉")之形象。

问:这真是一语道破"禅机"。

答:从宝玉的形象来看,其"贾"(假)有两层含义:一是指其本

是一块无材可用的石头，并非真的有价值的宝玉；二是指他历尽离合悲欢、炎凉世态的一段故事，虽然传奇有趣，但都是无价值的虚梦一场。所以，贾宝玉的形象就是"金玉其外，败絮其中"。

问："败絮其中"是什么意思呢？

答："败絮"也有两方面含义。一方面，是指贾宝玉"皮囊"中的思想，原是对社会无补（即"不能补天"）之物。具体表现在小说所写的这个人物，虽然是出身名门贵族、诗才横溢、风流倜傥的高雅文士，但实际上是个不务正业、无所作为、痴于爱情、崇拜女子的多情公子。在贾府从兴至衰的过程中，他只是重大活动的参与者；在儿女情场中，他则是群芳竞妒的主角，是整部小说主要爱情故事的中心。但他参与的重大活动和爱情故事，都是外表兴旺风光，实则是虚幻的、衰败的。另一方面，是指贾宝玉反对传统礼教、不读圣贤书、不求功名进士，只求谈情说爱、寻欢作乐，尤其是认为天下男人都是污浊的唯女儿是圣洁的等思想行为，是荒唐的，是与正统伦理道德相抵牾的。这两个方面的含义，总体来说，对封建社会无补，但也无大碍：因为虚幻无益，公子哥儿的叛逆，能量有限，破坏作用也有限。

问：这些含义，就是作者所说的"满纸荒唐言，一把辛酸泪，都云作者痴，谁解其中味"之"味"么？

答：不仅如此。过去许多人对这两方面之"味"，只是停留在浅表的理解。具体表现在：清朝中叶，当这部小说风行时，曾有一段时间以前一方面之"败絮"内涵，将其视为"淫书"；但在中华人民共和国成立初期，对俞平伯的《红楼梦》研究批判运动中，则以后一方面之"败絮"内涵，将这部小说称作"中国封建社会的挽歌"，将贾宝玉、林黛玉称为"反封建"的"英雄人物"。

问：真搞笑！

答：其实，在贾宝玉的形象中，"宝玉"只是富贵荣华、恩爱情仇的代号。这个形象的真正内涵，在于从两个层面体现禅学思想：一是以经历者的角色，体现和证实世间一切富贵荣华，尽管风光盖世、传承后代，但都是稍纵即逝、烟消云散、一切皆空的；二是以当事者的角色，体现和证实世间一切恩爱情仇，尽管是真情实意，但也都是昙花一现，过眼烟云。这是从反面体现禅学"空"的理念。

问：正面是什么呢？

答：正面是禅学"净"的思想。这种思想有两层意思：一是人本性是"净"的，即惠能所说"人人心中有佛""佛性本清净"；二是要排除困扰，保持清净。在佛家看来，世间皆是污浊的红尘，所以要看破红尘，离世"出家"，修禅当和尚。这些宗教说法，其内含的禅学精神主要是：以"菩提本无树"之"空"超脱迷境；以"明镜亦非台"之"镜"，时时对照和保持本性之"净"。

问：这种思想是怎样在贾宝玉形象中体现的呢？

答：本对话开头讲到，贾宝玉是从"赤条条来去无牵挂"的唱词所悟的"禅机"，就是从始至终都是"净"。浅白地说，即从"来"（生）到"去"（死）都"无牵挂"（净）；既"净"前世，也"净"今生，直至生命结束。所以，小说中描写的贾宝玉，前世是块石头，出生所含的宝玉是石头变的；出生以后，在他经历的所有荣华富贵、恩爱情仇的社会活动中，他都是希求和竭力保持自身的"净"。小说多处章节写他发誓，屡屡到最后都是"离世"、出家"做和尚"（道家是"离世"修道），甚至要烧成"纸灰"、化为风吹即散的"青烟"。按曹雪芹《红楼梦》八十回本的结局预示，正是如此，并且其中还预示了整个故事的最后结局是"白茫茫大地真干净"。这即是"空"，是"净"。

问：能否再以细例详说？

答：可以。小说第三十二回，写贾宝玉不想去见仕途正红的贾雨村时，史湘云劝他："还是这个情性不改。如今大了，你就不愿读书去考举人进士的，也该常常的会会这些当官做宰的人们，谈谈讲讲些仕途经济的学问，也好将来应酬世务"。贾宝玉当即说史湘云所说的是"混账话"。这就是以正面表达对求名逐利、争荣夺耀仕途之不满，鲜明地体现了"净"的人生观，也体现了作者是以禅学思想抵制儒家仕途经济的思想立场，明显地体现了思想之对立。但这种对立思想，恐怕还达不到自觉"反封建"的高度。

问：是呵，拔高评价是不科学的。

答：更突出的表现是在小说第三十三回中，对贾宝玉由于与戏子琪官和丫头金钏儿的纯情交往而受到父亲贾政鞭笞重伤，几乎将死之描写。这场父子冲突，实质上是贾宝玉所代表的禅学思想与贾政所代表的传统观念的对立。所以，贾政的笞挞是唯恐儿子的作为发展到"弑君杀父"之地步，贾宝玉在剧痛中不是悔过认罪，而是声称"就便为这些人死了，也是情愿的"。"情愿"二字，充分体现了其禅学思想的彻底性和坚定性。

四、林黛玉的"禅境"与薛宝钗的形象

问：其他主要人物的形象是怎样体现禅学思想的呢？

答：众所熟知的《红楼梦》中两位美丽女性——林黛玉、薛宝钗，从名字、形象，到两人与贾宝玉之间的爱情关系和故事，都可以说是作者以禅学思想设计和塑造的。首先说说林黛玉。"黛玉"之名，即称其人如绿玉，本性圣洁；亦有为"玉"（宝玉）加深其美之意。按小说第一回所述，林黛玉原是一株绛珠草修成的仙子，曾受三生石滴水之恩，求僧道二仙安排她下凡，以"一生眼泪"偿还报恩。从这"前世"情缘可见，林

黛玉本来就是圣洁的仙子，同时又是为加深加重三生石化成的贾宝玉之"玉"（空、净）光彩而设计的形象。在"今生"的描写中，她始终洁身自好，又经常为自己和宝玉伤心流泪，实际的意味是以净水洗去红尘之污染（即"时时勤拂拭"），保持自身和加深宝玉形象的圣洁。她始终是贾宝玉的真正知己，情投意合，既是情人，又同具圣洁之心，尤其在她的代表作《葬花吟》中，以花自况，要"质本洁来还洁去，强予污淖陷渠沟"，"愿奴胁下生双翼，随花飞到天尽头"，死时焚稿断诗魂，一曲仙乐迎上天。她的前世今生，都是将贾宝玉所悟之"禅机"升华为"无立足境，是方干净"的"空""净"诗境，塑造了极致的圣洁形象，同时增辉和升华了贾宝玉形象的禅学心灵。

问：薛宝钗是一个什么形象呢？

答：薛宝钗是一个在儒家正统礼教和道德规范中，企求"好风凭借力，送我上青云"的正统美女形象，又是牵制和映现贾宝玉叛逆形象的重要人物。作者为其取名"宝钗"，和尚带其金锁，旨在体现以"金"配"玉"（尚有以金"锁"玉之意）之正统文化理念与习俗，牵制和反衬贾宝玉与林黛玉之"玉"志、"玉"情；同时，也从反面的视点透视禅学思想及其与儒家正统观念的分野。在小说描写中，贾宝玉说薛宝钗貌若"杨妃"（杨贵妃），是传统"四大美女"（另三人是西施、貂蝉、王昭君），饱读诗书，晓事明理，温柔敦厚，很有涵养，是儒家传统女子的典范。也正因为如此，薛宝钗在贾宝玉、林黛玉三人之间的交往和爱情关系中，既以自身的个性行为塑造出这种儒家典范形象，同时又以此映现贾宝玉、林黛玉的禅学形象。

问：请举例说说吧。

答：前面说开的小说第三十二回，贾宝玉听史湘云的劝说之后的描写，就是个典型例子。宝玉听了道："姑娘请别的姊妹屋里坐坐，我这里仔细污了你知经济学问的。"袭人道："云姑娘快别说这话。上回也是宝姑娘说过一回，他也不管人脸上过的去过不去，他就咳了一声，拿起脚来走了。这里宝姑娘的话也没说完，见他走了，登时羞的脸通红，说又不是，不说又不是。幸而是宝姑娘，那要是林姑娘，不知又闹到怎么样，哭的怎么样呢。提起这个话来，真真的宝姑娘叫人敬重，自己讪了一会子去了。我倒过不去，只当他恼了。谁知过后还是照旧一样，真真有涵养，心地宽大。谁知这一个反倒同他生分了。那林姑娘见你赌气不理他，你得赔多少不是呢。"宝玉道："林姑娘从来说过这些混账话不曾？若他也说过这些混账话，我早和他生分了。"这段描写，通过袭人之口，正面描写了薛宝钗的正统形象，同时也刻画和映现了贾宝玉、林黛玉之间的感情和理念都同心同念的禅学形象；与薛宝钗同类的史湘云、袭人的正统女子形象，也一并显现出来。

五、《红楼梦》的高超思想艺术功夫

问：这真是高超的艺术功夫。

答：这种功夫，就是在一定场景中以某个媒介为中心，让在场者围绕这个媒介的言行而各自显出自身独特的思想性格，同时又借此推动情节的发展，并体现小说主题的深化和故事走向。

问：这说法高深，还得请你举例解惑。

答：现在讲的这个例子，就是以贾宝玉不愿见贾雨村那样当官做宰的人为媒介，围绕着"经济学问"这个中心，通过在场各人对这个中心的言行细节，各自体现自身思想性格。史湘云、袭人和薛宝钗由此对贾宝玉的规劝情状，贾宝玉、林黛玉对此的反感言行，都各自清晰地显示自己的角色；同时，又展现了彼此的爱情纠葛和贾府兴衰故事的发展，并寓现了禅学思想与儒家经济学问在对立中发展的走向。

问：原来如此。

答：这是《红楼梦》突出的艺术特点之一。但这不仅是艺术功夫，更主要是思想功夫，是禅学思想功夫。这个突出的特点和功夫，最典型的例子是这次对话开头已讲到的第二十二回。这回的上半回"听曲文宝玉悟禅机"，是写在薛宝钗生日宴会后看戏时，围绕"赤条条来去无牵挂"的唱词这个中心，贾宝玉、林黛玉先后感悟禅机、禅境，薛宝钗并未正面表态，而是客观冷静地介绍禅宗六祖惠能禅学。这种介绍态度，恰恰是作者又一高超之笔，旨在以"对立者"的口吻，将与其对立的禅学介绍出来，同时又以此更清楚地说明宝黛所悟"禅机""禅境"之根本所在。这种含而不露的笔墨，不是比赤裸裸的对立态度描写更有内涵和深度么？我想，这是真得禅学思想精髓所悟出的艺术功夫。

问：这的确是深了一步。

答：不仅如此，其深意还在于，这段描写是以贺薛宝钗的生日为媒介，从对唱词"赤条条来去无牵挂"的不同感悟中，在显示人物思想性格的同时，含蓄而清晰地兆示出人物的不同的命运和结局；从生死观上揭示禅学与儒学对立的同时，更深刻地体现了禅学的"空""净"理念和预示了故事的结局走向。

问：其下半回又如何呢？

答：紧接的下半回"制灯谜贾政悲谶语"的描写，是异曲同工，但更深刻，更有意味。小说写的是在元宵节庆中，贾母、贾政及晚辈们欢聚一堂猜灯谜的情景。这个情景，是贾府兴旺时期的一个欢聚场面，也是贾府中若干主要人物都在其命运兴旺期的聚会；各人所制的灯谜，都是在这欢聚和兴旺情景下写出的谜诗。在各人的诗作中，既具有欢聚气氛，又体现了自身性格。值得特别注意的是，贾府中最主要的儒家正统代表人物贾政，却对晚辈们所写的灯谜有可悲的感兆，认为"姑娘（元春）所作爆竹，此乃一响而散之物。迎春所作算盘，是打动乱如麻。探春所作风筝，乃飘飘浮荡之物。惜春所作海灯，一发清净孤独。今乃上元佳节，如何皆作此不祥之物为戏耶？"这段发自内心的谶语，表明贾政认为晚辈所写的欢聚谜诗中都是"一响而散""动乱如麻""飘飘浮荡""清净孤独"的"不祥之物"，与他写的"身自端方，体自坚硬。虽不能言，有言必应"的砚台谜诗所体现的正统思想大相径庭。

问：这真是妙笔神工，同是灯谜不同义，不同人猜义不同。四个姑娘不同的思想性格都在谜诗中显露出来，两代人的"代沟"也清晰可见。

答：不仅如此，更重要而高超的是在这节中，以兴寓衰、以聚示散、以乐示悲的描写。值得注意的是，所写交出谜诗的晚辈，只是贾府四个女儿元春、迎春、探春、惜春，这四个"春"的名字，本是开始、迎受、探求、永留春天而祈愿贾氏家族永保兴旺之意，但在欢聚佳节中，四个姑娘所作谜诗之谜底，却在显示不同思想性格之同时，又不约而同地显露了与谜底"不祥之物"相似的衰败结局和悲离命运；贾政之名及形象，确如其所制谜之砚台，但其结局（及其代表的贾府的结局）则正如他预感悲谶之"有言必应"，即从"贾不假，白玉为堂金作马"的兴旺繁荣，到全家"树倒猢狲散"的衰亡。可见这节描写，正是首回《好了歌》的诠释和预示，是整部《红楼梦》故事始末的象征和预示。这些象征和预示，表面上看像是兴衰、聚散、乐悲、福祸相伏轮转的宿命论，但在实质上是有根本区别的。

问：有怎样的区别呢？

答：一方面，宿命论是抽象的迷信观念，是一种带自慰性和欺骗性的言说，而曹雪芹在《红楼梦》中所运用和显示的"千里搭长棚，没有不散的筵席"的哲理，则是以辩证的兴衰聚散观的禅学理念，对其生活年代的社会现实进行剖现的指针和武器。另一方面，这种禅学理念主要是一种思想哲学，不是宗教性的图解。具体表现在：整个小说故事是僧道二仙安排的故事，主人公贾宝玉屡屡声称要"做和尚"，但整个故事和贾宝玉的一生都不是"当和尚"的兴衰始末，而是曹雪芹在清朝乾隆盛世亲历的一曲从兴至衰的悲歌，是作者对这段社会生活和人生历程的感悟，也是对其生活时代的恋念和批判。

六、《红楼梦》是作者对其生活时代的"盛世警言"和"梦境挽歌"

问：过去学界都说《红楼梦》是"反映封建社会崩溃"的巨著，为什么你只说是作者"对其生活时代的恋念和批判"之书呢？

答：诚然，《红楼梦》中有许多揭露社会黑暗的深刻描写，有鲜明的反封建礼教思想倾向，但我认为尚未达到自觉"反封建社会"的地步，也不能称其为"反映封建社会崩溃的悲歌"。因为它并未提出或体现反对和取代封建社会的政治纲领，只是以支持女性的立场抵制男性专制的礼教社会，以禅学"空""净"的理念否定其生活时代追名逐利、贪赃枉法、尔虞我诈、喧嚣争荣、荒淫无耻的腐败现象，呼唤埋葬社会一切污泥浊水，保持人和社会的清静和干净。它是以"否定之否定"而"补天"的，不是"和尚打伞，无法无天"。

问：这就是《红楼梦》原名《石头记》的含义么？

答：是的。小说开篇已明确交代，所写故事的主角是女娲补天时唯一未用上的石头，僧道二仙将它点化成"玉"，到世间经历一番荣华富贵、儿女情仇，由此得"因空见色，由色生情，传情入色，自色悟空"之悟，以《风月宝鉴》之"情僧录"，以及警幻仙子导游太虚幻境和《金陵十二钗册》之命运警示，达到告诫世人勿再沉沦污浊之本意；所记这段"石头"经历，仍然是其本来的"补天"本性和本能，也即以揭丑而护卫封建社会之"天"。所以，只能说《红楼梦》是作者对其生活时代的批判小说。

问：你对《红楼梦》做出这个评价,还有其他依据么?

答：有。从清代乾隆盛世的思想和社会状况来看,虽然当时仍是儒家正统思想占主导地位,但禅学思想的影响是很大的。主要是清军入关中国后的第一位皇帝顺治,登上皇位不久,即自愿出家做和尚,不要江山要做佛。他留下题壁诗道其缘由:"世事如同三更梦,万里乾坤一局棋。"这是他的辞位宣言,又是他的悟禅偈语,是禅学思想之典型体现。顺治皇帝辞位入禅,其行动本身及其思想影响都是很大的。从曹雪芹自称《红楼梦》又名《情僧录》,即可见受其直接而重大的影响。同时,《红楼梦》又名《石头记》尚有一层含义,即这块石头亲历的一切荣华富贵、儿女情仇的"好了"结局,都不过是做了一场"三更梦"、下了"一局棋"那样,一切皆"空"而已。从当时的社会官场状况来看,类似荣宁二府那样信佛入禅的现象是相当普遍的;从《红楼梦》所写的一些情节也可见,当时的公侯贵族,都有在佛门订"替身"的规矩。如第十五回所写的铁槛寺,乃荣宁二府修造的禅寺,寺中的住持则是荣宁国公之"替身",意味着信佛入禅也是当官晋爵的"护官符"和"护身符",可见禅学思想不仅影响大,而且进入了皇家贵族和官场体制。作者生活之时代,类似荣宁二府从兴旺到衰亡的王公贵族,此落彼起,层出不穷。这是清军入关后,从"马上"民族变身为"坐享"贵族之普遍现象,其中,乾隆时期和珅是"天下第一大贪",最后被下旨抄家,可谓突出代表。曹雪芹本身家族的兴衰命运,仅是其中不大不小之实例。作为亲历者和受害者的曹雪芹,面对当时这种突出、尖锐而又有切肤之痛的社会现象,怎能不痛心疾首、奋笔疾书呢?所以,《红楼梦》是清朝乾隆时代的"盛世警言"和"梦境挽歌"。

七、《红楼梦》是惠能禅学小说之经典

问：有理。照你如此说来,曹雪芹用以指引《红楼梦》创作的禅学,岂不是对封建社会具有保护作用么?

答：任何事物都有两面性，禅学也是如此，其对社会的作用和影响也是如此。典型事例在唐代，先是武则天信佛，尤重禅学，曾亲下圣旨传六祖惠能入朝，因惠能称病未果；惠能圆寂后，又封其所建之"报恩寺"为"国恩寺"，从家乡级晋升为国家级，恩宠有加，显然是有利其所治天下之所赐。但武则天死后，唐武宗则大力"灭佛"，将北方佛禅几乎灭净，唯南方禅宗因"农禅合一"而得以自力更生，从而使禅学劫后重兴，传遍天下。唐武宗此举，显然是因佛禅对其不利所致（其中也可能有个人因素），可见佛禅对封建社会有利有弊，关键是当事者如何信禅用佛。

问：对于文学创作也是如此么？

答：是的，《红楼梦》则主要是作者把握了这个关键而成为禅学小说的经典。突出表现在它以禅学"空""净"理念作为镜子，从正反两面映照当时社会生活。正如小说第十二回所写，"风月宝鉴"为"警幻仙子所制，专治邪思妄动之症，有济世保生之功""单与那些聪明杰俊、风雅王孙等看照"，正面照是幻想进入镜子享受与美女荡悠悠的云雨情，反面照是一个骷髅立在镜中，即死亡的昭示。显然，这个宝鉴镜子的正反面，也即是所映照的社会生活的正反面，是以正面所写的荣华富贵、儿女情仇故事，隐现其反面的衰败结局，即镜子反面中的骷髅。这是这部经典禅学小说的主旨，也是作者感悟和运用禅学的精髓而发挥其正能量的结晶。

八、《红楼梦》是以超脱哲学再创造的"超脱境界"

问：这次对话的副题"超脱境界对话录"，是什么意思呢？

答：对了，这也是从禅学感悟出的一种思想艺术精髓。《红楼梦》也是以超脱境界创造出的一个"超脱境界"。

问：什么是超脱境界？

答：超脱境界即超脱局限而再创的境界。具体地说，就是超脱某个实体的局限，再创造出另一种更高的实体境界。艺术形象或理论学说，也属实体境界。惠能禅学，即是以超脱境界而创造的学说的超脱境界。想当年，五祖弘忍选接班人，大弟子神秀以"身是菩提树，心如明镜台，时时勤拂拭，莫使有尘埃"而解"空""净"理念；惠能将其所"如"和"时时勤拂拭"的实体，说是"本来无一物"，这就是超脱，就是再创了"无处染尘埃"的"空""净"境界。

问：这就是"成佛"或"成仙"的境界么？

答：不，是两码事！两者有关联而性质不同。因为六祖惠能所创立的禅宗禅学，既是一个禅宗教派，又是一个哲学的禅学学派；其"空""净"思想核心，既是禅宗教派之教义，又是禅学学派之理念。从教派而言，它是教义之思想基础，但远超"成佛""成仙"之义，是超越宗教范畴的哲学，即禅学学派之理念。曹雪芹的伟大，既在于超脱了禅宗教派的教义发挥这个理念的光辉，还在于以这理念去揭露批判佛门道家中的虚伪污浊现象。例如，对"最喜斋僧敬道"的"慈善人"王夫人，在逼使丫头金钏儿自杀后，又为其请僧人"念经超度"的描写；对自称"槛外人"的妙玉，自恃清高修行，却又不能离开豪门生活，不能摆脱世俗"人欲"，最后落致"终陷淖泥中"的结局的描写；对水月庵的净虚的贪赃枉法、谋财害命的描写；对马道婆为贪几百两银子而施"妖法"谋害王熙凤和贾宝玉的描写等，都是对佛道两教中不"空"不"净"的丑恶面目的揭露和批判。这些描写正好说明，曹雪芹既以"风月宝鉴"映照佛道的正反面，又运用了惠能禅学之"三无"（无形、无念、无住）论所体现的"本来无一物"之名偈精髓，以"空""净"之理念超越佛道之门槛，创造了超越宗教界限的禅学哲理境界。

问：其超越性还体现在哪里呢？

答：其超越性就是创造了一种思想哲学。这种创造，又是一种超脱境界。这个境界，是有普遍性的极致境界，是在任何面对某个实体局限的情况下，以这种思想哲学指引，从其超脱而进行再创造的超脱境界；由此类推，以此进行的创造越多，所再创造的超脱境界就越多，以至无穷。所以，惠能禅学也是一种超脱哲学。

问：你说《红楼梦》是惠能禅学小说的经典，也就在于它是超脱哲学的产物和体现么？

答：是的。简单地说，曹雪芹将曹氏家族的兴衰和自己的身世演化为荣宁二府和贾宝玉的兴衰小说故事，是一步超脱；将这个故事作为乾隆盛世的写照，又是一步超脱；尤其重要而主要的是，以禅学"空""净"的理念，以警幻仙子的太虚幻境和"风月宝鉴"的正反镜，对这段兴衰故事做了根本性的超脱创造，从而再创造了以禅学思想缩影乾隆盛世的外在和内在境界的伟大作品。这就是《红楼梦》既具有持久认识和艺术价值，又具有深广禅学意义之根本所在。

问：这些话，是这次对话的总结吧？

答：还应补充的是：这次对话的开头，首先以《红楼梦》这部地道的北方作家所写的北方生活的古典小说及举世公认的"国宝"经典中，对惠能禅学的直接描写，对北方某大学教授说惠能禅学只是影响"一时一地"之说做出回答，说明历史事实并非他所说的那样，这是第一步超脱境界；接着从《红楼梦》的主题、主要人物和艺术构思，论证了《红楼梦》的主导思想是惠能禅学，是第二步超脱境界；进而从其体现的禅学思想论证出《红楼梦》是一部惠能禅学小说的经典，这是第三步超脱境界；第四步超脱境界是，从惠能禅学对《红楼梦》创作的主导而全面的影响又可看到，惠能禅学本身就是一种超脱的思想哲学，而且运用这种哲学，还会再创造出种种无穷无尽的超脱境界。

问：如此说来，咱们的这次对话过程，本身就是一个以超脱境界再创造的超脱境界？

答：正是这样。

（2018年五一劳动节完稿）

滴水之恩，当涌泉相报。

——民谚

恩味篇

涌泉以报之『恩味』超脱境界

一、两部交叉因"恩"兴衰聚散的历史

问：既然《红楼梦》的主导理念是"假""幻""空",是不是意味着对世界的一切都是否定的呢?

答：虚无不是否定一切,而是指世界事物有表象性、暂时性、虚幻性,是指一切事物都不会持久、永恒,都会变幻、消逝之意。《红楼梦》之所以提出要"警幻",实则是要为过去的事警惕,吸取教训,为之忏悔,为之追念之意。所以,作者写这书的主导思想虽是虚无,但其思想感情却是追念,是虚无与追念的对立统一。具体而言,就是在追念中,既有应予否定、忏悔的东西,又有应予肯定、值得留恋的东西,即其具有深切感情、永久怀念的东西。那么,这是些什么东西呢?综观全书内容来看,尽管作者对许多所写事物都表现出否定、虚无的态度,但往往在其中寓有肯定和思念之情,突出体现在对恩情的描写和追念上,简直可以说,《红楼梦》的最大特色之一,是创造了一个涌泉以报的"恩味"境界。

问：表现在哪里呢?

答：主要表现在它以这个境界谱写了两部交叉历史的兴衰聚散的变幻基因和过程,这两部历史就是贾府家族的兴衰史和宝黛"木石前盟"的聚散史。简而言之,这两部历史都是因"恩"而生、而起、而兴、而旺、而聚、而散、而衰,同时又以在恩情上的不同态度映现了不同人物人品的高下与"人情冷暖""世态炎凉"的人间世态。

二、《红楼梦》是因"恩"而起、而写之作

问：从何说起呢?

答：从曹雪芹是为感恩而写说起。依据是小说开篇第一回作者所写

道："当此，则自欲将已往所赖天恩祖德，锦衣纨绔之时，饫甘餍肥之日，背父兄教育之恩，负师友规训之德，以至今日一技无成，半生潦倒之罪，编述一集，以告天下人。"可见，这是曹雪芹自称《红楼梦》乃因"恩"而起所作之证也。

问：何谓因恩而起呢？

答：《红楼梦》缘起于三个神话故事，三个都是因感恩而起的故事。一是写贾宝玉本是女娲补天时未用而留下的一块石头，经一僧一道点化成了有灵性的宝玉，并请求僧道携带"入红尘，在那富贵场中，温柔乡里受享几年，自当永佩洪恩，万劫不忘也"。这即是贾宝玉经历并见证贾府兴衰故事之缘起。二是写林黛玉是西方灵河岸上三生石畔的一株绛珠草，时受原是赤瑕宫神瑛侍者的贾宝玉以甘露灌溉，使其得生。因神瑛侍者下凡为人，她也随之前往，表示"把一生所有眼泪还他"以报恩。这即是贾宝玉林黛玉"木石前盟"故事之缘起。三是第五回写贾宝玉梦游太虚幻境，警幻仙子称受宁荣二公之灵嘱托，使贾宝玉先受情欲声色等事警其痴顽而走正道，承祖恩，继祖业。这即是"金陵十二钗"故事之缘起。所以，《红楼梦》也即是因"恩"而起之故事。

三、《红楼梦》是从写感恩故事正式开始的

问：从何见得《红楼梦》是从写感恩故事正式开始的呢？

答：前面讲到，贾宝玉与林黛玉的恋爱故事，缘起于绛珠仙子以眼泪报答神瑛侍者予露水救助之恩的神话。小说第一回及第二回写的甄士隐梦游出道和贾雨村的出现及其与冷子兴的对话，只能说是故事开始前的序幕，故事应当是从第三回写林黛玉进荣国府开始的。林黛玉是母亲贾敏离世而投靠外婆（贾母）家而来，本身具有感恩性质，但更主要的是因前世的"木石前盟"，所以两人初见面都有似曾相识之感，从而开始了今生的以泪报恩故事。可以说，《红楼梦》是从写感恩故事正式开始的。

问：那么，从贾府的兴衰史而言，也可以说是从写感恩故事正式开始的吗？

答：是的。带林黛玉上京进贾府的是她的老师贾雨村，他对林黛玉有师恩，所以林如海才向贾府荐举贾雨村，贾雨村也因此受贾府之恩而重蹈仕途。但贾雨村却是忘恩负义之徒，不仅知恩不报，反而在贾府受难时落井下石，不仅见证了贾府兴衰历史，而且促进了贾府的衰败。对宝黛"木石前盟"的聚散史而言，其作用同样如此。所以，可以说《红楼梦》是从写感恩故事正式开始的。

问：请以作品中描写的实例说明，好么？

答：好。小说第三回"贾雨村夤缘复旧职，林黛玉抛父进京都"，看回目即知道小说是将贾雨村与林黛玉同时安排进贾府而正式开始写两部历史的。一是贾雨村因受贾府之恩而复应天府之职，从而以"感恩"开始参与和目睹贾府之兴衰史。二是林黛玉母亲贾敏为贾府之女儿，因母丧而承母恩得进贾府而开始其宝黛"木石前盟"之聚散史；尤为重要的是，林黛玉初见贾宝玉时的第一反应是大吃一惊，心下想道："好生奇怪，倒像在那里见过一般，何等眼熟到如此！"而贾宝玉乍见林黛玉，则是直截了当地笑着说："这个妹妹我曾见过的。"各自简单的两句话，即表明了两人因前世的"滴水之恩"所订下的"木石前盟"关系，并从此开始了"用眼泪还他"的"涌泉以报"之今生姻缘。可见，贾雨村从受恩到忘恩所反映的贾府兴衰史以及宝黛姻缘的聚散史，都是同时从感恩故事开始的。

四、两部历史的兴起期正是感恩故事的兴起期

问：小说描写确实如此。那么，故事接着怎样发展呢？

答：同样是以感恩故事的兴起写两部历史的兴起。具体表现在小说

第六回"贾宝玉初试云雨情,刘姥姥一进荣国府"。这回目清楚地表明是将两件事放在一起写,所写的两件事又都是感恩兴起的故事。前者写贾宝玉初试云雨情,大家都明白,云雨情是男女之间的性行为。值得特别注意的是,这是全书唯一正面写贾宝玉这个"多情公子"的性行为,也是这部以"情书"著称的小说唯一的性行为正面描写。众所周知,男女的情爱姻缘,包含性与情两个方面,两者相辅相成,性早熟及行为是男女性爱兴起的标志,所以,写贾宝玉"初试"正意味着其"木石情缘"的兴起。尤其重要的是,小说只写贾宝玉在这"兴起"的时候,与贴身丫头袭人"初试",而此后不再"试"——既不与晴雯、五儿"试",更不与林黛玉"试";而偏偏只写这一次与本是预定为侍妾后出嫁他人的袭人"试",其深意在于说明贾宝玉并非无性功能的"变性人",描写这个"多情公子"的泛爱,及其为情爱"痴""呆",并非变性变态,而是一种纯情的爱,尤其与林黛玉是纯情圣洁的恩爱。林黛玉在死前特地声明自己的身子是"干净"的,也证实了这一点。所以,对贾宝玉这段"初试"的描写,加之在之前第五回所写贾宝玉在太虚幻境受警幻仙子授之亲尝性爱之铺垫,表明是宝黛之间的恩情真正进入萌动男女情爱的兴起期。

问: 你这说法很独到。这回同时写刘姥姥一进荣国府有何深意呢?

答: 的确是很有深意的。首先回目即明白写出是"一进",表明这是开始,还有二进、三进,小说后面的描写果然如此,而且每次进荣国府都有不同的深意。

问: 那么,请先说说"一进"有何深意吧。

答: 好。其深意是在围绕"感恩而兴起"这个中心的三个内涵:第一是刘姥姥感恩故事的兴起。这回写刘姥姥"一进",主要是家境困难的时候,受到凤姐二十两银子的接济,这是她以后"滴水之恩,涌泉以报"故事的兴起点。第二是通过刘姥姥进荣国府之所见,展现出荣国府在兴盛时期的豪华气派,并以贫困善良的老村妪的"瘦死的骆驼比马还大"的俗语和眼光,显现出贾府在这段大厦将倾前回光返照的兴旺景象。第三是将善心救济、知恩图报的刘姥姥与趋炎附势、忘恩负义的贾雨村进行对比,扬善贬恶的同时,又是将两类对立的感恩故事进行交叉对照描写的兴起。所以,小说对两部历史兴起期的描写,是密切联系并体现于这些感恩故事的兴起描写之中的。这正是作者匠心独运、手艺高超之所在。

五、两部历史兴旺期与感恩故事的关系及其相互体现

问: 现在说说刘姥姥的"二进"荣国府吧。

答: 小说写刘姥姥"二进",是在小说第三十九回到第四十一回。这个时段,正是贾府兴衰史上兴旺期结束之后,同时又是宝黛情爱史发展到兴旺时期之后。这个安排也是很有深意的。首先,意味着刘姥姥既是"一进"的报恩者,又是"二进"的受恩者。其次,起到了概括这两部历史的兴旺期都是来自感恩故事的作用。

问: 这句话怎样理解呢?

答: 这得先将两个故事的兴旺期的描写分别说说。小说对贾府这个兴旺期的具体描写,是在小说的第十六回至第十八回,从贾元春才选凤藻宫开始,到建大观园,尤其重墨描写元妃省亲的隆重排场和辉煌场面。这些场面无不昭示着皇恩浩荡、母爱无限、家爱连连,既是一曲曲恩爱的颂歌,又是被送入"不得见人的去处"的悲歌。另一方面,宝黛的情爱聚散史也在这个时段发展到兴旺期,具体表现在小说第十九回至第三十八回,写林黛玉自奔父丧重返荣国府后,在大观园与贾宝玉一同过着"听曲文宝玉悟禅机""西厢记妙词通戏语,牡丹亭艳曲警芳心""蜂腰桥设言传心事,潇湘馆春困发幽情""埋香冢飞燕泣残红""诉肺腑心迷活宝玉""情中情因情感妹妹""林潇湘魁夺菊花诗"等一系列如诗如画的生活,宝黛也进入了今生恩爱史的兴旺期。所以,紧接着在第三十九回写刘姥姥"二进"荣国府,第四十回写史太君两宴大观园之团聚盛景,并且

别出心裁地插上一段"失火"的细节，显然是暗示两部历史都在这个时段结束兴旺期，从此两部历史都由兴聚之顶峰滑向衰败离散的命运。可见，对两部历史的这段兴旺期的描写，与刘姥姥的感恩故事是紧密相连并相互映衬的。

六、两部历史的衰散期与感恩故事之分道

问：《红楼梦》是怎样写两部历史的衰散期？

答：贾府的衰散期，应从小说第七十四回"惑奸谗抄检大观园，矢孤介杜绝宁国府"开始，经第九十五回"因讹成实元妃薨逝"过渡，到第一〇五回"锦衣军查抄宁国府"达衰散期顶峰，至第一一〇回"史太君寿终归地府，王凤姐力诎失人心"则彻底衰败。宝黛情缘史，则是以第七十八回写宝玉祭晴雯的"痴公子杜撰芙蓉诔"预示开始，经第八十四回"试文字宝玉始提亲"过渡，到第九十七回"林黛玉焚稿断痴情"达衰散顶峰期，至第九十八回"苦绛珠魂归离恨天，病神瑛泪洒相思地"彻底衰散。可见，小说对两部历史的衰散期的描写是相当细致到位的。

问：小说在这段两部历史的衰散期描写中是怎样与感恩故事相呼应呢？

答：先是用穿插预示的描写方法。如在第七十五回"开夜宴异兆发悲音，赏中秋新词得佳谶"中。这回描写的真正意图是发出两个贾府因忘恩败家的预兆。其一，是贾家祖先在祠堂发悲音，针对的是贾珍以承传祖德而习射之名，行其吃喝玩乐之实，预兆其忘恩必衰的命运。其二，在全家中秋团聚之夜，贾赦极其赞赏贾环的"骨气"诗，并说要其"世袭"祖位；而贾赦与贾环（包括贾珍）正是两代最为忘恩负义之辈，这不就意味着这班忘恩之徒也在"世袭"的预兆么？同时，这两个衰败预兆的描写，都是在其家族团聚的场合（祠堂）或活动（中秋团聚）中显示的，又都是在整个衰散期中穿插描写的。可见，贾府兴衰史与感恩故事紧密对

应，贾府衰散史的描写始终紧扣着衰败在于忘恩的主题。

问：此外，还有什么？

答：还有是在贾府衰散后感恩故事的分道描写。所谓"分道"，是指"忘恩负义"的原形毕露，与"知恩图报"的患难见真情之分道。感恩故事中这两条根本对立且背道而驰的为人之道，在日常生活中是区别不太明显的，大都是在重大灾难中显露的。贾府衰败后，才在不同的人群中清晰地显露出这两类不同的人。

问：请分别说说吧。

答："忘恩负义"类的人，一类是贾府的败家子孙，即前面提到的贾赦、贾珍、贾琏、贾环，以及贾雨村这类从趋炎附势到忘恩负义、落井下石，以至最后"归结红楼梦"。另一类是贾府的"下等人"，包括平儿、鸳鸯、紫鹃、袭人、麝月、红玉，以及甄家来的仆人包勇等，在"树倒猢狲散"之时，表现出"滴水之恩，涌泉以报"之势态。

问：何以见得呢？

答：首先体现在小说第一一三回"忏宿冤凤姐托村妪，释旧憾情婢感痴郎"中，前半回是描写刘姥姥在贾府衰败后"三进"荣国府的情景。刘姥姥见"门神都糊了"，而凤姐"骨瘦如柴"，危在旦夕。凤姐问她："近来的日子还过的么？"刘姥姥才千恩万谢地说道："我们若不仗着姑奶奶……都要饿死了。如今虽说是庄家人苦，家里也挣了好几亩地，又打了一眼井，种些菜蔬瓜果，一年卖的钱也不少，尽够他们嚼吃了。这两年姑奶奶还时常给些衣服布匹，在我们村里算过得的了。阿弥陀佛，前日他老子进城，听见姑奶奶这里动了家，我就几乎唬杀了。亏得又有人说不是这里，我才放心。后来又听见说这里老爷升了，我又喜欢，就要来道喜，为的是满地的庄家来不得。昨日又听说老太太没有了，我在地里打豆子，听见了这话，唬的连豆子都拿不起来了，就在地里狠狠的哭了一大场。我和女婿说，我也顾不得你们了，不管真话谎话，我是要进城瞧瞧去的。我女儿女婿也不是没良心的，听见了也哭了一回子，今儿天没亮就赶着我进城来了。"这段朴素的自白，将这位农村老妪的报恩之情表现得淋漓尽致。老妪当即表示愿与巧姐做媒，后来又在贾环图谋卖出巧姐时，不惜拿出倾家之财从妓院中救出巧姐。如此高尚的行为与人品，不是"滴水之恩，涌泉以报"的活现范例么！

问：是呵！你提到"势态"，应当是还有许多范例吧。

答：是的。你注意到了吗？在这回中写刘姥姥见凤姐时，平儿对病危的凤姐的贴心神态，不是一位报恩侍主的女性形象吗？在这回的下半回所写的"释旧憾情婢感痴郎"，描写的是紫鹃这位与林黛玉忧喜与共的知恩"情婢"，同贾宝玉这位与林黛玉一直有前世今生恩情的"痴郎"，畅释宝黛未能恩聚之"旧憾"。这些都当是知恩图报的范例吧。

问：是的。

答：还应当看到小说有意将"知恩图报"与"忘恩负义"两类人在患难时对比描写的用意和功力。如，在第一一一回"鸳鸯女殉主登太虚，狗彘奴欺天招伙盗"与第一一二回"活冤孽妙尼遭大劫，死雠仇赵妾赴冥曹"这连接的两回中，即对这两类人进行了鲜明对比：一是为报贾母之恩而自尽的鸳鸯上了天堂"太虚幻境"，同时，谋害宝玉和凤姐的赵姨娘则下地狱阴曹受审判；二是将甄家荐来的仆人包勇在劫难中英勇抗盗，与伙同强盗行劫的贾府老仆周瑞干儿子何三进行对比；三是将这两回中的两个对比，作为接着下一回写刘姥姥"三进"荣国府报恩之铺垫，将报恩故事逐步推向高潮，这也是"涌泉以报"的势态。这种势态，正是作者热烈歌颂的超脱"恩味"的境界。

七、后四十回对前八十回"恩味"的承传与发展

问：《红楼梦》后四十回与前八十回的作者不同,在"恩味"描写上是否相同呢?

答：照我看是有所承传并有发展的。从前面对话已很清楚地看到,《红楼梦》是因恩而起、而写之作,《红楼梦》是从写感恩故事正式开始的,《红楼梦》所写两部历史的兴起期正是感恩故事的兴起期,两部历史的兴旺期与感恩故事的关系及其相互体现,都在前八十回的描写中,后四十回只是描写了两部历史的衰散期与感恩故事之分道。由此,将两者对比来看,显然后四十回是承传了前八十回的"恩味"思想和故事的,贾府从恩而起、而旺到而衰的历史,宝黛因恩而聚散的前世今生情缘,刘姥姥三进荣国府所见所做的感恩故事,都在后四十回中得到延续和完整的体现。

问：这是承传,有何发展呢?

答：后四十回的"恩味"发展正是其受非议和有争议之处。主要是因为,按前八十回中的第五回"游幻境指迷十二钗,饮仙醪曲演红楼梦"的预示,本来整个《红楼梦》故事的结局,应当是:"〔收尾·飞鸟各投林〕为官的,家业凋零;富贵的,金银散尽;有恩的,死里逃生;无情的,分明报应。欠命的,命已还;欠泪的,泪已尽。冤冤相报实非轻,分离聚合皆前定。欲知命短问前生,老来富贵也真侥幸。看破的,遁入空门;痴迷的,枉送了性命。好一似食尽鸟投林,落了片白茫茫大地真干净。"脂砚斋评也透露故事的结局是:贾府"事败抄没"后,"子孙流散""一败涂地";主要人物贾宝玉则"悬崖撒手""弃而为僧"。但是,后四十回写的结局不是这样,而是像人民文学出版社1982年通行本注释所指出的,写成"宝玉中举"、贾府"沐皇恩""延世泽""兰桂齐芳""家道复初",违背了曹雪芹的原意。这就是后四十回的发展和对其非议和争议

之所在。

问：你对此怎么看呢？

答：后四十回的确是违背曹雪芹原意以至全书主题的，是败笔。但也要看到其中也有符合原意之处或因素，主要是在报恩故事的延续上，尤其是对刘姥姥"三进"荣国府所体现的"滴水之恩，当涌泉相报"的"恩味"的势态和境界上，是值得肯定的；同时，也是符合在第五回中对巧姐得刘姥姥救济之预示的。（巧姐的判词是："［留余庆］留余庆，留余庆，忽遇恩人；幸娘亲，幸娘亲，积得阴功。劝人生济困扶贫，休似俺那爱银钱忘骨肉的狠舅奸兄！正是乘除加减，上有苍穹。"）再就是，后四十回虽然添加了"宝玉中举"，贾府"沐皇恩""延世泽""兰桂齐芳""家道复初"这些情节，但最后还是写贾宝玉出家为僧，也当是回归曹雪芹原意的结局。

八、《红楼梦》之"恩味"与"禅味"的对立统一

问：看来你是很赞赏《红楼梦》之"恩味"的，但你特别提出《红楼梦》是一部"惠能禅学小说经典"，尤其赞赏其"禅味"，这不是相互矛盾么？

答：确实，强调感恩，主要是受儒家思想影响，如"天地君亲师""仁义礼智信""修身齐家治国平天下"等信条，都贯穿着感恩思想，尤其是皇（国）恩、家恩、父恩、母恩、师恩更是重于泰山，要终生以报；平生所受"滴水之恩，涌泉以报"更是为人的典范情操。从佛教而言，入教为僧，当和尚是出家，出家即离开父母，表面上是离开红尘，不再受家规束缚，可以不再尽家恩、父恩、母恩，但实际上并非如此，只不过是离开家庭，住进寺院，不过家庭生活而已。

问：这样说有何依据呢？

答：惠能《六祖坛经》云："若欲修行，在家亦得，不由在寺"，"恩则孝养父母，义则上下相怜，让则尊卑和睦，忍则众恶无喧，若能钻木出火，淤泥定生红莲"。这些经典教诲，不仅崇尚感恩行善，而且明确指明修行"在家亦得""恩则孝养父母"。惠能不仅以经典倡导报恩，而且身体力行，在晚年回家乡建"报恩寺"（后由武则天赐名"国恩寺"），特别是将自己父母的坟茔迁入寺内，日夜侍候，以尽孝道。可见，佛教禅宗既是"出家"，也是"回家"，信佛与感恩是不矛盾的，是表面上的对立，实际在感恩思想上是统一的。这种现象，既是儒家思想，也是佛家禅学思想乃至儒道释三家包容性的体现；同时，也是感恩理念具有超脱宗教局限的人本共通性的体现。所以，在中国许多地方的寺院中都有三教共寺的现象。

问：在《红楼梦》中也是如此么？

答：是的。贾府主人是王公贵族，自然是受儒家思想影响的，但其祖先却分别修有代表佛、道两家思想的寺院铁槛寺、水月庵，在府内还有妙玉修炼的栊翠庵；贾母、王夫人都念经信佛，贾宝玉更是从始至终都要当和尚；尤其是整部《石头记》，都是由佛道二仙所安排的，从青埂峰下取的顽石化成的"宝玉"所经历的故事。所以，整部《红楼梦》所写的三教在感恩理念上是对立统一的。

问：那么，请在《红楼梦》中选个实例说明好么？

答：好。小说最后一回"甄士隐详说太虚情，贾雨村归结红楼梦"是最典型的例子。请先看写贾宝玉中举后失散，在贾政送贾母灵柩返金陵后回京的船上，正当写家书说宝玉事时，抬头忽然见到"在船头上微微的雪影里面一个人，光着头，赤着脚，身上披着一领大红猩猩毡的斗篷，向贾政倒身下拜。贾政尚未认清，急忙出船，欲待扶住问他是谁。那人已拜了四拜，站起来打了个问讯。贾政才要还揖，迎面一看，不是别人，却是宝玉。贾政吃了一大惊，忙问道：'可是宝玉么？'那人只不言语，似喜似悲。贾政又问道：'你若是宝玉，如何这样打扮，跑到这里？'宝玉未及回答，只见船头上来了两人，一僧一道，夹住宝玉说道：'俗缘已毕，还不快走。'说着，三个人飘然登岸而去。"这段交代贾宝玉结局的描写，可谓三教在感恩理念上统一的典型实例。首先，已经当了和尚的贾宝玉特地来跪拜贾政，以谢父恩，身为儒家官员的贾政，也在受惊后接受；随后宝玉与一僧一道飘然而去，也即完整地体现了三教在感恩理念上的统一。值得特别注意的是，贾宝玉是中举后出家的，而且是"身上披着一领大红猩猩毡的斗篷"跪拜的，这身与一般僧道素服不同的打扮是什么意思呢？贾政的家人也问：果然是下凡的和尚，为什么中举才去呢？这个提问真问到鲁迅也注意到的点子上了。

问：是怎么回事呢？

答：这正是前八十回与后四十回的两位作者在创作思想和作品主题方面的根本对立的体现及其要害所在。在前面的对话中，尤其是在"禅味"篇中，已弄明白曹雪芹的主导思想是以"空""净"为核心的惠能禅学，《红楼梦》的主题是《好了歌》，第五回所预示的整个故事结局是："好一似食尽鸟投林，落了片白茫茫大地真干净。"但后四十回的作者高鹗，所持的是儒家思想，是要以此改变小说的主题，但又碍于前八十回作品中有明显的主导思想和故事框架，限制其不能为所欲为，必须以折中的手段进行。因此，他特意添加了"宝玉中举"，贾府"沐皇恩""延世泽""兰桂齐芳""家道复初"这些强烈体现儒家思想的内容于续书之中，从而在小说结局里精心设计出既是和尚又超出和尚的高贵服饰，明显寓有与"衣锦还乡"同等的"衣锦为僧"之意，既体现"中举"之殊荣，又保持原著既定的贾宝玉出家为僧的结局，更彰显其以儒家思想偷换小说主题的用心，从而使贾宝玉这个"背叛"封建家庭的出家行为，变成贾府家人所说的那样："咱们家出了一位佛爷，倒是老爷太太的积德……当初东府里太爷倒是修炼了十几年，也没有成了仙。这佛是更难成的。太太（王夫人）这么一想，心里便开豁了。"这个"开豁"，也就是因宝玉之"锦衣"感恩之举，将佛道之事一下变成了儒家之恩德盛事。这不正是续书者利用恩德之念而达改变主题目的的高明所在么？这就是抓住对立面的共通点（感恩理念）而达对立统一，也即是以此而造成本是对立的前八十回与后四十回的对立统一的效果。

问：《红楼梦》的大结局也是这样么？

答：是的。前面讲了，曹雪芹原意是"树倒猢狲散""白茫茫大地真干净"，但后四十回续书则完全相反，写的是贾府起死回生，继续"沐皇恩""延世泽""兰桂齐芳""家道复初"的"大团圆"结局。这个结局，在最后一回通过甄士隐与贾雨村的对话已经写出了。还值得注意的是，续书对先后死去的"金陵十二钗"也写成"大团圆"的结局。本来按照第五回所写的故事预示，这些妇女的命运是"千红一窟（哭）""万艳同杯（悲）"的悲剧结局，但续书却变成了全升仙境并各司仙位的团圆喜剧。作者所凭借的手段，也就是通过第一一六回写贾宝玉重游太虚幻境，先后与尤三姐、鸳鸯、林黛玉、元春、晴雯、凤姐、秦可卿、迎春等见面所"悟"恩爱情仇的"仙缘"，尤其是重温贾宝玉与林黛玉前世今生所演绎的神瑛侍者与绛珠草的"滴水之恩，以泪相报"的情缘，以及宝玉与晴雯的恩爱故事，将这些妇女生前的悲剧恩情化，并且以其全都回归《金陵十二钗册》而定格其本有"仙缘"和"仙位"，以此证实这些妇女都是在太虚幻境中有仙缘的，经过到凡间一劫，重归册中团圆，从而将一场人间悲剧变成一场天堂仙境喜剧。更妙的是，在此回描写之后，特地在小说最后一回，写当时尚未死去升天"归册"的香菱，由其已成道仙的亲父甄士隐度脱送到太虚幻境，交警幻仙子对了册，更增添了金钗团圆的旨趣。这个增添的一笔描写，正是以父女思念之情点化道儒沟通之笔，将道家仙境归册与儒家团聚对接起来，达到彰显儒家伦理思想的效果。最后又写导演这场"红楼梦"的僧道二仙，将"宝玉"放回青埂峰下女娲炼石补天之处，将点化的"宝玉"还原为顽石，从而将被转化了的儒家思想主题，又不露声色地转回前八十回的原意，使以佛道思想主导的前八十回与以儒家思想主导的后四十回得以沟通磨合，巧妙地重归佛道之"一空二净"的"禅味"境界，可见续书者"回天"之术的高妙！

◇ **问**：果真如此。

◇ **答**：还值得特别说说的是，鲁迅在《论睁了眼看》一文中指出："《红楼梦》中的小悲剧，是社会上常有的事，作者又是比较的敢于实写的，而那结果也并不坏。无论贾氏家业再振，兰桂齐芳，即宝玉自己，也成了个披大红猩猩毡斗篷的和尚。和尚多矣，但披这样阔斗篷的能有几个，已经是'入圣超凡'无疑了。至于别的人们，则早在册子里一一注定，末路不过是一个归结：是问题的结束，不是问题的开头。读者即小有不安，也终于奈何不得。然而后来或续或改，非借尸还魂，即冥中另配，必令'生旦当场团圆'，才肯放手者，乃是自欺欺人的瘾太大，所以看了小小骗局，还不甘心，定须闭眼胡说一通而后快。赫克尔（E. Haeckel）说过：人和人之差，有时比类人猿和原人之差还远。我们将《红楼梦》的续作者和原作者一比较，就会承认这话大概是确实的。"（《鲁迅全集·第1卷》，人民文学出版社1956年版，第330页）。鲁迅实在高明，早就看出《红楼梦》"大团圆"结局和宝玉"锦衣为僧"是将悲剧变喜剧的匠心所在，鲜明指出了前八十回原作者与后四十回续作者的天渊之别。由此也可见，这位与原作者若隔天地的续作者，在两个思想对立的作品中找到并利用两者折中或共通之点进行统一，不也是其高妙所在么？同时，不是也可以从中看出《红楼梦》中的"恩昧"思想和境界，既在前八十回中起重要的指引作用，也在后四十回中起到折中前后对立的统一作用。由此而言，"恩昧"本身就是一种超脱的境界，是一种可以通用获得"涌泉以报"的超脱境界。

（2019年3月16日完稿）

情味篇

繁花满眼之『情味』超脱境界

滴不尽相思血泪抛红豆,开不完春柳春花满画楼。
睡不稳纱窗风雨黄昏后,忘不了新愁与旧愁。
咽不下玉粒金莼噎满喉,照不见菱花镜里形容瘦。
展不开的眉头,捱不明的更漏。
呀!恰便似遮不住的青山隐隐,流不断的绿水悠悠。

——《红楼梦》第二十八回

一、从五个书名透露的八个亮点和"情味"境界

(一)《红豆词》的主题歌意义

问:这次对话的主题是寻找《红楼梦》中的"情味",你先引这首词并且为贾宝玉所撰的这首词冠称《红豆词》,是什么意思呢?

答:照我看来,这首词是《红楼梦》写爱情生活的主题歌,而小说中所写贾宝玉唱这首词的场景,则是《红楼梦》雅俗互现的"情味"境界之缩影。先说《红豆词》为什么称之为主题歌吧。人们都熟悉"红豆"是象征男女爱情的"相思豆",始于唐代王维"红豆生南国"一诗,为引述方便,姑且为其冠名《红豆词》。这词的首句是"滴不尽相思血泪抛红豆",明确点出此篇乃写爱情相思之甜酸苦辣,尤其是在末句,创造了"呀!恰便似遮不住的青山隐隐,流不断的绿水悠悠"的"情味"境界,更概括和体现了全书的爱情故事和其中的美学意蕴,所以可称之为《红楼梦》所写爱情生活的主题歌。

问:也可以说是寻求《红楼梦》"情味"的起步吧?

答:是的。其实这首词还点出了《红楼梦》的书名和主要内容。固然在小说首回已有交代:《红楼梦》为"曹雪芹于悼红轩中披阅十载增删五次,纂成目录,分出章回"而成,但只说"题曰《金陵十二钗》",未说为何称《红楼梦》。《红楼梦》这个书名只在这首词中显露出来。请看,刚才说的首句所写的"红豆",二句所写的"画楼",组成的"红楼",加后句写的"睡不稳"和"更漏"所意味的"梦",不就是小说的书名"红楼梦"么?按小说第一回作者所言,此书除《石头记》之名外,尚有《情僧录》《风月宝鉴》《金陵十二钗》等书名,这些书名与《红楼梦》一样,都顾名思义地标榜出这是一部"情书"。所以,这首词既点出小说书名的寓意,又道出了小说主要是写男女情爱生活之内容和主旨。

◇ **问**：这样说，有道理。

◯ **答**：我想更有深意的是，小说写贾宝玉唱这首词的场景，可以说是《红楼梦》雅俗互现的"情味"艺术手法和艺术境界之缩影。为什么呢？这回写的是号称"怡红公子"的贾宝玉与富家公子冯紫英、名伶戏子蒋玉菡、锦香院的妓女云儿、世称"呆霸王"的浪子薛蟠五人聚酒作乐，以女儿的"悲、愁、喜、乐"四个情感节点戏行酒令的场景。这个场景，其实是以五个不同类型的人之说法，体现六种不同的男女情爱观。首先贾宝玉说："女儿悲，青春已大守空闺。女儿愁，悔教夫婿觅封侯。女儿喜，对镜晨妆颜色美。女儿乐，秋千架上春衫薄。"说的是未婚少女的爱情观，体现了不"觅封侯"、只求"荡秋千"的浪漫理想，可谓少女纯真的"恋情"。冯紫英的行令是："女儿悲，儿夫染病在垂危。女儿愁，大风吹倒梳妆楼。女儿喜，头胎养了双生子。女儿乐，私向花园掏蟋蟀。"体现了已婚贤妻良母之"妻情"。戏子蒋玉菡说的酒令是："女儿悲，丈夫一去不回归。女儿愁，无钱去打桂花油。女儿喜，灯花并头结双蕊。女儿乐，夫唱妇随真和合。"则可说是追求"夫唱妇随"之"妾情"。妓女云儿之前唱了新曲："两个冤家，都难丢下，想着你来又记挂着他。两个人形容俊俏，都难描画。想昨宵幽期私订在荼蘼架，一个偷情，一个寻拿，拿住了三曹对案，我也无回话。"可谓惟妙惟肖地唱出了"偷情"；云儿后来说的酒令是："女儿悲，将来终身指靠谁？女儿愁，妈妈打骂何时休？女儿喜，情郎不舍还家里。女儿乐，住了箫管弄弦索。"则是真情实意写出了"妓情"。轮到玩世不恭、粗俗不堪的薛蟠行酒令，他吞吞吐吐地说："女儿悲，嫁了个男人是乌龟。女儿愁，绣房撺出个大马猴。女儿喜，洞房花烛朝慵起。女儿乐，一根毡耙往里戳。"真可谓"语出惊人""令如其人"，是赤裸的"淫情"。应当说，上述所写的"恋情""妻情""妾情""偷情""妓情""淫情"六种情（加上薛蟠还为男性"同性恋"，俗称"鸡奸"，则有七种），都是当时社会普遍存在的男女情，也是《红楼梦》里所写的男女情，全书的"情味"也都在其中。

问：如此说来，《红楼梦》岂不是"全味"情书么？

答：中国古典文学中写"情"的作品很多，著名的《西厢记》《牡丹亭》《白蛇传》《梁山伯与祝英台》等，大都只写"恋情"；《金瓶梅》则在写"妻情""妾情"中，大写特写"偷情"和"淫情"。像《红楼梦》这样全面而丰富多彩地写"情"的小说确不多见。过去从当权者到"红学家"都有不少人称其为"天下第一情书"的依据，正在于此。应当说，这是《红楼梦》写男女情爱的特点和亮点之一。但是，仅看到这一点则是片面的、表面的，还不能说是寻到其"情味"之真正所在。《大英百科全书》评价说："《红楼梦》的价值等于一整个的欧洲。"《红楼梦》是一部大书。有评论家这样说，几千年中国文学史，假如我们只有一部《红楼梦》，它的光辉也足以照亮古今中外。《红楼梦》是言情小说，它言男女之情，以言情而至伟大，必须有一个条件：起于言情，终于言情，但不止于言情。通常的言情之作常易流于浅薄，而伟大的言情则有一个不言情的底子，这样才能衬出情的深度。这真是对《红楼梦》的特点和亮点很到位的评价。

（二）《金陵十二钗》书名透露的亮点和境界

问：其他还有什么特点和亮点呢？

答：前面谈到，《红楼梦》有好几个书名，我看每个书名都分别是它的一个特点和亮点，因为每个书名都分别标志着它写的"情味"不同于其他情爱小说的角度和深度，从而使其具有独特的新意和创意，具有独特的品位和魅力，也即是从不同的角度和途径创造出超脱的境界。先说《金陵十二钗》这个书名吧。顾名思义，是为金陵十二位女子立传，即主要是小说第五回写贾宝玉神游太虚幻境时，警幻仙子展示的《金陵十二钗册》所载的十二位女子的命运，也即是作者在第一回中首先声明的初衷："今风尘碌碌，一事无成，忽念及当日所有之女子，一一细考较去，觉其行止见识，皆出于我之上。何我堂堂须眉，诚不若彼裙钗哉？实愧则有余，悔又无益之大无可如何之日也！……我之罪固不免，然闺阁中本自历历有人，万不可因我之不肖，自护己短，一并使其泯灭也。"这段自白，更清楚地表明作者是旨在写这些"闺阁中本自历历有人"的"裙钗"，使其不致"泯灭"。这就意味着，作者不仅主要写这些女子，而且着重活现这些女子"皆出于我之上"的形象，从而着意写女子之真性真情，写其情爱生活与命运，或者说，主要是从这些女子的情爱生活与命运透视当时的社会生活与情爱世界。

问：实际在小说的描写中是不是如此呢？

答：是的。首先表现在小说中一再写主人公贾宝玉对所有年轻女子，不管是大家闺秀，或者是奴隶丫头，以至戏子、妓女，都一概尊重，平等对待，甚至以能为女子做点事为荣。尤其是他常常声言，"女子是水作的"，圣洁纯净；男人是"泥作的"，污浊粗鄙。所以，书中所写的主要年轻女子，大都是青春灵慧的美女；所写的男子，除贾宝玉外，大都是腐败无能的人物。这在当时以男权为主宰的封建社会来说，无疑是一种重大的挑战和叛逆。《红楼梦》描写女子的方式，主要是在日常生活中写她们的情感世界和情爱生活，尤其是淋漓尽致地揭露了从皇帝至小厮的许多男子，对她们的冷漠、歧视、虐待、欺凌、玩弄、迫害等罪恶众生相。所以，小说主要是以此为透视点，反映当时的社会生活，尤其是揭露乌七八糟的情爱世界之无情与罪恶，讴歌纯真的女性和爱情，控诉和反对扼杀男女自由的封建制度、婚姻制度及其道德观念。可见，这也是《红楼梦》写男女情爱的特点和亮点之二。

（三）《风月宝鉴》书名透露的亮点和境界

问：之三是什么呢？

答：《风月宝鉴》这个书名，也是《红楼梦》不同于其他情爱小说的一个特点和亮点。小说第十二回"王熙凤毒设相思局，贾天祥正照风月鉴"说：风月宝鉴"出自太虚幻境空灵殿上，警幻仙子所制，专治邪思妄动之症，有济世保生之功。所以带他到世上，单与那些聪明杰俊、风雅王孙等看照。千万不可照正面，只照他的背面"。照反面是"一个骷髅立在里面"，警示沉醉风月必死之结局；照正面，乍看是心仪美女招手相迎，得以共欢云雨，但即淫极而死，一场风流即成虚幻。可见，小说以"风月宝鉴"作为叙写男女情性故事之艺术视角和手法，是以风月情事的正反面把握全书"情味"之底蕴；同时，如果说"金陵十二钗"之名主要是从女性的视角正面叙写小说中的男女"情味"，那么《风月宝鉴》之名则主要是以"那些聪明杰俊、风雅王孙"的男性视角反面"看照"，揭示其中虚幻的、应予警示的负面"情味"。

问：写贾天祥（即贾瑞）照风月宝鉴正面致死，只是全书中的一回，怎能说是"把握全书底蕴"呢？

答：问得好。其实，类似贾瑞淫死之事件，在《红楼梦》中还有很多，是贯串全书的。例如，贾琏先后与鲍二家的偷情、与尤二姐从婚外情到妾情；薛蟠先是为霸占香菱逼死人命，后又娶"河东狮"夏金桂，弄得全家鸡犬不宁；贾赦为收妾迫使鸳鸯起誓终身不嫁，最后自杀，又为私利迫使亲女儿迎春嫁给"中山狼"；等等。这些都是明写的事例。此外，还有暗写的事例，其中最突出而奇特的事例，是紧接贾瑞事例的第十三回"秦可卿死封龙禁尉"。据脂砚斋评《红楼梦》提供的资料，原稿本是"秦可卿淫丧天香楼"，前辈要求删去作为家公的贾珍与儿媳妇秦可卿"爬灰"（乱伦奸淫）而自杀身亡的真相，只写秦可卿死后破格受封而隆重治丧的事例。如果说，贾瑞事件是明写的弟嫂之间的未遂乱伦，那么，秦可卿事件则是暗写（或者说是有意将真事隐去，使其"欲盖弥彰"的手法）的公媳乱伦，两者是异曲同工的"偷情"事例；如果说，小说所写贾珍在秦氏死后"哭的泪人一般""恨不能代秦氏之死"的心情和不惜一切代价并抱病亲自为秦张罗治丧的作为，也是这个事件的暗写笔法的话，贾宝玉就焦大大骂贾府上下乱伦而问凤姐什么是"爬灰"的描写，则是明里带暗的写法，那么，焦大的大骂乃至遭到马粪塞嘴的惩罚，也是一种以反写正的写法；至于柳湘莲当贾宝玉的面说的贾府"除了那两个石头狮子干净，只怕连猫儿狗儿都不干净"的话，更是赤裸裸的描写，而贾宝玉对这说法当即脸红，更是暗中显明地体现了对这说法的默认。最典型的是众人在贾府家塾中因"鸡奸"大打出手的闹学事件，揭穿了在这表面书礼之家、传宗接代的学堂里，背地里竟然闹出如此下流的丑事，其目的不正是通过"那些聪明杰俊、风雅王孙"等男性的反面"看照"，预示其必然成为"骷髅"的结局吗？所以，"风月宝鉴"也是贯串《红楼梦》全书的一个写作角度，是它的一个特点和亮点，也是其超出许多男女小说的超脱境界。

（四）《情僧录》书名透露的亮点和境界

◇ 问：《情僧录》这个书名怎样呢？

◇ 答：这个书名更有深意。我看有两层意思：一是作为主人公贾宝玉的代号，即写其先为情场的"怡红公子"后为和尚的一生的情场经历；二是写贾宝玉虽是沉醉情场的"情种"，但是只在"意淫"，不在"体淫"，就像是情场中戒斋的"和尚"。在小说中，这两层意思是结合一体描写的。从小说中可以看到，贾宝玉与书中的妙龄女子，除他四个姐妹（元春、迎春、探春、惜春）外，几乎都有程度不同、方式不同的"恋情"，这位"无事忙"的"富贵闲人"每天都忙于"情场"之中。值得特别注意的是，全书只写贾宝玉在梦游太虚幻境之后，与花袭人有过一次"初试云雨情"，而与其他妙龄女子只是意念之情。除对林黛玉是专情外，其他都是泛泛之情，既无专情，也无"体淫"，即使对花袭人也再无写其"体淫"，因此，可谓其为多情的"意淫"公子，是"情场"中吃素之"僧人""和尚"。贾宝玉这样一个特点和亮点，使其与其他任何男女恋爱小说的主人公都不同，也不同于小说中所写的贾琏、薛蟠等花天酒地的浪子，而是一位风流倜傥的高雅"情僧"。同时，又因为其出身神奇而身份特殊，是个衔玉出生的贵族公子，受到家族的独特宠爱，有才气而不读圣贤书，性格乖张而对人和善，求自由而不出轨；尤其是乐与同龄女性交往，不计尊卑，认为女子是"水作的"、纯情圣洁，深受女子喜爱，女子乐与其交往甚至争受其宠,从而与这班"不能使其泯灭"的女子发生多种错综复杂的关系,产生"剪不断理还乱"的感情纠葛,发生层出不穷、跌宕曲折的爱情风波。毫无疑问,贾宝玉是全书主要爱情风波的肇事者,又是发生在他人身上儿女情仇的目睹者,是"因空见色,由色生情,传情入色,自色悟空"的经历者,又是全书"千红一窟(哭)""万艳同杯(悲)""树倒猢狲散"悲剧的经受者,所以,取名《情僧录》是名正言顺的,也由此可见,这是《红楼梦》最大的特点和亮点之一,是超越一切言情小说的超脱境界。

问:所谓"意淫"和"体淫",是否即"情欲"与"性欲"之别呢?

答:看来是的。可以说男女之"情欲"是精神的,"性欲"是肉体的;两者都是属于人的本性,但也有人性情与社会情之别,人性情是未发之情,社会情是已发之情。正如在《红楼梦》第一一一回中所写:当鸳鸯像秦可卿那样上吊自尽后,灵魂登上太虚仙境,被定为接替秦可卿"第一情人"之位,秦可卿向其"交班"时说:"世人都把那淫欲之事当作'情'字,所以作出伤风败化的事来,还自谓风月多情,无关紧要。不知'情'之一字,喜怒哀乐未发之时便是个性,喜怒哀乐已发便是情了。至于你我这个情,正是未发之情,就如那花的含苞一样,欲待发泄出来,这情就不为真情了。"小说本在此页注云:"喜怒哀乐——本于宋代朱熹《四书集注·中庸》注:'喜怒哀乐,情也;其未发,则性也。'"可见,情性有别,并有雅俗之分:情,是"喜怒哀乐已发",是精神之"情欲";"喜怒哀乐未发之时"的"个性",是肉体"淫欲"之性。前者是如含苞未放那样的"真情美",后者则是"伤风败化"的恶行。应该说这种情性有别的善恶观,这也可说是由《情僧录》书名引申出并密切相关的又一理念,也是一个与所有言情小说不同的亮点和"情味"境界。

（五）《石头记》书名透露的亮点和境界

问：剩下最后一个《石头记》书名了，怎样理解呢？

答：这是一个全面而彻底地体现《红楼梦》全书内容和主旨的书名。从小说首回中可以看到，小说所记的是女娲补天时遗下的一块石头，由僧道二仙将其点化为一块宝玉，将其携入红尘，"到那昌明隆盛之邦，诗礼簪缨之族，花柳繁华地，温柔富贵乡"中"历尽离合悲欢炎凉世态的一段故事"。所说的这块石头变的"宝玉"就是贾宝玉，这段故事就是贾宝玉在荣国府所经历的故事。显然，小说所写的是"在富贵场中、温柔乡里"全面"享受"的故事，其实主要是"荣华富贵"和"儿女情事"这两方面的乐事；而这些乐事，是"不能永远依恃；况又有'美中不足，好事多磨'八个字紧相连属，瞬息间则又乐极悲生，人非物换，究竟是到头一梦，万境归空"的。这就是说，小说写的贾宝玉经历的这两方面的乐事，都是像石头所变的假（贾）的宝玉那样，"假作真时真亦假，无为有处有还无"，仍然是要回归青埂峰的大荒山的。所以，以"石头记"之名而写真石头、假宝玉这段故事，正是全面而彻底地体现了《红楼梦》全书的内容和主旨，是《红楼梦》的一个特点和亮点。《红楼梦》所写的男女情事只是其中一部分，却是主要部分。

问：对于这个主要部分，《石头记》这个书名体现了什么样的特点和亮点呢？

答：我看是大有奥妙、大有深意的。首先，这块石头是"原来女娲氏炼石补天之时，于大荒山无稽崖炼成高经十二丈，方经二十四丈顽石三万六千五百零一块。娲皇氏只用了三万六千五百块，只单单剩了一块未用，便弃在此山青埂峰下。谁知此石自经煅炼之后，灵性已通，因见众石俱得补天，独自己无材不堪入选，遂自怨自叹，日夜悲号惭愧"。可见，这块石头炼出的本性是"补天"，他的怀才不遇在于未能像众石那样参与"补天"，这就意味着他记下所经历的故事，正像首回提示那样："凡用

'梦'用'幻'等字,是提醒阅者眼目,亦是此书立意本旨"即"补天"!这对于"荣华富贵"或"儿女情事"故事都是如此。但对于后者而言,尚有与"情僧录"对称的寓意,即石头与和尚一样,都是无情和戒情的;到人间享乐走一遭,都是"赤条条来去无牵挂",一切经历都是"无为有处有还无";也即是说"质本洁来还洁去",原本无情仍无情。所以,《石头记》与《情僧录》一样,所写的儿女情事,仍然是"假作真时真亦假,无为有处有还无",即又虚又空,一干二净。这真是前所未有的、全面而彻底地写儿女情事的小说的亮点和支点。

(六)《红楼梦》书名透露的亮点和境界

问:此外还有更深层的意蕴么?

答:应当还有自然与人的关系问题。小说所写的石头,是大荒山的自然物体,它变成假的玉到人间经历了一场悲欢离合、世态炎凉之后,仍然回归自然,而人间则是"不能永远依恃""瞬息间则又乐极悲生,人非物换,究竟是到头一梦,万境归空"。显然,小说要揭示的是自然不变人间变、世事无常人无长,没有永久的欢乐团聚,"十里搭凉棚,没有不散的筵席"。富贵荣华如此,儿女情事也如此。这也与大自然的石头那样,变来变去,始终要回到荒山,始终是石头,这是自然的客观规律,也是人间社会的客观规律。揭示出这个哲理,也是《红楼梦》的一个特点和亮点,是一个超脱境界。

问:如此说来,曹雪芹将世界看得如此悲观,为何他还在"茅椽蓬牖,瓦灶绳床,其晨夕风露,阶柳庭花"的艰苦环境下,用十年时间写出《红楼梦》呢?

答:这个问题问得好,这是一个《红楼梦》与所有言情小说根本性的不同的关键性问题。曹雪芹在小说首回讲了一段为什么写《红楼梦》的心里话:"今风尘碌碌,一事无成,忽念及当日所有之女子,一一细考较去,觉其行止见识,皆出于我之上。……闺中阁本自历历有人,万不可因我之不肖，自护己短，一并使其泯灭也。"可见，曹雪芹主要是为使这些当年"闺阁中本自历历有人""皆出于我之上"，使他"念及"的女子不致"泯灭"，而写这部小说的。这些女子使他难忘思念的是当年在"温柔富贵乡"的情事，不致"使其泯灭"的也主要是这些情事情人；而整部小说却写的是从兴至灭之家事情事，所悟之理又是"自色悟空"之理，这不是自相矛盾么？表面上看是这样，其实是不矛盾的，而是"痛定思痛痛更痛，情了思情情更深"之道理。从思维和情感的发展来说，这是一个变化过程；从哲学上说，这是从否定之否定而质变为肯定的思辨规律的体现。所以，应当说曹雪芹所写的这场悲剧，是为使人"警示"、为"补天"而写的；所写的男女情事，也是为了"思念"、不使其"泯灭"而写的，这不就是以告诫而否定、以"悟空"而肯定的体现吗？正因为如此，这部小说所写的故事，比作者原来经历的痛苦更痛苦，比原来经受的情事更深情。这正是"了犹未了"的情事，即"道是无情还有情"；也正是这次对话开头所引的《红豆词》所揭示的境界："遮不住的青山隐隐，流不断的绿水悠悠。"我想，这也是整部《红楼梦》所创造的境界，是《红楼梦》最大的特点和亮点，也当是《红楼梦》书名标志的特点和亮点。

（七）贯串《红楼梦》通篇的写作特点和亮点

问：在《红楼梦》五个书名之外，还有什么贯串全书的特点和亮点呢？

答：我看还有三个，都是曹雪芹自己在书中说出来的。第一是在首回中，他通过僧道二仙说明：红尘中的乐事除"不能永远依恃"外，"又有'美中不足，好事多磨'八个字紧相连属"。这就是说，小说写的情事是"美"的"好事"，但又都写其中的"不足"和"多磨"；即不仅只写事物"美"和"好"的一面，还要写出其"丑"或"坏"的一面。这就是鲁迅在《中国小说的历史的变迁》一文说的那样："《红楼梦》的价值，可是在中国底小说中实在是不可多得的。其要点在敢于如实描写，并无讳饰,和从前的小说叙好人完全是好,坏人完全是坏的,大不相同,所以其中所叙的人物,都是真的人物。"在小说中写的人和事都是如此,所以,这也是贯串《红楼梦》通篇的写作特点和亮点。

问:第二是什么呢?

答:曹雪芹在首回通过僧道二仙之口说:所写"这一段故事,比历来风月事故更加琐碎细腻了""历来几个风流人物,不过传其大概以及诗词篇章而已,至家庭闺阁中一饮一食,总未述记。再者,大半风月故事,不过偷香窃玉、暗约私奔而已,并不曾将儿女之真情发泄一二。想这一干人入世,其情痴色鬼、贤愚不肖者,悉与前人传述不同矣"。这段说明,突出了小说写作的要点是在"家庭闺阁一饮一食"和"真情发泄"上"更加琐碎细腻",这是作者自称的小说取材和描写的重点,是贯串《红楼梦》全书的特点和亮点之一,也当是《红楼梦》的一个独特的情味境界。

问:第三是什么呢?

答:是"木石前盟"启示的人性情与社会情之分野,同时人性情与社会情又是对立统一的,这是曹雪芹之首创。应当说,贾宝玉与林黛玉的"木石前盟"是整个《红楼梦》故事的中心事件,是全书"情味"之根,是主导各方情缘之核心,所以是首位的、最主要的情缘。为何称贾宝玉与林黛玉的情缘是"木石前盟"呢?据《红楼梦》第一回介绍,贾宝玉原是天上赤瑕宫神瑛侍者,林黛玉原是西方灵河岸上三生石畔一株绛珠草。这株草因每日受神瑛侍者以甘露灌溉,年久月深,"始得苟延岁月。后来既受天地精华,复得雨露滋养,遂得脱却草胎木质,得换人形,仅修成个女体,终日游于离恨天外,饥则食蜜青果为膳,渴则饮灌愁海水为汤。只因尚未酬报灌溉之德,故其五内便郁结着一段缠绵不尽之意",因此,神瑛侍者下凡以后,她便也一道下世为人,把"一生所有的眼泪"偿还给神瑛侍者。这就是"木石前盟"之缘由和内涵。由此可见,贾宝玉与林黛玉的情缘是"前世"已定的"今生"之命，也即是俩人的爱情关系、追求、发展以至结局，都是"前世"注定了的。

◇ **问**：既然如此，那么两人的爱情关系和追求与"今生"就没有什么关系了么？

◇ **答**：不，不是这么回事。我想，曹雪芹创造出这么一个"还泪"的神话故事来显示宝黛的情缘，主要是表明宝黛爱情是天生的一种人性追求和体现；将其带到"今生"是为了"勾出多少风流冤家来""将儿女之真情发泄一二"，真正享受情缘境界的"离恨天、蜜青果、愁海水"的甜酸苦辣、怨恨愁悲。可见，不是着意写"前世"，而是写"今生"，写"前世"的本有人性追求在"今生"情海之历劫。换句话说，就是着意写本性的爱情在当今社会中遭受的磨难，也即是着意写"前世"的情爱人性（即人性情）与"今生"社会人性（即社会情）的矛盾冲突以及其中的恩怨情仇。

◇ **问**：你这说法很有新意，与过去红学家所说有很大不同。

◇ **答**：可以说有同有不同。前不久刚辞世的著名红学家李希凡在与其女儿李萌合著的《传神文笔足千秋——〈红楼梦〉人物论》中说："曹雪芹自称他的《红楼梦》是'大旨谈情'，'脂评'也说他'因情捉笔'，《红楼梦》还曾有一个《情僧录》的书名。《红楼梦》问世以后，也很快得到了'情书'的总体评价。花月痴人的《红楼幻梦·自序》说：'同人默庵问余曰："《红楼梦》何书也？"余答曰："情书也"。汪大可的《泪珠缘书后》甚至认为：'红楼以前无情书，红楼以后无情书，旷观古今，其娇娇独立矣！'对《红楼梦》这样的'情书'定名，并非今天的'红学'研究者所能同意的。但是，在明清人文思潮中，曹雪芹赋予'儿女真情'以平等自由的新内蕴，以及他创造的贾宝玉、林黛玉、薛宝钗的具有时代与历史内蕴的典型形象和他们的婚恋悲剧，显示了对封建制度与封建道德的巨大的批判力量，确实已超越前人，也包括他的前驱者汤显祖和冯梦龙等,而与现代的民主思想相连接。"这段话可说是对百年红学关于"情书"问题争议的一个总结性的概括,指出了旧红学只是对《红楼梦》"作出'情书'的总体评价",未能将《红楼梦》所写的"'儿女真情'以平等自由的新内蕴"与"现代的民主思想相连接"。这就是说,旧红学只肯定《红楼梦》是"情书",但未明确其"情"是否人本有的人性情爱还是社会人性情爱;李希凡所说现代红学给《红楼梦》赋予的则是现代社会的人性之情。我的观点是,在曹雪芹借"木石前盟"的"前世"故事,表明他所写之"情"具体是人性之情;小说所写宝黛之恋,则是这种人性之情在其所处"今生"与社会人性之纠葛中的风风雨雨。所以,我的说法与过去新旧红学有同有不同。

问:人性本有之情是你发现的吧?

答:我只是发现曹雪芹所写宝黛之恋是这种情。其实这种人性之情,早有人发现并做过精辟论述了。如明代著名戏剧家汤显祖认为:"情"是人性的根本,"性无善无恶,情有之"(《复甘义麓》),"人生而有情。思欢怒愁,感出于幽微,流乎啸歌,形诸动摇。或一往而尽,或积日而不能自休"(《宜黄县戏神清源师庙记》)。"世总为情""天下声音笑貌大小生死,不出乎是"(《耳伯麻姑游诗序》),"生者可以死,死者可以生",乃"至情"也;"生而不可与死,死而不可复生者,皆非情之至也"(《牡丹亭记题词》)。《牡丹亭》即"因情成梦,因梦成戏"(《复甘义麓》)之作。此外,李贽的《童心说》提出:"童心者,真心也。若以童心为不可,是以真心为不可也。夫童心者,绝假纯真,最初一念之本心也。若失却童心,便失却真心,失却真心,便失却真人,人而非真,全不复有初矣。"这些言说,都是著名的人性之情理论,只不过曾经被当作"资产阶级人性论"而受到批判而已。至于人性、社会性的说法,倒是我从自己对人和社会的理解中提出来的。

问：这样的发现很重要，请具体阐述。

答：众所周知，人有两重性：一是自然人，二是群居的社会人。自然人的属性即人的本性，社会人则必有所处群居的民族、国家、地方、时代的社会性，即社会人性；自然人有人性情爱，社会人之情爱也必有其民族、国家、地方、时代共性的社会之情爱；也即是说，自然人之本性，在每个具体人的身上，莫不打上其所处时代、民族、地方、时代的烙印，莫不同时具有人性情和社会情。还应当看到，人与人之间是千差万别的，往往因所属民族、国家、地方、时代的差异而不同；因此，在每个人身上和人与人之间，这两种情欲的发展和体现也常常是互相矛盾的。所以，在现实生活或艺术作品的情爱生活中，自然人本性与社会人本性之情欲都是千差万别、冲突不断的，正是由此，从古至今所有经典的爱情作品才各有千秋、不会雷同，名有各的亮点和情味境界。贾宝玉的"五方情缘"就是这样。

问：按你上面所说，有五个书名加上贯串全书的三个亮点，共有八个亮点和超脱境界了，是么？

答：是的，这八个是亮点，也是特点；是超脱境界，也是"情味"境界，是寻求其"情味"的途径和整体所在。应当特别指出的是：这八个亮点和境界，是从小说整体透露出来的不同亮点和境界，不是在小说中分别单独塑造的，而是交叉融合塑造的，我不过是以分析和欣赏的眼光，将其分别显示出来而已。这八个亮点和境界，实际上在小说的主要情节或细节中都程度不同地看到，下面，我们进一步分析小说的主人公贾宝玉这个真石头变的"情僧"，在亲历的"五方情缘"中所显现的亮点和"情味"境界吧。

二、贾宝玉亲历的"五方情缘"显现的亮点和"情味"境界

(一) 贾宝玉亲历的"五方情缘"

问：什么是"五方情缘"呢？

答：简单地说，一个人在社会中生活，经历或进行某件事情总会牵涉到周围方方面面的关系，大致上是东、南、西、北、中五个方面；不过，有些人或某些事简单些，牵涉的方面就少些，复杂的则多些。在《红楼梦》中，贾宝玉的情爱生活是错综复杂的，就在于他的情缘牵涉到方方面面，也即是一个人周围的五个方面，故称"五方情缘"。

问：你这发现很有意思，请具体说说。

答：好。贾宝玉在小说中同好些妙龄女子都有不同的情缘，但情缘特深、亲身经历而具有男女"情味"的是五个：时间最长的并最后正式结婚的，是薛宝钗；情缘最深的是林黛玉；相处时间最长的是史湘云（据说有些版本还写有贾宝玉在最后贫困时期与史湘云共同生活）；相处时间最短的是晴雯；相处最密切的是花袭人。在小说中写这五个女子与贾宝玉的情缘，都各有一个象征性的名称或形象内涵：薛宝钗与贾宝玉是"金玉良缘"，可谓社会情；林黛玉与贾宝玉是"木石前盟"，可谓人性情；史湘云与贾宝玉是"麒麟缘"，可谓命运情；晴雯与贾宝玉是"芙蓉情"（晴雯死后贾宝玉撰《芙蓉诔》祭），可谓纯真情；花袭人与贾宝玉是"袭人情"（贾宝玉以"花气袭人知昼暖"诗句为其取名），可谓世俗情。由于贾宝玉与这五位女子的这些情缘都是在大致相同的时间段和环境（大观园）中，在贾宝玉周围发生的，所以称之为"五方情缘"。

问：你这发现有道理、有意思，还有什么发现呢？

答：我还发现这"五方情缘"与中国传统文化的"金、木、水、火、土"之"五行"说暗合。请看：薛宝钗的名字和"金玉良缘"都属"金"；林黛玉的名字与"木石前盟"都属"木"；史湘云在小说最后与贾宝玉在河中重逢并共度患难，可谓"似水年华"，应属"水"；晴雯之名和火辣性格，其"芙蓉情"应属"火"；花袭人之名与"袭人情"均有润人育人之意，当可从"土"。可见，这"五方情缘"分属"五行"，各具"五行"属性，又各具其属"行"之境界；同时，这"五方情缘"纵横交错、竞美争锋、相克相乘，恩爱情仇若断未断、了犹未了。我这些看法，可能有点"索隐"的味道，但结合小说对这"五方情缘"的精细描写进行具体分析，我看不仅会发现其中的道理，而且会以更深层次看到这些都是小说的独特亮点和"情味"境界。

问：为何贾宝玉有"五方情缘"？请你分别具体分析吧。

答：在分别具体分析之前，必须弄清楚贾宝玉这"缘主"（中心人物）为何有如此"五方情缘"。我认为，这取决于两方面因素：一是作者的创作意图，二是贾宝玉的独特形象。先说前者。《红楼梦》首回即指明作者的创作意图是：让已修炼成有灵性的一块石头所变的贾宝玉，到红尘"那昌明隆盛之邦，诗礼簪缨之族，花柳繁华地，温柔富贵乡去安身乐业"。《红楼梦》以清代康乾盛世为故事的时代背景，以荣宁二府为贾宝玉生长之"温柔富贵乡"，以大观园为其享受之"花柳繁华地"，就是这个创作意图的体现。这样的典型环境，才能产生出贾宝玉这样独特的典型形象。因为这样的典型环境，才能生长出贾宝玉这样的贵族花花公子，加之以衔玉出生之神奇，在族中受宠地位之独尊，潇洒放荡，奇才横溢，泛爱成癖，自称"怡红公子"，公认为"情种"人物，尤其又是大观园"女儿国"中的唯一"帅哥"，怎能不是群芳竞妒、情缘缕缕呢？所以，贾宝玉的"五方情缘"与其典型的生长环境和独特形象是有必然性的，是奇特性与必然性的高度统一。正因为如此，他与五位女性的情缘也都是奇特性与必然性的高度统一，都是独特的亮点和"情味"境界。

（二）"木石前盟"的亮点和"情味"境界

问：现在可以分别具体分析"五方情缘"的亮点和"情味"境界了吧？

答：好，从"木石前盟"开始。前面讲过，贾宝玉与林黛玉的"木石前盟"是整个故事的中心事件，是全书"情味"之根，是主导各方情缘之核心，所以是首位的、最主要的情缘。

这样说的根本原因，在于这方情缘最集中而典型地体现了人性情与社会情的纠葛和冲突。照我看来，《红楼梦》中宝黛之"木石前盟"，应称之"木石之盟"，因为小说真正展开描写的是前世之盟在今生之再生，确切地说，是前世的人性情在今生的社会情中所受到的挫折和磨难，也即是宝黛在前世本有的人性情在今生再生中与社会情的纠葛和冲突。这些纠葛和冲突，不仅体现在宝黛两人及其与社会诸方面的情缘关系中，更体现在两人情缘的"木石之盟"中，从启端到结局，莫不贯串和体现着人性情与社会情的纠葛和冲突。

问：从开始就是这样么？

答：是的。小说第三回描写林黛玉初见贾宝玉时，便大吃一惊，心下想道："好生奇怪，倒像在那里见过一般，何等眼熟到如此！"而贾宝玉乍见林黛玉时，当即表示"这个妹妹我曾见过的"，这个初见即如故知的情景，一下即将今生接上了"前盟"的情缘关系，开启了"今生"之盟新篇章。这说明宝黛之恋是始自前世已定之人性情，而且始终是一种圣洁的人性情，两人的这种人性情是主导的、相通的，但彼此也有差异，因为林黛玉是出于绛珠草对三生石神瑛侍者滴水滋润的感恩，是专心一意的人性圣洁情；贾宝玉则是"神瑛侍者凡心偶炽""意欲下凡造历幻缘"，故其对妙龄女子的人性则有似"一杯水"式的圣洁泛爱之情。因而，两人在总体上一直是真心真爱、圣洁如水，但在初期的熟悉过程中，难免有误会猜疑之干扰；但当真正心灵相通之后，则同心以真洁的人性情对抗社会情的纠缠了。所以，宝黛之恋可分五个阶段：前阶段是在同心同爱主导下，夹杂专情与泛情之误解猜疑，后阶段是两人以心灵相通的人性情，共同对抗社会情的纠葛干扰，以至进行尖锐复杂的斗争，最后是"千红一窟（哭）""万艳同杯（悲）"的结局。

问：请先详述第一阶段吧。

答：好。《红楼梦》主要人物中妙龄女子的具体年纪，与小说所写的时代背景那样，是作者有意模糊的，大致是从少年到青年之间，是从情窦未开到初开的年华。林黛玉在丧父后进荣国府时，正是在情窦未开的时候，初见贾宝玉的印象，除"前世"之人性情之外，还在于开始了"今生"之"一见钟情"。所以，她初见的贾宝玉的形象正如小说所写："面若中秋之月，色如春晓之花，鬓若刀裁，眉如墨画，面如桃瓣，目若秋波。虽怒时而若笑，即瞋视而有情……面如敷粉，唇若施脂；转盼多情，语言常笑。天然一段风骚，全在眉梢；平生万种情思，悉堆眼角。"可见，林黛玉特别关注贾宝玉的天生容貌和情性气质。而贾宝玉初见的林黛玉的形象是："细看形容，与众各别，两弯似蹙非蹙冒烟眉，一双似喜非喜含情目。态生两靥之愁，娇袭一身之病。泪光点点，娇喘微微。闲静时如姣花照水，行动处似弱柳扶风。心较比干多一窍，病如西子胜三分。"可见，同样也是特别关注黛玉的天生丽质和瘦美情性。尤其精彩的是，两人在初见场景中的两事描写：一是贾宝玉以"西方有石名黛，可代画眉之墨"，为林黛玉取"颦颦"为"字"，既点现出林黛玉天生丽质之特征，又含蓄地埋下了"黛"与"玉"（宝玉）的前世与今生的情缘关系；二是描写贾宝玉因见林黛玉名虽有"玉"却无玉，便狠狠摔自己出生带来的宝玉，认为这玉连"神仙似的妹妹也没有"，可见，"这不是个好东西"，导致全场震惊。这场闹剧大有深意：既呼应了宝黛的前世情缘，又初现了宝黛今生情缘的萌起，并预示其"不搭配"的悲剧结局。

问：这场闹剧是第一阶段的开端吧？

答：这只是序幕，正式开场应是黛玉情窦初开的时候，即小说第十九回"情切切良宵花解语，意绵绵静日玉生香"、第二十三回"西厢记妙词通戏语，牡丹亭艳曲警芳心"，以及第二十六回"潇湘馆春困发幽情"，接连描写宝黛沉醉"香玉"之香气"故典"、迷痴《西厢记》《牡丹亭》并借词"通戏语""发幽情"，甚至明确表示爱情的时候。虽然在描写中，贾宝玉带有取笑的味道，林黛玉有恼羞之状，但都分别是大家阔少之试探和大家闺秀之羞涩的性格体现，两人在这些细节中的沉醉情景、心照不宣的默契、心心相印的情思，莫不说明两人之人性情在此时奔放盛开，开始进入充分宣泄内心情感的阶段了。

问：具体是怎样宣泄的呢？

答：大致上是从两个方面：一方面是在宝黛两人的纠葛和情感交流中充分"宣泄"共通的人生观与人性情，将人性情升华至"天尽头"的超脱境界。首先表现在对"禅境"的共同感悟。小说第二十二回写到贾宝玉听曲文时，从一句"赤条条来去无牵挂"感悟到六祖惠能"空""净"的禅理，写出"你证我证，心证意证。是无有证，斯可云证。无可云证，是立足境"的偈语。林黛玉以玩笑方式对其补充："无立足境（空），是方干净（净）。"可见，两人在人生观上的"禅心"相通，即都有"空""净"的禅性人生观。这也即是宝黛人性情的"纯真"境界。正如林黛玉在《葬花词》中升华的那样："质本洁来还洁去""一抔净土掩风流""愿奴胁下生双翼，随花飞到天尽头"的超脱境界，也即前世"木石前盟"的超脱境界。

问：另一方面怎样？

答：是宝黛两人人生观的禅性，在挣脱封建仕途经济的社会性羁绊中更相通融合，两人的人性（即今生"木石之盟"）在"金玉良缘""麒麟配对"的纠葛中所体现的社会情的羁绊中，也逐步消除专情与泛爱的猜忌，更发展和成熟了彼此的人性情，使两人禅性的人生观和人性情都发展到高度融合的成熟境界。这方面的发展，典型地体现在小说第三十二回的描写中。首先是一段林黛玉致贾宝玉"心迷"的"诉肺腑"的心态描写："林黛玉知道史湘云在这里，宝玉又赶来，一定说麒麟的原故。因此心下忖度着，近日宝玉弄来的外传野史，多半才子佳人都因小巧玩物上撮合，或有鸳鸯，或有凤凰，或玉环金珮，或鲛帕鸾绦，皆由小物而遂终身。今忽见宝玉亦有麒麟，便恐借此生隙，同史湘云也做出那些风流佳事来。因而悄悄走来，见机行事，以察二人之意。不想刚走来，正听见史湘云说经济一事，宝玉又说：'林妹妹不说这样混账话，若说这话，我也和他生分了。'林黛玉听了这话，不觉又喜又惊，又悲又叹。所喜者，果然自己眼力不错，素日认他是个知己，果然是个知己。所惊者，他在人前一片私心称扬于我，其亲热厚密，竟不避嫌疑。所叹者，你既为我之知己，自然我亦可为你之知己矣；既你我为知己，则又何必有金玉之论哉；既有金玉之论，亦该你我有之，则又何必来一宝钗哉！所悲者，父母早逝，虽有铭心刻骨之言，无人为我主张。况近日每觉神思恍惚，病已渐成，医者更云气弱血亏，恐致劳怯之症。你我虽为知己，但恐自不能久待；你纵为我知己，奈我薄命何！"随即是贾宝玉对林黛玉诉说了一大段解说"你放心"三个字的肺腑之言，林黛玉即发呆至痴地步的描写。这两段描写既鲜明地体现了两人已是在反"仕途经济"上的"知己"，体现了两人在禅性人生观的相通；又清晰地体现了对"金玉良缘""麒麟配对"顾忌的解除，体现两人相互人性情的成熟和坚定，并从人生观和人性情两个方面表现了"木石之盟"第一阶段的完成。

问：请讲第二阶段吧。

答：好。这个阶段是"木石之盟"的高潮阶段，在两个大事件中集中体现了两个高潮。一是第三十三回"手足耽耽小动唇舌，不肖种种大承笞挞"所写贾宝玉被贾政痛打事件。这件事的直接起因是由于忠顺王派人向贾宝玉查找戏子琪官（蒋玉菡），加上贾环向贾政诬告贾宝玉调戏丫鬟金钏儿未遂逼使其投井自尽，致使贾政下决心要将这个"不肖种""立刻打死"，在贾宝玉受重伤后，由于贾母的力阻，此事才平息。小说写贾政痛打宝玉的理由是"在外流荡优伶，表赠私物，在家荒疏学业，淫辱母婢"，其心态是唯恐其发展为"弑君杀父"之地步。其实，这事件是持续已久的多方矛盾的大爆发，其中既有贵族官场之间的矛盾，又有家族中父子兄弟之间的矛盾；深层次是人生观上人性观与仕途经济的对立，主要是人性情与社会情的冲突。因为内在主因是贾宝玉对金钏儿有情爱表示被王夫人觉察而将金钏儿遭退出府，最终致其自尽，意味着封建礼法和社会情对人性情的压制和示威，从而掀起了这一高潮的前波。

问： 有"前波"必有"后浪"吧？

答： 是的，后浪就是这场痛打引出的反响，主要是由此而促使宝黛的人性情的深度融合，同时促使"木石之盟"与"金玉良缘"的对比和对立鲜明化，具体表现在第三十四回的有关描写中。一方面，是黛玉看望被打伤的宝玉时的场景：宝玉在半梦半醒中见"两个眼睛肿的桃儿一般，满面泪光"的黛玉。黛玉抽抽噎噎地说道："你从此可都改了罢！"宝玉听说，便长叹一声，道："你放心，别说这样话。就便为这些人死了，也是情愿的！"这场景充分体现了宝黛之间的"情中情因情感妹妹"之深情，也是体现了"木石之盟"的深度融合与坚定。另一方面，在同一回对薛宝钗看望贾宝玉的描写中，着意写的是宝钗送来敷伤药丸，并且说了"早听人一句话，也不至今日。别说老太太、太太心疼，就是我们看着，心里也疼"的话，但"刚说半句又忙咽住，自悔说的话急了，不觉的就红了脸，低下头来"。贾宝玉也受其"亲切稠密"的话语和"娇羞怯怯"之情态所动，但其"深意"何在，贾宝玉当场并未明白，倒是在同回描写薛宝钗"错里错以错劝哥哥"时，由薛蟠点出来了："好妹妹，你不用和我闹，我早知道你的心了。从先妈和我说，你这金要拣有玉的才可正配，你留了心，见宝玉有那劳什骨子，你自然如今行动护着他。"这话一下点出了薛宝钗的内心和制造"金玉良缘"的秘密,有似晴天霹雳,顿使薛姨妈气得乱战,薛宝钗大哭一夜。奇妙的是,小说写薛宝钗次日早起来,在路上偶遇林黛玉,林黛玉见她无精打采,眼上有哭泣之状,大非往日可比,便在后面笑道:"姐姐也自保重些儿。就是哭出两缸眼泪来,也医不好棒疮!"这真是神来之笔,在写薛蟠一言点出"金玉良缘"秘密之后,又仅用黛玉一语,展现了"木石之盟"与其之对比、对立和在这高潮中的回响。

问: 第二大事件体现的第二个高潮是怎样的呢?

答: 具体表现在第五十七回中。这高潮的"前波"是"慧紫鹃情辞试忙玉"的场景。原因是黛玉的贴身丫头紫鹃谎说林家要接黛玉回江南老家,以试探整日忙在姑娘中打转的贾宝玉对黛玉是否真心,造成宝玉信以为真,痴呆发作,借机大闹,达发疯地步。如果说贾政笞挞宝玉的一场闹剧是封建礼教向宝黛的人性情示威的话,那么宝玉发疯的这场闹剧则是宝黛的人性情向贾府的社会情示威的顶峰。在这高潮中,宝黛都因对分离的谎言信以为真而欲死,林黛玉乍听宝玉"不中用"便"哇的一声,将腹中之药一概呛出,抖肠搜肺,炽胃煽肝的痛声大嗽了几阵,一时面红发乱,目肿筋浮,喘的抬不起头来",要紫鹃拿绳子来勒死自己。贾宝玉在发疯一阵以后也是要寻死,对紫鹃说:"我只愿这会子立刻我死了,把心迸出来你们瞧见了,然后连皮带骨一概都化成一股灰,——灰还有形迹,不如再化一股烟,——烟还可凝聚,人还看见,须得一阵大乱风吹的四面八方都登时散了,这才好!"宝黛两人均要以死徇情,甚至死还不够,要化成"登时散了"的"烟",一干二净,真可谓彻头彻尾的人性情的示威宣言,又将"木石之盟"推向第二高潮的"前波"。

问: 第二高潮的"后浪"是怎样的呢?

答: 是同一回"慈姨妈爱语慰痴颦"所写的紧接宝黛闹剧之后,"金玉良缘"主谋者薛姨妈亲到潇湘馆抚慰林黛玉,与其女儿也即主角薛宝钗共同演出了一场"活报剧"。剧中以宝钗阻止其母认黛玉为女、应留作媳之顽话切入,又以紫鹃求薛姨妈将宝黛婚事早向老太太、太太说去的插话点出,并由薛姨妈亲口表示促成的允诺,使黛玉和紫鹃都喜出望外,信以为真。显然这是以退为进的骗局,意味着宝黛这场激烈的示威在假慈假悲的温柔话语中化解,更标志着"木石之盟"在"金玉良缘"的包围中走向失败,也即是从高潮走向低潮,并由此逐步进入第三阶段。

问:第三阶段是怎样的呢?

答:"木石之盟"第三阶段及其之后的故事描写,按《红楼梦》一百二十回本的回目,都在后四十回中。按红学界的说法,后四十回是高鹗或无名氏续写,不是曹雪芹所作,由此,对后四十回的成败得失,历来评价不一,争论不休。但从宝黛"木石之盟"故事的整体来看,笔者认为后四十回所续写的情节是符合人物和故事的发展逻辑的,是起到完整性作用的,是成功的。第三阶段,可说是"木石之盟"的极致阶段,首先是宝黛在禅学思想上深度融合之极致。具体表现在:前八十回写贾宝玉与林黛玉心心相印的谈话很多,但从未有"禅机"之谈。但在后四十回中的第九十一回,则以精妙的"禅语"对话,体现了彼此心灵相通的"禅机"境界:"只见宝玉把眉一皱,把脚一跺道:'我想这个人生他做什么!天地间没有了我,倒也干净!'黛玉道:'原是有了我,便有了人;有了人,便有无数的烦恼生出来,恐怖,颠倒,梦想,更有许多缠碍……姨妈过来原为他的官司事情心绪不宁,那里还来应酬你?都是你自己心上胡思乱想,钻入魔道里去了。'宝玉豁然开朗,笑道:'很是,很是。你的性灵比我竟强远了,怨不得前年我生气的时候,你和我说过几句禅语,我实在对不上来。我虽丈六金身,还借你一茎所化。'黛玉乘此机会说道:'我便问你一句话,你如何回答?'宝玉盘着腿,合着手,闭着眼,嘘着嘴道:'讲来。'"黛玉即向宝玉提出宝姐姐理与不理他时怎么样的提问,"宝玉呆了半晌,忽然大笑道:'任凭弱水三千,我只取一瓢饮。'黛玉道:'瓢之漂水奈何?'宝玉道:'非瓢漂水,水自流,瓢自漂耳!'黛玉道：'水止珠沉，奈何？'宝玉道：'禅心以作沾泥絮，莫向春风舞鹧鸪。'黛玉道：'禅门第一戒是不打诳语的。'宝玉道：'有如三宝。'黛玉低头不语"。小说在本页书注云："三宝——佛教名词，指佛、法（佛教教义）、僧三者。"这段非禅说禅的对话，从动作到用语，都是以"禅话"交流对"禅机"的理解，也含蓄地表示并沟通彼此的深爱与坚贞，仍然是与前八十回的宝黛形象相符的，而且发展更深刻、更融合了。所以是禅学思想深度融合达到"禅境"之极致，也即是人生观之人性观的融合极致。

问：在人性情的相互融合上也达到这境界吧？

答：是的，但其独特表现则是相对无言心自通并超脱为一反常态的极致，也即是达到人性情之超脱境界。具体表现在第九十六回。小说描写林黛玉从傻大姐口中得知宝玉即要与薛宝钗结婚的消息时，"如同一个疾雷，心头乱跳"，"此时心里竟是油儿酱儿糖儿醋儿倒在一处的一般，甜苦酸咸，竟说不上什么味儿来了"。这是心灵受到极度刺激所致。接着，黛玉在神情迷痴中找到宝玉，两人见面时，相互不让坐，也不问好，"只瞅着嘻嘻的傻笑"。忽然黛玉说道："宝玉，你为什么病了？"宝玉笑道："我为林姑娘病了。"相互不再答言，仍然傻笑不止，直至黛玉起身离开时仍瞅着宝玉只管笑，只管点头儿，说"我这就是回去的时候儿了"，便回身笑着出来，仍旧不用丫头搀扶，走得飞快，到家即一口鲜血吐出来。这些细节，既体现两人极度悲伤到无言心自通，但两人的情态又一反常态，这就是超脱的极致境界。这也就标志着"木石之盟"从巅峰走向低谷——第四阶段结束，转向第五阶段了。

问：第五阶段是怎样的呢？

答：第五阶段是结局和尾声，也即是今生的"木石之盟"回归前世"木石前盟"的阶段。具体表现在小说的第九十七回和第九十八回。在第九十七回对"林黛玉焚稿断痴情"的描写中，写黛玉进屋后"反不伤心，惟求速死，以完此债"，即有结束"以泪还债"之意；接着便是在火盆焚烧题诗的手绢和诗稿，意味着已下死心结束恋情与诗情的一生。在第九十八回对"苦绛珠魂归离恨天"的描写中，黛玉断气前对紫鹃说："妹妹，我这里并没亲人。我的身子是干净的，你好歹叫他们送我回去。"以简单一句话表露了"质本洁来还洁去"的极度悲伤心情和超脱心境；进而在紫鹃给黛玉擦洗的时候，"猛听黛玉直声叫道：'宝玉，宝玉，你好……'说到'好'字，便浑身冷汗，不作声了。紫鹃等急忙扶住，那汗愈出，身子便渐渐的冷了。探春李纨叫人乱着拢头穿衣，只见黛玉两眼一翻，呜呼，香魂一缕随风散，愁绪三更入梦遥！"黛玉气绝时，"只听得远远一阵音乐之声，侧耳一听，却又没有了。探春、李纨走出院外再听时，惟有竹梢风动，月影移墙，好不凄凉冷淡！"这个情景，标志着黛玉从人间回到天上，回到了"天尽头"的"太虚幻境"，也即标志着今生"木石之盟"的结局与前世"木石前盟"的回归。

问：作为另一方面的"盟主"是怎样呢？

答：同样是处于伤痛至不知伤痛而痴呆麻木的境地。在小说的同两回（即前述第九十七和第九十八回）中，描写贾宝玉开始是在受蒙骗中与"薛宝钗出闺成大礼"，当知真相后是"病神瑛泪洒相思地"。当黛玉焚稿断痴情时，他还以为要与自己成亲的是前儿已将"心交给"的林妹妹；黛玉断气时分，正是宝玉娶宝钗的时辰；当黛玉魂归太虚幻境的时候，正是宝玉在痴呆中进入"金玉良缘"洞房的时候；当贾宝玉确知黛玉已死的真相时，林黛玉的灵柩已停放在潇湘馆，他也只能在痴呆中泪洒相思地，只能在麻木中以灵魂从阴司地府再到天上太虚幻境找寻，所得也只是一场幻影幻境。这就是从另一方面标志着今生"木石之盟"的结局与前世"木石前盟"的回归。

问：真是令人同情、令人惋惜！"尾声"是怎样的呢？

答：尾声是自林黛玉死后的影响，主要是贾宝玉恋情未了、思念连连，多次有意到昔日相思地潇湘馆凭吊，希求做梦重圆，最终得在第一一六回中"得通灵幻境悟仙缘"，与林黛玉在返归绛珠草仙境匆匆晤面，作为已还终生泪债的潇湘妃子与恩主神瑛侍者的重圆。此为大梦一场的回归，也即是说宝黛的"木石前盟"圣洁人性情，在经历一场今生磨难之后，仍然回归到一空二净的幻境中，这就是从人性情对社会情的超脱，重归人性情的超脱境界。贾宝玉作为被僧道二仙带到世间享受富贵荣华、儿女情仇的一块石头，也在其历尽沧桑、做了和尚之后，回到了他的原地青埂峰下的荒野世界。所以，"木石前盟"的亮点和超脱境界，就是一空二净的禅性和人性情境界。

（三）"金玉良缘"的亮点和超脱境界

问：贾宝玉的第二方情缘是怎样的呢？

答：是薛宝钗主导和追求的"金玉良缘"。如果说，林黛玉主导和追求的"木石前盟"是人的本性和人性情的体现和代表的话，那么"金玉良缘"则是人的社会性和社会情的体现和代表。所谓社会性，是在社会中的人，必受其所处时代社会的自然和人文环境的影响，自觉或不自觉地以所处时代的文化意识和道德规范作为生存准则或欲望，由此形成了一种本能性的人性（或者称其为在本有的人性中打上了一定时代社会的烙印），谓之人的社会性。社会情是一定时代的社会性在人的情感领域的体现。在男女情恋领域，所处时代的文化意识和道德规范同样也是决定社会情的准则和欲望。所以，社会性与社会情，既是一定时代男女的一种主观的本能性，又是一种客观的诱惑和束缚。这种社会情与人性情一样，是普遍具有的，因为每个人都有人性，又都是社会中的人，所以也都有社会性；但每个人的社会性都不相同，加之每个人都有独特的个性，从而对人性情和社会情的体现，更是千差万别、各有特性。在《红楼梦》中所写的贾宝玉的"五方情缘"正是如此，其中对"金玉良缘"的描写更是独到而精彩。

◇**问**："金玉良缘"何解呢？

◎**答**：按第二十八回所写，薛宝钗因往日母亲对王夫人等曾提过："金锁是个和尚给的，等日后有玉的方可结为婚姻。"这句话，非常简练地介绍了"金玉良缘"的两层实质。第一层实质是门当户对。薛家、贾家与王家、史家是并列的"四大家族"，宝钗之母与宝玉之母是王家亲姐妹，宝钗、宝玉二人是姨表姐弟关系，自然门当户对；从封建礼教的夫妻规范而言，男方当是荣华富贵之门，女方当是温柔敦厚之德，才是当对，由此结与夫妻，才称得上"良缘"。这是前提性的实质。这层实质，正是"金玉良缘"的前提、追求和体现，是"良缘"的基础。第二层实质是指婚姻，而不是爱情，是代表或体现男女之间的一种社会情。这是根本性的实质。这两层实质，决定了"金玉良缘"与"木石前盟"所代表和体现的人性情是对立的，但又是犬牙交错、相反相成的。曹雪芹高明地抓住这个实质性的特点，在小说中以贾宝玉与林黛玉、薛宝钗的"三角关系"，将"金玉良缘"与"木石前盟"进行交错和对比性的描写，使两者相互推进并相互映现。所以，在前面所说"木石前盟"的五个发展阶段中，都有"金玉良缘"的描写，与林黛玉今生的"木石前盟"的五个发展阶段是同步的，只是性质与内涵不同，"木石前盟"是人性情的前世今生到回归前世，是人性情的悲剧；"金玉良缘"是从社会情的婚姻有缘到爱情的无缘，是社会情的悲剧。两段情缘各有其独特的亮点和超脱境界。

◇**问**：前面你已将"木石前盟"介绍了，现请对"金玉良缘"做具体介绍好么？

◎**答**：好。首先看情缘的发端，主要是薛宝钗、林黛玉两人进入贾府的缘由有别。林黛玉有前世"木石之盟"之缘，今世则因丧母而投靠外婆而与贾宝玉共同生活，从先天到青梅竹马而生发爱情，是天生的、自然的人性情缘。薛宝钗进入贾府的目的，一方面，是为了进京"待选"（即等待受皇帝和王族的选用或婚配）。这个目的本身，即是社会性的，是封建社会规范少女的一种命运。命运好的少女，会像贾元春那样，先选入宫为贵人，后为贵妃；命运差的则始终不得入选，或入选后只做闲人，或被打入冷宫。虽然这个机会微小而渺茫，但毕竟也是一条通达荣华富贵之路。另一方面，由于"金玉良缘"之说，在同等荣华富贵家族中，唯有贾宝玉有玉，因此，贾宝玉也是薛宝钗这位自幼持有和尚所赠金锁的人的婚配目标。求与贾宝玉的婚配，是薛宝钗进贾府的目的之一，当"待选"无声息或失败后（小说写元春中秋送礼物"两宝"同等即有暗写"待选"无望并指婚之意），则变成薛宝钗在贾府一切行动的总目标了，是薛宝钗与贾宝玉的情缘关系，也即是"金玉良缘"的总实质。显然，这种关系，与林黛玉和贾宝玉的人性情不同，而是一种在封建社会时代的社会性和社会情关系。所以，在小说的具体描写中，屡屡展现薛宝钗以封建社会道德与规范做人做事以至谈情说爱、求婚论嫁，她成为大观园中"美玉无瑕"的美女、知书识礼的高雅才女、温柔敦厚的大家闺秀。薛宝钗从外貌到素质都全面体现封建社会的规范之美，对于号称"情种"的贵族公子贾宝玉，也是有吸引力的，所以在"两宝"之间也会产生一定的情缘。但这种情缘，主要是社会性的情缘，即社会情，确切地说，以薛宝钗为主导的"金玉良缘"，是对林黛玉、贾宝玉的"木石前盟"人性情的对立、对比、反衬和牵制。

问：具体表现在哪里呢？

答：刚才已经讲了，首先是"金玉良缘"发端的社会情。现在看看小说第八回写"两宝"第一次单独相见时薛宝钗所见的贾宝玉形象："一面看宝玉头上戴着累丝嵌宝紫金冠，额上勒着二龙抢珠金抹额，身上穿着秋香色立蟒白狐腋箭袖，系着五色蝴蝶鸾绦，顶上挂着长命锁、记名符，另外有一块落草时衔下来的宝玉。"从这些描写可见，贾宝玉浑身上下是一副荣华富贵公子哥儿的打扮，而薛宝钗所关注的也正是贾宝玉的荣华富贵，尤其是与其有缘的"长命锁"和"宝玉"。这种关注的眼光和焦点，以及从对荣华富贵衣表的注视中流露出的审美和感情趋向，正是其社会情的典型体现。再就是在此后"两宝"多次近距离接触中所表现出的情爱表示和关系，都是逐步展现其社会情的方方面面和发展进程的。

问：也会像宝黛的"木石前盟"那样有若干发展阶段和亮点吧？

答：是的，同样有几个阶段和亮点。上述"两宝"初次见面的情景，包括以和尚名义所造"金玉良缘"的舆论，是第一阶段，可说是缘起阶段。这个阶段的情节，除了上述薛宝钗对贾宝玉只注重其荣华富贵装饰和金玉配对的情景之外，尚包括在元春省亲大观园向众姐妹试诗时，薛宝钗对贾宝玉说堂上穿黄袍的才是"你姐姐"所显露的钦羡向往之情，以及在诗社聚题咏柳絮诗时以"好风凭借力，送我上青云"所显示的抱负等情节，都是其社会情的正面体现，也是这个阶段的主要内容和亮点。

问：第二阶段是怎样的呢？

答：第二阶段是发展阶段，亮点是"两宝"在社会情上的对撞与交叉，即分歧与对应。在小说的具体情节中，一方面是鲜明表现"两宝"的分歧对撞。如在第三十二回中，通过袭人的口说出贾宝玉认为薛宝钗劝说自己要仕途经济是"混账话"，侧面描写了"两宝"在世界观上的对立。另一方面，是表现两者的交叉对应。如在宝玉被贾政笞打后，薛宝钗前来看望时的规劝言语和关切情态，以及贾宝玉由此的感动情景，体现出贾宝玉有为社会情所动的一面，同时也体现了薛宝钗有人性情的一面，"两宝"都是有两种情交叉对应的一面；再就是贾宝玉乍见薛宝钗时对其洁白手臂所显露的钦羡神情，以及后来说薛宝钗似"杨妃"（杨贵妃）的赞语，也都体现了贾宝玉对薛宝钗的人性美方面的回应；而薛宝钗当场对贾宝玉将自己比作杨妃所表现的愤怒，则又体现了两者的对立；至于薛宝钗在午睡的贾宝玉床前坐在袭人位置，为贾宝玉赶蚊刺绣的倾情神态，甚至在听到贾宝玉喊出"和尚道士的话如何信得？什么金玉姻缘，我偏说是木石姻缘！"的梦话时，仍保持神情自若的神态，也体现了薛宝钗在人性情方面对贾宝玉的照应与宽容。这些情节和亮点，体现了"两宝"的"金玉良缘"的各个发展阶段，一直是反复分歧对撞而又交叉对应的，总体上是在貌合神离中发展的。

◇ **问**：第三阶段怎样呢？

◯ **答**：第三阶段是结局阶段。曹雪芹未写完《红楼梦》，也未写完"金玉良缘"的结局。这个阶段的情节，应分别从两方面探寻：一方面从曹雪芹在前八十回所预示的结局来看，另一方面从高鹗续写的后四十回来看。在前八十回中，主要是以小说第五回所写"太虚幻境"的《金陵十二钗册》的判词为依据，同时参考脂砚斋的批语。第五回中的《终身误》曲词："都道是金玉良姻，俺只念木石前盟。空对着，山中高士晶莹雪；终不忘，世外仙姝寂寞林。叹人间，美中不足今方信。纵然是齐眉举案，到底意难平。"非常鲜明地指出作者对两个姻缘的不同态度，也指明了两者的不同结局。其中，所谓"空对着，山中高士晶莹雪""纵然是齐眉举案，到底意难平"，是指薛宝钗，而且指明在结婚后，仍然是"空对着"无情的"镜中花""晶莹雪"，即使有似"齐眉举案"的夫妻关系，也是"意难平"的姻缘。据脂砚斋批语所示的"两宝"姻缘结局，正是宝钗郁郁而终，宝玉出家当和尚。高鹗所写"金玉良缘"的结局，虽然最终如此，但以贾宝玉中举与穿上红袍袈裟、薛宝钗又生下贾桂而为贾府取得"兰桂齐芳"的荣耀，而将"金玉良缘"悲剧变成了"大团圆"结局的喜剧。

（四）"金玉良缘"与"木石前盟"的相互关系和作者倾向

◇ **问**："金玉良缘"与"木石前盟"是什么关系？

◯ **答**：应当说是对立与统一（联结）的关系。具体而言，两者是贾宝玉经受的"五方情缘"中的两方主要情缘，同时具有两种情（人性情、社会情）。应该说，贾宝玉（包括作者）对这两方都是有感情的，因此才能谓之"情缘"；但这两方情缘却有性质和程度上的差异，这就是其相互联系和区别，也即对立统一。所以，小说中往往将这两方情缘在同一或相近的回目中，以不同视角进行结合或对比性描写，创造和体现出许多独特的亮点和超脱境界，使"木石之盟"的人性情与"金玉良缘"的社会性既相互联系又有区别。

问：在《红楼梦》第五回中，有一首《枉凝眉》是作者对林黛玉、薛宝钗寄寓同等思念之情的曲词，该怎样理解呢？

答：让我们先看看这首曲词的全文："一个是阆苑仙葩，一个是美玉无瑕。若说没奇缘，今生偏又遇着他；若说有奇缘，如何心事终虚化？一个枉自嗟呀，一个空劳牵挂。一个是水中月，一个是镜中花。想眼中能有多少泪珠儿，怎经得秋流到冬尽，春流到夏！"这首曲鲜明地点出了贾宝玉眼中的林黛玉与薛宝钗的区别及其对这两方情缘的区别。点出了"木石前盟"与"金玉良缘"的区别，也即是点出了人性情与社会情的区别。显然，曲中"一个是阆苑仙葩"，是指林黛玉，形容她是具有天生人性情、超凡脱俗的"仙女"；"一个是美玉无瑕"，是指薛宝钗，称其是全面体现社会性和社会情的规范美女；从贾宝玉的角度来说，他对两人都是有"奇缘"的，但都"虚化"了。为什么呢？因为林黛玉是命薄早逝"枉自嗟"，虽是亮闪闪的明月，却过早掉入水中，成了只能让人思念的晶莹"水中月"；薛宝钗则是反照的、无情的"镜中花"，她既不会因自己出家离世而伤痛，也不会因家族变故而沦落，所以，她对自己是不会有心"牵挂"，自己对于她的"牵挂"也是"空劳"的。虽然这两个少女、两方情缘各不相同，但都是可悲的、"虚化"的"奇缘"，也只能对其泪流不尽了。所以，这则曲词正是作者以贾宝玉的身份对两位女性及其所代表的两方情缘的判词，含蓄而鲜明地体现了"木石前盟"与"金玉良缘"的情感内涵的区别，表明了人性情与社会情的差异。

问：此外，还有资料佐证么？

答：有。同在小说第五回写的《金陵十二钗册》中，"头一页上便画着两株枯木，木上悬着一围玉带；又有一堆雪，雪下一股金簪"，分别显示林黛玉、薛宝钗的人品、命运和作者对两人的不同感情，正如接着四句判词所写，薛宝钗特质是"可叹停机德"，命运则是"金簪雪里埋"，作者对其感情是"可叹"；林黛玉特质是"堪怜咏絮才"，命运则是"玉带林中挂"，作者对其感情是"堪怜"。从这三个层面的区别也可见"木石前盟"与"金玉良缘"在情缘性质，尤其是作者感情方面的区别："堪怜"是深切同情其可悲命运，"可叹"是对其封建道德规范和追求的落空（雪埋，也即有形无实、貌合神离）的结局叹息而已。显然，在作者看来，贾宝玉与林黛玉"木石前盟"是一部"堪怜"的悲剧，与薛宝钗的"金玉良缘"是一部"可叹"的悲剧；虽然都是有情有缘，但情缘的性质和感情不同，也即是人性情与社会情的不同及作者对其感情的不同。许多研究者（尤其是俞平伯）主张的"钗黛合一论"和"拥薛派"的差误，正在于未能看到这一点。

问：你这观点颇新，还有更深的例证么？

答：有，同样是在小说第五回。首先是其中的［红楼梦·引子］词："开辟鸿蒙，谁为情种？都只为风月情浓。趁着这奈何天，伤怀日，寂寥时，试遣愚衷。因此上，演出这怀金悼玉的《红楼梦》。"请注意，在这首具有全书"引子"的曲词里，点明了小说是写主人公"情种"贾宝玉与"金"（薛宝钗）、"玉"（林黛玉）的"风月情浓"故事。对"金"是"怀"，即怀念；对"玉"是"悼"，即悼念。这两个词明显情感内涵有别，前者是为其可悲怀念，后者是为其伤悲悼念。更为鲜明的是，接着演唱的《终身误》曲词："都道是金玉良姻，俺只念木石前盟。空对着，山中高士晶莹雪；终不忘，世外仙姝寂寞林。叹人间，美中不足今方信。纵然是齐眉举案，到底意难平。"曲词中非常鲜明地表达了"念林叹薛"和重"盟"轻"缘"的倾向，也即是对重人性情和轻社会情的鲜明表态。其中，特别值得注意的是对薛宝钗的用语：一是"空对着，山中高士晶莹雪"，既有以雪寓"薛"之意，又有喻其感情冷漠之味；二是"纵然是齐眉举案，到底意难平"，既是对薛宝钗性格及姻缘的判词，又是为其欠缺内心情感、不能有情投意合的姻缘而悲哀。尤其是对一直以封建道德规范为准绳、被认为是"美玉无瑕"的薛宝钗,以"叹人间,美中不足今方信"一句,道破了其"瑕"也正在其符合道德规范的性格及姻缘的"美"中。这是薛宝钗及其追求的"金玉良缘"所体现的社会情的悲剧所在。这种悲剧是社会造成的悲剧,对于个人来说也是值得同情的。曹雪芹称"怀金悼玉的《红楼梦》",从表面上看,对薛宝钗的"怀"、对林黛玉的"悼"都是同情,好像是"钗黛合一""两峰对峙""平分秋色",其实两者是不同的悲剧,是不同的情缘,是不同的感情性质和"情味"境界。

（五）"麒麟缘"的亮点和"情味"境界

问：贾宝玉的第三方情缘是什么呢?

答：是与史湘云的"麒麟缘"。在小说第五回的《金陵十二钗册》中曲词《乐中悲》所写史湘云的命运是:"襁褓中,父母叹双亡。纵居那绮罗丛,谁知娇养? 幸生来,英豪阔大宽宏量,从未将儿女私情略萦心上。好一似,霁月光风耀玉堂。厮配得才貌仙郎,博得个地久天长,准折得幼年时坎坷形状。终久是云散高唐,水涸湘江。这是尘寰中消长数应当,何必枉悲伤!"

问：这首曲词还得请你解释明白。

答：先看看人民文学出版社 1982 年版《红楼梦》对此曲的注释吧。"《乐中悲》一首:曲名谓史湘云虽生于富贵之家,但自幼父母双亡,虽嫁得'才貌仙郎',又中途离散。绮罗丛:代表富贵家庭。霁月光风:雨过天晴时明净景象,喻史湘云胸怀开朗,磊落光明。……厮配:相配。才貌仙郎:据脂批,当指卫若兰。准折:抵消,弥补。坎坷:道路不平,喻人生道路的曲折多艰。'云散'两句喻史湘云的夫妻离散,晚景孤凄。水涸湘江:传说舜南巡死于苍梧,二妃随征,溺于湘江,俗呼湘君……消长:指盛衰变化。数:气数,运数。"这个注释讲得很明白了。

问：是明白了。曹雪芹在小说中是不是这样写史湘云的呢？

答：基本是这样写的，但从"麒麟缘"的情味上说，则写得很含蓄、很曲折、很高妙。这首曲的曲名是《乐中悲》，其实内在思想是写"悲中乐"。为什么呢？从这首曲可见，史湘云的人生命运及"麒麟缘"，可分三个阶段，每个阶段都是在"悲中乐"的。第一阶段是："襁褓中，父母叹双亡。纵居那绮罗丛，谁知娇养？幸生来，英豪阔大宽宏量，从未将儿女私情略萦心上。好一似，霁月光风耀玉堂。"第二阶段是："厮配得才貌仙郎，博得个地久天长，准折得幼年时坎坷形状。终久是云散高唐，水涸湘江。这是尘寰中消长数应当，何必枉悲伤！"第三阶段，这首曲和小说未明写，倒是曹雪芹与史湘云的原型人物，以创作和脂批的实际与成果体现出来了。

问：请分别详释好么？

答：好。先说第一阶段。在这阶段里，小说所写的史湘云，是贾母外家（史家）的一个女孩，因父母早亡，由叔婶供养，虽是侯门却贫困清苦；但她为人豪爽随和，有才有貌，自幼常到贾府生活，与贾府上下诸人关系甚好，贾府的节日庆典、大观园的诗社雅集，大都有她参与；她坦荡不羁，时常穿宝玉衣服，女扮男妆，活似小子，使贾母误认是宝玉；在第六十二回写的生日聚会上，她与宝玉划拳罚酒，醉卧芍药裀山石板，豪放无拘；第七十回中，史湘云以一首新鲜有趣之柳絮词——调寄《如梦令》，"岂是绣绒残吐，卷起半帘香雾，纤手自拈来，空使鹃啼燕妒。且住，且住！莫使春光别去"，引出一场词赛，其乐融融。可见，这都是她在"悲中乐"的生活。

问：在这阶段中，她的"麒麟缘"是怎样的呢？

答：曲中写她"英豪阔大宽宏量，从未将儿女私情略萦心上"，意思是说史湘云在这阶段尚未有儿女私情，包括对贾宝玉的情缘，也只是表兄妹之间的感情。但是，小说在此却写得很含蓄巧妙。小说中写史湘云自幼佩戴一块金麒麟；第二十九回，又写贾宝玉从进士送物中见一块金麒麟，因知史湘云也有此物，便收取拟送湘云，被黛玉发现，黛玉担心在薛宝钗的"金玉良缘"后再加上"麒麟缘"的"两金"纠葛，便与贾宝玉大闹了一场风波。由此又使贾宝玉与史湘云之间被增添了一层儿女配对的情缘烟雾。到第三十一回，写到史湘云与丫鬟翠缕进大观园进行关于阴阳配对的对话时，拾到一块金麒麟，正是贾宝玉从道观取回的那一块，正好与史湘云佩带的配对。但小说写到史湘云见贾宝玉时，未写将这块金麒麟还给宝玉，而是写袭人对史湘云说"大姑娘，听见前儿你大喜了"及"史湘云红了脸，吃茶不答"的描写，从而侧面地表现了此时史湘云的金麒麟情缘的配对对象不是贾宝玉，而是如脂批所言的"当指卫若兰"。

问：这就意味着史湘云进入人生的第二阶段么？

答：是的。但是曹雪芹的《红楼梦》没有写完，在他写的前八十回小说原稿中，没有对这个阶段的"乐中悲"写清楚，连与史湘云"配得才貌仙郎"的丈夫姓甚名谁也未写明，要靠脂批点出"当指卫若兰"；夫妻婚后生活如何也未详写，如何"坎坷形""云散高唐""水涸湘江"均未写及，只是在高鹗续写的后四十回中才见到她婚后不久丈夫即逝的交代，以及贾宝玉落难后在湘江偶遇史湘云的描写。

问：既然这样，怎么还会有第三阶段呢？

答：有的，这个阶段才是真正明朗了这段"麒麟缘"。据周汝昌、刘心武的考证，小说中史湘云的原型是曹雪芹的表妹，晚年与曹雪芹一道生活，是曹雪芹创作《红楼梦》的合作者，曹雪芹写作，她负责编稿，又先后化名脂砚斋、畸笏叟进行评批，数量达近百条之多。她比曹雪芹逝世迟十多年，辞世后有《脂砚斋四评石头记》问世，可见，曹雪芹在"茅椽蓬牖，瓦灶绳床，其晨夕风露，阶柳庭花"之"悼红轩中披阅十载，增删五次"创作《红楼梦》的过程中，"史湘云"与曹雪芹始终是

"曹创史评""夫写妇编"、亲密合作、同甘共苦、苦中有乐、乐在悲中。由此可以说,史湘云的最后岁月,是贾府破败后,在湘江偶遇贾宝玉后两人结合,从而开始第三阶段的情缘。这就是在小说第三十二回中,未写史湘云将拾到的金麒麟交还宝玉所留下的伏笔。因为当时史湘云刚与卫若兰订婚,只有在最后"同是天涯沦落人"的时候,才能了结和亮出两人的"麒麟缘",也即是开始无缘后有缘,或者说是始不明缘后明缘。这样的情缘结局,正是《乐中悲》曲的结尾所示:"这是尘寰中消长数应当,何必枉悲伤!"所以,称其为命运情。曹雪芹将这段情缘写得如此曲折高妙,怎能不是"情味"十足的亮点和超脱境界呢。

(六)"芙蓉情"的"情味"和超脱境界

问:第四方的情缘是什么呢?

答:是贾宝玉与晴雯的"芙蓉情"。晴雯是贾宝玉身边的大丫头,自幼与宝玉朝夕相处、亲密无间。晴雯长得漂亮,性格耿直,聪明伶俐,诚心待人,受到贾母赏识,派给服侍宝玉,两人相处甚好;但她脾气暴躁,貌似轻佻,牙尖嘴利,疾恶如仇,常得罪人;后被王夫人视为"狐狸精",怀疑她勾引宝玉,被赶出贾府,蒙冤受屈,郁病而终。由此,使她与贾宝玉发生了一段本是无情变有情的纯真"芙蓉情"。这方情缘有四个亮点:一是"纯趣无邪",二是"纯力无怨",三是"纯情无淫",四是"纯恋无污"。

问:请述其详。

答:先说第一个亮点"纯趣无邪"吧。前面说过,贾宝玉是位泛情公子,他认为女子都是水做的,主要是指未婚少女是纯真可爱的。所以,无论是同辈贵族小姐,或是府中的大小丫鬟,他都采取平等对待的态度,和睦相处、随和投缘,甚至借机为这些少女服务,或为其错误袒护,并以此为幸为荣,从而被认为是花花公子。其实,贾宝玉与这些少女之间的情缘,主要是相互贪美好玩的、并无邪念的、童雅纯真的情趣,他求吃鸳鸯化妆的胭脂，为能助平儿梳妆而感到庆幸，敢在王夫人午睡时取笑金钏儿，都属于这类童雅情趣作为，既不能给其加上"调戏"的罪名，也还够不上真正的儿女私情，尚属"纯趣无邪"的纯真情缘。

问：晴雯与贾宝玉的情缘也是这样么？

答：是的，在这阶段的情况正是如此，突出表现在小说第三十一回所写从跌折扇股子引起的吵闹，到撕扇子作千金一笑的情节。这个情节的前半段，写宝玉因误踢伤袭人吐血后，心情烦躁，回屋由晴雯换衣服时，不小心跌折了扇股子，致宝玉斥责晴雯，晴雯顶嘴，袭人前来劝说，晴雯借机说出，"你们鬼鬼祟祟干的那事儿，也瞒不过我去"。后来，贾宝玉外出饮酒回来要洗澡，提出与晴雯两人一道洗，晴雯又揭出碧痕与宝玉两人有次洗澡"足有两三个时辰，也不知道作什么呢。我们也不好进去的。后来洗完了，进去瞧瞧，地下的水淹着床腿，连席子上都汪着水，也不知是怎么洗了"。这些描写，含蓄地体现了贾宝玉与袭人、碧痕有"鬼祟"关系，侧面证明了晴雯清白，不是王夫人所说勾引贾宝玉的"狐狸精"。更明显的是这个情节的后半段，写晴雯听宝玉说要她取盘子装果子吃时故意顶嘴，说怕像跌折扇股子那样打坏了，宝玉便故意逗她说："你爱打就打，这些东西原不过是借人所用，你爱这样，我爱那样，各自性情不同。比如那扇子原是扇的，你要撕着玩也可以使得，只是不可生气时拿他出气。"于是，晴雯就放手撕扇，边撕边笑，宝玉在一旁叫"响的好，再撕响些"，并且说出"千金难买一笑"的话，更可见晴雯与贾宝玉的这段情缘是"纯趣无邪"的。

问：第二个亮点是怎样的呢？

答：是"纯力无怨"，具体表现在第五十二回所写"勇晴雯病补雀金裘"中。在这回描写中，病重的晴雯为宝玉珍贵的雀金裘手补被烧破的小洞，连夜补到黎明，可谓竭尽全力，病情加重，她却毫无怨言，可见其全心服侍宝玉的纯真感情。在这情节中，宝玉也深受感动，为她端茶倒水，忙来忙去，陪她熬夜，献尽真情。这些细节，作为一个贵族公子，而且又是在误踢袭人致其受伤以后，是难得的，更显其情缘的纯真，也推进了两人纯真情意的发展。

问：第三个亮点是怎样的呢？

答：是"纯情无淫"。具体表现在小说第七十七回"俏丫鬟抱屈夭风流"所写的情节。当王夫人气势汹汹地在怡红院查抄的时候，她首先要人将病在炕上的晴雯拉下来，然后马上架出去。王夫人只许把晴雯的贴身衣服撂出去，其余留下给好丫头穿，真是"扫地出门"。贾宝玉眼睁睁看着，心如刀割，但不敢吭声，只能事后央人带见被赶至姑舅家的晴雯。见面时，晴雯说："我已知横竖不过三五日的光景，就好回去了。只是一件，我死也不甘心的，我虽生的比别人略好些，并没有私情密意勾引你怎样，如何一口死咬定了我是个狐狸精！我太不服。今日既已担了虚名，而且临死，不是我说一句后悔的话，早知如此，我当日也另有个道理。不料痴心傻意，只说大家横竖是在一处，不想平空里生出这一节话来，有冤无处诉。"随后把脱下的贴身红绫袄和剪下的指甲交给宝玉说："这个你收了，以后就如见我一般。快把你的袄儿脱下来我穿。我将来在棺材内独自躺着，也就像还在怡红院的一样了。论理不该如此，只是担了虚名，我可也是无可如何了。"如此感人肺腑的临死诉说，不是"纯情无淫"的最有力辩护书和宣言书么？在晴雯说完这番话后，小说别出心裁地加上了灯姑娘调戏宝玉被拒绝，灯姑娘道出偷听两人对话后理解他俩所受的委屈，表示"反后悔错怪了你们"，对宝玉说出"以后你只管来，我也不罗唣你"。这个插曲，更强化了这个"纯情无淫"亮点的闪亮光辉。

问：第四个亮点是怎样的呢？

答：是"纯恋无污"，具体表现在小说第七十八回写"痴公子杜撰芙蓉诔"。自晴雯死后，宝玉闻说晴雯上天做了芙蓉花神，当走过园中池塘见到池中的芙蓉（也即是被誉为"出淤泥而不染"的荷花），萌发了在芙蓉花前为晴雯设祭,以表思恋之情的主意。于是,他根据"潢污行潦,蘋蘩苹蘩蕴藻之贱,可以羞王公,荐鬼神"的理念,以楚人笔法,"或杂参单句,或偶成短联,或用实典,或设譬寓,随意所之,信笔而去,喜则以文为戏,悲则以言志痛,辞达意尽为止",杜撰成一篇长文,名曰《芙蓉女儿诔》,于月夜下在芙蓉花前泣涕念祭,淋漓尽致地表达了"红绡帐里,公子多情;黄土垄中,女儿薄命"的思恋之情。小说喻晴雯为芙蓉花神,贾宝玉以"潢污行潦"的方式祭晴雯,本身就有歌颂其"出于污泥而不染""下下人有上上情"的气节和品格之寓意,同时也是其"纯恋无污"的亮点所在。所以,晴雯与贾宝玉的"芙蓉情",是纯真圣洁的儿女情。这是《红楼梦》又一个别开生面的"情味"亮点和超脱境界。

问:晴雯的"芙蓉情"是纯真圣洁情,而林黛玉的"木石前盟"是"质本洁来还洁去"的人性或禅性圣洁情,两者有何联系与区别呢?

答:两者可以说是"姊妹篇"或有异曲同工之妙,因为两者同是圣洁情,但两者有境界层次的区别。林黛玉的"人性情"是以《葬花词》塑造诗意的禅性境界,晴雯的"芙蓉情"是以《芙蓉女儿诔》展现文意的情恋境界,但两者又是互相映衬和补充的。具体表现在小说第七十八回写贾宝玉读完祭晴雯的《芙蓉女儿诔》后,林黛玉从芙蓉花中走出来,唬得宝玉以为是晴雯显魂。这个插曲,正是这两方情缘具有互相映衬和补充的寓意。接着描写林黛玉对文中"红绡帐里,公子多情;黄土垄中,女儿薄命"两句提出修改意见,宝玉、黛玉相互讨论后,贾宝玉同意将其改为"茜纱窗下,我本无缘;黄土垄中,卿何薄命"。"黛玉听了,忡然变色,心中虽有无限的狐疑乱拟,外面却不肯露出"的描写更是神妙之笔,将本来"不肯露出"的贾宝玉祭晴雯的内在寓意揭示出来,也同样预示的以花祭林黛玉的结局。这不就是两者的联系与区别的含蓄而清楚的表现么?

（七）"袭人情"的亮点和超脱境界

问：第五方情缘是什么呢？

答：是花袭人与贾宝玉的"袭人情"。花袭人是贾宝玉贴身大丫头，贾宝玉以"花气袭人知昼暖"诗句中"花气"包围渗入人体而"知昼暖"之意，为其取名袭人。将她与贾宝玉之间的情缘称为"袭人情"，即取这诗句"包围渗入人体"而"知昼暖"之意。因为在小说中，袭人是仆人，与贾宝玉是仆主关系，主管贾宝玉的饮食起居、衣食住行、待人接物、读书做事、诗社及节庆活动，以至谈情说爱、偷情暗恋莫不由她安排或经受她的参与监督；而她又一直是作为王夫人的心腹而服侍监管贾宝玉的。事实上，袭人与贾宝玉的关系是未正式成为侍妾但实际上已是侍妾的关系，她主要是作为侍妾而以世俗的意识和规范服侍和监管贾宝玉的。所以，"袭人情"的实质是"世俗情"。

问：袭人的"世俗情"与薛宝钗的"社会情"是否也是异曲同工的"姊妹篇"？

答：你真聪明，正是这样。薛宝钗的"社会情"主要是以封建道德规范为理念和行为准绳的儿女关系，袭人的"世俗情"则主要是以世俗的意识和规范相处的情缘。两者都是社会性的，但内涵有上下高低之分。显然，宝钗的"社会情"，代表和体现了社会统治地位的意识形态，属封建社会上层儿女的婚姻关系；袭人的"世俗情"，则是人世间通俗生活的需求与约束的体现，是封建社会日常生活的情缘。当然，"世俗情"是受"社会情"影响制约的。所以，袭人对贾宝玉的"世俗情"有两个方面的内涵与情味：一方面，贾宝玉这样一位贵族公子，身处养尊处优的环境，必须依靠袭人这样的身边丫鬟（实际是候补侍妾）来关照日常生活的一切，因此，这是具有满足生活舒适的情缘。另一方面，贾宝玉这样一位贵族公子，在封建贵族家庭中必须接受封建道德规范的教育、熏染、监督和约束，也必须依靠袭人这样的丫鬟和侍妾发挥这种作用，而贾宝玉又是一个叛逆浪子,由此,又使贾宝玉与袭人之间常有接受与不接受的矛盾现象,但总体上始终是仆从于主、百依百顺的,同时又是随主荣而荣、随主衰而衰的。所以,袭人与贾宝玉的"世俗情"有三个亮点。

问: 请分别详说吧。

答: 第一个亮点是日常生活,主要是指物质生活上的享受与和谐。首先表现在小说第六回写贾宝玉初在梦中游太虚幻境,接受警幻仙子传授男女的云雨情之后,被袭人询问而告知详情,"羞的袭人掩面伏身而笑。宝玉亦素喜袭人柔媚娇俏,遂强袭人同领警幻所训云雨之事。袭人素知贾母已将自己与了宝玉的,今便如此,亦不为越礼,遂和宝玉偷试一番,幸得无人撞见。自此宝玉视袭人更比别个不同。袭人待宝玉更为尽心"。由此可见,两人的情缘是从男女性欲开始的,这是两人具有物质生活上的满足与和谐之"世俗情"的基础和体现。值得注意的是,贾宝玉自此次"初试"以后,却不再有接连再试的记录,不仅与袭人之间没有,与其他女性也没有。这个现象,说明曹雪芹写《红楼梦》的情味,主要是写"有情无淫"的"意淫",而不是着意写庸俗低级的"有淫无情"的"色情"。写贾宝玉与袭人之间的"世俗情",也不是为写色情,而是为了呼应"警幻"的主题,并且体现袭人与宝玉在日常生活中的享受与和谐,着重写其"世俗情"在物质生活上的满足与惬意。

问: 第二个亮点是什么?

答: 是在精神生活方面的差距与弥合,突出地表现在第十九回"情切切良宵花解语"的描写中。小说写自袭人回家探亲回来以后,因自幼见宝玉性格异常,放荡弛纵,任性恣情,最不喜务正。每欲劝时,料不能听,便拟利用其兄要为她赎身之论,说出要走的假话,要宝玉答应她改掉三个毛病,其中一个是:"你喜欢读书也罢,假喜也罢,只是在老爷跟前或别人跟前,你别只管批驳诮谤,只作个喜欢读书的样子来,也教老爷少生些气,在人前也好说嘴。他心里想着,我家代代读书,只从有了你,不承望你不喜读书,已经他心里又气又愧了,而且背前背后乱说那些混话,凡读书上进的人,你就起个名字叫作'禄蠹',又说只除'明明德'外无书,都是前人自己不能解圣人之书,便另出己意,混编纂出来的。这些话,怎么怨得老爷不气,不时时打你,叫别人怎么想你?"袭人这番话,完全是以身边丫鬟侍妾的身份与情感,对贾宝玉身处封建贵族家庭中必须接受封建道德规范的教育、熏染、监督和约束的"箴规"(规劝),也表明贾宝玉如要留住她就必须如此。贾宝玉毫不犹豫地答应了,从而表明两人不仅在物质生活上,而且在精神生活上也和谐了。其实这是在和谐中显露其内在精神生活上的根本分歧和差距。尤其值得注意的是,在紧接的第二十一回"贤袭人娇嗔箴宝玉"的描写,实际上是袭人企图以"妾情"弥合精神生活的本有分歧与差距所形成的甜蜜景象,是一个重要的"情味"亮点所在。

问: 第三个亮点是什么呢?

答: 是受宠中的分歧与对立。小说从第三十三回贾宝玉被贾政笞挞后,贾宝玉的各方情缘均受影响,其中,袭人因对王夫人忠心而受宠。第三十六回写王夫人在自己二十两份子钱中拨出二两银子一吊钱赏给袭人,并且透露了要让袭人"长长远远服侍贾宝玉一辈子"的意图。自此以后,袭人更严格地监督宝玉,两人分歧越来越大,矛盾加剧,具体表现在两个细节:一是写贾宝玉酒后回怡红院,叫门久不开,怒踢迟来开门的袭人,表面上是误伤,实是有对其反感之意。二是王夫人查抄大观园要将晴雯赶走的时候,罗列了许多罪状,事后贾宝玉犯疑:"谁这样犯舌?况这里事也无人知道,如何就都说着了""咱们私自顽话怎么也知道了?又没外人走风的,这可奇怪""怎么人人的不是太太都知道,单不挑出你和麝月秋纹来"。袭人听了这话,内心一动,低头半日,无可回答。袭人无言比有言更清楚的回答,深有意味地体现了两人"世俗情"的危机,透露了这方情缘必将是与其他情缘相似悲剧结局的信息。这也是其内涵"情味"的第三个深层亮点。

问：是不是还有第四个亮点呢？

答：可以说是没有，但也可说是有。因为曹雪芹未写完《红楼梦》，前八十回未写完"袭人情"的结局，后四十回是高鹗所写，用的笔墨倒很多，其中写到当贾府被抄、宝玉出家的时候，"袭人想起那日抢玉的事来，也是料着那和尚作怪，柔肠几断，珠泪交流，呜呜咽咽哭个不住。追想当年宝玉相待的情分，有时怄他，他便恼了，也有一种令人回心的好处，那温存体贴是不用说了。若怄急了他，便赌誓说做和尚，那知道今日却应了这句话！"道出了衰败中的真情，还是符合曹雪芹原笔原意的。但最后写袭人与蒋玉菡成婚之结局，虽有第二十八回"蒋玉菡情赠茜香罗"的线索，却是"从此又是一番天地"的"大团圆"，而不是"千红一窟（哭）""万艳同杯（悲）"，则是有违《红楼梦》原定的"白茫茫大地真干净"之结局了。这恐怕也可以说是超出了原本《红楼梦》的另一种超脱境界吧。

三、贾宝玉目睹的男女情缘之亮点和"情味"境界

（一）《红楼梦》所写"情味"境界的七个层面

问：《红楼梦》的"情味"只是写贾宝玉所亲历的情缘么？

答：确切地说，主要是，但不仅是。小说第一回即对所写故事做了解说：写的是僧道二仙应这块石头的要求，将其变成一块宝玉，由贾宝玉含着投胎"到那昌明隆盛之邦，诗礼簪缨之族，花柳繁华地，温柔富贵乡"中"历尽离合悲欢炎凉世态的一段故事"。浅白地说，这段解说的意思是：贾宝玉同一群少女，在最佳的年代、最佳的环境、最佳的年华所经历的各种恋爱婚姻故事，这就是贾宝玉在荣国府所经历的故事。显然，"历尽"一词之"历"有两层意思：一是贾宝玉亲身经历即上述贾宝玉亲历的"五方情缘"，二是贾宝玉在贾府生活中目睹的经历；所谓"尽"也有两层意思：一是所历之"尽"即具有切肤之痛的"尽"，二是所见之

"尽"即在贾府中所缩影的男女情缘众生相之"尽"。

问：是怎样的众生相呢？

答：我想首先介绍蔡元培先生，这位20世纪20年代北京大学校长、也是以倡导"索隐派"红学著名的大学者，于1920年6月13日在《在国语讲习所演说词》中说的一段话。他指出："语体小说里面，要算《石头记》是第一部。他的成书总在二百年以前。他反对父母强制的婚姻，主张自由结婚；他那表面上反对肉欲，提倡真挚的爱情，又用悲剧的哲学的思想来打破爱情的缠缚；他反对禄蠹，提倡纯粹美感的文学。他反对历代阳尊阴卑、男尊女卑的习惯，说男污女洁，且说女子嫁了男人，沾染男人的习气，就坏了。他反对主奴的分别，贵公子与奴婢平等相待。他反对富贵人家的生活，提倡庄稼人的生活。他反对厚貌深情，赞成天真烂漫。他描写鬼怪，都从迷信的心理上描写，自己却立在迷信的外面。照这几层看来，他的价值已经了不得了。这种表面的长处还都是假象。他实在把前清康熙朝的种种伤心惨目的事实，寄托在香草美人的文字，所以说'满纸荒唐言，一把辛酸泪'。他还把当时许多琐碎的事，都改变面目，穿插在里面。这是何等才情！何等笔力！……他在文学上的价值，是没有别的书比得上他。"（转引自苗怀明《风起红楼》，中华书局2006年版，第19页）

问：蔡元培是"索隐派"红学代表人物，怎么会说出这些话来呢？

答：正因为如此，而且是早在一百年前说出这番话，可见是十分难能可贵的。笔者认为，这番话，除了他索隐"许多琐碎的事"之外，都是完全正确的，尤其是做出"把前清康熙（应加上雍正、乾隆）朝的种种伤心惨目的事实，寄托在香草美人的文字"的评论；同时，他将小说多个层面的内涵和价值分列出来，具体是：婚姻层面，主张自由结婚；爱情层面，反对肉欲，提倡真挚的爱情；妇女层面，反对历代阳尊阴卑、男尊女卑的习惯，说男污女洁；社会层面，反对主奴的分别，贵公子与奴婢平等相待，反对富贵人家的生活，提倡庄稼人的生活；美学层面，反对禄蠹，提倡纯粹是美感的文学；哲学层面，用悲剧的哲学思想来打破爱情的缠缚；思想修养层面，反对厚貌深情，赞成天真烂漫。他描写鬼怪，都从迷信的心理上描写，自己却立在迷信的外面。这七个层面的内涵和意义，即是《红楼梦》所写"香草美人的文字"所揭露的种种"伤心惨目的事实"的实质，也即是贾宝玉亲历和目睹的情缘世界之实质，这是很精辟到位的见解。可见，《红楼梦》所写"情味"境界不只是为写情味而写的"情味"境界，而是为体现这七个层面的内涵和意义，尤其是揭露种种"伤心惨目的事实"而写的"香草美人"境界，也即是"千红一窟（哭）"、"万艳同杯（悲）"、情色皆空的超脱境界。

（二）贵族小姐系列

问：前面所说贾宝玉亲历的"五方情缘"是这样么？

答：是的，下面要说的贾宝玉目睹的男女情缘也是这样，甚至更广泛深刻地表现出整个社会的妇女（从皇妃娘娘、贵族小姐到平民妇女、丫鬟戏子）莫不如此，都是从喜剧的愿望开始、悲剧的过程结束，都是在"开不尽的春花春柳满画楼"的大观园中"红楼一梦"。《红楼梦》的成功和伟大，正在于以上述蔡元培指出的七个层面，精心刻画了社会各种阶层美女在婚姻爱情上各种不同的"红楼梦"，展现出情爱追求是共有而美丽的，但结局却各有各的不幸！

问：你这个对《红楼梦》的概括，很像列夫·托尔斯泰在《安娜·卡列尼娜》中所写的："幸福的家庭是相似的，不幸的家庭各有各的不幸。"

答：是从其脱胎而来的。《安娜·卡列尼娜》是写一个家庭从幸福变成不幸的悲剧，《红楼梦》是写在一个贵族大家庭中，各种美女从求幸到不幸的悲剧，所以是有同有不同。由此，我们可以将小说所写的各种美女分为不同系列，也可以清楚地看到小说所写美女的同与不同的情缘悲剧。

问：那就请分系列谈谈吧。

答：好。先说第一个系列——贵族小姐系列，除前面已介绍的小说三个女主角林黛玉、薛宝钗、史湘云外，还有贾宝玉的姐妹元春、迎春、探春、惜春"四春"小姐。这些贵族小姐，由于富贵荣华、养尊处优的出身和环境，造就其才貌双全、孤芳自赏的共性；这些贵族小姐也具有符合传统道德规范的人生和幸福追求，但又由于各人性格和机遇各异，各自的命运与结局也各不相同，从而在男女情缘上谱写出不同的乐章。正如小说第二十二回所写贾政在"四春"所制灯谜中感悟到各人不同的命运。元春是："能使妖魔胆尽摧，身如束帛气如雷。一声震得人方恐，回首相看已化灰。"谜底是爆竹，意味昙花一现，好景不长。迎春的灯谜是："天运人功理不穷，有功无运也难逢。因何镇日纷纷乱，只当阴阳数不同。"谜底是算盘，意味初乱如麻，阴阳未算准。探春的灯谜是："阶下儿童仰面时，清明妆点最堪宜。游丝一断浑无力，莫向东风怨别离。"谜底是风筝，暗指随风飘荡，生活不定。惜春是："前身色相总无成，不听菱歌听佛经。莫道此生沉黑海，性中自有大光明。"谜底是佛前海灯，意味清净孤独，修佛众经。这是对"四春"命运的预示，在小说中都是按这预示描写其过程与结局的。

问：请从元春开始具体介绍吧。

答：好。元春在贾府中是开春的头号小姐，她出阁后位极皇帝宠妃，皇帝特准省亲，贾府又为其省亲而造举世无双的大观园，省亲时倾城震动，空巷敬仰，真可谓达到了封建社会妇女"幸福"的最高境界。小说第五回《金陵十二钗册》中对元春的判词是："二十年来辨是非，榴花开处照宫闱。三春争及初春景，虎兕相逢大梦归。"第十八回中，元春在"荣国府归省庆元宵"的荣华喜庆时刻对贾母王夫人道："当日既送我到那不得见人的去处，好容易今日回家娘儿们一会，不说说笑笑，反倒哭起来。"又对其父贾政说:"田舍之家,虽齑盐布帛,终能聚天伦之乐;今虽富贵已极,骨肉各方,然终无意趣!"最后她默默死于皇宫,贾府也随之衰败。

问:迎春的命运怎样?

答:判词写她是:"子系中山狼,得志便猖狂。金闺花柳质,一载赴黄粱。"小说写迎春虽是高贵小姐,但性格懦弱,胆小怕事。虽出嫁名门,但丈夫孙绍祖为人凶恶,忘恩负义,像中山狼那样,迫使她遭受折磨致死。

问:勇敢的探春怎样呢?

答:判词写她是:"才自精明志自高,生于末世运偏消。清明涕送江边望,千里东风一梦遥。"这判词与探春在元宵所出灯谜所喻之谜底风筝形象是一致的。小说前八十回描写探春之治家、写诗和书法之才和志,写其远嫁海外,也是与判词相符的;但后四十回写她在贾府重兴后回归团圆,则与判词相违,且与作者设计"千红一杯(悲)"的悲剧结局完全相反了。

问:最小的惜春怎样呢?

答:同样是从幸到不幸的悲剧。判词写她是:"勘破三春景不长,缁衣顿改昔年妆。可怜绣户侯门女,独卧青灯古佛旁。"判词所写与元宵灯谜之"佛前海灯"形象是一致的。小说后四十回书写她最后在贾府铁槛寺修佛,虽是穿上"缁衣顿改昔年妆",但毕竟不是画面和判词所喻的真正"缁衣乞食"的尼姑悲剧生活处境,也与作者原意及小说主题有违,但从"绣户侯门女"变为尼姑的结局,已够悲惨的了。

问:凤姐之女巧姐也应当属贵族小姐系列吧?

答：是的，这是贾府唯一末代贵族小姐，本是最惨的悲剧人物，因有恩人和巧遇，却转运为唯一幸运人物。判词写她是："势败休云贵，家亡莫论亲。偶因济刘氏，巧得遇恩人。"小说写她在贾府衰败后，被"狠舅奸兄"所卖，幸得刘姥姥所救，正如第五回《留余庆》曲所写："留余庆，留余庆，忽遇恩人；幸娘亲，幸娘亲，积得阴功。劝人生，济困扶穷，休似俺那爱银钱忘骨肉的狠舅奸兄！正是乘除加减，上有苍穹。"后四十回续书写她与板儿结缘留在乡村生活，虽是解脱，但与作者原意不符，不过从家亡角度而言也是悲剧。

（三）贵族少妇系列

问：第二类系列是怎样的呢？

答：第二类是贵族少妇系列，包括王熙凤、秦可卿、李纨、尤氏、夏金桂等。这类人物的共同特点是：出嫁前都是贵族小姐或大家闺秀，按封建礼教规范成长，也遵从规范成婚；婚前既无恋爱，婚后也无真情，即无真正的情味境界，主要是俗味的情缘关系；都是在封建礼教的牢笼中，因生性和机遇有别，或利用、或挣扎、或忍受、或疯狂地死去，个个都是从有幸、求幸到不幸的悲剧人物。

问：请分别论析吧。

答：这类人物的"首席"，当是正名王熙凤的凤姐。她是整部小说最活灵活现的人物，是贯穿全书许多故事情节的中心人物。她虽然未读过书，但才貌双全，聪明能干，是贾府的得力管家，深受贾母和王夫人的宠爱和重用，致使她可以有恃无恐、八面玲珑地处世待人。她又是一个两面人，经常干的是两面事：一方面是为贾府千方百计寻欢作乐，大肆挥霍钱财，大壮贵族声威；另一方面则不停地暗施阴谋小计，贪赃敛财，草菅人命。一方面做好事善事，上下讨好欢心；另一方面则干尽男女淫秽之恶事，血债累累，设淫计害死贾瑞，以淫讨好丈夫贾琏，又以贾琏的淫事先后逼胁鲍二家的与尤二姐自杀……如此做法，既促使贾府从荣华到衰败，也促使大观园这个有幸的情场速变为可悲的情场，同时也使她自己如判词所写的那样："凡鸟偏从末世来，都知爱慕此生才。一从二令三人木，哭向金陵事更哀。"小说具体地描写了这个被称为"凤"的少妇，利用所处贾府环境和地位的权威，充分发挥自己的色、才、智和泼辣性格，干尽坏事，最后自己也落得被抄尽家财、被丈夫所休、一贫如洗、抱恨而亡的下场，真个是《聪明累》所写："机关算尽太聪明，反误了卿卿性命。生前心已碎，死后性空灵。家富人宁，终有个，家亡人散各奔腾。枉费了，意悬悬半世心；好一似，荡悠悠三更梦。忽喇喇似大厦倾，昏惨惨似灯将尽。呀！一场欢喜忽悲辛。叹人世，终难定！"凤姐这个两面人，正是"风月宝鉴"所示的两面人的头号典型，也是警幻仙子以情淫悲剧警示后人的镜子。

问：第二号典型是谁呢？

答：是秦可卿。小说第一二〇回写"甄士隐详说太虚情"时说："贵族之女俱属从情天孽海而来。大凡古今女子，那'淫'字固不可犯，只这'情'字也是沾染不得的。所以崔莺苏小，无非仙子尘心；宋玉相如，大是文人口孽。凡是情思缠绵的，那结果就不可问了。……福善祸淫，古今定理。"凤姐如此，秦可卿也如此，而且尤其如此。在小说描写中，秦可卿可谓第一大淫人。她是警幻仙子掌管太虚幻境的首席，导引贾宝玉游太虚幻境，并亲身授贾宝玉懂情悟性；在宁国府中她被族长贾珍称为最有能耐的儿媳妇，却又是与贾珍这位"家公"扒灰乱伦的淫人，因作奸犯科被丫头撞见，上吊自杀身亡，死后虽荣封龙禁尉，大办丧事显荣耀，其实是一场"淫丧天香楼"的悲剧。正如判词所写："情天情海幻情身，情既相逢必主淫。漫言不肖皆荣出，造衅开端实在宁。"词中除示其淫性致死的结局之外，尚有贾府衰败也始如此之意。

问：还有什么代表人物呢？

答：还有三类贵族少妇：一是李纨这个一辈子三从四德、无淫无情、清净无为、徒有贞节虚名而被人耻笑的寡妇，正如判词所写："桃李春风结子完，到头谁似一盆兰。如冰水好空相妒，枉与他人作笑谈。"二是贾珍的妻子尤氏，在宁国府中是长门长媳，权位很高，也有能耐，却胆小怕事，回避锋芒，明哲保身；与贾珍虽是夫妻，却无情爱可言，和顺相处，对贾珍与秦可卿私通乱伦之事，不闻不问不怒；对自己继母所生的两个妹妹受贾氏兄弟调情也视而不见，对贾琏造成尤二姐吞金自杀、尤三姐为柳湘莲刎剑殉情，也都无动于衷，可谓典型的麻木不仁的贵族少妇。三是薛蟠的妻子夏金桂，原是富家小姐，略有文墨，但气质低下，凶悍泼辣，是个"河东狮"式的泼悍妇，婚后不久即与薛蟠厮闹，造成全家不和，甚至虐待、暗害香菱，反而害死自己，自造悲剧。以上三人分别代表了封建社会三类贵族少妇，其悲剧意义实质上与凤姐、秦可卿各有千秋，只不过性格的生动鲜明程度有所不同而已。

（四）贵族丫鬟系列

问：第三类系列是怎样的呢？

答：是贵族丫鬟系列，这类女子因其在贾府中地位不同，可分大丫鬟、小丫鬟、戏子三个层次。第一层次是大丫鬟，地位相当于侍妾、"房中人"或"副小姐"，花袭人、晴雯、平儿、鸳鸯、金钏儿、紫鹃、莺儿、司棋等属这个层次；第二层次是小丫鬟，包括五儿、雪雁、小红等；第三层次是戏子，后都成为小丫鬟，包括芳官、莳官、藕官、蕊官等。

问：这三个层次的丫鬟，有哪些共性与特性呢？

答：共性有两方面：一是奴性，都是贵族奴才，都要俯首听命；二是情性，都是妙龄少女，都有情性追求。但因各人地位不同、命运不同、性格不同，体现出的奴性、情性各不相同。但是，在《红楼梦》中有个很奇特的现象，就是通过贾宝玉的情缘表达一种独尊少女，认为女儿都是"水做"的思想，即少女是纯真圣洁的，因而宝玉对她们平等相待，对较亲近的丫鬟（如晴雯、袭人、紫鹃）尤其如此。本来贾宝玉是她们理当服侍的主子，但贾宝玉却常反过来服侍她们，彼此情同亲生姊妹，同忧共乐，连贾母也叹曰："别的淘气都是应该的，只他这种和丫头们好却是难懂。我为此也担心，每每的冷眼查看他，只和丫头们闹，必是人大心大，知道男女的事了，所以爱亲近他们。既细细查试，究竟不是为此。岂不奇怪，想必原是个丫头错投了胎不成。"贾母的这段感叹，证实了贾宝玉与这类女子的关系和情性都是圣洁纯情的。其实，贾宝玉对不是服侍自己的丫鬟，即使有点机会都要尽情尽意，如对死去的金钏儿，在热闹中也要抽身赴郊外祭拜；当平儿在贾琏和凤姐争闹中受委屈痛哭之后，贾宝玉以劝慰和为其补妆为荣；当鸳鸯拒绝贾赦纳自己为妾之后，贾宝玉为避嫌有意与其疏远而示同情。可以说这些细节，既表明贾宝玉对这些少女情缘的纯真和圣洁，也表明了这些贵族丫鬟的奴性与情性的纯真和圣洁。

问：如此说来，这些贵族丫鬟不是很有福么？

答：是的，这些丫鬟在贾府中虽地位低下，但生活得很好，也受到贾宝玉的尊重，所以当她们被驱逐或遭厄运，都表现出不愿、不忍离开的留恋之情（这正是奴性的一种体现），正因为如此，她们为希求更多的"福"而遭受厄运，如金钏儿被逐跳井自杀、晴雯被逐出外病死、司棋被搜出香囊殉情、鸳鸯于贾母死后上吊自尽、本已是宝玉"房中人"的袭人最后绝缘嫁人、紫鹃在黛玉死后出家……这些结局，既是贵族"福"中的奴性殉情颂歌，又是贵族"福"中的情性哀歌，真可谓：身在贵族中的丫鬟，都是福中有祸的，各有其福也各有各的不幸！

（五）命运多舛少女系列

问：第四类人物系列是什么呢？

答：是命运多舛少女系列，包括妙玉、香菱、尤二姐、尤三姐。这类人物本不是贾府中的人物，只是由于某种原因或关系，投进贾府的福祸中来，被卷进大观园的"情窝"之中。她们增添了这个情缘世界的丰富性，也即是情缘悲剧的复杂性和多样性，具体表现在这四个少女命运多舛，但又各有各的不幸。

问：请分别叙说各人的不幸吧。

答：好，先说妙玉。小说第五回写她的判词词牌是《世难容》，开始即点出其命运多舛的根本原因，词中更清楚写出："气质美如兰，才华馥比仙。天生成孤僻人皆罕。你道是啖肉食腥膻，视绮罗俗厌；却不知太高人愈妒，过洁世同嫌。可叹这，青灯古殿人将老；辜负了，红粉朱楼春色阑。到头来，依旧是风尘肮脏违心愿。好一似，无瑕白玉遭泥陷；又何须，王孙公子叹无缘。"在小说描写中正是如此。她原是大家闺秀，知书识礼，生性孤僻，洁身自好，自入空门，修禅于大观园铁槛寺中，可谓"情窝"中的尼姑。本来凡心尚未退尽，再受情境之染，不仅死灰复燃，且有新生；她与贾宝玉多次交往，以柬相请，赠梅赏雪，含情脉脉，尽在无言中；待至贾府将倾之时，受强人挟持奸污，沦落泥陷，真乃欲求圣洁而"世难容"之悲剧也！这是一个既在"园"内又在"园"外的悲剧人物，是命运多舛少女的一种典型。

问：第二个人物是香菱吧？

答：是的，香菱从头至尾都是命运多舛的少女。她是《红楼梦》整部小说引线人物甄士隐的独生女儿，因其幼时被拐卖失踪，接连遭祸，家破人亡。其父即随僧道二仙隐入空门，父女多年互相不知影踪。直至小说下半部，香菱才随薛蟠进京，也由此进入"情窝"大观园，最终以其多舛的命运，谱写了一曲令人感叹的香苦交织的悲歌。香菱长大为亭亭少女后，又遭人拐卖，恰被薛蟠看上，与人争夺，致闹出人命血案，薛蟠用钱搪塞了事后，带其随全家投入贾府。开始时香菱是以薛宝钗贴身丫头的身份出入大观园，又向林黛玉学写诗，颇染宝黛二女身上之香气，其乐融融。后被夏金桂妒忌，夏金桂先是要薛蟠正式纳香菱为妾，将其改名为秋菱，百般折磨，受尽苦楚。进而设计下毒陷害，因夏金桂自误，香菱虽侥幸逃过一劫，但到头仍是不幸而终，其父最后也在破庙中烧化仙去。

问：第三个人物是尤二姐吧？

答：是。尤二姐是贾珍妻子尤氏继母所生的二妹，因贾珍父亲贾敬去世治丧，随母到宁国府帮忙，便投入了贾府"情窝"之中。彼时尤二姐情窦初开，温柔漂亮，先是被贾珍与贾蓉父子看上，未及下手，却被贾琏看上，捷足先登。在贾蓉的安排下，贾琏用钱退掉其所定婚约，暗纳为妾。尤二姐本是风骚天性，早有攀龙求荣之心，与贵族浪荡子贾琏一拍即合。贾琏即在贾府附近另立门室、金屋藏娇，二人如胶似漆、其乐融融。无奈好日子不长，不久就被凤姐发现，这位身为正妻的母老虎怎能容丈夫与其他女人同睡，即设绵里藏针之计陷害尤二姐。于是凤姐以甜言蜜语将尤二姐骗入贾府，后施以孤立虐待手段，逼使尤二姐吞金自尽身亡。这个悲剧，表面看是妇人相妒所致，其实是封建社会残酷的人际和婚姻的虞诈关系之体现，也是一种"世难容"的悲剧结局。

问：第四个人物尤三姐怎样？

答：尤三姐是尤二姐的亲妹妹，也是标致多情的少女，但性格完全不同，尤二姐柔弱温顺，尤三姐刚强泼辣。所以，两姐妹在情爱婚姻的追求和结局上，虽是一条藤上的苦瓜，却各有各的悲剧。尤三姐进宁国府，即陷入贾珍、贾琏兄弟调情戏弄的包围之中，她不仅应付自如，而且以自己的风流姿色，反过来玩弄这些浪荡公子。她预计她们母女势必会因尤二姐的暗婚闹出大事，便事先采取压服这些男子的方式和以贪金求银的享受进行报复和抗争，尤其是公然发表自己的"选夫声明"："终身大事，一生至一死，非同儿戏。我如今改过守分，只要我拣一个素日可心如意的人方跟他去。若凭你们拣择，虽是富比石崇，才过子建，貌比潘安的，我心里进不去，也白过了一世。"她大胆声称，非柳湘莲不嫁，并明确表示：从今日起吃斋念佛，"等他来了，嫁了他去，若一百年不来，我自己修行去了"。贾琏由此帮她与柳湘莲定了亲，后因柳湘莲对其不了解，加之有"东府里除了那两个石头狮子干净，只怕连猫儿狗儿都不干净。我不做这剩王八"的认识，便反悔亲事，要索回定亲信物。尤三姐知悉，便在退还信物鸳鸯剑时，在柳湘莲面前以剑自刎而死！这个殉情悲剧，是够壮烈而富有内涵的，它体现了封建社会少女追求婚姻自由的最低要求和强烈愿望；但是，坚决而大胆抗争的英勇精神与行为，最终依然逃不过封建社会对这些愿望和行为的"世难容"的结局。尽管这个悲剧尚有些坚贞守节的封建思想意味，但应该说，尤三姐是封建社会中一个难得的女子，是注定命运多舛的女子，是大观园"情窝"中唯一"浪子回头金不换"的女子。她丰富了《红楼梦》的悲剧女子类型，丰富了《红楼梦》的"情味"境界，具有丰富《红楼梦》思想艺术价值的重要意义。

（2018 年 12 月 28 日完稿）

诗味篇

层层超脱之「诗味」超脱境界

古今之成大事业、大学问者,必经过三种之境界:"昨夜西风凋碧树,独上高楼,望尽天涯路。"此第一境也。"衣带渐宽终不悔,为伊消得人憔悴。"此第二境也。"众里寻他千百度,蓦然回首,那人却在灯火阑珊处。"此第三境也。词以境界为最上,有境界则自成高格,自有名句。

——王国维《人间词话》

一、王国维的"境界说"与"超脱境界论"的关系

问：咱们这次关于诗味的对话开头，您先引用王国维《人间词话》是何意？

答：因为这是这次对话甚至可以说是对《红楼梦》全部"超脱境界对话录"的主旨。我所说的"超脱境界"，正是王国维在《人间词话》所说的境界，包括前段引述的古今成大事业大学问"三境界"，以及诗词创作中"自成高格，自有名句"的境界。我理解王国维所说的这两种境界实际上是一体的。前者"三境界"是指做大事业大学问的过程，当然也包括写大诗大词的创作过程；后者是具体指诗词创作"为最上"的境界，也即是经过"三境界"创作过程，而达到的"众里寻他千百度，蓦然回首，那人却在灯火阑珊处"的境界。

问：按你这样的理解，王国维说的"三境界"，也即是你说的"以超脱做事，以做事超脱"的创造超脱境界么？

答：是的。浅白地说，王国维说的第一境界："昨夜西风凋碧树，独上高楼，望尽天涯路"，是研究者或作者对当下处境与视野从依托到超脱；第二境界："衣带渐宽终不悔，为伊消得人憔悴"，是研究者或作者从第一境界经过一段苦思苦想的反复超脱过程而再超脱；第三境界是在第二境界的基础上，经过"众里寻他千百度"地再超脱，才能在"蓦然回首"的超脱中，进入"那人却在灯火阑珊处"的境界。

问：你这样解释王国维的"三境界"，与你在这部"超脱境界对话录"的题记中所说的创作过程是否相同？

答：有同又有所不同，是源于王国维的"三境界"，又是对其有所超脱的"超脱境界"。现在让咱们先重温我在这题记中所说的话："具体

而言，创造一部作品，从开始到结束的全过程，都是以超脱境界再创造新的超脱境界的过程；甚至早在动笔之前的酝酿时期，以至成书出版以后，都莫不贯穿着这样的过程。这个过程，包括许许多多、方方面面、反反复复、此伏彼起、无穷无尽的超脱，似长江后浪推前浪的态势那样，不断地从一个超脱境界再创造新的超脱境界；也好似宇宙飞船那样，不断地依托而又超脱层层运载火箭的输送飞上太空遨游的诗意境界！"

◇ 问：是有同又有所不同的印象，请详细解释你所言的"超脱"之所在。

◯ 答：应当说，基本内容与核心理念是相同的，都是"超脱"，只不过王国维未点出这两个字所表述的理念，而且也未点明在"三境界"之间及每个境界中都有重重超脱的关系与内涵，同时也未指出在作品问世以后，在读者和社会的领悟与影响上，还出现许许多多、方方面面、反反复复、此伏彼起、无穷无尽的超脱境界。我现以《红楼梦》为个案，以超脱的理念，进行探寻其憧味、辩味、禅味、恩味、情味、诗味、画味、食味、余味、争味十味的超脱境界，就是试图对这些不足作出理论和实践的补充，也是就此试图超脱之意。

◇ 问：为什么以《红楼梦》为个案呢？

◯ 答：咱们在对话开始，即在"题记"中讲明要选《红楼梦》为阐述"超脱境界论"的对话个案。从前面咱们的对话中已可看到《红楼梦》不愧是流行三百多年的"国宝"，是寓有多种、多面、多层、多味的超脱境界之世界名著，是"超脱境界论"的小说经典；同时也在于百多年前王国维写的《〈红楼梦〉评论》，最早用西方美学理论提出"欲念解脱"与"悲剧"说，在当时和以后，远远超脱"旧红学"以及以后连续出现的各种红学的理论，至今仍是具有超前性的见解，应当是王国维"境界说"的理论和实践的成果和经典范例之一。（当然这只是王国维以"三境界"成大事业大学问中之局部。详见本书"争味篇"）

◇问：为什么在探寻其"诗味"境界的对话时，你才详解"超脱境界论"与王国维"境界说"的关系呢？

◎答：因为王国维的"境界说"有两部分内容：一是成大事业大学问的"三境界"，二是诗词创作的"境界"；两部分内容是一体的，"三境界"的超脱境界同样是诗词创作的超脱"境界"，只是对象大小不同，前者泛指做学问做事业，后者专指诗词创作和欣赏。所以要进行探寻《红楼梦》"诗味"对话之前，先在理论上讲清两者之间的整体与局部的区别和相互关系，从而侧重以王国维的诗词"境界"说为指引，去"寻味"《红楼梦》诗词的超脱境界。

二、王国维"境界说"与《红楼梦》的"诗味"境界

◇问：对话开头您已引录了王国维诗词"境界说"的原文，请问如何理解？

◎答：首先是将诗词境界分为两类：一是"造境"与"写境"，二是"有我之境"与"无我之境"。前者是"理想与写实之所由分"，是指所写的艺术形象对现实的不同超脱表现方式，即"造境"是以理想的方式超脱表现，"写境"是以写实之方式超脱表现；后者是"有我之境，以我观物，故物皆有我之色彩；无我之境，以物观物，故不知何者为我，何者为物"之分，则是指作者（我）与表现对象（物）之间的超脱表现方式上的区别。王国维还指出："古人为词写有我之境者为多，然未始不能写无我之境。此在豪杰之士能自树立耳"，意思是用这两种超脱表现方式的诗词作家作品多是前者，后者较少，是杰出者可为之，意味着这种"无我之境"的诗词，才是"自成高格"的超脱境界。可见，其诗词"境界说"与其成学问"三境界"说一样，都是有超脱境界内涵的，两者的区别是前者指超脱及表现方式的分类，后者是指创作的超脱过程；但两者的终极目标则是一致的，既要达到诗词"最上"的"境界"，又要达到"三境界"的第三"境界"，即"蓦然回首，那人却在灯火阑珊处"的境界。

问：这两个境界是等同的么？

答：有同有不同。同，是在作者来说，所力求表现的和所追求的境界是相同的，即都达自己满意的境界，但在作品形象所呈现的境界而言，则有大小深浅之别了。因为作者经"三境界"过程而创造出"正在灯火阑珊处"的境界，不一定是诗词中"最上"的"自成高格"境界，而且正如王国维所说，多数是一般的"有我之境者"，少数是"豪杰之士"才能"自树立"的"无我之境"。可见，两者不可完全等同。但照我看来，"有我之境"也会有"自成高格"之作，在"最上"的"无我之境"之作中，也有"高格"程度的差异。例如，王国维所称道的"采菊东篱下，悠然见南山"，与"寒波澹澹起，白鸟悠悠下"两个"无我之境"，前者之"见"显然有"我"之影痕，后者则全是"以物观物"之境，两者相比，岂不是有在无"我"的程度上的深浅和境界上的大小差异？所以，王国维的"境界说"还是需要且可以细化和超脱的。

问：您如此详释王国维的诗词"境界说"是何意呢？

答：是试图以此为指引去探寻《红楼梦》的"诗味"超脱境界，主要是以王国维的诗词"境界说"，去分类品味《红楼梦》的诗词创作境界。但咱们应先了解《红楼梦》中诗词创作的全面概况。

三、《红楼梦》诗词创作概况

问：为什么呢？

答：因为"诗味"是《红楼梦》的最大特点之一。有人称《红楼梦》实际是《红楼诗梦》，是"诗写的梦，梦写的诗"，是"诗写的小说"，是"小说中的诗"，是古典诗词写得数量最多、质量最好、体裁最丰富的中国古典小说。在蔡义江著《红楼梦诗词曲赋鉴赏》一书中，收录了各种版本《红楼梦》中的诗、词、曲、赋、歌谣、古文、书札、谜语、酒令、联额、对句等体裁形式的文字，包括一般不易见到的脂评本中独存的诗作，收录最为齐全。书中指出，《红楼梦》不仅"文备众体"，而且也兼收了"众体"之所长，诗、词、曲、辞赋、歌谣、谚、赞、诔、偈语、联额、书启、灯谜、酒令、骈文、拟古文等，诗有五绝、七绝、五律、七律、排律、歌行、骚体，有咏怀诗、咏物诗、怀古诗、即事诗、即景诗、谜语诗、打油诗，有限题的、限咏的、限诗体的、同题分咏的、分题合咏的，有应制体、联句体、拟古体，有拟初唐《春江花月夜》之格的，有仿中晚唐《长恨歌》《郭处士击瓯歌》之格的，有师楚人《离骚》《招魂》等创新的……还将书中诗词在小说中的作用作出分类，即，借题发挥，伤时骂世；小说的有机组成部分；时代文化精神生活的反映；按头制帽，诗即其人；谶语式的表现方法等，都是切实而有见地的。此外，既是研究中国古典文学的著名学者，又是1987版电视剧本《红楼梦》三位编剧之一刘耕路，在其所著的《红楼诗梦》一书中提出：《红楼梦》是一部诗化了的小说杰作，既是小说之梦，又是"诗梦"；曹雪芹是伟大的小说家，又是杰出的诗人；曹雪芹写的小说不仅是传世故事，还有包括其诗作之意。（据脂批"余谓雪芹撰此书，中亦有传诗之意。"）都是新角度、新见解。书中对《红楼梦》诗词作了分类统计：诗61首，词18首，曲18首，赋1篇，歌3首，偈4首，谣1首，谚1首，赞文1篇，诔文1篇，灯谜诗13首，诗谜11首，曲谜1首，酒令16首，牙牌令16首，骈文1篇，拟古文1篇，书启3篇，预言1则，对句2则，对联22付，匾额18个，总计为225篇，净诗文207篇。并分列当六个方面用途：注明撰书末由，陈述立意本旨4篇；深化主题思想、表达作者观点25篇；塑造典型形象、隐喻人物命运130篇；描绘典型环境、烘托故事氛围29篇；展开故事情节、贯穿艺术结构14篇；交代历史背景、反映社会风尚7篇。值得注意的是，书中所做章节，特别突出前三章的主题性赏析：第一章题为"由来同一梦"，是赏析第五回"游太虚幻境指迷十二钗，饮仙醪曲演红楼梦"中的诗篇；第二章以"清冷香中抱膝吟""湘江旧迹已模糊"为题赏析黛玉的诗；第三章以"沉酣一梦终须醒"为题赏析贾宝玉的诗；其后章节都是按体裁分类赏析诗词之外的作品，如匾额与联语、谜语及酒令、赞语偈语及其他。这个突出，更强化了论著的"诗梦"倾向。还值得注意的是，郭锐、葛复庆编著《红楼梦诗词赏析》一书中提出：《红楼梦》中的诗词曲赋作品，是一个相对独立的艺术大观园，几乎包含了中国古典诗词曲赋的所有文体，其中有不少篇目都可以算得上是经典之作，具有很高的艺术价值。更为可贵的是，曹雪芹在赋诗时并没有被自己的"风格"限制住，而是根据每个人物的性格特征进行创作（脂砚斋评称其为"按头制帽"法），所以《红楼梦》中每位人物的诗歌都和自己的个性特点及学识修养等相吻合。如黛玉的诗风流俏丽，宝钗的诗温柔敦厚，湘云的诗清新洒脱，宝琴的诗富丽清奇，迎春的诗木讷无华等。因此，它又是作者塑造人物形象的一个重要手段。以上论著都是对诗词创作全面翔实的研究成果，都是卓有见地之论说，可见对《红楼梦》的"诗味"境界研究是早受学界注意并卓有成果的。

四、造境界与写境界

问：咱们就在这基础上探讨是吧？

答：是的，在这基础上以王国维的"境界说"为指引，对《红楼梦》诗词超脱境界的理论与创作进行探讨。首先从"造境界与写境界"开始吧。王国维《人间词话》指出："有造境，有写境，此理想与写实之所由分。然二者颇难分别。因大诗人所造之境，必合乎自然，所写之境，亦必邻于理想，故也。"从这个论述可见"造境"即以理想创造的境界，"写境"即以写实创造的境界。从写作学角度说，前者是"意在笔先"的造境，后者是重在"写生"的写境；从创作方法上说，前者是浪漫主义，后者是现实主义。但在创作实践上，正如王国维所说"颇难分别"，只不过各有所侧重或主导倾向不同而已。

问：《红楼梦》的诗词是怎样体现"造境界"与"写境界"的呢？

答：《红楼梦》中有多次关于在大观园中举办诗社的描写，每次诗社的雅集,其实是诗赛,也是联袂作诗,每次联诗,都有其特定的中心主题,各人围绕中心所作的诗都有各人的风格特点,所写的境界也各有不同,也因所造境界不同而被评出彼此区别和高低上下。现在咱们先以小说第三十七回描写大观园第一次诗社——"秋爽斋偶结海棠社"为例。首先要注意的是,《红楼梦》的诗词理论也是很精湛的,在这次以咏海棠为主题的诗社开赛前,薛宝钗发表的诗论就是如此。当迎春提出要先赏花再作诗时,宝钗说:"不过是白海棠,又何必定要见了才作。古人的诗赋,也不过都是寄兴写情耳。若都是见了作,如今也没这些诗了。"这就是"意在笔先"的造境理论,也即是超脱境界的理论,为这次诗赛定下了境界的格调,为参赛诗作定下了高低优劣的评价标准,包括造境界与写境界的区别所在。

问: 具体表现怎样呢?

答: 表现在评选结果。被主持人社长李纨评为第一的是薛宝钗的诗,即"珍重芳姿昼掩门,自携手瓮灌苔盆。胭脂洗出秋阶影,冰雪招来露砌魂。淡极始知花更艳,愁多焉得玉无痕。欲偿白帝凭清洁,不语婷婷日又昏"。李纨的评语是:"到底是蘅芜君","有身份"。被李纨评为第二的林黛玉诗,是"半卷湘帘半掩门,碾冰为土玉为盆。偷来梨蕊三分白,借得梅花一缕魂。月窟仙人缝缟袂,秋闺怨女拭啼痕。娇羞默默同谁诉,倦倚西风夜已昏"。本来"众人都道是这首为上",但李纨认为"若论风流别致,自是这首;若论含蓄浑厚,终让蘅稿"。此评唯探春表示"这评的有理,潇湘妃子当居第二",但宝玉却有异议,认为"蘅潇二首还要斟酌",但被李纨行使社长职权,以"原是依我评论,不与你们相干,再有多说者必罚",武断地将不同意见压制下去。这个小小的争议很有意思,既彰显了诗境有不同个人风格,对诗的欣赏评价也因个人风格而各异,李纨、探春赞赏宝钗诗,显然与其诗体现的珍重"含蓄浑厚"风格与己相近有关,宝玉欣赏黛玉诗,固然有个人感情因素,但主要是其"风流别致"风格与自己情投意合。从更深境界层次而论,应当说钗黛二诗都是

"造境"之作，宝钗诗是以豪门闺秀的仪态并以自己风格造出白海棠之境，黛玉诗将白海棠喻为月宫上的仙女在秋闱中娇羞脉脉的伤感意境，都应是上乘造境之作，李纨与宝玉对其各执一词的评价固然各有所好因素，但也体现出上乘造境之作也是有风格各异的。在这次诗社中，还评出了宝玉的诗是"压尾"，即最差之造境诗之意，其诗是："秋容浅淡映重门，七节攒成雪满盆。出浴太真冰作影，捧心西子玉为魂。晓风不散愁千点，宿雨还添泪一痕。独倚画栏如有意，清砧怨笛送黄昏。"把白海棠喻为独守空闺思念情郎的女子，以一般捣衣怨笛之声现之，欠缺新意，显然不及钗黛之作，所以宝玉自己也认为"评的最公"。至于探春所写之诗："斜阳寒草带重门，苔翠盈铺雨后盆。玉是精神难比洁，雪为肌骨易销魂。芳心一点娇无力，倩影三更月有痕。莫谓缟仙能羽化，多情伴我咏黄昏。"将白海棠喻为身居重门中在月光映照下的女子芳心倩影，有诗意但境界一般，故不言而喻，被列为中等的"造境"之作。

问：何为写境之作呢？

答：是后来补写诗作的史湘云。小说在同一回中写这次诗社活动结束后，宝玉要请史湘云来参加，李纨要她以补写海棠诗为条件，史湘云是在不知道薛宝钗提出的"造境"要求的情况下，按一般的"写境"做法写出两诗：其一，"神仙昨日降都门，种得蓝田玉一盆。自是霜娥偏爱冷，非关倩女亦离魂。秋阴捧出何方雪，雨渍添来隔宿痕。却喜诗人冷不倦，岂今寂寞度朝昏"。其二，"蘅芷阶通萝薜门，也宜墙角也宜盆。花因喜洁难寻偶，人为悲秋易断魂。玉烛滴干风里泪，晶帘隔破月中痕。幽情欲向嫦娥诉，无奈虚廊夜色昏"。两首虽寓有女神故事，但以实写白海棠圣洁神态尤工，赞誉到位。"众人看一句，惊讶一句，看到了，赞到了，都说：'这个不枉作了海棠诗，真该要起海棠社了。'"这个评论，实乃称其诗与海棠之花及社名相符之意，也即称赞其是写实的"写境"之佳作。诗的风格显然是史湘云个人豪爽热情性格的充分体现。由此，也可以说"写境"也是一种以个人风格既体现而又超脱客体形象的超脱境界。

五、有境界与无境界

问：现在该进入"有境界与无境界"的对话了吧？

答：好。王国维《人间词话》指出："境非独谓景物也，喜怒哀乐亦人心中之一境界，故能写真景物真感情者，谓之有境界，否则谓之无境界。'红杏枝头春意闹'，著一'闹'字境界全出。'云破月来花弄影'，著一'弄'字而境界全出矣。"这段话，明确指出："有境界与无境界"的关键在于在"真景物"描写中是否有"真感情"，举例的"闹""弄"二字，皆在于是体现"真感情"的动词虚字；换句话说，就是必须以体现人心中喜怒哀乐"真感情"的动词虚字，寓于"真景物"描写中才能使其有境界，否则即使是"真景物"也无境界，可见，这是区别有境界与无境界的关键。

问：还是以《红楼梦》为例说说吧。

答：好的。正好在上面说到的小说第三十七回所写大观园第一次海棠诗社刚结束，史湘云提出要以菊花诗聚一次诗社，又是薛宝钗提出"理论纲领"，她说："菊花倒也合景，只是前人太多了。"怎么超脱前人不落套呢？宝钗想了一想，说道："有了，如今以菊花为宾，以人为主，竟拟出几个题目来，都是两个字，一个虚字，一个实字，实字就用'菊'字，虚字就用通用门的，如此又是咏菊，又是赋事，前人也没作过，也不能落套。赋景咏物两关着，又新鲜，又大方。"薛宝钗真不愧是大才女，这套理论真是典型的超脱境界理论。她所说的"实字"是指所咏的景物，"虚字"与王国维所说的同义，因为体现人的思想感情不是实体，只能通过动词虚字体现，所以要使所写景物具有境界，必须要用贴切的虚字。薛宝钗提出"以人为主"也即是以人的思想感情赋景咏物两关而"造境"的见解，而且以实虚二字扣连，是很超脱到位的。

问：是怎样扣连的呢？

答：具体表现在她接着拟出了十二个菊花诗题而编出的菊谱中。这菊谱的策划是："起首是《忆菊》；忆之不得，故访，第二是《访菊》；访之既得，便种，第三是《种菊》；种既盛开，故相对而赏，第四是《对菊》；相对而兴有馀，故折来供瓶为玩，第五是《供菊》；既供而不吟，亦觉菊无彩色，第六便是《咏菊》；既入词章，不可不供笔墨，第七便是《画菊》；既为菊如是碌碌，究竟不知菊有何妙处，不禁有所问，第八便是《问菊》；菊如解语，使人狂喜不禁，第九便是《簪菊》；如此人事虽尽，犹有菊之可咏者，《菊影》《菊梦》二首续在第十第十一；末卷便以《残菊》总收前题之盛。这便是三秋的妙景妙事都有了。"这是一套很有层次的组诗策划方案。从这菊谱策划可见，每个节点都是以虚实两字将人与菊扣连的，即以动词虚字将人与菊的关系动作化并情感化，使每个节点都可以创造出一个诗意境界，而且这些境界之间又有步步推进的发展进程和关系，又在总体上既是有机整体，又是层层超脱的"诗味"境界。

问：是呵，在创作实践上如何呢？

答：小说第三十八回详细描写了这套菊谱策划的创作成果。小说文本是将十二首菊谱诗按策划次序排列，由于最后对菊谱的诗评，是按获评等次的作者诗作综评，为使作与评易于对照欣赏，特改为按获评等次排列每位作者诗及相关点评。

问：好，从诗魁说起。

答：林黛玉（潇湘妃子）一口气题了三首诗，被公认夺魁。第一首是《咏菊》："无赖诗魔昏晓侵，绕篱欹石自沉音。毫端蕴秀临霜写，口齿噙香对月吟。满纸自怜题素怨，片言谁解诉秋心。一从陶令平章后，千古高风说到今。"第二首是《问菊》："欲讯秋情众莫知，喃喃负手叩东篱。孤标傲世偕谁隐，一样花开为底迟？圃露庭霜何寂寞，雁归蛩病可相思?休言举世无谈者,解语何妨片语时。"第三首是《菊梦》:"篱畔秋酣一觉清,和云伴月不分明。登仙非慕庄生蝶,忆旧还寻陶令盟。睡去依依随雁断,惊回故故恼蛩鸣。醒时幽怨同谁诉,衰草寒烟无限情。"小说写众人看一首,赞一首,彼此称扬不已。社长李纨笑着总结发言说:"等我从公评来,通篇看来,各有各人的警句。今日公评,《咏菊》第一,《问菊》第二,《梦菊》第三,题目新,诗也新,立意更新,恼不得要潇湘妃子为魁了。"黛玉自谦说"伤于纤巧些",李纨回说"巧的却好,不露堆砌生硬"。湘云道:林黛玉《问菊》"'偕谁隐''为底迟'真个把菊花问的无言可对。"

问:接下说第二等了。

答:李纨评为第二等的是:探春(蕉下客)的《簪菊》,湘云(枕霞旧友)的《对菊》《供菊》,宝钗(蘅芜君)的《画菊》《忆菊》;贾宝玉(怡红公子)写的《访菊》《种菊》,自然是落第的第三等了。值得注意的是,在李纨这段开场评中,有"各有各人的警句"这句话,"警句"者,"名句"也,即王国维曰"词以境界为最上,有境界则自成高格,自有名句"也,也即是以人的思想感情赋景咏物两关而钊造之境界也。所以,在接下的诗评中,众人相互议论的中心,都是"各有各人的警句",也由此可见各人诗的精华及其境界所在。所以,下面也即在每人诗后着重引出对其中警句的点评。

问:好。

答:先是对史湘云的诗评。史湘云(枕霞旧友)的《对菊》《供菊》:"弹琴酌酒喜堪俦,几案婷婷点缀幽。隔坐香分三径露,抛书人对一枝秋。霜清纸帐来新梦,圃冷斜阳忆旧游。傲世也因同气味,春风桃李未淹留。"林黛玉说这次诗社"头一句好诗是:'圃冷斜阳忆旧游',这句背面傅粉。'抛书人对一枝秋',已经妙绝,将供菊说完,没处再说,故翻回来想到未折末供之先,意思深透。"李纨说林黛玉的"口齿噙香"句也敌得过了。"意即同等警句。"史湘云的《对菊》:"别圃移来贵比金,一丛浅淡一丛深。萧疏篱畔科头坐,清冷香中抱膝吟。数去更无君傲世,看来唯有我知音。秋光荏苒休辜负,相对原宜惜寸阴。"对此,李纨道:湘云的"'科头坐''抱膝吟',竟一时也不能别开,菊花有知,也必腻烦了"。说得大家都笑了。

其次是对薛宝钗的诗评。薛宝钗(蘅芜君)的《忆菊》:"怅望西风抱闷思,蓼红苇白断肠时。空篱旧圃秋无迹,瘦月清霜梦有知。念念心随归雁远,寥寥坐听晚砧痴。谁怜为我黄花病,慰语重阳会有期。"探春道:"到底要算蘅芜君沉着,'秋无迹''梦有知',把个忆字竟烘染出来了。"

再次是对探春的诗评。探春(蕉下客)的《簪菊》:"瓶供篱栽日日忙,折来休认镜中妆。长安公子因花癖,彭泽先生是酒狂。短鬓冷沾三径露,葛巾香染九秋霜。高情不入时人眼,拍手凭他笑路旁。"宝钗笑道:探春的"'短鬓冷沾''葛巾香染',也就把簪菊形容的一个缝儿也没了。"

最后是对宝玉(怡红公子)的诗评。宝玉写了两首,一是《访菊》:"闲趁霜晴试一游,酒杯药盏莫淹留。霜前月下谁家种,槛外篱边何处秋。蜡屐远来情得得,冷吟不尽兴悠悠。黄花若解怜诗客,休负今朝挂仗头。"二是《种菊》:"携锄秋圃自移来,篱畔庭前故故栽。昨夜不期经雨活,今朝犹喜带霜开。冷吟秋色诗千首,醉酹寒香酒一杯。泉溉泥封勤护惜,好知井径绝尘埃。"写完这些诗,在李纨评完之后,宝玉笑道:"我又落第。难道'谁家种''何处秋''蜡屐远来''冷吟不尽'都不是访,'昨夜雨''今朝霜'都不是种不成?但恨敌不上'口齿噙香对月吟''清冷香中抱膝吟''短鬓''葛巾''金淡泊''翠离披''秋无迹''梦有知'这几句罢了。"最后李纨说:"你的也好,只是不及这几句新巧就是了。"这样,李纨就结束总评了。

问：请你对这次"菊谱"诗活动做个总评吧。

答：好,从中可以获得许多有益启示。第一,是评诗要有标准并抓住关键——警句,即境界。李纨不愧是社长,又是卓有见地的诗评家。她首先通过对林黛玉(潇湘妃子)三首夺魁诗的评价,立下了评判标准——"题目新,诗也新,立意更新",然后又着重从诗的警句入手进行评价,并以此引导大家也以此自由彼此评价,所以气氛轻松,愉快热烈,认识一致,很快取得共识。宝玉虽有异议,也只是对其所造警句未受重视之语,对其他人的评价则认为是公道的,李纨最后说的话,他也心服。李纨这些标准和做法,很符合王国维的理论,即"以境界为最上,有境界自成高格,自有名句"。她立的三个"新",就要超脱旧套创新,才能创造出境界,才成高格,才有名句。从诗的警句入手进行评价,就是抓住了关键,抓住了诗魂、诗眼,所以她评得到位,令人心服。

问：第二是什么?

答：从策划、写诗到评诗的系列诗社活动,都是层层超脱的"诗味"境界。因为所评的这些警句,即是每首诗"最上""高格"之所在,即境界。显然,这些境界,是作者在写诗过程中,经层层超脱才创造出来的,是在作品中层层铺垫中体现出来的,是读者和评论者在层层比较中感受和发现出来的,因而这些评出的警句,也即将其所评的诗,构成了层层超脱的境界,并且也将这些对警句的点评构成了层层超脱的诗味境界;十二首"菊谱"诗如此,这次诗社活动的全过程也是如此。这诗味境界是特有或者特别杰出的,它使小说中的人物和小说的读者,在这场诗社活动中,不仅在从《忆菊》—《访菊》—《种菊》—《对菊》—《供菊》—《咏菊》—《画菊》—《问菊》—《簪菊》—《菊影》—《菊梦》—《残菊》之进程中,全面欣赏到诗化的菊花美,并且还随着诗评的指引进入更高层次的诗的超脱境界,这就是层层超脱的"诗味"境界。

问：第三是什么呢？

答：说明诗的境界也是有高低上下的各等层次的。李纨以重立意的标准和警句境界而将参赛诗评出三个等次，说明诗的境界是有等次的。王国维说以"境界为最上，自成高格"，可见，境界尚有次上、末上或者中格、低格之分。李纨最后说宝玉的诗"也好，只是不及这几句新巧就是了"，就是将诗的境界分出等次，并且以"新巧"程度分出等次；"新巧"就是以奇特创新超脱，所以，诗词境界的等次，也即是高低上下的各等层次的层层超脱境界。

问：是否可以说都是有境界的呢？

答：不能一概说都是有境界的，因为诗的体裁各种各样，有的适宜或应当创造境界，如"菊谱"那样的咏物写景抒情诗；也有不宜或不必写境界的诗，如讽刺诗、打油诗，如贾宝玉在诗社活动结束吃螃蟹时写的诗："持螯更喜桂阴凉，拨醋擂姜兴欲狂。饕餮王孙应有酒，横行公子却无肠。脐间积冷馋忘忌，指上沾腥洗尚香。原为世人美口腹，坡仙曾笑一生忙。"这样的打油诗虽然幽默风趣，写出了食螃蟹的形象，但没有也不必写境界，因为境界必须是形象，必须在形象之中，但形象不等于境界。所以林黛玉说："这样的诗，要一百首也有"，所以她也顺手写了一首："铁甲长戈死未忘，堆盘色相喜先尝。螯封嫩玉双双满，壳凸红脂块块香。多肉更怜卿八足，助情谁劝我千觞。对斯佳品酬佳节，桂拂清风菊带霜。"宝玉看了正喝彩，黛玉便一把撕了，令人烧去，因笑道："我的不及你的，我烧了他。你那个很好，比方才的菊花诗还好。""诗魁"也谦赞宝玉的打油诗。薛宝钗也不示弱，随即又写出一首诗："桂霭桐阴坐举觞，长安涎口盼重阳。眼前道路无经纬，皮里春秋空黑黄。酒未敌腥还用菊，性防积冷定须姜。于今落釜成何益，月浦空馀禾黍香。"对此，小说写道："众人看毕，都说这是食螃蟹绝唱，这些小题目，原要寓大意才算是大才，只是讽刺世人太毒了些。"可见，这类诗即使是"绝唱"也是没有境界。但是，描写正在"三角恋爱"中的宝黛钗三人互斗无境界的螃蟹诗，倒是一番别开生面的超脱"诗味"境界。

六、大境界与小境界

问：现在该进入"大境界与小境界"课题讨论了吧。

答：好。王国维《人间词话》指出："境界有大小，不以是而优劣。'细雨鱼儿出，微风燕子斜'，何遽不若'落日照大旗，马鸣风萧萧'；'宝帘闲挂小银钩'，何遽不若'雾失楼台，月迷津渡'也。"严沧浪《诗话》谓："盛唐诸公，唯在兴趣。羚羊挂角，无迹可求。故其妙处，透彻玲珑，不可凑拍。如空中之音、相中之色、水中之影、镜中之象，言有尽而意无穷。"余谓北宋以前之词，亦复如是。然沧浪所谓兴趣，阮亭所谓神韵，犹不过道其面目，不若鄙人拈出"境界"二字为探其本也。

问：请浅白介绍一下好吗？

答：王国维举两首体现大小境界代表诗词为例，说明还是有大小境界之别的，只是不应以此分"优劣"而已，这就是说不应以境界大小分等次；那可否并如何区分优劣等次呢？后半段话就是列举严羽《沧浪诗话》和阮亭分别评论唐诗和北宋词的话作为答案和标准，具体是："羚羊挂角，无迹可求。故其妙处，透彻玲珑，不可凑拍。如空中之音、相中之色、水中之影、镜中之象，言有尽而意无穷"，但又认为两人将这标准称之为"兴趣""神韵"不确切，"犹不过道其面目"，即见其表面肤浅，不如他创造"境界"一词才能探讨出这些大小境界的本质和等次的区别所在，即应重其所造的"言有尽而意无穷"之具有超脱潜质的"意境"，也即层层超脱之境界是也。

问：在《红楼梦》的诗词中怎样体现呢？

答：我看在小说第五十回"芦雪广争联即景诗，暖香坞雅制春灯谜"中有详细描写。前面说的是大观园的第二次诗社活动,这是一场联诗活动。现在说的第三次诗社活动是联句,即众人轮次联句共写一首诗。这就必须每位参与者都懂诗律,既要按格律诗的音律,又必须遵循联句诗的结构法则。小说注明联句诗是古时作诗的一种方式,两人或多人共作一诗,相互联袂成首。一般联律诗的,由一人起一句、三句或更多,停于单数句,留着双数句(下同),让下一人属对,下一人对出上联下句,再出下联上句,让别人属对,如此轮流相继。也有一人只出一句的,是各人为了争强好胜,抢先出句才如此。这个联句诗的规则模式,实际是上下联句的方式,体现律诗内含的"起、承、转、合"法则。这个法则内含有层层起脱境界的内涵和要求,所以联句诗的创作过程,本身就是一个层层超脱境界的完成过程,实际上也即是以大小的境界层层组合为一个完整境界的过程。

问:请以这首联句诗具体解说吧。

答:好。所谓"起",指诗的起句,是对整首诗要写的事物的切入口。这个口开得好不好,决定能不能让人续写下去,也即是打开境界的窗口或开拓的路口。诗社要写的是即景,即当下在大观园芦雪庵所见的雪景,这是联句要写的整个境界。小说写由凤姐"起"句:"一夜北风紧",李纨接着联句"开门雪尚飘",就是"承"句;李纨又紧接"入泥怜洁白",则是"转"句;下接转由香菱联句"匝地惜琼瑶",是"承"句,香菱又联句"有意荣枯草",是"转"句;探春联句"无心饰萎苔",是"承"句,又接着道"价高村酿熟",是"转"句;李绮道"年稔府粱饶",是"承"句,接着又道"葭动灰飞管",是"转"句;李纹道"阳回斗转杓",是"承"句,接着又道"寒山已失翠",是"转"句;岫烟道"冻浦不闻潮",是"承"句;接着又道"易挂疏枝柳",是"转"句;湘云道"难堆破叶蕉",是"承"句,接着又道"麝煤融宝鼎",是"转"句;宝琴道"绮袖笼金貂",是"承"句,接着又道"光夺窗前镜",是"转"句;黛玉道"香粘壁上椒",是"承"句,接着又道"斜风仍故故",是"转"句;宝玉道"清梦转聊聊",是"承"句,接着又道"何处梅花笛",是"转"句;宝钗道"谁家碧玉箫",是"承"句,接着又道"鳌愁坤轴陷",是"转"句;……接下是宝琴、湘云、宝钗、黛玉四人斗联,直至最后李纨联了一句:"欲志今朝乐",李绮收了一句:"凭诗祝舜尧"则以"合"句完成全诗写作。从这联句过程可见,众人称赞凤姐的起句,"这句虽粗,不见底下的,这正是会作诗的起法。不但好,而且留了多少地步与后人",这句话就是开拓了境界,使后人有持续联句的余地,"承""转"就是逐步以层层超脱的大小境界的推进与连接,最后以总括性的"欲志今朝乐,凭诗祝舜尧"的"合"句的长诗,创造出神州(舜尧)大地一场雪景的广袤境界。

问:咱们从中可以寻到什么"诗味"呢?

答:首先可以看到这场雪景的大境界,是层层超脱的大小境界的推进与连接构成的,整首诗的大境界有其大的价值和意义;其中的小境界,尤其是"警句"境界,除了在整首诗所起的作用之外,还会有更深更广的意义或作用。如宝琴与黛玉的联句"绮袖笼金貂""光夺窗前镜",黛玉与宝玉的联句"香粘壁上椒""斜风仍故故",就既是可以在长诗中有承转作用的小境界,又是可以独立出来品味的超脱小境界,因为其既是雪景的形象,又有寓现人的感情和人生世态之功能,是"言有尽而意无穷"的境界;其价值和意义不低于整首长诗所写的大境界,甚至其"诗味"会更浓、更醇,这就是王国维所说"境界有大小,不以是而优劣"的道理。值得特别说的是,这次大观园的诗社活动,描写一群美女在雪中咏诗斗诗,不是别有一番诗情画意的超脱境界么?这也当是《红楼梦》诗词的层层超脱"诗味"境界吧。

七、有我之境与无我之境

问：现在转入"有我之境与无我之境"话题了吧？

答：好。王国维《人间词话》指出："有有我之境，有无我之境。'泪眼问花花不语，乱红飞过秋千去''可堪孤馆闭春寒，杜鹃声里斜阳暮'，有我之境也；'采菊东篱下，悠然见南山''寒波澹澹起，白鸟悠悠下'，无我之境也。有我之境，以我观物，故物著着我之色彩。无我之境，以物观物，故不知何者为我，何者为物。古人为词，写有我之境者为多，然未始不能写无我之境，此在豪杰之士能自树立耳。"这又是一个精辟的诗词境界论。其要害之处是"以我观物"与"以物观物"之别，即观察事物角度的区别："以我"是主观，即"唯我是用"；"以物"是客观，即"设身处地"。这是大致说法，在创作实践中是很复杂且多种多样的。在小说中的诗词创作就是如此。

问：请从《红楼梦》的诗词解说吧。

答：以小说第七十回为例说说。写大观园诗社第三次活动内容，是以"柳絮"为题，各以小调填词。湘云以调寄《如梦令》牵头："岂是绣绒残吐，卷起半帘香雾，纤手自拈来，空使鹃啼燕妒。且住，且住！莫使春光别去。"探春写半首《南柯子》："空挂纤纤缕，徒垂络络丝，也难绾系也难羁，一任东西南北各分离。"宝玉接续下半首："落去君休惜，飞来我自知。莺愁蝶倦晚芳时，纵是明春再见隔年期！"黛玉写《唐多令》："粉堕百花洲，香残燕子楼。一团团逐对成毬。漂泊亦如人命薄，空缱绻，说风流。草木也知愁，韶华竟白头！叹今生谁舍谁收？嫁与东风春不管，凭尔去，忍淹留。"宝琴写《西江月》："汉苑零星有限，隋堤点缀无穷。三春事业付东风，明月梅花一梦。几处落红庭院，谁家香雪帘栊？江南江北一般同，偏是离人恨重。"宝钗随即写了一首《临江仙》："白玉堂前春解舞，东风卷得均匀。蜂团蝶阵乱纷纷。几曾随逝水，岂必委芳尘。

万缕千丝终不改，任他随聚随分。韶华休笑本无根，好风凭借力，送我上青云！"

问：您将大家写的几首柳絮联词全录下来是什么意思呢？

答：是为了讲清楚"有我之境与无我之境"的复杂性和层层的诗味境界。首先讲讲薛宝钗在她写柳絮词之前发表了一个声明，说："柳絮原是一件轻薄无根无绊的东西，然依我的主意，偏要把他说好了，才不落套。所以，我诌了一首来，未必合你们的意思。"这个声明的意思，是要"不落套"即创新，就要"依我主意，偏要把""柳絮原是一件轻薄无根无绊的东西"说"好"了，甚至有意不合大家的"意思"。宝钗真不愧是大观园中最出色的文艺理论家，简单几句话即将创造"有我之境"的道理讲清楚了，而且以他写出与众不同的柳絮词作出杰出的表率，揭示了这次诗社活动第一层"诗味"境界的奥秘。

问：请具体解说吧。

答：这次诗社揭示的第一层"诗味"境界是：既写出了柳絮的特质和景色，又显现了诗人各自不同的思想性格，可以说既写出了"以物观物"之境界，又显现了"以我观物"之境界。薛宝钗说得好："柳絮原是一件轻薄无根无绊的东西"，但在这班诗人笔下写的柳絮，确有"卷起半帘香雾""空挂纤纤缕""漂泊亦如人命薄""几处落红庭院""韶华休笑本无根"的神态特点，未尝不是其本色境界，但更有"诗味"的则是各人的词作所显现的"有我之境"，正如小说中李纨等的评论那样：宝钗诗是"果然翻得好气力（创新有力），自然是这首为尊"；黛玉诗是"缠绵悲戚"，湘云诗是"情致妩媚"……真是各显神通，各领风骚。

问：第二层"诗味"境界是什么？

答：是提出了一个重要问题：小说中的人物诗是"有我之境"还是

"无我之境"？应当看到，这些柳絮诗都是很能体现各人思想风格的诗，而且可以说是各人充分显示自己人生经历和抱负的诗，如宝琴诗虽被评为"落第"，但也自现了她游经多地的经历；探春诗虽只半首，也昭示了她以后"南北分离"的命运；黛玉诗倾诉了"粉堕""香残"的自叹，湘云诗爽快地呼唤"莫使春光别去"；尤其是宝钗诗的"好风凭借力，送我上青云"的理想抱负，都是各人借柳絮之物而创造的"有我之境"，但是小说中这些人物写的诗，实际上全是小说作者曹雪芹写的，确切地说，是曹雪芹以这些人的眼光观柳絮而写的，是以他人观物之作，才能写得如此惟妙惟肖，诗如其人，这种诗的创造，能不能说也是一种"以物观物"（实则是"以人观物并观人"）所创造的"无我之境"呢？这不也是一层超脱境界吗？

问：第三层"诗味"境界是什么？

答：是这些诗词本身有我之境与无我之境的结合，又是可以层层超脱的境外有境。王国维说："古人为词，写有我之境者为多，然未始不能写无我之境，此在豪杰之士能自树立耳。"应当说，曹雪芹就是这样的"豪杰之士"。从总体上看，《红楼梦》的诗词也是"写有我之境者为多，然未始不能写无我之境"者，宝钗词的"好风凭借力，送我上青云"就是有我之境与无我之境结合之境，因为这既是宝钗思想性格和理想抱负的"有我之境"，又是曹雪芹"以薛宝钗观薛宝钗"而创造的"无我之境"，所以是两者结合之境。而且，这个境界，不仅是《红楼梦》薛宝钗诗词中的一个境界，也是天下古今的薛宝钗同类人孜孜以求、层层进取的超脱境界，具有相当广泛和深远的意义，所以这也是一层"诗味"境界。

八、动态之境与静态之境

问：现在转入"动态之境与静态之境"话题了吧？

答：好。王国维《人间词话》指出："无我之境，人唯于静中得之；

有我之境，于动中静时得之；故一优美，一宏壮也。自然中之物有互相关系，互相限制，然其写之于文学及美术中也，必遗其关系限制之处，故虽写实家亦理想家也。又虽如何虚构之境，其材料必求之于自然，而其构造亦必从自然之法律，故理想家亦写实家也。"

问：这段话颇费解，请浅白解释吧。

答：好。我理解王国维这段话有两层意思：第一层是指境界创造过程及形象风格，认为"优美"境界当在"静时得之"，也当以"静态"之境体现；"宏壮"境界当在"动中静时得之"，也当以"动中静时"之境体现。第二是指文学美术境界的形象构造，是要超脱所写对象在"自然界中互相关系互相限制、束缚的"虚构之境"，但又必须运用自然的材料并符合自然规律，以实体的形象将理想的境界体现出来。这两层意思的中心，就是进行阐述和衡量动态之境与静态之境创造的基本道理，显然这也是其"境界说"的重要理论。但从文艺辩证学的美学原理而言，动与静（含热与冷、浓与淡）之间，是一对彼此对立统一的关系，静从动而来，动在静之中；有动才有静，静动紧相随；动态与静态往往是纵横交错，密不可分的，但在诗词境界中却是有主从之别和相反相成效果的。例如，柳宗元诗句"鹤鸣楚山静"，主要是写"楚山静"的静态境界，却用了"鹤鸣"这一动态之声来写，效果是更显楚山之静了，因为山静得只有鹤声，不是更静吗？再如王籍诗句："蝉噪林逾静"，有蝉声才更使人感到林之静，因为林中只有蝉声而更见其静，这就是动在静中、相反相成。

问：请以《红楼梦》的诗词创作实例浅析好么？

答：好，以小说第七十六回"凹晶馆联诗悲寂寞"为例，仍用层层超脱境界的方法解说。第一层写在贾府中秋节一番赏月热闹之后，林黛玉和史湘云到大观园依山傍水的凹晶馆赏月联诗，"只见天上一轮皓月，池中一轮水月，上下争辉，如置身于晶宫鲛室之内。微风一过，粼粼然池面皱碧铺纹，真令人神清气净"。这是极美的静态之境，又是极佳的"静中得之"的吟诗之境，从热闹的动态超脱出来，转入"静态之境"。这是第一层超脱境界。第二层是两人心旷神怡地唱和了长达22组联诗的境界。这个境界，可谓名副其实的"静时得之"的静态诗境界。值得注意的是，联诗的开句写的是"三五中秋夕，清游拟上元（元宵节）。撒天箕斗灿，匝地管弦繁。几处狂飞盏，谁家不启轩。轻寒风剪剪，良夜景暄暄。……"的热闹景象，联至末句时才写出"虚盈轮莫定，晦朔魄空存。壶漏声将涸，窗灯焰已昏。寒塘渡鹤影，冷月葬诗魂"的静态境界警句，但也正因为有这样的警句所显现出静态之境界，显然此前的动态景象是为这静态之境铺垫的，是从其超脱转化出的更深层次的境界，所以这是第三层次的超脱境界。

问：这对联句确是很优美的静态诗，但为何其中写的是动态形象却有静态效果呢？

答：这也是动与静的辩证道理。这两联句写出中秋月夜下，唯有将残的更漏声，唯见暗淡的黄灯，唯见池中一过的鹤影，唯见冷淡的月色冷淡了花艳的神魂，由此所构成的形象，不是比只用万籁俱寂、凄冷寂寥的空泛描写更显得深透沉重吗？这样的境界不就是深度的静态境界吗？所以，这是第四层次的超脱境界。

问：这就结束了吗？

答：不，联诗未结束，境界也未完。恰在这时候，妙玉出现并加入联诗。因为她听到上面的联句，认为"二位警句已出，再若续时，恐后力不加"，而且认为"如今收结，到底还该归到本来面目上去。若只管丢了真情真事且去搜奇捡怪，一则失了咱们的闺阁面目，二则也与题目无涉了"。这段话，是很有学问的，起码有两层意思：一是认为"寒塘渡鹤影，冷月葬诗魂"两句警句，已是"禅化"静态境界之极致；二是无论从联诗或从两位女子才力上说，都难以将这境界继续下去，因为联诗既要

"收结",作为闺阁小姐也不应"丢了真情真事且去搜奇检怪"而持续"禅化"静态诗境,应当保持"本来面目"(闺阁面目)的格调,转化为"钟鸣栊翠寺,鸡唱稻香村。有兴悲何继,无愁意岂烦。芳情只自遣,雅趣问谁言。彻旦休云倦,烹茶更细论"的情景,既收合了联诗,又完成了动态与静态结合的超脱境界。这是第五层次的超脱境界。

问:刚才你说到"禅化"静态境界一词是什么意思呢?

答:唐宋时代佛教禅学思想流行,在诗词创作中也盛行"禅化"诗,如王维的《鹿柴》:"空山不见人,但闻人语响。返景入深林,复照青苔上。"柳宗元的《江雪》:"千山鸟飞绝,万径人踪灭。孤舟蓑笠翁,独钓寒江雪。"从中可见都是极致的静态境界。在此前咱们的对话中,我曾提出《红楼梦》是惠能禅学的小说经典,《红楼梦》的主题"空""净"是惠能禅学的核心,贾宝玉、林黛玉是体现惠能禅学思想的典型形象,前述林黛玉的警句"冷月葬诗魂",也即是典型的"禅化"意境。有专家认为,这个意境是曹雪芹预示的林黛玉的归宿,猜测她是在月夜下自沉湖中仙逝的,并以妙玉称其"丢了真情真事且去搜奇检怪"而"与题目无涉"的评语侧面佐证。当然,这只是一家之言,不足为据。还耐人寻味的是,妙玉虽在栊翠庵修身,但未正式进入佛道法门,是个半佛半道的大家闺秀,所以仍以闺阁"本来面目"评价并转化林黛玉的"禅化"意境。这也当是耐人寻味的一层超脱"诗味"境界吧?那就是第六层超脱境界了。

九、阅世之境与赤子之境

问:现在转入什么话题呢?

答:转入一个仍是王国维提出但学界不太注意的话题。《人间词话》称:"客观之诗人不可不多阅世。阅世愈深则材料愈丰富愈变化,《水浒传》《红楼梦》之作者是也。主观之诗人不必多阅世,阅世愈浅则性情愈真，李后主是也。"又说："词人者，不失其赤子之心者也。故生于深宫之中，长于妇人之手。是后主为人君所短处，亦即为词人所长处。"从这两段论述可见，王国维说的"客观之诗人"所写的诗当是创造"阅世之境"，"主观之诗人"即"赤子"，当是创造"赤子之境"，而且认为这两种境界的创造与作者阅历深浅有密切关系。这是别开生面的见解，值得特别重视并深入探究。

问：怎样进行呢？

答：我看还是从《红楼梦》诗词创作的实际中进行探究。王国维特地点出《红楼梦》作者是"客观之诗人"代表，其诗词也即是"阅世境界"之作，这是卓有见地的，著名的《好了歌》《陋室空堂》等即为代表作；但在《红楼梦》中堪称"主观诗人"及其"赤子境界"的诗也不少，林黛玉及其诗作就是典型代表，所以应当分别探究。但在分别探讨之前，应当先讨论这两种境界的创造与作者阅历深浅的关系问题。

问：好。

答：应当先说说的是，我对王国维关于阅历深浅与诗词关系的说法有怀疑之处。从李后主（李煜）的情况来说，他的词真情实感，哀伤动人，确实"不失其赤子之心"，但说这是他"阅世愈浅则性情愈真"所致，则不确切。因为他虽然只是南唐这个小国的皇帝，而且做皇帝时也不务正业，沉醉于写诗作乐，到头来落得亡国被囚的下场。这样的沉痛经历，怎能说其是"阅世浅"呢？他的词的确是"性情真"，且看"多少恨，昨夜梦魂中，还似旧时游上苑，车如流水马如龙，花月正春风。"（《如梦令》）"春花秋月何时了，往事知多少。小楼昨夜又东风，故国不堪回首月明中。雕栏玉砌应犹在，只是朱颜改，问君能有几多愁，恰似一江春水向东流。"（《虞美人》）这些千古传诵的名篇，尤其是"故国不堪回首月明中"的情怀，以及"恰似一江春水向东流"的境界，引起多少人的共鸣和欣赏！但李后主所思念的"故国"是他失去的"雕栏玉砌应犹在"的小皇宫；他在梦魂中的"多少恨"和"几多愁"，是他企望回到"还似旧时游上苑"的豪华宫廷生活。显然，他所真情痛惜思念的是这些曾经拥有而又失去的美好东西。所以，这些诗的动人，一方面在于诗中的"故国"情怀和"一江春水向东流"的境界，已远远地超出了李后主具体所指的宫廷生活，而是读者以自己的经历和切身感受去呼应领悟这些情怀和境界。另一方面，李后主对其具体所怀恨和思念的东西虽然狭小，但这种情怀和思念却是真情的、深切的，不是"阅世浅"或感情浅的，而且是有普遍性的，也就使人易于共鸣呼应。所以，不应当将作者的阅历深浅与诗词境界的区别等同起来，应当在作者的生活道路和思想性格及其相应的艺术感受力与表现力下功夫。如果说，"赤子之心者"是指生活经历单纯（如李煜只是经历过皇宫生活）、性情素养单纯（只是对当下处境的不满和对过去的思念与悔恨），并单纯以此注入诗词创作，从而形成自身的创作风格和艺术境界，那么则是有道理的。看来李后主词主要特点就在这三个"单纯"；"赤子"者，单纯也；所谓"赤子之境"也即单纯之境也；其主要特点也即是李后主词所体现的这三个"单纯"。自然，相对而言，"阅世之境"的特点，正在于这三个方面复杂丰富而且阅世深透，《红楼梦》整体诗词创作及其境界就是这样，留待下面详述。值得一提的是，另有学者认为，王国维所说"阅世浅"的本意，有可能是"赤子"之"单纯"之意，果真如此就无异议了。

问：既然这样，那就回到《红楼梦》来说吧。

答：好。那就顺此话题，先说《红楼梦》诗词创作中"赤子之境"的典型代表林黛玉。小说中林黛玉的形象和创作，与李后主类似，即在生活经历、性情素养、艺术风格及其境界等三个方面都"单纯"。她自幼娇生惯养，体弱多病，饱读诗书，生性孤僻，虽生于官宦人家，但父母早逝，孤身到贵族外婆家寄养，虽受情爱恩宠，但内心明白并非持久之福，时刻担心丢失青春年华与当下美好的环境与生活。所以，她也只能以这种单纯的生活经历和所见的自然人文环境，以这种既喜爱而又担心失去的单纯心情，化入她创造的以单纯为特点的诗情境界之中，从而使她的诗词创作总是显出浓厚的主观感情色彩、惋惜感伤的情怀、悲观消沉的格调，但个中又隐现着洁身自傲的品格、天真爱美的心灵、追求自由幸福的理想，总之，在小说中林黛玉是一个单纯、纯洁、纯情、纯美化身的闺阁少女诗人。这既是她的形象特点，也是她独特体现"三纯"的"赤子之境"的总体特点，具体表现在她的诗作中有四种方式或四个层次的超脱境界。

问：请分别做具体分析吧。

答：第一种方式或层次，从咏物诗而言，是以单纯、纯洁、纯美的事物寓纯情，又以纯情化入单纯、纯洁、纯美的事物。王国维说："诗人必须有轻视外物之意，故能以奴仆命风月；又必须有重视外物之意，故能与花鸟共忧乐。"这个说法，很能说明主观诗人创造"赤子之境"的特点。所谓"轻视外物""以奴仆命风月"，是以主观感情为主去感受和描写客观景物；所谓"重视外物"并"能与花鸟共忧乐"，就是要在客观事物形象中体现自己与事物（花鸟）相通的忧乐情感。这个道理，很能说到林黛玉的"赤子之境"第一个层次的境界，即以单纯、纯洁、纯美的事物寓纯情，又以纯情化入单纯、纯洁、纯美事物的方式和境界。在林黛玉诗词中，首先表现在前八十回小说写大观园举办的四次诗社活动中她写的诗（词）作上。这四次诗社活动，除第四次是联句，以及最后林黛玉与湘云、妙玉在中秋月夜联句之外，完整的诗词共有五首，都是咏花草的，包括白海棠、菊花、柳絮，其他诗词除了《五美吟》之外，全都是咏花鸟风月的。这种题材状况，一方面说明了她的生活经历和视野的单纯，即闺阁生活所见和自己所爱的事物，都是这些单纯、纯洁、纯美的事物或景象；另一方面，正如王国维说的那样，以"以奴仆命风月"并"与花鸟共忧乐"的超脱，以自己的纯情化入单纯、纯洁、纯美事物的形象之中。

问：林黛玉的"纯情"是什么呢？

答：她的"纯情"有两方面，一方面是刚才说的对单纯、纯洁、纯美的事物或景象的热爱，另一方面是对先后失去父母的沉痛经历以及独自过着寄人篱下生活的悲伤。前一方面是单纯的爱，因为她是单纯、纯洁、纯美的少女，只有这种爱；后一方面是单纯的悲，因为她所经历和正在过的生活，只有这种悲。应予注意的是，悲伤是一种痛苦，但悲剧也是一种美，纯情的悲伤，也是一种纯情的纯美。由此，在她的诗词（也是她仅有的表达方式）中，也只有寄寓这两个方面融于一体的"纯情"，既在每个作品中体现这种纯情，也在所有作品中以不同对象和方式寓现这种纯情。正因为如此，林黛玉的诗在三次诗社的诗赛中都以受到"缠绵悲戚""哀伤婉转"的评价而名列前茅，但各诗的体现方式又各不雷同，而是多种多样。

问：举例说吧。

答：如《咏白海棠》诗："半卷湘帘半掩门，碾冰为土玉为盆。偷来梨蕊三分白，借得梅花一缕魂。月窟仙人缝缟袂，秋闺怨女拭啼痕。娇羞默默同谁诉，倦倚西风夜已昏。"诗前段是以少女的闺阁写白海棠的单纯、纯洁、纯美的品格形态，后段是着意以闺阁少女的孤单寂寞而写出纯情的纯美。再看她咏菊花诗三首。第一首是《咏菊》："无赖诗魔昏晓侵，绕篱欹石自沉音。毫端蕴秀临霜写，口齿噙香对月吟。满纸自怜题素怨，片言谁解诉秋心。一从陶令平章后，千古高风说到今。"着意以陶渊明名诗咏菊花高风亮节，以解"自怜"之"秋心"而抒纯洁、纯美之纯情。第二首是《问菊》："欲讯秋情众莫知，喃喃负手叩东篱。孤标傲世偕谁隐，一样花开为底迟？圃露庭霜何寂寞，雁归蛩病可相思？休言举世无谈者，解语何妨片语时。"全诗以"问菊"的方式，坦露自身的寂寞情怀，以表纯洁、纯美之志。第三首是《菊梦》："篱畔秋酣一觉清，和云伴月不分明。登仙非慕庄生蝶，忆旧还寻陶令盟。睡去依依随雁断，惊回故故恼蛩鸣。醒时幽怨同谁诉，衰草寒烟无限情。"末两句是全诗警句，是总现全诗以少女在菊梦中梦菊的情景，而超脱的纯洁、纯情、纯美境界。此外，林黛玉的《唐多令》是咏柳絮的词："粉堕百花洲，香残燕子楼。一团团逐对成毬。漂泊亦如人命薄，空缱绻，说风流。草木也知愁，韶华竟白头！叹今生谁舍谁收？嫁与东风春不管，凭尔去，忍淹留。"全诗皆以柳絮"粉堕""香残""漂泊""命薄"的形象，抒发自身"叹今生谁舍谁收？嫁与东风春不管"的感慨，既是单纯、纯洁，又是纯情、纯美的超脱形象和境界。可见，林黛玉的诗在三次诗社的诗赛中都以受到"缠绵悲戚""哀伤婉转"的评价而名列前茅，但各诗的体现方式又各不雷同，而是多种多样的原因，正在于以自己特有的单纯、纯洁、纯美的事物寓以自己特有的纯情，同时又以自己的纯情化入单纯、纯洁、纯美事物的方式与开脱境界的体现，也即是她有别于同时参与诗社的大观园才女们以至所有题咏同类题材的诗词不同之原因所在。所以，李纨评她的诗三个"新"（题目新，诗也新，立意更新）是很贴切且并非偶然的。

问：第二种方式或层次是什么呢？

答：第二种方式或层次，从咏人诗而言，是以单纯、纯洁、纯美的人物寓纯情，又以纯情化入单纯、纯洁、纯美的纯美人物。《红楼梦》第六十四回，记述了林黛玉所写唯一咏人诗《五美吟》，歌颂中国历史上著名的五大美女：西施、虞姬、王昭君、绿珠、红拂。历来对这些名垂千古的美女歌颂的诗词，不仅源源不断，而且大都是歌颂其非凡惊人事迹。但林黛玉则自辟蹊径，以自己独有的单纯、纯洁、纯美去认识和歌颂这些美女，尤其是以自己独有的纯情化入这些人物形象。如咏《西施》："一代倾城逐浪花，吴宫空自忆儿家。效颦莫笑东村女，头白溪边尚浣纱。"前两句是惋惜西施美好生命的短暂与寂寥，尤其是将她自己熟悉而推崇的《牡丹亭·闺熟》唱词中的"只无邪两字，付与儿家"，用于歌颂西施圣洁的人品；后两句一反历来对"东施效颦"的讥笑，以东施"头白溪边尚浣纱"的歌颂，既化入并体现了自己始终坚持的纯洁、纯美的纯情。咏《虞姬》："肠断乌骓夜啸风，虞兮幽恨对重瞳。黥彭甘受他年醢，饮剑何如楚帐中。"全诗写项羽在面临兵败即亡时刻,美女虞姬不是偷生变节,而是与项羽对歌,呼应项羽的"力拔山兮气盖世,时不利兮骓不逝。骓不逝兮可奈何?虞兮虞兮奈若何?"随即在帐中自刎身亡。显然,林黛玉热烈歌颂的是虞姬坚贞殉情的爱情故事,而这正是她所崇尚的纯洁、纯美的纯情。咏《明妃》,即汉代被派嫁番邦的美女王昭君,诗曰:"绝艳惊人出汉宫,红颜命薄古今同。君王纵使轻颜色,予夺权何畀画工?"全诗表面上是责备汉元帝不该将选美权交给贪婪受贿的画工毛延寿,实际上是以此歌颂王昭君为维护自己的纯洁、纯美,不惧被丑化,不肯向毛延寿低头的坚贞行为。而这也正是林黛玉所崇尚的纯洁、纯美的纯情。咏《绿珠》:"瓦砾明珠一例抛,何曾石尉重娇娆。都缘顽福前生造,更有同归慰寂寥。"写的是晋代南蛮校尉石崇侍妾美女绿珠,不计较石崇将自己这颗明珠当作石砾抛开,在石崇受难后,仍坚持为石崇殉情的纯情故事。咏《红拂》:"长揖雄谈态自殊,美人具眼识穷途。尸居馀气杨公幕,岂得羁縻女丈夫。"写的是唐代美女红拂的爱情故事。这故事说红拂本姓张,是隋代大臣杨素的侍女,偶然见到后来建立唐朝的李靖来晋见杨素时举止不凡("长揖雄谈态自殊"),看上了尚有"穷途"中的李靖,从此结上好姻缘,旨在歌颂不嫌贫穷重在高尚人品的爱情观。从上可见,五首咏人诗都是咏美女的单纯、纯洁、纯美、纯情,又都是林黛玉以自己的纯情化入这些单纯、纯洁、纯美的纯美人物的作品,可见,这也是其诗词创作超脱境界的一种方式和层次。

问:第三种方式或层次是什么呢?

答:第三种方式或层次,从咏行诗而言,是以单纯、纯洁、纯美的动态形象寓纯情,又以纯情化入单纯、纯洁、纯美的动态形象。稍做解释的是,所谓咏行诗,是咏事诗的一种,主要是写某件事行动过程中的某种动态形象,如杜甫的《兵车行》写壮士出征时之动态形象,白居易《琵琶行》写歌女演奏琵琶时之动态形象。《红楼梦》第七十回中林黛玉写的《桃花行》,则是写一位闺阁少女与桃花之间,从相互隔阂到逐步沟通,再到彼此比较，进而又在相同颜色但心性相异中，找出相同的消逝命运动态形象，全诗情深意切、娓娓曲折、层层迭进、跌宕多姿、耐人寻味，是一首很有林黛玉个人风格特点的咏行诗。

问：请以这首诗具体分析吧！

答：好。在这首诗中，从"桃花帘外东风软，桃花帘内晨妆懒"的动态开始，描写"帘外桃花帘内人"之间，在"人与桃花隔不远"的距离内，在温柔东风的斡旋中，先是"东风有意揭帘栊，花欲窥人帘不卷"。虽然彼此不往来，但仍然可知"桃花帘外开仍旧，帘中人比黄花瘦"。这是多得温柔（软）的东风斡旋，彼此心灵沟通，使"花解怜人花也愁，隔帘消息风吹透"。但是，看到"风透湘帘花满庭"的景象，使少女在"庭前春色倍伤情"，只好在自己闺阁"闲苔院落门空掩，斜日栏杆人自凭"，显出了"凭栏人向东风泣，茜裙偷傍桃花立"的姿态。更伤感的是"桃花桃叶乱纷纷，花绽新红叶凝碧。雾裹烟封一万株，烘楼照壁红模糊"的时候，更是使有似"天机烧破鸳鸯锦"的桃花，与"春酣欲醒移珊枕"的少女形成鲜明映衬；"侍女金盆进水来"，更在"香泉影蘸胭脂冷"中显出少女的颜面；虽然桃花与少女颜面的"胭脂鲜艳何相类"，但"花之颜色人之泪"是不同的，"若将人泪比桃花，泪自长流花自媚"，各有各的悲伤和心态。以悲伤的"泪眼观花泪易干"，而"泪干春尽花憔悴"了，又正是"憔悴花遮憔悴人，花飞人倦易黄昏"的时候。加之"一声杜宇春归尽"的消息，更使少女之心是一片"寂寞帘栊空月痕"。从上串解可见，全诗既展现了桃花与少女从相邻到相知、相同又相异、从鲜艳到憔悴的行动过程，又寓现了林黛玉痛惜自己对美好的春天和自己青春逐渐消逝的纯情和形象，是一首体现林黛玉以自己独有的单纯、纯洁、纯美的动态形象寓纯情，又以纯情化入单纯、纯洁、纯美的动态形象的代表作。

问：第四种方式或层次是什么呢？

答：第四种方式或层次，从咏景诗而言，是以单纯、纯洁、纯美的景象寓纯情，又以纯情化入单纯、纯洁、纯美的生命景象之中，塑造出情景交融的超脱诗味境界。照我看来，林黛玉的《桃花行》与《葬花词》是姐妹篇，前者是咏行诗代表作，后者是咏景诗代表作，甚至是林黛玉诗词，也是其"赤子之境"之顶峰之作。

问：如此佳作应当好好欣赏。

答：是的。在赏析之前，我想先领会我国现代著名美学家、北京大学教授宗白华在《艺境》中的一段话，他说："诗和春都是美的化身，一是艺术的美，一是自然的美。……如果你在自己的心中找不到美，那么，你就没有地方发现美的踪迹。……你的心不是'在'自己心的过程里，感觉、情绪、思维找到美，而只是'通过'感觉、情绪、思维找到美，发现梅花里的美。美对于你的心，你的'美感'是客观的对象和存在。"这段话很精辟地讲明了咏景诗塑造艺术境界的美学原理，尤其切合林黛玉的《葬花词》。前面说过，林黛玉是以单纯、纯洁、纯美的景象寓纯情，又以纯情化入单纯、纯洁、纯美的生命景象之中，塑造出情景交融的超脱"诗味"境界的，但这个特点在《葬花词》的具体体现，即如宗白华所说那样，主要"是'通过'感觉、情绪、思维找到美，发现梅花里的美"，可以说，通篇诗都是林黛玉这位闺阁少女的"感觉、情绪、思维"，在暮春的花丛中发现和表现春天、花鸟、少女之形态美与灵魂美的过程，同时又是以此寄托剖现自己的"感觉、情绪、思维"中的单纯、纯洁、纯美、纯情的过程，从而以情绪化的情景交融形象，塑造出纯之又纯的"赤子"超脱境界。

问：还是用串解的方法赏析这首诗吧？

答：好。全诗写的是：有一位美丽的闺阁少女，在"花谢花飞飞满天"的日子,叹息花之"红消香断有谁怜",见到凋谢的花瓣在"游丝软系飘春榭,落絮轻沾扑绣帘"的孤身飘荡的情景,"闺中女儿"如同身受,感到自己的青春也会同"春暮"那样很快消逝而痛"惜",使这位"闺中女儿""愁绪满怀无释处",于是便"手把花锄出绣闺",在闺阁外满地落花的天地中,"忍踏落花来复去"地消解愁闷心情。但眼前是"柳丝榆荚自芳菲,不管桃飘与李飞"的景象,不能理解芳菲将逝的命运,也不理解少女"惜春暮"的心情,使少女不得不发出"桃李明年能再发,明年闺中知有谁"的感叹。望见"三月香巢已垒成"的"梁间燕子"对生命短暂"太无情"无知,不会明白花鸟"明年花发虽可啄,却不道人去梁空巢也倾"。"一年三百六十日"的时间不算长,但过的是"风刀霜剑严相逼"的日子,花的"明媚鲜妍能几时?一朝漂泊难寻觅"。因为"花开易见落难寻"。美丽的闺阁少女感到人的生命也是这样,对"阶前"的遍地落花深表苦恼同情,便作为葬花人为落花掩土埋葬。少女在葬花时"独倚花锄泪暗洒",伤心的血泪"洒上空枝见血痕",好像啼血的"杜鹃"那样啼到血尽"无语正黄昏"的时候,才"荷锄归去掩重门"。少女葬花后更是苦恼伤感,"青灯照壁人初睡,冷雨敲窗被未温",辗转难眠,感慨自己"怪奴底事倍伤神,半为怜春半恼春。惜春忽至恼忽去,至又无言去不闻"!烦恼通宵达旦,又听见"昨宵庭外悲歌发","知是"美丽圣洁的"花魂与鸟魂"呼唤。但是,"花魂鸟魂总难留"住其美丽圣洁,只能是"鸟自无言花自羞"地保持自己的本质,人在世间的青春和生命也是如此。所以,"愿奴胁下生双翼,随花飞到天尽头",寻找保持美丽圣洁的天地。但是,即使到了"天尽头,何处有香丘"呢?也是没有的,倒不如在世间"未若锦囊收艳骨,一抔净土掩风流"算了。这样还可以保持"质本洁来还洁去,强于污淖陷渠沟"的命运。最后,伤心的少女只能对葬下的落花诉说:"尔今死去侬收葬,未卜侬身何日丧?侬今葬花人笑痴,他年葬侬知是谁?"面对"花谢花飞飞满天"的暮春景象,这位美丽圣洁的少女情不自禁地感慨:"试看春残花渐落,便是红颜老死时。一朝春尽红颜老,花落人亡两不知"呵!

问:你这样串解好像讲故事。

答:是讲故事,这首诗的确是写一个闺阁少女在暮春时节,因爱春惜春而惜花葬花的故事。古语云"诗无达诂",这句话是说好诗是不能解透也不必解透之意,因为其内涵是很深刻丰富的,也即是王国维说境界"言有尽而意无穷"。《葬花词》写一个纤弱闺阁少女荷锄葬花的故事,虽然很浪漫,但实际上是不可能的,是超出生活真实的,但写得很美且合乎情理,符合艺术真实。这也只是其内涵的第一个层次的超脱境界。深一层而言,这首诗又是一幅画,因为全诗展现的是在"花谢花飞飞满天"的大背景下,一位婀娜美丽的闺阁少女诗人,在明媚鲜艳的花丛中,反复地踏着满地落花,吟诗感叹,又荷锄葬花。画题是《诗女惜春图》。这是一幅"诗中有画,画中有诗"的诗画,这是第二层次的超脱境界。第三层是写景诗境界,全诗在"春残花渐落"之暮春景况中,融入"半为怜春半恼春:惜春忽至恼忽去,至又无言去不闻"之"倍伤神"感慨,升华并寓现出鲜艳的花、自然的春天、人的青春以至世间一切美好事物都是短暂的哲理和惋惜的伤感,表述"飞到天尽头"的想望。所以这也是一个超脱境界。第四层是林黛玉以自己独有的单纯("游丝软系飘春榭")、纯洁("质本洁来还洁去")、纯美("明媚鲜妍能几时")、纯情("愁绪满怀无释处"),塑造了一位闺阁少女在"花谢花飞飞满天"的景况中吟诗葬花的境界,同时又以这个境界体现了她自己独有的"三纯""赤子之境",是更深层次的超脱境界。

问:《红楼梦》还有其他"赤子之境"诗人么?

答:有,贾宝玉也是其中一个。贾宝玉的人生经历,比林黛玉还单纯些。他没有前后丧失父母和寄人篱下的苦难和处境,从出生开始即是贾府中的"宝玉",是大观园中的"多情公子"。他从少年到青年的人生经历,只是"书场"和"情场",所以他写的诗也只是从这两"场"中所得的阅历和感受,不如林黛玉的深切和哀伤,其"赤子之境"比林黛玉"三纯"之境还"赤子",但视野较为宽广,感情较为复杂丰富,格调也稍为开朗,主要表现在他的两篇代表作上。

问:是哪两篇呀?

答:是著名的《红豆词》和《芙蓉诔》。《红豆词》见《红楼梦》第二十八回,全诗是:"滴不尽相思血泪抛红豆,开不完春柳春花满画楼。睡不稳纱窗风雨黄昏后,忘不了新愁与旧愁。咽不下玉粒金莼噎满喉,照不见菱花镜里形容瘦。展不开的眉头,捱不明的更漏。呀!恰便似遮不住的青山隐隐,流不断的绿水悠悠。"这是最能体现贾宝玉"多情公子"思想性格的一首爱情诗,全诗以多种角度,以连续不断地"滴不尽""开不完""睡不稳""忘不了""咽不下""照不见""展不开""捱不明"的连扣情态,如流水般地抒发了情思中缠绵不尽的乐中之苦与苦中之乐,可谓顺水行舟地层层超脱爱情的心灵境界,尤其是以"呀!"转折的末句,更是将其"赤子之境"推上了"言有尽而意无穷"的境界巅峰。

问:讲讲《芙蓉诔》吧。

答:《芙蓉诔》是一篇诔文诗,又是一个诗的故事,从缘起到尾声都是层层境界的超脱进程。首先,这首诗文,见于《红楼梦》第七十八回,这回的回目称"痴公子杜撰芙蓉诔"。"杜撰"即臆造,也即是虚构,而且是贾宝玉这个"多情公子"发痴时的痴呆行为,含有不真实可信的讥笑成分。这就意味着这首诗的写作是杜撰的、不切实际的,却是真情的、合乎情理的。事实正是这样。按小说写的故事情节,晴雯是宝玉的丫头,因被王夫人认为长得漂亮便是勾引宝玉的狐狸精而被赶出贾府,气病致死。贾宝玉伤心至极,听小丫头随口说晴雯升天封为"芙蓉仙子"的假话,信以为真,便作出这篇诔文祭拜晴雯的痴呆行为。显然,小丫头胡编升天被封"仙子"的话是假的,却是美丽的,对于贾宝玉来说是可信并正合心意,因而认为是真实的。另外,堂堂贵族公子贾宝玉,偶然听句假话,竟然为区区丫头写诔文并设祭,是不可思议的,但对于贾宝玉来说却是诚心诚意的,诔文也写得情深意切。从这两方面看,这个故事本身所写的虚假成分，正是其超出生活真实之处，而其被贾宝玉认为符合心意并合乎情理之处，却正是被认为真实和美丽之处。这就是艺术的真实，也即是这首诗文第一层超脱境界。

问：第二层是什么？

答：第二层诔文诗本身，前段到后段，就是从地上的超脱到天上的超脱境界。前段称赞晴雯"其为质则金玉不足喻其贵，其为性冰雪不足喻其洁，其为神则星日不足喻其精，其为貌则花月不足喻其色"。一连用四个"不足"将晴雯写成超凡脱俗圣女，将晴雯抗争受冤之节，与历代受屈忠臣相比，将对晴雯的思念化为"怨笛之声"，在细致的纯洁往事回忆中抒发纯情，沉痛地发出"自为红绡帐里，公子情深；始信黄土垄中，女儿命薄"的感慨！如此悲文，无论是对晴雯的赞美或是思念之情，都已是超脱地上的境界；在诗的后段，还要将其升到天上，向天地发问："天何如是之苍苍兮，乘玉虬以游乎穹窿耶？地何如是之茫茫兮，驾瑶象以降乎泉壤耶？"一连发问的都是对天上星宿的寓情发问，貌似屈原的《天问》，实则是贾宝玉的"情问"呵！这不是又深一层超脱的"诗味"境界么？

问：第三层是什么？

答：第三层是故事的尾声。小说描写贾宝玉读完诔文后，林黛玉"从芙蓉花中走出来"，吓得贾宝玉还以为是晴雯显灵。这也是一个余味无穷的超脱境界。个中奥妙在于，林黛玉提出应将"红绡帐里，公子情深"句，改为"茜纱窗下，公子多情"。说这是"放着的现成真事，为什么不用"。宝玉连说"好极，是极"，但细想"茜纱"是林黛玉专用窗纱，自己不配，便接连说了一二十句"不敢"。林黛玉则是笑着回答："何妨。我的窗即可为你之窗，何必分晰得如此生疏。"这段尾声描写，不是明显内含着贾宝玉这篇祭晴雯诔文，实际是对林黛玉的预祭（所以林黛玉"从芙蓉花中走出来"），林黛玉改"红纱"为"茜纱"，并笑着说"我的窗即可为你之窗"，不就是她坦诚的心里话吗？这样的爱情交流镜头，不就是"象外有象，弦外有音，意在言外"之纯情、纯美的"赤子之境"吗？

问：大观园其他诗人都是"赤子之境"诗人吗？

答：多数是，少数不是，除林黛玉、贾宝玉外，史湘云也应该是"赤子之境"诗人的突出代表。史湘云当时也是"三纯"的闺阁少女，虽年幼失去双亲，但身居侯门，生活优越，性格豪爽，诗也豪爽，如史湘云的《对菊》："别圃移来贵比金，一丛浅淡一丛深。萧疏篱畔科头坐，清冷香中抱膝吟。数去更无君傲世，看来惟有我知音。秋光荏苒休辜负，相对原宜惜寸阴。"以及吟柳絮的调寄《如梦令》牵头："岂是绣绒残吐，卷起半帘香雾，纤手自拈来，空使鹃啼燕妒。且住，且住！莫使春光别去。"对菊花和柳絮的纯洁、纯美、纯情写得多么自然潇洒，满腔赤子情怀历历可见。但薛宝钗则不能说是"赤子之境"诗人了。

问：为什么呢？

答：虽然薛宝钗也是贵族小姐，但她阅历丰富，性格世故，诗也世故，如薛宝钗的《忆菊》诗："怅望西风抱闷思，蓼红苇白断肠时。空篱旧圃秋无迹，瘦月清霜梦有知。念念心随归雁远，寥寥坐听晚砧痴。谁怜为我黄花病，慰语重阳会有期。"将菊花的品格写得如此淡远沉着，正是其思想性格的写照；尤其是她咏柳絮的词《临江仙》："白玉堂前春解舞，东风卷得均匀。蜂团蝶阵乱纷纷。几曾随逝水，岂必委芳尘。万缕千丝终不解，任他随聚随分。韶华休笑本无根，好风凭借力，送我上青云。"借柳絮写出"东风卷得均匀"的处世之道，以"好风凭借力，送我上青云"写出攀附"上青云"的人生抱负和处世哲学，所显出的不是"赤子之境"，而是相当深透的间接"阅世之境"代表作。

问：什么是间接"阅世之境"呢?

答：问得好,我正要接着谈"阅世之境"话题。前面对话谈到,王国维说的"客观之诗人"所写的诗当是创造"阅世之境","主观之诗人"即"赤子",当是创造"赤子之境";又谈到"客观之诗人"是"以物观物","主观之诗人"是"以我观物"。按照这个道理,《红楼梦》是曹雪芹写的,其中的全部诗词也全是他写的,包括全部"主观之诗人"的诗,也都是"以物观物"的"客观诗人"法则,衍释为"以人观人"的法则写的,浅白地说,林黛玉的诗是曹雪芹"以林黛玉观林黛玉"的法则写的,贾宝玉、史湘云、薛宝钗的诗也分别是这样。由此说来,这些曹雪芹在小说中虚构人物的诗作,全是曹雪芹通过这些"主观之诗人"视野而写出的"阅世之境"诗作,所以称之间接"阅世之境"诗作。这种诗作,实际上在小说中,这些小说中虚构人物的诗作,也都是"主观之诗人",因为都是以其思想性格写出来的。由于林黛玉、贾宝玉、史湘云等"主观之诗人"在诗作中的"赤子之境"明显,故在"主观之诗人"中单列一类,薛宝钗的诗也只能是列为"主观之诗人"的另类了,姑且称其间接"阅世之境"吧。

问：什么是直接"阅世之境"呢?

答：是指小说作者直接出面写的看透世界的阅世诗作之境界。应予以注意的是,要有境界看透世界才能写出有境界的阅世诗作,有境界的阅世诗作才是有超脱之境界。一般来说,有境界的阅世诗作,大都将世界某种社会或历史现象概括出某种规律或哲理性的形象,作为小说所写故事的主题或某种现象的概括,以表明小说作者的阅世主旨和结果。这就是必须以超脱才能看透世界,看透世界才能创造出"阅世之境"的道理。例如,《三国演义》的开篇诗"滚滚长江东逝水,浪花淘尽英雄。是非成败转头空,青山依旧在,几度夕阳红。白发渔樵江渚上,惯对春月秋风。一杯浊酒喜相逢,古今多少事,都付笑谈中",以及小说题记"天下事分久必合,合久必分"。此外,还有列夫·托尔斯泰的名著《安娜·卡列尼娜》

题记"幸福的家庭都是相似的，不幸的家庭各有各的不幸"。这些中外小说名著的开卷诗或题记都是杰出的阅世诗，既是诗的超脱境界，又升华和体现了作者和小说的超脱"阅世之境"。

◇ 问：《红楼梦》诗作的直接"阅世之境"也是这样么？

◇ 答：是的。小说第一回中的《好了歌》，就是其开篇阅世诗。这首诗将世间的人际关系和人生道路，概括出"好""了"两字，以及这二字的转化循环过程，既是作者看透世界的哲理，又是小说的主题和诗的超脱"阅世之境"。请看《好了歌》每句开头都是"世人都晓神仙好"，接着每句都分别是人人追求的"功名""金银""娇妻""儿孙"等终生目标，都在"有"或"只恨聚无多"时，到头来"荒冢一堆草没了"，即全都"无"了。并写空空道人点破："可知世上万般，好便是了，了便是好。若不了，便不好；若要好，须是了。"讲明"了"即"无"、即"空"的意思。接着还以甄士隐对《好了歌》领悟而作出的解注词强调："陋室空堂，当年笏满床；衰草枯杨，曾为歌舞场。蛛丝儿结满雕梁，绿纱今又糊在蓬窗上。说什么，脂正浓、粉正香，如何两鬓又成霜？昨日黄土陇头埋白骨，今宵红灯帐底卧鸳鸯。金满箱，银满箱，转眼乞丐人皆谤。正叹他人命不长，那知自己归来丧！训有方，保不定日后作强梁。择膏粱，谁承望流落在烟花巷！因嫌纱帽小，致使锁枷扛。昨怜破袄寒，今嫌紫蟒长；乱烘烘你方唱罢我登场，反认他乡是故乡。甚荒唐，到头来都是为他人作嫁衣裳！"这首词，数尽荣枯互变、贫富交替、福祸相伴、生死莫测的人生世态，都是以人生的"好了"变异，世态的"有无"瞬变，揭示出"无为有处有还无"的对立统一的主导思想，同时也即是为《红楼梦》全书所写的富贵荣华、恩爱情仇故事的实质（一场虚梦）作出了根本性的概括和揭示，这就是曹雪芹以超脱境界看透世界创造的超脱"阅世之境"，也即是整部《红楼梦》所创造和展现的超脱境界。

问：《红楼梦》还有其他直接"阅世之境"诗作么？

答：还有不少，如第四回写葫芦庙门子向贾雨村介绍"护官符"谚俗口碑："贾不假，白玉为堂金作马。阿房宫，三百里，住不下金陵一个史。东海缺少白玉床，龙王来请金陵王。丰年好大雪，珍珠如土金如铁。"这是《红楼梦》四大家族的概括形象和奢侈境界。第五回写贾宝玉在太虚幻境听到的《红楼梦》曲，包括［红楼梦·引子］："开辟鸿蒙，谁为情种？都只为风月情浓。趁着这奈何天，伤怀日，寂寥时，试遣愚衷。因此上演出这怀金悼玉的《红楼梦》。"［收尾·飞鸟各投林］："为官的，家业凋零；富贵的，金银散尽；有恩的，死里逃生；无情的，分明报应；欠命的，命已还；欠泪的，泪已尽。冤冤相报实非轻，分离聚合皆前定。欲知命短问前生，老来富贵也真侥幸。看破的，遁入空门；痴迷的，枉送了性命。好一似食尽鸟投林，落了片白茫茫大地真干净！"这两首［引子］和［收尾］是《红楼梦》故事的整体缩影，又是曹雪芹直接"阅世之境"的超脱境界。

十、阅人之境与阅史之境

问：此外，还有什么？

答：还有"阅人之境"与"阅史之境"诗作。这两种诗作本应属于"阅世之境"，因其在《红楼梦》中特别重要而且别具一格，所以另列专题赏析。先说说"阅人之境"诗作。浅白地说，"阅人之境"诗就是有境界的叙写人物的诗词。在古代诗坛中，叙写人物的诗词因作用有别而多种多样，数量很多，在长篇小说或话本传奇中也如此，多用于表现人物的思想性格和命运，故对其有境界之作，分别称其为"性格之境"与"命运之境"。在《红楼梦》中，最有代表性的"性格之境"诗作，是第三回写贾宝玉出场诗《西江月》："无故寻仇觅恨，有时似傻如狂。纵然生得好皮囊，腹内原来草莽。潦倒不通世务，愚顽怕读文章。行为偏僻性乖张，那管世人诽谤！富贵不知乐业，贫穷难耐凄凉。可怜辜负好韶光，于国于家无望。天下无能第一，古今不肖无双。寄言纨袴与膏粱，莫效此儿形状。"全诗将贾宝玉的思想性格写得活灵活现，而且将其升华为独特"天下无能第一，古今不肖无双"的"纨袴与膏粱"典型，这就是"阅人之境"诗中"性格之境"杰作。

问："命运之境"诗作是怎样的呢？

答：在《红楼梦》中有两种。第一种是第二十二回的灯谜诗，谜底分别是贾府四姊妹的命运。元春的灯谜诗是"能使妖魔胆尽摧，身如竹帛气如雷。一声震得人方恐，回首相看已化灰"。谜底是爆竹，内含元春命运有似爆竹，得宠为妃，昙花一现，好景不长，短寿早丧。迎春的灯谜诗是"天运人功理不穷，有功无运也难逢。因何镇日纷纷乱，只为阴阳数不同"。谜底是算盘，内含迎春婚姻不合，阴阳失调，盘算不济。探春的灯谜诗是"阶下儿童仰面时，清明妆点最堪宜。游丝一断浑无力，莫向东风怨别离"。谜底是风筝，内含探春命运有似断线风筝，远嫁不归。惜春的灯谜诗是"前身色相总无成，不听菱歌听佛经。莫道此生沉黑海，性中自有大光明"。谜底是佛前海灯，内含惜春最终以修佛为归宿之意。此外，尚有薛宝钗的灯谜诗"朝罢谁携两袖烟，琴边衾里总无缘。晓筹不用鸡人报，五夜无烦侍女添。焦首朝朝还暮暮，煎心日日复年年。光阴荏苒须当惜，风雨阴晴任变迁"。谜底是更香，暗示薛宝钗最终是孤凄寡居的结局。总之，这些灯谜诗之谜面，是一层境界，谜底又是一层"命运之境"的超脱境界。

问：第二种"命运之境"诗作是怎样的呢？

答：是《红楼梦》第五回中的《金陵十二钗》判词。这些判词，既写出人物的思想性格，也预示人物的命运。例如，史湘云的判词是〔乐中悲〕："襁褓中，父母叹双亡。纵居那绮罗丛，谁知娇养？幸生来，英豪阔大宽宏量，从未将儿女私情略萦心上。好一似，霁月光风耀玉堂。厮配得才貌仙郎，博得个地久天长，准折得幼年时坎坷形状。终久是云散高唐，水涸湘江。这是尘寰中消长数应当，何必枉悲伤！"全诗既将史湘云的豪放性性格写得惟妙惟肖，又将其坎坷写得自在开朗。写妙玉的判词〔世难容〕："气质美如兰，才华馥比仙。天生成孤僻人皆罕。你道是啖肉食腥膻，视绮罗俗厌；却不知，太高人愈妒，过洁世同嫌。可叹这，青灯古殿人将老；辜负了，红粉朱楼春色阑。到头来，依旧是风尘肮脏违心愿。好一似，无瑕白玉遭泥陷；又何须，王孙公子叹无缘。"全诗写妙玉孤高性格及其事与愿违的命运跃现纸上，其事与愿违之境既在诗中也在诗外。写王熙凤的判词〔聪明累〕："机关算尽太聪明，反算了卿卿性命。生前心已碎，死后性空灵。家富人宁，终有个家亡人散各奔腾。枉费了，意悬悬半世心；好一似，荡悠悠三更梦。忽喇喇似大厦倾，昏惨惨似灯将尽。呀！一场欢喜忽悲辛。叹人世，终难定！"全诗不仅将凤姐泼辣的性格和报应的一生写得生动到位，而且从中升华的"机关算尽太聪明，反算了卿卿性命"名句，已成为古今皆碑的"阅人""阅世"的哲理和境界。这种诗，可以说是"性格之境"与"命运之境"融于一体的诗作，是综合性的"阅人之境"的超脱境界。

问：现转入谈"阅史之境"了吧？

答：是的。《红楼梦》第五十一回中写薛宝琴将素习所经过各省内的古迹为题，作了十首怀古绝句，堪称具有层层境界的"阅古之境"诗作，第一层是所咏的古迹，第二层是所咏的史迹，第三层是诗谜，每诗内隐一物为谜底，让人既欣赏其所咏古迹、史迹，又猜谜，自然新巧，独具一格，诗味别致。第一首《赤壁怀古》："赤壁沉埋水不流，徒留名姓载空舟。喧阗一炬悲风冷，无限英魂在内游。"第二首《交趾怀古》："铜铸金镛振纪纲，声传海外播戎羌。马援自是功劳大，铁笛无烦说子房。"第三首《钟山怀古》："名利何曾伴汝身，无端被诏出凡尘。牵连大抵难休绝，莫怨他人嘲笑频。"第四首《淮阴怀古》："壮士须防恶犬欺，三齐位定盖棺时，寄言世俗休轻鄙，一饭之恩死也知。"第五首《广陵怀古》："蝉噪鸦栖转眼过，隋堤风景近如何。只缘占得风流号，惹得纷纷口舌多。"第六首是《桃叶渡怀古》："衰草闲花映浅池，桃枝桃叶总分离。六朝梁栋多如许，小照空悬壁上题。"第七首《青冢怀古》："黑水茫茫咽不流，冰弦拨尽曲中愁。汉家制度诚堪笑，樗栎应惭万古羞。"第八首《马嵬怀古》："寂寞脂痕渍汗光，温柔一旦付东洋。只因遗得风流迹，此日衣衾尚有香。"第九首《蒲东寺怀古》："小红骨贱最身轻，私掖偷携强撮成。虽被夫人时吊起，已经勾引彼同行。"第十首《梅花观怀古》："不在梅边在柳边，个中谁拾画婵娟。团圆莫忆春香到，一别西风又一年。"

问：请详析这十首诗吧！

答：这十首诗都是咏景怀古诗，前八首都是千古流芳的著名古迹、史迹，后两首分别是写《西厢记》《牡丹亭》传说故事的遗址，都分别以现场古迹景象，抒发对其内含史迹的评价和思念，可谓"阅古之境"的双层体现；耐人寻味的是，这些诗本来还是每首"打一物"的猜谜诗，但小说写大观园的诗人们"大家猜了一回，皆不是"，直到已被公认是曹雪芹原著的小说前八十回结束，仍未揭出这十首诗的谜底，不知是何缘故？不知是无意还是有意？更不知是疏忽还是另有寓意？《红楼梦》通行本的编注者，在中册第706页所作注释是："怀古诗——感怀古人古事之作。这十首诗虽是用作谜语，但小说作者抑或另有寓意。"是什么寓意呢？也未做解释，所以至今仍是个悬案，这又是一层谜底。这两层谜底，也当是又一层超脱的"阅古之境"吧。

问：是呵！《红楼梦》还有其他"阅古之境"么？

答：照我看来，其实整部《红楼梦》就是一部用小说写的"阅古之境"诗作，也是一部用小说写的"阅古之境"史诗。因为它写的是一场很有诗意之历史之梦，又是所写历史的诗。同时，小说中的全部诗作，也都既是历史的诗，又是诗的历史，因为这些诗既是小说作者当年写小说时写的，又是三百多年前的诗作，反映当时的生活状况和思想感情，体现了当时的诗坛创作和诗评状况，所以，其内涵的诗味，不仅是咱们上述对话所说开的"诗味",还有像上述十首怀古诗尚未揭开的谜底那样,尚有许多历史的、诗坛的、人生的、社会的、美学的未知或未尝的"美味"境界,有待我们去层层超脱寻求探讨和享受。所以,《红楼梦》的"诗味"境界是无限丰富广阔、津津有味、其味无穷的。

(2020 年 4 月 18 日完稿)

画味篇

神入其境之『画味』超脱境界

《中国大百科全书》评价说，红楼梦的价值怎么估计都不为过。《大英百科》评价说，《红楼梦》的价值等于一整个的欧洲。《红楼梦》是一部大书。有评论家这样说，几千年中国文学史，假如我们只有一部《红楼梦》，它的光辉也足以照亮古今中外。……《红楼梦》之所以伟大，首先是在结构的伟大上。在如此精妙的布局和秩序下，这等空间、这群人物中，看似庞杂的故事在作者的笔下事无巨细、分明清晰地娓娓道来。

——摘自『百度文库』

横看成岭侧成峰，远近高低各不同。
不识庐山真面目，只缘身在此山中。

——苏轼《题西林壁》

一、以小说写画，以画写小说

问：咱们是对话《红楼梦》，你怎么用上苏轼的诗呢？

答：苏轼这首诗是对超脱境界最浅白而形象的阐释。因为超脱境界就是要超出和摆脱某件具体事物的局限，以新的视点去认识和表现这件具体事物。苏轼的这首诗就是指出要真正认识庐山这件事物，不能局限在庐山中去认识庐山，要超脱出庐山之外，以"横""侧""远近高低"等不同视点去认识，才能真正认识庐山。推而广之，对所有具体事物都应当以此去认识，才能做到真正认识，才能达到极致（透彻）的了解。这就是超脱境界。

问：如此说来，这种境界就是一种带普遍性的认识事物的方法了？

答：是的，不仅是方法论，而且是一种认识论、反映论、美学论，是一条艺术原理，对于文艺创作有普遍意义，对长篇小说和绘画创作，尤其如此。《红楼梦》是长篇小说，又很有绘画艺术特点，可以说是一部特有"画味"的长篇小说；而它的"画味"不是运用苏轼这首诗所说的艺术原理所蕴含的超脱境界体现出来的，所以必须先认识这个原理，并从这个原理的高度去看如何在长篇小说创作中写出"画味"的方式方法，即艺术技巧，这是很有裨益的。

问：长篇小说与绘画是两种不同的艺术体裁和种类，其艺术技巧怎能扯在一起呢？

答：《红楼梦》艺术的高明、特点的鲜明，其中的奥妙就在这里。许多人都知道，长篇小说的结构，主要表现为单个或多个故事情节的开端、发展、高潮到结局，其发展过程大都是在情节发展中体现的。《红楼梦》的结构总体也大致如此，但其具体做法则与众不同，主要是以场景的转换和串接演现故事，又在场景中显现人物、展开情节；而且，每个场景又往往以视点与方式的不同而进行串接和转换，从而造成既摇曳多姿、环环相扣，又如流水行云、自然流畅之特点。值得特别注意的是，《红楼梦》所写的场景，就是一幅幅神入其境的画，是以不同视点和方式描绘的各种不同的画，如连环组画、肖像画、建筑画、风景画、风情画、风俗画、诗词画等；如果说，一般美术作品中的绘画，主要是以线条和色彩为基本元素创造画面，那么《红楼梦》中的场景画，则是以神采的语言和细节为基本元素而创造的画卷。苏轼称王维的画是"诗中有画，画中有诗"；《红楼梦》则是小说中有画，以画写小说。所以，读者既为其小说中的传奇故事所吸引，又为其动人的画面所迷恋，情不自禁地进入神临其境的"画味"超脱境界。

二、《红楼梦》的绘画理论与实践

问：如此说来，曹雪芹岂不是小说家兼画家？

答：是的，据史料称，曹雪芹本来就是一位杰出的画家，他的挚友敦敏有一首称赞他的画作之诗，还说他贫困时曾去卖画。在《红楼梦》第四十二回，他还通过薛宝钗的口，就贾母要惜春画的那一张大观园"行乐图"该如何开始，发表了一番系统绘画理论。他首先说画大观园不宜用写意画，应用工笔画。他认为，"如今画这园子，非离了肚子里头有几幅丘壑的才能成画。这园子却是像画儿一般，山石树木，楼阁房屋，远近疏密，也不多，也不少，恰恰的是这样。你只照样儿往纸上一画，是必不能讨好的。这要看纸的地步远近，该多该少，分主分宾，该添的要添，该减的要减，该藏的要藏，该露的要露。这一起了稿子，再端详斟酌，方成一幅图样"。这些话，则是前引苏轼所说的艺术视点和距离理论。接着指出，"第二件，这些楼台房舍，是必要用界划的。一点不留神，栏杆也歪了，柱子也塌了，门窗也倒竖过来，阶矶也离了缝，甚至于桌子挤到墙里去，花盆放在帘子上来，岂不成了一张笑'话'儿了"。这是宋元"界画"以界尺作画苛求工笔确切的要津。"第三,要插人物,也要有疏密,有高低。衣折裙带,手指足步,最是最紧;一笔不细,不是肿了手就是跏了腿,染脸撕发倒是小事。"这是工笔人物画的造型理论,强调艺术比例原理。第四,关于用料,认为"雪浪纸写字画写意画儿,或是会山水的画南宗山水,托墨,禁得皴染",不宜用来画这幅工笔大观园行乐图,应该用"一块重绢,叫相公矾了",叫匠人将原先盖园时的设计图描上,立了稿子,添了人物就是了。还开列了其他用料的详细清单,还教授了调色的技术,还提出备好料后,他可以帮着配。这番话,不仅说明作者有全面的绘画理论,而且掌握技术,真有实践和经验。所以,他在写小说时,自觉或不自觉地将自己熟悉的绘画艺术运用到小说创作实践中来,是自然而然的。也正因为如此,使这部长篇小说具有鲜明的"画味"色彩和境界,是其重要特点之一。

问：他是怎样做的呢？

答：我看这不仅是他对工笔人物画的精辟见解,而且是他以画写小说、以小说绘画的艺术理念和经验,区别是前面说过的,绘画是以线条和色彩为基本元素创造画面,《红楼梦》则是以神采的语言和细节为基本元素而创造的场景为画,并且以此为基本元素,体现和运用他提出的这些绘画艺术理念和经验。具体表现在以多种画面而体现的场景画中。

三、以场景画展现故事情节并塑造人物

问：请具体详析吧。

答：前面讲到,长篇小说的结构,主要是以单个或多个故事情节的开端、发展、高潮到结局,其发展过程大都是在情节发展中体现的。《红楼梦》的结构同样如此,但它的特点则是以场景画展现故事情节并塑造人物,同时,以多种艺术方式（包括写意画、工笔画、人物画等）构绘场景画。其实,《红楼梦》开篇写的神话故事,即是以写意画的手法写的

故事序篇现场画，每幅都是有现场、有人物、有情节、有意念的场景画。如第一回写的《石头记》故事，写"一僧一道远远而来，生得骨格不凡，丰神迥异，说说笑笑来至峰下，坐于石边高谈快论。先是说些云山雾海神仙玄幻之事，后便说到红尘中荣华富贵"。这僧道所坐的石，是女娲炼石补天时未用上之石，多年已有灵性，哀叹未能尽能尽才，便求僧道携入世间经历荣华富贵。僧道允诺，但先作警告："那红尘中有却有些乐事，但不能永远依恃；况又有'美出不足，好事多魔'八个字紧相连属，瞬息间则又乐极悲生，人非物换，究竟是到头一梦，万境归空，倒不如不去的好。"石头坚持，僧道才将其化为一小块宝玉，让贾宝玉嘴含出生，由此开始了贾府兴亡的长篇曲折故事。这个开篇就是一幅写意性的场景画。这幅场景画，有现场、有人物、有情节、有意念。现场，即其中所说的"峰下"，即紧接着写"不知过了几世几劫"空空道人发现一大块石上刻有并抄录《石头记》全书的地方："大荒山无稽崖青埂峰下"；人物，一僧一道（后来还在有关情节中多次出场），后加上空空道人；情节，僧道高谈快论世外神玄与红尘荣华，将石头化为宝玉入世；意念，"乐极悲生，人非物换，到头一梦，万境归空"。可见，这幅场景画既是《石头记》故事的开篇，又是《红楼梦》意念的缩影。

◇ 问：第二个神话故事的场景怎样呢？

◇ 答：第二个神话是还泪故事。其现场，是西方灵河岸上三生石畔；人物，林黛玉前世绛珠草，贾宝玉前世赤瑕宫神瑛侍者；情节，绛珠草日受神瑛侍者"以甘露灌溉……始得久延岁月。后来既受天地精华，复得雨露滋养，遂得脱却草胎木质，得换人形，仅修成个女体，终日游于离恨天外，饥则食蜜青果为膳，渴则饮灌愁海水为汤"。意念，绛珠"只因尚未酬报灌溉之德，故其五内便郁结着一段缠绵不尽之意"。知神瑛侍者下凡尘世，便自己也下世为人，"把一生所有的眼泪还他，也偿还得过他了"。这幅写意场景画，既是宝黛情缘故事的"前世"，又是其"今生"的序幕，更是其整个故事的缩影。

问： 第三个神话故事的场景是怎样的呢？

答： 第三个神话是第五回写贾宝玉梦游太虚幻境的故事。这个故事的场景画面，由于是在"梦"中，又是"幻境"，所以其跳跃性、模糊性、写意性特浓。其现场、人物、情节、意念也融于一体，依情节而逐层展现画面。首先是贾宝玉进幻境大门，即见大门上书"太虚幻境"，大门对联"假作真时真亦假，无为有处有还无"；宫门上书"孽海情天"，宫门对联"厚地高天，堪叹古今情不尽；痴男怨女，可怜风月债难偿"。这是第一层展现的画面及其意念。第二层，是贾宝玉进到"薄命司"后的画面，意念就是匾下对联所示："春恨秋悲皆自惹，花容月貌为谁妍"；画面的人物和情节，则是在翻看《金陵十二钗正册》副册时，所见一幅幅诗配画的内涵和情景，预示了"金陵十二钗"的性格和命运。第三层画面，是贾宝玉阅毕后，受到警幻仙子亲自以"千红一窟"茶、"万艳同杯"酒接待，聆听《红楼梦》十二支曲表演，直至离开梦境，其内涵与画画，均缩影预示了"金陵十二钗"故事的结局和意念。所以，这个神话故事的场景画，是整个"金陵十二钗"情缘故事的"前世"，又是其"今生"的序幕，更是其整个故事的缩影。

问： 如此说来，三个神话故事都是写意性的场景画？

答： 是的。这三个神话故事都是《红楼梦》故事的"前世"渊源，又是其"今生"的序幕，这三幅场景画也正是整部《红楼梦》小说场景画的序画。其实，整部《红楼梦》的故事情节，都是由一幅幅小说场景画的转换串接而体现和发展的，只是结构和转换串接场景画的手法各有不同。所以，这三幅序画所体现的以写意性为主体的场景画，是《红楼梦》具有"画味"的特点之一，是一种超脱的"画味"境界。此外，尚有很多其他的画面和手法特点的场景画。

四、以工笔画为主体的综合性场景画

问：请分别以实例解说吧。

答：如果说上述三个神话故事的场景画是《红楼梦》的序画，那么，第三回写林黛玉进荣国府的场景，则是《红楼梦》故事正式开始的开场画。这个场景画面，就是以多视角、多手法综合创造的工笔写意画。这种以工笔画为主体的综合性场景画，也是《红楼梦》具有"画味"的特点和境界之一。在这一回中，首先表现在开始即有明确的神入其境的视点，写林黛玉登岸后，即抱着"步步留心，时时在意"的神情观察贾府这个"不凡"之家，所以，她的视点所见，则主要是她从所未见的、"与别家不同"的场景，这些场景，也即是这位大家闺秀以所见而描绘出的场景画。在这一回中，具体有三幅。第一幅是贾府的外景和内景画。外景是林黛玉弃舟登岸后，"自上了轿，进入城中，从纱窗往外瞧了一瞧，其街市之繁华，人烟之阜盛，自与别处不同。又行了半日，忽见街北蹲着两个大石狮子，三间兽头大门，门前列坐着十来个华冠丽服之人。正门却不开，只有东西两角门有人出入。正门之上有一匾，匾上大书'敕造宁国府'五个大字。……又往西行，不多远，照样也是三间大门，方是荣国府了"。内景是林黛玉进入正房大院见过贾母等女主人后，由邢夫人携领，从西府（荣国府）到东府（宁国府）所见的场景，"进入三层仪门，果见正房厢庑游廊，悉皆小巧别致，不似方才那边轩俊壮丽，且院中随处之树木山石皆在"。从东府返回西府时，所见场景则是："穿过一个东西的穿堂，向南大厅之后，仪门内大院落，上面五间大正房，两边厢房鹿顶耳房钻山，四通八达，轩昂壮丽，比贾母处不同。黛玉便知这方是正经正内室，一条大甬路，直接出大门的。进入堂屋中，抬头迎面先看见一个赤金九龙青地大匾，匾上写着斗大的三个大字，是'荣禧堂'，后有一行小字，'某年月日，书赐荣国公贾源'，又有'万几宸翰之宝'。大紫檀雕螭案上，设着三尺来高青绿古铜鼎，悬着待漏随朝墨龙大画，一边是金蜼彝，一边是玻璃盒。地下两溜十六张楠木交椅。又有一副对联，乃乌木联牌，镶着錾银的字迹，道是：'座上珠玑昭日月，堂前黼黻焕烟霞'……"这些精细的描写，堪称高妙的小说场景工笔画。这是以林黛玉神入其境的视角描写出的贾府内外场景画，是她初进贾府的第一幅开场画。

问：第二幅是什么？

答：是贾府主要女主角的肖像画。这幅画，首先画贾母的形态是"只见两个人搀着一位鬓发如银的老母迎上来"，"方欲拜见时，早被他外祖母一把搂在怀中，心肝儿肉叫着大哭起来"，只是一瞬画面，即映现了贾母的形象及其与甥女的深情关系。对王夫人、邢夫人只一笔介绍身份带过。接下是以工笔画写贾氏三姐妹肖像：贾迎春是"肌肤微丰，合中身材，腮凝新荔，鼻腻鹅脂，温柔沉默，观之可亲"；贾探春是"削肩细腰，长挑身材，鸭蛋脸面，俊眼修眉，顾盼神飞，文采精华，见之忘俗"；贾惜春是"身量未足，形容尚小"，三个金钗女子，其钗环裙袄，皆是一样的妆饰。对三人都是以工笔写出其相貌特征与神态。画凤姐肖像，更是绘声绘色、栩栩如生，开笔即以林黛玉视点，写其先声夺人："一语未了，只听后院中有人笑声说：'我来迟了，不曾迎接远客！'"真是未见其人先闻其"声"；黛玉纳罕道："这些人个个皆敛声屏气，恭肃严整如此，这来者是谁，这样放诞无礼，心下想时，只见一群媳妇丫鬟围拥着一个人从后房门进来"，一笔即勾勒画出凤姐之"威"；接着以工笔精细画出凤姐的长相和装饰之"美"："这个人打扮与众姑娘不同：彩绣辉煌，恍若神妃仙子，头上戴着金丝八宝攒珠髻，绾着朝阳五凤挂珠钗；项上带着赤金盘螭璎珞圈，裙边系着豆绿宫绦，双衡比目玫瑰珮，身上穿着缕金百蝶穿花大红洋缎窄裉袄，外罩五彩刻丝石青银鼠褂；下着翡翠撒花洋绉裙。一双丹凤三角眼，两弯柳叶吊梢眉，身量苗条，体格风骚，粉面含春威不露，丹唇未启笑先闻。"更妙的是，以贾母亲作介绍，叫其"凤辣子"，一语道破凤姐之"辣"！可见这幅写贾府女主角的肖像画，是写意与工笔皆工之古典人物图。

问：第三幅是什么呢？

答：是小说主人公贾宝玉肖像。先是以林黛玉视点所画的贾宝玉形象："头上戴着束发嵌宝紫金冠，齐眉勒着二龙抢珠金抹额；穿一件二色金百蝶穿花大红箭袖，束着五彩丝攒花结长穗宫绦，外罩石青起花八团倭缎排穗褂；登着青缎粉底小朝靴。面若中秋之月，色如春晓之花，鬓若刀裁，眉如墨画，面如桃瓣，目若秋波。虽怒时而若笑，即瞋视而有情。项上金螭璎珞，又有一根五色丝绦，系着一块美玉。黛玉一见，便吃了一大惊，心下想道：'好生奇怪，倒像在那里见过一般，何等眼熟到如此！'"这不仅是精细刻画出贾宝玉肖像，还一笔引出宝黛前世情缘。更妙的是，作者竟不惜笔墨，有意让宝玉卸妆后再作便妆画像："一时回来，已换了冠带，头上周围一转的短发，都结成小辫，红丝结束，共攒至顶中胎发，总编一根大辫，黑亮如漆，从顶至梢，一串四颗大珠，用金八宝坠角；身上穿着银红撒花半旧大袄，仍旧带着顶圈、宝玉、寄名锁、护身符等物；下面半露松花撒花绫裤腿，锦边弹墨袜，厚底大红鞋。越显得面如敷粉，唇若施脂；转盼多情，语言常笑。天然一段风骚，全在眉梢；平生万种情思，悉堆眼角。看其外貌，最是极好，却难知其底细。"这段再画像，不仅更精工细刻，而且出神入化，情现其中。尤其在末句"却难知其底细"之疑问，即转换视点以"后人有《西江月》二词"回答："无故寻愁觅恨，有时似傻如狂。纵然生得好皮囊，腹内原来草莽。潦倒不通世务，愚顽怕读文章。行为偏僻性乖张，那管世人诽谤！富贵不知乐业，贫穷难耐凄凉。可怜辜负好韶光，于国于家无望。天下无能第一，古今不肖无双。寄言纨袴与膏粱，莫效此儿形状！"这二词实际是贾宝玉一生的判词，是其思想性格和一生命运的概括，作者特意在此插上一笔，不仅是紧扣林黛玉的疑问，而且主要是以转视点的画面——林黛玉的工笔肖像画，转移或升华为写意人物画，而且在结构上，巧妙地运用视点的转移而将画面转移至场景画面中。

问： 具体是怎样体现的呢？

答： 其实，在这里以"后人"《西江月》词的视点，转移为写意人物画，即是这种结构艺术的体现，进而更鲜明突出的体现，是紧接描写的以贾宝玉视角为林黛玉画像："宝玉早已看到多了一个姊妹，便料定是林姑妈之女，忙来作揖。厮见毕归坐，细看形容，与众各别：两弯似蹙非蹙罥烟眉，一双似泣非泣含露目。态生两靥之愁，娇袭一身之病。泪光点点，娇喘微微。闲静时如姣花照水，行动处似弱柳扶风。心较比干多一窍，病如西子胜三分。宝玉看罢，因笑道：'这个妹妹我曾见过的……我看着面善，心里就算是旧相识，今日只作远别重逢，亦未为不可。'"知黛玉无字，便送她"颦颦"二字，并再为黛玉画像："'西方有石名黛，可代画眉之墨'，况这林妹妹眉尖若蹙，用取这两个字，岂不两妙。"这句"补妆"之语，正可谓为林黛玉的点睛之笔，更为这幅"情人眼里出西施"的工笔画增添了亮点。并以"这个妹妹我曾见过"一笔勾出前世情缘，又使这幅精致的工笔画添有写意画的色彩和品位。由此，在上述以林黛玉视点描绘的三幅场景画（贾府内外场景画、贾府女主角肖像画、小说主角贾宝玉肖像画）之外，又在同一回中，增加了一幅以贾宝玉视角的林黛玉人物画，又都是以工笔画为主体的综合性场景画，将贾府的环境、主要人物和男女主角都引带出场了，因而可以说这一回是《红楼梦》故事正式开场的场景画；又因为以转移视点而转场景的艺术手法开展情节故事、塑造人物以至结构小说，也都是从这一回开始的，所以，这一回中四幅场景画的视点艺术，也即是《红楼梦》运用这种艺术的缩影和正式开场，同时，这也意味着这是《红楼梦》具有"画味"的特点之一，是一种超脱的"画味"境界。

五、连环场景组画与横面综合场景画交叉串接的结构

问： 如此说来，这种以转移视点而转移场景的艺术手法，是整部《红楼梦》开展情节故事、塑造人物以至结构小说的主要或基本艺术手

法么？

答：是的。这次对话开头引用《中国大百科全书》的评价说，"《红楼梦》的价值怎么估计都不为过。《大英百科》评价说，《红楼梦》的价值等于一整个的欧洲。《红楼梦》是一部大书。有评论家这样说，几千年中国文学史，假如我们只有一部《红楼梦》，它的光辉也足以照亮古今中外。……《红楼梦》之所以伟大，首先是在结构的伟大上。在如此精妙的布局和秩序下，这等空间、这群人物中，看似庞杂的故事在作者的笔下事无巨细、分明清晰地娓娓道来"。这个评价，特别赞赏其"结构的伟大"，而且着重指出"这等空间、这群人物中，看似庞杂的故事在作者的笔下事无巨细、分明清晰地娓娓道来"的特点及其成功所在。所谓"这等空间"，即指其场景画面结构，即人物活动环境的画面，是开展情节故事、塑造人物空间，即塑造典型人物、典型环境。长篇小说的结构，就是要采取种种艺术手段，以系列环境场景画面空间，将系列人物塑造出来。《红楼梦》结构的成功，正是如此，其特点是以纵向连环场景组画与横向综合场景画的交叉串接结构方式。

问：什么是连环场景组画和横向综合场景画？两者的交叉和串接的结构方式是怎样的呢？

答：所谓连环场景组画，是指在纵向上某种或某个人的活动场景跨时空组合的系列场景画面；所谓横向综合场景画，是指在一定时空中某项或某些人进行活动的综合场景画面。在具体场景中，往往是两种场景的画面皆具，而又是融合为一体的，只是在对其认识理解的时候，才因关活的重点不同而有所区别。例如，上述三个神话故事场景画，从序画的意义上说，是三幅跨时空连环场景组画；从单幅而言，则是一定时空的横向综合场景画。这"综合"的意思，既包含多种纵向跨时空内涵在一定时空场景中的组合或融合，又包含在艺术上多种画技之组合或融合，这就是两者的交叉和串接的结构方式。例如，上述第三回写林黛玉初进荣国府的四幅场景画面，一方面是贾府兴衰和宝黛情缘跨时空连环场景组画的开场画，另一方面又是以视点转移和写意工笔的绘画艺术综合创造的写意人物画，是两者的交叉和串接的场景画。

问：在《红楼梦》小说总体结构上怎样体现这个特点呢？

答：《红楼梦》小说总体是这次对话开头所说的三个神话引起的故事，即石头化为贾宝玉亲身经历目睹贾府兴衰故事、宝黛情缘故事、金陵十二钗命运故事。整部小说场景画，从纵向上说，都是这三个故事的跨时空连环系列组画；从横向而言，每一回中的场景画都是这三个故事在一定时空中的分解或综合交叉的体现。所以，从这两层意义上说，《红楼梦》的总体结构方式，就是以纵向连环场景组画与横面综合场景画的交叉串接。大致来说，自小说第三回写林黛玉进荣国府而正式开场这三个故事的连环组画以后，直至八十回原作，几乎每一回都有体现这种纵横结构的场景画面。如紧接第四回写贾雨村判薛蟠杀人进京案和薛宝钗一家进荣国府的场景，既展现贾、王、史、薛四大家族的密切关系而连接贾府故事的连环组画，又以薛宝钗的出现揭开宝黛钗情缘连环组画的"三角"新篇章，同时又开启了薛宝钗一家命运连环组画的开场。紧接着第五回写秦可卿领贾宝玉游太虚幻境的场景，既揭开了金陵十二钗和秦可卿命运连环组画的首页，又以秦可卿之死和治丧场景，来展现贾府之腐败和与皇族的密切关系之内涵，而成为贾府兴衰连环组画的重要一环。这些回目的场景画，都是这三个故事在一定时空中的分解或综合交叉体现的实例，其他各回大都如此，可见，这也是《红楼梦》在结构上的一种"画味"特点和境界。

六、以视点与距离的持续及转换创连环场景组画

问：连环组画只有故事连环组画一种么？

答：故事连环组画只是内容上的连环组画之一种，不是唯一一种，还有人物、场景的连环场景组画等，这类组画，大都是以视点、距离的跨时空持续和转换而连接成连环组画，并创造出画中有画的场景。这也是

《红楼梦》特有的一种"画味"艺术特点和境界。如第六回、第三十九回和第四十回,以及第一一三回,写刘姥姥三进荣国府,时间跨度很大,却相当于刘姥姥其人的连环组画。在这组画中,以刘姥姥的视点和时间距离,写出了荣国府在三个不同时期从兴至衰的不同场景;同时,在这三个不同场景中,每个场景都以刘姥姥的视点写出其所见的场景与人物,又在其中以视点与距离的转换,更多地写出其他人物和场景。如在第六回中,写刘姥姥初见凤姐的情景:"只见门外錾铜钩上悬着大红撒花软帘,南窗下是炕,炕上大红毡条,靠东边板壁立着一个锁子锦靠背与一个引枕,铺着金心绿闪缎大坐褥,旁边有雕漆痰盒。那凤姐儿家常带着秋板貂鼠昭君套,围着攒珠勒子,穿着桃红撒花袄,石青刻丝灰鼠披风,大红洋绉银鼠皮裙,粉光脂艳,端端正正坐在那里,手内拿着小铜火箸儿拨手炉内的灰。平儿站在炕沿边,捧着小小的一个填漆茶盘,盘内一个小盖钟。凤姐也不接茶,也不抬头,只管拨手炉内的灰,慢慢地问道:'怎么还不请进来?'一面说,一面抬身要茶时,只见周瑞家的已带了两个人在地下站着呢。这才忙欲起身犹未起身时,满面春风的问好,又嗔着周瑞家的怎么不早说。刘姥姥在地下已是拜了数拜,向姑奶奶请安。"这段场景,既以刘姥姥的视点,近距离地描写了凤姐的肖像,映现了荣国府在兴旺期的威风,同时也映现了刘姥姥既机智世故又未见过世面的乡村老妪的思想性格,这就是画中有画。将这幅精细的场景画与后来刘姥姥先后再进荣国府的场景画连接来看,二进在大观园所见凤姐的泼辣霸气和贾府的奢侈繁华场景,三进荣国府所见凤姐的枯槁和贾府的萧条景象,以及这位知恩图报的善良农村老妇的人物形象,不都是以视点和距离的转换与串接而跃现纸上么?

问:这是人物视点连环组画的实例。场景视点连环组画是怎样的呢?

答:即以不同人物、不同时间、不同视点描绘同一场景,如对大观园场景的描绘,就有多幅不同视点描绘出的连环组画。首先是第十七回至十八回,写大观园初落成时,贾政率一班清客进园游览,对贾宝玉试才对额,从而以贾宝玉的视点为主,描绘了首幅多视点的游园图和水彩画。其次是在同回中后半部分,写元妃元宵回贾府省亲时游大观园的情景,又是一幅以元妃活动为主要视点的大观园欢庆图和油彩画。再就是第三十九回至四十回,写刘姥姥进大观园,与贾母及贾府众女儿游乐的情景,既是一幅以刘姥姥为主要视点的游乐图,又是一组大观园景点和全景油彩画。将这三幅画连起来,就是一组同一场景不同视点的连环组画。其实在这三幅画中,也内含着一幅幅不同视点或不同景点的场景画,各自本身也自行构成局部性的连环组画。更为值得注意的是,除这三幅全景式的大观园组画之外,尚有贾府的女儿们,分别以举办诗社等活动而描绘出的大观园美景图,如第三十八回写菊花诗会、第五十回写即景诗会、第七十回写桃花社和柳絮词、第七十六回写凹晶馆联诗,都是一幅幅不同视点、不同景点的场景画,将其串接起来,又是不同视点相同场景的大观园连环组画。显然,这也是《红楼梦》在结构上的一种"画味"特点和境界。

七、以梳辫型纽带结构和串珠型连环结构组编场景画面

问:在场景画面中,还有什么结构上的艺术特点呢?

答:尚有以梳辫型纽带结构和串珠型连环结构组编场景画的特点。前面说过,《红楼梦》是三个神话故事(也即是《石头记》《红楼梦》《金陵十二钗》三个书名)引出的故事集成。具体地说,石头(贾宝玉)参与并见证的贾府兴衰史和宝黛情缘史,是故事情节的主线,金陵十二钗命运是分散的副线;在较多场景中,两条主线都分别是正面描写的正线、主线、明线,有时也会作为背线、副线、伏线融合或寓现某一场景画中;但大致而言,每个场景画都会有某条线作为中心或重点,总体而言是以两条主线为中心或重点的场景为多、为主,也许这是整部小说虽然时空跨度大、情节枝蔓多,但总能保持围绕主线为主干和中心的故事发展脉络和态势,同时又能使三条故事线索在场景的画面中的融合寓现,并在视点和距离的转换中自然顺畅地发展着。由此,作者从纵横两个方面组编这些既有

故事线索融合性又有发展性的场景画面。

问：请分别以实例解析吧。

答：从纵的方面就是以梳辫型纽带结构组编场景画面。从小说章回目录上看即可发现，明显表现贾府兴衰史和宝黛情缘史这两条主线的回目占多数，其他回目虽然不明显，但内涵都直接或间接相关；这两条主线在回目中的数量是大致相等的，而且是大体上交错的。如在第十七回至十八回写贾府登峰造极的兴旺期"荣国府归省庆元宵"之后，紧接第十九回写宝黛情窦初开："情切切良宵花解语，意绵绵静日玉生香"；在第二十二回写"制灯谜贾政悲谶语"之后，紧接第二十三回写宝黛树下共读"西厢记妙词通戏语，牡丹亭艳曲警芳心"；在第二十五回写"红楼梦通灵遇双真"之后，第二十六回写宝黛各在"蜂腰桥设言传心事，潇湘馆春困发幽情"；第三十三回写贾政笞挞贾宝玉后，第三十四回则是写宝黛钗的"情中情因情感妹妹，错里错以错劝哥哥"；第八十八回以"正家法贾珍鞭悍仆"写贾府的日暮途穷，第八十九回则以"人亡物在公子填词，蛇影杯弓颦卿绝粒"而写宝黛情缘的尾声。这些回目所写小说两条主线的场景画的交错形状，不恰似女孩子所梳的辫子么？从而可见这一系列场景画，不就是一条螺旋式梳辫型的纽带组画么？之所以是"螺旋式"，因为在这些交错的组画中，前后次序即有螺旋式发展的形态与脉络，具有持续发展的内涵和意义。例如，第二十七回"滴翠亭杨妃戏彩蝶，埋香冢飞燕泣残红"，以薛宝钗、林黛玉分别在大观园"戏彩蝶""泣残红"的诗情画意场景，既生动刻画了大观园的美景和美人，又融合寓现了贾府与宝黛情缘、金陵十二钗命运的兴旺期景象，同时又预示了向衰退期发展的征兆（"泣残红"）。可见，这种梳辫型纽带结构艺术，是很有超脱"画味"特点的。

问：从横的方面是什么呢？

答：串珠型连环结构组编场景画。这种画的特点是以某件事的活动，将一系列场景像串珠似地组合成一组连环结构画面,既展现系列的环境与人物,又融合寓现三条故事线索的内涵与承传脉络。例如,第七回写周瑞家的到王夫人处回禀刘姥姥进荣国府之事,见薛姨妈并受托为姊妹们送宫花,通过一连串的送花活动场景,写出了迎春、探春、惜春、宝钗、香菱、黛玉等金陵十二钗人物,以及他们的贴身丫鬟司棋、侍书、入画等人,还映现贾宝玉与林黛玉、薛宝钗的情缘关系,以及贾府与薛、王两家的休戚关系等,可谓三条主线的一串人物肖像组画和人际关系图。第七十四回写凤姐奉王夫人指使,与王善保家的一班人抄检大观园一系列场景也有异曲同工之妙。从查贾宝玉住处开始,袭人心知有异事,顺从抄检;晴雯之前曾受王夫人训斥,尚在气恼,现又受检,即将自己箱子倒翻在地受检,更埋下了不久受罪的祸根,贾宝玉受气而不敢言。接着到林黛玉住处,黛玉已睡床,凤姐不许她起来,王善保家的在紫鹃房中查到宝玉曾用过的几件东西,自以为得了意,忙请凤姐过来查验,凤姐笑道:"宝玉和他们从小儿在一起混了几年,这自然是宝玉的旧东西。这也不算稀罕事,撂下再往别处去是正经。"紫鹃笑道:"直到如今,我们两下里的东西也算不清。"这两句对话,含蓄而又明白地道破了宝黛情缘线索的由来与现状。更妙的是,这班人到探春处抄检时,探春十分愤慨,先是声言只许查检他自己的东西,不许查检丫鬟的东西,以保护丫鬟,并说了一番预言性的话:"你们今日早起不曾议论甄家,自己家里好好的抄家,果然今日真抄了。咱们也渐渐的来了。可知这样大族人家,若从外头杀来,一时是杀不死的,这是古人曾说的'百足之虫,死而不僵',必先从家里自杀自灭起来,才能一败涂地!"随后,又在王善保家的作势拉扯探春衣襟的时候,探春愤怒地给了他一巴掌并严词痛斥,一班人悻悻退出。接着到李纨处,因其在病中,只查丫鬟,无果;却在惜春处查出其贴身丫鬟入画私藏金银与男人靴袜,申明是贾珍赠其兄之物,惜春懦弱胆小,不仅不为入画说情,还要凤姐重罚入画,与探春勇于捍卫仆人迥然不同。更木讷者是迎春,当抄出其丫鬟司棋与其表弟潘又安的来往情书及物件时,司棋只是"低头不语,也并无畏惧惭愧之意",她却熟睡不起。这一连串抄检过程的场景,正如一条串珠似的连环画图。在这画图中,既活灵活现了大观园的环境和每个出现的人物，又融合并寓现了三条故事线索行将分崩离析的现状与前景。这幅抄检大观园连环画图，既是上述送宫花连环画图的后续末编，又是各有千秋的串珠型连环画图，前后辉映，并与螺旋梳辫型连环画图纵横交错，构成了别有一番"画味"的超脱境界，可见，这也是《红楼梦》结构上又一个"画味"的特点和境界。

八、以场景画定格风景、风情、风俗之美

问：还有其他特点和境界么？

答：有，如以场景画定格风景、风情、风俗之美，也是《红楼梦》鲜明而重要的"画味"特点和境界之一。照我看来，《红楼梦》很注重、很善于发现和表现大自然与人文社会中的美，具体体现在特别注重并擅长以定格的视点和手法，将风景、风情、风俗之美寓于一定时空的场景画面中，使人既受小说故事情节的吸引，又受美的熏陶。这个特点，首先体现在自然风景画中。例如，第四十九回"琉璃世界白雪红梅"就是一幅极美的风景画：宝玉"天亮了就爬起来，掀开帐子一看，虽门窗尚掩，只见窗上光辉夺目，心内早踌躇起来，埋怨定是晴了，日光已出。一面忙起来揭起窗屉，从玻璃窗内往外一看，原来不是日光，竟是一夜大雪，下将有一尺多厚，天上仍是搓绵扯絮一般。宝玉此时欢喜非常，忙唤人起来，盥漱已毕，只穿一件茄色哆罗呢狐皮袄子，罩一件海龙皮小小鹰膀褂，束了腰，披了玉针簑，戴上金藤笠，登上沙棠屐，忙忙的往芦雪广来。出了院门，四顾一望，并无二色，远远的是青松翠竹，自己却如装在玻璃盒内一般。于是走至山坡之下，顺着山脚刚转过去，已闻得一股寒香拂鼻。回头一看，恰是妙玉门前栊翠庵中有十数株红梅，如胭脂一般，映着雪色，分外显得精神，好不有趣！宝玉便立住，细细的赏玩一回方走。"这幅用语言和细节描绘的风景画，背景广阔，色彩强烈；亮点鲜明，层次分明；动中有静，静中有动；人在画外，也在画中，将立体时空定格于一幅场景画中，真是自然美与艺术美、语言美与绘画美融于一体的小说风光场景

画。与此相类的极美场景画面，在《红楼梦》中还有很多。所以，这也是其"画味"特点和超脱境界之一。

问：风情场景画是怎样的呢？

答：风情就是风土人情，每个地方都有自己独特的本土传统风情，有鲜明的时令性和地方性，是地域史地文化的重要内涵和体现。《红楼梦》很注重并善于体现这种本土风情文化，尤其注重并善于以场景画体现本土的风情美。如第二十七回"滴翠亭杨妃戏彩蝶"中描写："四月二十六日，原来这日未时交芒种节。尚古风俗：凡交芒种节的这日，都要设摆各色礼物，祭饯花神，言芒种一过，便是夏日了，众花皆卸，花神退位，须要饯行。闺中更兴这件风俗，所以大观园中之人都早起来了。那些女孩子们，或用花瓣柳枝编成轿马的，或用绫锦纱罗叠成干旄旌幢的，都用彩线系了。每一棵树上，每一枝花上，都系了这些物事。满园里绣带飘飘，花枝招展，更兼这些人打扮得桃羞杏让，燕妒莺惭，一时也道不尽。……宝钗刚要寻别的姊妹去，忽见前面一双玉色大蝴蝶，大如团扇，一上一下迎风翩跹，十分有趣。宝钗意欲扑了来玩耍，遂向袖中取出扇子来，向草地下来扑。只见那一双蝴蝶忽起忽落，来来往往，穿花度柳，将欲过河去了。倒引的宝钗蹑手蹑脚的，一直跟到池中滴翠亭上，香汗淋漓，娇喘细细。"这段描写，上半节可说是这幅场景画的全景，是静态；下半节是亮点，是动态；上下融合一体，繁花满眼，亮点鲜明，静动互现，人景相生，活灵活现了大观园"女儿国"送花神的艳丽风情。如此风情场景画在《红楼梦》中，比比皆是，不胜枚举，可见，这也是其"画味"特点和超脱境界之一。

问：场景风俗画是怎样的呢？

答：实际上风情画也属风俗画，稍有区别的是风情画偏重场景的描写，风俗画则偏重风俗程式的传承和展现。如第五十三回"宁国府除夕祭宗祠，荣国府元宵开夜宴"所写这两个重大节日的风俗画。对春节的风俗描写，节前是："已到了腊月二十九了，各色齐备，两府中都换了门神、联对、挂牌，新油了桃符，焕然一新。宁国府从大门、仪门、大厅、暖阁、内厅、内三门、内仪门并内塞门，直到正堂，一路正门大开，两边阶下一色朱红大高烛，点的两条金龙一般。"正当除夕那天，是祭宗祠仪式，只见贾府全家族人"凡从文旁之名者，贾敬为首；下则从玉者，贾珍为首；再下从草头者，贾蓉为首；左昭右穆，男东女西；俟贾母拈香下拜，众人方一齐跪下，将五间大厅，三间抱厦，内外廊檐、阶上阶下、两丹墀内，花团锦簇，塞的无一隙空地。鸦雀无声，只听铿锵叮当，金铃玉佩微微摇曳之声，并起跪靴履飒沓之响。"这两节春节风俗画，节前是风俗景象描写，隆重热烈，吉祥欢庆，既是浓郁的节日风光，又现诗礼家族风范；祭祀宗祠的仪式描写，既现出贾府家族的庞大，又现出仪式的庄严气派！尤其精彩的是在写跪拜时，在"鸦雀无声"中，"只听铿锵叮当，金铃玉佩微微摇曳之声，并起跪靴履飒沓之响"，写出了"无声"中之有声，而且还是高贵的男女有别的佩带和靴履微微声响，真是以齐动而写无动、以有声而写无声的绘画艺术，是一幅精细至微、肃穆静极的立体场景画面，将风俗之美推向了美学的极致境界。除此之外，在其他章回描写的节日风俗场景画中，还有不少精湛妙笔，所以，这也是一种"画味"特点和超脱境界。

九、以场景诗画升华天、地、人之美学境界

问：还有其他特点么？

答：王国维在《〈红楼梦〉评论》一文中指出：《红楼梦》"自足为我国美术上之唯一大著述"。这句话中"美术"一词，大致相当于美学概念，也包含绘画美术。他将这部长篇小说评为"美术"大著述，而且是"唯一"，评价如此之独特而极高，迄今未有人超过，甚至尚未有人解释清楚。笔者才疏学浅，对此也一知半解，只是受其启发，发现这部小说的"画味"；而且，也是在苏东坡说王维的诗是"诗中有画，画中有诗"的

启发下，发现《红楼梦》也是小说中有画，其画中有小说。"小说中有画"的意思，是指其处处都以场景画面刻画人物故事；"画中有小说"的意思是场景画中都有人物情节。还得补充的是，《红楼梦》中有许多诗词，这些诗词既是小说的有机组成部分，又大都是堪称独特的诗词精品；有的是小说故事情节的纽带，有的是以小说人物之作而体现其自身性格的作品。这些诗词之作，自然也当是《红楼梦》"小说中有画，画中有小说"艺术特点体现之所在，甚至是更高之所在。

问：为什么呢？

答：王国维《人间词话》指出："词以境界为最上，有境界自成高格，自有名句"，诗词同理，所以，《红楼梦》中的诗词，是体现其"小说中有画，画中有小说"艺术特点更高的艺术宝库。在关于《红楼梦》的"诗味"超脱境界对话中，我已根据王国维的"境界说"作了详细的阐释，现在只是从场景诗画的角度做些补充。所谓场景诗画，即是既具有人物故事活动场景画面，又有诗之境界的诗，是小说、绘画、诗词三种艺术的融合，又是小说中同时具有"画味""诗味"的艺术特点和超脱境界。在《红楼梦》中，这种场景诗画不少。

问：请举例说明之。

答：最突出、最典型的是林黛玉的《葬花词》。首先，这首诗本身，就是一首典型的有人物情节的场景诗画。全诗写的是：有一位美丽的闺阁少女，在"花谢花飞花满天"的日子，叹息花之"红消香断有谁怜"，见到凋谢的花瓣在"游丝软系飘春榭，落絮轻沾扑绣帘"的孤身飘荡的情景，"闺中女儿"如同身受，感到自己的青春也会同"春暮"那样很快消逝而痛"惜"，使得这位"闺中女儿""愁绪满怀无释处"，于是便"手把花锄出绣帘"，在闺阁外满地落花的天地中，"忍踏落花来复去"地消解愁闷心情。但眼前是"柳丝榆荚自芳菲，不管桃飘与李飞"的景象，不能理解芳菲将逝的命运，也不理解少女"惜春暮"的心情，使少女不得不发出"桃李明年能再发,明年闺中知有谁?"的感叹。望见"三月香巢已垒成"的"梁间燕子"对生命短暂"太无情"无知,不会明白花鸟"明年花发虽可啄,却不道人去梁空巢也倾"。"一年三百六十日"的时间不算长,但过的是"风刀霜剑严相逼"的日子,花的"明媚鲜妍能几时?一朝漂泊难寻觅"。因为"花开易见落难寻"。美丽的闺阁少女感到人的生命也是这样,对"阶前"的遍地落花深表苦恼同情,便作为葬花人为落花掩土埋葬。少女在葬花时"独倚花锄泪暗洒",伤心的血泪"洒上空枝见血痕",好像啼血的"杜鹃"那样啼到血尽"无语正黄昏"的时候,才"荷锄归去掩重门"。少女葬花后更是苦恼伤感,"青灯照壁人初睡,冷雨敲窗被未温",辗转难眠,感慨自己"怪奴底事倍伤神,半为怜春半恼春。怜春忽至恼忽去,至又无言去不闻"!烦恼通宵达旦,又听见"昨宵庭外悲歌发","知是"美丽圣洁的"花魂与鸟魂"呼唤。但是,"花魂鸟魂总难留"住其美丽圣洁的,只能是"鸟自无言花自羞"地保持自己的本质,人在世间的青春和生命也是如此。所以,"愿奴胁下生双翼,随花飞落天尽头",寻找保持美丽圣洁的天地。但是,即使到了"天尽头,何处有香丘"呢?也是没有的,倒不如在世间"未若锦囊收艳骨,一抔净土掩风流"算了。这样还可以保持"质本洁来还洁去,强于污淖陷渠沟"的命运。最后,伤心的少女只能对葬下的落花诉说:"尔今死去侬收葬,未卜侬身何日丧?侬今葬花人笑痴,他年葬侬知是谁?"面对"花谢花飞花满天"的暮春景象,这位美丽圣洁的少女情不自禁地感慨:"试看春残花渐落,便是红颜老死时。一朝春尽红颜老,花落人亡两不知"呵!从上述串解可见,全诗描绘出的完全是一幅气象万千、色彩斑斓的有人物、有情节、有诗情、有意境的场景诗画,是不折不扣的"小说中有画,画中有小说"和"诗中有画,画中有诗"艺术特点融合的体现,是小说中同时具有"画味""诗味"的艺术特点和超脱境界的杰作。

问:能否对这首杰作从更深层次上阐释其意义呢?

答:问得好,这正是我想说的。因为多年来研究《红楼梦》的著作很多，关于这首词的文章更多，我虽阅历有限，但迄今未见有从超脱境界的理论阐析这部巨著及这首名词的论著。由此，我试图以此为视点，对这首词在小说场景诗画创作上的意义讲些粗浅之见。首先从小说提供这首词的创作环境上看，即见是超脱之作。这首词出自第二十七回"滴翠亭杨妃戏彩蝶，埋香冢飞燕泣残红"。当日是芒种节，按习俗是春去夏至分果送花神的日子。书中描写大观园那些女孩子们，或用花瓣柳枝编成轿马的，或用绫锦纱罗叠成千旄旌幢的，都用彩线系了。每一棵树上，每一枝花上，都系了这些物事。满园里绣带飘飘，花枝招展，更兼这些人打扮得桃羞杏让，燕妒莺惭，一时也道不尽的热闹，宝钗、迎春、探春、李纨、凤姐并巧姐、大姐、香菱与众丫鬟们都在园内玩耍，独不见林黛玉。宝钗为寻找林黛玉而痛快地在滴翠亭玩捉彩蝶游戏。原来林黛玉独自一人在那日与贾宝玉葬桃花的地方，如同《葬花词》所写的少女一样，手提花袋，荷着花锄，在"花谢花飞花满天"的场景中，"忍踏落花来复去"，一面哭泣，一面吟诗、拾花、葬花。这就是林黛玉创作《葬花词》的场景。从这场景中可见，这首诗的创作本身，就是一个独步群芳的超脱境界。因为大观园的女孩子们都在花神退位、春去夏来的日子及时行乐，而林黛玉则为此而伤悲祭奠，这不就是一种超脱吗？其意义正在于：芒种是一种习俗、一种花的换季谢位场景，林黛玉却将其升华为春天消逝的象征，进而对其所内涵和体现之美景消逝而哀伤！这就是其第一层"画味"超脱境界，即是从"送花神"和春归夏至的欢乐风俗，而升华的感伤诗画境界。

问：第二层是什么？

答：是对场景悲剧美的升华。王国维《〈红楼梦〉评论》一文中还认为，《红楼梦》的美学上的价值，就在于它与一切传统喜剧相反，是一部"彻头彻尾的悲剧"。"凡此书中之人有与生活之欲相关系者，无不与苦痛相终始"，"可谓悲剧中之悲剧"，并进一步指出："叔本华置诗歌于美术之顶点，又置悲剧于诗歌之顶点，而于悲剧之中又特重第三种，以示人生之真相，又示解脱之不可以故。"他还指出："美术之所写也，非个人之性质，而人类全体之性质也。……善于观物者，能就个人之事实而发见人类全体之性质。"这段评论，是指整部《红楼梦》都是大悲剧，是书中人为生活欲望不能满足而痛苦的悲剧，是人生痛苦不能解脱的悲剧，是从个人而发的人类悲剧；而且指出悲剧美是最有美学价值的美，同时认为《红楼梦》是"与一切传统喜剧相反"的一部"彻头彻尾的悲剧"。这个评价，意味着其创作的场景诗画也莫不如此，同样也可见于《葬花词》的场景诗画中。在这幅诗画里，所写的美景都是即将消逝的暮春景色：游丝软系的花瓣，轻沾绣帘的落絮，爱惜花的美女不得不忍心地来复踏着遍地的落花，将其收拾起来，葬于花冢，以免污掉陷渠沟；这是花的悲剧，春的悲剧，也是人的悲剧；因为在这"一年三百六十日，风刀霜剑严相逼"的世界，今天虽有人葬花，他日又有谁安葬葬花人呢？又到何处去葬呢？飞到天上去吗？天上有葬人、葬花的"香丘""净土"吗？……可见，整幅诗画都是抒发"半为怜春半恼春"的情怀，都是从"怜春忽至恼忽去"的景象中升华"一朝春尽红颜老，花落人亡两不知"的悲剧图景，既是一幅以怜惜美花美春匆匆而写美的悲剧画，又是一幅以花和人的感伤命运而写出悲剧美的场景诗。所以，这是第二层的超脱境界，即从感伤的诗画境界升华为悲剧美的诗画境界。

问：属于这种超脱境界的场景诗画还有哪些？

答：问得好，这正是我要补充说的。前面说到，小说描写《葬花词》是林黛玉独自一人"在那日与贾宝玉葬桃花的地方"一边葬花一边吟诵的，这意味着此前宝黛两人曾共同在这地方葬过桃花，而且说明此前林黛玉的《桃花行》也是与《葬花词》同类的作品；另外，曾有过共同葬花的往事，加之贾宝玉在听林黛玉的哭诵而"恸倒山坡之上"，使本打算也到这里安葬之"怀里的落花撒了一地"，这样的场景，也意味着宝黛两人既有同心之举，又有同心之作。事实正是这样。此前林黛玉写的《桃花行》也是一首写桃花与人的悲情诗，诗从"桃花帘外东风软，桃花帘内晨妆懒"的动态开始，描写"帘外桃花帘内人"之间，在"人与桃花隔不远"的距离内,在温柔东风的斡旋中,先是"东风有意揭帘栊,花欲窥人帘不卷"。虽然彼此不往来,但仍然可知"桃花帘外开仍旧,帘中人比黄花瘦"。这是多得温柔(软)的东风斡旋,彼此心灵沟通,使"花解怜人花也愁,隔帘消息风吹透"。但是,看到"风透湘帘花满庭"的景象,使少女在"庭前春色倍伤情",只好在自己闺阁"闲苔院落门空掩,斜日栏杆人自凭",显出了"凭栏人向东风泣,茜裙偷傍桃花立"的姿态。更伤感的是"桃花桃叶乱纷纷,花绽新红叶凝碧。雾裹烟封一万株,烘楼照壁红模糊"的时候,更是使有似"天机烧破鸳鸯锦"的桃花,与"春酣欲醒移珊枕"的少女形成鲜明映衬;"侍女金盘进水来",更在"香泉影蘸胭脂冷"中显出少女的颜面;虽然桃花与少女颜面的"胭脂鲜艳何相类",但"花之颜色人之泪"是不同的,"若将人泪比桃花,泪自长流花自媚",各有各的悲伤和心态。以悲伤的"泪眼观花泪易干",而"泪干春尽花憔悴"了,又正是"憔悴花遮憔悴人,花飞人倦易黄昏"的时候。加之"一声杜宇春归尽"的消息,更使少女之心是一片"寂寞帘栊空月痕"。从上串解可见,全诗完全是一幅有人物有情节的场景诗画,即以桃花与少女从相邻到相知、相同又相异、从鲜艳到憔悴的过程展现了美从诞生到消逝的悲剧,同时也体现了悲剧美,同样是以悲剧美升华的"画味"超脱境界。

问:贾宝玉的"同心之作"是什么呢?

答:林黛玉的《桃花行》与《葬花词》是姊妹篇,林黛玉的《葬花词》与贾宝玉的《芙蓉诔》是同心篇,甚至可以说是《红楼梦》诗词的高峰和代表作。贾宝玉写《芙蓉诔》的故事本身,就是一幅动人的悲剧性的场景诗画。按《红楼梦》第七十八回小说的故事描写,晴雯是宝玉的丫头,因被王夫人认为长得漂亮便是勾引宝玉的"狐狸精"而被赶出贾府,气病致死。贾宝玉伤心至极,听小丫头随口说晴雯升天封为"芙蓉仙子"的假话,信以为真,便作出这篇诔文,并在大观园设坛读文祭拜。读完之后,忽然有个人影出现,吓得贾宝玉还以为是晴雯显灵,原来是林黛玉"从芙蓉花中走出来",作了一番关于"红绡帐里,公子情深"的交谈。这个情节,既是晴雯悲剧的继续,又是林黛玉悲剧的投影和预见。本身也即是从悲剧升华的一个余味无穷的"画味"超脱境界。从文诗本身而言,可以说前段到后段,都是从地上的超脱到天上的诗画场景,具体表现在:前段称赞晴雯"其为质则金玉不足喻其贵,其为性则冰雪不足喻其洁,其为神则星日不足喻其精,其为貌则花月不足喻其色"。一连用四个"不足"将晴雯写成超凡脱俗圣女,将晴雯抗争受冤之节与历代受屈忠臣相比,将对晴雯的思念化为"怨笛之声",在细致的纯洁往事回忆中抒发纯情,沉痛地发出"自为红绡帐里,公子情深;始信黄土垄中,女儿命薄"的感慨!如此悲文,无论对晴雯的赞美或是思念之情,都已是超脱地上的境界;在诗的后段,还要将其升到天上,向天地发问:"天何如是苍苍兮,乘玉虬以游乎穹窿耶?地何如是茫茫兮,驾瑶象以降乎泉壤耶?"一连串的发问,都是对天上星宿的寓情发问,貌似屈原的《天问》,实则是贾宝玉的"情问"!这不是与林黛玉《葬花词》同心唱和的诗作,同时又是一脉相承的从悲剧升华的场景诗画,而且又是体现"小说中有画,画中有小说"艺术特点之典型杰作么!

问:第三层是什么呢?

答:大致而言,林黛玉《葬花词》这幅场景诗画的"画味"境界,第一层超脱,是从"送花神"和春归夏至的欢乐风俗而升华的感伤诗画境界;第二层超脱,是从感伤的诗画境界升华为悲剧美的诗画境界;现在要说的第三层,则是从悲剧美的诗画境界升华为歌颂天、地、人之美的诗画境界。这是受鲁迅所说悲剧是"将美拆开给人看"这句名言的指引而感悟和从这首词的形象发现,并在其他同类的场景诗画以至整部《红楼梦》的场景诗画体现和证实的。具体说来,这首词是一幅以春残花落的景象,体现悲剧美的诗画,也即是鲁迅所说的,是"将美拆开给人看"的悲剧,那么,这是为谁的美而悲呢?其可悲之美是怎样的呢?又是怎样成为悲剧的呢?这就是这首词要"拆开给人看"的具体内容,也即是其画面中具体形象。由此即可发现:首先就是为"天"之美而悲,即"天"

之美正在因"红消香断"之美而悲,因为"天"具有"花谢花飞花满天"之美,是令人冀求"生双翼"飞往的高处;其次是为"地"之美而悲,即"地"之美正在受"陷渠沟"危险的遍地落花覆盖,因为"地"才是能掩风流的"净土""香丘";再就是为"人"之美而悲,因为"人"之美因"一年三百六十日"受"风刀霜剑严相逼"的摧残,正在"春尽红颜老",但"人"之美是"质本洁来还洁去"的品格,"便是红颜老死时"也不会改变的。这样的具体形象,不就是歌颂天、地、人之美的诗画境界么?这样的境界,不就是与《桃花行》,尤其是与贾宝玉在《芙蓉诔》中为升天为"芙蓉花神"的晴雯从地上问到天上的"情问"境界如出一辙、异曲同工么?

问:怎样以整部《红楼梦》的场景诗画体现和证实这层为歌颂天、地、人之美而升华的场景诗画超脱境界呢?

答:前面曾引用王国维所说《红楼梦》是一部"彻头彻尾的悲剧"的观点,这是对《红楼梦》很全面透彻的评价。从其悲剧也即是为歌颂天、地、人之美而升华的层次和高度说来,其从头至尾的场景诗画也是如此。如小说开篇作为"序画"的三个神话故事场景画,"女娲补天"既是天的悲剧,又是对天之美的歌颂;绛珠草为还水恩而下凡为神瑛侍者流干眼泪,既是仙和人的悲剧,又是对仙和人之美的弘扬;梦幻仙境的十二金钗下凡命运是悲剧,也是彰显以"水做骨肉"的少女美。从通篇所写的三大故事连环画而言,石头化宝玉经历富贵繁华之乡最后如梦破灭是悲剧,但从中也显现了天之美、地之美、人之美;宝黛情缘从前世到今生的连环组画,每个场景画都是天、地、人的美之颂歌;金陵十二钗的分别命运组画,最后都"千红一窟(哭)""万艳同杯(悲)"的悲剧,但在每个悲剧中都含有对天、地、人之美的升华境界。所以,整部《红楼梦》既是一部"彻头彻尾的悲剧",又是一部"彻头彻尾的"的总汇天之美、地之美、人之美的巨型场景画卷,是中国古典文学中"小说中有画,画中有小说"的经典巨著,是集情味、诗味、美味于一体的"画味"超脱境界。

(2020 年 8 月 8 日脱稿)

特味篇

以形写神之「特味」超脱境界

在古今中外众多的长篇小说中，《红楼梦》是一颗璀璨的明珠，是状元。中国其他长篇小说都没能成为『学』，而『红学』则是『显学』。《红楼梦》描述的是一个大家族的衰微的过程。本书特异之处也在它的艺术性上。书中人物众多，男女老幼、主子奴才、五行八作，应有尽有。作者有时只用寥寥数语而人物就活灵活现，让读者永远难忘。读这样一部书，主要是欣赏它的高超的艺术手法。那些把它政治化的无稽之谈，都是不可取的。

——季羡林《对我影响最大的十本书》

一、"以形写神"活灵活现各类人物神态之形象族群

问：咱们这次关于《红楼梦》人物形象的对话，开篇即引用季羡林这段话是什么意思呢？

答：季羡林是前些年过世的北京大学教授，是著名的国学大师。他在最后总结自己人生的大著《风风雨雨一百年》中，将《红楼梦》列为对自己"影响最大的十本书"之一，而且作出如此精辟到位的评价，令我折服！尤其是关于艺术性和人物形象之见解，更是咱们这次关于人物形象对话的指路明灯。他特别指出："书中人物众多，男女主子奴才，五行八作，应有尽有。作者有时只用寥寥数语而人物就活灵活现，让读者永远难忘。"而且，更深刻地指出作者之所以能如此成功，就在于运用了"高超的艺术手法"，甚至称艺术性是《红楼梦》的"特异之处"，是读这部书的"主要欣赏"所在。所以，咱们也当从艺术性和艺术手法上探析欣赏其塑造人物形象的特点和境界。

问：请详析如何进行吧。

答：我看总体还是从上述"画味"境界的思路，探析其在长篇小说创作中如何从中国画传统"以形写神"的艺术手法，塑选人物形象的"特异之处"入手为好。因为从总体而言，《红楼梦》中有名有姓的人物形象达二百人之多，是中国古典长篇小说中人物最多、层次最多、种类最多、特点最多的作品，正如季羡林所说的那样，"男女主子奴才，五行八作，应有尽有"，个个活灵活现，神态生动、栩栩如生。所谓"灵"就是"神"，所谓"现""态"就是"形"，所谓"生"就是"活"，所以，"以形写神"就是写活人物形象的要道；而且，每个"活"的人物，都是有其个性特点的，有其个性特点的人才是真正的"活"人；而其如"生"如"活"之"神"和"态"，也正在于"以形写神"手法，将其个性"特异之处"活灵活现，这才是栩栩如生的具有"特味"的艺术形象。如

此创造的人物形象群或系列，才是既有"男女主子奴才，五行八作"各类人物特征又各有个人特性之族群，成为错综复杂而又井井有条的人物形象体系，构成为"以形写神"之"特味"超脱境界。

二、从天生之神态写人物之"特"

问：请分别详析《红楼梦》"以形写神"之具体方法或特点，好么？

答：第一，是从天生神态写人物之"特"。小说的三大主人公都在出场时写其天生神态之"特"。首先是贾宝玉，第二回通过"冷子兴演说荣国府"，写贾宝玉出生时"一落娘胎嘴里便衔下一块五彩晶莹的宝玉来，上面还有许多字迹，就取名叫宝玉"；周岁时，其父试他将来志向，摆了许多物件让他挑选，他"伸手只把脂粉钗环抓来"；"如今长了七八岁，虽然淘气异常，但其聪明乖觉处百个不及他一个。说起孩子话来也奇怪，他说：'女儿是水作的骨肉，男人是泥作的骨肉。见了女儿，我便清爽；见了男子，便觉浊臭逼人'"。上学时，必得两个女儿伴着读书方能认字，方能明白，否则糊涂；当挨打时，只叫"姐姐""妹妹"字样便不觉得疼。这些都可谓天生神态之特点描写，既以其"形"写出了贾宝玉童年时代之"神"，又体现了贾宝玉一生思想性格之根。写林黛玉也是如此。第三回写："林黛玉初进贾府时，众人见年貌虽小，其举止言谈不俗，身体面庞虽怯弱不胜，却有一段自然风流态度，便知他有不足之症。因问道：'常服何药？如何不急为疗治？'黛玉道：'我自来是如此，从会吃饮食时便吃药，到今日未断，请了多少名医修方配药，皆不见效。那一年我三岁时，听得说来了一个癞头和尚，说要化我去出家，我父母固是不从。他又说："既舍不得他，只怕他的病一生也不能好的了。若要好时，除非从此以后总不许见哭声，除父母之外，凡有外姓亲友之人，一概不见，方可平安此一世。"疯疯癫癫，说了这些不经之谈，也没人理他。如今还是吃人参养荣丸。'贾母道：'正好，我这里正配丸药呢。叫他们多配一料就是了。'从此，黛玉在贾府吃药不断。"这一段就是从林黛玉的

"年貌虽小,其举止言谈不俗,身体面庞虽怯弱不胜"之"形",进入其"自然风流"之"神"的描写。由此开始,小说始终以吃药多病、身材柔弱、窈窕淑女之神态,显示其"质本洁来还洁去"的独特思想性格,并预示其最后病亡的悲剧命运。对薛宝钗从天生神态之"特"的描写在第七回,小说写薛宝钗初进贾府时,周瑞家的问他有什么病,吃什么药,宝钗笑道:"为这病请大夫吃药,也不知白花了多少银子钱呢。凭你什么名医仙药也不见一点儿效。后来还亏了一个秃头和尚,说专治无名之症,因请他看了。他说我这是从胎里带来的一股热毒,幸而先天壮,还不相干;若吃寻常药,是不中用的。他就说了一个海上奇方,又给了一包药末子作引子,异香异气的,不知是那里弄了来的。他说发了时吃一丸就好。倒也奇怪,吃他的药倒效验些。"宝钗所说的是以"海上奇方"制成的"冷香丸"。小说第九十一回还有一段薛宝钗害此病时的状况描写,可见病发作时紧张万分。值得注意的是,在这前后病根、病情、病态和必须以"海上奇方"所制的"冷香丸",才能克制发作的事态之"形"中,作者旨在写出薛宝钗又"奇"又"冷"之"神"。所以,由此开始,通篇都是以此神态展现其温柔丰润、敦厚大方、冷漠无情的独特思想性格,并预示其"金钗雪里埋"之命运。从上可见,作者对小说的三大主人公都在出场时写其天生神态之"特",可见,这是很值得重视的"特味"所在。

三、从肖像之神态写人物之"特"

问:第二种以形写神的方法是什么?

答:第二,是从肖像之神态写人物之"特",也是"以形写神"手法之一。肖像一词,包含人物长相与衣饰打扮合成之神态特点。长相是天生的,天下没有两片相同的树叶,也不会有长相完全一样的人;衣饰打扮也随人而异。所以,艺术家特别注意以此抓住和表现人物神态的这个特点。在《红楼梦》中,作者也是以此主要用于表现三个主人公的形象神态之"特"。首先,贾宝玉的长相是"面若春花,目如点漆"(北静王初见),贾宝玉的肖像是:"头上戴着束发嵌宝紫金冠,齐眉勒着二龙抢珠金抹额;穿一件二色金百蝶穿花大红箭袖,束着五彩丝攒花结长穗宫绦,外罩石青起花八团倭缎排穗褂;登着青缎粉底小朝靴。面若中秋之月,色如春晓之花,鬓若刀裁,眉如墨画,面如桃瓣,目若秋波。虽怒时而若笑,即瞋视而有情。项上金螭璎珞,又有一根五色丝绦,系着一块美玉。"贾宝玉换了冠带的肖像是:"头上周围一转的短发,都结成小辫,红丝结束,共攒至顶中胎发,总编一根大辫,黑亮如漆,从顶至梢,一串四个大珠,用金八宝坠角,身上穿着银红撒花半旧大袄,仍旧带着项圈、宝玉、寄名锁、护身符等物;下面半露松花撒花绫裤腿,锦边弹墨袜,厚底大红鞋。越显得面如敷粉,唇若施脂;转盼多情,语言常笑。天然一段风骚,全在眉梢;平生万种情思,悉堆眼角。看其外貌,最是极好,却难知其底细。"(黛玉初见)这个肖像的神态,可以说既是其出场时的形象,也是其一生思想性格的雏形。其次,林黛玉的肖像是:"两弯似蹙非蹙罥烟眉,一双似喜非喜含情目露。态生两靥之愁,娇袭一身之病。泪光点点,娇喘微微。闲静时如姣花照水,行动处似弱柳扶风。心较比干多一窍,病如西子胜三分,"这段以形写神的肖像画,充分体现了贾宝玉为其取号"颦颦"名副其实,也是其一生命运的倩影。薛宝钗的肖像是:"头上挽着漆黑油光的鬏儿,蜜合色棉袄,玫瑰紫二色金银鼠比肩褂,葱黄绫棉裙,一色半新不旧,看去不觉奢华。唇不点而红,眉不画而翠,脸若银盆,眼如水杏。罕言寡语,人谓藏愚;安分随时,自云守拙。"这段素描着墨不多,活灵活现地刻画了这位被贾宝玉称为"杨妃"(杨贵妃)的"无情也动人"的独特气韵。除这三位主人公外,其他人物的肖像神态之"特"描写还有不少,如写贾府三姐妹的肖像描写:贾迎春是"肌肤微丰,合中身材,腮凝新荔,鼻腻鹅脂,温柔沉默,观之可亲",贾探春是"削肩细腰,长挑身材,鸭蛋脸面,俊眼修眉,顾盼神飞,文彩精华,见之忘俗",惜春是"身量未足,形容尚小",三个金钗女子,其钗环裙袄,皆是一样的妆饰。对三人都是以其相貌特征与妆饰写其神态。写史湘云的肖像只是写"蜂腰猿臂,鹤势螂形"的身材;写袭人是着意其"白腻","细挑身材,容长脸面";对鸳鸯则是较细地写出其"蜂腰削背,鸭蛋脸面，乌油头发，高高的鼻子，两边腮上微微的几点雀斑"；写芳官是有"面如满月犹白，眼似秋水还清"的风姿；写香菱则注目其脸上的"胭脂痣"和"风流袅娜"之神态……对这些人物肖像描写，虽是顺下之笔，着墨不多，但也都具有画龙点睛的功力和作用。

四、从身份之神态写人物之"特"

问：第三种以形写神的方法是什么？

答：第三，是从身份之神态写人物之"特"。身份，是指人的社会地位或属性。因为每个人都在社会中生活，都有其一定的地位与属性，即社会性的特征，即季羡林所说"五行八作"的人各有不同的身份特性和神态，这即是人的身份之神态之"特"。马克思说"人是社会关系之总和"。我理解有两层意思：从整体而言，人与人的关系就是社会，社会就是人与人的关系；从个体而言，每个人都是生存在整体社会关系之中的一员，又都具有其所在社会中的地位与属性。文学之所以被称为"人学"，就是要写人，通过写人而写社会，又从社会中写人。所以，高明的文艺家很注重从人的社会身份去观察和表现人的神态特点，有眼光的评论家和文学研究者也很注重从此入手去分析评价文学作品的特点和成就所在。这就是季羡林能够慧眼独到地对《红楼梦》发现其"特异之处"，并对其作出"在古今中外众多的长篇小说中，《红楼梦》是一颗璀璨的明珠，是状元"的评价之根本原因。《红楼梦》中写一个数百人的大家族，本身就是一个小社会；所写的故事都是属于并反映整个社会的事；所写的人都是"男女主子奴才，五行八作，无所不包"的人；尤其注重从身份之神态写人物之"特"，正是其"特异之处"之高明所在。这个特点，首先表现在第一主人公贾宝玉的形象塑造上。第三回有两首《西江月》词，其一："无故寻仇觅恨，有时似傻如狂；纵然生得好皮囊，腹内原来草莽。潦倒不通世务，愚顽怕读文章。行为偏僻性乖张，那管世人诽谤。"其二："富贵不知乐业，贫穷难耐凄凉。可怜辜负好韶光，于国于家无望。

天下无能第一，古今不肖无双。寄言纨绔与膏粱：莫效此儿形状！"这两首词非常明确地从贾宝玉的富家子弟"纨绔与膏粱"身份，写其"无故寻仇觅恨，有时似傻如狂"，"潦倒不通世务，愚顽怕读文章。行为偏僻性乖张，那管世人诽谤"的"形状"，传出了这个"纵然生得好皮囊，腹内原来草莽"，"天下无能第一，古今不肖无双"之神态和特性。这个对贾宝玉从身份之神态写人物之"特"的描写，可以说贯穿并体现于全书对贾宝玉的描写和塑像，全面而突出地体现了这种手法，其他主要人物的刻画也大都如此，可见，这是全书刻画人物的重要艺术特点之一。

问：这个特点还表现在哪些方面？

答：还表现在不同身份的人之间的关系上。最典型的事例是探春两次得罪赵姨娘。由于探春是贾政的侍妾赵姨娘所生，故称"庶出"。按贾府的规矩，探春要称贾政的正室王夫人为母，并有"主子"身份；但对亲母仍称姨娘，而赵姨娘也不能由此改变侍妾仍属"奴才"的身份，从而造成了探春与赵姨娘虽是亲母女，也不能改变主子与奴才的关系。第五十六回"敏探春兴利除宿弊"中，写探春受王夫人委托，代凤姐主政家务的时候，赵姨娘试图以亲母身份要探春关照外家一些利益，被探春以主子身份严词拒绝，两人为此大闹一场，两人也在这场大闹中，以不同身份的神态显示了不同的性格特点。更精彩的是在第七十四回写查抄大观园时，邢夫人的陪房王善保家的自恃得宠，忘了自身奴才身份，在抄查探春时，被探春痛斥一巴掌，即被凤姐赶出门外。在这场景中，探春既发尽了主子身份之威风，又迸发大家小姐脾气和本性；还得再加一笔的是，当探春发完牢骚之后，听到王善保家的还在门外叨咕，即命自家丫鬟："你们听他说这话，还等我和他对嘴去不成。"侍书听命即还嘴王善保家的，凤姐当即称赞："好丫头，真是有其主必有其仆。"短短一场对骂，在不同身份的人物关系中，活灵活现地刻画了几个主仆人物的不同神态和形象。

问：还有什么体现方面呢？

答：还体现在由于身份优越而显现独特的洁癖人物形象。妙玉即是此类人物之典型。妙玉本是苏州人士，出身富豪仕宦之家，因年幼多病，买了许多穷人家子女作替身出家，均未能止病，只好出家空门，带发修行。本来在长安有观音遗迹并贝叶遗文，随师父在长安西门外牟尼院住着，后因贾府贵妃省亲，用"请贴"将他请来，住进大观园中的栊翠庵。《金陵十二钗册》对他的判词是"气质美如兰，才华阜比仙，天生成孤癖人皆罕"。小说对妙玉形象未作正面描写，只是写他"文墨也极通，经典也极熟，模样又极好"，一连三个"极"的赞语，其实还应当加一个"极"，即"心性也极癖"，即孤傲洁癖。具体表现在她住大观园中静修寺庵，很少与人来往，当贾母带刘姥姥游大观园时到栊翠庵喝她的茶，即嫌刘姥姥喝过的茶杯脏，要丢掉，事后还要人提水来冲洗地面，更要求仆人只能将水放在门外，不准进寺内来。这种洁癖神态，显然是她大家闺秀出身，又是出家修行的道姑身份所造成和个性特点之体现。

五、从心动之神态写人物之"特"

问：第四种以形写神的方法是什么？

答：第四，是从心动之神态写人物之"特"。心动，是指人的心理活动，包括内心的活动状态和体现内心的行动状态两个方面。艺术创作中的人物形象是否写"活"，塑造出活灵活现的人物。所谓"灵"，就是"神"；"神"，即人的思想、感情、精神，都在于人的心理之中，现于活的言表与行动之态；"活灵活现"，就是以生动的言表与行动表现人物心理活动之神态。所以，文艺作品，尤其是长篇小说，必须通过描写心理活动塑造人物，分别从内心的活动状态，以及体现内心的言表行动状态两个方面着力刻画形象。大致而言，着力描写人的内心活动状态者，称静态描写，西方18—19世纪的长篇小说多用此手法，如《红与黑》《安娜·卡列尼娜》等，常有大段静态心理描写穿插于故事情节描写之中。中国长篇小说兴起较晚，又是从唐宋传奇发展而来，所以，都是偏重描写故事情节之传奇，对人物心理刻画甚少，只在《金瓶梅》问世后才开始露点注重心理描写的苗头，《红楼梦》出来后，才正如鲁迅所说"根本改变了中国小说的传统写法"，包括对心理描写地注重。值得注意的是，可能是尚未完全摆脱传奇写法传统的原因，也可能与主要是写"大旨谈情"的人物故事有关，在《红楼梦》人物形象塑造中，有一种既与西方不同，又与中国传统有异的现象，即创造了一种动态心理描写方法，将描写内心的活动状态与描写体现内心的言表行动状态两个方面结合起来，从心动之神态写人物之"特"，使小说中的人物形象栩栩如生，异彩纷呈，繁花满眼，美不胜收；而且运用这种方法的方式也是多种多样的。在《红楼梦》中，运用这种方法最突出、集中、成功的是在宝黛钗三个主人公的"三角"关系和心理刻画上。也许是情爱关系的心理活动特别错综复杂的缘故，在这故事中的心动神态刻画的方式方法，也特别丰富多彩，眉目清晰，事例典型。现抽出三种方式和三个实例欣赏分析。

问：请分别具体分析吧。

答：第一种是彼此心照，即以心动之神态表现人物之间彼此心照内心感情，并从中显示出自身形象之"特"。实例是第十九回"情切切良宵花解语，意绵绵静日玉生香"，第二十三回"西厢记妙词通戏语，牡丹亭艳曲警芳心"，以及第二十六回"潇湘馆春困发幽情"接连描写宝黛沉醉"香玉"之香气"故典"、痴迷《西厢记》《牡丹亭》并借词"通戏语""发幽情"，甚至明确表示爱情的时候，虽然在描写中贾宝玉带有取笑的味道，林黛玉有恼羞之状，但都分别是大家阔少之试探和大家闺秀之羞涩的性格体现，两人在这些细节中的沉醉情景、心照不宣的默契、心心相印的情思，莫不是两人在情窦初开时期心理活动的写照，而且特别明显以彼此心照之心动神态体现内心的情感。

问：第二种是什么？

答：是彼此对照，即以心动之神态对照人物彼此的内心活动和感情，并从中显示出各自形象之"特"。具体表现在第三十四回的描写中，围绕着贾宝玉挨打受伤这个中心，展开了一连串的人物心动神态彼此对照的描写，先是林黛玉与贾宝玉对照：宝玉在半梦半醒中见"两个眼睛肿的桃儿一样，满面泪光"的黛玉，抽噎噎地说道："你从此可都改了罢！"宝玉听说，便长叹一声，道："你放心，别说这样的话。就便为这些人死了，也是情愿的！"短短几笔，即对照出宝黛之间的"情中情因情感妹妹"之深情，同时对照出两人不同的神态。接着写薛宝钗看望贾宝玉的情景：宝钗送来药丸教宝玉用酒化开敷伤，并且说了"早听人一句话，也不至今日。别说老太太、太太心疼，就是我们看着，心里也疼"的话。但"则说半句又忙咽住，自悔说的话急了，不觉就红了脸，低下头来"。贾宝玉也受其"亲切稠密"的话语和"娇羞怯怯"之情态所动。这几笔所写两人之对照言表，既体现了彼此原有的分歧，又体现了彼此的内心感悟；再接下来是着意写林黛玉与薛宝钗之间的彼此对照，林黛玉"两个眼睛肿的桃儿一样，满面泪光"的神态，以及说出"你从此可都改了罢！"的痛心话，与薛宝钗"娇羞怯怯"的神态，以及说出"早听人一句话，也不至今日……就是我们看着，心里也疼"的内心话之间，形或鲜明的对照互比，同时显现了各自不同的情感内涵和思想性格。

问：第三种是什么？

答：是彼此返照，即以心动之神态返照人物之间的彼此内心活动和感情，并从中显示出各自形象之"特"。第五十七回"慧紫鹃情辞试莽玉"中，写黛玉的贴身丫头紫鹃谎说林家要接黛玉回江南老家，以试探整日忙在姑娘中打转的贾宝玉对黛玉是否真心，造成宝玉信以为真，痴呆发作，借机大闹，达发疯地步。在这风波中，宝玉、黛玉都因对分离的谎言信以为真而欲死，林黛玉乍听宝玉"不中用"便"哇"的一声，"将腹中之药一概呛出，抖肠搜肺，炽胃扇肝的痛声大嗽了几阵，一时面红发乱，目肿筋浮，喘的抬不起头来"。要紫鹃拿绳子来勒死自己。如此极端痛苦的心动神态，正就是林黛玉对贾宝玉极度痴情的返照；贾宝玉在发疯一阵以后，也是要寻死，对紫鹃说："我只愿这会子立刻我死了，把心迸出来你们瞧见了，然后连皮带骨一概都化成一股灰——灰还有形迹，不如再化一股烟——烟还可能凝聚，人还看见，须得一阵大乱风吹的四面八方都登时散了，这才好！"这也是贾宝玉对林黛玉极度痴情之返照。宝黛各自的返照和两人之间的相互返照，既各自以独特的心动神态体现了自己的痴情，又相互返照出各有个性的情男情女形象。

六、从正反之神态写人物之"特"

问：第五种以形写神的方法是什么？

答：是从正反之神态写人物之"特"。鲁迅在《中国小说的历史的变迁》一文中指出："至于说《红楼梦》的价值，可是在中国底小说中实在是不可多得的，其要点在敢如实描写，并无讳饰，和从前的小说叙好人完全是好，坏人完全是坏的，大不相同，所以其中所叙的人物，都是真的人物。总之自有《红楼梦》出来以后，传统的思想和写法都打破了。"这是卓有见地的论述，对《红楼梦》塑造人物特点的分析，尤有指导意义。鲁迅肯定《红楼梦》价值的"要点在敢如实描写"，而"真实"的表现又主要是将"从前的小说叙好人完全是好，坏人完全是坏的""传统的思想和写法都打破了"。可见，《红楼梦》写人物真实之特点和价值在于"写好人完全是好，坏人完全是坏"，换句话说，就是要写出人物好与坏的二重性，即好中有坏、坏中有好的正反两面二重性。从哲学意义上说，这种二重性有两层意思：一是在事物的性质上往往包含着正反两方面元素；二是指事物的作用，在某种条件下或在某种意义上是积极的、好的，在另一种条件或意义上，则是消极的、坏的。在《红楼梦》中，很多人物都具有或分别具有这两种特性，但最集中、最典型、最成功的是凤姐的形象。现以凤姐的形象为例，对《红楼梦》中从正反之神态写人物之特点进行全面分析。

问：请分别介绍。

答：第一个是前善后凶。从凤姐总体的形象上看，她的二重性本质上有个逐步形成发展和暴露的过程。《三字经》云："人之初，性本善"，也有"性本恶"的说法，可见人之本身，从一开始即有"性相近"的善恶二重性；只是后来发展才"习相远"，即善恶两个方面的发展分裂逐步扩大、日渐明显。所以，在开始的时候，无论是善或恶的本性，都是隐蔽的，是向善或恶发展，只能是在日后逐步养成并显露出来。凤姐的二重性形象的形成和显露的前隐后露特点，主要表现是前善后凶，即开始时做了些好事、善事，如对秦可卿病危时的关切、死后协理宁国府治丧；对宝黛姻缘的支持，尤其是对刘姥姥困境的资助，使其在日后"机关算尽太聪明"、凶相暴露无遗、走投无路之际，获得刘姥姥"善有善报"的救助。值得注意的是，在这些善事中，凤姐已是在其神态显露出其正反二重性之端倪的。如在第六回中，写刘姥姥初见凤姐的情景："只见门外錾铜钩上悬着大红撒花软帘，南窗下是炕，炕上大红毡条，靠东边板壁立着一个锁子锦靠背与一个引枕，铺着金心绿闪缎大坐褥，旁边有雕漆痰盒。那凤姐儿家常带着秋板貂鼠昭君套，围着攒珠勒子，穿着桃红撒花袄，石青刻丝灰鼠披风，大红洋绉银鼠皮裙，粉光脂艳，端端正正坐在那里，手内拿着小铜火箸儿拨手炉内的灰。平儿站在炕沿边，捧着小小的一个填漆茶盘，盘内一个小盖钟。凤姐也不接茶，也不抬头，只管拨手炉内的灰，慢慢地问道：'怎么还不请进来？'一面说，一面抬身要茶时，只见周瑞家的已带了两个人在地下站着呢。这才忙欲起身犹未起身时，满面春风的问好，又嗔着周瑞家的怎么不早说。刘姥姥在地下已是拜了数拜，向姑奶奶请安。"这段描写凤姐房中的奢华陈设、高贵的衣饰打扮，旁若无人的坐姿和氛围，尤其是明知刘姥姥已在跟前仍假装不知、见到仍假装起身并"满面春风问好"的虚伪做作神态，不是善中藏恶、前善后凶之端倪么？

◎ 问：请介绍第二个特点。

◎ 答：是貌美心毒。这个特点集中表现在第十一回"见熙凤贾瑞起淫心",以及第十二回"王熙凤毒设相思局,贾天祥正照风月鉴"的故事描写中。开始是贾瑞受凤姐美貌所迷,着意勾引凤姐,乍见面即坦表心迹,"凤姐是个聪明人,见他这个光景,如何不猜透八九分呢"。因向贾瑞含笑称贾瑞是"聪明和气人",作出以后愿见的暗示,做出"故意地把脚步放迟了些儿"的姿态,心里暗忖道:"这才是知人知面不知心呢,那里有这禽兽样的人呢。他如果如此,几时叫他死在我的手里,他才知道我的手段。"随后,他果真设了两次约会贾瑞的相思局,将贾瑞折腾致死。小说描写贾瑞最后是不听和尚所嘱"风月宝鉴"只能照反面(死尸骨骼)、不能照正面(凤姐之美照)的忠告而死,实际意味着是被凤姐貌美心恶的迷惑和毒辣手段毒害整死,可见凤姐真正的狰狞面目及其面善心恶之本性。

◎ 问：第三个特点是什么?

◎ 答：是明帮实贪。第十五回"王熙凤弄权铁槛寺",写寺中老尼为施主张家女儿金哥与另外两户人家婚事纠葛,想借贾府声威,从中获利,遂求凤姐。凤姐听了这事笑道:"这事倒不大,只是太太再不管这样的事。"老尼道:"太太不管,奶奶也可以主张了。"凤姐听说笑道:"我也不等银子使,也不做这样的事。"老尼半晌又说:"张家已知我来求府里,如今不管这事,张家不知道没工夫管这事,不希罕他的谢礼,倒像府里连这点子手段也没有的一般。"凤姐听了这话,便发了兴头,说道:"你是素日知道我的,从来不信什么是阴司地狱报应的,凭是什么事,我说要行就行。你叫他拿三千银子来,我就替他出这口气!"接着又假惺惺地说:"我比不得他们扯蓬拉纤的图银子。这三千银子,不过是给打发说去的小厮做盘缠,使他赚几个辛苦钱,我一个钱也不要他的。便是三万两,我此刻也拿的出来。"老尼连忙答应。又说道:"既然如此,奶奶明日就开恩罢了。"凤姐道:"你瞧瞧我忙的,那一处少了我?既应了你,自然快快的了结。"老尼一路话奉承的凤姐越发受用。凤姐如此越说兴头越高的神态，将她争强好胜、贪财弄权的本性和明帮实贪的伎俩暴露得淋漓尽致。

问：第四个特点是什么？

答：是外强中干。凤姐的正反二重性格还体现在她在病中的神态，即使病也仍讳疾忌医、掩盖逞强。第五十五回写道："刚将年事忙过，凤姐儿便小月了，在家一月不能理事，天天两三个太医用药，……谁知凤姐禀赋气血不足，兼年幼不知保养，平生争强斗智，心力更亏，故虽系小月，竟着实亏虚下来，一月之后，复添了下红之症。他虽不肯说出来，众人看他面目黄瘦，便知失于调养。王夫人只令他好生服药调养，不令他操心。他自己也怕成了大症，遗笑于人，便想偷空调养，恨不得一时复旧如常。谁知一直服药调养到八九月间，才渐渐地起复过来，下红也渐渐止了。"第七十二回又写平儿说凤姐"这几日忙乱了几天，又受了些闲气，重新又勾起来。这两日比先又添了些病……便露出马脚来……饶这样，天天还是察三访四，自己再不肯看破些且养身子……据我看不是什么小症候……只从上月行了经之后，这一个月竟沥沥淅淅的没有止住……这可不成了血山崩了。"从平儿说出凤姐的情况才清楚凤姐的病情，也暴露并刻画了凤姐外强中干的本性与形象。

七、从返照之神态写人物之"特"

问：第六种以形写神的方法是什么？

答：是从返照之神态写人物之"特"。前面谈的肖像神态之"特"，主要是面对人物的正面形象描写，是平面的、单视点的形象刻画，是以形写神的通用艺术手法。尽管工笔极其精细到位，但给人的印象和艺术效果总不如从返照之神态写人物的手法那样深刻和强烈。古诗《陌上桑》着意写一个名叫罗敷的少女之美，全诗只是写各种各样的人从不同视点见到罗敷时，如何称赞罗敷的美，全诗没有一句正面写罗敷的肖像如何美。这就是从返照之神态写人物的手法，其效果反而比正面描写深刻，以至我迄今虽已忘诗题和作者名字，但对这个美女及其写法仍有深刻印象。《红楼梦》很多地方运用这种手法，而且运用的方式也很多，很值得学习和欣赏。

问：请分别举例介绍吧。

答：姑且举几个印象特深的实例说说。第三回林黛玉初进荣国府，就是从林黛玉的视点返照凤姐出场的形象：先是林黛玉在贾母身边谈话，"一语未了，只听后院中有人笑声说：'我来迟了，不曾迎接远客！'此时，黛玉纳罕道：'这些个个皆敛声屏气，恭肃严整如此，这来者是谁，这样放诞无礼？'心下想时，只见一群媳妇丫鬟围拥着一个人从后房门进来"。这真是未见其人先闻其声又见其威的描写，只通过林黛玉的返照，寥寥数语即将凤姐之声威突现出来了。紧接着又以林黛玉的视点，以浓重色彩写凤姐的"彩绣辉煌，恍若神妃仙子，头上戴着金丝八宝攒珠髻，绾着朝阳五凤挂珠钗；项上带着赤金盘螭璎珞圈，裙边系着豆绿宫绦，双衡比目玫瑰珮，身上穿着缕金百蝶穿花大红洋缎窄裉袄，外罩五彩刻丝石青银鼠褂；下着翡翠撒花洋绉裙。一双丹凤三角眼，两弯柳叶吊梢眉，身量苗条，体格风骚"之雍容华丽之外"形"，所传出的"粉面含春威不露，丹唇未启笑先闻"之神态；连同出场的声威，可谓以立体返照的方式刻画了凤姐的神态与性格特点。而林黛玉对凤姐返照的这种神态，又是从自己因母丧来投靠外祖母家抚养，而且以"常听母亲说过，外祖母家与别家不同，因此步步小心，时时在意，不肯多说一句话，多走一步路，唯恐被人耻笑"的心态进贾府的，也因此而对凤姐如此放肆的声威神态，自然更是注目而深刻了。由此可见，这个立体式的返照人物神态之实例，不仅更鲜明强烈地刻画了凤姐的形象，也返照出林黛玉对自己刚开始的寄人篱下生活的畏怯心态和性格特点。

问：还有什么实例呢？

答：如果说林黛玉初见凤姐是立体式返照人物神态之典型，那么，焦大醉骂贾府后代人则是连环式返照人物神态之范例。焦大是贾府的老仆人，从小跟着贾府老太爷贾演打仗。贾演与弟弟贾源共创家业，贾演被封为宁国公，贾源被封为荣国公。所以焦大是贾府的"开国功臣""五代元老"，眼看贾府一代不如一代，腐化堕落，日益衰败，痛心至极，只能饮酒消沉，在闷醉的情况下，连续受到管家和腐败主子的无理责难，便乘醉进行"三骂"。先是骂总管赖二，骂个不停；贾蓉喝人"捆起来！"焦大即转骂贾蓉，抗拒捆绑撒野，并又转骂贾珍，说出了众人皆知却无人敢说的真相："要往祠堂里哭太爷去，那里承望到如今生下这些畜生来！每日家人偷狗戏鸡，爬灰的爬灰，养小叔子的养小叔子，我什么不知道？咱们'胳膊折了往袖子里藏'！"焦大这醉后"三骂"，内涵是连续地揭开了贾府后代人三层腐败黑幕：一是作为族长家公的贾珍，与自己儿子贾蓉的妻子秦可卿私通乱伦（扒灰）之丑事；二是秦可卿的真正死因（乱伦被发现而自杀）；三是贾蓉被称他为"小叔子"的人"养"之秘密。焦大用不指名而面对当事人连续醉骂，越骂越清楚所指的人，使贾蓉、贾珍越听越恼火，焦大就越骂越凶；最后被捆绑起来，用马粪封嘴巴。这"三骂"的场景和内涵，实际上是以连环的方式返照出当事人贾蓉、贾珍的丑态与黑幕，步步深入地返照出贾府人一代不如一代的堕落真相，尤其是以"马粪"封焦大的嘴，更返照而影射出"马背上"打出"江"山之贵族正在日薄西山的没落景象；而焦大"要往祠堂里哭太爷去"之痛心疾首神态，也返照出自身是个忠心耿耿的奴才形象。

问：还有更精彩的么？

答：有，是以层层升华的方式返照之神态写人物之"特"。这种方式最集中、最精彩的体现，是第六十五回写小厮兴儿对大观园女儿的层层升华的返照神态。第一层，兴儿是贾琏、凤姐房中的小厮，是贾琏的心腹，十分了解府上园中的事，因已被贾琏偷娶为妾的尤二姐询问，便毫无顾忌地畅所欲言。首先自然是说到凤姐的为人，说"如今合家大小除了老太太、太太两个人，没有不恨他的，只不过面子情儿怕他。皆因他一时看的人都不及他，只一味哄着老太太、太太两个人喜欢。他说一是一，说二是二，没人敢拦他"的表象，对凤姐的人品概括为"嘴甜心毒，两面三刀；上头一脸笑，脚下使绊子；明是一盘火，暗是一把刀都占全了"的人，这就是从表象升华其本性的返照。第二层，兴儿对迎春"戳一针也不知'嗳哟'一声"之麻木神态，诨名为"二木头"；对探春"又红又香，无人不爱的，只是刺戳手"之神态，称是"玫瑰花"；并说"可惜不是太太养的"，是"老鸹窝里出凤凰"，这就是从神态升华为形象。第三层，是着重描写林黛玉和薛宝钗神态，称两位"真是天上少有，地下无双"的美女；分别说林黛玉"一肚子文章，一身多病，这样的天，还穿夹的，出来风儿一吹就倒了"之形态，悄悄叫他"多病西施"；又说薛宝钗"竟是雪堆里出来的"的美人；进而以自己独特的感受说：我们"见了他两个，不敢出气儿，生怕这气大了，吹倒了姓林的；气暖了，吹化了姓薛的。"这个精辟的返照神态，则是从形象升华为意象。这三层步步升华的返照人物之"特"的艺术手法，既步步深入地刻画出五个不同人物之"特"，同时也返照出兴儿自身的牙尖眼利的奴才形象。

八、从对话之神态写人物之"特"

问：第七种以形写神的方法是什么？

答：是从对话之神态写人物之"特"。《红楼梦》中写人物之间的对话很多，可能是吸收较多戏剧创作元素和手法的缘故，常用人物对话开展情节、刻画人物，使故事和人物都写得十分精彩。其写对话的方法多种多样，效果也各有不同。大致而言，有四种。

问：请分别例证。

答：第一种是在面对面对话中刻画人物。《红楼梦》的人物中，说话最厉害、最精彩的是凤姐和林黛玉，两人说话风格各有不同，各有各的厉害和精彩，如果两人在一起面对面说话，甚至发生争执，那就更厉害、更精彩，更加显现出两人风格不同之处，尤其是更加起到相互刻画的作用，更显出《红楼梦》从对话之神态写人物之特点。如第二十五回，写林黛玉信步往怡红院去，听见房内笑声，原来是李纨、凤姐、宝钗都在那里。黛玉笑道："今日齐全，谁下帖子请的？"凤姐道："我前日打发人送了两瓶茶叶给姑娘，可还好吗？"黛玉道："我正忘了，多谢多谢。"凤姐儿又道："你尝了可还好不好？"……黛玉道："我吃着好，不知你们脾胃是怎样？"宝玉道："果然你爱吃，把我这个也拿了去罢。"凤姐笑道："你要爱吃，我那里还有呢。"林黛玉道："果真的，我就打发丫鬟去取了。"凤姐道："不用取去，我打发人送来就是了。我明儿还有一事求你，一同打发人送来。"黛玉听了，笑道："你们听听，这是吃了他一点子茶叶，就使唤起人来了。"凤姐笑道："倒求你，你倒说这些闲话，吃茶吃水的。你既吃了我们家的茶，怎么还不给我们家作媳妇？"众人听了一齐大笑起来。黛玉涨红了脸，一声儿不言语，便回过头去了。李宫裁笑向宝钗道："真真我们二婶子的诙谐是好的。"林黛玉道："什么诙谐！不过是贫嘴贱舌的讨人厌恶罢了！"说着又啐了一口。凤姐笑道："你别作梦！你给我们家做了媳妇少什么？"指着宝玉道："你瞧瞧人物儿门第儿配不上，根基儿配不上，家私儿配不上？那一点玷辱了谁呢？"林黛玉抬身就走。宝钗便叫："颦儿急了，还不回来坐着。走了倒没意思。"说着便站起来拉住。……在这段描写中，每个在场人物都以自己说的话显现了自身性格：贾宝玉只说了一句即体现了对林黛玉的特别关心，李纨一句话既点出凤姐说话风格又表现了老成持重风度，宝钗一句话既打了圆场又显现了其和顺的性格。作为这场对话中心人物黛玉和凤姐，却在短短的对话中交锋了两个回合：第一个回合是黛玉抓住收凤姐茶叶后即要她办事说凤姐小气，凤姐以吃过那家茶即要做那家媳妇的风俗话反击；第二回合是黛玉抓住李纨称赞凤姐说话诙谐而贬低凤姐，触犯了凤姐好强的自尊心，即以"你别作梦！你给我们家作了媳妇少什么？"之问话从被动转主动反击。由于这问话戳穿了黛玉内心秘密和顾虑，又触犯了本有的少女自尊心，所以当即从"涨红了脸"到"抬身就走"。这两回合的对话过程，林黛玉的对话既刺激又刻画出凤姐的好强性格，也显现了黛玉作为大家闺秀的清高形象；同样，凤姐的对话既刺激又刻画出黛玉的好强性格，也显现了凤姐自己作为管家媳妇的"辣子"形象。

问：第二种是什么？

答：是在口是心非的对话中刻画人物。第十二回写王熙凤毒设相思局害贾瑞的对话就是如此。贾瑞见凤姐如此打扮，亦发酥倒，因饧了眼问道："二哥哥怎么还不回来？"（其实是口探贾琏是否在家）凤姐道："不知什么缘故？"（其实知道不说）贾瑞笑道："别是路上有人绊住了脚了，舍不得回来也未可知？"（其实是想自己能如此）凤姐道："也未可知。男人家见一个爱一个也是有的。"（既指贾琏，也指贾瑞）贾瑞笑道："嫂子这话说错了，我就不这样。"（不打自招）凤姐笑道："像你这样的人能有几个呢，十个里也挑不出一个来。"（反话，实指贾瑞不是这样的人）贾瑞听了，喜得抓耳挠腮（自作多情，丑态毕露），又道："嫂子天天也闷的很。"（转入正题）凤姐道："正是呢，只盼个人来说话解解闷儿。"（正式邀请入局）贾瑞笑道："我倒天天闲着，天天过来替嫂子解解闲闷可好不好？"（假话当真，喜出望外）凤姐笑道："你哄我呢，你那里肯往我这里来？"（以退为进，引入正局）贾瑞道："我在嫂子跟前，若有一点谎话，天打雷劈！（信誓旦旦）只因素日闻得人说，嫂子是个利害人，在你跟前一点也错不得，所以唬住了我。如今见嫂子最是个有说有笑最疼人的，我怎么不来，——死了也愿意！"（真是明知是老虎，偏被笑虎迷！色胆包天，此语不假）凤姐笑道："果然你是个明白人，比贾蓉、贾蔷两个强远了。我看他那样清秀，只当他们心里明白，谁知竟是两个糊涂虫，一点不知人心。"这句话，实在大有文章，表面上是明确接受贾瑞入局，而且说出了贾瑞"比贾蓉、贾蔷两个强远了"。值得特别注意的是,凤姐说这句话,是明白告诉贾瑞,除他之外尚有"贾蓉、贾蔷两个"与其相好的人,并说这两人是不明白其心理的"糊涂虫",只有贾瑞才是"明白人"。这是真有其事的话,还是故弄玄虚的假话?如果是真有其事,向贾瑞说出来是何意?如果是故弄玄虚的假话,凤姐说出来之目的何在?实在令人难以猜测。这个疑问,更深刻地体现出凤姐这个两面三刀的人物内心之神秘莫测,使这场口是心非的对话增添了伏笔色彩,发挥出更深的艺术效果,既将贾瑞的形象写得丑态百出,栩栩如生;更将凤姐二重性的神态和本性刻画得淋漓尽致,城府极深。

问:第三种是什么?

答:是在对话中直接而又间接地刻画出人物之"特"。这种手法,也是写人物形象的一大特点,即不仅注意在对话中直接写人物,还在对话中内藏对话而间接地写人物,发挥出更深层次地刻画人物之效果。如第三十二回,在贾宝玉听史湘云的劝说之后的描写,就是个典型例子。贾宝玉听了道:"姑娘请别的妹妹屋里坐坐,我这里仔细污了你知经济学问的。"袭人道:"云姑娘快别说这话。上回也是宝姑娘(薛宝钗)说过一回,他也不管人的脸上过的去过不去,他就咳了一声,拿起脚来走了。这里宝姑娘的话也没说完,见他走了,登时羞的脸通红,说不是,不说又不是。幸而是宝姑娘,那要是林姑娘(林黛玉),不知又闹到怎么样,哭的怎么样呢。提起这个话来,真真的宝姑娘叫人敬重,自己讪了一会子去了。我倒过不去,只当他恼了。谁知过后还是照旧一样。真真有涵养,心地宽大。谁知这一个反倒同他生分了。那林姑娘见你赌气不理他,你得赔多少不是呢。"宝玉道:"林姑娘从来说过这些混账话不曾?若他也说过这些混账话我早和他生分了。"这段对话,直接描写的是史湘云和袭人;但在对话中还通过袭人之口,间接描写了薛宝钗的正统形象,同时也刻画和映现了贾宝玉、林黛玉之间的感情关系和亲密形象,也将贾宝玉与薛宝钗的分歧显现出来,同时又表现出湘云与袭人同薛宝钗一样,都与贾宝玉、林黛玉有所不同，从而取得了更深刻地刻画人物之间的关系和艺术形象的效果。

问：第四种是什么？

答：第四种是在对话中立体刻画多个人物。所谓"立体"，包含两方面意思：一是跨时空扩大对话内容；二是超表面点出对话高度，使对话发挥出立体性艺术效果。如第四十二回写贾母带刘姥姥同游大观园，贾母在宴餐上接受刘姥姥建议，要惜春画大观园行乐图。林黛玉借此开玩笑，提出这个画要有草虫做点缀，说："别的草虫罢了，昨儿的'母蝗虫'不画上岂不缺了典呢？"又说："我连题跋都有了，就叫做'携蝗大嚼图'。"引得大家哄然大笑。薛宝钗注解道："世上的话到了凤丫头嘴里也就尽了。幸而凤丫头不认得，不过一概是世俗取笑。更有颦儿这促狭嘴，他用'春秋'的法子，把世俗粗话，撮其要，删其繁，再加润色比方出来，一句是一句。这'母蝗虫'三字，把昨儿那些形景都现出来了。亏他想的倒也快！"这段对话，上半段林黛玉用"母蝗虫"形容昨天刘姥姥在宴餐上高声呼叫"老刘，老刘，吃量大如牛。吃只老母猪不抬头"的形象和情景，并作为惜春绘大观园题跋，是跨时空扩大对话内容；下半段薛宝钗的注解，点出了对话超出表面的艺术高度。显然，林黛玉的对话，既活现了刘姥姥（还包括昨日"携蝗大嚼图"情景）和惜春的形象，也以自己的语言体现自身的才智和性格；又通过薛宝钗的注解，写出了林黛玉与凤姐不同的文化素养和语言风格；同时薛宝钗也以精辟至理的见解，显现了自己的学识和气度；真是短短一节对话，刻画出在场与不在场的多个人物形象，这不就是立体性的艺术效果么？

九、从说话之神态写人物之"特"

问：第八种以形写神的方法是什么？

答：是从说话之神态写人物之"特"。人说作家是语言大师，因为文学作品都是作家以语言为基本元素创造出来的，杰出的作家都是高明的语言艺术家,伟大的文学作品必然是语言艺术的精品和宝库。《红楼梦》是季羡林说的中外古今长篇小说中的"状元",更是我国语言艺术的精品和宝库。前面所谈从对话之神态写人物之"特",已可初步领略曹雪芹运用对话塑造人物形象的高超功力,现进一步从人物说话之"特"看其塑造形象的精湛技巧,是很有趣味的。在上述对话的实例中,已经较多地展现了凤姐、黛玉、宝钗、湘云和袭人等注目人物的说话神态,现在特别着意从不太注目的次要人物说话神态之独特方式与实例进行探讨,更是别有一番风味的。因为这种人身份卑微,在等级森严的贾府中处于夹缝地位求生存,时时陷于矛盾漩涡之中,面对种种难点话题必须解决。在这种语境下,如何以自身的说话神态解决,则是对人物的智慧才干和语言才华的重大考验,也是自身明哲保身、出人头地的极好机遇,从形象刻画而言,则是突现思想性格最亮丽闪光点之艺术手法范例。

问:请分别以实例解说吧。

答:第一类,是将难说圆的话说圆。小说写平儿是凤姐陪嫁四丫头之一,其他三个先后死的死,去的去,只剩下她一个,变成了房中大丫鬟,具有类似侍妾而尚未成为侍妾的地位,处在凤姐与贾琏的夹缝中生活,有时两头受气,甚至挨打受骂,有时却可以保护贾琏,对下人行点小权,为如狼似虎的凤姐积点德,使贾府上下都对她另眼相看,认为她是和善的人。这与她心地善良的品性、机智灵活的才华,尤其是八面玲珑的口才有很大关系。第五十五回写凤姐病后,由探春、李纨、宝钗代理家政,探春提出的改革方案,明显是针对凤姐主政时未做之处。当探春征询平儿意见时,平儿说:"姑娘知道二奶奶(凤姐)本来事多,那里照看的这些,保不住不忽略。俗语说'旁观者清',这几年姑娘冷眼看着,或有该添该减的去处二奶奶没行到,姑娘竟一一添减,头一件于太太的事有益,第二件也不枉姑娘待我们奶奶的情义了。"这段话表面平平淡淡,实际上是将探春与凤姐分别代表的改革与反改革的矛盾摆平,意思是探春所要改的是过去旁观时看到的,也只是凤姐当政时"保不住不忽略"的,也即是本要做而尚未做的事，现在做了，既是于太太"有益"的事，又是于凤姐"有情义"的事，达到了既不得罪自己的主子，又奉承了探春的效果。无怪乎，当平儿说完后，薛宝钗当即要平儿"你张开嘴，我瞧瞧你的牙齿舌头是什么作的"。这就是将很难说圆的话说圆了的语言功夫和范例，是从说话之神态写人物之"特"的一个闪光点和类型。

问：请再以范例说吧。

答：第二类，是将难说通的话说通的。麝月是宝玉房中的二等丫头，地位不高，名声不大，但很有说话天赋，机灵善辩。第五十二回写晴雯知坠儿偷了平儿的镯子要把坠儿撵走，坠儿母亲便抓住晴雯作为丫头竟直呼宝玉之名是无礼的把柄吵闹。麝月在这时站出来回应道："嫂子，你只管带了人出去，有话再说。这个地方岂有你叫喊讲礼的？你见谁和我们讲过礼？别说嫂子你，就是赖奶奶林大娘，也得担待我们三分。便是叫名字……你们也知道的，恐怕难养活，巴巴的写了他的小名儿，各处贴着叫万人叫去，为的是好养活。连挑水、挑粪、花子都叫得，何况我们！连昨儿林大娘叫了一声'爷'，老太太还说他呢，此是一件。二则，我们这些人常回老太太的话去，可不叫着名字回话，难道也称'爷'？那一日不把宝玉两个字念二百遍，偏嫂子又来挑这个了。"这番话，有理有据、层层深入地将丫头直呼宝玉名字的习惯和道理说出来，将本来不符礼教规范的事情说得有情有理了，这就是将难说通的话说通的范例，也当是从说话之神态写人物之"特"的闪光点之一。

问：还有更精彩的范例么？

答：更精彩的第三类，是将难说清的话说清。红儿是宝玉房中连宝玉也不认识的小丫头，是贾府奴仆的世代小女，原名红玉，因玉字与宝玉、黛玉有触，被删去玉字改名红儿。因出身低微，年龄又小（十七岁），老被其他丫头欺负妒忌，虽有聪明才智、口齿伶俐，长相可以，但总无出头之日，偶然有个为宝玉倒茶的机会，也被其他丫头骂得狗血淋头。然真是天无绝人之路，真是有才终有被用时，红儿显露才干的机遇终于来了！第二十七回写凤姐偶然见到红儿，见他"干净俏丽，说话知趣"，便叫他传话平儿："外头屋里桌子上汝窑盘子架儿底下放着一卷银子，那是一百六十两，给绣匠的工价，等张材家的来要，当面称给他瞧了，再给他拿去。再里头床头间有一个小荷包拿了来。"不久，红儿即辗转到李纨房中找到凤姐回报道："平姐姐说，奶奶刚出来了，他就把银子收了起来，才张材家的来讨，当面称了给他拿去了。"说着将荷包递了上去，又道："平姐姐教我回奶奶，才旺儿进来讨奶奶的示下，好往那家子去。平姐姐就把那话按着奶奶的主意打发他去了。"凤姐笑道："他怎么按我的主意打发去了？"红儿道："平姐姐说，我们奶奶问这里奶奶好。原是我们二爷不在家，虽然迟了两天，只管请奶奶放心。等五奶奶好些，我们奶奶还会了五奶奶来瞧奶奶呢。五奶奶前儿打发了人来说，舅奶奶带了信来了，问奶奶好，还要和这里的姑奶奶寻两丸延年神验万全丹。若有了，奶奶打发人来，只管送在我们奶奶这里。明儿有人去，就顺路给那边舅奶奶带去。"话未说完，李纨道："嗳哟哟！这些话，我就不懂了。什么'奶奶''爷爷'的一大堆。"凤姐笑道："怨不得你不懂，这是四五门子的话呢。"说着又向红儿笑道："好孩子，难为你说的齐全。"并当即表态："这一个丫头就好。方才两遭，说话虽不多，听那口声就简断。"并向红儿笑道："你明儿服侍我去罢。我认你作女儿，我一调理你就出息了。"红儿自然喜出望外，总算有出头之日了，短短一段话，将一大堆"四五门子""奶奶"分清分楚，说得有板有眼、有条有理、层次分明，这真是将很难说清的话说清的本领，正可谓说话之神态写人物之"特"的又一闪光点和杰出范例，真是一鸣惊人！

问：还有更惊人的范例么？

答：更惊人的是第四类，是将深刻的道理说浅白。第二十六回写其他丫头为辛苦多分钱少的待遇发牢骚时，红儿宽解地说："也犯不着气他们。俗话说的好，'千里搭长棚，没有个不散的筵席'，谁守谁一辈子呢？

不过三年五载，各人干各人的去了。那时谁还管谁呢？"这个俗话，真是将苏东坡词称"人有悲欢离合，月有阴晴圆缺，此事古难全"的道理浅白地说清楚了！20世纪50年代，伟大领袖毛泽东在讲话中也引用了这句话，岂不更是一鸣惊人！值得一提的是，过去曾有人将这句俗话说成是凤姐说的。这张冠李戴之误，除了粗疏原因之外，可能还有人微言轻之故，含有小丫头说不出这话的偏见。其实这是卑贱者最聪明之实例。还值得注意的是，林黛玉也因有过先后父母双亡的悲痛而说过人生有聚有散的话，更有一句被毛泽东在讲话引用的话，即"不是西风压倒东风，就是东风压倒西风"，这句话本来是林黛玉以风雨飘摇之势态，比喻自己在寄人篱下、尔虞我诈处境的感慨，毛泽东却将这句话引申为当时东方与西方冷战对峙的世界形势的比喻。岂不更是一鸣惊人！众所周知，毛泽东对《红楼梦》评价极高，从新中国成立初期到"文化大革命"，都多次谈到《红楼梦》，甚至将《红楼梦》推到推动中国革命运动中心的位置，是非功过有待后人评说，但他将林黛玉与红儿分别讲的两句俗话，用于当时形势的说法则不仅迄今无人非议，而且是普受赞赏的。显然，这是林黛玉与红儿运用通俗语言将深刻道理说浅白的艺术受到一致赞赏的体现。林黛玉与红玉的俗话以至全部《红楼梦》的语言艺术，都是作者曹雪芹的语言艺术；如果上面举例说的这些人物个个都堪称能说会道的语言大师，那么，曹雪芹则是大师中的大师！《红楼梦》不仅是中华民族语言的富矿，也是中华语言艺术的宝库。

十、以寓意之名号写人物之"特"

问：第九种以形写神的方法是什么？

答：是以寓意之名号写人物之"特"。中国古典小说，除历史真实人物外，大多数主人公或主要人物的姓名和字号，都是作者虚拟杜撰的，而且大都是作者有一定寓意的。这种寓意现象，既是作者理想或审美倾向的体现，也是塑造人物形象的一种艺术手法或闪光点，即以寓意之名号写人物之"特"。《红楼梦》用此手法的方式特多样、特普遍、特出色，这也是它的一个重要的艺术特点。

问：请将其具体方式分别以实例解说吧。

答：其具体表现方式可分六种。第一种，是以兴亡故事寓意人物名字而显现人物之"特"。主人公贾宝玉的名字，有两层故事寓意。第一层是《石头记》的故事，说的是一块真的石头，被僧道二仙作法，变成一块假的宝玉，托到贾宝玉身上，到人间经历富贵荣华的故事，因而贾宝玉之名字即是这层故事的寓意。第二层是这块假的宝玉附在贾宝玉这个人身上后，同这个人一道，被当作真的宝玉那样，在贾府经历了从富贵荣华到树倒猢狲散的兴亡史，最后回到原来大山中，变为原来的一块石头。这两层故事是交错在一起的，所以，这个故事既名《石头记》，又名《红楼梦》，即贾宝玉所经历的兴亡故事，不过是虚假的、短暂的一场梦。作者在小说开篇，以"假作真时真亦假，无为有处有还无"点题，即揭开这两层故事虽然被当作真的，其实还是假的；虽然曾经有过，但也是虚假（无）的。故事写成好像是真的有（有处），其实到头来是大梦一场，全都是无。正可谓无中生有，也仍然是无。作者进一步点明，这两层故事还有两层意思：一层是本来所要写的事，已经将真事隐（"甄士隐"）了；第二层是现在写的事，是"贾雨村"言，即都是假话。所以，这部贾宝玉经历的故事，同他的名字一样，都是虚假的、虚无的。其实，在首回中僧道二仙已讲清楚："那红尘中却有些乐事，但不能永远依持，况又有'美中不足，好事多磨'八个字紧扣连属，瞬息间则又乐极悲生，人非物换，究竟是到头一梦，万境归空"；同回所写的《好了歌》、"色与空"之言，也都是同样寓意。由于贾宝玉的名字具有如此寓意，使这个人物形象更有神秘而深奥的色彩，从而更显示出其独特性。

问：第二种方式是什么？

答：是以爱情纠葛寓意人物名字而显现人物之"特"。众所周知，在《红楼梦》中，贾宝玉与林黛玉、薛宝钗是爱情纠葛的"三角"关系。这种关系，在他们三人的名字中也寓现出来。贾宝玉的"宝"，与薛宝钗的"宝"对称；贾宝玉的"玉"，与林黛玉的"玉"株连；由此，贾宝玉名字中之"宝"与"玉"，即寓有宝玉与黛玉、宝玉与宝钗交叉纠葛为"三角"关系的寓意。还值得注意的是，这个寓意还得三人的名字及其爱情纠葛上升到更高层次。由于"玉"是自然晶莹剔透之物，通常是圣洁坚硬的象征，所以，黛玉之"玉"即有其《葬花词》自况的"质本洁来还洁去"的寓意；宝钗之"钗"是人造的金质妆饰品，通常是富贵荣华的象征物，薛宝钗以此为名，并以"金锁"为护身符，除了是她富商出身及"好风凭借力，送我上青云"理想的标志之外，尚有着以"金""锁""玉"（含宝玉与黛玉）的婚姻追求。所以，从这些名字的寓意还可见，宝黛的"木石前盟"与薛宝钗追求的"金玉良缘"的矛盾，实质上是以"玉"所象征的圣洁理念，与以"钗"为标志的富贵理念的对撞，其性质是"人性情"与"世俗缘"的纠葛冲突，从而将《红楼梦》故事中心之一的宝黛情缘兴亡史，显现出更深的意义和更高的境界，同时也更深刻地刻画出这三个人物的思想性格。

◇ 问：第三种方式是什么？

◯ 答：是以荣华短暂寓意人物名字而显现人物之"特"。前面说过，中心故事是贾府从富贵繁华走向树倒猢狲散的兴亡史，作者明显对其富贵荣华的过去留恋惋惜，并由此而进一步感叹人生美好岁月之短暂。所以，全书都是抒发对春天和青春美的消逝而叹息。由此可见，《红楼梦》是一曲对"流水落花春去也"的恋世挽歌。这种思想感情也寓现于书中人物的名字之中。首先明显表现在贾府四小姐的名字上，她们分别取名为元春、迎春、探春、惜春，所用元、迎、探、惜四个字，谐音和内涵都与原、应、叹、息四字同音同义，可见，四个名字即有原应叹息之寓意，这是第一层意思；第二层是四人皆排名为"春"，显然是以"春"比喻贾府，是寓意贾府的兴旺时期，有似春天那样百花盛开，经历初（元）春、阳（迎）春、仲（探）、暮（惜）春而还步消逝，也似贾府的富贵繁华经历，从元春而兴、到迎春而艰（困境）、到探春而折（试图革新）、至惜春（无奈）而亡的逐步消亡的过程。所以，这四个名字也具有体现贾府兴亡全过程的寓意。还值得注意的是，四个姑娘的贴身丫鬟的名字，分别是抱琴、司棋、侍书、入画，其寓意也有三层深意：第一是以琴、棋、书、画等四雅文化点缀贾府书礼之乡的门面；第二是衬托其主子的身份和素养，如元春为妃有似抱琴助乐，迎春木讷有赖司棋助兴，探春有才须侍书相随，惜春爱画须助手入画，大有主有仆随、形影不离之意；第三是最后四丫鬟与四主子同是悲剧下场，也寓有其以琴、棋、书、画所代表的雅文化，连同其所点缀的门面和衬托的主子所代表的富贵繁华之乡一并消亡的命运，这当是这些人物名字富有的深层寓意，同时起到了以荣华短暂寓意人物名字并显现人物思想性格的艺术效果。

问：第四种方式是什么？

答：是以褒女贬男寓意人物名字而显现人物之"特"。在第二回中，写贾宝玉有一种怪论："女儿的骨肉是水做的，男人的骨肉是泥做的"，可谓"褒女贬男论"。这种怪论，其实是作者社会观和审美观的一种带有人性论性质的思想倾向，并体现于全书的人物形象描写中，尤其突出体现在人物名字的寓意上，使人物形象更有独特的内涵与色彩。这也是《红楼梦》杰出的艺术手法之一。首先说说在人物名字中的"贬男"现象，在全书的男性形象中，没有几个是作者符合理想、没有缺陷、完全肯定的人物，尤其是贾府的子孙，全都是以其姓"贾"而实为"假"的寓意而将其否定，如贾赦寓有十恶不赦之意，贾政是虚假正经的代名词，贾珍即假珍，贾琏实假琏，贾蓉乃假蓉，贾环实真坏，贾雨村是假语存……乃至主人公贾宝玉也是假的宝玉，是"纵然生得好皮囊，腹内原来草莽"，"天下无能第一，古今不肖无双"的形象。"褒女"论即是"女儿的骨肉是水做的"，但这不是指全部女人，只是指"女儿"，即尚在青春期的"千红""万艳"，具体是指"金陵十二钗"正册、副册、又副册，以及后加的美女，不论主子或丫鬟的身份高低，一概称赞其形象的美，并同情其"一哭""同悲"的命运，均在其故事的描写中，也在其名字中寓现出来，如在"正册"中的秦可卿、林黛玉、薛宝钗、史湘云、元春、迎春、探春、惜春、李纨、凤姐、巧姐、妙玉（宜分别列入"副册"的十二人及"又副册"的十二人女性，如香菱、袭人、晴雯、紫鹃、鸳鸯、平儿、金钏儿、莺儿、司棋、红玉、麝月、芳官等，以及后加的尤二姐、尤三姐、薛宝琴、邢岫烟、李纹等），都是名符其美也符其命的艺术形象，都程度不同地寓现出人物思想性格之"特"。使人印象犹深的形象，除林黛玉、薛宝钗、史湘云三个主角的名字寓意外，尚有正如季羡林所说的"只用寥寥数语而人物就活灵活现"并有深刻褒贬内涵的名字寓意人物，如秦可卿名字的谐音之义是"情可倾家"；袭人名字出自诗句"花气袭人知昼暖"，"袭"者，席也，袭人在副册中的像画是"一簇鲜花，一床破席"，清楚显其名其人之义；司棋名含"一着错，满盘输"之意，小说写其与表弟偷情被撵出大观园即现此义；紫鹃对黛玉赤心耿耿，有似杜鹃鸟"啼血至死"之节，又有似杜鹃花盛开之美，人品命运均符名字寓意；鸳鸯因贾赦威胁发誓不嫁，其名也寓有被打散的鸳鸯之意；甄士隐丫鬟名字娇杏，谐音是"侥幸"，寓有最后嫁给贾雨村是命运侥幸之意。所以，以褒女贬男寓意人物名字而显现人物之"特"是《红楼梦》的重要艺术方式之一。

问：第五种方式是什么？

答：以身份作用寓意人物名字而显现人物之"特"。所谓身份作用，是指每个人物在社会上和家族中都是有一定职业或地位，并具有其相应作用之意。在贾府中的每个人物也都如此，主子有主子的身份作用，奴才也有其身份与作用。《红楼梦》的作者很注意以身份作用寓意人物名字而显现人物之"特"，凤姐的得力丫鬟平儿、丰儿，两人名字相连则含"屏风"之意，从而具有为凤姐挡风掩面之屏风作用的寓意，更突出地显现了两人的思想性格。贾宝玉《夏夜即事》云："倦绣佳人幽梦长，金笼鹦鹉唤茶汤。窗明麝月开宫镜,室霭檀云品御香。琥珀杯倾荷露滑,玻璃槛纳柳风凉。水亭处处齐纨动,帘卷朱楼罢晚妆。"诗中所写的佳人即袭人,其余麝月、檀云、琥珀、玻璃都是他身边丫鬟的名字,所写诗句又都是寓现这些丫鬟服侍他的情景,将"茶汤"写成"鹦鹉唤"的学舌,折射了喝茶已是他的日常生活习惯,连鹦鹉都会唤了,可见,这些人物名字都具有其在诗礼之乡中之身份作用的寓意。此外,还有在名字中体现对其身份作用讽刺寓意的人物,例如,贾政的清客单聘仁的谐音是"擅骗人",詹光的谐音是"沾光",卜固修的谐音是"不顾羞",贾府管家吴新登的谐音是"无星戥"(称量器),仓房头领戴良之"戴"即是"襶","襶襶"即衣服宽大不合身,喻指人不晓事,买办钱华的谐音是"钱花",讽其管钱人只会花钱之意;凤姐的哥哥叫王仁,谐音是"忘仁",是名副其实的忘恩负义之徒。可见,以身份作用寓意人物名字而显现人物思想性格也是一个重要的艺术特点和方式。

十一、从族群之风写人物个性之"特"

问:除了以形写神外,还有什么过去从未有人发现的艺术特点么?

答:有,现在要谈的从族群之风写人物个性之"特"就是。关于《红楼梦》中族群之风的说法,在我至今涉猎的"红学"著作中尚未见过,至于从族群之风写人物个性之"特"的研究更是前所未见,也从未有闻,故作试探性研究,有待方家雅正。20世纪50年代,恩格斯关于现实主义的"典型环境中的典型人物"论述,是文艺理论批评的指针,笔者认为迄今仍具有指导意义,尤其是在环境与人物关系问题上更是如此,因为当今文坛似乎很忽视环境与人物之间的辩证法,漠视环境造就人物、人物返照环境的艺术原理。过去对环境的解释只是偏重历史时代斗争的大环境,轻视具体环境,包括本土和家族的实体环境与氛围环境。氛围环境又称软环境,即族群性的文化风气,也即是族群性的行为意识与氛围,即所谓家风、族风、校风,或地方、企业、单位的整体文化等。俗话称

"一方水土养一方人"，怎样的人群就有怎样的群体风气，这就是环境与人物的辩证关系。《红楼梦》所写的贾府，是一个有百年文化积淀的大家族，又是一个包含各个社会阶层的数百人结成的群体，自然有其独特的族群之风，既有其传统之风，又有随时而兴或随时而逝之风，有持久的光明正大的正风正气，也有一时疯狂泛滥的歪风邪气；府中众多人物既是这些正风或邪气的兴风者或当事者，又是其受染者或返照者，无不在这族群风中占有自己的位置，充当一定的角色，同时也在其中显出自身的思想性格。

问：在《红楼梦》中是怎样具体体现你发现的这个艺术特点的呢？

答：贾府家族之族群之风，第一是"威风"。具体表现在：贾、史、王、薛四大家族联在一起，"贾不假，白玉为堂金作马。阿房宫，三百里，住不下金陵一个史。东海缺少白玉床，龙王来请金陵王。丰年好大雪，珍珠如土金如铁"，一荣俱荣、一枯俱枯。荣宁两府共占一条街，还建有首屈一指的"世外桃源"大观园，是为贾府元春封妃省亲而建；尤为威风的是元妃省亲大典，隆重至极，挥霍无度，主子奴才，上至贾母，下至马夫，无不受封受赏，感恩戴德；全族皆以为光，老少皆以为荣，荣华盖世，威风漫卷。如此威风的兴风者元妃，煽风者贾母为首的夫人群、贾赦为首的主子群，莫不在这场十二级威风中发光放彩；当事者中尤其炫目的宝玉和大观园女儿们，也在这场威风中各显诗才，黛玉、宝钗更以占鳌头而荣耀。仅此一例，即可见贾府之威风，已是这个族群首要的共识共力；族群中每个人都在这威风中沾光，又都在威风中亮相；既在这群体性的威风中献力，又在这群体性的风光中显出自己独特的光彩。

问：第二种风是什么？

答：是"败风"，即腐败之风。简而言之，就是吃喝玩乐，无恶不作。综观贾府的日常生活，除贾政一个主子因做员外郎而上班出差做点巡视之类的工作外，其余人都在府中吃喝玩乐，过着奢华享受的生活。在

《红楼梦》目录中，出现写吃饭或宴请的回目，有十多回；小说中写贾母每次出场，都有饭餐描写，每次大都有美食的出现；餐式多式多样，有大型宴会（如迎接皇妃盛宴），有节日或待客家宴，以及日常家宴、吟诗作对餐点、鹿脯烧烤野餐、街头巷尾小吃等，不一而足。前人戏评贾府的"饮食文化"是"书中大意，凡歇落处，每用吃饭，人或以为笑柄"。所言虽是取笑，却属事实，从中可见贾府正所谓"诗礼簪缨之族，花柳繁华地，温柔富贵乡"之内脏，是腐败糜烂之实际。另一方面，贾府的子孙们，又依仗祖宗世袭的官位和权威，贪赃枉法，谋财害命，无恶不作，如贾赦为谋取一把扇子不惜害死人命；凤姐为三千两银子贿金破坏两个家庭，又为争风吃醋而先后迫使鲍二家的及尤二姐自杀，还设相思局毒死贾瑞；薛蟠为夺取香菱便任意将相关人打死……这些穷凶极恶的劣迹，莫不赤裸裸地显露出整个贾府弥漫着一股腐败之风。这股败风越吹越烈，越烈就越将贾府的威风削减以至吹散，造成树倒猢狲散；贾赦、贾珍、贾琏、凤姐、薛蟠等败风兴起者们，既在其风生水起中煽风点火并尽情享受，也同时在为虎作伥中将自己的丑恶嘴脸暴露无遗；贾宝玉和大观园的女儿们，也程度不同地受这股败风所染或所害，显出各自不同的"身在败中不知败"，或者是"出淤泥而不染"的态势。

问：第三种风是什么？

答：是"情风"，包括情感之情、情爱之情。《红楼梦》作者声言本书"大旨谈情"，自然情风漫漫，劲吹始终。宝玉与黛玉的"木石之盟"缠绵悱恻，宝玉与宝钗的"金玉良缘"若即若离，宝玉与湘云的"麒麟缘"扑朔迷离，宝玉与袭人的"袭人情"如胶似漆，宝玉与晴雯的"芙蓉情"问天问地，宝玉与金钏儿的情分只有天知，有的是情爱之风，有的只是关系亲密，莫不赤诚肝胆，动人肺腑，惊天动地，风正帆悬。耐人寻味的是，在封建社会，尤其是在贾府这样号称"诗礼簪缨之族"，如此情风本属犯忌，事实不仅未忌，反而越吹越劲，甚至超越少爷小姐的界限，在丫鬟群中也情风阵阵，此伏彼起，连绵不绝：先是宝玉的丫头红儿以手帕传情贾芸起相思，接着是戏子龄官在地划字贾蔷寄痴情，再就是迎春的丫头司棋私通表弟进大观园约会，当抄捡大观园时查出约会的情书时，她也只是"低头不语，也并无畏惧惭愧之意"，使凤姐"倒觉可异"。连丫头们也如此大胆地情来我往，不忌不讳，说明此风在贾府中的强劲力度，同时也返照出此风本是正当之风，合天理合人性，乃少男少女的正当之情、美丽之情。《红楼梦》的情男情女们，既是这股情风的兴风作浪者，又在沐浴情风中如鱼得水，尽情地显露了自身的独特思想性格与风姿才华，可见，这也是《红楼梦》特有风采的艺术特点之一。

问：第四种风是什么？

答：是淫风，即荒淫无耻之风。曹雪芹可谓将情与淫分开的首创者。他在《红楼梦》的创作中，虽然用词上有些情淫不分，笼统称之为情，但在实际描写中是分开的，即男女意念之深交谓之"情"（又称"意淫"），男女性欲之滥交谓之"淫"；前者是合天理合人欲的，是美丽的、崇高的；后者是反伦理反道德的，是卑鄙的、无耻的。在贾府中，既有正当的情风劲吹，也有无耻的淫风泛滥。这两股风正如林黛玉说的那样："不是西风压倒东风，就是东风压倒西风"那样，相互交织地磨砺着；毕竟淫风的兴风者男尊势大，不仅压倒少爷小姐主导之情风，更与一丘之貉的败风联袂，逐步削弱瓦解贾府本有之正风、威风，将贾府步步推向没落深潭。这股风，在贾府上至族长（贾珍），下至小厮（焙茗）莫不兴风作浪，推波助澜，铺天盖地，正如柳湘莲所说："除了门前两个石狮子，没有一个是干净的！"突出的事例是：贾珍与儿子贾蓉的妻子秦可卿乱伦，致秦可卿自杀身亡，被老仆人焦大当面大骂："扒灰的扒灰，养小叔子的养小叔子，一代不如一代！"还有更残酷的是，贾珍、贾琏两兄弟一同调戏尤二姐、尤三姐两姐妹，贾琏偷娶尤二姐为妾，被凤姐谋害身亡，贾琏又为尤三姐作媒柳湘莲，尤三姐因未成即自刎而死。这些突出事例一方面说明淫荡之风灌满贾府，已无耻之极；另一方面深刻地体现出这些兴风作浪者在淫风中可耻的"淫棍"嘴脸，可见，这也是从族群风中写出人物之"特"的艺术特点。

问：第五种风是什么？

答：是诗风，即联诗对韵之风。由于元妃的懿旨和庇护，贾府的女儿们得以进住"世外桃源"的大观园，过着养尊处优、舒适潇洒的生活，以琴棋书画为素养，以茶香酒浓为嗜好，更以园中美景为依托，每当花开时令，组织诗社活动，联诗对韵，相互唱和，相继以海棠、菊花、柳絮、桃花以及中秋夜月等为诗题，进行吟诗联句活动，构成了一道亮丽的风景线，形成了一股清新隽秀的诗风。这是《红楼梦》中最有文采和文化底蕴的篇章，是大观园这个"女儿国"的独有之风。这股风，既是贾府号称"诗礼簪缨之族，花柳繁华地，温柔富贵乡"之组成部分和独特体现，又是大观园的女儿们得天独厚之软环境和生长氛围，造就她们都在这股诗风沐浴下个个都有诗的风韵，又都畅发诗才，兴风献彩，各显风姿，共同构成一个又一个的诗人与诗境浑然一体、诗风和畅之诗意境界。所以，这也是《红楼梦》以族群之风写出环境之"特"又写出人物之"特"的一个重要艺术特点。这个特点，也是以形写神的艺术手法创造环境与人物，并且超脱地创造出"特味"超脱境界的要领所在。

（2020年8月28日完稿）

食味篇

酒茶餐宴之「食味」超脱境界

> "携你到那昌明隆盛之邦,诗礼簪缨之族,花柳繁华地,温柔富贵乡。"
>
> ——《红楼梦》第一回

一、《红楼梦》饮食文化的两大特点

问：老师,您引用《红楼梦》第一回僧道二仙对石头化成的宝玉说的这段话,意思也即是带咱们进入这个"昌明隆盛之邦,诗礼簪缨之族,花柳繁华地,温柔富贵乡"的境界吧?

答：是的。在这部被称为"生活百科全书"的伟大小说中,对这个境界最直接最具体的表现,就是酒茶餐宴之"食味"超脱境界。众所周知,"民以食为天",俗称"开门七件事:柴米油盐酱醋茶";文雅七件事,"琴棋书画诗酒茶"(亦谓"茶药琴棋笔砚书"),俗雅都有酒和茶,以及餐宴和养生等饮食文化,既是物质文化,又是精神文化。所以,咱们应该由此进入其境界,并且以超脱的视野去寻味欣赏其超脱境界。

问：以怎样的超脱视野呢?

答：应从中华民族传统文化和文艺创作典型化的高度。因为饮食文化是中华五千年传统文化的重要组成部分,又是其"博大精深"的重要体现。另一方面,人们的饮食生活,既是社会物质生活的体现又是精神生活的体现,同样是社会物质文化和精神文化的体现,因而从艺术上说,文艺作品要典型地表现出社会的人及其环境,通过饮食生活典型化的描写,是重要的途径之一,因为"现实主义的意思是,除细节的真实外,还要真实地再现典型环境中的典型人物"。(恩格斯《致玛·哈克奈斯》信)。从这两个高度宏观《红楼梦》即可发现,其所体现中华民族传统饮食文化"博大精深"的特点是丰盛繁华,其运用典型化的特点主要是细腻精心地体现典型环境中典型人物的。所以,让咱们分类去查看其具体做法和创造的艺术,并从中进入寻味欣赏其酒茶餐宴之"食味"超脱境界吧。

二、美酒——《红楼梦》之"酒味"超脱境界

问：先从"酒味"说起吧。

答：好。首先说《红楼梦》在饮酒文化上所体现的丰盛繁华特点。众所周知，酒是中华传统的物质和精神文化之一。作为描写"诗礼簪缨之族，花柳繁华地，温柔富贵乡"的贾府兴亡史的小说，自然离不开饮酒文化的描写。据上海交通大学出版社2011年4月出版段振离编著《红楼品酒》一书统计，《红楼梦》之章回题目，写有关酒之活动有10余个，如"刘姥姥醉卧怡红院""憨湘云醉眠芍药栅""金鸳鸯三宣牙牌令"，以及"庆寿辰宁府排家宴""荣国府归省庆元宵""寿怡红群芳开夜宴""宁国府除夕祭宗祠"……都有直接或间接的有关酒事的描写。在前八十回，对酒事的描写有461处，后四十回有142处，短的几句话，长的横跨五回，全书共有九十一回写到酒事，在全书一百二十回中出现"酒"字580多次，直接描写喝酒的场面共有60多处。提到的饮酒名目有二三十种，如年节酒、祝寿酒、生日酒、贺喜酒、祭奠酒、待客酒、接风酒、饯行酒、中秋赏月酒、赏花酒、赏雪酒、赏灯酒、赏戏酒、赏舞酒等，酒的种类有五谷酒、黄酒、绍兴酒、惠泉酒、屠苏酒、合欢酒、西洋葡萄酒、果子酒等，写烧酒的白酒系列型有酱香型、浓香型、清香型、米香型、凤香型、芝麻香型、豉香型、特香型等，名目繁多，丰富多彩。此外，尚有诸多关于酒名、酒史、酒令、酒具、酒礼、酒德、酒俗、酒吧、酒楼、酒联、酒幌、酒帘、酒政、酒席、醉态、酒歌、酒诗、酒具、酒俗、药酒、酒型、酒类的描写等。这些丰盛繁华的酒文化景象说明《红楼梦》无愧为一部中华酒文化"百科全书"，同时又反映出酒文化是贾府的日常生活中不可缺少的生活内容，是这个"富贵场中、温柔乡里"的重要体现。

问：从运用典型化的特点上说呢？

答：其实，我刚才说《红楼梦》在饮酒文化上所体现的丰盛繁华的

特点，就是这部小说首要的典型化特点，因为在其所写丰盛繁华生活景象的内蕴中，是揭露以贾府为代表的中国封建社会王公贵族寻欢作乐、花天酒地的奢华糜烂生活，并以其酒文化的兴衰体现出贾府的兴衰历史。从"荣国府归省庆元宵"到"宁国府除夕祭宗祠"，就是标志贾府从兴至衰的两大酒宴。所以，《红楼梦》实际上是从饮酒文化的角度，以贾府为依托，运用典型化的方法，细腻精心地塑造典型环境中的典型人物。

问：有哪些具体特点呢？

答：首先，表现在小说很注意透过酒文化体现出时代和地方生活的大环境及其人物的独特性。例如，小说写到的酒，都是清代流行的酒，有传统的酒，如五谷酒，有新兴的外来葡萄酒（详见上述）。尤其着重写地方特色的酒。例如，整部小说写得最多的是黄酒，这是最有南方特色的名酒，历史悠久，春秋时期即有"越酒行天下"之说，其中上品是绍兴酒，同属黄酒系列的还写有惠泉酒、屠苏酒等。这因为贾府的主要人物原是金陵人，仍保留南方传统生活习惯，同时这种酒度数低，香醇顺喉，可冷饮也可热饮，适合大家闺秀食饮，因而贾府这种喝南酒的嗜好就显示其所具有的南方地方特色的环境和人物。

问：请举例说说吧。

答：例如，小说第六十三回《寿怡红群芳开夜宴》写丫鬟为宝玉做寿，袭人备了一坛好绍兴酒，四十碟果子，备了山南海北、中原外国、或干或鲜、或水或陆、天下所有的酒馔果菜，沏了"女儿茶"，还将黛玉、宝钗、湘云、探春、李纨、宝琴请来，玩占花名儿抽签酒令，边抽边饮，边吃边唱，既显现了这群金陵金钗在大观园丰富多彩的饮酒作乐的贵族生活情景，又巧妙地显现了人物性格和命运，薛宝钗占的是牡丹花，花签是"艳冠群芳"，签诗"任是无情也动人"；探春占了杏花，花签"瑶池仙品"，签诗"日边红杏倚云栽"；李纨占枝老梅，花签"霜晓寒姿"，签诗"竹篱茅舍自甘心"；湘云占了海棠，花签"香梦沉酣"，签诗"只恐夜深花睡去"；麝月占了荼蘼花，花签"韶华胜极"，签诗"开到荼蘼花事了"；香菱占了并蒂花，花签"联春绕瑞"，签诗"连理枝头花正开"；黛玉占了芙蓉花，花签"风露清愁"，签诗"莫怨东风当自嗟"；袭人占了桃花，花签"武陵别景"，签诗"桃红又是一年春"。从上可见，每个女儿都在欢乐的酒令环境中以自己所占的花签和签诗显现各自的性格特征或命运。尤其值得注意的是其中对芳官的描写，不仅着意写她作为戏子的打扮和演唱，而且特别写她放任的饮态和醉态，竟醉至与宝玉同床睡至天亮也不知晓，活灵活现了这个自幼从南方招来的戏子对家乡南酒的酷好与戏子的独特性格，在别具一格的酒文化环境中活现出"黑格尔老人所说的'那一个'"即人物的独特性。这是第一种特点。

◆ 问：第二种特点是什么？

◆ 答：是以行酒令场景描写塑造典型环境和各类典型人物。《红楼梦》每写宴会必喝酒，每写喝酒必行酒令。小说写到的酒令有：鸳鸯的牙牌令、高难的射覆令、贾宝玉的女儿令、"占花名"酒令、击鼓传花令、贾蔷仍"月字流畅令"等。上述为例的是"占花名"酒令，现以第二十八回写贾宝玉以自创的一套新酒令为例。贾宝玉说其要求是"说悲、愁、喜、乐四字，要说出女儿来，还要注明这四个字原故。说完了，饮门杯，酒面要唱一个新鲜时样新曲子；酒底要席上生风一样东西，或古诗、旧对、《四书》《五经》成语"。这样的酒令要求显然是在"诗礼簪缨之族"酒宴上的常事，也是对参宴者身份的文化素养品位的检验和显现。贾宝玉带头说："女儿悲，青春已大守空闺。女儿愁，悔教夫婿觅封侯。女儿喜，对镜晨妆颜色美。女儿乐，秋千架上春衫薄。"接着唱了著名的《红豆词》（滴不尽相思血泪抛红豆……），饮了门杯，便拈起一片梨来，说了句古诗"雨打梨花深闭门"完了令，从而显现了具有高度素养的多情公子形象。轮到冯紫英行令，说道："女儿悲，儿夫染病在垂危。女儿愁，大风吹倒梳妆楼。女儿喜，头胎养了双生子。女儿乐，私向花园掏蟋蟀。"接着唱了首情歌说了句古诗"鸡声茅店月"，令完，显现已婚的大家公子的风度。接令的是与薛蟠有关系的歌妓云儿,说道:"女儿悲,将来终身指靠谁?女儿愁,妈妈打骂何时休。女儿喜,情郎不舍还家里。女儿乐,住了箫管弄弦索",唱支情歌说句"桃之夭夭"完令,歌妓形象活灵活现。轮到薛蟠,呆半天才说出"女儿悲,嫁了个男人是乌龟",又呆半天才接上说"女儿愁,绣房蹿出个大马猴",又老半天才说出"女儿喜,洞房花烛朝慵起",正当众人诧异时,接着说出"女儿乐,一根毡耙往里戳"。接着唱出莫名其妙的小曲"一个蚊子哼哼哼,两个苍蝇嗡嗡嗡",一个卑劣低级的富家子弟形象跃现纸上。最后是蒋玉菡行令,说"女儿悲,丈夫一去不回归。女儿愁,无钱去打桂花油。女儿喜,灯花并头结双蕊。女儿乐,夫唱妇随真和合"。接和/合曲后说出古诗句"花气袭人知昼暖",既显现了一个较有涵养的戏子形象,又暗喻了与袭人联姻的良好结局。从这些情景可见,以行酒令的场景描写塑造典型环境和各类典型人物,也是《红楼梦》酒文化特点之一。

问:第三种特点是什么?

答:是以酒香和酒名创造诗意环境与意境并体现人物命运。这个特点主要体现于小说第五回中。这回先是描写贾宝玉被带到秦可卿房中睡午觉,开始对挂有《燃藜图》的上房内间环境不满,进到内间则满意了,因为当他进到内房门时:"便有一股细细的甜香袭人而来,宝玉觉得眼饧骨软,连说'好香!'入房向壁上看时,有唐伯虎画的《海棠春睡图》,两边有宋学士秦太虚(秦观)写的一付对联,共联云:'嫩寒锁梦因春冷,芳气袭人是酒香。'"贾宝玉即满意了,可见小说在这里是别出心裁地以秦观写的"酒香"诗意渲染秦可卿的住房氛围及其多情美女特性,同时又以秦可卿说"我这屋子大约神仙都可以住得了"的说法,为贾宝玉在这里入睡后,很快入梦由秦可卿领引神游太虚幻境作了巧妙铺垫,也由此而以酒名创造了更高的意境。

问：具体是怎样的呢？

答：小说对贾宝玉进太虚幻境的描写，实际上是以其所见仙女和《金陵十二钗册》过程，预示所写"当日所有之女子"命运的意境。由此，作者匠心独运地创造出"万艳同杯"之酒名，作为这个意境的概括和代号。应特别注意的是，在整部小说中所写的酒名都是确有其酒，唯独此酒名是杜撰，只有虚名无其酒，警幻仙子以此酒接待贾宝玉，是太虚幻境的虚拟幻境，但它却是与杜撰"千红一窟"茶名之茶接待贾宝玉一样是实有寓意的。所谓"万艳同杯"，实是寓有"万艳同美"和"万艳同悲"两重寓意。据屈大均《广东新语》载："凡百草之露皆可润肌，百花之露皆可益颜，取之造酒，名秋露白，绝香，而茶蘼露尤美，广人多种，多以万计，以甑蒸之露。"所以可以说"万艳同杯"是"百花之蕊，万木之汁"制成，因而含有所写少女都是"万艳同美"之意。又由于所写的美女，全都是悲剧命运，所以又有一重"万艳同悲"的命运。小说中对这两重寓意都是作出许多超脱意境之创造的，前者表现在许多以花为媒介的美人、美景、美诗、美物、美事的意境创造，后者表现在所写大观园女子乃至整部《红楼梦》的悲剧中。所以，这个以酒香和酒名创造诗意环境与意境并体现人物命运的特点，是以酒名创造的更高境界。

问：第四种特点是什么？

答：是以花天酒地情景塑造"良辰美景奈何天"的环境与人物。前面说到"万艳同杯"的首重寓意，是"万艳同美"，具体就是以花为媒介而进行的美人、美景、美诗、美物、美事的意境创造，其中包括以花为媒介进行的美酒文化创造，也当是特点之一。因为《红楼梦》中写到的以花酿为名之酒甚多，如茶蘼酒、菊花酒、桂花酒、荷花酒、梨花酒、桃花酒、茉莉酒、银花酒等，尤其是每花开时节举办诗社活动，莫不赏花饮酒，尽情作乐，过着花天酒地的生活，既体现了贾府这个富贵诗礼之乡的典型环境和丰富多彩的生活，又实实在在地写出了花或酒的知识和食味，以及时令的文化底蕴，从中体现了众多人物的不同素养和性格，寓现和创造了繁花似锦的超脱境界。例如,第三十七回"秋爽斋偶结海棠社,蘅芜苑夜拟菊花题",写大观园女儿们因秋至适逢白海棠与菊花盛开时令,特先后举办两次诗社活动,在以海棠为题咏诗并为诗社冠名之后,又举办了以菊花为题的联诗活动,先由薛宝钗订出菊诗谱,包括《忆菊》《访菊》《种菊》《对菊》《供菊》《咏菊》《画菊》《问菊》《簪菊》《菊影》《菊梦》《残菊》,共12首诗,其中9首都写到菊花酒,林黛玉夺魁的三首菊花诗也如此。菊花酒始自东晋葛洪《西京杂记》:"九月九日,佩茱萸,食蓬饵,饮菊花酒,云令人长寿。"可见,花、酒、时令、养生与诗的密切关系,各人都在诗中体现了自己的风格,又在总体上融合为一个花天酒地的菊花诗境界。再如,第三十八回"林潇湘魁夺菊花诗",写贾宝玉与林黛玉在菊花诗会后吃螃蟹喝合欢花酒。合欢花是一种中药,有解郁安神功效,可以治疗郁结胸闷、失眠等症。合欢花制酒始于明代,清代流行。合欢是一种乔木之名,其叶子呈羽状复叶,"朝开暮合",有似情侣,故名合欢,结婚也即此意,故此花此酒之名吉利,薛宝钗也参与咏螃蟹并喝酒,使这样的饮酒细节也具有情爱合欢的寓意和境界。

问: 第五种特点是什么?

答: 以酒事典故深化环境与人物的文化内蕴。例如,第十八回"皇恩重元妃省父母"中,写林黛玉诗写"金谷酒":"香融金谷酒,花媚玉堂人。"自称"胡乱"之作。实则用典应景到位,因金谷酒出自西晋大将军石崇金谷园宴客比诗,如诗不成罚诗三斗之典故,具有以其比拟大观园盛宴之意。李白《春夜宴桃李园序》有"不有佳作,何伸雅怀?如诗不成,罚以金谷酒数",也用此典故。可见仅用"金谷酒"典故即显现了盛宴的隆重豪华及其文化底蕴,也显现黛玉的素养与才华及其孤傲性格。再如,第七十八回,贾宝玉写《芙蓉女儿诔》祭晴雯,既用楚辞的"离骚"体写祭文,又以《楚辞》句"奠桂酒兮椒浆"(《九歌》)、"援北斗兮酌桂浆"(《东君》)而用桂花酒("桂浆")祭奠,除寓有屈原典故外,还寓有《汉书·礼乐志·郊祀歌》中"奠桂酒,宾八乡"之说,以及唐代刘禹锡《传信方》称"桂浆法，宫廷御酒，中秋节必饮之酒"的历史记载，使这篇祭文及祭祀活动既有历史文化内涵和深度，也体现了贾宝玉的性情和文化素养。

问：第六种特点是什么？

答：是以醉态描写寓现各自不同的环境与人物。例如，最著名的是写老仆人焦大的醉骂。这位老仆人从小跟着老太爷贾演打仗。贾演与弟弟贾源共创家业，贾演被封为宁国公，贾源被封为荣国公。所以，焦大是贾府的"开国功臣""五代元老"，眼看贾府一代不如一代，腐化堕落，日益衰败，痛心至极，只能饮酒消沉，在闷醉情况下，连续受到管家和腐败主子的无理责难，便乘醉进行三骂。先是骂总管赖二，骂个不停；贾蓉喝人"捆起来"，焦大即转骂贾蓉，抗拒捆绑撒野，并又转骂贾珍，说出了众人皆知却无人敢说的真相："要往祠堂里哭太爷去，那里承望到如今生下这些畜生来！每日偷狗戏鸡，爬灰的爬灰，养小叔子的养小叔子，我什么不知道？咱们'胳膊折了往袖子里藏'！"焦大这醉后三骂，痛快淋漓地揭露了堂皇"诗礼之族"的腐朽真相，同时活现了一位忠诚老仆的刚正性格。再如，写尤三姐的醉态。当贾琏和贾珍两兄弟以灌酒调戏尤三姐时，只见尤三姐索性卸了妆，脱了大衣服，松松地挽着头发；身上穿着大红小袄，半掩半开的，故意露出葱绿抹胸，一痕雪脯；底下绿裤红鞋，鲜艳夺目；忽起忽坐，忽喜忽嗔，没半刻斯文，两个坠子就和打秋千一般，灯光之下越显得却柳眉笼翠雾，檀口点丹砂；本是一双秋水眼，再吃了几杯酒，越发横波入鬓，转盼流光；真把那珍琏二人弄得欲近不敢，欲远不舍，迷离恍惚，落魄垂涎，再加方才一席话，真将二人噤住。弟兄两个上竟全然无一点儿能为，别说调情斗口，竟连一句响亮话都没有了。将尤三姐的醉态写得艳气诱人而又逼人，泼辣而又风情，魅人而不可近，一派光彩照人的佯醉情态；相形之下，两个色狼语塞呆滞，则是一派纨绔子弟的草包原形；两相对映，活现了在"只有门前两个石狮子干净"的贾府环境中正邪对立之情态。

问：所说，两个都是人物与环境对立的例子。有人物与环境协调的例子么？

答：有，"憨湘云醉眠芍药裀"就是此类好例。小说中描写：大家又该对点的对点，划拳的划拳，这些人因贾母、王夫人不在家，没有了管束，便任意取乐，呼三喝四，喊七叫八，满厅中红飞翠舞，玉动珠摇，真是十分热闹。顽了一回，大家方起席散了，却忽然不见了湘云，只当他外头自便就来，谁知越等越没了影儿。使人各处去找，那里找的着？……正说着，只见一个小丫头笑嘻嘻的走来，说："姑娘们快瞧，云姑娘吃醉了，图凉快，在山子后头一块青板石凳上睡着了！"众人听说，都笑道："快别吵嚷。"说着，都走来看时，果见湘云卧于山石僻处一个石凳子上，业经香梦沉酣，四面芍药花飞了一身，满头脸衣襟上皆是红香散乱。手中的扇子在地下，也半被落花埋了，一群蜜蜂蝴蝶闹嚷嚷地围着。又用鲛帕包了一包芍药花瓣枕着。众人看了，又是爱，又是笑，忙上来推唤挽扶。湘云口内犹作睡语说酒令，嘟嘟嚷嚷说："泉香酒冽……醉扶归，却为会亲友。"众人笑推他说道："快醒醒儿吃饭去。这潮凳上还睡出病来呢！"湘云慢启秋波，见了众人，又低头看了一下自己，方知是醉了。原是纳凉避静的，不觉因罚了两杯酒，娇娜不胜，便睡着了，心中反觉自愧。这段史湘云醉态描写真是一幅精美的大观园女儿国生活画！在芍药花盛开时节的大观园中，诗才洋溢的美女们，纵情饮酒寻欢作乐，其中最爽朗的美女史湘云，醉卧青石众人笑，香甜睡美花丛中，这不是一幅环境与人物高度融合一体的诗意画么？贾宝玉说女儿是水做的，圣洁优美；大观园是"世外挑园"的女儿国，是群芳众美圣地；至善至美的自然人文环境全在画中显现出来，如花似玉的史湘云又是多么和谐地显现其中。

问：还有更精彩的醉态例子么？

答：第四十一回，写刘姥姥二进大观园的醉态，则是体现环境与人物对立统一的精彩醉例。《红楼梦》流行至今数百年，"刘姥姥进大观园"已成家喻户晓的俗语，作为"大开眼界见世面"的代名词。小说在描写刘姥姥二进大观园时，贾母盛情接待这位厚道世故的农村老妇，让他游了整个园的美景胜地，使她见到许多没见过的东西，吃到从没吃过的东西，大饱眼福口福，真是见世面开眼界之行。显然作者将这位农村老妇放进大观园来描写，是要借此展现花团锦簇的贵族世家的豪华气派，同时也展现丰富多彩的民族文化，并在这环境中塑造各种人物。如果说，在所写的人物中，贾府的人物（从贾母到丫鬟）都是这个环境的正面体现的话，那么，刘姥姥则是从侧面体现这个环境。这种体现，尤其体现在刘姥姥的醉态描写中。具体是："那刘姥姥喝了些酒，他的脾气和黄酒不相宜，且吃了许多油腻饮食发渴，多喝了几碗茶，不免通泻起来，蹲了半日方完。及出厕来，酒被风禁，且年迈之人，蹲了半天，忽一起身，只觉眼花头晕，辨不出路径……只得顺着一条石子路，慢慢地走来……进了房门，便见迎面一个女孩儿，满面含笑的迎出来……刘姥姥便赶来拉她的手，'咕咚'一声，把头碰的生疼。细瞧一瞧，原来是一幅画儿……刘姥姥掀帘进去……则从屏后得了一个门，只见一个老婆子也从外面迎着进来。刘姥姥诧异，心中恍惚，莫非是他亲家母？因问道：'你也来了？想是我这几日没家去，亏你找我来！……你好没见世面！见这甲花好，你就没死活的戴了一头！'说着，那老婆子只是笑，也不答言。刘姥姥便伸手去羞他的脸，他也拿手来挡，两个对闹着。刘姥姥一下子摸着了，但觉得那老婆子脸冰凉挺硬的，倒把刘姥姥唬了一跳。猛想起，'常听见富贵人家有种穿衣镜，这别是我在镜子里罢'。说毕伸手一摸，再细一看，可不是，四面雕空紫檀板壁将镜子嵌在中间，因说：'这已经拦住，如何走出去呢？'一面说，一面只管用手摸。这镜子原是西洋机括，可以开合。又意刘姥姥乱摸之间，其力巧合，便撞开了消息，掩过镜子，露出门来。刘姥姥又惊又喜，迈步出来，忽见有一副最精致的床帐。他此时又带了七八分醉，又走乏了，便一屁股坐在床上，只说歇歇，不承望身不由己，前仰后合的，朦胧着两眼，一歪身就睡熟在床上。"这段描写，以醉后误撞宝玉卧室，见到未见过的画儿、穿衣镜，如入迷魂阵中，身不由己醉卧华丽床上的细节，以雅俗反差的视角，精细地描绘出高雅的环境；同时又在这境中以刘姥姥自身照镜等可笑动作，反照出自身纯朴农村老妇的形象，非常典型地体现了以环境与人物对立统一艺术塑造典型环境中的典型人物特点。

三、香茶——《红楼梦》之"茶味"超脱境界

问：该说说《红楼梦》中的茶文化了吧？

答：好。照我看来，《红楼梦》中的茶文化描写，与酒文化描写目的一样，都是为了体现"诗礼簪缨之族，花柳繁华地，温柔富贵乡"的贾府日常生活，并且运用典型化方法，塑造典型环境中的典型人物；同时在描写中彰显丰富多彩的民族传统的饮食文化和风俗文化。在传统和风俗文化中，茶与酒关系非常密切，往往写茶必写酒，写酒多有茶，在不同场合描写的重点不同，当然单独描写的也不少。据上海交通大学出版社2011年4月出版的段振离编著《红楼说茶》一书统计，《红楼梦》120回中，有112回都写到了茶。写茶事近300处，吟咏茶的诗10多首，贾府的人都离不茶，写的茶事有家常茶、敬客茶、伴果茶、女儿茶、品尝茶、药用茶、漱口茶、茶果子、泡饭茶等应用茶，种类有六安茶、老君眉茶、枫露茶、龙井茶、普洱茶、"进上茶"、暹罗茶、杏仁茶、面茶，以及警幻仙子为贾宝玉特制的"千红一窟"茶，同时还写了许多珍奇的茶具、茶品、茶人、茶理、茶道、茶俗，非常细致入微地写出茶味、茶香！俗语谓"开门七件事，柴米油盐酱醋茶"（俗七件）；文雅七件事，"琴棋书画诗酒茶"（亦谓"茶药琴棋笔砚书"，即雅七件），俗雅文化都有茶，都在茶文化中以对立统一的辩证艺术，塑造典型环境中的典型人物。其思想艺术主要表现在六个特点上。

问：请分别细说。

答：第一，是以茶名寓现从喜而悲、乐极生悲的意境和人物命运。小说第五回写贾宝玉神游太虚幻境，警幻仙子以"万艳同杯"酒、"千红一窟"茶接待。前面已讲"万艳同杯"酒名寓意，"千红一窟"茶名也同样是寓现整个"红楼梦"，尤其是"金陵十二钗"命运意境的。"千红"

指大观园的女儿们,"一窟"既有"一窝(群)"之意,又有"一哭"之音,寓有从笑而哭的命运,并有喜与悲对立统一的意味。因为茶的本性是源于草木,受之甘露,日月滋润,受天地之灵气,共生共长,是在成团成簇的纯真、圣洁、和谐的可喜环境中成长。这种景况,与大观园的女儿们,在人生最美好的时间段、在最美好的世外桃源般的环境中过着诗情画意生活的命运,不是很相似而堪称"千红一群"么?后来,整个故事的发展和每个女儿的结局,又都是悲惨的,也即变成"千红一窟(哭)"了。可见这个茶名的寓意,体现了整部小说和人物命运从喜而悲、乐极生悲的预示和境界。

问:第二是什么?

答:是以品茶的雅俗对比映现环境与人物思想性格。如第四十一回"栊翠庵品茶梅花雪",写刘姥姥二进大观园时,贾母带一班人进庵,妙玉献茶接待。贾母进门即说,"我们才都吃了酒肉,你这里头有菩萨,冲了罪过。我们这里坐坐,把你的好茶拿来,我们吃一杯就去了"。妙玉听了,忙去烹了茶来。宝玉留神看他是怎么行事。只见妙玉亲自捧了一个海棠花式雕漆填金云龙献寿的小茶盘,里面放了一个成化窑五彩小盖钟,捧与贾母。贾母道:"我不吃六安茶。"妙玉笑说:"知道。这是老君眉。"贾母接了,又问是什么水。妙玉笑回,"是水是旧年蠲的雨水"。贾母便吃了半盏,便笑着递与刘姥姥说:"你尝尝这个茶。"刘姥姥便一口吃尽,笑道:"好是好,就是淡些,再熬浓些就好了。"贾母众人都笑起来。然后,众人都是一色官窑脱胎填白盖碗。……道婆收了上面的茶盏来。妙玉忙命"将那成窑的茶杯别收了,搁在外头去吧",宝玉会意,知道为刘姥姥吃了,他嫌脏不要了。……宝玉和妙玉陪笑道:"那茶杯虽然脏了,白搁了岂不可惜?依我说,不如就给那穷婆子了罢,他卖了也可以度日。你道可使得。"妙玉听了,想了一想,点头说道:"这也罢了。幸而那杯子是我没吃过的,若我使过,我就砸碎了也不能给他。你若给他,我也不管你,只交给你,快拿了去罢。"宝玉笑道:"自当如此,你那里和他说话授受去，越发连你也脏了，只交与我就是了。"……这段描写，通过在大观园栊翠庵一小段品茶活动中，以雅俗对比写出了四个人物：主事的妙玉以高贵的茶水精制、以珍贵的茶杯，请连著名的"六安茶"不喝、只喝"老君眉"茶的贾母喝茶，只喝半杯后，转给刘姥姥喝，刘姥姥不知茶之珍贵、也不懂品味，像平日为止渴那样一口喝下，也像平日喝惯熬的浓茶那样，嫌淡了些；以两人喝法和品味的不同，显示了雅俗文化的差异，也显示两人身份性格的差异；接着在刘姥姥用过茶杯处理上，贾宝玉同情刘姥姥，妙玉的洁癖，又是一层雅俗文化对比，既显现两人不同思想性格，又显现了在大观园中栊翠庵这个独特的高雅环境，别具一格地显现这个女儿国圣地的"茶味"境界。

问：第三是什么呢？

答：是以茶器雅俗对比寓现人物关系的心态与思想性格的奥秘。例如，在前述的第四十一回"栊翠庵品茶梅花雪"中，写妙玉请贾母与刘姥姥喝茶后，还特地请黛玉、宝钗到耳房内喝体己茶，宝玉也跟着进来了。妙玉另拿出两只杯来，都是极其名贵的古董高雅茶杯，分别递给黛玉、宝钗，仍将前番自己常日吃茶的那只绿玉斗（可谓俗用）来斟与宝玉。这个细节，非常巧妙地以茶具雅俗不同而显现人物之间的感情关系和内心秘密。上面引述过妙玉嫌刘姥姥用过的茶杯脏了搁去，宝玉请赠刘姥姥，妙玉因其没用过才允，并说"若我使过，我就砸碎了也不能给他"的话，连特地请来吃体己茶的贵客也不能有此殊荣，她是不会轻易让人沾手她用过的东西的，更何况是她"常日吃"在口边的茶杯呢！可见，这是一个虽然日用却很不俗的茶杯，显然给宝玉用自己常用的杯有很不俗的深意，非常自然而巧妙地露出了妙玉对宝玉与对黛钗两人（包括其三角恋情）之间的不同，表面上对黛钗所用的茶具是雅，宝玉用的是俗，实际上这俗所内含的感情关系和内心秘密，比黛钗的茶具更雅。更妙的是，开始即留神看妙玉"是怎么行事"的宝玉，又是向妙玉请求留赠刘姥姥用过茶杯的宝玉，竟然发问："常言道'世法平等'，他两个就用古玩奇珍，我就是个俗器了。"妙玉道："这是俗器？不是我说狂话，只怕你家里未必找的出这么一个俗器来呢。"显然，宝玉是心知肚明，故意用"俗器"挑明发问；妙玉的回答，更巧妙地以其家"未必找的出有这么一个俗器"而挑明其"非俗"之用意，半掩半露地显现其与宝玉的感情关系和内心秘密。可见这段描写，实在是借茶具的雅俗而显现人物的情感关系和思想性格的妙笔，是一个朦胧而剔透的超脱"香茶"世界。

问：第四是什么呢？

答：是以喝茶细节的反差对比，映现人物的感情关系和思想性格。突出的例子是第七十七回写宝玉探望晴雯被撵出大观园后的情景描写："那是一个十分破落的家。晴雯见了宝玉，又惊又喜，又悲又痛，一把死攥住他的手，哽咽了半日，方说道：'我只道不得见你了！'接着便咳个不住。宝玉也只有哽咽之分。晴雯道：'阿弥陀佛！你来得好，且把那茶倒了半碗我喝。渴了半日，叫半个人也叫不着。'宝玉听说，泪问：'茶在哪里？'晴雯道：'在炉台上。'宝玉看时，虽有个黑煤乌嘴的吊子，也不像个茶壶。只得桌上去拿一个碗，未到手内，先闻得油膻之气，宝玉只得拿了来，先拿些水，洗了两次，复用自己的绢子拭了，闻了闻，还有些气味，没奈何，提起壶来斟了半碗，看时，绛红的，也不大像茶。晴雯扶枕道：'快给我喝一口罢！这就是茶了，那里比得咱们的茶呢！'宝玉听说，先自己尝了一尝，并无茶味，咸涩不堪，只好递给晴雯。只见晴雯如得了甘露一般，一气都灌下去了。宝玉看着，眼中泪直流下来。"这段文字所写的喝茶细节，有四个前后反差对比的闪光点：一是晴雯在破落的家中病卧在床上，"渴了半日，叫半个人也叫不着"，使人想到此前在大观园时他同样病卧上连夜为宝玉补裘的情景，有福祸对比、今不如昔之意；二是宝玉来到，弄半天才帮他喝上半碗仍有油膻之气的茶，晴雯竟将这"不大像茶"的茶，"如得了甘露一般，一气都灌下去了"，并且说"那里比得咱们的茶呢"，一句话即闪现了从茶质到茶器、茶水与大观园的天渊之别；三是在这极其恶劣阴暗的处境下，晴雯明知自己将死，对宝玉说出一段光明磊落的内心话:"只是一件,我死也不甘心的,我虽生的比别人略好些,并没有私情勾引你怎样,如何一口死咬定了我是个狐狸精!我大不服。"这样一番光明磊落的话,以强烈的明暗对比,显现了《金陵十二钗册》称晴雯的判词所写,"霁月难逢,彩云易散。心比天高,身为下贱。风流灵巧招人怨。寿夭多因诽谤生,多情公子多挂念",是很符合晴雯的命运和内光顽强之思想性格的。这四层对比表明,这段喝茶细节描写,是多么精细地显现了宝玉与晴雯之间的纯真圣洁感情关系,显现了贾宝玉的"多情"性格,尤其是晴雯的"身为下贱,心比天高"光辉形象。随后,贾宝玉在祭晴雯的《芙蓉女儿诔》中,写有以"沁芳之泉,枫露之茗"设祭之句。"沁芳之泉"即圣洁的茶水,"枫露之茗"即高贵的茶叶,以此与这节描写宝玉捧给晴雯当作甘露一气灌进口的"半碗仍有油膻之气的茶"对比,不是一个更加鲜明而有深意的"茶味"超脱境界吗?

问: 第五是什么呢?

答: 是以茶事的前后多重对比,映现人物关系和思想性格的复杂性与多重性。《红楼梦》第八回,写贾宝玉回到房间接过丫鬟茜雪捧上的茶来,吃了半盏,忽然想起早晨的茶来,问茜雪:"早起沏了碗枫露茶,我说过那是三四次后才出色,这会子怎么又沏上这个茶来?"茜雪道:"我原留着来着,那会子李奶奶来了,喝了去了。"宝玉听了,将手中的杯顺手往地下一摔,豁琅一声,打了个粉碎,泼了茜雪一裙子。又跳起来向着茜雪道:"他是你那一门子的'奶奶',你们这么孝敬?他不过是在我小时候吃过他几日奶罢了,如今惯的比祖宗还大,撵出去大家干净!"这段从枫露茶引起的茶事描写,在《红楼梦》中恐怕是唯一因茶起祸的事件,也是唯一的一反常态的情节。贾宝玉的"常态"是重孝敬女,尤其是对年青女儿恩爱有加,对丫鬟也一视同仁,作为公子哥儿,不仅不摆架子,甚至甘为丫鬟服务,为何因一碗枫露茶而发怒,甚至要将自己的奶母李奶奶和身边的丫鬟茜雪撵出去呢?从整部小说所写有关茶事的描写看来,这段情节描写不是偶然的或孤立的,而是具有以茶事的前后多重对比,映现人物关系和思想性格的复杂性与多重性作用和意义的。具体表现在与前述两个茶事的对比：一是刘姥姥在栊翠庵喝茶情节中，宝玉的态度是怜俗扶贫，不仅体谅刘姥姥的俗气作为，还不惜向妙玉求赠他饮过的珍贵的茶杯回家过日子，而对自己小时奶妈喝了他的一碗茶却大怒摔杯，对两位老人的态度完全不同，这不是鲜明对比吗？二是前述宝玉在晴雯临死前的床前探望献茶，死后以高雅的枫露茶设祭，而对茜雪仅是因为让李奶奶喝了碗枫露茶即被撵出去，对两位丫鬟的态度天隔地远，两相对比，何等可叹！以上两重前后对比中，从人物关系而言，在两种人物的相同处显现了人物之间关系的不同，即刘姥佬虽是来打秋风的穷婆子，但她纯朴可爱，讨人喜欢，李奶奶虽是奶妈，但倚老卖老、老管闲事讨人嫌；茜雪虽也尽心、过失不大，但远不如晴雯关系亲密、纯情可爱。从思想性格而言，刘姥姥、李奶奶、晴雯、茜雪都分别在两重对比中显现了自己的思想性格，贾宝玉则是在这两重对比中，既显示了重孝敬女的一面，又显现了作为贵族公子发威摆款的一面，全面地展现其思想性格的二重性与复杂性。所以，这也是曹雪芹以对立统一辩证艺术创造的一种独特的"茶味"超脱境界。

问：第六是什么呢？

答：是以茶俗寓意引现人物的思想性格和内心秘密。《红楼梦》第二十五回中，写林黛玉信步往怡红院去，听见房内笑声，原来是李纨、凤姐、宝钗都在那里。黛玉笑道："今日齐全，谁下帖子请的？"凤姐道："我前日打发人送了两瓶茶叶给姑娘，可还好吗？"黛玉道："我正忘了，多谢多谢。"凤姐儿又道："你尝了可还好不好？"……黛玉道："我吃着好，不知你们脾胃是怎样？"宝玉道："果然你爱吃，把我这个也拿了去罢。"凤姐笑道："你要爱吃，我那里还有呢。"林黛玉道："果真的，我就打发丫鬟去取了。"凤姐道："不用取去，我打发人送来就是了。我明儿还有一事求你，一同打发人送来。"黛玉听了，笑道："你们听听，这是吃了他一点子茶叶，就使唤起人来了。"凤姐笑道："倒求你，你倒说这些闲话，吃茶吃水的。你既吃了我们家的茶，怎么还不给我们家做媳妇?"众人听了一齐都大笑起来。黛玉涨红了脸,一声儿不言语,便回过头去了。李宫裁笑向宝钗道:"真真我们二婶子的诙谐是好的。"林黛玉道:"什么诙谐!不过是贫嘴贱舌的讨人厌恶罢了!"说着又啐了一口。凤姐笑道:"你别作梦!你给我们家作了媳妇少了什么?"指着宝玉道:"你瞧瞧人物儿配不上?门第儿配不上?根底儿家私儿配不上?那一点玷辱了谁呢?"林黛玉抬身就走。宝钗便叫:"颦儿急了,还不回来坐着。走了倒没意思。"说着便站起来拉住。……在这段描写中,凤姐向林黛玉说"吃了我们家的茶"是指茶俗中有种"吃茶"含有女子受聘婚嫁的寓意。小说描写凤姐以此茶俗寓意取笑林黛玉而引起的反响,活现了在场人物的不同思想性格和内心秘密,实是精彩到位、妙趣横生。就林黛玉而言,与宝玉结亲是她梦寐以求的心愿和内心秘密,当下被凤姐突然当众取笑揭穿,作为大家闺秀,自然不好意思,"涨红了脸,一声儿不言语,便回过头去了",随即又刺说凤姐"不过是贫嘴贱舌的讨人厌恶罢了"。但凤姐嘴不让人,随即说出"你别作梦",并数出四个"配不配"和"那一点玷辱了谁"的狠话。这番话,既戳破了林黛玉最担心之处,又触犯了少女自尊心,故即马上"抬身就走"。这就以两人的对峙,相互映现了彼此内心秘密和思想性格:林黛玉的内心秘密是对宝黛婚姻的追求和担心,凤姐的内心秘密是知道"木石前缘"与"金玉良缘"之争尚未分晓,但她作为管家媳妇而有意借取笑隐现自己的倾向和担心,故有"别作梦"和"玷辱了谁"之问;李纨之所以只对宝钗说凤姐"诙谐是好的",是因为明知宝钗会因这茶俗寓意而生妒意,故以"诙谐"冲淡;宝钗也感到凤姐说话过狠,黛玉即走又过急,故即动嘴动手拉回。至于贾宝玉,自然为黛玉爱喝这茶和挑出婚事而高兴,也为黛玉气恼而忧心。故而在众人散时留下林黛玉,"拉着林黛玉的袖子,只是嘻嘻的笑,心里有话,只是口里说不出来。此时林黛玉只是禁不住把脸红涨了,挣着要走"。可见,这段以茶俗寓意引出的情节,是多么清晰而巧妙地以人物的语言和动作,揭示了人物的内心秘密,又从中显示了各自的思想性格,凤姐的敏锐泼辣,林黛玉牙尖嘴利,李纨解事宽厚,薛宝钗藏而不露,贾宝玉一片钟情,莫不跃现纸上;同时,这些人物相互关系及内心复杂状态也都融现其中。如此高明的描写，也当是别具一格的"茶味"超脱境界吧？

问：第七是什么呢？

答：是以茶诗抒发生活情趣并体现人物环境和思想性格。《红楼梦》中有许多诗词之作，这些诗词之作中有些写到茶或茶事，其中最集中、最有代表性的是贾宝玉作的《四时即事》。这是贾宝玉进大观园怡红院居住后之作，主要是写自己与女儿们在春、夏、秋、冬的日常生活，共四首，其中有三首都写到茶。《夏夜即事》云："倦绣佳人幽梦长，金笼鹦鹉唤茶汤。窗明麝月开宫镜，室霭檀云品御香。琥珀杯烦荷露滑，玻璃槛纳柳风凉。水亭处处齐纨动，帘卷朱楼罢晚妆。"诗中所写佳人即袭人，其余麝月、檀云、琥珀、玻璃都是他身边丫鬟的名字，所写诗句又都是寓现这些丫鬟服侍他的情景，将"茶汤"写成"鹦鹉唤"的学舌，折射了喝茶已是他日常生活习惯，连鹦鹉都学舌会唤了。《秋夜即事》云："绛云轩里绝喧哗，桂魄流芳浸茜纱。苔锁石纹容睡鹤，井飘桐露湿栖鸦。抱衾婢至舒金凤，倚槛人归落翠花。静夜不眠因酒渴，沉烟重拨索烹茶。""绛云轩"是贾宝玉的住房。诗写在这闹中有静、幽而又雅的环境中，急切喝茶、烹茶的情景，显现了茶在花天酒地生活中不可或缺的地位和滋味。《冬夜即事》云："梅魂竹梦已三更，锦罽鹴衾睡未成。松影一庭唯见鹤，梨花满地不闻莺。女儿翠袖诗怀冷，公子金貂酒力轻。却喜侍儿知试茗，扫将新雪及时烹。"诗写在冬夜的寒冷中，万籁俱寂，皆入梦乡，虽有金貂盖身，仍不能解醉入眠，唯见侍儿懂得以新雪烹茶，才可释怀得兴，可见，茶茗茶道在冬夜中的暖意和香味。这三首茶诗不仅写出了贾宝玉这个"富贵闲人"的优越生活环境和志趣，显现了这个"多情公子"的散淡思想性格，还别出心裁地创造了诗意盎然的"茶味"超脱境界。

四、美餐——《红楼梦》之"餐味"超脱境界

问：现在该谈谈《红楼梦》之"餐味"超脱境界了吧？

答：是的。应当说上述的酒味、茶味，都是与餐味结合一起的，每次餐味也都离不开酒味、茶味，但日常吃饭和宴会统称为餐事而论，也是作为一种"餐味"而言的。在《红楼梦》目录中，出现写吃饭或宴请的回目，有10多回；小说中写贾母每次出场，都有饭餐描写，每次大都有美食的出现；餐式多式多样，有大型宴会（如迎接皇妃盛宴），有节日或待客家宴，以及日常家宴、吟诗作对餐点、鹿脯烧烤野餐、街头巷尾小吃等，不一而足。2010年12月，上海古籍出版社出版杨淼著《红楼撷趣》中，说前人戏评贾府的"饮食文化"是"书中大意，凡歇落处，每用吃饭，人或以为笑柄"。所言虽是取笑，但却属事实，写吃饭多的确是《红楼梦》在中国古典小说中重要特点之一。但还应当看到，《红楼梦》的"餐味"描写，也与其酒味、茶味描写一样，都是为了体现"诗礼簪缨之族，花柳繁华地，温柔富贵乡"的贾府日常生活，并且运用典型化方法，塑造典型环境中的典型人物，以对立统一辩证艺术显现形象；同时在描写中彰显丰富多彩的民族传统的饮食文化和风俗文化。总体而言，主要有下列表现特点。

问：请分别介绍。第一种是什么？

答：是在菜式描写中，以名目繁多、精工制作的丰盛佳肴炫耀其富贵享受，又从中显现其过度的奢侈与失真，并从中塑造典型环境与人物。2007年7月，中国方正出版社出版的《红楼食谱》，全书写到的菜肴食品，按其形态分为三类列下。第一类"美味菜肴"，包括野鸡瓜齑、糟鹅掌鸭信、野鸡崽子汤、茄鲞、鸡髓笋、炸鹌鹑、面筋炒芦蒿、油盐豆芽、酒酿清蒸鸭、什饰豆腐、干贝芙蓉炖蛋、牛乳燕羊羔、银耳鸽蛋、鸡皮虾丸汤、火腿炖肘子、椒油莼齑酱、糟鹅掌、鸡油卷、松瓤鹅油卷。第二类

"粥糕点心"，包括冰糖燕窝粥、豆腐皮包子、枣泥山药糕、瓜仁油松瓤月饼、蟹肉小饺儿、菱粉糕、桂花糖蒸糕、藕粉桂花糖蒸糕、奶曲炸面果子。第三类"名饮良品"，包括桂圆汤、牛奶茯苓霜、冰糖雪梨汤、木樨玫瑰清露、酸梅汤小荷叶儿小莲蓬的汤等，真是繁花满眼，美不胜收。该书编者还称：《红楼食谱》形似菜谱，却不只于菜谱，在于以食写人，几乎每一道菜都可引出一个人物、一段感情和一个故事，甚至一道菜的归属都可以暗示一个人的命运，"什么样的人吃什么样的东西，看他吃什么样的东西就知道他是什么样的人"。如此说法，可能有些过分，但无可否认，作为王公贵族的贾府，在饮食文化上特别讲究是必然的，在餐宴上菜肴丰盛、菜式多样更是重要标志之一。所以，《红楼梦》写出名目繁多的菜名菜式，正是其繁华之乡和富贵之人的一种体现。至于是否每道菜都有含义，则须具体分析，否则言过其实则失真。值得注意的是，在菜式文化上，《红楼梦》的高妙之处，正在既不言过其实，又对走向极端而失真的做作寓贬斥。

问：具体体现在哪里呢？

答：突出的例子是写刘姥姥二进大观园时尝到的盛宴，许多菜式都写到了，其中特别写到一种名叫"茄鲞"的菜。"鲞"的意思是剖开晾干的鱼，"茄鲞"则是剖开晾干茄子做成的菜。怎么做呢？小说详写了凤姐的得意介绍："这也不难，你把才下来的茄子，把皮刨了，只要净肉，切成碎钉了，用鸡油炸了，再用鸡肉脯子合香菌、新笋、蘑菇、五香豆腐干子，各色干果子，都切成丁儿，拿鸡汤煨干了，拿油一收，外加糟油一拌，盛在磁罐里，封严了；要吃的时候，拿出来，用炒的鸡爪子一拌，就是了。"将普通的茄子用这么多的而比其名贵的食料相配，又经如此烦琐的手艺加工，做出来的菜肴香则香矣，但还有多少茄子的原味呢？这不是精细过度而失真了吗？无怪平常经常吃茄子的刘姥姥摇头吐舌地感叹："我的佛祖，倒得多少只鸡配他，怪道这个味儿！"无独有偶，第三十五回写贾宝玉挨痛打后，忽然想吃一种名叫"小荷叶儿小莲蓬儿的汤"，名虽如此,其实并非真用荷叶莲蓬制作,而是用"四副银模子,都有一尺多长,一寸见方。上面凿着豆子大小,也有菊花的,也有梅花的,也有莲蓬的,也有菱角的,共有三四十样,打的十分精巧"做成的面片,"借点新荷叶的清香,全仗着好汤",再"拿几只鸡,另外添了东西"做成的汤。其实也即是古称"馎饦"或"汤饼"的面片汤,却要弄出那么多花样和配料加工,岂不是过度做作而失真,故作高贵而奢侈!对此,凤姐还说:宝玉"口味倒算高贵",真要"高贵"起来,"将伊于胡底?"可见,小说在这些菜式多样化和享受的情景中,着意刻画其走向过度而失真的做作精细,同前述贾妃在繁华接待中再三训斥贾府奢侈过度一样,是以富极而奢、虚荣而假的辩证艺术,塑造了贾府的荣华环境和凤姐宝玉等人物,寓贬斥于形象之中,以菜式的知识和形象,创造了"餐味"的超脱境界。

问: 第二种是什么?

答: 是在多种餐式描写中,体现其日常生活的管理艺术与餐式艺术,从中显现独特的环境和人物思想性格。从小说中可以看到,贾府的日常生活中有多种餐式:一是统分制,即由大厨房统一制作饭菜,然后按不同级别定量分到各房,各房又有自做的饭菜。如第七十五回,写贾母吃饭,"贾母见自己的几色菜已摆定,另有两大捧盒内,盛了几色菜,便如是各房孝敬的旧规矩",可见,两府的餐式主要是有集中而又有分散的统分制。后来凤姐提出天冷了,大观园姊妹出园吃饭不便,便在园内另设厨房,由李纨管理,也是统分制的体现。二是分级分食制,平日各房自做菜也自行吃,第三回写林黛玉进荣国府,吃饭时要让李纨、凤姐先坐,贾母说他们不在这里吃,是服侍贾母先吃后才能回自己房中吃,这即是分级分食之证;还有是在聚餐时也是用分级分食制,如第四十回写史太君两宴大观园,在缀锦阁设宴的格局是:上面二榻四几,是贾母薛姨妈;下面一椅两几是王夫人的。其余都是一椅一几。每人一个"攒盒"类似拼盘,一把自斟酒壶、一个珐琅杯。如此注重排列座次和每人一套餐具规格,与当今接待的西餐盛宴相差无几,甚至望尘莫及。三是分子制,每当做寿或取乐，常以凑分子的做法集资办事，如怡红院的丫鬟为宝玉做寿，凑分子三两二钱银子；筹备为凤姐做寿凑分子，贾母带头出二十两，尤氏、李纨出十二两，贾母说李纨是寡妇失业的要代他出，凤姐半真半假地说："老太太别太高兴，且算一算再揽事，一会子又心疼了"，并表示"不如大嫂子这份我替他出了吧"，讨得贾母和大家欢心，但实际未出。可见，大家族也有小做作，大管家也阳奉阴违、贪图蝇头小利。从这些餐式及其反映的生活情景可见，贾府的家务管理及餐宴管理很有水平，能使数百人大家族的日常生活有条不紊，餐宴井井有条并丰富多彩，确显贵族大家风范，不愧富贵温暖之乡；同时也在生活环境中活现了各种不同身份和性格的人物，以不同的餐式创造了多种"餐味"超脱境界。

问：第三种是什么呢？

答：是在寻欢作乐的餐宴中，以雅俗文化的反差对比，映现人物之间的微妙关系和思想性格。从总体来看，贾府中的餐宴除了日常生活用餐和礼仪筵席之外，都是为寻欢作乐而办的，最有代表性的是第四十回中写刘姥姥二进大观园时贾母设的餐宴。小说写道："刘姥姥入了坐，拿起箸来，沉甸甸的不伏手。原是凤姐和鸳鸯商议完了，单拿一双老年四楞象牙镶金的筷子与刘姥姥。刘姥姥见了，说道：'这叉爬子比俺那里铁锹还沉，那里犟的过他。'说的众人都笑起来。……凤姐儿偏拣了一碗鸽子蛋放在刘姥姥桌上。贾母这边说声'请'，刘姥姥便站起身来，高声说道：'老刘，老刘，食量大如牛，吃一个老母猪不抬头。'自己却鼓着腮不语。众人先是发怔，后来一听，上上下下都哈哈大笑起来。史湘云撑不住，一口饭都喷了出来；林黛玉笑岔了气，伏着桌子叫唉哟，宝玉早滚到贾母怀里，贾母笑的搂着宝玉叫心肝；王夫人笑的用手指着凤姐儿，只说不出话来；薛姨妈也撑不住，口里茶喷了探春一裙子；探春手里的饭碗都合在迎春的身上；惜春离了坐位，拉着他奶母叫揉一揉肠子。地下的无一个不弯腰屈背，也有躲出去蹲着笑去的，也有忍着笑上来替他姐妹换衣裳的，独有凤姐和鸳鸯二人撑着，还只管礼让刘姥姥。刘姥姥拿起箸来，只觉不听使,又说道:'这里的鸡儿也俊,下的蛋也小巧,怪俊的。我且肏攮一个。'众人方住了笑,听见这话又笑起来。贾母笑的眼泪出来,琥珀在后捶着。……"这节情景描写,像作者拿着现代的摄像机似的,在总体扫描之后,将镜头对准每个人不同的笑态摄下来,既通过先后出现的次序将全景展现,同时又将人物之间的微妙关系和性格特点显现出来。最先笑的是史湘云,因为她敏感直爽,所以笑得最快并毫不顾忌地吃饭;黛玉与湘云亲密,又同样敏感口快,所以紧接笑得岔气而叫"嗳哟";宝玉是黛玉的身影,又是贾母的心肝,所以与黛玉同笑,并笑得滚进贾母怀里;王夫人之所以笑着只指凤姐说不出话,是因为她心知肚明这个媳妇作狭;薛姨妈笑得失态喷茶探春一裙子,探春也敏感到笑得将碗合在迎春身上,迎春未作反应正体现其性格木讷;惜春年幼怯弱,笑得过度肠子疼,则要离座找奶妈。当一连串单个扫描结束后,又扫描上下人大笑群像,分类展现,实是高明的摄像能手。更妙的是写刘姥姥将鸽子蛋作为鸡蛋而赞"俊"的议论,既将这场笑像再次引向高潮,同时点出了这场笑的根本原因是雅俗文化之间的巨大反差,是这班贵族妇人小姐以至丫鬟,在高雅的环境中,对从未见过而突然出现的纯朴粗鲁的俗文化,一下目瞪口呆,新奇惊讶,开怀大笑,显露真情真相;粗俗而又世故的刘姥姥,乍到高雅环境中,不知所措,只能听人摆布,但也情不自禁地显露粗俗的本相与纯朴的真情。所以这场餐宴中的笑相,正就是雅俗文化在反差对比交融中,塑造环境与人物之间微妙关系和思想性格的精彩篇章,是以寻欢作乐餐宴创造的超脱"餐味"的超脱境界。

问:第四种是什么?

答:是在野味餐的吃喝玩乐中映现环境与人物众生相。第四十九回中所写"脂粉香娃割腥啖膻"故事,可以说是唯一写野味餐食文化之实例。小说写宝玉、湘云从凤姐处弄到一块鹿肉,在雪中吃烧烤野餐,凤姐打发平儿来,回复不能来,湘云硬将平儿留下了。平儿见如此有趣,乐得玩笑,因而退去手上的镯子,三个围着火炉儿,便要先烧三块吃。那边宝钗、黛玉平素看惯了,不以为意,宝琴等及李婶深为罕事。探春与李纨等已议定了题韵。探春笑道:"你闻闻,香气这里都闻见了,我也吃去。"说着,也找了他们来。李纨也随来说:"客已齐了,你们还吃不够?"湘云一面吃,一面说道:"我吃这个方爱吃酒,吃了酒才有诗。若不是这鹿肉,今儿断不能作诗。"说着,只见宝琴披着凫靥裘,站在那里笑。湘云笑道:"傻子,过来尝尝。"宝琴笑说:"怪脏的。"宝钗道:"你尝尝去,好吃的。你林姐姐弱,吃了不消化,不然他也爱吃。"宝琴听了,便过去吃去了一块,果然好吃,便也吃起来。一时凤姐打发小丫头来叫平儿。平儿说:"史姑娘拦着我呢,你先走罢。"小丫头去了,一时只见凤姐也披了斗篷走来,笑道:"吃这样好东西,也不告诉我!"说着也凑着一处吃起来。黛玉笑道:"那里找这一群花子去!罢了,罢了,今日芦雪庵遭劫,生生被云丫头作践了。我为芦雪庵大哭!"湘云冷笑道:"你知道什么?'是真名士自风流',你们都是假清高,最可厌的。我们这会子腥膻大吃大嚼,回来却是锦心绣口。"宝钗笑道:"你回来若作的不好了,把那肉掏了出来,就把这雪压的芦苇子煨上些,以完此劫。"这段描写,通过一场野味烤餐景象,将大观园女儿们寻欢作乐的神态个个地刻画出来,活现了他们在高贵享受正常化的同时,也贪求原始自然的新奇享受,追求自在的风流,显露本原的真相,繁忙的凤姐、平儿难得一时偷闲的欢欣,从未尝过鹿香的宝琴、探春的着迷,早有经历的黛玉、宝钗之挑剔,直爽豪放的湘云从中的陶醉与放任,莫不跃现纸上,既活现了各自的思想性格,又活现了大观园中吃喝玩乐的景象,以一场野味烤餐塑造了一个超脱"餐味"的超脱境界。

五、盛宴——庄重繁华的"宴味"超脱境界

问：为何要将"餐味"与"宴味"分开来谈呢？

答：因为"餐味"主要是指日常生活的食味文化，"宴味"主要是指礼仪性接待或节日盛宴。《红楼梦》中重点写了两种盛宴：第一种是在接待贾妃省亲大摆筵席。小说在这场盛宴的详尽描写中，最突出而主要的特点，是以辩证的思想艺术视野，映现环境与人物的正反面与饮食文化的多元性。具体表现在第十六和十七回，重点描写贾元春荣封贵妃后元宵省亲大摆筵席活动。为了迎接皇妃省亲，特地在宁荣二府之间建造了天堂一般的大观园，连贾妃也"默默叹息奢华过度"；早在贾妃驾临贾府之前，贾赦领合族子侄在西门街外，贾母领合族女眷在大门外迎接；当一对对红衣太监过完侍立门外之后，方是八个太监抬着一顶金顶金黄绣凤版舆，抬着贾妃缓缓行来。贾母、王夫人、邢夫人等连忙在路边跪下，由太监扶起后，贾妃才进仪门。当在大观园一系列隆重仪式礼毕，至贾母正室，欲行家礼，贾母等俱跪止不迭。贾妃满眼垂泪，方彼此上前厮见，一手搀贾母，一手搀王夫人，三人满心里皆有许多话，只是俱说不出，只管呜咽对泣。邢夫人、李纨、王熙凤、迎春、探春、惜春三姊妹等，俱在旁围绕，垂泪无言。半日，贾妃方忍悲强笑，安慰贾母、王夫人道："当日既送我到不得见人的去处，好容易今日回家娘儿们一会，不说说笑笑，反倒哭起来。一会子我去了，又不知多早晚才来！"说到这句，不禁又哽咽起来。稍后，贾政至帘外问安，贾妃隔帘含泪谓其父曰："田舍之家虽齑盐布帛，终能聚天伦之乐；今虽富贵已极，骨肉各方，然终无意趣。"游园后贾妃重申"以后不可太奢，此皆过分之极"之训示，才进入摆开之筵席。开宴后所写活动，不是怎么吃饭，而是逐次描写贾妃为大观园几处最喜者赐名书题，并要众姊妹作诗题咏，当面试过，逐首评析，黛玉、宝钗、宝玉特受称赞；接着是看戏，最后是赐物，贾府亲属均受不同赐赠，礼毕席散，时已丑正三刻，离府回銮。这段盛宴的描写，可谓用尽了笔墨描绘出

这个贵族之家的兴盛荣耀和团聚欢乐，但值得特别注意的是，作者不是只写荣耀欢乐的一面，而是同时写其相反的一面，具体表现在三个层次上：一是贾妃三次申说"奢华过分之极"，即寓有乐中生悲、盛极必衰之意；二是贾妃从进门、接见、入席，贾母及王夫人作为祖母生母要三次下跪、三次哽咽，显现乐中之悲、悲胜于乐；三是贾妃说出进宫是去了"不能见人的去处"的心里话，发出"田舍之家虽齑盐布帛，终能聚天伦之乐"的哀叹，正就"今虽富贵已极"的反面，道出了荣耀中孤寂悲凉，以及"骨肉各方，然终无意趣"的真实。可见，作者不仅是写其正面，而是同时写其反面，这就是辩证艺术，即以对立统一的辩证艺术显现形象。

问：这例子是怎样在筵席中塑造典型环境中的典型人物的呢？

答：虽然小说称是"大摆筵席"，但小说中并未详写宴会的吃喝情景，主要写在这期间做的事，这与"醉翁之意不在酒"同理，饮食之味不在吃，而是借事写人，具体而言，是贾妃在宴会中做了四件事，在每件事中，都既写了自己，又写了别人；既写了环境，又写了人物。其实，上述贾妃进府进园及三个层次的乐中有悲情况，已全面展现了贾府的典型环境，这是大环境；现在讲贾妃在宴会中做的四件事，则是这大环境下的小环境。第一件事，是贾妃在宴会开始后，即索笔砚为几处最喜者题字赐名，包括"大观园""潇湘馆""怡红院""蘅芜苑"等，既以此显现了园中美景，又显露了贾妃的文化素养。第二件事，是要姊妹们题诗，通过所题之诗，既体现了这场庆典和贾府的辉煌，又在写诗过程和各人诗中体现了各自的人物关系和思想性格。突出表现在薛宝钗、林黛玉很快交出诗作后，贾宝玉尚未作完，薛宝钗见其稿有一字不当，教其改正，贾宝玉称她为师父，表示"再不叫姐姐了"，宝钗则答："那上头穿黄袍的才是你姐姐，你又认我这姐姐来了"，仅一句答语即体现薛宝钗追求"金玉良缘"的内心世界。林黛玉见宝玉尚缺一首未作，便"低头一想，早已吟成一律，便写在纸条上，搓成个团子，掷在他跟前。宝玉打开一看"，喜出望外。仅一个小动作，即活现宝黛的亲密关系与形象，贾妃也在这些描写中显现了自己与姊妹们的情谊与诗才。第三件事，是宴中看戏，更显辉煌气派的氛围。贾妃随手点出明清著名戏剧家洪升、汤显祖的名作折子戏，看后又加点龄官两出戏。主持人贾蔷要求龄官演《牡丹亭》中的《游园》《惊梦》，龄官原非本分戏，执意换为《相约》《相骂》才演，这件事既体现了龄官的倔强性格，从中露现贾妃的文化素养与涵养。第四件事，是赐物，凡贾府老少各辈及众丫鬟，均有不同的赏赐，东西两府凡园中管理工程陈设、答应、司戏、掌灯、厨役、优伶、百戏杂行人丁都有赏赐。通过这件事，既反映了贾府家族的人员结构或人文环境，又体现了贾妃的宽厚与恩泽。所以，在大摆筵席中做的这四件事，既塑造了贾府的典型环境，以及包括贾妃在内众多人物，同时又以辩证艺术体现了饮食文化的多元性和辩证性，尤其体现在乐中生悲、盛极寓衰的兆示上，高妙而别开生面地创造了超脱"餐味"的"餐味"超脱境界。

问：第二种是什么？

答：是以节日酒宴映现环境与人物的变异。《红楼梦》堪称一部民族传统文化的节日风俗大书，一年四季主要风俗节日几乎都写到了，不仅写到当时北方风俗的节日风采，而且着重写酒事、酒宴的仪式活动。据上海交通大学出版社2011年4月出版的段振离编著《红楼品酒》的一书统计，《红楼梦》全书较重点写到的风俗节日有春节、元宵节、清明节、端午节、中秋节、重阳节等大节，尤其是春节和元宵节，因为这是中国传统节日中最盛大、最隆重的节日。第五十三回"宁国府除夕祭宗祠，荣国府元宵开夜宴"就是写这两个重大节日。在小说中对春节的风俗描写是："已到了腊月二十九了，各色齐备，两府中都换了门神、联对、挂牌，新油了桃符，焕然一新。宁国府从大门、仪门、大厅、暖阁、内厅、内三门、内仪门并内塞门，直到正堂，一路正门大开，两边阶下一色朱红大高烛，点的两条金龙一般。除夕那天，是祭宗祠的时候，左昭右穆，男东女西；俟贾母拈香下拜，众人方一齐跪下，将五间大厅、三间抱厦、内外廊檐、阶上阶下、两丹墀内，花团锦簇，塞的无一些空地。鸦雀无声，只听铿锵叮当，金铃玉珮微微摇曳之声，并起跪靴履飒沓之响，何等人丁兴旺、庄严气派！祭后贾母回到荣府，散了押岁钱并荷包金银锞年物，摆上合欢宴来，男东女西归座，献屠苏酒、合欢汤、吉祥果、如意糕等，贾母离席，众人始散，礼毕。"如此精细的场景描写，不仅详尽地记载了传统风俗文化，而且从中体现了贾府为代表的王公贵族的节日环境与文化氛围。

问：这些场景描写的确精细到位。

答：其中特别值得注意的是用屠苏酒的文化内涵。之所以在除夕和春节用这种酒，是其名具有除旧迎新之意。因为"屠"，即屠绝鬼气，"苏"，即苏醒人魂；还有长者最后饮屠苏酒的习俗。王安石诗《元日》："爆竹声中一岁除，春风送暖入屠苏。千门万户曈曈日，总把新桃换旧符。"苏东坡也有诗曰："但把穷愁博长健，不辞醉后饮屠苏。"而且，屠苏酒具又是一种保健药酒，著名唐代医学家孙思邈《备急千金方》称：屠苏酒具有"辟疫疠，令人不染瘟疫及伤寒"作用，"一人饮一家无疫，一家饮一里无疫"。所以，这些描写，既有体现传统风俗文化、酒文化、养生文化的意义，又有综合体现典型环境与人物除旧换新的意义。

问：是的。

答：还值得注意的是节日酒宴的文化内涵。如果说，上述宁国府除夕祭宗祠与合欢宴，主要是以节日的仪式而体现贾府贵族环境的奢华气派的话，那么同回描写荣国府元宵排夜宴的情景，则主要是以酒宴体现贾府环境的变异与衰落了。在这段描写中，作者手法的高妙之处，主要表现在两点：一是以座次的变化显示人物关系的变化，主要体现在宝琴的出现和宝钗座次的降低上。具体是在这回描写中，作者不仅全是以宝琴的视角描写祭祠的场景和过程，而且写宝琴在宴席上被安排在贾母旁边与宝玉、黛玉、湘云同席，并且特别点明"只有他四人跟贾母坐"，宝钗则首次破例离开贾母身边，被安排在西侧与迎春姊妹及新来的李氏姊妹同席。这个座次变化,隐现了"木石前缘"与"金石良缘"之争有了倾斜走向,意味着宝黛钗的爱情故事开始走向结局。二是以参加酒宴人员的减少体现环境的变化。书中特地写道:原来贾母也曾去请众族中男女,奈他们有年老的,懒于热闹;有家内没人,又有疾病淹留,要来竟不能来;有一等妒富愧贫,不肯来的;更有憎畏凤姐为人,赌气不来的……因此,族中虽多,女眷来者,不过贾兰之母娄氏带了贾兰来,男人只有贾芹、贾芸、贾菖、贾菱四人,当下人虽不多,在家庭小宴,也算热闹的。这样的场景,与回前家族祭宗祠的盛况对比,相形见绌,不仅体现在人数少上,还体现在不来赴宴的原因上,含蓄地映现了贾府矛盾重重、分崩离析之态势。可见,从这场节日酒宴以内涵,不仅在于写节日欢乐与风俗,还在于以映现环境的变异,寓现了风光百年的贾府正在走向衰亡之兆示。所以,这是一种内涵深远的超脱"宴味"的食味超脱境界。

(2020 年 7 月 7 日完稿)

余味篇

悬念丛生之『余味』超脱境界
——关于《红楼梦》后四十回续书的对话

世上人，忙而又忙，究竟忙生忙死？
天下事，了犹未了，何妨不了了之！
——俗语

问：你从《红楼梦》中寻到了许多"味",而且找出了每种"味"的超脱境界,我想再请教的是:俗话说"余味无穷",《红楼梦》这部"国宝"的"味"是否也是这样呢?

答：当然也是这样。应该说,我们在对话中所寻到的"味"只是其中皮毛或小小部分,尚有许多"味"没找到或未想到,已找到的也有许多尚未寻尽寻透其"味"等,这些都是"余味",而且都可以说是无穷的"余味",都是悬念丛生的"余味"境界。

问：请具体说说好么?

答：我看在这些"余味"中最具体、最多悬念的,是从《红楼梦》八十回问世后,尤其是从续书的后四十回所产生的种种悬念和歧义的"余味"。因为《红楼梦》是一部最伟大而又最复杂的书,从作者的字号、生平、家世,到书的版本、续作、性质、内涵、价值等,都是从古至今一直争论不休而又无法了结的悬案,尤其是对后四十回的真相和价值的争论,更是众说纷纭、莫衷一是、喋喋不休,却又是越争越有味,越有味就越争,越争就越多悬念,于是,"争味"与"余味"共进,无尽无穷,真是无头无尾公案,不知从何说起。

一、从《红楼梦》新版本作者加署"无名氏"说起

问：那就从最新的情况说起吧。

答：好。据《中国艺术报》2018年4月11日报道,中国红楼梦学会会长、《红楼梦学刊》主编张庆善,在首都图书馆与人民文学出版社联合举办的"阅读文学经典"讲座中指出:早在2008年《红楼梦》新校本第三次修订出版时,就已经由"曹雪芹、高鹗著"改为"曹雪芹著,无名氏续,程伟元、高鹗整理"了。《红楼梦》到底有没有写完?他认为写完了,但没有最后修改完,而且八十回以后的稿子又丢掉了,因而留下后

四十回续书问题。他说多数专家认为其原因是在朋友小圈子里转抄批阅时，被借阅者弄丢了。曹雪芹也因贫困的原因未能重新续写而终。所以，曹雪芹逝世后二三十年，《红楼梦》只是以八十回本在社会上流传。直到乾隆五十六年（1791），程伟元、高鹗整理出版了一百二十回本《红楼梦》，才结束了八十回本流传的历史。后四十回书稿，是程伟元多年搜集得来的散稿，并邀请高鹗整理的。

问：那么，程伟元所收集的《红楼梦》后四十回散稿是曹雪芹丢失的原稿么？

答：这又是一个既有"争味"又有"余味"的悬案。张庆善先生认为，后四十回不是高鹗续写，也不是曹雪芹的原作，因为脂批透露的八十回以后的情节，续书中一条也没有出现或完全不符合；现存后四十回的主题、创作观念也与前八十回明显不同，如在曹雪芹的原著，贾家最后是"白茫茫大地真干净"，而今本后四十回却让贾府"兰桂齐芳"，等等；后四十回对人物形象有所扭曲。由于后四十回的真正作者是谁无法确认，所以署名"无名氏续"，是出于对学术尊重和对读者负责。

问：请问，你对张先生的说法有何见解？

答：我认为张先生的说法也只是一家之言。但这说法提出了一个重要的、根本性的问题，即《红楼梦》后四十回不是曹雪芹在写完八十回之后的续作，是无名氏续写，是程伟元、高鹗整理出版的。这就意味着《红楼梦》的前八十回和后四十回，是不同的作者写的两部书；前者有头无尾，后者有尾无头；是由整理者将两者接头加尾，连接凑合成的一部小说。由于这个凑合，势必造成有的连接顺畅，有的连接不上，有的前后矛盾，有的走题变调等现象。这些现象，对于正确认识这部"国宝"是有碍的。多年来，许多红学家都为此作出了巨大努力，取得了许多光辉成果，却又由此而持续不断地产生争论。

问：是的，正如张先生指出《红楼梦》后四十回的好些人物形象扭曲，主题、创作观念也与前八十回明显不同，即是一例。

答：我看不仅是明显不同，而是完全相反。

二、创作观念逆反的"余味"

问：何以见得呢？

答：首先表现在"假、真"与"有、无"的创作观念上的逆反上。本来，小说第一回写僧道二仙曾向甄士隐显示由石头点化的宝玉，并引他到"太虚幻境"，见到门联"假作真时真亦假，无为有处有还无"。在小说第五回，又写贾宝玉梦游"太虚幻境"时，又见门书"孽海情天"四个大字，并有门联"假作真时真亦假，无为有处有还无"。很明显，这就是曹雪芹一再强调的创作意念，也即是其引导读者从所写的"满纸荒唐言"中求解"其中味"的精心布局。其主旨就是：整部小说都是以"甄士隐"而将"真事"隐藏，代之以"贾雨村"之"假语"而讲的故事。并且点出小说所写的这些"假语"（贾雨村言），是"假作真时真亦假，无为有处有还无"。这句话的含义，浅白地说，就是小说所写的是将假的作真的来写，到头来还是假的；是将虚无的作为存在的来写，到头来还是虚无的。显然，其意是要以假写真、以有写无；假即虚有之真，真即虚假之有，也即是：真即假，有即无。所以，是以真假颠倒、虚有实无的虚构故事昭示告诫世人的主题。这是一个哲理。这个哲理，表面上看荒诞，却是事物的实质。因为所言之"假"，是指事物的表象，是假象，即虚假的、暂时的表象；这暂时的、虚假的表象，虽然眼前存在，是有，但终归是消逝的、虚无的。这哲理，正是"满纸荒唐言"的真正含义，具体而言是指小说所写的荣华富贵、儿女恩爱故事，都是虚假的表象，是暂时的存在，是过后即无的幻梦。这即是"满纸荒唐言"的哲理，是所写故事及其主题之要津。

问：后四十回是怎样逆反的呢？

答：在第一一六回中，写贾宝玉随和尚进入的幻境，已不是原来梦游的"太虚幻境"，而是"真如福地"。这名称即意味着：不是"虚"的，而是"真"的；不是"幻境"，而是"福地"。原见的门书"孽海情天"，却又变成"引觉情痴"四字，并有对联是"喜笑悲哀都是假，贪求思慕总因痴"。实际意思是前八十回所写的荣华富贵、儿女恩情全都是假的，是不应痴心妄想、贪求思慕的。这更进一步表明了后四十回作者是要以"福地"取代"幻境""情天"之意。接着描写贾宝玉所见的对联，也不是原来的"假作真时真亦假，无为有处有还无"，而是"假去真来真胜假，无原有是有非无"。这就更清楚地表明所写的已不是"假"，是"胜假"之"真"；不是"虚无"，而是"原有"。这就从根本上否定了《红楼梦》开篇所定的主题。当然，这说法也只是我个人理解，是抛砖引玉的一家之言。

三、主题思想逆反的"余味"

问：那么，所理解《红楼梦》的原定主题是什么？

答：即第一回的《好了歌》："世人都晓神仙好，惟有功名忘不了！古今将相在何方？荒冢一堆草没了。世人都晓神仙好，只有金银忘不了！终朝只恨聚无多，及到多时眼闭了！世人都晓神仙好，只有娇妻忘不了！君生日日说恩情，君死又随人去了！世人都晓神仙好，只有儿孙忘不了！痴心父母古来多，孝顺儿孙谁见了！"这首歌词所分列的"神仙好"，固然首先是宣称佛道美好之意，也在于借用《诗经》"赋比兴"手法中"兴"的启句，列出世间一系列"忘不了"的"好"，到头来都是"没了"的"了"，世间一切都是如此，都是皆"空"皆"净"的"了"。《红楼梦》所写化成"宝玉"的"石头"在世间经历的荣华富贵、儿女恩情故事，也都是这样的红楼一梦，是"满纸荒唐言，一把辛酸泪；都云作者痴，谁解其中味"。即一切皆空，唯有"余味"留人去解、去寻而已。

问：后四十回是怎样逆反原主题的呢？

答：在最后一回，即第一二〇回，最后的话是："后人见了这本奇传，亦曾提过四句为作者缘起之言更转一竿头云：'说到辛酸处，荒唐愈可悲。由来同一梦，休笑世人痴！'"这些话，表明续作者是要对原作者"缘起之言更转一竿头"的。"转"在哪里呢？就是将"太虚幻境"转为"真如福地"，将原作者"满纸荒唐言"的梦，转为与续作者"将来兰桂齐芳，家道复初"之"同一梦"，这正就是在这回中甄士隐说道出的真言："福善祸淫，古今定理。现今荣宁两府，善者修缘，恶者悔祸，将来兰桂齐芳，家道复初，也是自然的道理。"可见，后四十回的主题已不是一切皆空，而是一切"复初"。当然，我这个理解，也只是一家之言，势必会有争议，尚可深入论证。然而，由此造成故事结局的逆反，也可说是例证之一。

四、故事结局逆反的"余味"

问：那么，故事结局是怎样逆反的呢？

答：在第五回所写警幻仙子命奏的《红楼梦》十二支曲之末曲《飞鸟各投林》即其结局预示："为官的，家业凋零；富贵的，金银散尽；有恩的，死里逃生；无情的，分明报应。欠命的，命已还；欠泪的，泪已尽。……看破的，遁入空门；痴迷的，枉送了性命。好一似食尽鸟投林；落了片茫茫大地真干净！"

问：这个结局预示是很清楚的。

答：在后四十回的最后一回中，甄士隐对贾雨村有一段颇有意味的"真言"："宝玉，即宝玉也。那年荣宁查抄之前，钗黛分离之日，此玉早已离世。一为避祸，二为撮合，从此凤缘一了，形质归一。又复稍示神灵，高魁贵子，方显得此玉那天奇地灵煅炼之宝，非凡间可比。"这段

"真言",似乎透露了两个信息:一是前八十回的故事结局,可能是"荣宁查抄之前,钗黛分离之日"(按:笔者对"钗黛分离之日"这句话的理解是:宝钗完婚与黛玉辞世同日);二是后四十回的故事结局,则是"高魁贵子"。从《红楼梦》现行版本的实际状况来看,后者的结局正是如此,即贾宝玉、贾兰同时中举,而且荣宁二府官复原位,正是"兰桂齐芳,家道复初"。但前者(包括第五回的《飞鸟各投林》曲)所示之结局,在后四十回中却未见其眉目,如果真如所言,宝玉在"荣宁查抄之前,钗黛分离之日"离家,或者说在荣宁查抄和钗黛分离后出家,即意味着在享尽世间极度荣华富贵、儿女恩情之时离世而结局故事,则更符合《好了歌》的主题思想。但结局并非如此,从而可见后四十回的故事结局,实际是对前八十回原拟故事结局的逆反。所以,我认为从文艺创作规律看来,前者的故事结局是较合理的,是符合前八十回的创作理念、主题思想和故事发展逻辑的;后者则是对前者完全逆反的。

五、若干人物形象扭曲的"余味"

问:你前面还讲到《红楼梦》后四十回有人物形象扭曲的现象,也是逆反么?

答:张先生指出了有这种现象,但未具体展开来讲。我从中山大学曾扬华教授2009年在中山大学出版社出版的《钗黛之辨》一书最后一章"'舍黛取钗'是后四十回的最大败笔"中看到,他以作品实例非常明确地分析出贾宝玉、贾母和探春等人物形象后四十回中的扭曲现象。他首先指出主人公贾宝玉在与宝钗结婚后的表现,违反了第五回"红楼梦"曲所写"空对着,山中高士晶莹雪;终不忘,世外仙姝寂寞林"。前句是指"空对着"新婚而无爱情的薛宝钗,后句是"终不忘"已到"世外"的孤寂林黛玉。因为在后四十回写贾宝玉虽然新婚之初为死去的林黛玉大哭大闹过,不久则变了,与薛宝钗越来越亲密了。如第一百零一回,写凤姐到宝玉处,一进去,"只见宝玉穿着衣服歪在炕上,两个眼睛呆呆的看宝钗梳头",凤姐便笑他:"人家各自梳头,你爬在旁边看什么?成日家一块子在屋还看不够?也不怕丫头们笑话。"凤姐还赶宝玉说:"你先去罢,那里有个爷们等着奶奶们一块儿走的理呢?"凤姐儿看他两口儿这般恩爱缠绵,对比贾琏对自己,"好不伤心"。在第九十八回中,续作者还直言:贾宝玉"又想黛玉已死,宝钗又是第一等人物,方信金石姻缘有定,自己也解了好些……又见宝钗举动温柔,也就渐渐地将爱慕黛玉的心肠略移在宝钗身上,此是后话"。可见在八十回一直是爱情坚贞的贾宝玉,在后四十回则变成见新忘旧的"多情公子"了。

问: 贾母的形象如何扭曲的呢?

答: 其实,曾教授所说的后四十回的"最大败笔",主要是指将贾母变成在贾宝玉婚姻问题上"舍黛取钗"(即舍林黛玉,换取薛宝钗)的罪魁祸首,认为这是续作者以至两百多年人们未读懂前八十回的《红楼梦》所致。曾教授以翔实的资料细致地分析指出贾母从始至终是有意成全宝黛的"木石前盟",并且一直是阻挠王夫人与薛姨妈策划的宝玉与宝钗的"金玉良姻"的。所以,前八十回写的贾母对宝黛恩爱有加,"没有一日不操心",对薛宝钗却无亲热表示,对传得沸沸扬扬的"金玉良姻"从不正面表态,反而多次以顾左右而言他的方式不予支持。但在后四十回的描写却完全相反。突出表现在第九十回的场景中,当林黛玉先后听到有关宝玉婚事的传言,病情忽好忽坏,大起大落,引起众人的议论纷纷和猜测,只有"贾母略猜着八九",一次赴逢邢、王二夫人,以及王熙凤在一起说闲话,贾母提出如果老让宝黛二人"尽着搁在一块儿,毕竟不成体统,你们怎么说",这时,"王夫人听了,便呆了一呆,只得答应道:'林姑娘是个有心计儿的。至于宝玉呆头呆脑,不避嫌是有的,看起外面,却还都是个小孩儿形象。此时若忽然或把那一个分出园外,倒不是倒露了什么痕迹么。古来说的"男大须婚,女大须嫁"。老太太想,倒是赶着把他们的事办办也就罢了。'贾母皱了一皱眉,说道:'林丫头的乖僻,虽也是他的好处,我的心里不把林丫头配他,也是为这点子。况且林丫头这样质虚弱,恐不是有寿的。只有宝丫头最妥'"。这段描写,将贾母变成宝钗婚姻的决策人,王夫人则成了宝黛联姻的倡导者,岂不是完全逆反么?

问:这就是曾教授所悦的后四十回的"最大败笔"么?

答:我看曾教授的意思是这个逆反现象,是续作者未从前八十回本看清贾母一直是宝黛"木石前盟"的支持者,也未看清王夫人一贯是"金玉良姻"主谋者之一的面目,以至造成了这种逆反现象;而且,更可悲的是这种逆反现象一直误导着读者和研究者们,以至《红楼梦》流传两百多年迄今未见人对此提出疑问或异议,也就是说公认了这个误导。我认为曾教授这个说法,的确是一个很有新意的发现,应当为由此而造成形象扭曲的贾母"平反",恢复其一贯支持"本石前盟"的本有面目。但是,从相反的角度看来,如果续作者真如曾教授那样懂了《红楼梦》,真正认识到曾教授所说的贾母形象,那么其所续的后四十回就不会是现在这个模样,而必会是另一个样子了。为什么呢?可以设想,如果续作者真如曾教授那样从前八十回本看清贾母一直是宝黛"木石前盟"的支持者,从而将小说故事情节,写成贾母是在当时宝黛两人都病危的情况下,受到"冲喜"观念和"门当户对"正统思想观念的双重压力,又在王夫人与薛姨妈策划的宝玉与宝钗的"金玉良姻"舆论的胁迫下,而不得不同意凤姐的"调包计"的话,那么效果就大不一样,甚至根本不同了。因为如果是这样的因果,贾母即从主谋者变成被迫者,意味着这个悲剧,不仅是宝黛受封建制度所害的爱情悲剧,而且还包括贾母违背所愿的被迫悲剧。这不就是将矛盾和悲剧性质根本改变了吗?显然,按照续书者的理念,是不可能这样写的,但如果是曹雪芹续写,则很有可能这样做。当然,这不过是猜想而已。除非异想天开地发现曹雪芹已写完的原稿是这样,否则绝不会有这种可能性。因为我认为,即使续作者读懂像曾教授所说的贾母形象,他也会像现在这样按逆反主题、创作理念和故事结局的要求,去扭曲这些形象的。因为从曾教授这著作里,我还看到,按八十回本预示贾府第三闺女探春的结局,是远嫁南方之后像断线的风筝一样,一去不复返的,是"三春去后诸芳尽"的结局。这是谁都看清的预示,续作者不会看不清楚;现将其竟然改变为在荣宁二府官复原职后重返贾府,而且"出挑得比先前更好了,服采鲜明"了。续作者赋予探春这个结局和形象的有意改变,是否因为探春最敏锐地发现:贾府"这样大族人家,差从外头杀来,一时是杀不死的,这是古人曾说的'百足之虫,死而不僵',必须自家里自杀自灭起来,才能一败涂地!"而且,现在已达到一个个"象乌眼鸡,恨不得你吃了我,我吃了你"的凶恶地步,并预示着"树倒猢狲散"的结局,从而硬要将其扭曲为"兰桂齐芳,家道复初"的"重聚"结局的标志呢?这不是甚有意味的悬念,又是很有"余味"的扭曲现象么?

六、怎样理解逆反和扭曲的现象

问:你对这样的逆反和扭曲现象有何评价呢?

答:从总体而言,这种明显的逆反和扭曲现象对原作是起到破坏作用的,但以历史唯物主义的观点看来,则又是可以理解的,甚至会因此而产生逆反性的超脱现象和效果的。

问:为什么是"可以理解"的呢?

答:有两个方面"可以理解"。一是历史时代的局限性。《红楼梦》的创作和问世,都在清朝乾隆盛世,在曹雪芹逝世后的二三十年间,都是以前八十回版本在社会上流传;续写后的一百二十回完整版本于乾隆五十六年(1791)正式出版,也都同在乾隆盛世。这个盛世,是两千年中国封建社会最后的繁荣时代,也是封建礼教鼎盛而"文字狱"特重的年代。在这样的时代条件下,竟然有一部旗帜鲜明反封建礼教的书,而且又是写发生在官宦贵族中的兴亡和情仇故事,在社会上广泛流传,作为执政的卫道者怎能容忍呢?所以,我很怀疑现在张先生所说曹雪芹原已完成的后四十回本是否真正在传抄时丢失？现印行版本的后四十回是否真是程伟元搜集的无名氏原稿？是否有可能是高鹗按当时的要求修改，或者重写曹雪芹失去的尚未像前八十回本那样"增删五次"的原稿呢？

问：另一个"可以理解"是什么呢？

答：是中国传统"大团圆"（即完好的结局）模式。这种模式，是一种习惯性的观众（读者）审美心理需求，也是古典小说戏剧传统故事结构的思维定式。例如，《三国演义》的格局是"天下事合久必分、分久必合"，三足鼎立的最后结局是"统归司马懿"。《水浒传》的格局是一百零八条好汉从四面八方上梁山，八十回本是在忠义堂排定座次的大聚义式的"大团圆"结局；一百二十四回是这班造反者受招安（向统治者投降）之后，逐个死亡，最后全到阴间会聚，也是一种"大团圆"的结局。《西游记》写唐僧师徒四人赴西天取经，历九九八十一难，最后修得成佛正果。《西厢记》张生与崔莺莺的爱情故事，最后也得张生金榜题名才得圆满结局。《梁山伯与祝英台》《牛郎织女》的爱情故事，在世不能结为夫妻，死后也分别化蝶和架起鹊桥来团聚。这种故事结局模式化现象，主要不是作者江郎才尽、甘步后尘，而是在于千百年文化积淀而形成的故事欣赏思维定式，或者说是在艺术审美上的一种集体无意识。这种意识，对于已在社会流传并受到欢迎但又是"有头无尾""有散无聚""衰而无兴"的《红楼梦》八十回本而言，更会造成"众所不甘"、难以接受之势。所以，自曹雪芹逝世后，连年出现了续写这小说的热潮，诸如《后红楼梦》《红楼后梦》《续红楼梦》《红楼复梦》《红楼梦补》《红楼补梦》《红楼重梦》《红楼再梦》《红楼幻梦》《红楼圆梦》《增补红楼》《鬼红楼》《红楼梦影》等层出不穷，不约而同地都是要以"大团圆"的故事结局而"圆""梦"。正如鲁迅在《中国小说的历史变迁》中所说的"补其缺陷，结以团圆"现象。显然，程伟元收集、高鹗整理的无名氏的后四十回本，也是这热潮中的版本之一，自然也难以跳出这种思维定式。所以，从八十回版本看来，曹雪芹的本意和故事发展逻辑看来，应是"千红一窟

（哭）、万艳同杯（悲）""白茫茫大地真干净"的方式结局的，但现在后四十回本则是按传统的"大团圆"方式结束，正就是这种传统思维定式制约的必然结果，这不也是一种完全"可以理解"的现象么？

七、如何理解逆反性的超脱和效果

问：又怎样理解你刚才说的"逆反性的超脱和效果"呢？

答：刚才引用甄士隐的"真言"中讲到"那年荣宁查抄之前，钗黛分离之日，此玉早已离世。一为避祸，二为撮合，从此尘缘一了，形质归一"。这段话还含蓄而又清楚地透露了为何必须续后四十回故事结局的真实原因和内涵："一为避祸"，即我前面说的避"文字狱"之祸；"二为撮合"，也即是前面说的撮"大团圆"之合。因为前八十回的流传版本即具有这种危险和缺陷；再就是这八十回本尚未写出贾宝玉"尘缘一了，形质归一"的结局，所以必须将贾雨村为甄士隐的"尘缘一了"、贾宝玉与甄宝玉的"形质归一"才能了结。"尘缘一了"就是宝玉在人世经历结束，包括绛珠草与三生石"以泪还债"（宝黛爱情）故事的结束；"形质归一"就是使迷误风情的贾（假）宝玉之"形"，归于扬名仕途的甄（真）宝玉之"质"。这个意图，典型地体现在第一一五回后半回，所写贾宝玉初见甄宝玉的谈话情景中。贾宝玉开始以为："同名同貌，也是三生石上的旧精魂了。"但听甄宝玉说："弟少时不知份量，自谓尚可琢磨，岂知家遭消索，数年来更比瓦砾犹贱，虽不敢说历尽甘苦，然世道人情，略略的领悟了好些。世兄是锦衣玉食，无不遂心的，必是文章经济，高出人上，所以老伯钟爱，将为席上之珍。弟所以才说尊名方称。"并说："弟少时也曾深恶那些旧套陈言，只是一年长似一年，家君致仕在家，懒于酬应，委弟接待。后来见过那此大人先生，尽都是显亲扬名的人，便是著书立说，无非言忠有孝，自有一番立德立言的事业，方才不枉生在圣明之时，也不致负了父亲师长养育教诲之恩，所以把少时那一派迂想痴情渐渐的淘汰了些。"贾宝玉听后即认其全为"禄蠹之旧套""一派酸论"，

"心里越发不合"。这段描写，显然原是旨在体现真假宝玉"形质归一"之论，但实际上其效果是完全相反的。因为后加甄宝玉的简单而枯燥地说教，毕竟不能取代或抵消前八十回故事塑造出的以"痴呆"隐现贾宝玉叛逆形象的影响力；同时，说教的内容倒具有保护，甚至从反面彰显其所企图"归一"的"迷悟"之说的效果。

问：从何见得呢？

答：刚才在第一个"可以理解"中讲了，在当时封建礼教鼎盛而"文字狱"特重的年代，是难以允许一部旗帜鲜明反封建礼教的书长期流传的。所以，后人将其按当局需要整理完善为可以按允许的书发行是必然的。但是，这个整理完善的结果，必然有两方面情况：一是正如所愿，像后四十回版本那样达到了以"兰桂齐芳，家道如初"的结局，达到将原作者"缘起之言更转一竿头"之目的；但另一方面，也会由此而将原作者"缘起之言"起到保护，或从反面彰显的作用。我看这也是一种出人意料的"余味"，又是另一种超脱境界。

八、后四十回保护了哪些"缘起之言"

问：这说法颇有新意，请述其详。

答：从现行后四十回版本的总体上看，我认为基本上对前八十回本的主要情节是起连接和补缺作用的，如黛玉之死和宝钗完婚（即"钗黛分离"）和"荣宁被抄"两大情节，是原有交代，也是写得较好的；贾宝玉、林黛玉、薛宝钗，以及凤姐、平儿、袭人、紫鹃、鸳鸯、迎春、惜春、妙玉等人物形象，虽然都不如前八十回那样写得灵性、有血有肉，而且具有性格扭曲的现象（尤其是婚后的贾宝玉形象），但大致上还是保持着原有个性框架，其结局也大致与《金陵十二钗册》的预示相符（探春婚后风光回贾府则有悖）。这些现象，应当说是后四十回作者和整理者的功劳，另一方面也可见文学形象的创造规律在起作用。因为这些主要人物在前八十回的活动中所显现的思想性格已经基本定型，而且对其发展和命运已有预示，续写和整理者必须循其原轨刻画思想性格，才能复活原人，否则就是另外的形象了。在这基本点上，后四十回还是大致做到的，只是才气不足，功力不够，素养有限，稍逊文骚，在总体上是基本完成续编前八十回，使其成为一部"有头有尾"小说之任务，并且使其成为一部能受社会允许，并受社会欣赏习惯接受的文学作品（或者称之当一种文学现象和文学形象）的。也正因为如此，这对于"有头无尾"的前八十回本来说，既有破坏作用，也在一定程度上起到了保护并使其"凑合"完整的作用。这不是其功劳所在吗？当然，我这个对后四十回的总体评价，也只是门外之言，势必会有争议的。我看越争议就越会产生更多更大的"余味"，越会产生更新更大的超脱境界。

九、继续保持并发挥了惠能禅学指导思想的"余味"

问：此外，还有其他积极作用吗？

答：有的。耐人寻味的是，虽然后四十回的续作和整理者都下了甚大功夫改变原主题和创作理念，但却改变不了原有的指导思想，即惠能禅学的"空""净"理念。这个保持，主要表现在三点：第一，首先表现在主人公贾宝玉的形象，虽然后四十回写他抛掉了原来奉若神明的著名道佛经典书籍，潜心研读孔孟之道，一反常态地专心应举，并获高中，可谓一度"形象扭曲"，但最后还是在进入"追求名利无双地"的考场出来之后，"打出樊笼第一关"，出家当和尚，将人世俗缘"空净""一了"。这个一反常态的行动是很有"余味"的，因为这正是宝玉对禅学的思想修炼，正是常态发展到成熟为"瓜熟蒂落"的反映。这在第一一八回的描写中充分表现出来：当宝钗劝宝玉专心用功应试时，宝玉将"那本《庄子》收了。将几部向来最得意的，如《参同契》《元命苞》《五灯会元》之类"都搁在一边，宝钗甚为罕异，因欲试探他，便笑问道："不看他倒是正经，但又何必掀搬开呢。"宝玉道："如今才明白过来。这些书都算不得么，我还要一火焚之，方为干净。"宝钗听了，更欣喜异常，只听宝玉口中微吟道："内典语中无佛性，金丹法外有仙舟。"书注云："内典，佛典之通称。佛家称佛经教典为内典，称佛典以外的典籍为外典。金丹，道家炼得的所谓长生不老药。仙舟，借指求仙的途径。"这些描写和书注表明，贾宝玉搁下"向来得意"这些"内典""金丹"书籍，正是他长期喜爱钻研佛道之说的体现，说明他决心出家的行动不是偶然的或被动的，而是必然的自觉的行为；至于可将这些书搁之或焚之，是在于他已通晓，且佛性在心不在典，仙在行舟不在丹。这正是贾宝玉形象保持禅学意念的要旨所在，说明贾宝玉应试中举后出家并非主题逆反，而是更深层次地保持和体现禅学理念的精髓，同时也留下了无穷的"禅味"和"余味"。

问：第二是什么呢？

答：是前八十回写贾宝玉与林黛玉心心相印的谈话很多，但从未有"禅机"之谈。但在后四十回的第九十一回，则以精妙的"禅语"对话，体现了彼此心灵的"禅机"境界："只见宝玉把眉一皱，把脚一跺道：'我想这个人生他做什么！天地间没有了我，倒也干净！'黛玉道：'原是有了我，便有了人；有了人，便有无数的烦恼生出来，恐怖，颠倒，梦想，更有许多缠碍……姨妈过来原为他的官司事情心绪不宁，那里还来应酬你？都是你自己心上胡思乱想，钻入魔道里去了。'宝玉豁然开朗，笑道：'很是，很是。你的性灵比我更强远了，怨不得前年我生气的时候，你和我说几句禅语，我实在对不上来。我虽丈六金身，还借你一茎所化。'黛玉乘此机会说道：'我便问你一句话，你如何回答？'宝玉盘着腿，合着手，闭着眼，嘘着嘴道：'讲来。'"黛玉即向宝玉提出宝姐姐理与不理他时怎么样的提问，"宝玉呆了半晌，忽然大笑道：'任凭弱水三千，我只取一瓢饮。'黛玉道：'瓢之漂水奈何？'宝玉道：'非瓢漂水，水自流，瓢自漂耳！'黛玉道：'水止珠沉，奈何？'宝玉道：'禅心已作沾泥絮，莫向春风舞鹧鸪。'黛玉道：'禅门第一戒是不打诳语的。'宝玉道：'有如三宝。'黛玉不语"。书注云："三宝——佛教名词，指佛、法

（佛教教义）、僧三者。"这段非禅说禅的对话，从动作到用语，都是以"禅话"交流对"禅机"的理解，也含蓄地表示并沟通彼此的深爱与坚贞，仍然是与前八十回的宝黛形象相符的，可见即使在主题思想改变的后四十回，禅学思想影响还是颇大的，而且表明作者始终是对禅学思想持肯定态度的。

问：第三是什么呢？

答：是对禅学思想不仅仍在延续，并有所发挥。例如，第八十七回，写栊翠庵的槛外人妙玉"坐禅寂走火入邪魔"，寓贬其修禅尚未达"一念不生，万念俱寂"的地步；写惜春以"大造本无方，云何是应住。既从空中来，应向空中去"的偈语，显示其虽未出家而悟禅境的意念。现在后四十回写到自幼一直"矢素志"要坚守"古佛青灯旁"的贾府四小姐惜春，也如愿以偿，果真剃头到大观园槛外寺为尼修道。可见，惠能禅学的"空""净"理念还是保持着的。还值得注意的是，在紧接的第八十八回中，还写到为庆祝贾母八十一大寿，要求贾府全家识字人都要抄写《金刚经》《心经》以积功德。并以写惜春对此表示"我是最信心的"，以及鸳鸯对此表示以"念米佛""供佛施食"而表"诚心"的支持态度，显现此举甚得贾府上下人心。贾母作为荣宁二府之"太上皇""老祖宗"，如此看重佛禅功德，发动全府上下共抄共修，如此隆重的佛禅盛举在前八十回是没有的，可见，佛禅观念在贾府中的重要地位并有所发展。

十、挑明惠能禅学与宋明心学的承传及其与儒学对峙关系的"余味"

问：第四是什么呢？

答：是更鲜明地显示了小说的指导思想，是以惠能禅学对峙儒家的仕宦经济学。在前引的小说第一一五回中，写贾宝玉听甄宝玉发表前引的"禄蠹之旧套"的"一派酸论"后，即心里认为甄宝玉不过"是个禄蠢"，"说了半天，并没有明心见性之谈，不过说些什么文章经济"。恰在这个要害之处，小说出版者注云："明心见性——本为佛教禅宗用语，认为只要悟得人所固有的'净心'即'佛性'，便可见性成佛。后为宋、明理学家陆九渊、王阳明等袭用，认为'心''性''理'本是一体，只要通过'明心'的内省工夫，便可'见性'而认识'理'。"这里，贾宝玉借用此语来同所谓"文章经济"相对峙。这段注解既点明了以"明心见性"为核心理念的宋明心学与惠能禅学的承传关系，又点明了这是贾宝玉所代表的《红楼梦》的指导思想，同时又挑明了贾宝玉在整部小说故事中的主要对立面，是所谓"文章经济"所代表的传统礼教。应该说，这在前八十回本中虽有明显体现，但从未鲜明点出并挑明的。这应当是后四十回续作者和编书者的功劳。这个功劳，标志着后四十回的作者和整理者，尽管试图以儒家观念改变前八十回的创作理念和主题思想，但也不得不承认并体现出禅学与仕宦经济学的对峙，并一直受到贾宝玉代表的禅学观念贬斥的格局和态势。

◇ **问**：这种格局和态势的"余味"还表现在哪里呢？

◇ **答**：还表现在最后一回，即第一二〇回写贾政在雪中船上见僧道二人夹住宝玉来见，歌曰："我所居兮，青埂之峰。我所游兮，鸿蒙太空。谁与我逝兮，吾谁与从。渺渺茫茫兮，归彼大荒。"……贾政"只见白茫茫一片旷野，并无一人"。贾政说这"歌声大有玄妙"，"那和尚道士，我也见了三次：头一次是那僧道来说玉的好处；第二次便是宝玉病重，他来了将那玉持诵了一番，宝玉便好了；第三次送那玉来，坐在前厅，我一转眼就不见了。……岂知宝玉是下凡历劫的，竟哄了老太太十九年！如今叫我才明白"。并且由此叹道："你们那里知道，大凡天上星宿，山中老僧，洞里的精灵，他自具一种性情。你看宝玉何尝肯念书，他若略一经心，无有不能。他那种脾气也是各别另样。"这段描写，尤其是贾政发出的感慨，可以清楚地看到，面对随着僧道出家"归彼大荒"的贾宝玉，作为父亲而又是代表儒家"正人君子"的贾政，既震惊而又无可奈何的苍白无力情景。这个情景,不是与上例所现的贾、甄两宝玉分别代表的禅儒对峙格局中甄宝玉相形见绌的干巴说教情景有异曲同工之妙么?两者虽然事件不同,但同样都是禅学超脱、"禅味"无尽、"余味"无穷的。

问:后四十回的"余味"就是如此么?

答:不仅如此!我讲这些事例,只是说明和证实《红楼梦》的指导思想是惠能禅学,即使是后人续写的、力求改变主题和创作理念的后四十回,也不能改变或掩盖这个事实。而且,这个事实为何会产生如此效果的悬案,也当是《红楼梦》的"余味"之一。至于更大、更多的"余味",我想还是在曹雪芹写完前八十回后,是否写有后四十回原稿?如果有,是无意丢失,还是有人埋没或销毁?或者像林黛玉临死前焚诗稿、贾宝玉在决意应举出家前搁置佛道经典的心态那样,将已完成的书稿"搁之""焚之",以真正做到"好了"而"空""净"呢?如果真是这样,岂不是最大而又永远不能解开的悬念么?这不是自《红楼梦》八十回本问世后两百多年来一直未找到,而又是人们始终孜孜以求而未解决的悬案么?在这个悬案里,又是有多少大大小小的悬案悬念吸引人们去探寻求索呵!这不正是《红楼梦》最大的而又无尽无穷的悬念丛生"余味"么?

问:也是最大的超脱境界吧?

答:是的。你要知道,自曹雪芹逝世后,或者说自《红楼梦》八十回本问世后两百多年至今,在中国学术界和文艺界掀起了两大潮流:一是考证研究潮流,并由此而开拓出一个所谓"红学"的学术领域;二是续写《红楼梦》后四十回或新写同题的小说、戏曲潮流,如《续红楼梦》《红楼后梦》《新红楼梦》等,不胜枚举。这两股潮流不仅产生了数以万计的学术著作和文艺作品,还造就了难计其数、层出不穷的各类人才。而且,这些作品和人才又都是以超脱境界而从《红楼梦》中涌现出来的。试想想,这样的超脱境界有多大呢?不就是宽广无垠、余味无穷的超脱境界么?

(2018 年端午节完稿)

奇文共欣赏，疑义相与析。

——陶渊明

争味篇

层出不穷之『争味』超脱境界

问：这次对话录的题目所说的"争味"，是什么意思？

答：是指历代由《红楼梦》引发论争之味，故称"争味"。这是寻味《红楼梦》最有趣的寻味之一。因为《红楼梦》从问世至今三百多年，在文化界、学术界、文艺界、政治界、思想界以至历代社会各阶层读者中，一直争论不休，简直是越争越有味，越有味就越争，故谓之层出不穷的"争味"。这在中国以至全世界的古今文坛上，还没有哪部文学作品能像《红楼梦》那样，具有如此持久的引争力，这就是其独特的"争味"。

问：这种"争味"是怎么具有的呢？

答：正如陶渊明诗曰："奇文共欣赏，疑义相与析。"这就是说，奇特优秀的作品，都为众所喜爱、共同欣赏，但其中内含的深意，不是人人都明白或者容易领会的，因而会产生一些疑难问题，需要互相研究讨论才能明白领会。陶渊明这两句诗揭示了阅读优秀文学作品有两种现象：一是欣赏，一是研究；共同欣赏见仁见智，相互研讨各人见解不同；因此，则必然会各人所见差异，相互论争；差异越多越大，论争就越激烈，越激烈就越有味，越有味就越持久。这正是奇特优秀文学作品才能具有的魅力和持久生命力的所在。咱们以历代由《红楼梦》引发的言说和论争过程来探讨这种文学现象和超脱境界吧。

一、"旧红学"与"新红学"

问：好。先从"旧红学"时代讲起吧。

答：由于开始问世时的《红楼梦》八十回本，是在曹雪芹尚在写作过程中向亲戚朋友传看时传开的。当时流行阅读作品在书上以用笔批字表述意见的评点方法，简称"眉批"。据说曹雪芹的叔父以"脂砚斋"之名，最早在书稿上"眉批"，所批的文字有两方面内容：一是点出书中包含的故事，一是评论书中之要义。由于曹雪芹在《红楼梦》开篇即申明所写故事是将真事隐（甄士隐）去，是假语存（贾雨村）云；又"脂砚斋"对小说所写的故事背景很熟悉，所批点的内容有些是小说尚未写出的故事，这就为以后的读者开了"索隐派"之先例，即求索小说所写的"隐事"。另外，由于当时的文艺评论方式，主要是评论者在书中以批点发表印象式或偶感式的评论，"脂砚斋"又主要是以这种方式对《红楼梦》进行点评，并且将点评文字与小说同书出版，初版书名即称《脂砚斋重评石头记》[乾隆甲戌十九年（1764），故又称甲戌本或脂残本]，此后，许多版本也都类似，以将评点与小说并书出版，这样也就同时开创了《红楼梦》"评点派"之先河。

（一）旧红学之"索隐派"

问：索隐派的"谜味"现象是怎样的？

答：所谓"索隐"，是探索小说中有无或隐藏着什么样的历史故事。本来"脂砚斋"在一些眉批中只是有意无意地点出作者家族身世中的"隐情"，索隐派则发展成对小说所写故事的离奇猜测，变成猜谜式的"索隐"。尤其是乾隆皇帝带头，说《红楼梦》"是盖为明珠家作也"（见《能静居日记》），随即大批文人响应，索隐范围越索越宽，越索越神秘，成了猜谜。如有人推测《红楼梦》所写贾政即乾隆所说的明珠，贾宝玉即明珠儿子纳兰成德，宝钗是高澹人化身，妙玉是影射姜西溟。王梦阮、沈瓶庵的《红楼梦索隐》则说贾宝玉与林黛玉的爱情故事，是隐喻清世祖（顺治）与明末江南名妓董小宛的宫秘逸事。徐珂《清稗类钞》云："是书所指盖雍乾以前事。宁国荣国者，即赫赫有名之六王七王第也。二王于开国有大功，赐第宠敞，本相联属，金陵十二钗，悉二王南下用兵时所得吴越佳丽，列之宠姬者也。作是书者，乃江南一士子，为二王上宾，才气纵横，不可一世……士子落拓京师，穷无聊赖，乃成是书以志感，京师后城之西北，有大观园旧址，树石池水，犹隐约可辨也。"阙名《乘光舍笔记》云："《红楼梦》为政治小说。全书所记，皆康雍年间满汉之结构，此意近人多能明。按之本书宝玉所云'男人是土做的，女人是水做的',便可见也。盖汉字之偏旁为水,故知书中之女人皆指汉人,而明季及国初,人多称满人为达达,达之起笔为'土',故知书中男人皆指满人。由此分析,全书皆迎刃而解,如土委地矣。"

问:难怪如此出名,一问世即受到当朝皇帝乾隆的青睐,又被认为是写王公贵族的家事和宫廷秘事,而且都讲得神神秘秘,使人扑朔迷离,疑窦丛生,穷追不舍,更是越传越广、越追越有味了。

(二)旧红学之"评点派"

问:这说法甚有新意,可说是为旧红学索隐派找出点合理性和积极意义,那么,旧红学的评点派怎么说呢?

答:《红楼梦》的评点派也可以说是从"脂砚斋"开始的。但作为文学研究和评论的评点方式和学风,则早在明代中叶已开始了。当时戏曲小说盛行。出版商多请名人评点作品出版,以增强作品的价值和知名度,扩大发行销售,这就形成了一种评点之风。影响最大的是明末清初的苏州文人金圣叹,当时连续出版了他评点的《西厢记》和《水浒传》,名噪一时,流行甚广,造成作品风行,评点成风,相互促进,共行共荣。尤其是逐步形成了作品出版的评点范式,即卷首有批序、题词、读法、总评、问答、图说、论赞等;每一回中有总评、行间评、眉批、夹批、批注、总批等;正文中有密圈密点、重圈重点;凡是评点者认为是佳句妙笔的地方,则在字里行间加圈加点,甚至随意删改。这样的随意评评点点,显然不乏精辟之见,但也因偶感而发,难免错漏,造疑成谜,引争引议。也许正因由此,更能吸引读者,影响更大,发行更广。

问:是呵,看来清朝年间的《红楼梦》热与评点风行有很大关系。"脂砚斋"是怎样刮起这股风的呢?

答:确切地说,是出版商以"脂砚斋"之名领头刮起。因为乾隆甲戌十九年(1754)《脂砚斋重评石头记》,是迄今发现的最早版本。这是曹雪芹在创作过程中，边写边向亲友征求意见的传抄稿搜集来的，其中有多人对其评点笔迹，以脂砚斋为多，出版商便以其领衔署为书名。此后出版的八十回本或一百二十回本，都是带有评点的《红楼梦》。所以，评点风与小说热是相辅相成的。但不能因此而认为评点只是小说的附庸，不能忽视"旧红学"评点派在普及和研究小说的独特贡献，尤其是艺术形象的感染力和引争力上的积极贡献。在这点上，脂砚斋是起到开创作用的。

问：请举例说明，好么？

答：例如，《红楼梦》旨义"是书题名极多，《红楼梦》是总其全部之名也"。又曰《风月宝鉴》，"是戒风月妄动之情"。又曰《石头记》，"是自譬石头所记之事也"。第一回写茫茫大士渺渺真人，听到石头要求他们把他带入红尘受享几年时说："那红尘中有却有些乐事，但不能永久依恃，况又有'美中不足，好事多磨'八个紧相连属，瞬息间却又乐极悲生，人非物换，究竟是到头一梦，万境归空。"批曰："四句乃一部之总纲。"第二回写贾雨村游智通寺，看了"身后有余忘缩手，眼前无路想回头"对联后，"因想到这两句话，文虽浅，其意则深也"。批曰："一部书之总批。"第四十八回22行批注"一部大书起是梦，宝玉情是梦，贾瑞淫又是梦，秦之家计长策又是梦，今作诗也是梦，一并'风月鉴'亦从梦中所有，故《红楼梦》也。余今批评亦在梦中，持为梦中之人特作此一大梦也"。这些评点，以小见大，言简意赅，切中要津，给人启迪，为人解谜，而又引人猜谜，造成别有一番与索隐派类似而又有所不同的"谜味"现象。所以，"脂砚斋"在"旧红学"的评点派中也是具有开创性和代表性的。

（三）蔡元培的"民族政治小说索引说"

问：索隐派只是王公贵族们热衷么？

答：不仅如此。值得注意的是，在百余年的"旧红学"时代中，中国封建社会正处在从兴旺到腐朽的没落期，民族矛盾和阶级矛盾都极其尖锐,封建王朝走向崩溃,政治斗争日趋激烈。在这样的时代背景下,《红楼梦》这样一部写王公贵族生活的作品,既然受到从皇帝到王公贵族以至平民百姓的注意,也会受到社会知识阶层,尤其是先进文化人士的注意,也会以自己的政治视角和需要去诠释和利用这部作品。由此,也会在这些人群中出现《红楼梦》索隐派。举世知名的大学者、北京大学校长蔡元培先生,就是其中的代表。他在《石头记索隐》中说:"《石头记》者,清康熙朝政治小说也。作者持民族主义甚挚。书中本事,在吊明之亡,揭清之失,而尤于汉族名士仕清者寓痛惜之意。当时既虑触文网,又欲别开生面,特于本事以上,加以数层障幕,使读者有横看成岭侧成峰之状况,最表面一层,谈家政而斥风怀,尊妇德而薄文艺""再进一层,则言情之中善用曲笔""书中红字多影朱字,朱者明也,汉也""书中女子多指汉人,男子多指满人。不独女子是水做的骨肉,男人是泥作的骨肉,与汉字满字有关也"。蔡元培的这些"索隐",显然是与他当时正在从事的反清革命活动的思想与需要密切相关的。这些说法,不一定切合作者和作品之原意,视其为蔡元培革命思想和手段体现之一,也未尝不可。

根据上海古籍出版社1988年8月出版的《胡适红楼梦研究论述全编》提供的资料,胡适写的《〈红楼梦〉考证》自1921年出版以后,蔡孑民(即蔡元培)发表了《石头记索隐》第六版自序——对于胡适之先生《红楼梦考证之商榷》。文中指出:若知小说中"所寄托之人物,可用三法推求:一,品性相类者,二,轶事有征者,三,姓名相关者……每举一人,率兼用三法或两法,有可推证,始质言之……近读胡适之先生之《红楼梦考证》,列拙著于'附会的红学'之中,谓之'走错了道路';谓之'大笨伯''笨谜';谓之'很牵强的附会',我实不敢承认"。文中认为"与文学书最密切接触,本不在作者之生平,而在其著作。著作之内容即胡先生所谓'情节'"。文后作出结论:"《石头记》原本,必为康熙朝政治小说。为亲见高、徐、余、姜诸人者所草,后经曹雪芹增删,或亦许插入曹家故事,要未可以全书属之曹家也。一九二二年一月二十日。"(收入《胡适文存二集》卷四)

胡适又于1922年5月在《跋红楼梦考证》中"答蔡孑民先生的商

权"（详见下文）。由此亦可见，"旧红学"索隐派的说法，虽然多是捕风捉影、望文生义、有似猜谜，但也不可否认其说法，都是各自从《红楼梦》而出，又超出《红楼梦》的再创造，都是可以自圆其说而又充满"谜味"的超脱境界。另外，即使这些说法及其所索之隐，并不符合作者和作品的实际，却被人认为作品包括或体现了这些内容，这不就意味着作品的艺术形象具有概括这些内容的思想艺术功力和效果么？这种文学现象不也应当说是艺术形象的生命力和引争力的一种重要体现么？

（四）侠人之"人性代表小说说"

问："旧红学"时代还有其他学派么？

答：其他一些不成为派却甚有影响的论说还有不少。值得特别注意的是，鸦片战争后中国开始出现民间发行的报刊，使文学批评文字有了单独发表的阵地，也使对《红楼梦》的评点可以离开对小说的依附，单独在报刊发表，从而也使对《红楼梦》的评论与"旧红学"的评点派有所区别。其区别不仅是在形式上改变了依附小说的偶感和零散的表达方式，更重要的是作为报刊关注现实职能的一个组成部分，使对《红楼梦》的评论与现实的文学运动结合起来。在这方面，梁启超是开创人物。他在与康有为发起的维新运动前，为倡导文学界革命和小说界革命，创办《新民报》同时创办《新小说》进行鼓吹活动，大造舆论，大量发表新小说作品，对旧小说中的白话小说《红楼梦》和《水浒传》评价特别高。他在《译印政治小说》一文中指出："中土小说，虽列九流，然自《虞初》以来，佳制盖鲜。述英雄则规画《水浒》，道男女则步武《红楼》"，各称其为领潮"男女"和"英雄"小说之作。同时，又在他主编1903年第7号至1904年第12号《新小说》杂志上，发表署名侠人的长篇论文。这篇论文指出："吾国之小说，莫奇于《红楼梦》，可谓之政治小说，可谓之伦理小说，可谓之社会小说，可谓之哲学小说、道德小说。"该文这种多方面进行的全面评论的方式，而且又是从作品艺术形象本身对现实社会的关系上进行论述的观点上，显然与旧红学的索隐派和评点派不同，指出书中"绝不及皇家一语,而隐然有一专制君主之威在其言外,使人读之而自喻"。作者特别指出将《红楼梦》视为"淫书"是应"以当头一棒的误解",其实所谓"情种""擅风情,秉月貌",即"人性之代表也""人性又自然之物也""有触即发,往往与道德冲突,而世间道德学者,诵其成文""奈何中国二千年无一人修改之,则大滞社会之进化""而曹雪芹独言之而不疑,此真使我五体投地……此实其以大哲学家之眼识,摧陷廓清旧道德之功之尤伟者"。这些观点,清晰地表明了以反封建专制和人性论解读《红楼梦》的立场,鲜明地体现了既从作品实际又从时代潮流出发的评论风格和走向,是旧红学时代焕发新光辉之作。该文显然是用笔名发表,不知作者真名,从文章风格看,酷似梁启超所倡导的半文半白、理壮情烈之"新文体",焉知是《饮冰室文集》之佚文否?这是个"小谜"。"大谜"是该文在清朝未亡前发现曹雪芹声称不干"时政"的《红楼梦》有隐刺封建专制之威,发现书中提出中国二千年"旧道德"反人性并"大滞社会之进化",真可谓空谷足音,十分可贵。可见这是一篇既深有"谜味"之妙文,又是以超脱境界研究《红楼梦》的旧红学中的新篇。即使这篇文章不是梁启超所作,也当是经他之手编发于《新小说》杂志上,这也就意味着当时的红楼梦的研究评论也投入了"小说界革命"的时代洪流中。

（五）王国维之"欲念解脱说"与"悲剧说"

问：旧红学时代还有其他有影响的新篇么?

答：有。最突出的是王国维写的《〈红楼梦〉评论》。这篇长达万言的评论分五章：一是人生及美术之概观,二是红楼梦之精神,三是红楼梦之美学上的价值,四是红楼梦之伦理学上之价值,五是余论。在这篇长文中,王国维根据西方18世纪哲学家叔本华的《作为意志和表象的世界》一书的"原罪解脱说",提出他自己的"欲念解脱说"理论,将叔本华所指生活本身罪孽之"原罪",翻译为"欲",说生活本质是"欲",因欲念而产生痛苦,因痛苦便要求解脱。从而认为"《红楼梦》一书,实示此生活，此苦痛之由于自造，又示其解脱之道不可不由自己求之者也"。在该文第二章还指出："二千年间，仅有叔本华之《男女之爱之形而上学》耳。诗歌、小说之描写此事者，通古今东西，殆不能悉数，然能解决之者鲜矣。《红楼梦》一书，非徒提出此问题，又解决之者也。"认为贾宝玉之玉"不过生活之欲之代表而已"。他认为，"男女之欲，尤强于饮食之欲。何则？前者无尽的，后者有限的也；前者形而上的，后者形而下的也……前者之苦痛，尤倍于后者之苦痛。而《红楼梦》一书，实示此生活、此苦痛之由于自造，又示其解脱之道不可不由自己求之。……而解脱之道，存于出世，而不存于自杀。出世者，拒绝一切生活之欲者也"。他还认为解脱之道有二："一存于观他人之苦痛，二存于觉自己之苦痛。……前者之解脱如惜春、紫鹃，后者之解脱如宝玉。前者之解脱，超自然的也，神秘的也；后者之解脱，自然的也，人类的也。前者之解脱，宗教的也；后者，美术的也。前者，平和的也；后者，悲感的也，壮美的也，故文学的也，诗歌的也，小说的也。"由此，他认为这就是《红楼梦》之精神。

◆ **问**：他还在这理论基础上再立"悲剧说"吧？

◆ **答**：是的。在这长文中，他还认为《红楼梦》的美学上的价值，就在于它与一切传统喜剧相反，是一部"彻头彻尾的悲剧"。"凡此书中之人有与生活之欲相关系者，无不与苦痛相终始""可谓悲剧中之悲剧"，并进一步指出："叔本华置诗歌于美术之顶点，又置悲剧于诗歌之顶点，而于悲剧之中又特重第三种，以示人生之真相，又示解脱之不可已故。"他还指出，"美术之所写也，非个人之性质，而人类全体之性质也……善于观物者，能就个人之事实而发见人类全体之性质……故红楼梦之主人公，谓之贾宝玉可，谓之子虚乌有先生可，谓之纳兰容若，谓之曹雪芹亦无不可"，甚至认为《红楼梦》"自足为我国美术上之唯一大著述"。王国维的这篇评论在当时和以后的红学界有重大而持久的影响。

问：请述其详。

答：首先，这是在五四运动前夕，即在向西方请进"德先生"和"赛先生"的民主科学运动即将开始的时候，也即是旧红学时代即结束的时候，在红学领域中前篇以西方哲学美学视野、以全人类的共性胸怀观照《红楼梦》的评论。王国维所引用的叔本华之《作为意志和表象的世界》的"原罪解脱说"，以及《男女之爱之形而上学》的思想观点，论析的悲剧性质和价值，不仅在当时是空前，而且至今百余年仍是一真未见有人企及的；尤其是他对解脱人生苦痛之论述，分析出男女之欲与饮食之欲的区别，认识他人苦痛与自身亲历苦痛之区别，特别是从惜春修佛与宝玉出家，分析出宗教解脱苦痛与美术解脱苦痛之区别；以及关于人类全体性质之论述和对《红楼梦》是我国"美术上之唯一大著述"之评价，恐怕在当时和至今能理解或认同的人是不多的，但历来都无人否认王国维这个立论，是这位在《人间词话》中开创做学问"三境界"说之大学者，在红学领域又独创了一个人生苦痛的"解脱"境界。自然，这也即是我所说的超脱境界之一。值得注意的是，他不仅以美术"非个人之性质，而人类全体之性质"之观点，否定了索隐派的"猜谜"倾向，也对即将兴起"新红学"的作者"自叙传"说敲了警钟，指出对"作者的姓名与其著书的年月，固当为唯一考证之题目"，但国人都"聚讼"于此，"兴味"于此，则大"惑"也。可见，王国维的这篇评论，也具有批前诫后的意义，是新旧红学时代在思想上和方式上的转折界碑，意味着将当时的《红楼梦》研究推向了远超新旧红学的超脱境界。

（六）鲁迅对"红学"的三大贡献

问：现在应当讲到五四后的"新红学"时代的"奇味"超脱现象了吧？

答：是的。首先应当先介绍鲁迅对红学的三大贡献：一是对《红楼梦》作出了高度的评价和确切的定位，二是划出了新旧红学时代的区别界线，三是发现和概括了对《红楼梦》研究评论的"因人因时而异"的内伸外延现象。先说第一贡献。鲁迅在《中国小说的历史的变迁》一文中指出："至于说《红楼梦》的价值，可是在中国底历史小说中实在是不可多得的，其要点在敢如实描写，并无讳饰，和从前的小说叙好人完全是好，坏人完全是坏的，大不相同，所以其中所叙的人物，都是真的人物。总之自有《红楼梦》出来以后，传统的思想和写法都打破了。"鲁迅还在《且介亭杂文〈草鞋脚〉》中指出："在中国，小说向来不算文学的。在轻视的眼光下，自从十八世纪末的《红楼梦》以后，实在也没有产生什么伟大的作品。小说家的侵入文坛，仅是开始'文学革命'运动，即一九一七年以来的事。自然，一方面是由于社会的要求，一方面则是受了西洋文学的影响。"从这些论述可见，作为五四运动旗手之一的鲁迅，对这部白话小说作出如此评价是很有深意的，一方面是《红楼梦》本身实际如此，另一方面"将传统的思想和写法都打破了"，又具有时代意义。

问：第二贡献是什么呢？

答：是划出了新旧红学时代的区别界线。鲁迅在《中国小说史略》中指出："盖叙述皆存本真，闻见悉所亲历，正因写实，转成新鲜，而世人忽略此言，每欲别求深义，揣测之说，久而遂多。今汰去悠谬不足辩，如谓剌和坤……藏谶纬……之类，而著其世广传者于下：一、纳兰成德家事说；……二、清世祖与董（小宛）鄂妃故事说；……三、康熙朝政治状态说。……然谓《红楼梦》乃作者自叙，与本书开篇契合者，其说之出最先，而确定反最后。嘉庆初，袁枚（《随园诗话》二）已云"康熙中，曹练亭为江宁织造……其子雪芹撰《红楼梦》一书，备记风月繁华之盛。书中有所谓大观园者，即余之随园者"。末二语盖夸，余亦有小误（如以栋为练，以孙为子），但以明言雪芹之书，所记者其闻见矣。而世间信者特少，王国维（《静庵文集》）且诘难此类，以为"所谓'亲见亲闻'者，亦可自旁观之口言之，未必躬为剧中之人物"也追胡适作考证，乃较然彰明，知曹雪芹实生于荣华，终于苓落，半生经历，绝似"石头"，著书西郊，未就而没，晚出全书，乃高鹗续成之者矣。

问：这段文言文难懂，请做解释。

答：鲁迅这段论述，首先指出《红楼梦》是写实作品，但在旧红学时代，不被人们理解，反被别求深义，作出多种揣测之说。除了说是讽刺被称为"天下第一贪"的和珅等明显谬误之说外，尚有三种说法：一说所写是清初著名诗人纳兰成德的家事，二说所写是清世祖顺治与明末江南名妓董小宛（传被封鄂妃）的故事，三说所写是康熙朝政治状态之事。这些揣测之说均被鲁迅——剖析不能成立。由此，鲁迅从嘉庆诗人袁枚在《随园诗话》所记，《红楼梦》是江宁织造曹练（楝）亭之子（孙）曹雪芹所作的记载（唯对"练亭"乃"楝亭"之误，其"子"应为"孙"作出校正），还介绍了王国维对这些说法之异议。随即明确指出，胡适关于《红楼梦》与作者经历关系的考证成果"乃较然彰明"，排除了旧红学的种种猜谜说法，确立了小说所写故事与作者曹雪芹"实生于荣华，终于苓落，半生经历，绝似'石头'"相印的结论。所以，鲁迅这段话实际上是对旧红学的学术总结，同时又是对胡适考证《红楼梦》及其作者经历相互关系的成果，以及对其作为新红学时代开端的肯定，具有划出新旧红学时代时间区别界限的意义。

问：鲁迅的第三个贡献是什么呢？

答：发现对《红楼梦》研究评论的"因人因时而异"内伸和外延现象。"内伸"，是指读者自身投入其中充当一个角色；"外延"，是指读者从书中某种元素向外延伸引发的评论。鲁迅在《集外集拾遗·〈绛洞花主〉小引》中说："《红楼梦》是中国许多人都知道，至少，知道这名目的书，谁是作者和续者姑且勿论，单是命意，就因读者的眼光而有种种：经学家看见《易》，道学家看见淫，才子看见缠绵，革命家看见排满，流言家看见宫闱秘事……"他还在《中国小说的历史的变迁》一文中指出：对《红楼梦》的"反对者却很多，以为将给青年以不好影响。这就因为中国人看小说，不能用赏鉴的态度去欣赏它，却自己钻入书中，硬去充一个其中的角色，所以青年看《红楼梦》以宝玉、黛玉自居；老年人看去又多占据贾政管束宝玉的身份,满心是利害的打算,别的什么也看不见了"。此外,鲁迅在《看书琐记》中还指出:"文学虽然有普遍性,但因读者的体验的不同而有变化,倘读者没有类似的体验,它就失去了效力。……文学有普遍性,但有界限;也有较为永久的,但因读者的社会体验而生变化。北极的爱斯基摩人和非洲腹地的黑人,我以为是不会懂得'林黛玉型'的。"鲁迅的这些论述,真是高明而清晰地概括了对《红楼梦》欣赏和议论的千奇百怪现象,并从理论上作出透彻阐释。应该说,鲁迅对这种"因人因时而异"的内伸外延现象的发现和概括,是在红学研究评论的一大发现和贡献,它从根本上理出了从《红楼梦》引发论争的社会根源和文学根源,更直接地总结和预示了以往和今后论争的根蒂,尤其是发现和概括出新红学时代中比胡适倡导的"自叙传说"更为重大而普遍的《红楼梦》"奇味"现象,梳理出相互论争的根源,以及由此而再创造出的各种超脱境界。

问:怎样理解这也是创造超脱境界呢?

答:因为因人而异,各有见地,各取所需,各抒己见,又都是各自以自己的感受、兴趣、需要、学识,而且各人又是因时而异地对《红楼梦》进行阅读、欣赏、利用、研究和评论,都应当是源于《红楼梦》,又超脱《红楼梦》的再创造,其结果不就是再创造的超脱境界么?另外,这些结果,必然是千差万别的,并且又大多是彼此歧异或相互矛盾的,这就难免产生争议,甚至年久月深,愈争愈多,愈久愈烈,从而形成了"争味"无穷的现象。这两个方面的原因,势必造成这些缘于《红楼梦》又超越《红楼梦》的结果,既具有以不断的超脱境界的创造而使艺术形象具有持久生命力的意义,又具有持续引争力和再创力的文学现象意义。所以,鲁迅所发现和概括的这个理论,不仅在新红学时代有重大指导意义,而且在文学批评和研究领域都是有普遍而持久的指导意义的。

(七)陈独秀的"千古奇文说"

据苗怀明《风起红楼》(第124—125页)引述1932—1937年在狱中

陪护陈独秀的濮清泉在《我所知道的陈独秀》一文中的回忆，陈独秀发表了对《红楼梦》是"千古奇文"的说法："中国古典文学方面有名人，曹雪芹、施耐庵、吴承恩、吴敬梓、孔尚任、王实甫等，也是世界难寻的伟大作家，尤其是曹雪芹，他在所描写的末期封建社会，可以说淋漓尽致，入骨传神，使人们不必读史，就一眼看到清初中国社会一幅全图，人物之多，入画入神，结构之紧，合情合理，真是旷世珍品，千古奇文。可惜难以翻译，外人不能欣赏，日本汉学家称《红楼梦》是天下第一奇书，诚不诬也。"

（八）胡适的"自叙传自然主义说"

问：鲁迅从胡适的考证成果划出新红学时代的具体依据是怎样的？

答：主要是胡适于1921年发表《〈红楼梦〉考证》。这篇文章开篇即指出："向来研究这部书的人都走错了道路。……他们不去搜求那些可以考定《红楼梦》的著者、时代、版本等的材料，却去收罗许多不相干的零碎史实来附会《红楼梦》里的情节。他们并不曾做《红楼梦》的考证，其实只做了许多《红楼梦》的附会。"随即，他对旧红学的各派之说进行了剖析。进而他以千方百计搜索来的材料，对著者身世与作品之间的关系、对各种版本及八十回与后四十回进行了对比研究，作出自己的结论："《红楼梦》是曹雪芹将'真事隐去'的'自叙'，里面的甄贾两宝玉，即是曹雪芹自己的化身，甄贾两府即是当日曹家的影子。（故贾府在'长安'都中，而甄府始终在江南）。"他还认为《红楼梦》"只是老老实实的描写这一个'坐吃山空''树倒猢狲散'的自然趋势。因为如此，所以《红楼梦》是一部自然主义的杰作"，"《红楼梦》的真价值正在这平淡无奇的自然主义的上面"。所以，称其为"自叙传自然主义"说。其次，胡适还对《红楼梦》后四十回的续作者及其功过价值作出了考证和判断，肯定了续作者是高鹗，并认为："我们平心而论，高鹗补的四十回，虽然比不上前八十回，也确然有不可埋没的好处。他写司棋之死，写鸳鸯之死，写妙玉的遭劫，写凤姐的死，写袭人的嫁，都是很有精彩的小品文字，最可注意的是这些人都写作悲剧的下场，还有那最重要的'木石前盟'一件公案，高鹗居然忍心害理的教黛玉病死，教宝玉出家，作一个大悲剧的结束，打破中国小说的团圆迷信。这一点悲剧的眼光，不能不令人佩服。我们试看高鹗以后，取许多《续红楼梦》和《补红楼梦》的人，那一人不是想把黛玉、晴雯都从棺材里扶出来，重新配给宝玉？那一个不是想做一部'团圆'的《红楼梦》的？我们这样退一步想，就不能不佩服高鹗的补本了。我们不但佩服，还应该感谢他这部悲剧的补本，靠着那个'鼓担'的神话，居然打倒了后来无数的团圆《红楼梦》，居然替中国文学保存了一部有悲剧下场的小说！"应当说，这些考证成果（除"自然主义"的说法外）是有道理的，在红学研究领域中是起到划分新旧红学界线作用的，也可以同胡适在五四运动初期以倡导白话文的《文学改良刍议》的作用相联系和影响相比拟，对古典文学研究和文艺理论批评起到一定积极作用，但胡适的思想和方法，很快使他本有的积极作用转向了反面，甚至重蹈他所反对的"索隐派"之覆辙。

问：这是怎么回事呢？

答：这是因为他对《红楼梦》的研究，只是主张研究"著者"和"版本"两个问题，并且只是运用史料和版本对比实证的方法，去对这部伟大小说作出评论。这个转向，具体表现在他的《〈红楼梦〉考证》问世后，他先后与蔡元培、容庚等的论争以至直到他死前在台湾大学关于《红楼梦》的谈话中。根据上海古籍出版社1988年8月出版的《胡适红楼梦研究论述全编》提供的资料，自1921年《〈红楼梦〉考证》出版以后，蔡子民（即蔡元培）发表了《石头记索隐》第六版自序——对于胡适之先生《红楼梦考证之商榷》，胡适又于1922年5月在《跋红楼梦考证》中《答蔡子民先生的商榷》，在这篇文章中，胡适重申他的观点："要推倒'附会的红学'，我们必须搜求那些可以考定《红楼梦》的著者、时代、版本等的材料。向来一书所被人穿凿附会，正因为向来的人都忽略了'作者之生平'一个大问题。因为不知道曹家有那样富贵繁华的环境，故人都疑心贾家是指帝室的家庭，至少也是指明珠一类的宰相之家。因为不深信贾家是八旗的世家，故有人疑心此书是指斥满洲人的。因为不知道曹家盛衰的历史，故人都不信此书为曹雪芹把真事隐去的自叙传。"显然，这是将《红楼梦》的小说故事与曹家盛衰的历史完全等同起来，将他对著者生平、时代、版本等一切考证功夫，都是为了证实是曹雪芹的"自叙传"，这不是明显地违背了文艺创作艺术虚构和典型化的基本法则，如同"索隐派"所走的以零碎史实索引小说情节的老路那样，陷入琐碎求证的泥潭，只不过所用的是"相干"和"不相干"之不同而已。无怪乎，胡适所要"推倒"的"最敬爱的蔡先生"在与之"商榷"之文中，不仅始终改变其影射"康熙政治"之说，反而纳入胡适之考证成果，承认"后经曹雪芹增删，或亦许插入曹家故事"，但也不能因此而可以说"全书属之曹家也"。可见，胡适实证主义的思想方法，将他开始时的正确结论推向了反面。

问： 胡适同容庚先生是怎样争辩的呢？

答： 1927年11月，胡适在《重印乾隆壬子本〈红楼梦〉序》中说："前年我的朋友容庚先生在冷滩上买得一部旧钞本的《红楼梦》，是有百二十回的。他不但认为这本是在程本以前的钞本，竟大胆地断定百二十回本是曹雪芹的原本。他做了一篇《红楼梦》的本子问题质问胡适之俞平伯先生（……），举出他的钞本文字上与程甲本及亚东本不同的地方，要证明他的钞本是程本以前的曹氏原本。我去年夏间答他一信，曾指出他的钞本是全钞程乙本的，底本正是高鹗的二次改本，决不是程刻以前的原本。他举出的异文，都和程乙本完全相同。"这两处异文，一是宝玉与元春相距年龄从"次年"改为"十几年"，一是第九十二回"评《女传》巧姐莽慕贤良，玩母珠贾政参聚散"，只觉得宝玉评《女传》，不觉得巧姐慕贤良的光景，贾政玩珍珠，也不见参什么聚散的道理。胡适在文中详细考证高鹗在先后版本中修补这两处异文的变动情况后说：这是高鹗在最后刻成初稿（程甲本）之后"偷偷地"修改的，"他料定读小说的人决不会费大功夫用各种本子细细校勘，他那里料得到一百三十多年后，居然有一位容庚先生肯用校勘学的工夫校勘《红楼梦》，居然会发现他作伪的铁证呢？"从这段胡容论争看来，好像是胡适利用容庚挑出的两段异文考证出否定容庚自己的论断，并再次证实自己关于后四十回是高鹗续作的结论，却又暴露了自己在校勘学上的粗疏，同时也显示了自己在红学领域还是停留在考证的起点上，甚至是重蹈"索隐派"之老路，"大胆假设、小心求证"地去"索隐"，所不同的是"索隐派"从顺治、康熙或乾隆的帝王将相去附会，胡适则只是从曹家盛衰史去索《红楼梦》所"隐"，或阐述其中的故事情节而已。胡适将一部壮阔的时代史诗仅看作著者个人的"自叙传"，将伟大的现实主义作品仅看作"自然主义杰作"。这不是在思想方法上将自己倡导的新红学走回旧红学的老路么？

（本节引用资料均见《胡适红楼梦研究论述全编》，上海古籍出版社1988年版）。

（九）俞平伯的"还原道路"

问：俞平伯是怎样做的呢？

答：1922年，俞平伯出版专著《红楼梦辨》，在"引论"中即声言："很想开辟出一条道路，一条还原的道路。"这个"还原道路"包括三个"还原"：一是"还原"为曹雪芹的"自叙传"，二是还原曹家身世，三是"还原"《红楼梦》前八十回。所谓"还原"，是他以考证的方法，挑剔出小说描写中哪些是否符合曹雪芹的生平，哪些是否符合曹氏家族身世，后四十回哪些违背前八十回原意，这三个"还原"实则是他考证和评价《红楼梦》的标准。其重点，也即是他自以为最得意的"功劳"。他声称这三个"还原"，是要"把读者底眼光移转，使这书底本来面目得以显露，……从高鹗的意思，回到曹雪芹的意思"上来，从而推断后四十回是伪作，甚至仅仅是"总比全然没有好了一点""功多而罪少"的"光荣地失败了"之作品。

问：这样的评价方法和结论是否正确呢？

答：我们先看其立论。俞平伯在《红楼梦辨》（中卷）中认为作者的态度是：①"感叹自己身世"，②"情场忏悔而作"，③"为十二钗作本传"。"《红楼梦》是一部自传，这是最近的发现"。作者在《红楼梦》引子上说"悲金悼玉的《红楼梦》，书中钗黛每每并提，若两峰对峙双水分流，各极其妙莫能相下，必如此方尽情场之盛，必如此方尽文章之妙"。又说："《红楼梦》底目的是自传，行文底手段是写生。因而发生下列两种风格：写的都是极平凡的人，作者态度只是一面镜子，善写人情，没有一个不适于其分际，没有一个过火的，写事写景亦然。"从俞平伯对所作的三个态度和"两种风格"定位可见，他的评价是很低的，即如其在"《红楼梦》底风格"中所说：《红楼梦》"在世界文学中底位置是不很高的。这一类小说，和一切中国底文学——诗、词、曲，在一个平面上。这类文学底特色，至多不过是个人身世性格底反映。《红楼梦》底态度虽有上说的三层，但总不过是身世之感，牢愁之语。即后来的忏悔了悟，以我从楔子里推想，亦并不能脱去东方思想底窠臼；不过因为旧欢难拾，身世飘零，应列第二等，但雪芹却不失为第一等的天才"。可见，他将一部伟大作品"还原"为作者个人"身世"的"自传"，所作的结论自然是将"第一等的天才"降为"第二等"的作品了。

问：对后四十回的考证和评价也是这样么？

答：同样是走"还原道路"。俞平伯在《红楼梦辨》（中卷）中第三节，列举了二十条在八十回中续书的依据后，指出"大观园诸人底结局，高氏大都依据八十回中底补出。只有香菱传补得最谬，且完全与作者底意思相反"。在第四节则对四十回批评，提出三个标准："1.所叙述的票有情理吗？2.所叙述的，能深切的感动我们吗？""3.和八十回底风格相类似吗？所叙述的前后相应和吗？"随即列出后四十回中最大毛病二十条，指出"高氏除写十二钗还有些薄命气息，以外便都是些'福寿全归'的。最是全福是宝玉了，结局是：1.中第七名举人。2.有遗腹子，将来兰桂齐芳。3. 超凡入圣，封文妙真人"。由此，俞平伯作出"总评"："高鹗以审慎的心思、正当的态度来续《红楼梦》，他宁失之于拘泥，不敢失之于杜撰。其所以失败，一则因为《红楼梦》本非可续补的书，二则因高鹗与曹雪芹个性相差太远，便不自觉的相违远了。处处去追寻作者，而始终赶他不上，以致迷途，这是他失败时底光景。至于混四十回于八十回本中，就事论事，是一种过失；就效用影响而论，是一种功绩；混合而论是功多而罪少。失败了，光荣地失败了！"随后，他又补充说："高鹗虽有正当的动机，续了四十回书而几处处不能使人满意。我们现在仍只得以八十回自慰，以为总比全然没有好了一点。康君白情说得好：'一半给我们看，一半给我们想。'（《草儿》第三二页）这是我们底无聊的慰藉呵！"可见，俞平伯对后四十回的评价，从"功多而罪少"的"一种功绩"，一下又降为"无聊的慰藉"了。

问：如此"还原"是为什么呢？是为抬高前八十回而贬后四十回吗？

答：好像是这样，又不像是这样。且看俞平伯在同一册书中，还指出："在高鹗续书的时候已脍炙人口二十余年了。自刻本通行以后，《红楼梦》已成为极有势力的民众文学，差不多人人都看，并且人人都喜欢谈，所以《京都竹枝词》，有'开口不谈《红楼梦》，此公缺典定糊涂'之语，可见《红楼梦》流行以后，人心颠倒之深。（此语见同治年间，梦痴学人所著的《梦痴说梦》所引）即我们研究《红楼梦》的嗜好，也未始不是存那种空气中养成的。"俞平伯介绍这些情况，显然是指出历来的《红楼梦》热，是前八十回问世时早有的，与后四十回完成后出版的一百二十回本的风行无关。

问：俞平伯这样说，是意味着他极其推崇《红楼梦》前八十回吗？

答：看来也不是这样。他对在中华人民共和国成立后出版的《红楼梦辨》稍做修改，易名为《红楼梦研究》一书，以及其他评论中，除了将他原说《红楼梦》"应列第二等"改为"第一等"之外,经常反复出现他在考证中挑剔出的前八十回的某些疏漏或他认为的失误细节,如"秦可卿淫丧天香楼"章节被删、五儿之死未交代等,都是吹毛求疵、无伤大体之缺失。奇怪的是,为何他对这类缺失如此情有独钟?并且非如此认真地去找曹雪芹的身世"还原"不可呢?更令人惊奇的是被他尊奉为《红楼梦》诗词两首顶峰之作,他也借继承传统之名行其挑剔之实。第一例是著名的林黛玉《葬花吟》所写的"葬花",他竟写专文考证出其早有出处,他在《俞平伯论红楼梦》第 305 页写道:"唐六如与林黛玉"引《六如居士外集卷二》"唐子畏居桃花庵。轩前庭半亩,多种牡丹花,开时邀文徵仲、祝枝山赋诗浮白其下,弥朝浃夕,有时大叫痛哭,至花落,遣小伻一一细拾,盛以锦囊,葬于药栏东畔,作《落花诗》送之"。在第 307 页又写《卷二花下酌酒歌》:"今日花开又一枝,明日来看知是谁?明年今日花开否?今日明年谁得知。"第二例是同样在这书中,指出贾宝玉祭晴雯的《芙蓉诔》全篇句式,大都学步屈原之《离骚》。显然,这也是俞平伯以"还原"考证的方式方法的发现。试问:这样的"还原"是为什么呢?是为了解释诗词或优良传统,还是肢解艺术形象、破坏艺术欣赏呢?这样的"还原"能说是推崇前《红楼梦》八十回并要将其升格为"一等"之作吗?是值得怀疑的。

问:中华人民共和国成立后,俞平伯还走他的"还原道路"吗?

答:自 1954 年 10 月 16 日毛泽东发表《关于红楼梦研究问题的信》,随即在全国开展了"反对在古典文学领域毒害青年三十余年的胡适派资产阶级唯心论的斗争"之后,俞平伯似乎汲取了教训,作为追随胡适考证派之大员,进行了自我批评。他在《红楼梦讨论集序》中说:"考证派认本书第一回云云为意尽文中,遂以作者身世比较诠之,而往往有所得,索隐派则以为意在言外,认其中尚有较深之微旨,遂不恤傅会之于其他种种,东鳞西爪亦份佛似之,徐按之又不能自圆其说,唯人情多好奇,遂亦至今不绝。考证派较平实,鲜非常异议可怪之论,然有一病每易犯之,即过于认真。……索隐而求之过深，惑矣，考证派求之过深亦未始不惑。《红楼梦》原非纯粹的写实小说，小说纵写实，终与传记文学有别。以小说为名，作传记其实，悬牛头，市马脯，既违文例，事又甚难，且亦无所取也。吾非谓书中无作者之平生寓焉，然不当处处以此求之，处处以此求之必不通，不通而免强求其通，则凿矣。以之笑索隐，则五十步与百步耳，吾正恐来者之笑吾辈也。"［《俞平伯论红楼梦》（上）第360—361页］应当说这些话语是坦诚的，也是实事求是的。

问：改革开放后他的态度如何呢？

答：俞平伯在晚年还就此再写出专文《索隐与自传说闲评》，指出：这两派"原从《红楼梦》来，二说在本书开宗明义处亦各自有其不拔之根柢，所谓'甄士隐梦幻识通灵，贾雨村风尘怀闺秀'，一似双峰并峙，二水分流，瞻念前途，穷则思变，若不能观其会通，于书中之理争，恐无多裨益也。先分别比较言之"。并从三个方面比较其差异：一、"研究方向相反——索隐逆入，自传顺流。"二、"所用方法不同——索隐派凭虚，求工于猜谜；自传说务实，得力于考证。考证含义广，作用多，并不限于自传说，……将后四十回从一百二十回分出，为考证之成果。……考证之功，不掩自传之累。纵使自传说不成立，而残篇与续貂，其泾渭玉石之辨，仍昭然在人耳目，……决不能并百二十回一起而追溯之，其中当有所区别，所谓桥是桥，路是路也"。三、"对作者问题看法之异。简单说来，索隐猜谜，只是空想"………"清末民初，王、蔡、胡三君，俱以师儒之身份，大谈其《红楼梦》，一向视同小道或可观之小说，遂登大雅之堂矣。王静安说中含哲理，惜乏嗣音。蔡、胡两子遂平分秋色，各具门庭。……考证之学原是共通的，出以审慎，不蔓不枝，非无益者。猜谜即使不着亦无大碍，聊发一笑而已。祇自传之说，明引书文，或失题旨，成绩局于材料，遂或赝鼎滥竽，斯足惜也。""一九七八年十月十七日记，八六年八月二十六日整理重抄"。（《俞平伯论红楼梦》（下）第1141—1145页）这些说法都是符合历史事实的，却明显流露出对过去所走"还原道路"的恋恋之情，是可以理解的。

问：这是否意味着他不再走老路了？

答：非常遗憾！在俞平伯的晚年，也即是在改革开放的升平盛世之时，他又走回他的"还原的路"了。具体表现在《俞平伯论红楼梦》（下）最后两篇文章中。第一篇是《旧时月色》，是1980年5月26日上国际《红楼梦》研讨会书（摘录）。文中讲了三点带有毕生学术总结意味的话："一、《红楼梦》可从历史、政治、社会各个角度来看，但它本身属于文艺的范畴，毕竟是小说；论它的思想性，又有关哲学。这应是主要的，而过去似乎说得较少。王国维《红楼梦评论》有创造性，但也有唯心的偏向，又有时间上的局限。至若文学方面的评价巨著，似乎今未见。《红楼梦》行世以来，说者纷纷，称为'红学'，而其核心仍缺乏明辨，亦未得到正确的评价。今似应多从文、哲两方面加以探讨，未知然否。二、今之红学五花八门，算亟盛矣……只读白文，未免孤陋寡闻；博览群书，又恐迷失路途。……似宜编'入门''概论'之类，俾众易明……取同、存异、缺疑三者自皆不可废。三、数十年来，对《红楼梦》有褒无贬，推崇备至，中外同声，且估价愈来愈高，象这样一边倒的赞美，并无助于正确的理解。我早年的《红楼梦辨》对这书的评价并不太高，甚至偏低了，原是错误的，却亦很少引起人注意。不久我也放弃前说，走到拥曹迷红的队伍里去了。应该说是有些可惜的。（注：我在《红楼梦底风格》一文中，两稿不同。依《红楼梦辨》之说，我虽以为'应列第二等'；依《研究》新说'仍为第一等的作品'，其改变颇大，此不细说了。）八六年补记。"[《俞平伯论红楼梦》（下）第1135页]

问：你怎样评价俞平伯这篇《旧时明月》？

答：我认为这篇文章所讲的三点，其一、二点有道理、有见地，但其三点则欠妥了，话语中明显表示有后悔中华人民共和国成立后"放弃前说，走到拥曹迷红的队伍里去了"，"是有些可惜的"之意，从而表示又得要将《红楼梦》降回"第二等"的看法,这不是又走回"还原道路"么?言下之意还是"旧时明月"好!

问:第二篇评《好了歌》也是这样么?

答:这篇文章字数不多,问题不少,前句浅露,后句隐蔽。前句所言:"《红楼梦》既是小说,它所反映的面是有限的,不外乎一姓或几家的人物故事。"一看即露出"自传"说之翻版。后句所言:"《好了歌》则不同,它的范围很广,上下古今,东南西北,无所不可。《红楼梦》故事自然包孕其中,它不过是太仓中的一粟而已。妙在以虚神笼照全书,如一一指实了,就反而呆了。"话本身是回答《好了歌》是否具有"一一指实"之疑问,实际是间接表示曾做过以"自传说"考证这首歌是否有"一一指实"之功夫,未能做通,但又不甘改弦易辙,不能理解更不能接受文艺典型化规律,只好感叹《好了歌》"范围很广,上下古今,东南西北,无所不可",仅将《红楼梦》故事是"包孕其中"的"太仓中的一粟",从而将其架空为并非"指实"的"笼照全书"之"虚神",将主题与故事割裂。如此之论,显然是以作者的创作素材去批评作者的典型化作品,从而否认《好了歌》是从《红楼梦》故事升华的主题,可见,这仍是"自传说"的余波阴影,仍是在"旧时明月"的照耀下,走其"还原道路"。这是《俞平伯论红楼梦》的压卷之作,与这部汇编他数十年前登上"红学"高坛之《红楼梦辨》之首要之作,遥相呼应,可真是走"还原道路"有头有尾、善始善终的。

问:俞平伯所走的"还原道路"越走越窄,称得上你所说的"超脱境界"么?

答:俞平伯说:"我们自己晓得走的路很短,倘有人结了伴侣,就我们走到的地方再走过去,可以发见的新境界必然很多。发见了新境界,必然要推翻许多旧假定。"从这段话可见,他自己认为所走的"还原道路",也是"发见新境界必然很多"的。正所谓人各有志,境界不同,走路有别，自然超脱各异。但俞平伯这种以作者原始素材的琐碎考证，并以此论证和评价一部公认的伟大艺术品之得失，这不是本末倒置、舍本求末么？当然，前进是超脱，倒退也是一种超脱。然而，"还原道路"的考证和评论，是超脱了作品的艺术形象，超脱了艺术欣赏和艺术评价之科学，将栩栩如生的艺术形象变成了随意解剖的干尸！试问这样的"超脱"有什么意思呢？无怪乎俞平伯自己也有"越研究越糊涂"，甚至称《红楼梦》为"梦魇"的感叹。这样的"还原道路"不是走进死胡同之路么？如果说这也是"境界"的话，那只能说是他个人念念不忘的"旧时明月"境界罢了。

本节引文分别出自下列版本：

俞平伯：《红楼梦辩》，北京：人民文学出版社，1973 年。

俞平伯：《俞平伯点评红楼梦》，北京：团结出版社，2004 年。

俞平伯：《脂砚斋红楼梦辑评》，上海：上海文艺联合出版社，1954 年。

俞平伯：《俞平伯论红楼梦》（上，下），上海：上海古籍出版社，1988 年。

二、20 世纪 50—70 年代的"红学"

（一）毛泽东《关于红楼梦研究问题的信》

问：俞平伯这种境界能否说是将《红楼梦》本有的大境界"超脱"为个人的小境界呢？

答：对，你这比喻很到位，真是一语中的。要说将《红楼梦》"超脱"的境界最大化的，普天之下，莫过于毛泽东。其境界之"大"，首先突出表现在他在 1954 年 10 月 16 日发表的《关于红楼梦研究问题的信》。这封信从开始即超脱了《红楼梦》的小说范畴，而从"红楼梦研究问题"缘发，具体是从李希凡、蓝翎两个"小人物""驳俞平伯的两篇文章"引起。毛泽东从这个起点，引发了"阻拦'小人物'""容忍俞平伯唯心论""反对在古典文学领域毒害青年三十余年胡适派资产阶级唯心论的斗争"等三大问题，开展了一场重大的政治运动。这三大问题，实际上也是三个超脱境界；而由此而展开的全国性运动，其境界则更大了。如果将这信中所涉及的影片《清宫秘史》和《武训传》上演时所出现的"同资产阶级作家在唯心论方面讲统一战线，甘心作资产阶级的俘虏""对他们投降"问题联系来看，其境界则更大、更宽了。因为对《武训传》的批判，是开国首例的文艺界政治运动，是上溯的超脱境界；对《清宫秘史》的批判，则是在20世纪60年代中期（"文革"发端期）进行，可谓下延之超脱境界；仅此涉及之两例，上下超脱的时间跨度也达十数年之久。可见，短短一封信的超脱境界何其大焉！

问：从"争味"的意义上说呢？

答：其起点的三个问题，本就是论争和斗争的问题，其开展的政治运动，更是如火如荼的阶级斗争，在过去的年代，阶级斗争要"年年讲、月月讲"，要"念念不忘""千万不要忘记"，所以更是争无止境、"争味"无穷的。

问：毛泽东在当时这样做的原因是什么呢？

答：是为了政治上的阶级斗争。这要从当时的时代背景去看。这封信写于1954年10月，正是在经过镇压反革命、土地改革和抗美援朝三大运动，共和国政权得到巩固、开始第一个五年计划，开始稳定进行经济建设的时候，思想文化领域如何进行和加强无产阶级专政已提到日程上来。毛泽东给中央政治局写这封信，首先就意味着这是最高领导机构要注意的政治问题，是要以此进行反对"胡适派资产阶级唯心论的斗争"，而且强调不能"同资产阶级作家在唯心论方面讲统一战线，甘心作资产阶级的俘虏"，更不能"对他们投降"。所以，这场缘发于而又远远超脱《红楼梦》和"红楼梦研究问题"的政治运动，本身就是为政治斗争而起，是一场重大的阶级斗争，而不仅仅是学术问题的论争或批判。

问：其中有怎样的学术问题呢？

答：毛泽东这封信最后指出："俞平伯这一类资产阶级知识分子，当然是应当对他们采取团结态度的，但应当批判他们的毒害青年的错误思想，不应当对他们投降。"这句话，是在政策上划清对事与对人的区别，以及思想问题与政治问题的区别界限，不是学术问题与政治问题的界限。对此，毛泽东在这信中只是说"俞平伯的唯心论"，对李希凡等的文章称"很有生气的批判文章"，均未指出双方关于《红楼梦》的具体学术观点。所以，我们现在的主题，主要是从学术上探索历代《红楼梦》研究的学术论争，只好仅从他们各自的言说看其立论，并由此而逐步探讨新中国成立后关于《红楼梦》本身研究的"争味"了。

（二）李希凡的"人民性和现实主义"与"市民说"

问：好，请教其详。

答：俞平伯的立论已在前述《俞平伯的"还原道路"》简要介绍了，不再重复，现在只介绍李希凡的立论。先要做个说明：毛泽东这封信中说的两个"小人物"，是指李希凡、蓝翎。由于蓝翎在1957年"反右派"运动中被划为"右派分子"，未能再写文章。所以后来只说李希凡立论。但开始时是他们两人立论的，具体表现在他俩的成名作，即毛泽东信中推荐的两篇文章——《关于〈红楼梦〉简论及其他》和《评〈红楼梦研究〉》。

问：他俩在这两文中立什么论呢？

答：主要是以"人民性和现实主义"批驳俞平伯的"钗黛合一论"和"自叙传与自然主义写生"说。李蓝两文提出："文学的传统性意味着人民性的继承与发挥，现实主义创作方法的继承与发扬，民族风格的继承、革新与创造。"《红楼梦》继承并发展了中国古典文学"特别是小说中的人民性传统""创造并歌颂了肯定的典型人物""并且通过历史连续性的典型人物的创造，达到了他否定丑恶、歌颂新生的目的"，体现了

"人民性的发展"和"现实主义创作方法的继承和发展",继承、革新了"民族风格",创造了"独特的文学风格"。

问：还有颇受争议的"市民说"吧？

答：是的。其实，早在中华人民共和国成立之初，李希凡即提出"市民说"了。具体出处是在1951年11月《新建设》杂志上，李希凡发表《论红楼梦的人民性》一文，其中指出，"《红楼梦》正面人物形象所达到的思想高度，是与当时最进步的思想潮流相互辉映的"。这种思想潮流"一方面反映了民族斗争，一方面反映了工商业者反对封建压迫的要求"。后来又进一步明确提出《红楼梦》是"代表十八世纪上半期的中国未成熟的资本主义关系的市民文学的作品"，它"反映了新兴市民社会力量的要求"，反映了"市民思想"；主人公贾宝玉形象是"新人的萌芽"，是"新兴阶级力量的代表"。1954年发表的两文之一的《评〈红楼梦研究〉》，他又重申贾宝玉的性格里"体现着初步的民主主义精神"，并且对此加注解释："明末清初商品经济遭到破坏后，到了乾隆时代又已经发展到一定的高度，尤其是商业资本的发展更是惊人。这在《红楼梦》中是可以看出的。同时这时和资本主义国家的贸易来往也是空前的（贾府中许多用具都是外国商品）。"可见，这个时期已经开始具备了资本主义原始蓄积期的一些特点。毛主席在《中国革命和中国共产党》一文中曾说："中国封建社会内的商品经济的发展，已经孕育着资本主义的萌芽，如果没有外国资本主义的影响，中国也将缓慢地发展到资本主义社会。所谓'乾隆盛世'，就正是资本主义萌芽'孕育'的时代。因此，在社会关系上也显示出转变期的特点。"

问：这个说法，在当时有人支持么？

答：有的。毛泽东支持的新人，当然附和者众。但当时既然是毛泽东亲自带开了论争的头，又是刚开始提出"百花齐放、百家争鸣"方针的时候，对"市民说"持异议者不少，支持者与反对者论争激烈，真正开端了争鸣的风气。最突出的反对者是时任中国社会科学院文学研究所所长、著名文学评论家何其芳。他在1962年为新版《红楼梦》而写的长篇导论性文章《论红楼梦》中，用专节反对"市民说"。文中指出，"《红楼梦》里面没有出现代表资本主义萌芽的'新兴的市民'"，认为这种说法是"旧的牵强附会"，是"新的教条主义"。

问：李希凡怎么说呢？

答：1973年11月，李希凡在《新建设》杂志发表了《红楼梦理论集二版》后记中，反驳了何其芳等人的异议，说明"市民说"是"试图运用这种观点分析曹雪芹生活的十八世纪的阶级斗争的形势和社会条件，分析思想文化领域相互辐射的一些社会现象，来说明《红楼梦》的思想倾向，以及贾宝玉、林黛玉叛逆形象的社会意义"，并重申《红楼梦》"曲折地反映了一些市民意识"。这个答辩是在"文革"后期，可惜正在受批判的何其芳是看不到了。

（三）何其芳的"异峰说""民主思想说"和"共名说"

问：请问，你认为新中国成立后的前十七年中，对《红楼梦》研究最有建树的理论家是谁呢？

答：我认为是何其芳。他在1962年和1963年先后发表了《论红楼梦》和《曹雪芹的贡献》两篇长篇论文，对曹雪芹和《红楼梦》做了全面评论，并在评价中确立了"三说"，即"异峰说""民主思想说""共名说"。值得先做介绍的是，何其芳早在20世纪30年代已步入文坛，40年代是著名诗人，50年代是著名文学评论家，任中国社会科学院文学研究所所长，在新诗创作和文学理论批评上都作出重要的贡献。

问：请你介绍他在《红楼梦》研究上的贡献吧。

答：先介绍他的"异峰说"。他在《曹雪芹的贡献》一文中说：

"《红楼梦》这样一部奇迹似的作品,应该说这是一个两百多年前的中国封建社会里的文学家对祖国和人民所能作出的最大的贡献了。"又指出:"《红楼梦》的伟大就在这里,通过对两个封建官僚地主家庭和其他有关社会生活的描写,它揭露了封建统治阶级的本质,反映了封建社会灭亡的必然性,几乎可以说对不久即将走向崩溃和瓦解的封建社会作了一次总的批判,同时它又提出了一些在当时是很难能可贵的正面的理想和追求,因而我们认为它具有民主主义的思想内容,标志着我国古代的现实主义的惊人的发展和成熟,在我国和世界文学史上,它都居于最高成就之列。"所以,这是一部"异峰突起"的伟大作品。

问:"民主思想说"是怎样的呢?

答:一般认为,民主思想是随着资本主义萌芽时才有的。《红楼梦》反映的时代是否已有资本主义萌芽?这是一个根本性的问题。何其芳独辟蹊径,认为:"中国封建社会的民主主义思想的发生和发展的根源,并不仅仅是资本主义的萌芽,只要有封建剥削封建压迫和被剥削被压迫者的不满、反抗,我想就必然会有民主主义思想的发生和发展。封建社会的广大的人民群众都是受剥削受压迫的,劳动人民是其中的最大多数,并且是富有反抗性的。此外,从封建统治阶级的内部也必然会出现一些心怀不满的叛逆者。他们常常通过不同的途径受到人民群众的影响,常常自觉地或不自觉地从人民群众的思想得到精神上的支持。因此从他们当中也可以产生某些民主主义思想。"《红楼梦》的民主思想正是由此而来。

问："共名说"是怎样的呢？

答："共名说"先是在《论阿Q》一文中提出的，随后不久在《论红楼梦》一文中做了更具体的发挥。他说："同中国的和世界的许多著名的典型一样，贾宝玉这个名字一直流行在生活中，成为一个共名。"因为"少年男女和青年男女的互相吸引、互相爱悦，这却不是一个时代、一个阶级的现象。因此，虽然他的时代和阶级都已经过去了，贾宝玉这个共名却仍然可能在生活中存在着"。这是因为"任何一个人都不是抽象的阶级性和政治倾向的化身""特别那些成功的典型人物，它们那样为人们所记住，并在生活中广泛地流行，正是由于它们不仅概括性很强，不仅概括了一定阶级的人物的特征以至某些不同阶级的人物的某些共同的东西"。

问：在过去那样的年代，何其芳这种"超阶级"的立论，恐怕是难逃争议、批判的吧？

答：正是这样，当何其芳这两篇文章先后发出时，文艺界即争议如潮，支持反对之声均有。反对者一方突出代表是李希凡，当何其芳两文分别问世时，他即分别及时地先后发表《典型新论质疑》和《关于阿Q典型共名及其他》提出反驳，又于"文革"后期，即前述的1973年11月在《新建设》杂志发表了《红楼梦理论集二版后记》中，对何其芳的"共名说"进一步批判，指出这是受了苏联修正主义文艺思潮而产生的，"它不过资产阶级人性论的老调新声而已，而且目的又是用典型'共名'说来贩卖腐朽的毒害青年的爱情至上主义"。这样的高调高帽，即使何其芳当时看到或听到，也是不能出声回应的。这是后话。

（四）蒋和森的"全民共感说"与"通体说"

问：何其芳在当时是曲高和寡么？

答：不，是和之者众、继之者代生。在这方面的突出代表是蒋和森。应该说，蒋和森是何其芳的晚辈、下属，与何其芳同在中国社会科学院文学研究所，当时是年轻的研究员。他在1959年出版的成名作《红楼梦论稿》后记中特别要感激何其芳的关心和支持，说明"每一篇文章都经过他的审阅"，显然，"共名说"对他影响很大，他也不愧青出于蓝而胜于蓝，承传且创造了"全民共感说"。具体表现在他的两篇主要人物论中，一是他在《贾宝玉论》中说："在这一人物的典型性格里，不仅含有那一时代所提供出来的东西，而且含有全人类的、能够打动各个时代人们心灵的东西。"二是在他的《林黛玉论》中说："在这一性格中，既反映着那一时代的历史生活图画，同时又熔铸着我们民族的心理素质、精神面貌，以及为各个时代人们所共感、所激动的东西。"由此，他认为《红楼梦》"代表着当时全体人民的利益""具有全民的意义"。这种"全民共感说"既是"共名说"的承传，也是一种超脱，因为"共感"比"共名"是更深的层次了。

问：蒋和森还有什么贡献呢？

答：还有"通体说"，这也是蒋和森"青出于蓝而胜于蓝"的体现和贡献。鲁迅曾说："自有《红楼梦》出来以后，传统的思想和写法都打破了。"但究竟"打破"哪些思想和写法，鲁迅只是说"如实描写""真的人物"，但未具体阐述。蒋和森在《曹雪芹的〈红楼梦〉》一文中说："中国古典小说发展到《红楼梦》，已经完全摆脱了说书人对小说创作的影响，也完全摆脱中国古典小说题材因袭的顽固现象。曹雪芹已经不是用力去创造故事，更不是把一些故事连贯起来，而是去表现完整的生活，去表现性格复杂的人。"小说中所写的"不是随便一种什么生活琐事，而是一种具有深刻内在含意的日常生活细节。曹雪芹在表现这一切的时候，不仅是十分精确地描摹下它的外貌，而且还用诗意的光辉从内里把它照亮"。"在纷繁复杂的日常生活细节里面，……充满了哲学的、心理学的、社会学的内容。"同时又指出："在曹雪芹的笔下，许多故事和情节都是作为一个整体的复杂组成部分而互相交错地存在着。同时，这些情节和人物，又继续不断地加以扩深、丰富并向一个总的方向运行，直到完成一部伟大的《红楼梦》。"这就呈"通体的,互相联系不可分割的"《红楼梦》的"艺术之美"。显然这个"通体说"既是鲁迅所说"真"的具体化,也是以诗意的光辉和内含的丰富性、有机性之"通体",而将"实""真"的境界升华。

(五) 周扬的"先进说"和"人性批判现实主义说"

问：除蒋和森外,何其芳还有支持者么?

答：蒋和森是何其芳的下属和后辈支持者,此外还有领导支持者,就是周扬。周扬当时是中共中央宣传部副部长,是全国文艺界最高领导人,是"文革"期间被"四人帮"打成"修正主义文艺黑线专政总后台"的大人物。他对《红楼梦》的评论,未有专著或专文。现在我引用的资料,是周扬在"文革"中被批斗时,由批判者从其在一些会议的报告或谈话中发表的有关言论中摘录出来的,可能有失实或片面之处,现只是从这些材料大致归纳其主要观点而看其立论吧。

问：周扬的立论是什么?

答：周扬的立论大致有"两说",一是"先进说"。此说一方面是指在作品所写时代的"先进性",如他在《建立中国自己的马列主义的文艺理论和批评》一文中指出："环境是压迫人的,冲突环境就是冲突压迫,就是动摇旧制度的基础。《红楼梦》的进步性就在这里。贾宝玉、林黛玉、晴雯,都是和当时环境冲突的,就有革命性。"又说"贾宝玉、林黛玉等都是好人,都是旧时代的英雄"。1961年6月,周扬在全国故事片创作会议的发言中还指出："贾宝玉,薛宝钗批评他是'富贵闲人'。他在那个生活圈子里是不协调的,好像彗星一样被甩出来了,也没有甩到人民里面去,他不安分地被甩了出来,像彗星一样放光……贾宝玉也制造悲剧,他也是比周围的人高明一些。这种人物,这种个性,是破坏性的个性。所以,个性也有两种,一种是建设性的个性,一种是破坏性的个性,破坏性的个性有时是革命的。"

问：还有一方面呢？

答：另一方面是指当代的"先进性"，即认为仍值得当代人学习。如早在1953年他在中央戏剧学院作报告时讲道："林黛玉是民主人士，我们的女同学要学习她反抗封建的民主性一面。""贾宝玉、林黛玉是当时的先进青年，代表当时最先进的人物。那时没有共产党、青年团，如果他们生活在今天，我想他们会参加青年团的。"1954年8月25日在全国文学翻译工作会议上的总结报告中，他又说："看了一部《红楼梦》，又怎能不受一点林黛玉的气息感染呢？"1958年2月，在上海宣传文化干部大会上讲话中，他又说："《红楼梦》是最伟大的作品，贾宝玉、林黛玉是个民主主义者，……如果在那时要发展团员，第一个是贾宝玉……"1961年7月1日，在文科教材外文组汇报会上的讲话中，他又反复说："林黛玉很好，很精细，这也许可以学学。""《红楼梦》可以欣赏，你要学林黛玉学不成，没有这种气氛、条件，青年团要找你开会。干脆不学好了。有一部分也可以学。如林黛玉对贾宝玉的爱情，很纯洁，只爱一个贾宝玉，是真诚的。这可以学。林黛玉的品格高一点。孤芳自赏是要反对的。但有的人修养高一点，不要去打击，打击骄傲可以，不要打击高。高也是劳动的结果。"

问：另一"说"是什么？

答：是"人性说"。周扬于1961年6月在全国故事片创作会议上的发言中说："很多是在追求一种比较有人性的真人，而在这些人物周围的其他人物都很虚伪。比较起来，他们还是真些，贾宝玉比起贾政来，还是贾宝玉真些。贾宝玉有点早期的资产阶级民主思想，这人比较真挚，没有封建等级观念，反对封建的虚伪。林黛玉比起薛宝钗，还是林黛玉真些，她挣脱了一些封建时代的束缚，你也可以用人性的观点来解释，她比较有人性，她是反对封建的。"周扬同时还说："明代大批评家李卓吾有名的文章《童心说》，主张文学作品要表现童心。……从李卓吾到汤显祖的《牡丹亭》，到《红楼梦》，发展了这种民主思想。这种思想体现在贾宝玉身上，贾宝玉是比较有童心的。""贾宝玉……总还有一些激动人、引人共鸣的东西，贾宝玉和林黛玉总还是有一些人类美好的东西。"1962年9月，周扬在《欧洲文学史》座谈会上的讲话中指出："《红楼梦》也有批判，也是批判现实主义。它批判封建制度，赞扬自由思想，自由主义。贾宝玉是自由思想的代表，他也是'人道主义者'。"

问：周扬这两说的立论有什么特点和意义呢？

答：我认为周扬的这些言说，虽然是摘自"文革"中的批判资料，是阴谋打倒他而"别有用心"之所为，却收录了真实的材料，体现了周扬真实的思想和立论。这些言说，虽然看似随口言谈，不是系统理论，但经系列整理，却构成自成一家之言的理论了。以今天的视野看来，其时代"先进性"的观点太"现代"了，但他从"环境是压迫人的，冲突环境就是冲突压迫，就是动摇旧制度的基础"的观点出发，提出作品所写时代"先进性"的观点，则是正确的，是历史唯物主义的；其"人性说"之立论，是有见地的，是当时文艺界领导层的"空谷足音"。值得注意的是，周扬的这些言说，多是出自1958年到1962年的报告或讲话。这正是文艺界比较"宽松"的时期，也即是被"四人帮"说成是"修正主义文艺黑线专政"最严重的时期，其实是中国文艺界真正出理论、出作品、取得真正繁荣的时期。何其芳、蒋和森关于《红楼梦》的"共名说""全民共感说"，都是这个时期出现的理论。周扬的言说，既与这些理论异曲同工，同时又是这些理论和其他被"四人帮"打成"黑八论"（即写真实论、真人真事论、无差别境界论、现实主义广阔道路论、现实主义深化论、写中间人物论、反火药味论、离经叛道论）等新理论的最大支持者和总代表，也标志着这个时期《红楼梦》研究和理论水平及其"争味"的缘由和走向。

(六)"文革"时期关于《红楼梦》的内外斗争

问：在1966年至1976年整整10年"文化大革命"中，《红楼梦》研究评论的状况是怎样呢？

答：简而言之是斗争十足，始终贯串着《红楼梦》内外的斗争。所谓"内"，即大力宣传《红楼梦》是一部"阶级斗争教科书"，批判一切违背这个定位的言说评论；所谓"外"，是指与《红楼梦》有关的政治斗争，包括对所谓"修正主义文艺路线"的批判，对周扬及其他发表过有关《红楼梦》言说的"当权派"或"学术权威"（如何其芳、俞平伯等）的批判斗争。其实，无论"内"或"外"，都是统一部署、相互呼应的政治斗争，远远超出了学术研究评论范畴，恐怕也可以说是一种超脱境界吧？

问：具体的斗争情况是什么样的呢？

答：诚然，这部小说也深刻地反映了封建时代"乾隆盛世"之阶级斗争，但这不是其全部内容，也不仅是其社会价值和主要特点之所在，当时组织的批判文章，则只是以政治斗争的需要，强调其是"阶级斗争的教科书"，目的是借所写的阶级斗争进行当下的政治斗争，当时发表的评论《红楼梦》文章莫不如此，如《〈红楼梦〉写阶级斗争的书》《从〈红楼梦〉看封建社会的阶级斗争》《〈红楼梦〉不是爱情小说》《大观园里奴隶们的反抗斗争》等，看题目即知其内容和目的，都是指桑骂槐。尤其是"四人帮"直接御用的写作班子化名发表的文章，更是恶毒露骨，如梁效的《封建末世的孔老二——〈红楼梦〉贾政》《批判资产阶级不停——学习关于红楼梦研究问题的信》、江天的《用马克思主义占领上层建筑各个领域——学习〈关于红楼梦研究问题的信〉》《反革命两面派的自我暴露——剖析林彪在〈红楼梦〉第一百七回中的一段批语》、洪广思的《意识形态领域里的一场阶级斗争——学习毛主席〈关于红楼梦研究问题的信〉》等，都是火药味十足的大批判文章，无丝毫对《红楼梦》的学术研讨气味。这种超脱境界实在是离《红楼梦》太远了!

三、20世纪80年代—21世纪20年代的"红学"

（一）新时期俞平伯、李希凡呼唤"学术红学"之先声与实践

问："文革"结束，"斗争红学"时代也结束了。新时期改革开放后，是什么"红学"呢？

答：我看是进入呼唤并践行"学术红学"时代。记得在结束"文化大革命"、清算"四人帮"罪行时有个"拨乱反正，正本清源"的口号，这对"红学"来说也是适用的。前面谈到的俞平伯在《一九八〇年五月二十六日上国际〈红楼梦〉研讨会书》（摘录）一文，恐怕就是受这口号影响，提出了有相近意思的感受，即"《红楼梦》可从历史、政治、社会各个角度来看，但它本身属于文艺的范畴，毕竟是小说；论它的思想性，又有关哲学。这应是主要的，而过去似乎说得较少。……至若文学方面的评价巨著，似乎今未见。《红楼梦》行世以来，说者纷纷，称为'红学'，而其核心仍缺乏明辨，亦未得到正确的评价。今似应多从文、哲两方面加以探讨"，这番言词，可谓在新时期呼唤"学术红学"之先声。但这番言词，只是俞平伯在思念"旧时明月"时，对自己走"还原道路"的顺发感慨，还不能说是很自觉的言说。

问：那么，真正自觉领悟"正本清源"本意先声的是谁呢？

答：是俞平伯的老对手李希凡。他在1984年和1986年先后发出两次呼唤。首先是他在为曾扬华《红楼梦新探》所作的序言中说："近年来全国报刊有关《红楼梦》研究文章有多少篇，我没有精确的统计，但它的数字无疑要高于其他任何古典作品，这却是可以肯定的。而自一九七九年以来，国内还出版了两个专门研究《红楼梦》的学术刊物——《红楼

梦学刊》和《红楼梦研究集刊》，截止到一九八三年底，仅从《红楼梦学刊》来看，它的期数已达十八辑，而它的印数也居然超过了一般的学术刊物，并能经常获得五个国外订户。"他高兴地指出了红学领域出现的学术新气象，同时又在他与女儿李萌合写的《传神文笔足千秋——红楼梦人物论》后记中说："说到'红学'研究的现状，本来顾名思义，它的主体仍然是关于文学作品《红楼梦》的学问，因而，不管是作家曹雪芹家世的研究，曹雪芹生平与《红楼梦》创作关系的研究，也包括《红楼梦》版本、《红楼梦》产生时代背景的研究，以及各方面的科学考证，都是为了更深入理解这位伟大作家和这部伟大作品。但是，有的红学家却总是强调《红楼梦》的特殊性（实际上还是变相地鼓吹'自传说'），在他们的视野里，凡是与曹雪芹有关的事物，都纳入'红学'范畴之内，却独独把对小说这个'主体'的研究，排斥在'红学'之外，归之于小说学；还有人甚至把这样一部反映封建末世社会生活与上层建筑如此真实、深刻的伟大杰作，非'空灵'到抽象的'生命'与人性的虚无缥缈中，才算是对《红楼梦》的正确理解；要不，就把旧红学的索隐抉微，更引申开去，于是，秦可卿的身世，竟演绎成与《红楼梦》毫不相干的曹家藏匿了康熙废太子胤礽的公主。作家刘心武的所谓'揭秘'现象，并不偶然，实际上还是'老索隐'的新猜谜，'自传说'的阴魂不散，只不过这次是由一位作家'艺术'创作化了趣味化了而已。而这种现象的出现，并能获得如此广大的读者和听众，岂不也值得我们红学研究者深长思之！"

问：李希凡自己在新时期的"学术红学"中有怎样的新作为呢？

答：他不仅呼吁，而且身体力行。他在新时期先后出版了两部著作，都是实践他这些呼吁的。他于1996年在文化艺术出版社出版的《红楼梦艺术世界》中说："我在完成了两本鲁迅研究的专著之后也从感情束缚中解放出来，想到了50年代留下的未竟之愿。因为《红楼梦》引我入迷的，是小说的艺术魅力，是曹雪芹的艺术天才，我很想多写一点自己的理解和分析……这就是那本《红楼梦艺术世界》。"在1991年人民文学出版社出版的《传神文笔足千秋——红楼梦人物论》(2006年6月文化艺术出版社又版）中，他说："这本《红楼梦人物论》，虽然只是写出了我们的所见所闻，所思所想，写出了我们的感受和爱憎，但终极目的还是试图解读这部伟大杰作的真、善、美。"可见，李希凡这两本书正就是他坚持"学术红学"的实践结晶。我想，李希凡和俞平伯这两位在20世纪50年代那场运动中的风云人物，不约而同地都在历经沧桑之后发出回归学术的感慨，不会是偶然的吧？

（二）王朝闻《论凤姐》和王昆仑《红楼梦人物论》的正本新探旧痕现象

问：在老一代红学家中最早以"正本清源"而实践"学术红学"研究的是什么著作呢？

答：照我看是王朝闻的《论凤姐》。这是四川人民出版社1984年7月分上下集出版的近60万字的学术专著，全书以论析凤姐形象为中心点和透视点，既全面论析了小说对凤姐的形象思想性格，又通过凤姐的形象塑造论析了整部小说的主要人物；同时，还透过人物形象塑造的剖析，论述了当时文艺创作上普遍具有的文艺思想和理论问题，尤其是通过对新旧红学和现当代红学研究上争议问题的论析，阐述和普及了基本的文艺和美学理论；可以说，这是一部《红楼梦》人物论，又是一部文学艺术形象论，是一部以回归小说正本而步入学术红学时代初期中有分量、有影响的新探之作。

问：请举例说说，好么？

答：好。在《论凤姐》的开卷三章，作者再三以曹雪芹声言的写作要旨和对凤姐及其他笔下人物们的态度，证实了新红学"镜子说"之谬误，阐述了文学倾向性的原理；在第四章中，以凤姐这个人物形象生动地体现了事物的矛盾性，反对了当时创作普遍存在的只要一点不要两点的"单打一"现象，阐述了对立统一规律与典型化的艺术和美学理论；随后的系列章节，都分别从凤姐或其他主要人物形象的塑造，系统探讨了曹雪芹在《红楼梦》创作中展示了"典型的两个普遍性""典型的个性与共性""人物性格的变化""细节描写与典型化""心理描写与人物性格""人物心理特征的社会内容"、人物性格之间的"同与异"和"对立""个性与相对性""艺术创作与欣赏的同一性和差异性"等的创作实践和经验，同时又将其升华或联系到文艺创作和文学研究的基本理论和规律性问题上，从而构成了自成一格的红学研究与艺术规律研究融于一体的学说体系。遗憾的是，全书的阶级论观点和阶级分析论析方法，虽有理有据但过于强化，从《红楼梦》中对某些艺术法则的探讨虽有关联但有拔高现象，这两个方面都是有超越曹雪芹的时代和思想艺术实际之嫌的。从红学研究而言，虽然这也是一种超脱境界，但毕竟书中所留下当代红学研究上"现味""争味"旧痕明显（可能有部分是旧作），所以只能说是进入学术红学时代初期的成功新探但残留旧痕之"学味"专著。

◇ **问**：还有其他代表性的著述么？

◎ **答**：有，王昆仑著的《红楼梦人物论》即是同类专著。据著名红学家冯其庸和王昆仑儿子王金陵在本书中的介绍，此书主要篇章于20世纪40年代《现代妇女》杂志上陆续发表，1948年出版单行本；1962年在纪念曹雪芹逝世两百年之际，作者对一些章节做了修改后，再次在《光明日报》等报刊上发表，后来在"文革"中被作为"罪状"而遭批斗。直至新时期才由北京出版社于2009年3月重新出版。冯其庸说这本书虽名为"人物论"，实际常常表现出对《红楼梦》的总体认识，体现出"具有自由思想的知识分子、新生代青年男女不满现实制度要求改变现状的精神"，尤其是将《红楼梦》的妇女人物世界分出了两类界线：一种是居于当权地位的人物，如贾母、王夫人、王熙凤、薛宝钗等；另一类是对立的人物，如林黛玉、晴雯、司棋、龄官、芳官、尤三姐等。全书主要以这样的总体认识和分类界线去论析这些妇女形象，体现了从小说正本论析形象的学术风格；值得注意的是，从其先后发表和再版的时间跨度上看，说明这种以小说本体为正本的学术风格,是一直传承着的,但也不能不受不同时代的局限而造成或多或少的新探旧痕现象。《红楼梦人物论》的"学味"也在于此。

(三)曾扬华《钗黛之辨》:呼唤并践行"学术红学"之新声

问:作为新时期崛起的新生红学家发出新声的代表人物是谁呢?

答:我看是现任中山大学中文系教授曾扬华。应该说,他是新时期崛起的新生代红学家。他从20世纪70年代末开始为本科生讲授《红楼梦》课程,80年代初开始发表关于研究《红楼梦》的文章和专著,先后出版《红楼梦新探》《红楼梦引论》《末世悲歌红楼梦》等,代表作是2009年8月他在中山大学出版社出版的《钗黛之辨》。这部专著,可以说是他自觉地真正领悟"正本清源"本意,率先呼唤并实践"学术红学"新声之标志。首先,他在这书后记中说:"从'红学'产生之日起,直至今日,窃以为对作品本身的研究还是相当薄弱的。众多的旧红学家们,对作品的某些人物和具体情节上或有一些闪光的见解,但从未在总体上把握到小说的实质,因此远未得其真谛。'新红学'的主要人物,影响虽大,但其工作主要在考证方面,也取得了许多成果,而对文本的涉猎和研究则甚少。1954年以后至今半个多世纪里,'红学'可谓空前兴旺,表现在队伍逐日增大,研究领域不断拓宽,产品空前增多,已成为一门公认的'显学'。但与此同时,也存在许许多多的问题和是非,其中最为突出的问题是,'红学'界至今尚未确立文本研究应为'红学'的核心内容这样一个观念。在颇为热烘喧闹的'红学'研究中,文本研究工作相对来说就显得太少了,它需要去研究的问题和做的工作实在太多了。"这番感慨和呼唤,实在是切中"红学"三百年论争史和当今时弊的,也是极其恳切而卓有见地的。

问：是呵，他是怎样践行这个呼吁的呢？

答：主要表现在他的《钗黛之辨》这部专著，是真正从文本出发并以文本研究为核心的论著。具体表现在他是以新的视野、新的方法、新的境界去研究评论《红楼梦》的，其最大特点和成就，是以人物比较的方法，发现并解除了三大传统误区：一是钗黛平分与"合一"之误区，二是对薛宝钗形象实质认识之误区，三是认为贾母是"舍黛取钗"之首的误区。先说说第一个误区。众所周知，历来关于"钗黛之争"是"红学"领域的主要论争焦点之一，有拥林派，有拥薛派，有"合一"派，各方持论者皆以不同视野和方法从小说中找到论据，持续二百余年，有时激烈至动武地步。曾扬华在这部专著中，自辟蹊径，"从不同的方面、不同的层次、不同的范围以及就作品不同的表现手法，对钗黛二人作了广泛的、至少有三十多次的比较，尽管它们之间角度差异相当大，但对比的结果却是绝对鲜明的一致：林黛玉总是处在正面的位置上，而薛宝钗却毫无例外地是一个负面形象"。随即又指出："通过对比，我们回头再看看，在林黛玉身上触目可见的是自尊、坦诚、直率、善良、友好、挚爱、美丽、贞节、高雅、净洁……以及在不良处境下的独善、自矜、不诣、脱俗、出污不染、敢于抗争等优良品质。而这一切又都是我们中华民族自古以来的优秀文化传统。"从这段体会可见，该书的研究过程、采用的方法、得出的结论，都是科学的、实际的、客观公正的，而且又都是切合我国民族传统的文化精神和审美要求的。所以，可以说这个研究结果，虽是一家之言，但起码会起到有助于解除第一个误区的作用。另一方面，从"学术红学"的意义上说，这段评论的前句，可谓真正的学术研究体会，后句则是纯粹的艺术品欣赏心得，是无任何其他杂质干扰之研究和欣赏，完全是出自文本之论。

问：第二个误区是怎么回事呢？

答：这个误区其实是从第一个误区衍生出来的。因为一直有钗黛平分与"合一"之说并由此争论不休，不少人对薛宝钗这个负面形象认识不清，甚至极为欣赏、赞美，形成一种始终存在的文学现象和社会现象。对此，曾教授仍以美丑比较的方法，指出一方面是由于曹雪芹运用特殊笔法使人不易看清薛宝钗形象。这种笔法就是使用了种种曲笔，使之表象与内质处于一种相悖的状态。你初看去，只能看到表象，并对她产生好感；只有反复品味，才能发现其"庐山真面目"；另一方面是在于"有些理论的误解和影响"，如认为薛宝钗是个"形象丰满、性格复杂的人物"，认为是"人物塑造整体的多样性和个体内涵丰富性"的人物；再就是薛宝钗形象"有深广的社会基础"，"至少今天以至以后很长时间都"存在其社会基础。显然，第二个误区的发现和解除，也是出自文本的正本清源，是学术研究深化和艺术欣赏提高而创的新论。

问： 第三个误区如何呢？

答： 这个误区的中心是，一般都认为"最初十分疼爱林黛玉的贾母，后来由于种种原因改变了初衷，最后'舍黛取钗'，接受了王熙凤的调包计，一手造成了宝黛爱情的旷世悲剧"。这个百年误区的产生，曾教授认为是由于未能深读《红楼梦》前八十回，又在于后四十回的败笔误导。其实，这也是从第一个误区衍化而来的。在这专著中，曾教授仍用人物比较的方法，将贾母与林黛玉、薛宝钗之间的关系和态度的不同进行对比，并且分别从贾母与史湘云、王夫人、王熙凤等相关人物之间的关系和态度上进行对比和探究，最后得出了"绝无'舍黛取钗'之理，而有呵护'二玉'之实"的结论，从而解除了这个误区。这个成果，也是学术研究和艺术欣赏功力深厚的体现。

问： 除发现并解除这三个误区之外，还有什么贡献呢？

答： 此外，该书对《红楼梦》中象征艺术的分析也是很精辟的。照我看来，这些很有特点的发现和论析，都是在"红学"领域中具有填补学术空白意义的贡献。但我更深地感到，其意义和价值，不仅在这些具体的特点和贡献上，而主要是在以这些特点和贡献所起到实践"学术红学"

之先声作用上。因为这些特点和贡献，都是对文本的研究和欣赏中发现和解读的，其中引用或对不同言说之异议，也是不离文本核心的学术争鸣，不是节外生枝或"上纲上线"的吹毛求疵或装腔作势之论。所以，尽管在这些特点和贡献中，有的还可深化或可争议，但在总体上是会起到实践以至缩影"学术红学"新声的作用的。

（四）周汝昌的《红楼梦新证》及其"红学体系"

问：在俞平伯、李希凡、曾扬华连续发出"学术红学"应以小说本体研究为本的呼吁之后，还有无异议的现象吗？

答：有，周汝昌的《红楼梦新证》及其"红学体系"就是典型代表。这个代表，与其说是继续反对以小说本体研究为本的代表，不如说是数十年一直坚持以小说本体之外（或之上）进行"红学"研究的代表。他是胡适赞赏的"一个最后起、最有成就的徒弟"，因1947—1948年写成并于1953年以简体字在三个月内连出三版的《红楼梦新证》而成名，此后的著述有《红楼梦与中华文化》《红楼艺术》《红楼小讲》《红楼夺目红》《周汝昌校订评点石头记》《红楼十二层》，并领衔主编《红楼梦词典》，是公认的"红学"大师、泰斗，却又是一个争议最大的红学家。

在20世纪80—90年代，发生了一场什么是"红学"的大争论，引发的导火索是周汝昌在1982年第三期《河北大学学报》上发表的论文《什么是红学》，文中提出："我的意思是说，红学是解决别的问题的，并非一讲《红楼梦》就是红学，用一般小说学去对待《红楼梦》的，仍然是一般小说学，而不是红学。"引发了激烈的争议之后，他又在1995年第4期《北京大学学报》（社会科学版）发表《还"红学"以学》一文，更进一步系统地申述这个观点，认为够得上学术的"红学"，是自胡适的《红楼梦考证》开始，鲁迅以后，这"红学"之"学"的质素成分则越来越微，竟然毫无发展与进境，以至于号称"学"而缺少真学的本质；红学在我国学术史上是一门特殊的学科，它本身独特性甚强，却又很容易被当作一般对象对待，还"红学"以"学"这学，应是中华文化之学，而不只文学常论。这篇文章发表后,引发的争议声更是炽热。反对之声主要认为周汝昌此说等于对百年红学史的否定,也是对"红学"的根基——小说本体的抽空和否定。

其实,周汝昌此说不是偶然的,根本是在于他从承传胡适的"自叙传"说开始,以《红楼梦新证》为主干,以作者、版本、脂批、探佚为"四大分支"而建立了"新红学体系",此后又以坚持和倡导"写实自传说""中华文化之学说""新国学说""红学四学说"(即曹学、版本学、脂学、探佚学)和"新索隐说"的红学观的必然产物。显然,这场论争是学术界限和什么是"红学"根基之争,是学术红学中不同学术体系和学派之争,是充满"学味"之争。由此可见,在学术红学时代,坚持不以小说本体为治学根基的现象是仍然存在的,应当以宽容姿态对待。同时,也应当看到周汝昌的"新红学体系"和"红学四说"也有其贡献和可取之处,一方面是不可否认其为小说本体的研究和欣赏提供参考补充的作用,另一方面是应该赞赏其将红学提高到"新国学说"和"中华文化之学说"的主张,是很有道理、有高度的。可惜的是,他将小说本体作为小说学并将其"开除"红学之外,这不是舍本求末以至以末代本么?更可悲的是,他的《红楼艺术》《红楼小讲》《红楼夺目红》等著作中,不乏从小说本体研究的范例,在《红楼梦新证》中也离不开小说本体的引证,即使在"中华文化之学说""新国学说"的论证中也离不开小说文本。可见,这个说法是他的理论与其本身实践矛盾的;从超脱境界的角度来说,周汝昌的"新红学体系"实际是从小说本体超脱并使"红学"超脱小说本体,又使"中华文化之学说""新国学说"架空的"釜底抽薪"或"空中楼阁"境界。但从学术上说,尽管有其缺陷,也不失为一家之言,有其学说体系,当是"红学时代"之一支,由其引发之争议,也当是"学味"之争的体现。

（五）刘心武的"秦学"及其探佚"五原"之说

问：红学界有跟随周汝昌的"新红学体系"的学者么？

答：著名作家刘心武，可以说是其中之一，但又不全是，大致而言，刘心武既是在红学领域中自成一家的一位学者，又是参与红学领域的一位著名作家。刘心武自2005年4月开始，在中央电视台10频道"百家讲坛"栏目录制的节目《刘心武揭秘〈红楼梦〉》之后，在作家出版社出版了同名著作四部；2015年1月，人民文学出版社又出版了精选本《刘心武谈〈红楼梦〉》一书，将其列入《名作家谈〈红楼梦〉系列》，影响很大。刘心武的红学言说及其在红学中的影响，既可以说是在当代学术红学中冒出了新的学派，同时也标志作家的红学热再度兴起。

问：刘心武说是拜周汝昌为师，还能称其自成学派么？

答：我看是可以的。让我们先看看刘心武自己的说法。在《刘心武谈〈红楼梦〉》一书"写在前面"中，他自己说："我对《红楼梦》的研究，是从秦可卿这个角色入手的，引出的关注最多，遭到的批判也最烈，但我自辟蹊径，自成体系，自圆其说，相信这些思路观点，对于阅读理解《红楼梦》，还是有一点参考价值的。虽然有人将我的研究称为'秦学'，我自己也接受这个标签。但是我并不是只研究书中秦可卿这一个角色，我只是将这个角色作为一个突破口，来探究《红楼梦》的文本奥秘。我对'金陵十二钗'全方位地进行了研究，同时注意到书中其他个角色，包括只出场一次的小人物。我的研究方法主要是两个，一是原形研究，一是文本细读。这个选本不可能将我对《红楼梦》中诸多人物的研究心得一一展示，所以，我重点展示关于秦可卿的研究，此外收入对贾宝玉、妙玉、史湘云三个角色的深入探究，另收入一组《红楼心语》。这组文章，曾在人民文学出版社的《当代》杂志连载。从这组文章可以看出，我并没有误导读者把《红楼梦》当成'宫闱秘史'去理解，我试图将书中宝贵的人文情怀，和当代人的精神建设链接，并引发出对人性恒久的探究愿望。"这段话,说明他所做的"红学",是"自辟蹊径,自成体系,自圆其说"的"秦学"。

问:他与周汝昌的关系是怎样的呢?

答:关于刘心武与周汝昌之间的关系与区别,可以用他自己在《刘心武揭秘〈红楼梦〉》(上卷第883页)所写一段话说明:"我的'揭秘'系列,在《百家讲坛》录制的节目也好整理成书也好都引用、引申、发挥了周汝昌先生研红成果中的一些基本观点,我有弘扬周老研红成果的用意,我对周老研红观点的引用,都是取得他的同意的。实际上,我这些年来的研红,也是在周老的鼎力支持和耐心指导下进行的。当然,我有自己独家的东西,比如关于秦可卿原型的诠释,对太虚幻境四仙姑命名用意的揭示,对李纨形象中有真实生活中曹頫遗孀马氏影子的判断,认为林黛玉的葬花和沉湖,实际上都具有行为艺术色彩等等。在一些问题上,我跟周老的见解不同,较大的,如我们对林黛玉、史湘云与贾宝玉的情感关系上的看法;次大的,如关于妙玉'无瑕美玉遭泥陷'这一结局的具体推测;较小的,如问薛宝钗是否藏了扇子那个丫头古本上有'靓儿''靛儿'两种写法,周老取前而我择后等等。"从这段话可见,刘心武是师出周汝昌而又超出周汝昌的"红学体系",进而自成"秦学"体系。

问:刘心武的体系是怎样的呢?

答:前面引述刘心武的两段谈话,我看就是他的"秦学"体系之纲领,包括其研究的基点、基础、方式、方法,以及自身独到成就之所在;同时也确切地说明了他的"红学"言说与周汝昌的联系与区别。在这两段谈话里面,他明确地指出他做研究的方法主要是两个:"一是原型研究,一是文本细读。"虽然在这两段谈话中未直接说明他是从何进行"原型研究"、根据什么"文本细读"的,但从他的整体著作中是可以清楚看到的。大致而言,他这"原型研究"主要包括五个"原"。这五个"原",是他的方法、他的基点、他的体系。

问：请具体详析之。

答：首先说说"原型"。刘心武在系列"揭秘"《红楼梦》的谈话中，反复强调说"《红楼梦》是一部具有自传性、自叙性、家族史性质的小说。它就是有原型的，首先人物大都有原型"。他就是从查找秦可卿的原型入手，发现了这个人物是康熙年间被"两立两废"太子的女儿，秘密托养在曹家，因袭位事败自杀身亡，也株连曹家在雍正年间破败，查出了《红楼梦》缩影康雍乾三朝的政治背景，查出了贾家荣宁二府家族的原型是曹寅家族，贾母的原型是曹寅正妻李氏，贾宝玉原型是作者曹雪芹，贾政是曹寅子曹頫的过继子；史湘云的原型是曹雪芹的李氏表妹，家族破落后与曹雪芹共同生活，合作创作，帮助编辑，并以脂砚斋、畸笏叟之名评《红楼梦》；其他如林黛玉、薛宝钗、李纨、贾赦、北静王等也大都有原型，甚至认为小说所写的环境、故事、情节、细节，也大都有原型，是在原型基础上进行艺术加工，正如鲁迅所说："由于写实，转而新鲜。"

问："原本"是什么意思呢？

答：刘心武说他研红的两个主要方法之一是"文本细读"，意思是细续小说文本，即以小说文本为其研究之"原"，即从小说文本出发，以小说文本为基础、基点和依据，又回归解读小说本身，可以说是以小说文本为研究起点之"原"，又是研究终点之"原"。但其细读之小说原本，种类苗多，且又有古本与新本之别。他认为古本较为可靠，因而以古本为原本，从而他的"细读"以古本为主。为此，他对古本作了总体梳理，提出了应以古本《红楼梦》为小说原本，不应以一百二十回的《红楼梦》通行本为原本之主张，并对大体基本可靠的11种古本作了介绍，即①甲戌本，名《脂砚斋重评石头记》；②蒙古王府本，名《石头记》；③戚序本，书名《石头记》；④己卯本，全名是《乾隆己卯四阅本脂砚斋重评石头记》；⑤庚辰本，即"庚辰秋月定本"；⑥杨藏本，名《红楼梦稿本》；⑦俄藏本，手抄本《石头记》；⑧舒序本，手抄本《红楼梦》；⑨梦觉本，手抄本《红楼梦》；⑩郑藏本，即郑振铎藏两回文本；⑪程甲本，前八十回。以上为古本。对此后出版的新本，也做了介绍。新本包括1953年作家出版社出版一百二十回本；1957年10月人民文学出版社出版一百二十回本；1958年人民文学出版社出版俞平伯《红楼梦八十回校本》；1982年3月人民文学出版社出版中国艺术研究院红楼梦研究所校注本，俗称"官修本"；2003年人民文学出版社出版教育部《普通高中语文课程标准》指定的"语文新课程必读丛书"中又出版一百二十回本。这些介绍，说明了刘心武"细读"原本的主张和方法是扎实的，对读者区分古本和新本的不同价值是很有帮助的。此外，他特地重点推荐周汝昌根据十卷本的《石头记会真》简化成的一个汇校本即周校本，是一个上列的"十一种古本，一句一句地加以比较——当然，因为各个古本保存的回数不一样，以原有的句子在有的古本那回里没有，因此有时候拿来比较的句子不是十一种——自发现不同之处，立刻停下来细细思考，最后选出是——或者说是最接近——曹雪芹原笔原意的那一句，耐心连缀起来构成的一个善本。这个本子可以说是八十回的古本《石头记》，也可以说是八十回的古本《红楼梦》"。这也是可以理解的。

问：什么是"原批"呢？

答："原批"是指《脂砚斋评红楼梦》。刘心武在《史湘云脂砚斋之谜》指出：脂砚斋是曹雪芹写作《红楼梦》的一个合作者，一个助手。在一种古本叫甲戌本里面，干脆就把脂砚斋的名字写进了正文："后因曹雪芹于悼红轩中披阅十载，增删五次，纂成目录，分出章回，则题曰《金陵十二钗》……至脂砚斋甲戌抄阅再评，仍用《石头记》。脂砚斋这个人，就在曹雪芹身边生活。曹雪芹写《红楼梦》，脂砚斋整理文稿，进行编辑。甲戌本的那个甲戌，指的是乾隆十九年，也就是公元一七五四年，既然叫作'抄阅再许'，可见之前就有初评……脂砚斋主要的工作是整理文稿，进行编辑，有时脂砚斋会提醒曹雪芹写成的这部分，还缺什么该补什么……有时候会提出很重要的建议，……有时候，甚至直接来写……在编辑过程当中，写出批语数量很大，方式非常多……有很多流失，尚有一千八百多条。这些批语内容非常丰富，是理解文本内涵写作依据及创作过程的宝贵财富。脂砚斋就是小说史湘云的原型，就是曹雪芹祖母家族的一个李姓表妹。她的家庭败落以后，她历经磨难，和曹雪芹相遇后共同生活，并且帮助曹雪芹撰写了《红楼梦》。当然，她个人更主张把这部书叫《石头记》。她前期化名脂砚斋，后期化名畸笏叟，对这部书不断进行编辑整理、加批语。古本里标明年代最晚一条批语是'甲午八月'，我们由此可以据算出，那是乾隆三十九年的八月。曹雪芹去世是在乾隆二十七年或二十八年的除夕，则她在曹雪芹去世以后起码还存活了十一二年。"（见《刘心武揭秘〈红楼梦〉》下卷第965页）正是由于这个原因，刘心武的"红学"研究，大都以脂批为据为准，所以是其"原批"。

问：什么是"原笔"呢？

答：我看刘心武研红之"原笔"，有两方面意思，一方面是指在11种古本《红楼梦》之间，因传抄的缘故，有许多字句上的差别，往往一句话、某个字，有多本都不相同，究竟哪本所用之字句才是曹雪芹的原笔，则须要认真细读，对比推敲，才能找出大致符合曹雪芹原用之字，谓之原笔。另一方面，是指曹雪芹的笔法，即其艺术手法。在这方面，刘心武都是以《脂砚斋评红楼梦》所指出的为准。在揭秘系列中，刘心武将脂砚斋概括的曹雪芹的笔法，总体是"事则实事，然亦叙得有架，有曲折，有顺逆，有映带，有隐有见，有正有闰，以至草蛇灰线，空谷传声，一击两鸣，明修栈道，暗度陈仓，云龙雾雨，两山对峙，烘云托月，背面傅粉，千皴万染……"在具体分析中，往往以实例反复论证，"草蛇灰线，伏延千里""一树千枝，一源万派，无意随手，伏脉千里"；"倒食甘蔗法，渐入佳境"等常用笔法，如对薛宝钗进京的目的是"待选"，但此后一直未有关于薛宝钗参加"待选"情况的正面描写，只是在前八十回中，先是写薛宝钗一反常态，斥责丫头向她索扇子，随后又写薛宝钗对贾宝玉称她"杨妃"而大怒的神态,从而体现出她"待选"失利的结果与神态,论证出曹雪芹所用的"暗写"与"伏线"之笔法,赞赏其"原笔"之功。

问: 什么是"原意"呢?

答: "原意"是指曹雪芹创作的原本意图。这是由于曹雪芹本来写完了一百零八回《红楼梦》,但只有前八十回流传于世,现在流行的一百二十回本,是后人程伟元、高鹗所续,而且对前八十回也作了修改。这样,不仅后四十回存在是否符合曹雪芹创作原意问题,在前八十回中也同样有这问题存在。刘心武的揭秘,也在这个问题上下大功夫,这就是从前八十回中找寻曹雪芹创作的原本意图,特别着重对八十回后的小说构思和故事结局原意的揭秘,实则是推测原意。

问: 刘心武是怎样推测原意的呢?

答: 还是按他自己说的根据两个方法去做。例如,对林黛玉去世的描写,人们都熟悉通行本写黛玉最后是焚稿后病死的,这是高鹗续写的。对此,刘心武认为不符合曹雪芹的原意。他独辟蹊径,从前八十回文本的相关情节中,论证出曹雪芹的原意是林黛玉沉湖仙逝。因为曹雪芹早已埋下了伏笔,具体表现在下列情节中:①第七十六回,写中秋夜林黛玉与史湘云在湖畔对诗,史湘云题"寒塘渡鹤影",林黛玉所对诗句是"冷月葬花魂",即有葬于湖中预兆;②第二十三回,写林黛玉回潇湘馆途中听到学戏者唱牡丹亭曲调"花落水流红""水流花谢两无情""流水落花春去也"的感叹,也是一个兆示;③第二十七回,写成立海棠诗社每人有个别号,林黛玉是"潇湘妃子",其内含有舜帝两妃泪尽入水殉情之意;④后来在桃花诗社咏柳絮词时,林黛玉的诗句是"粉堕百花洲",亦含沉湖仙逝之兆;⑤第四十四回,写宝玉祭金钏儿回来,林黛玉有意说"睹物思人,天下水总归一源,不拘那里的水舀一碗看着哭去,也就尽情了",更有水祭之意念;⑥第十八回,在元春省亲点四出戏中第一出《一捧雪》的文本中,脂砚斋批语"伏贾家之败",对第四出《离魂》(《牡丹亭》中一折)的批语,则是"伏黛玉之死",更清楚表明曹雪芹的原意是以此兆示林黛玉去世的情景。应当说,这些推测是有理有据的,但不论其是否真符曹雪芹原意,也当是刘心武细读文本的一家之言,其认真寻求和遵循曹雪芹原作原意的精神和做法还是值得肯定和赞赏的。

问:这些只是对曹雪芹在所遗失八十回后文本所写故事发展原意的探寻推测,恐怕只能说是局部原意的推测吧?

答:是的。对曹雪芹的总体原意,应当是他创作这部小说的总体动机,也即是《红楼梦》的总主题。对于这个总体原意,刘心武的说法是:"曹雪芹不只是在写一部爱情小说,而且是在收束黛玉、宝钗、宝玉之间的感情纠葛以后,还放手去写更广阔的人生。所以,接着后面连续好几回,写大观园里面复杂的人际冲突。如写了为争夺那个内厨房所发生的种种事情,上场人物非常之多,故事盘根错节;又腾出手去写'红楼二尤'的故事,等等。这就充分说明,把《红楼梦》简单概括成一部青年男女争取恋爱婚姻自由的小说是不准确的。我在此前曾经比较多地讲了《红楼梦》的政治投影,有人就以为我的观点就是《红楼梦》是一部完全政治化的小说,其实并不是这样。总而言之,我认为《红楼梦》是一部描绘许多不同人物的不同命运、展示广阔的人生图景、探究人性深处奥秘的社会性的小说。"(见《刘心武揭秘〈红楼梦〉》下卷第557页)这个见解,既是刘心武对曹雪芹原意的总体说法,也是他以探佚"五原"之说的"秦学"而对《红楼梦》作出的总体结论。

(六)王蒙的"王氏红学"与"现代感悟评点派"

问:新时期"红学"是否有回到小说本体又超越小说本体的现象呢?

答:有,这方面最突出的代表是王蒙。这位著名作家在20世纪90年代到21世纪10年代发表了不少关于该问题的文章和论著,如《红楼梦启示录》《〈红楼梦〉的研究方法》《双飞翼》《〈红楼梦〉王蒙评点》《王蒙话说红楼梦》《王蒙的红楼梦·红楼梦二十七讲》《王蒙谈话录》等系列著作,以丰硕的成果、独特的风格、自成的体系,被誉为"王氏红学"。其特点主要是:

(1)感悟性。正如王蒙在《红楼梦启示录》中说:"我是《红楼梦》的热心读者,从小至今,我读《红楼梦》,至今没有读完,没有'释手',准备继续读下去。《红楼梦》对于我这个读者,是唯一的一部永远读不完、永远可以读、从哪里翻开书页读都可以的书。当然是一部读后想不完、回味不完、评不完的书。"在《王蒙话说红楼梦》说:"我喜欢一次又一次地阅读《红楼梦》,我喜欢一次又一次琢磨《红楼梦》,每读一次都有新发现,每读一次都有新体会新解读。"又说《红楼梦》的悲剧"一方面给人的感觉很荒谬,很空虚,而另一方面,又显得很认真,很值得的"。他在《双飞翼》"小语"中说:"身无彩凤双飞翼?心有,心可以有。一翼是小说,一翼是诗歌。一翼是明清小说,一翼是唐诗。一翼是《红楼梦》,一翼是李商隐的诗。我对这双飞翼情有独钟。在出版了《红楼梦启示录》以后,谨把新写的谈'红'与说'李'的文章汇集为这本小册子。心有灵犀一点通。有吗?灵吗?通吗?请读者批评。"这些切身的体会,即是与《红楼梦》"心有灵犀一点通"并全心投入《红楼梦》境界的感悟。

(2)欣赏性,即超脱《红楼梦》的境界而以更高境界对其欣赏。正如王蒙在《〈红楼梦〉王蒙评点》(修订版)中说:"我爱读《红楼梦》,读一部《红楼梦》,等于活了一次,至少是二十年。《红楼梦》令你叹息,《红楼梦》令你惆怅,《红楼梦》令你聪明,《红楼梦》令你迷惑,《红楼梦》令你心碎,《红楼梦》令你觉得汉语汉字真是无与伦比。《红楼梦》使你觉得神秘,觉得冥冥中有一种不可思议的伟大,与《红楼梦》朝夕相处,切磋琢磨,这是缘分,也是福气。"在《王蒙的红楼梦·红楼梦二十七讲》中他又说:"我们读《红楼梦》,要有一个体贴的眼光,要有一个穿透的眼光,我希望,我们对《红楼梦》的理解认识也能更上一层楼!"

（3）经验性，即以小说创作的经验（而不是以评论家的身份）去体会和研究《红楼梦》，并且又像根据真实生活创作小说那样，再创造出一个新的《红楼梦》境界。鲁迅说，《红楼梦》"单是命意，就因读者的眼光又有种种：经学家看见《易》，道学家看见淫，才子看见缠绵，革命家看见排满，流言家看见宫闱秘事"。同样的道理，作为小说家的王蒙也自然是在《红楼梦》看见小说。所以，在《〈红楼梦〉的研究方法》中他说："几乎用什么方法研究《红楼梦》都行，这是对其他任何文学作品都做不到的。"更进一步表明："我感到研究《红楼梦》，小说家有小说家的方法。"又说："对《红楼梦》进行科学性研究有时显得很煞风景，但你必须承认即使在最有创造性的东西上也有它的种种模式和概念，也不妨把它归纳为规律性的模式乃至公式。这种研究也是一种角度。"在《王蒙活说红楼梦》中又说："《红楼梦》当然是小说，但是对于我来说似乎又不仅是小说，而是真实的生活。就是说，一读起《红楼梦》，就如见其人，如临其境，如闻其声，在你的面前展示着的与其说是小说的文字、描写、情节、故事、抒发、感慨……与其说是作者的伟大、精细、深沉、华美、天才……不如说是展现着真实的生活、原生的生活、近乎全息的生活。对于这样的生活你可能并不熟悉，但是它能取信于你，你完全相信它的真实、生动、深刻、立体、活泼、动感、可触可摸、可赞可叹、可惜可哀、可评可说。"这些说法，不仅体现了王蒙完全是情不自禁地以小说创作的经验去看《红楼梦》所写的生活，体会出《红楼梦》在小说创作各个环节的精彩所在，而这些赞叹的文字本身，也就是体现和创造了王蒙的《红楼梦》小说境界。

（4）开放性。王蒙在《王蒙的红楼梦·红楼梦二十七讲》中说："你有什么学问也好，见解也好，要与老百姓对话呀！《红楼梦》可不只什么'红学'，《红楼梦》是生活，是世界，是大活人，好人和坏人，男人和女的，是你我他（她）都能感染体悟的人生……说《红楼梦》就是说中国，就是说自己，就是说咱们的五行八卦，酸甜苦辣。"这些言说，实则是要打破研究模式和评论方式的框框，直接面对群众、面对生活、面对人生、面对世界而活说并说活《红楼梦》，以开放的境界挖掘出并再现出《红楼梦》的大世界。

（5）自我性。王蒙在《〈红楼梦〉的研究方法》中说："毛泽东读《红楼梦》的目的绝不是为了更正确地解读《红楼梦》，而是为了更正确地解读毛泽东思想。"同样的道理，王蒙谈《红楼梦》也不是为了更正确地解读《红楼梦》，而是为了更正确地解读王蒙思想。《王蒙活说红楼梦》《王蒙的红楼梦》等书名即"打开天窗"说出了这"亮话"，旗帜鲜明体现这种"六经注我"的自我性，也即是将曹雪芹的《红楼梦》境界，转化成为王蒙的《红楼梦》境界。这五个特点，实则是王蒙评论《红楼梦》所践行或达到的五个境界，也即是以五个角度超脱境界评论《红楼梦》的艺术境界。

问：这不正是你倡导的超脱境界说的体现么？

答：是的。显然，王蒙的《红楼梦》评论，是一种回到小说本体而又超越小说本体的创造。值得特别注意的是，其回到小说本体，是着意于对小说的审美与欣赏的价值和功能，不是着意于对小说本体的解读、研究和诠释，这是在学术红学中开拓了一条过去虽然有人走过但尚未走出的道路，即从对文本的审美欣赏出发的评论道路，而区别于从对文本的解读研究出发的道路。应当说，这两条治学道路虽不相同，但对于正确地充分地发挥优秀文学作品的影响力和生命力，是殊途同归、相得益彰的，更何况从百年红学的历史来看，在许多学者或作家的实践和成果中，研究与欣赏常有交叉进行、共呈风采的，鲁迅就是杰出榜样，他不仅在重要学术著作《中国小说史略》中有高深的《红楼梦》评论，在文采斐然的杂文中也都有许多从《红楼梦》发挥的精辟见解。所以，不应当将对《红楼梦》的研究和欣赏截然分开，不应看作是井水不犯河水，更不应看作水火不容。

问：红学界对王蒙的开创有争议么？

答：支持和异议的声音都有。当王蒙的《红楼梦》评论一问世，即受到著名红学家冯其庸等的热烈赞许，每出版一部论集都引起强烈反响，引起强烈共鸣，受到很高的评价，支持者和跟随者众，形成了一种新的红学现象。这种现象说明，王蒙所开拓的这条道路是受到欢迎和公认的，效果是具有正能量的。自然，在学术界也引出不少质疑和争议，如有人认为王蒙的评论"虽有新意，但往往会流于简单肤浅""论说'红楼而不论程、脂，就像谈天说地而不论东西'""漠视了红学历史，模糊了是非界限""王蒙的红学观值得商榷"，以至认为王蒙、刘心武等作家论《红楼梦》受欢迎现象只是《红楼梦》的"票友"而已，等等。应当说，这些议论的产生是不奇怪的，什么新事物都既有产生过程，又有人们的认识过程，如果一出来即是一片喝彩声就不一定是新事物了。更何况这些异议，主要是学术红学中，着意从对文本的解读研究出发的学者的看法。这些看法，正是研究与欣赏两条不同学术道路的观点的不同体现。如果这些着意研究者是"学院派"的话，那么，王蒙所代表的作家着意从欣赏《红楼梦》的评论者们，不也可以说是一个新起的学派么？显然，这些异议或论争，是学术红学中的两条治学道路，是学派之间的分歧和论争，是充满"学味"之争，是真正学术繁荣的良好景象和境界，正是梁启超所说学术上的"学派分争而益盛"的体现。

问：那么，王蒙所代表的作家论《红楼梦》现象能否称其为学派呢？

答：这个问题可从两方面看。一方面是从百年红学史看来，从《红楼梦》问世时开始即有了，且不说脂砚斋和曹雪芹的挚友敦敏、敦诚等人的最早评说，仅从清代的袁枚、梁启超、王国维，"五四"以后的胡适、鲁迅、林语堂、沈从文、巴金、茅盾、冰心、张天翼、吴祖缃、端木蕻良、周立波、何其芳、张爱玲、徐迟、高阳、杨绛等著名作家，都曾发表过关于《红楼梦》的评论，即可以说这是一种传统的文学现象了。这种现象说明，《红楼梦》对于中国作家创作实践的影响是很大的，而且历来都是"红学"中的一种传统现象。必须看到，这种现象本身也是值得专门研究的对象，包括新时期后王蒙、刘心武等作家投入《红楼梦》的评论现象，都应该是这种传统文学现象的继续发展，是既有利于促进文艺创作发展、又有利于促进"红学"发展的现象，怎能将之排斥于学术之林和"红学"之门外呢？另一方面，从当今王蒙等作家先后投入《红楼梦》的评论现象看来，王蒙被称为"以评点派形式出现第一人"（冯其庸），是被"一颗红学新星正在冉冉升起"（宗璞），认为"王蒙对《红楼梦》释义系统的重构，在一定意义上，既是对《红楼梦》的一次精神'解放'，也是对'红学'研究的一次'解放'"，并称其为"王氏红学"（温来桥），而且"新世纪大量上市的'评红'著作，不少走的都是王蒙的路向"（梁归智），可见是完全可以称其为开创一个红学学派的，至于以什么名称之，我看既然公认其是"评点派第一人"，又以现代意识的感悟为尚，不如称其"现代感悟评点派"吧，怎样？

（七）新时期的红学史研究的"通""风""档"现象及专著

问：新时期学术红学时代特有学术味的现象是什么？

答：我看主要是对百年红学论争和发展历程梳理的研究著作连续出现，即红学史研究著作出现并逐年增多。如刘梦溪先后出版的《红学三十年》《红学》《红楼梦与百年中国》，郭豫适的《红楼梦研究小史》《红楼梦研究小史续稿》，韩进廉的《红学史稿》，白盾主编的《红楼梦研究史论》，胡邦炜的《红楼梦——20世纪中国一个奇特文化现象的破译》，孙玉明的《红学：1954》，欧阳健等编著的《红学百年风云录》，陈维昭的《红学与二十世纪学术思想》，等等。都是有特点、有价值的红学史性质的学术专著，但据笔者有限所见，还有三部是尤有特点而又分别体现或代表新时期的红学史研究的"通""风""档"三种景象的专著。

问：请分别具体介绍。

答：第一部是2005年9月上海人民出版社出版的《红学通史》（陈维昭著）。这部书的特点是个"通"字，包括：第一个层次是，自红学诞生至今的整个发展历程都作为考察对象，同时对这历程每个时期中国大陆与海外（台港地区及其他国家）的红学研究现象都纳入视野，这就是纵与横、内与外、中与洋都贯通，也即是全面把握；第二个层次是，对红学发展内在律动的宏观把握；第三个层次是，以解释学立场（而不是客观化假定）把握红学史的内在律动，以"一切历史都是当代史"的观点，强调编史的当代阐释性，即当代阐释（通）史。这三个层次的"通"是该书的特点，也在较大程度上体现并代表了新时期的红学史研究中的一种有普遍性的现象。

问：第二部是什么？

答：第二部是2006年4月中华书局出版的《风起红楼》（苗怀明著）。这部书的特点是个"风"字，即大致梳理和写出了著于历代风雨中的《红楼梦》及其引起的论争之风。具体是：以清代宫廷的《红楼梦》热看红学源起流行之"风"，从王国维的《红楼梦评论》看传统红学到现代红学兴起之"风"，从蔡元培、胡适看从索隐到考证之"风"及其所体现的"不可复制"的高尚学风，从胡适开创新红学与陈独秀说红楼和鲁迅的红学研究，看五四运动中的红学之"风"，从胡适与周汝昌的师生关系、俞平伯与周汝昌的恩怨，以及各自在政治运动中的众生相，看红学史上的种种邪气歪风。此书研究和揭露这种"风"，也体现并代表了新时期红学史研究中的一种普遍性现象。

问：第三部是什么呢？

答：第三部是2007年5月武汉大学出版社出版的《红学档案》（郭浩政主编、陈文新审定）。这本书的特点在"档"字，正如该书序言所说全书由三大部分内容组成：对在红学史上具有重要学术意义或代表性论文的评价，近二十年红学论著提要，近三十年红学大事记。显然，第一部分所选的16篇论文，是在百年红学史上精选出来的，具有体现每个发展阶段的里程碑意义，或者说具有某种现象或学派代表的意义，这即是"档"

的意义；第二、第三部分是对第一部分的补充，将近二十年的红学论著提要，以及近三十年红学大事记列出，由此也即具有为红学完整全面立"档"之价值和意义，应当说，这也是新时期红学史研究中众所追求的一种现象。所以，这三部著作及其所体现的红学研究中"通""风""档"现象，是新时期学术红学特有学术味的现象。

（八）新时期"学术红学"的"大观园"——高淮生《红学学案》

问：近年有关于"红学"学说学派的论著么？

答：有的。2013年2月，新华出版社出版的高淮生所著《红学学案》就是这方面著作，只是未打出学说学派旗号，实则是全面评述新时期"红学"学案的论著。著者在该书"前言"中称：《红学学案》"以'学人'为主线而撰成红学史著述，则以人立案，提要钩玄；由人带史，综论通观"。撰述"不唯是非成败定褒贬，而以学术贡献论高下；秉持了解之同情，摒弃学派性偏见""具体言之，或评其学术之新见，或述其学术之方法，或彰其学术之个性，或辨其得失之因缘；但凡学术论争，必兼顾各家之说，不专一家之言"。并且说明："本编《红学学案》以小说批评派立案。"可见，著者之初衷是要为新时期"红学"立学说、立学派的。

问：实际效果怎样呢？

答：从全书实际看来，可以说是基本达到的。可能受篇幅限制，也可能是还有出版续编的计划，尚有一些有影响的红学家尚未列出，但从现所立案述评之学人十二人来看，可以说是基本实现著者声称的"庶几于通解释过程中呈现新时期红学批评之概貌，彰显一代又一代学术之通则"的。如对蔡义江红学研究的成就和特点概括为"详于文体辨析，精于艺术鉴赏"；胡文彬是"'两点两论'，通达入情"；张锦池是"考证结合，建构新说"；吕启祥是"寻求艺术真谛、人生真味、精神家园"；李希凡是"坚守成说、拓展新境";郭豫适是"学术史与方法论的不倦阐释";周思源是"善拓新境善旁通";曾扬华是"辨红楼公案、探红楼艺境";冯其庸是"我见其大、继往开来";周汝昌是"非求独异时还异,难与群同何必同";王蒙是"鉴赏与批评并举、体悟与活说贯通";刘梦溪是"红楼新论犹可论、红学史述善通观"等结语,都贴切到位;同时,在每章的论述中均详述各案主的学术经历、著作概观、学坛影响,既概述这些学人的个人学术历程,又同时体现其所经历时代的红学风貌,真可谓"既见树木,又见森林"。所以,堪称其为展现新时期"学术红学""大观园"之大著,由此亦可洞悉新时期真正进入学说林立、学派纷呈的"学术红学"时代风采,较客观地了解当今红学的学说学派的来龙去脉,以及相互论争的"学味"所在,是一个宏观学术红学的超脱境界。

(九)《红楼梦》诗词艺术研究的新现象和新成果

问:近年红学中还有哪些新现象和新成果呢?

答:我看对《红楼梦》的单项研究,首先是对其诗词艺术的单项研究,就是一种很重要的新现象、新成果。过去的《红楼梦》研究文章或论著,无不有对其诗词艺术研究的论述,但单项研究的论著甚少。新时期以后则陆续出现,其中较引人注目的是:蔡义江著《红楼梦诗词曲赋鉴赏》(2001年10月中华书局出版),刘耕路著《红楼诗梦》(2010年9月生活·读书·新知三联书店出版),郭锐、葛复庆编著《红楼梦诗词赏析》。

问:这些著作有何建树?

答:先说蔡义江著《红楼梦诗词曲赋鉴赏》。此书是作者在20年前出版的旧作《红楼梦诗词曲赋评注》基础上,增添篇目内容,加重艺术分析改写而成的新著。书中全收了各种版本《红楼梦》中的诗、词、曲、赋、歌谣、古文、书札、谜语、酒令、联额、对句等体裁形式的文字,包括一般不易见到的脂评本中独存的诗作,收录最为齐全。书中指出《红楼梦》不仅"文备众体",而且也兼收了"众体"之所长,诗、词、曲、辞赋、歌谣、谚、赞、诔、偈语、联额、书启、灯谜、酒令、骈文、拟古文等,诗有五绝、七绝、五律、七律、排律、歌行、骚体,有咏怀诗、咏物诗、怀古诗、即事诗、即景诗、谜语诗、打油诗,有限题的、限咏的、限诗体的、同题分咏的、分题合咏的,有应制体、联句体、拟古体,有拟初唐《春江花月夜》之格的,有仿中晚唐《长恨歌》《击瓯歌》之格的,有师楚人《离骚》《招魂》等作创新的……还将书中诗词在小说中的作用作出分类,即借题发挥,伤时骂世;小说的有机组成部分;时代文化精神生活的反映;按头制帽,诗即其人;谶语式的表现方法等,都是切实而有见地的。

问:刘耕路著《红楼诗梦》有什么特点?

答:作者既是研究中国古典文学的著名学者,又是1987版电视剧《红楼梦》三位编剧之一。该书提出《红楼梦》是一部诗化了的小说杰作,既是小说之梦,又是"诗梦";曹雪芹是伟大小说家,又是杰出诗人;曹雪芹写的不仅有传世故事,还有其诗作之意(此说是据脂批"余谓雪芹撰此书,中亦有传诗之意"),都是新角度、新见解。书中对《红楼梦》诗词作了分类统计:诗61首,词18首,曲18首,赋1篇,歌3首,偈4首,谣1首,谚1首,赞文1篇,诔文1篇,灯谜诗13首,诗谜11首,曲谜1首,酒令16首,牙牌令16首,骈文1篇,拟古文1篇,书启3篇,预言1则,对句2则,对联22副,匾额18个,总计为225篇,净诗文207篇。并分列为六个方面用途:①注明撰书来由,陈述立意本旨4篇;②深化主题思想,表达作者观点25篇;③塑造典型形象,隐喻人物命运130篇;④描绘典型环境,烘托故事氛围29篇;⑤展开故事情节,贯穿艺术结构14篇;⑥交代历史背景,反映社会风尚7篇。值得注意的是,书中的章节,特别突出前三章的主题性赏析:第一章题为"由来同一梦",是赏析第五回"游幻境指迷十二钗,饮仙醪曲演红楼梦"中的诗篇;第二章以"清冷香中抱膝吟""湘江旧迹已模糊"为题,赏析黛玉的诗；第三章以"沉酣一梦终须醒"为题，赏析贾宝玉的诗；其后章节都是按体裁分类，赏析诗词之外作品，如匾额与联语、谜语及酒令、赞语偈语及其他等。这个突出，更强化了论著的"诗梦"倾向。

> **问**：郭锐、葛复庆编著《红楼梦诗词赏析》如何呢？

> **答**：这赏析提出《红楼梦》中的诗词曲赋作品，是一个相对独立的艺术大观园，几乎包含了中国古典诗词曲赋的所有文体，其中有不少篇目都可以算得上是经典之作，具有很高的艺术价值。更为可贵的是，曹雪芹在赋诗时并没有被自己个人的"风格"限制住，而是根据每个人物的性格特征进行创作（脂砚斋称其为"按头制帽"法）。所以，《红楼梦》中每位人物的诗歌都和自己的个性特点及学识修养等相吻合。如黛玉的诗风流俏丽，宝钗的诗温柔敦厚，湘云的诗清新洒脱，宝琴的诗富丽清奇，迎春的诗木讷无华，等等。因此，它又是作者塑造人物形象的一个重要手段。应当说这是卓有见地之论。

（十）《红楼梦》禅道思想研究的新现象和新成果

> **问**：还有什么单项研究呢？

> **答**：对《红楼梦》宗教思想，尤其是禅道思想的单项研究成果也很突出，我看这是新时期学术红学时代的一个重要新体现，因为过去在"旧红学"或"新红学"时代，是不太注重这方面研究的，在中华人民共和国成立后的"现实红学"与"斗争红学"时代，则是不敢也是不允许正面涉及这个领域的。所以，这可以说是一种突破性的现象新成果。较有影响的著作有：李根亮著《〈红楼梦〉与宗教》（2009年8月岳麓书社出版发行），陈国学著《〈红楼梦〉的多重意蕴与佛道关系探析》（中国社会科学出版社2011年12月出版），以及悟澹著《解毒〈红楼梦〉的禅文化》（2015年10月中山大学出版社出版）等。

问： 李根亮著《〈红楼梦〉与宗教》有何建树？

答： 我看这部书的建树，是完成了自古以来对《红楼梦》众有所感而又未能全面完成的课题。因为每个读者或研究者都明显看到论中国古代儒道佛对《红楼梦》的重大影响，但对此作全面分析评价的专著却不多；而研究者又往往以不同的宗教或哲理对其进行评析，见仁见智，莫衷一是，虽是百家争鸣，但也欠全面比较依据。此书以丰富的资料全面分析了各种宗教思想对《红楼梦》的全面影响，又全面介绍了研究者对其所受宗教思想影响的论述，正好弥补了红学在这两方面的缺陷，完成了这个课题。书中附录的《宗教对〈红楼梦〉影响研究综述》，包括对思想内容、人物形象、叙事方式影响研究的论述，值得特别注意的是，其体现了红学界在这课题上的新成果。例如，其中引述俞平伯1978年在《乐知儿语说〈红楼〉》说："余以'色空'之说为世人所诃旧矣。虽然，此十六字固未必综括全书，而在思想上仍是点睛之笔。"而"十六字乃释氏之义，非关玄门，道士改为和尚，事已颇奇。其援道入释，盖三教之中，终归于佛者，《红楼》之旨也"。俞平伯最终强调"终归于佛"，并以"《红楼》之旨"，值得注意。文中还引述了刘再复在《红楼梦语》附录中所说："《红楼梦》是一个无是无非、无真无假、无善无恶、无因无果的艺术大自在，就是指它的开放性，也是指它所遵循的禅宗'不二法门'。《红楼梦》是一个多维世界，不仅有现实的一维，还有超验的一维。"并指出：这既是谈《红楼梦》的思想，也是谈其艺术风格，而这种风格的形成与禅宗有极大的关系。可谓论述禅宗对《红楼梦》全面影响的一家之言。此书著者虽较重全面客观论证，但也有鲜明主见宗旨，从该书封面特别引述一段著者之言可见："现实中情与理的关系是水火不相容的，于是曹雪芹也写了天理的冷酷可怕和鲜血淋淋。因此，曹雪芹不得不从另外一个角度来思考这个问题，而佛教、道教（或道家）解决人生问题的方式开始被他所欣赏。宝玉、黛玉的爱情悲剧干脆被解释成因果报应，这样就简单多了。黛玉泪尽而亡，宝玉出家为僧便顺理成章。宝玉因爱情失败而悟道，自色悟空，最终找到了人生的终极之理。曹雪芹也为如何处理情与理的关系问题找到了答案。"可见,佛道思想对曹雪芹及其《红楼梦》创作是起到主导作用的。

问:陈国学的《〈红楼梦〉的多重意蕴与佛道关系探析》是怎样的著作?

答:这部著作,著者首先声称是研究《红楼梦》"非现实"的"一面"。因为过去一直称其是"现实主义杰作",回避其与佛道宗教关系和思想影响,故以此切入,研究其"非现实"而别开生面。出版介绍称:《红楼梦》的宗教书写是非常复杂的,它承继了多种与宗教密切相关的文学传统。构成其超现实世界描写,本书探讨了《红楼梦》在现实世界故事主体之外并存的三重宗教色彩很重的"仙界"框架;石头入世—回归的循环框架(又称"僧道框架"),神瑛侍者与绛珠仙子的三世情缘框架(谪凡框架)以及太虚幻境框架,牵涉不同的文学传统和不同的宗教色彩,并分析它们对整个文本的解读,产生不同的导向与哲学内涵,以及对非现实世界描写的荒唐感与对涉足佛门的青年女性的人文关怀色彩。本书还分析了《红楼梦》整体上的性灵文学色彩与宗教思想的关系,特别是贾宝玉形象与宗教思想的关系,指出其"不离情而合礼""不舍情欲而证天理"的特点,与晚明"儒禅合一"思想及禅宗的"色空不二"思想的关联,其神仙思想也是对女性的审美情感的升华,可谓"以情统三教"。这一论点在澄清贾宝玉形象与宗教思想的关系方面是有新意的。

问:悟澹的《解毒〈红楼梦〉的禅文化》是一本怎样的书呢?

答:我看是一本以禅宗经典解读《红楼梦》,同时又是以《红楼梦》解读禅宗经典的宣传佛教的书。书名用"解读"之谐音而写成"解毒",未见书中解释何意,是否果真"红楼解毒,再无遗事可言?"待考。全书十二章的题目分别是:《红楼梦》人生其相的虚空幻境;《红楼梦》的大乘佛教思想;《红楼梦》众生的人生之苦;《红楼梦》曹雪芹的佛教包容心态;《红楼梦》的佛教因果和善恶报应;《红楼梦》中的佛教文化修养;

《红楼梦》中的佛教情怀和因缘;《红楼梦》中的园林建筑与佛教思想的惬意;《红楼梦》"禅茶"一味的人生感悟;从"六和敬"看《红楼梦》的管理之道;《红楼梦》谶语,生命的一种预言和开示;《红楼梦》生活中的觉悟与禅。从这些篇目即可看出,这本书的确是面面俱到地,以禅解"红"、以"红"讲禅,可谓一派禅语,也是一家之言。

问:这些单项论著的建树有什么总体意义呢?

答:首先,从文学价值上说,不仅论证了《红楼梦》是中国古典小说的经典和高峰,也是中国古典诗词创作的经典和高峰,同时论证了它不仅在中国小说史,也在诗歌史上占有重要的一席之地。从思想文化价值上说,它既是中国思想史、文化史、文艺史上的里程碑式经典作品,也是中国宗教史、儒道佛三教史,尤其是在禅学史上的小说经典作品。应当说,为作出这些重大定位,是这些单项论著所作的重大贡献,所以是很有总体意义的。

(十一) 以新视角、新方法研究《红楼梦》的新现象

问:此外,还有什么新现象呢?

答:有,就是以新视角、新方法研究《红楼梦》的新现象。首先表现在一些老红学也开始转向以新视角、新方法研究《红楼梦》,尤其引人注目的是一直以考证著名的老红学家周汝昌,1989年2月,在工人出版社出版了《红楼梦与中华文化》一书,首次提出《红楼梦》是中华民族的一部文化小说,开阔了对《红楼梦》的文化视野。书中上编是"巴金的'红学观'",中编论述全书的核心"痴""情榜"的文化含义;下编论述曹雪芹独特的结构学、探佚学,也是在研究方法上有新开拓。此后,2012年1月,周汝昌在中国大百科全书出版社出版《红楼新境》,以口述的方式,用读书笔记的写法,从《红楼梦》中的关键词引申出内涵的新意境界,如说"沁芳"、说"芳"、说"金陵十二钗"等,以"谁怜咏絮才"解林黛玉诗词境界。这说明考据派也在探求方法和境界的新意,不

像以前那样固执拘谨了。

问：还有什么呢？

答：还有就是新的学者之此类专著如雨后春笋，层出不穷。例如，2017年3月中国人民大学出版社出版的梁归智所著《禅在红楼第几层》一书，既在以禅学视野探视《红楼梦》有开阔意义，又在《红楼梦》探佚学与结构论上有开创意义。在这本书中，作者也同样运用文化视野和探佚学方法，从禅学透视《红楼梦》，从"禅悟"融入"情悟"而探究禅宗生命哲学，从禅与《红楼梦》的关系探究中国天道本质，详释禅在小说的人物、环境、言行、举止、名物中的体现，挖掘出《红楼梦》中未受人发现的"禅的世界"。2018年8月，他还在山西出版传媒集团三晋出版社出版了《缀珠集锦绣——〈红楼梦〉的思想和艺术》一书，仍以这种新视角新方法，探究原著与续书两种红楼、探索红楼文化思想、领略红楼艺术境界、《红楼梦》的精神结构、红楼探佚学之空间限度与美学、文献学等课题，与其三十余册红学专著，构成红学研究中的一个新分支——"探佚学"。

问：还有什么呢？

答：2012年6月，云南大学出版社出版申江所著《探寻迷失的红楼神话》一书，对《红楼梦》进行了全新的神话解读。著者认为《红楼梦》是一部对话性质的小说，最大的红楼对话不是发生在现实层面，而是发生在神话与现实之间。伴随红楼神话的迷失，小说从仙俗对话变成世俗独语，从穿越古今变成针对特定，从文化不幸变成感情悲剧。本书是结合文本解析与神话探佚，首次从现象、因果、真相、本质、原型等五个方面全面探寻红楼神话，揭示仙俗之间围绕大观园与通灵宝玉的隐身对话，深入天国女权与世俗男权的人间冲突，消除最大的红楼盲点，全新解读红楼梦。

问：此外，还有什么论著呢？

答：值得注意的还有2013年1月中国书籍出版社出版武斌所著《谁为情种——〈红楼梦〉精神生态论》一书。作者认为《红楼梦》是生命哲学的追问，是诠释平凡人生的哲学经典。作家在繁华与悲凉的生命天地里徘徊勘探，发现平凡的世界中原本就是生命个体在复演着一出出淡化人生凄凉的大戏。此书以独特的生命哲学视角，切入对《红楼梦》更有热度和深度的研究，暗合了时代人们的精神诉求，同时也超越了以往红学研究的片面和零碎，是一部红学生命美学研究的开山之作，同时也是同类研究中的引领之作。

问：还有呢？

答：2004年10月，北京图书馆出版社出版的饶道庆所著《红楼梦的超前意识与现代阐释》一书，立足于中国文化和文学本身，在继承传统的基础上，采用现代新的观点和方法（包括西方的学术思想）来阐释《红楼梦》的超前意识，如传统文化中魏晋时期注重个体生命的价值观念、唐代的生命悲剧观念、晚明时期的个性解放思想等，以及这种意识对中国现当代文学在哲学思想、价值观念、人物形象、叙事结构、象征手法、心理分析等方面的影响，并与西方文学现代哲学的叙述学理论、复调小说、解构主义、女性主义、价值观念等进行平行研究，也对东方文学范畴内的日本古典名著《源氏物语》进行比较探讨。

问：还有么？

答：有，2010年11月京华出版社出版的陈慧琴所著《追忆红楼——曹雪芹的生命体验与艺术创造》一书，从创作心理的角度，分别就生命体验、审美感知、情感活动、思维特性、意象创造和心灵探索六个方面，对曹雪芹创作《红楼梦》的心路历程进行描述和研究，走进作家的心灵世界，走进文字背后的心灵园地。

问：这些以新视角、新方法研究《红楼梦》的新现象有什么意义呢？

答：意义是开拓了学术天地，深化了文化积淀，丰富了文化精华。

（十二）关于《吴氏石头记增删试评本》的网络信息与质疑

综合网络信息：2018年2月27日，苏州动物园狮虎山改造工程新年第一铲竟然无意中打通一座古墓。出土300多件文物中最具传奇色彩的一部《红楼梦》全本，被发现人士取名为《吴氏石头记增删试评本》，又被称为《红楼梦》"癸酉本"。网称《吴氏石头记增删试评本》共有一百零八回，现在网上已公开发布了从第八十一回起的后二十八回。迄今已见《吴氏石头记增删试评本》二十八回整体版、《癸酉本石头记后28回》典藏版正式出版（简称"后28回本"）。

网称此版本除部分段落语言粗俗外，绝大部分还是作者的原笔原意，文气一以贯之；情节与前回毫无脱节之感，更重要的是人物判词和"畸笏"等人的批语大都得以验证，当属真本；并认为《红楼梦》隐写的就是明亡清兴、改朝换代的那一段历史；同时，还遵循"索隐派"的老路，认为作品中的许多人物是有原型的。贾母是老太太、老祖宗、老太君，影射朱元璋。宝玉是传国玉玺，喜欢红色喜欢吃胭脂，也就是离不开那红色的印泥。"通灵宝玉"上镂刻的"莫失莫忘，仙寿恒昌"与"传国玉玺"上篆刻的"受命于天，即寿永昌"也极为相似。黛玉就是崇祯帝的象征，爱哭，小性儿，多疑，率真。"玉带林中挂"就是朱明王朝的"朱"字，即"木"字上加一带子。其仙逝亦同崇祯，崇祯自缢煤山古槐，黛玉亦自缢于柳叶渚边的槐树上，且时间都是阴历三月十九。王夫人影射明熹宗朱由校，也是意外落水成疾。朱由校1627年服用"灵露饮"而死，把皇权交给了兄弟朱由检，即崇祯帝。而王夫人的死何其相似于朱由校，她最后把她的"命根子"宝玉（玉玺）托付给了黛玉（明思宗崇祯帝）。而且，还认为宝钗象征清廷，因为她的名字里带"金"，这是清廷的象征符号。她那金锁是人造的，不像"通灵宝玉"是神造的，金锁上面的"不离不弃,芳龄永继"是铸造上去的,暗喻大清的"不正统"。带金的多代表清廷,像鸳鸯(姓金)、玉钏、金荣等,后来都成了反面(清派)人物。鸳鸯是压垮贾府的最后一根稻草!还有带水的、带北的,后来都倒向清廷,如北静王水溶、贾雨村等。夏金桂影射吴三桂,狡诈尚气,出尔反尔,对宝玉怀觊觎之心,且付诸行动,最后不得善终。贾敬影射嘉靖皇帝。"贾敬袭了官,如今一味好道,只爱烧丹炼汞,余者一概不在心上。"嘉靖帝在位 45 年,居然 20 年不理朝政。贾敬之死用的是"老爷宾天了","宾天"是指皇帝"驾崩"了。贾环就是"家患",喻指闯王李自成。贾蓉、贾蔷谐音"戎羌",乃胡虏蛮夷之徒,象征清廷。另外,湘云隐喻历史,香菱影射南明永历帝,王熙凤影射宦官魏忠贤,邢夫人象征大明刑法,贾政喻指大明朝政,元春、林红玉影射袁崇焕,等等,不一而足,大都能找到历史原型。但也有学者认为,这些"索隐"明显有太多的主观猜想成分,所指原型人物与小说形象之间欠缺明确的针对性和内涵的对应性,而且都在小说中找不到有说服力的依据。

  其次,网上还提出小说作者是谁的问题,发现者认为,《红楼梦》的原创作者是明末清初著名诗人吴梅村(吴伟业),"曹雪芹"只是在原创基础上加以增删润色的修改者,并且只是一个化名。猜想在清初"文字狱"的高压之下,这"曹雪芹"极有可能不是一个人,而是一个小团队,与吴梅村志同道合。这些人皆文学功底深厚,兴趣爱好广泛,且深知作品创作底里。还有人考证出,对原作"增删五次,批阅十载"之"曹雪芹",是吴梅村的学生严绳孙。此外,还提出的依据是,在吴祖本第一回里有一条批语:"此书本系吴氏梅村旧作,名曰《风月宝鉴》,故事倒也完备,只是未加润饰稍嫌枯索,吴氏临终托诸友保存,闲置几十载,有先人几番增删皆不如意,也非一时,吾受命增删此书莫使吴本空置,后回虽有流寇字眼,内容皆系汉唐黄巾赤眉史事,因不干涉朝政故抄录修之,另改名《石头记》。"并且在全书的最后,还有一条批语:"本书至此告一段落,癸酉腊月全书誊清。梅村夙愿得偿,余所受之托亦完。若有不妥,俟再增删之。虽不甚好,亦是尽心,故无憾矣。"甚至说,单凭这两条批语,就足以证明《红楼梦》的原创作者是吴梅村。但也有学者对这些论据表示质疑，从吴梅村的生活经历、学识素养、著作情况上看，缺乏创作《红楼梦》的基础和依据，同时也对这两条批语以至整个版本的真实性有所质疑。

网上还介绍了吴梅村，即明末清初大诗人吴伟业（1609—1672），字骏公，号梅村，别署鹿樵生、灌隐主人、大云道人，世居江苏昆山，祖父始迁江苏太仓，汉族，江苏太仓人，崇祯进士。明末清初著名诗人，与钱谦益、龚鼎孳并称"江左三大家"，又为娄东诗派开创者。长于七言歌行，初学"长庆体"，后自成新吟，后人称之为"梅村体"。明神宗万历三十七年（1609 年）五月二十日，吴梅村出生于江苏太仓的一个读书人家中。七岁开始读家塾，十四岁能属文。崇祯四年（1631 年），参加会试，遭乌程党人诬陷，被控徇私舞弊，幸崇祯帝调阅会元试卷，亲在吴伟业之试卷上批"正大博雅，足式诡靡"，方得以高中一甲第二名（榜眼），授翰林院编修。崇祯十年（1637 年），迁东宫讲读官，十六年（1643 年），升庶子。其间仕途春风得意，踌躇满志，皆因与崇祯帝之殊遇知遇密切相关，内心十分感激崇祯帝。崇祯十七年（1644 年），李自成农民起义军攻入北京，崇祯帝自缢煤山，梅村号哭痛欲自缢，幸为家人所觉。出于对明王朝之依恋，尤其对崇祯帝之感恩，吴梅村在其编撰的《绥寇纪略》中，极力诋毁、攻击李自成、张献忠起义。在明亡后长达十年，吴梅村一直屏居乡里，保持名节。顺治十年（1653 年），不得已乃应诏入都，授秘书院侍讲，寻升国子监祭酒。顺治十四年（1657 年），吴伟业借口身体有病，辞官请假归乡里。对此经历，内心深感耻辱。康熙十年（1671 年）夏，吴伟业旧疾大作，留下遗言：死后敛以僧装，墓前立一圆石，曰：诗人吴梅村之墓。后葬于苏州元墓山之北。吴伟业晚年深为自己仕清失节而痛悔，不愿以入清官职"祭酒"相称，而自许为普通一"诗人"。由于吴伟业是这样的经历，所以有学者认为"变节"者不可能写出"抗清复明"的《红楼梦》。

再就是《红楼梦》的成书时间问题。如果确定了吴梅村为《红楼梦》的原创作者，那《红楼梦》的成书时间就不是主流红学专家确定的乾隆年间，而是大大提前到康熙年间，甚至可以推定初稿完成时间，不会晚于吴梅村去世的1672年，修改润色稿则不晚于康熙癸酉年，即公元1693年。网络笔者还对原称《红楼梦》作者曹雪芹表示怀疑，认为此位北京曹雪芹，区区一介书生，处于败落之家，穷困潦倒，自己的温饱都成问题，哪还有精力创作一部近百万字的皇皇巨著？况且到曹雪芹懂事时，曹家早已败落，凭他的生活经历，不可能写出宛如帝王的生活场景，大量的细节如果不是生活在其中，是很难靠想象描写出来的。但是，也有学者质疑：那么，吴梅村有"宛如帝王"的生活经历和依据么？而且，《红楼梦》所写贾府大观园的生活，是"宛如帝王的生活"么？

由此，过去"自传派"称《红楼梦》隐写的是江宁织造曹寅家族史的说法被否定，代之是作者"以家寓国"的手法隐写的一段明代亡国史。据本子的持有者透露："这个本子分12册，每册九回，一共是108回，封面题为'吴氏石头记增删试评本'。"这个本子通本带有大量朱批，其中有些批语是其他《石头记》古本所没有的。落款的批语中，有一部分是署名"畸笏叟""棠村"等。除了批语，这个本子前八十回的回目和正文也存在很多异文。比如，每一回平均的字数要比今本多10%左右，宝玉有过很多"反动"言论。另外，此本在第八回里有"枫露茶事件"，第二天宝玉忽然发火并找借口撵走茜雪的情节；在第九回里有薛蟠贪恋男色而为秦钟争风吃醋的情节；在第十回有秦可卿与公公贾珍扒灰被尤氏捉奸的情节；在第十三回里有"秦可卿淫丧天香楼"的情节，这一回的回目为"秦可卿死封五花诰，王熙凤协理宁国府"，而今本为"秦可卿死封龙禁尉，王熙凤协理宁国府"；在第六十四回里多出一个叫"鳌小白"的凶悍角色，而且有着惊人的表现；第六十七回的回目也与今本不同，为"探奇宗宝玉惋故友，闻秘事凤姐讯家童"，今本为"见土仪颦卿思故里，闻秘事凤姐讯家童"，其中多出了柳湘莲出家以后宝玉为其悲伤过度，派小厮茗烟到处寻找柳湘莲的情节。遗憾的是，此本前八十回迄今未见面世。

网上简介《红楼梦》后28回本的故事情节，是接着《红楼梦》第八十回的情节进行的。写宝玉得知晴雯被撵之事与袭人有关以后，一气之下将她赶出贾家，后袭人嫁给了蒋玉菡；贾家人开始为宝玉择媳，否定了宝钗，然而贾政居然为宝玉选中了妙玉，妙玉得到消息以后大吃一惊，匆忙离开贾家，后在瓜州渡口不幸落入风尘；庶出的探春在相亲的时候遭人嫌弃，后因和番而远嫁岛国；迎春嫁给孙绍祖一年以后被折磨至死；惜春因看破红尘出家为尼；王熙凤因种种恶行曝光而被贾琏和邢夫人休掉赶出贾家，后惨死在狱中。随后天下大乱，因连年不断的灾荒导致变民四起，外有戎羌入侵，元春因被诬告通敌而被处死，贾家正在为宝玉和黛玉办喜事的时候被皇帝抄家，从此开始败落；赵姨娘和贾环为争夺贾家财产而招接流寇洗劫贾家，杀死了贾政，并绑架了宝玉，从此宝玉和黛玉天各一方不能相见；贾蓉和贾蔷、柳湘莲和薛蟠等人勾结流寇抢夺贾家财物，贾家惨遭涂炭，纷纷惨死，最后只剩下黛玉一个主子，而黛玉没有管家经验，又因为小性、多疑的性格不幸中了"反间计"，导致贾家很快被流寇攻破，在绝望之中黛玉上吊而死；宝玉辗转着被人搭救出来，一年以后回到贾家悼念死去的黛玉；因贾家家亡人散，所以宝玉走投无路而与宝钗成亲，后因感情不和而离家出走，四处流浪；几十年以后宝玉遇到同样流浪的史湘云，两个人相依为命，直到去世，最后宝玉与家人在警幻仙境团聚，全书告终。

这些关于《吴氏石头记增删试评本》的信息及其论争，揭开了红学论争的新序幕，使新时期学术红学又深一层地进入"争味"的超脱境界。

(十三) 关于《红楼梦》作者的种种言说

2020年8月，360搜索网转载了一篇网络文章《千古谜案，红楼梦作者到底是谁?》（文/煮酒君）。文中称，说起《红楼梦》的作者，估计90%以上会说是曹雪芹，诚然这是很多人的共识，但是这个结果的产生其实源自民国的一场考据。

历史背景是《红楼梦》早年称《石头记》最早的各个版本中，《红楼梦》不仅残缺不全，而且没有署名，在清代《红楼梦》就有相关考证的论述，清末徐珂编《清稗类钞》记载："曹雪芹所撰《红楼梦》一书，风行久矣，士大夫有习之者，称为红学。"到了民国时代为了考证小说的作者，形成两个派别：一派是以蔡元培先生和他的名著《石头记索隐》为核心的旧派，主张《红楼梦》是明亡清兴，甲申之变前后明朝遗民的隐喻之作；另一派是以胡适的《红楼梦考证》为首的新派，主张《红楼梦》是曹雪芹自家事。随着《红楼梦》的普及，对主题宗旨的解说莫衷一是，《红楼梦》的作者也成为一个谜团。

▲文中先介绍了胡适"曹雪芹自传"说——

指出胡适是运用西方学术结合乾嘉考据法，从袁枚《随园诗话》中找到了一段："曹子雪芹出所撰红楼梦一部，备记风月繁华之盛：盖其先人为江宁织府，其所谓大观园者，即今随园故址。惜其书未传，世鲜知者，余见其钞本焉。"将《红楼梦》定为曹雪芹自传，而且胡适宣扬随园就是大观园，这遭遇了顾颉刚的批驳，其后胡适的学生俞平伯、周汝昌发扬胡说使新红学一家独大，旧红学逐渐被扬弃式微，消失在历史中。但是，胡适对了吗？

文中对胡适"曹雪芹自传"说提出质疑：曹雪芹是谁？历史上没有定论，胡适主张曹雪芹之父为曹頫，曾任江宁织造的曹家后人（族谱上无他名字，亦有遗腹子、私生子说），这些都是不可考据的。《红楼梦》一直以手抄本传世，在乾隆年间已经多如牛毛，胡适将《红楼梦》定在乾隆早期著作，但是八十回写完到传播，仅仅几十年是不可能的，胡适与周汝昌用两年才抄写了16回旧本，曹雪芹英年早逝，写书时间最多不超过20年，写就100多回的《红楼梦》，谈何容易？何况16岁就家道中落，能记得那么多知识吗？这是被人质疑的。

文中还针对当今红学现状提出：今天的红学家一门心思攻入曹家门中，看家谱，掘墓石，非要证明《红楼梦》是曹雪芹的家族史，却什么都没得到，因为新红学打着"科学考证"的旗号，加之新派红学家大肆鼓吹，几乎将旧红学压制到死。这实在无外乎是一桩文学冤案。这些年红学家更拘泥于脂砚斋批本，一心就希望搞清楚原作写的后二十回是什么，非要用曹雪芹的家族故事套，其实就是个黑洞。

▲文中随即阐述并运用了蔡元培的"索隐"说——

文中提出：今日我们不妨跳出胡适，用蔡元培的索隐，去看看《红楼梦》作者是谁的几个可能。《红楼梦》中透露出几个线索：①甄英莲其实暗指柳如是，柳如是一开始的名字叫杨影怜。②柳如是居住的绛云楼，与《红楼梦》中的绛云楼描绘类似。③林黛玉与董小宛的故事很像。文中还指出，蔡元培《石头记索隐》认为此书是吊明之亡，谈清之失。作为反清志士，蔡元培曾亲自做炸弹谋刺清廷要员。所以，此书的很多观点与蔡元培产生了共鸣。他指出《红楼梦》最早的版本，不过是空空道人的《风月宝鉴》，被曹氏后人拿到后修改成《石头记》，曹雪芹只是个笔名。

文中还介绍了迄今先后出现的关于《红楼梦》作者的种种言说：

▲洪昇说——

这个说法，是由吉林土默热先生提出来的。洪昇是康熙年间的戏曲大家，著名作品《长生殿》就是他的作品，其与《桃花扇》作者孔尚任齐名，康熙四十三年（1704），江宁织造曹寅在南京排演全本《长生殿》，洪昇应邀前去观赏，观赏后因酒醉失足落水而死。人们认为洪昇是作者的原因在于，洪昇的《长生殿》与《红楼梦》结构完全一样，而其著作《织锦记》中窦涛、苏蕙、赵阳台、陇禽与《红楼梦》贾琏、王熙凤、尤二姐、秋桐的故事一模一样。洪昇家乡的花坞、洪园、大观楼、藕香桥、秋雪庵、天齐庙、冲虚观、水仙祠、太虚楼、水月庵，铁槛寺、竹窗、翠樾埭等，都在《红楼梦》中。在洪昇晚年收山之作《四婵娟》出现宝玉、钗、黛、纨、凤、元、迎、探、惜、湘云、鸳鸯、金钏、彩云等词汇。

▲吴梅村说——

这一说法，是由抚顺市傅波、钟长山先生提出来的。吴梅村亦称为吴伟业，是明末江左三大家之一，著名文学家，号梅村，别署鹿樵生、灌隐主人、大云道人，清军入关定都北京后，因为屈节北上仕清而身心俱疲，此后隐居江南20年，暗中结社反清，康熙十年（1671）吴梅村病逝。吴梅村说的证据，在于较早版本的《红楼梦》中记载："吴玉峰题曰《红楼梦》；东鲁孔梅溪则题曰《风月宝鉴》。""《风月宝鉴》一书，乃其弟棠村序也"，把上述几个人名进行了一番组合，结果出现了"吴梅村"。《红楼梦》中许多故事原型都能在吴梅村诗中找到。如《清凉山赞佛诗》描写顺治皇帝和董鄂妃的爱情传说，与《红楼梦》中贾宝玉和林黛玉的爱情极其相似。吴梅村本人与秦淮八艳之一的卞玉京有一段情，明亡后卞玉京上山当了道士，这段经历也与妙玉的道士身份契合。而吴梅村"死后殓以僧装""坟前立一圆石"也暗含了《红楼梦》中石头记的寓意。

▲冒辟疆说——

此说由冒辟疆后人冒廉泉提出。冒辟疆，真名冒襄，字辟疆，号巢民，又号朴巢，江苏如皋人。生于明神宗万历三十九年（1611），卒于康熙三十二年（1693）。明朝复社四公子之一，他的妻子就是大名鼎鼎的董小宛，冒辟疆生活浮华，文采斐然，样貌秀美，诗作名震天下，他的《影梅庵忆语》描写了自己与董小宛凄婉动人的爱情故事，今日读之都令人感慨万千。冒襄是公子，锦衣玉食，奴仆成群。史书记载冒辟疆喜欢香茶、香熏、文雅至极，与董小宛琴瑟和鸣，感情很好。满洲侵华战争时期，冒辟疆暗中抗清，受到战火牵累家财散尽，重病数日，董小宛衣不解带日夜抱着他。冒辟疆病好后，董小宛却劳累过度，英年早逝。这段经历与贾府上下一模一样。明代冒襄先高曾祖冒承详富甲一邑，如皋冒家巷两侧，悉为冒家府第。当年冒襄居西府是冒襄祖父冒梦龄所建，冒襄父亲与两个庶出弟弟居东府。东西两府规模相当，与《红楼梦》中荣国府、宁国府对应。冒府有"凝禧堂"，贾府有"荣禧堂"，可谓对应。文中还以蔡元培有关观点支持这种言说，特地指出：蔡元培认为董小宛就是林黛玉的原型，董小宛才艺出众，能诗善画，与林黛玉可谓类似，二人都多愁善感，悲叹身世凄苦又孤芳自赏的奇女子，董小宛乃薄命女子仅二十七岁，黛玉归命太虚幻境也不过二十多。有关文献可考冒襄一生就与十多位女性有过爱情关系，有名有姓的除夫人苏元芳外，尚有王节、李湘贞、陈圆圆、董小宛、吴琪、吴扣扣、蔡女萝、金晓珠、范珏、沙九畹、杨漪炤，这些女性都能歌善舞、擅诗作画，冒辟疆风流倜傥，是当时著名的帅哥，生活过程与贾宝玉很类似。与金陵十二钗之间相互有关，加之他与钱谦益、吴梅村关系很好，写就柳如是、卞玉京之事也是有条件的。

▲方以智说——

中国科学技术大学陈贤星提出方以智说。方以智，字密之，号曼公，又号鹿起、龙眠愚者等，法名弘智。他是明代著名思想家，主张中西合璧，儒、释、道三教归一。文、史、哲、地、医药、物理，各类学术无所不通。方以智乃桐城派开山祖，家学深远，又是明朝复社四公子之一，风流倜傥的大才子。清廷定都北京后，方以智出家为僧，暗中抗清复明，康熙初年受粤中反清牵连，在惶恐滩跳河而死。《石头记》通篇充满"红色"，多次重复"霁月难逢"，等等，不用思索就知，作者是朱明王朝"遗老遗少""汉族中华子民"！方以智在曹洞宗门下出家，雪芹谐音"学勤"，因此，"曹雪芹"的本意是"曹门末学"，方以智学才兼备，具有写就《红楼梦》的条件。此外，《红楼梦》描写的是"末世"图景，《红楼梦》是一部吊明反清的小说。作者借贾宝玉之口自称"大舜子民"，明显是心慕明朝。《红楼梦》通篇骂胡虏之辈，明显是对清廷不满。方以智与冒辟疆合著《红楼梦》是这种书法的看法。《红楼梦》中人物都契合：十二、七、四这几个数字，完全运用《周易》排列，方以智兼通佛道，《药地炮庄》对道教有很高的研究，方以智的祖父，父亲都研究《易经》，方以智被学者称为"方式易学"集大成者，完全可以用《易经》安排《红楼梦》人物。

▲顾景星说——

王巧林先生提出顾景星是《红楼梦》的作者。顾景星，字赤方，号黄公。明末贡生，南明弘光朝时考授推官。清廷定都北京后，屡征不仕。顾景星记诵淹博，词作及诗文皆名重一时。有些词里透露出故国之思，黍离之痛。顾景星"六岁能赋诗。八九岁遍读经史，目数行下，时称'圣童'，有诗文一囊。八九岁遍读经史，堪称天下第一奇人"，顾说认为通灵玉当源于黄石公；神瑛侍者和绛珠草的故事，当源于先祖顾阿瑛；苏州阊门外甄士隐和妙玉寓居玄墓山的故事，当源于明亡前后他寓居苏州阊门外、虎丘的经历，顾景星妹妹在战乱中丢失，后来嫁到江宁曹家，使他们与曹家有姻亲关系。《红楼梦》中出现的拟作，无一不在顾景星的《白茅堂集》里能找到。

▲最后，该文作者指出：总之，不管这部伟大的著作为谁所写，我们还是感谢它为我们讲述了一个故事，记录了一段历史，描绘了一个梦想。而这个梦我们还是希望有一个圆满的结局，无论是故事的结局还是作者的身份，还有待进一步发掘。应当说，这场关于《红楼梦》作者究竟是谁

之争,是既古老又新起的学术之争,每种言说都言之凿凿,各不相同,各执其是,互不相通。但笔者注意到:在新起之说所称之五人(即洪昇、吴梅村、冒辟疆、方以智、顾景星)之间有颇多类似之处,如都是明末清初人,大都曾经是扶明抗清人士,又都是彼此熟悉的苏州一带著名世家大儒,而且与贾宝玉形象的身世为人有或多或少的相通相近之处。从这些相通相近之处而言,是否意味着这五个人中的两三个有某种相互或先后合作撰写《红楼梦》的可能性呢?或者说,这五人的身世被稍后的"第三者"(如乾隆时代的曹雪芹)结合自己的身世,将五人的身世背景合为一体,像鲁迅写阿Q形象的办法那样(即鲁迅说他写的人物,"不是专用一个人",而是"杂取种种人,合成一个";"往往嘴在浙江,脸在北京,衣服在山西,是一个拼凑起来的脚色。"),创造出贾宝玉等《红楼梦》人物的艺术形象呢?当然,这只是从文艺创作规律和《红楼梦》艺术形象之成功实际出发的一种猜想。但这种猜想,恐怕也可以说是一家之言,并可以说是一种超脱的"争味"超脱境界吧?

四、《红楼梦》三百年的五个时代和"五味"论争现象

问:在上述对话中,你已经介绍了《红楼梦》问世三百年历代的主要言说和一直论争不休的历史状况,应该怎样概括这部文学论争史或文学现象史呢?

答:我看可以概括为五个时代,每个时代都有一种论争之"味",故又可以概括为"五味"论争现象。具体地说:①从《红楼梦》问世的清朝乾隆期间到五四运动前,是"旧红学"时代。这时代主要是"谜味"现象;②从五四运动后至中华人民共和国成立,是"新红学"时代,这时代主要是"奇味"现象;③从20世纪50年代初批判俞平伯、胡适的《红楼梦》研究到"文化大革命"前,是"现代红学"时代,这时代主要是"时味"现象;④20世纪60年代中期至70年代中期的"文化大革命"十年期间,是"斗争红学"时代,这时代主要是"斗味"现象;

⑤20世纪80年代初改革开放后至今,是"学术红学"时代,主要是"学味"现象。这些现象,体现了每个时代的"红学"潮流和文艺欣赏批评的方式和水平,同时也体现了《红楼梦》的"争味"超脱境界的发展进程和走向。

问:为什么每个时代都有不同的《红楼梦》"论争热"而又有不同的"争味"呢?

答:你这问题提得好,大有探究余地。照我看来在于两方面原因:一方面在于时代需要,另一方面在于小说本身。不知你是否注意到:历代的《红楼梦》"论争热",大都是由每个时代的最高领导或学术权威引起的,而且又都是从《红楼梦》某方面现象引发某种时代问题而产生的。先从"旧红学"时代说,索隐派和评点派的出现,皆从脂砚斋评《红楼梦》开头,其"谜味"缘由于小说开篇即申明是将"真事隐"(甄士隐)、"假语存"(贾雨村),必然引导人们"索"其所"隐"的真事、"评"其所"存"之假语,从而造成两派猜解其"谜"之争。此争之所以惊动乾隆皇帝,带头索隐《红楼梦》"是盖为明珠家作也",其意旨在有感于和珅这个"天下第一大贪"的威胁,也有感于骑马入关的"八旗子弟"有似小说荣宁二府的衰落。所以"谜味"之争,既在引趣,重在警示。

问:你这解"谜"实在有趣,那么旧红学时代呢?

答:新红学时代从五四运动前后开始,当时正值全国军阀混战时期,当政者忙于争权夺利,无暇顾及文化领域。恰逢西方文化涌进,各类学说粉墨登场,相互争雄,领头者皆成一方权威,响应者众。彼时《红楼梦》以现代机器大量印刷发行,风行一时,特引文界关注,尤其是当时的领潮人物蔡元培、王国维、胡适、鲁迅等发表的有关言说和引起的论争,更掀起阵阵波澜。这些领潮人物有关《红楼梦》的言说,都各有其政治、思想、文化的目的和依据,又都具有不同的"奇味"。蔡元培虽然仍沿旧红学"索隐派"之思路，却自创"民族政治小说"之"奇"；胡适遵循他崇拜的杜威实验主义哲学，以考证作者身世而创"自叙传自然主义"之说，以其为别开生面之"奇"而开创了所谓"新红学"，却以俞平伯所称的"还原道路"，而走回旧红学"索隐派"的老路。其实，真正开创"新红学"的是侠人的"人性代表小说"说、王国维的"欲念解脱悲剧"说，尤其是鲁迅对红学的"三大贡献"。因为侠人和王国维是最早引进西方人性论和叔本华理论并用之论析《红楼梦》的先行者，是以当时最新世界学说解释中国传统文学现象的言说，是真正的新奇之味。鲁迅关于"自有《红楼梦》出来以后，传统的思想和写法都打破了"的论断，更是划时代之警语，既清晰地指明《红楼梦》创作的划时代，又标志着对《红楼梦》研究评论的划时代。因为这个论断，是从中国传统小说以至整个传统文学的高度看《红楼梦》的成就和意义，是真正从《红楼梦》本身去论析其在思想和写法上的创新和贡献！这个贡献，即我在前面说的三大贡献中的第一个贡献——对《红楼梦》作出了高度的评价和确切的定位。这个贡献实则三大贡献的核心，后两个贡献都是由于这个论断而衍发的。因为第二个贡献所说的划出了新旧红学时代的区别界线，虽然指的是新旧红学的区别，实际上意味着包括王国维的言说和他这论断在内的新研究与旧红学索隐派的区别在内所标志的新旧时代界线。第三个贡献所说的发现和概括了对研究评论的"因人因时而异"的内伸外延现象，也就是说与这个论断所称的成就，才使其具有能提供人们内伸外延的容量与功能。所以，鲁迅的言说和贡献才是新红学时代的真正代表，才是这个时代真正的最大的"奇味"所在。

问：第三个时代，即中华人民共和国成立后的"现代红学"时代，是怎样的"时味"现象呢？

答：所谓"现代红学"是指按现代的时代需要和现代眼光研究和评价《红楼梦》，由此而产生的论争，则谓之"时味"的论争。毛泽东《关于红楼梦研究问题的信》，是按现代的时代需要而作出的重大决策。1959

年，毛泽东在《新体育》杂志第9期上发表的谈话："《红楼梦》里两位主角，一位是贾宝玉，一位是林黛玉。依我看来，这两位都不大高明。贾宝玉不能料理自己的生活，连吃饭、穿衣都要丫头服侍，这种全不肯劳动的公子哥儿，无论如何是不会革命的！林黛玉多愁善感，常常哭脸。她脆弱，她多病，只好住在潇湘馆，吐血，闹肺病，又怎么能革命呢？我们不需要这样的青年！我们今天需要的青年是有活力、有热情、有干劲的革命青年！"则是以现代眼光向青年提出的要求。在这个时期，当然是必须按毛泽东的信和谈话去做，自然是充满"时味"的"现代红学"时代了。

问：既然如此，那为什么李希凡与何其芳还争论不休呢？

答：两人实则是不同"时味"之争。李希凡的"市民说"，是指《红楼梦》时代的"初步民主思想"已是"资本主义萌芽"；何其芳则认为此乃将时代"超前"之说，因为当时尚无萌芽的资本主义，其民主思想是封建社会的叛逆者从劳动人民长期的反抗精神中汲取而来的；李希凡斥责何其芳的"共名说"以"修正主义""爱情至上主义"毒害青年，实则当时政治斗争在文艺领域的投影，兆示着包括蒋和森的"全民共感"说、周扬的"人性批判现实主义"说在内即遭批判的厄运，自然也连同周扬力图以现代标准而创立的"先进说"一道，在"山雨欲来风满楼"的时势中摇摇欲坠，很快处于受斗而不能发声之境地。

问：新时期改革开放，使中国大地开始了中国特色的社会主义新时代，也造就了以"学味"为特征的"学术红学"时代，即第五个时代。这个时代的"学味"表现在哪里呢？

答：陶渊明说，"奇文共欣赏，疑义相与析"，过去一度用于批判"毒草"作品，这是误用。其实，这诗前句所称之"奇文"，是指新奇优秀之作；"共欣赏"是大家认真学习品味；后句是要对作品深入研究，共同解其疑难，即对好作品都要共同研究欣赏之意。对《红楼梦》这样的"国宝"，也当如此。所以，中国特色社会主义新时代的"学术红学"，也应当以共同研究欣赏之"学味"为特点。"学味"者,既是学习研究之味、艺术欣赏之味,又是学术研究和学术争鸣之味也,岂有它哉!曾扬华以《钗黛之辨》呼唤并实践"学术红学"之先声,就是典型范例。这个范例兆示着:立足文本的"学术红学"是对过去一切离开文本的超脱境界的超脱,是比其更超脱更正本的学术境界,是三百年"红学"五个时代的五种"争味"现象中真正"正本清源"、深有"学味"的"学术红学"境界和时代。

五、《红楼梦》的"先天性"不足和"超时代"成就

问：还有造成《红楼梦》三百年论争的其他原因么?

答：上面我只是从纵向上大致讲述了《红楼梦》三百年的论争历程和五个时代不同的五种"争味"现象,找到了其"五味"的不同,主要是时代不同所致。现在咱们可以从横向上找原因,即主要从《红楼梦》作品本身找原因,从文本出发去看这些"争味"现象的缘由。从这视野出发,即会发现上述各种有关学说学派的差异,不外乎出于《红楼梦》作品本身的先天性不足和超时代成就的两方面缘由。

问：什么是《红楼梦》的先天性不足?

答：即《红楼梦》出世即好像未足月的孩子那样有本身缺陷,具体表现为：小说未写完,只有前八十回；后四十回是另一作者所续编,与前八十回差异甚大；小说版本多种又均有缺失,各版本之间也均有差异；甚至作为小说主体的前八十回本身也有疏漏,尤其是连作者是否为曹雪芹也不能完全确定,其出生年月、何时写和怎样写《红楼梦》的情况也不清楚；后四十回是曹雪芹原稿还是高鹗原续作等,都难作定论。如此等等缺陷或问题,都可谓先天性之不足。这些不足,本是坏事,却变成了好事。因为正是由于这些不足,造成了许多引人想象和探究的空间,甚至探究越深越久,找出的问题越多,想象和研究空间就越大越广。旧红学索隐派的

"谜味"之争从始至终都是由此。新红学为考证出作者身世和前八十回与后四十回之别而怡然自得,但也由此而陷入"还原"之泥潭。可以说,是这些先天不足为这些学说学派提供了驰骋的空间,提供了论争的战场,创造了三百年的论争史和"争味"史,创造了独一无二的、使小说更具持久生命力的文学现象和社会现象,这不是天大的好事么?

问: 什么是《红楼梦》的超时代成就呢?

答: 超时代成就有两重意思,首先是超其同时代的成就。鲁迅说:"自有《红楼梦》出来以后,传统的思想和写法都打破了。"这说法指出了《红楼梦》对同时代的小说创作有两方面的打破,一是"思想",二是"写法"(艺术)。三百年的"红学"论争,很多都出于小说在这两方面的超时代成就之争。例如,李希凡"市民说"、何其芳"民主思想说"的说法及其相互论争,是《红楼梦》在思想方面超其同代作品成就所引出的论争;胡适、俞平伯的"自叙传自然主义说",何其芳的"现实主义异峰说",周扬的"人性批判现实主义说"等说法及其相互论争,则是在艺术方面超其同时代艺术成就引起的论争。

问: 第二重意思呢?

答: 是超越具体时代。这也有两层含义:一是指超越《红楼梦》实际所写的时代。这一点,在小说中是有意将真事隐蔽,故将实写的乾隆时代提前为康熙时代,这就是其超越具体时代的首层意思,旧红学索隐派及"民族性政治小说"说、新红学的自叙传考证及其论争大都由此而来。第二层是指超越某个具体时代之意,即《红楼梦》所写的社会生活、主题思想、故事情节、矛盾斗争、人物形象、艺术描写等的意义,不仅只是具有反映其所写时代的意义,而且具有超出历史时代和跨后时代的意义。例如,说《红楼梦》是"对千年封建社会制度的批判和衰亡挽歌","文革"时称其为"阶级斗争教科书",即是明显地从其所写时代生活与矛盾斗争而超越具体时代的事例;此外,"人性代言小说"说、"欲念解脱悲剧"说、"共名说""全民共感说""通体说","先进说""人性批判现实主义说"等,则可说是分别从主题思想、人物形象、艺术描写等方面的超越具体时代的事例。

六、曹雪芹的"事与愿违"与"始所未料"的后果与成就

问:历代的论争与作者有关系么?

答:可以说无关,也可以说有关。因为所有论争都是他死后才发生的事,所以无关;但一切论争都是因其作品而起,所以有关。具体而言,好些论争的焦点或内容都是曹雪芹的"事与愿违"和"始所未料"的后果与成就。诸如未能完成全书写作离世,续书者不少背离原作本意;同代和后代的评论者和读者诸多猜度各有言说、褒贬不一,多与愿违;尤其是贾宝玉、林黛玉,两百多年后还有人要将他们作为人们学习的榜样;等等。如果曹雪芹地下有知,怎能不为这些"后果"和被"成就"瞠目结舌、受宠若惊呢!

问:有没有与此相反的"事与愿符"和"不出所料"的后果或成就呢?

答:有,应该说,这种反面其实是正面的情况比其负面还多,是多数,是主流。《红楼梦》小说本身的情况如此,所引发的论争也是如此。曹雪芹在《红楼梦》开篇即声言:"满纸荒唐言,一把辛酸泪;都云作者痴,谁解其中味?"这个声言,一方面是指所写的故事内容和思想感情,另一方面是指其内含的意味和韵味。实事求是地说,上述历代关于《红楼梦》研究评论的各种言说,除一些明显的瞎猜谬论之外,大多数是持之有据也是程度不同地与作者的本意相符的,有的从不同角度理解这个声言所指的故事内容和思想感情。此外,历代各种言说之立论和相互论争也从不同程度、不同角度对这声言所提示的寻"解其中味"进行立论和论争。由此可见,历代红学的研究成果及其"寻味"论争,多数或主要方

面，与曹雪芹创作是"事与愿符"和"不出所料"的，应当说这是正面的、主要的成就。可见，这种同作者"事与愿违"与作者"始所未料"的现象是有正负面的。

七、"争味"体现并提出若干带根本性的文艺规律现象和问题

问：造成这种"争味"现象的根本原因是什么？

答：是一些带根本性的文艺规律现象和问题。其一，是作者的创作动机与作品的效果之间有一致也有不一致的现象和问题。大致说来，当作者完成一件作品创作的时候，自我感觉是两者一致的，否则他就不会抛出来了。但是，作品问世以后，即成为一个社会存在，会产生社会影响，并受到各种读者的阅读和评价，读者不同，阅读不同，评价不一，效果各异，则必然出现与作者创作动机不一致的现象和问题。所以，这是带根本性的文艺规律现象和问题，是经常出现、普遍存在的现象和问题，对于奇特优秀的作品而言，尤其如此。上述曹雪芹与《红楼梦》的"事与愿违"与"始所未料"后果或成就的现象和问题就是这样。例如，咱们在关于《红楼梦》"禅味"的对话中讲过，这部小说的主题思想是以《好了歌》体现的惠能禅学"空""净"思想。但是，三百年来读者对其评价和引起的社会反响，固然也有人的感受和评价，与作者这个主题思想一致或大致相符的，但大多数是不一致或完全相悖的。前述所列"五味"论争现象，大都由此而生。

问：其二是什么？

答：是作者世界观与创作方法矛盾的现象和问题。这里所说的世界观，主要是指作家的政治观、认识论、方法论；创作方法是指作家通常使用的现实主义、浪漫主义、自然主义、现代主义等方法，尤其是现实主义创作方法。一般来说，作者的世界观与创作方法且应当一致的，但是，在

世界文学史上,却有一些大作家的创作,存在世界观与创作方法矛盾的现象和问题,例如,18世纪法国著名作家巴尔扎克,是当时的法国的保皇党,但他享誉世界的系列长篇小说《人间喜剧》,却是伟大的现实主义作品,正如恩格斯所说:巴尔扎克"在《人间喜剧》里给我提供了一部法国'社会'特别是巴黎'上流社会'的卓越的现实主义历史……不错,巴尔扎克在政治上是一个正统派;他的伟大的作品是对上流社会必然崩溃的一曲无尽的挽歌;他的全部同情都在注定要灭亡的那个阶级方面。但是,尽管如此,当他所深切同情的那些贵族男女行动的时候,他的嘲笑是空前尖刻的,他的讽刺是空前辛辣的。而他经常毫不掩饰地加以赞赏的人物,却正是他政治上的死对头……这些人在那时的确是代表人民群众的。这样,巴尔扎克就不得不违反自己的阶级同情和政治偏见,他看到了他心爱的贵族们灭亡的必然性,从而把他们描写成不配有更好命运的人;他在当时唯一能找到未来的真正的人的地方看到了这样的人——这一切我认为是现实主义的最伟大胜利之一,是老巴尔扎克最重大的特点之一"。恩格斯分析巴尔扎克的世界观与创作方法矛盾状况和对其成就的评价,与曹雪芹的情况何其相似呵!曹雪芹在《红楼梦》中所写的也是他所处的封建贵族地主阶级,同情心也在这个阶级的人群中,当他写到他"所深切同情的那些贵族男女行动的时候",他却不得不将其同情心转移到"贵族男女"所压迫的男女们身上了。

问:这实在是惊人的类似事例。

答:俄国19世纪著名作家列夫·托尔斯泰的事例也类似。列夫·托尔斯泰是虔诚的基督教徒,并是当时著名的"托尔斯泰不抵抗主义"的倡导者,以《战争与和平》《安娜·卡列尼娜》《复活》三部著名长篇小说名扬世界,在俄国沙皇时代也享有盛誉,为统治者所推崇,但也受到伟大的无产阶级革命领袖列宁的高度评价,列宁曾发表专文《列夫·托尔斯泰是俄国革命的镜子》。专文指出:"托尔斯泰的作品、观点、学说、学派中的矛盾的确是很显著的。一方面,他是一个天才的艺术家,不仅创作了无与伦比的俄国生活的图画，而且创作了世界文学中第一流的作品；另一方面，他是一个发狂地笃信基督的地主。一方面，他非常有力地、直觉地、真诚地反对社会的撒谎和虚伪；另一方面，他是一个'托尔斯泰主义者'，即是一个颓唐的、歇斯底里的可怜虫，所谓俄国知识分子，这种人当众捶着自己的胸膛说：'我卑鄙，我下流，可是我在进行道德上的自我修养；我再也不吃肉了，我现在只是吃米粉团子。'一方面，无情地批判了资本主义的剥削，揭露了政府的暴虐，以及法庭和国家管理机关的滑稽剧，暴露了财富的增加和文明的成就和工人的穷困、野蛮和痛苦的加剧之间的深刻矛盾；另一方面，狂信地鼓吹'不用暴力抵抗邪恶'。一方面，是最清醒的现实主义（者），撕下了一切假面具；另一方面，鼓吹世界上最讨厌的东西之一，即宗教，力求让有道德信念的僧侣代替官职的僧侣。这就是说，培养一种最精巧的因而是特别恶劣的僧侣主义。"列宁概括四个"两方面"的矛盾现象，既切合托尔斯泰的实际，又精辟地体现并提出带根本性的文艺规律现象和问题，即作者世界观与创作方法矛盾问题。

问： 曹雪芹的情况也很相似吧？

答： 是的。曹雪芹既有庄子和道家思想，又有佛道合一的理念，主导的是六祖惠能禅宗禅学。这既是一个佛教的禅宗教派，又是一个思想哲学的学派，但并未入教为僧，只是思想观念上的认同和信仰，主要是认同其"空""净"观念，并以此为《红楼梦》主题思想。但是，这个主题思想虽然笼罩着小说的人物形象和故事情节，却未能主宰其所用的现实主义创作方法，从而使其与巴尔扎克、托尔斯泰一样，出现世界观与创作方法矛盾的现象。最明显的是，虽然小说始终保持着"空""净"的主导思想倾向，在三百年的红学研究评论中，虽然有人（如俞平伯）称其为表现"色""空"的佛教之书，但大都认为它是"对封建社会的批判书""乾隆盛世的挽歌"或"阶级斗争教科书"，称其为"人民性现实主义""人性批判现实主义""现实主义奇峰"之作，可见，这和曹雪芹的世界观与创作方法矛盾的现象很类似,说明了这种现象是带根本性的文艺规律问题。

问: 其三是什么?

答: 上述动机与效果,以及世界观与创作方法矛盾问题,与现在要讲的第三个现象和问题密切相关,也可以说是其扩大和伸展,即作品的主导思想与作品艺术形象的内涵和影响不能画等号,而且往往形象超越和大于思想的现象和问题。上述巴尔扎克、托尔斯泰、曹雪芹等三个实例,也都是属于这种现象和问题。但思想大于形象的问题更带普遍性和广泛性。这主要是由于艺术形象和读者两个方面都具有普遍性和广泛性造成的。鲁迅说:对《红楼梦》的"反对者却很多,以为将给青年以不好影响。这就因为中国人看小说,不能用赏鉴的态度去欣赏它,却自己钻入书中,硬去充一个其中的角色,所以青年看《红楼梦》以宝玉、黛玉自居;老年人看去又多占据贾政管束宝玉的身份,满心是利害的打算,别的什么也看不见了"。又说:《红楼梦》"单是命意,就因读者的眼光而有种种:经学家看见《易》,道学家看见淫,才子看见缠绵,革命家看见排满,流言家看见宫闱秘事……"此外,还指出:"文学虽然有普遍性,但因读者的体验的不同而有变化,倘读者没有类似的体验,它就失去了效力。……文学有普遍性,但有界限;也有较为永久的,但因读者的社会体验而生变化。北极的爱斯基摩人和非洲腹地的黑人,我以为是不会懂得'林黛玉型'的。"这些论述,精辟地指出了文学形象的普遍性和读者千差万别的广泛性现象。可以说,在思想艺术成就越高、影响越多、读者越多的作品,就越多这种现象。《红楼梦》就是这样,毛泽东曾用过红玉说的话"十里搭凉棚,没有不散的筵席"讲人生聚散的道理,用过林黛玉的话"不是西风压倒东风,就是东风压倒西风"来讲国际形势;红学中的"人性小说代表说""欲念悲剧说""共名说""全民共感说"等,也都是出自形象超越并大于思想规律之论说,以及这些论说的产生并甚有"争味"之所在。

八、"争味"提出艺术形象与文学现象相互关系与区别的新课题

问：除以上三种带根本性的现象问题之外，还有其他独特而又有普遍性的现象和问题么？

答：有。你是否注意到：在中国以至世界文学史上，像《红楼梦》那样能引起并持续三百年论争的作品是绝无仅有的；而且，这三百年的论争历程，可以作为一独立的历史而进行梳理和研究的现象，恐怕也是罕见的。照我看来，这就是《红楼梦》的"争味"体现并提出艺术形象与文学现象相互关系与区别的新课题，即应当怎样认识和评价由艺术形象所引发的论争及其现象。

问：这是一种什么现象呢？

答：可称之为一种文学现象。这种现象，通常是由艺术形象在读者中引起不同凡响而产生的。一般来说，具有持久艺术魅力和艺术生命力的文学作品，皆在于创造了成功的艺术形象，又在于其产生的文学现象。艺术形象是作品中的人物形象或生活场景，文学现象是指其引起的文学批评和社会反响。艺术形象是文学现象之"源"，文学现象是艺术形象之"流"；两者是"源"与"流"的关系，但两者不能等同，虽然文学现象皆自艺术形象而生，但都是读者和评论者的再创造，也即是以自己的眼光进行超脱境界创造，其结果必然是源于艺术形象而又超出艺术形象的。这些超脱的创造结果，有的是对艺术形象的正确理解或科学阐释，有的可能是谬误的猜测或节外生枝的胡闹；尽管有正误之别，但都可谓之自成其为某种文学现象的。因为都是从作品艺术形象之"源"而"流"出的一种文学或社会现象，这种现象产生越多越大越久，不就是作品的艺术魅力和艺术生命力越多越大越久的体现么？

问： 是这样。那么，这种文学现象是怎样从艺术形象之"源"而"流"出来的呢？

答： 有位大作家说过，作品的艺术效果是作家和读者共同创造的（即现在的流行词语"共创"），其意思是作家创造的艺术形象，要有读者看才有效果，否则就是"死"的，要读者看才能使艺术形象"活"起来，所以由作家与读者共同创造。至于如何共同创造，对作家来说，写出作品即是创造艺术形象的结束和定型，也即是完成了作为"共创"的一方之使命。但作为"共创"的另一方的读者（包括研究者、评论家，下同），如何去参与或投入"共创"则往往因人、因时各异，而且参与或投入的目的和方式方法各有不同；由此，也造成在对同一作品艺术形象的"共创"上，也"各异"和"各不相同"，从而相互产生分歧和争议。这种分歧和争议，即是读者一方从作品艺术形象"共创"中所产生的现象，故谓之文学现象。所以，文学现象是从艺术形象之"源"而"流"出来的，也即是引争力之"源"，也即"争味"之"源"。

问： 作家和读者在"共创"中是怎样的关系呢？

答： 应当说，作家在完成艺术形象创造之后，已是"共创"中的被动者，其创造的艺术形象也是被动之"源"；主动一方在读者，产生争论的双方也是在读者之中；争论虽从艺术形象而起，但实际上是由读者之间对艺术形象的认识分歧而发。所以，从认识分歧而论争的文学现象，固然是艺术形象生命力的体现，但更主要的是读者一方主动性的引争力之体现。因为引争力既有加大加深艺术形象生命力的作用，而其本身又具有自身独立的持续影响力。因为引争出的论争有连贯性和持续性，这就是文学欣赏、研究与批评有相对独立性的道理，也即是文学现象有持续性的缘由。

问：文学现象是怎样从作品艺术形象中产生的呢？

答：大致上说是读者以超脱的境界，对艺术形象进行内伸或外延再创造的结果。内伸，是指对作品的内涵元素（包括作者身世、作品内容、形象、结构、语言等）进入探究（包括论析、考证、评价等）；外延，是指从作品的某些或某个元素引发的评论、感知、体验以至超脱作品艺术形象的再创造。内伸或外延的超脱境界再创造是大致区分的，实际上往往是交叉的，即内伸中有外延、外延中又有内伸，只不过引发点及其发挥走向不同而已，两者都旨在从作品艺术形象再创超脱境界。

问：文学的阅读欣赏与文学的研究评论都是对作品艺术形象的超脱境界再创造吧？

答：是的，两者都要从艺术形象的实际出发，进行内伸或外延的再创造，但文学阅读欣赏的主观性、随意性偏多，文学研究评论则重客观性、科学性，所以，两者所进行超脱境界的（也即是内伸或外延）再创造的走向和结果并不相同，从而使人们对其所产生的文学现象的评价和文化价值又各异。但这两种现象常常是交叉结合、难解难分的，只能大致区别、分别对待。历来《红楼梦》所产生的文学现象就是这样，而且特别突出，尤其典型。可以说，《红楼梦》问世三百年的历史，既是其艺术形象始终动人的光辉历史，又是一部人们都以自己的超脱境界对其阅读欣赏或研究评论而再创造的历史，因而又是一部一直论争不休的文学现象史，也即是人们对其持续进行各种无穷超脱境界创造的历史。这部历史，是这部作品的艺术形象具有持久艺术魅力和艺术生命力的光辉体现，又是这部作品的文学现象具有持续引争力和影响力的光辉写照。这就是《红楼梦》体现并提出艺术形象与文学现象相互关系与区别的新课题，也即是它体现并提出的独特而又有普遍性的现象和问题。

（本篇从 2019 年 1 月开始至 2020 年 9 月断续写成）

假味篇

春风吹又生之『假味』超脱境界
——关于两件新起『假味』现象的对话

> 野火烧不尽，春风吹又生。
> ——白居易

关于《吴氏石头记增删试评本》的对话

一、"假味"现象和境界是《红楼梦》一道独特的亮丽风景线

问：在网络信息看到，从 2018 年春开始，有许多关于《吴氏石头记增删试评本》的发现与质疑的信息，请教你的看法怎样？

答：这些信息早知道了，但不很在意，因为我不是"红学家"，从少年时代到现在耄耋之年，断断续续，读过无数次《红楼梦》，也读过许多关于《红楼梦》的文章著作，但我从来不是也不赞成"红学"中任何派，充其量也只能说是"拥鲁派"，即拥护鲁迅从小说本身出发阅读研究《红楼梦》的"学术派"，而且又只是最近才自己主动投靠的。这是因为退休后还想找点事来做，以践行自己"以超脱做事，以做事超脱"的信念。近年在做珠江文化开发研究之余，以对话的方式，进行《超脱寻味〈红楼梦〉》课题的探讨，主要从文学作品本身探寻其所塑造的艺术形象中的"美味"境界，既作为晚年的精神享受之一，也借此与后辈增多交流机会，同时，如果其正寻到曹雪芹所说的"都云作者痴，谁解其中味"之"味"，也未尝不是对读者和研究者有些少裨益。这种想法和做法恐怕也可以说是阅读研究《红楼梦》的一种超脱境界吧？

问：是的。

答：还得要进一步说明的是，我这个"拥鲁派"还特别注意到，鲁迅发现对《红楼梦》研究评论的"因人因时而异"内伸和外延现象。所谓"内伸"，是指读者自身投入其中充当一个角色；"外延"，是指读者从书中某种元素向外延伸引发的评论。鲁迅在《集外集拾遗·〈绛洞花主〉小引》中说："《红楼梦》是中国许多人都知道，至少知道这名目的书，

谁是作者和读者姑且勿论，单是命意，就因读者的眼光又有种种：经学家看见《易》，道学家看见淫，才子看见缠绵，革命家看见排满，流言家看见宫闱秘事……"他还在《中国小说的历史的变迁》一文中指出：对《红楼梦》的"反对者却很多，以为将给青年以不好影响。这就因为中国人看小说，不能用赏鉴的态度去欣赏它，却自己钻入书中，硬去充一个其中的角色，所以青年看《红楼梦》以宝玉黛玉自居；老年人看去又多占据贾政管束宝玉的身份，满心是利害的打算，别的什么也看不见了"。此外，鲁迅在《看书琐记》中还指出："文学虽然有普遍性，但因读者的体验的不同而有变化，倘读者没有类似的体验，它就失去了效力。……文学有普遍性，但有界限；也有较为永久的，但因读者的社会体验而生变化。北极的爱斯基摩人和非洲腹地的黑人，我以为是不会懂得'林黛玉型'的。"鲁迅这些论述，真是高明而清晰地概括了对《红楼梦》欣赏和议论的千奇百怪现象，并从理论上作出透彻阐释。应该说，鲁迅对这种"因人因时而异"的内伸外延引发现象的发现和概括，是在红学研究评论的一大发现和贡献，它从根本上理出了从《红楼梦》引发论争的社会根源和文学根源，更直接地总结和预示了以往和今后论争的根蒂。由此，引发出我对《红楼梦》的阅读和研究，除了主要是对作品本身艺术形象之外，还应当注意作品的内伸、外延现象，甚至我还概括出对所有文学作品大都必须是对其进行"形象"或"现象"这两个"象"的研究批评，即分别对"作品艺术形象"或对"作品内伸外延现象"的研究批评，从而造成在文艺创作和文学批评研究上产生或出现"争味"层出不穷、"余味"无穷无尽以至"假味"反复丛生的超脱境界。

问："争味""余味"你已在专题中讲了，现在讲"假味"反复丛生境界吧。

答：简而言之，就是对原书作者、版本研究的造假行为和现象。这种"假味"现象，早已有之，而且反复出现，生生不息，正如白居易诗曰"野火烧不尽，春风吹又生"。遗憾的是，这种相当突出的现象一直未受学界的特别重视，以至绵绵不绝、变本加厉、反复丛生。应当说这都是由于《红楼梦》问世时只有未写完的八十回本所引起的。首先是因为故事未完，读者盼望要有完成故事的小说版本，于是纷纷并持续出现《红楼后梦》《红楼真梦》等假《红楼梦》小说杂草丛生，目不暇接。即使被确认的正本，自清乾隆甲戌（1754年）脂砚斋重评本（甲戌本）之后，陆续有乙卯本、蒙府本、戚序本、戚宁本、甲辰本、舒序本、郑藏本、梦稿本等问世，尤其是在1791年和1792年程伟元连续两次初排活字版（分别简称程甲本、程乙本）时，是完整的一百二十回本，也未讲清楚前八十回与后四十回的作者不同，只说是高鹗整理补上后四十回，直至前些年再版《红楼梦》时，才改为作者是曹雪芹、无名氏。可见，流传了近三百年的《红楼梦》后四十回文本竟不是原作者所写的真稿，而是高鹗或无名氏续写的假货。由此可知，这种"假味"现象是由来甚久，不足为怪，习以为常的，正如当今电脑程序中的"默认"那样获得默许认可。

问：为什么明知是假，还会认可呢？

答：这就是"假味"所在，其实这种"假味"现象，可以说在相当程度上是《红楼梦》造成的，或者说是其有意无意造成或留下的五个造假空间。其一是版本造假，即故弄玄虚，假称是荒山抄录之作。首回称这部小说是茫茫大士、渺渺真人携带未能补天的一块顽石到红尘历尽离合悲欢炎凉世态的《石头记》故事。这说法显然是制造的神话，是神奇美丽的假话。其二是故事造假，即明言写假，隐去真事。小说开篇即声称写的是"满纸荒唐言"，是"假作真时其亦假，无为有处有还无"，是将真事隐（甄士隐）去，假语存（贾雨村）言，可见是有意写假作假。其三是只写抄录整理者，有意隐瞒作者而造假。首回称这故事经空空道人"检阅一遍""因毫不干涉时世，方从头至尾少抄录回来，问世传奇"，并将其改名《情僧录》。东鲁孔梅溪则题曰《风月宝鉴》。后因曹雪芹于悼红轩中披阅十载，增删五次，纂成目录，分出章回，则题曰《金陵十二钗》。其四是年代造假，模糊时空，亦见首回所称：所录石头故事"朝代年纪,地舆邦国却反失落无考",又说这段故事"无朝代年纪可考"。其五是故事未完,供人造假。因开始流传的原本,只有前八十回,原本失传或未写完,为后世后人提供了更加广阔的造假或创造的空间和天地,从而在造成此伏彼起、反复丛生的"假味"现象和超脱境界,形成了一道独特的亮丽风景线。

问:为什么明知是"假味"仍称其为"超脱境界"呢?

答:因为这五种有意或无意的造假行为,原作者是为艺术创造或某种原因而造假,这既是超脱,也是创造;后人根据原作者的造假缺陷或留下的空间继续造假,既是以超脱而补足缺陷,也是对其留下的空间进行新的创造,这种行为及其成果,只要真正达到自圆其说和艺术作品的水平,同样也是艺术创造的行为与成果,具有艺术境界的高度。所以,这也是一种"超脱境界"。

二、《吴氏石头记增删试评本》的出现是"假味"现象的春风吹又生

问:这次对话,你为什么先做这么多的说明呢?

答:这是因为要谈关于《吴氏石头记增删试评本》(以下简称"108回本")话题,必须先将《红楼梦》这种独特现象讲清楚,也可以说是先明确评价这种文学现象的理论前提吧。因为近年这个"108回本"的出现,正是这种"假味"现象的春风吹又生,应当将其纳入这种现象范畴,并以历来同样的评价标准而对其进行实事求是的评价,既将其造假缺陷和留下的空间找出来,将其"假味"中的"美味"和超脱境界亮出来,也应当将其造假不当之处及造成的恶果指出来。总体看来,这个"108回本"的出现,相当全面地体现了《红楼梦》有意无意造成或留下五个造假空间的"假味"现象。

问：请分别具体说说吧。

答：首先，从网络信息上分析。据称，2018年2月27日，苏州动物园狮虎山改造工程新年第一铲竟然无意中打通一座古墓。出土300多件文物中最具传奇色彩的一部《红楼梦》全本，被发现人士取名为《吴氏石头记增删试评本》，又被称为《红楼梦》"癸酉本"。网称："《吴氏石头记增删试评本》共有一百零八回，现在网上已公开发布了从第八十一回起的后二十八回。"迄今已见《吴氏石头记增删试评本》二十八回整体版、《癸酉本石头记后28回》典藏版正式出版。这个版本是真是假，有待科学检测鉴定。仅从信息上看，即有使人惊讶而怀疑之处，试想在三百年前古墓中，能出土一册保存完好未受破损或腐烂的纸质古书么？这不是明显有造假之嫌吗？即使可能有，也该在出土后先检测确凿真本后才宣传吧，但相关人士则迅速发出信息，为何急切如此？即使是真本，也不过是百多年来数不清的《红楼梦》版本或续书之一，不足以大惊小怪，但肇事者却将此事闹到"惊动红学界"，要将百多年来公认的《红楼梦》原作者曹雪芹赶下"神坛"，要推倒历代学者构建的"红学大厦"的地步。这不是有明显炒作之嫌吗？值得警惕的是，当今社会盛行的造假炒作歪风，早已传入学术界，万没想到连《红楼梦》研究领域也被侵入了，更何况以众所周知的现代科技复旧技术，复制区区一册古书，也不会是太难的事，因而造假之疑非常大。加之，刚出土之文物在未验证之前即大加炒作，岂不是更使人增加对其造假的怀疑么？这种作为和现象，不是与前面列举的《红楼梦》第一个有意无意造成或留下的造假空间如出一辙么？而且，这种造假现象与程伟元在首印程甲本时，称其一百二十回本的后四十回，是偶尔从书挑发现而经高鹗整理完稿的现象的重现么？所以，这部一百零八回版本，尽管与空空道人在青峰山下抄录的《石头记》、程伟元偶然发现后四十回《红楼梦》本那样明显造假，但也不失为一种自圆其说并有真凭实据的谎言，尤其是使一些人在多年来渴望发现《红楼梦》真正的结尾本的心态下见此发现，即使惊讶怀疑，也会对这个美丽的谎言表示欣慰。这种现象不也是与空空道人发现《石头记》、程伟元偶然发现后四十回《红楼梦》本一样，是具有"美味"的"假味"的超脱境界吗？《吴氏石头记增删试评本》所发生的这种现象，不也是"假味"现象的春风吹又生吗？

问：其二是什么呢？

答：是网上信息称此版本除部分段落语言粗俗外，绝大部分还是作者的原笔原意，文气一以贯之；情节与前回毫无脱节之感，更重要的是人物判词和"畸笏叟"等人的批语大都得以验证，当属真本；并认为《红楼梦》隐写的就是明亡清兴、改朝换代的那一段历史；同时，还遵循"索隐派"的老路，认为作品中的许多人物是有原型的。贾母是老太太、老祖宗、老太君，影射朱元璋。宝玉是"传国玉玺"，喜欢红色，喜欢吃胭脂，也就是离不开那红色的印泥。"通灵宝玉"上镂刻的"莫失莫忘，仙寿恒昌"与"传国玉玺"上篆刻的"受命于天，即寿永昌"也极为相似。黛玉就是崇祯帝的象征，爱哭，小性儿，多疑，率真。"玉带林中挂"就是一朱明王朝的"朱"字，即"木"字上加一带子。其仙逝亦同崇祯，崇祯自缢煤山古槐，黛玉亦自缢于柳叶渚边的槐树上，且时间都是阴历三月十九。王夫人影射明熹宗朱由校，也是意外落水成疾。朱由校1627年服用"灵露饮"而死，把皇权交给了兄弟朱由检，即崇祯帝。而王夫人的死何其相似于朱由校，她最后把她的"命根子"宝玉（玉玺）托付给了黛玉（明思宗崇祯帝）。而且，还认为，宝钗象征清廷，因为她的名字里带"金"，这是清廷的象征符号。她那金锁是人造的，不像"通灵宝玉"是神造的，金锁上面的"不离不弃，芳龄永继"是铸造上去的，暗喻大清的"不正统"。带金的多代表清廷，像鸳鸯（姓金）、玉钏、金荣等，后来都成了反面（清派）人物。鸳鸯是压垮贾府的最后一根稻草！还有带水的、带北的，后来都倒向清廷，如北静王水溶、贾雨村等。夏金桂影射吴三桂，狡诈尚气，出尔反尔，对宝玉怀觊觎之心，且付诸行动，最后不得善终。贾敬影射嘉靖皇帝。"贾敬袭了官，如今一味好道，只爱烧丹炼汞，余者一概不在心上。"嘉靖帝在位45年，居然20年不理朝政。

贾敬之死用的是"老爷宾天了","宾天"是指皇帝"驾崩"了。贾环就是"家患",喻指闯王李自成。贾蓉、贾蔷谐音"戎羌",乃胡虏蛮夷之徒,象征清廷。另外,湘云隐喻历史,香菱影射南明永历帝,王熙凤影射宦官魏忠贤,邢夫人象征大明刑法,贾政喻指大明朝政,元春、林红玉影射袁崇焕,等等,不一而足,大都能找到历史原型。这种说法,是否真如这个新发现的"108回本",实际有待另行讨论。对于这些"索隐"说法,明显有太多的主观猜想成分,所指原型人物与小说形象之间,欠缺明确的针对性和内涵的对应性,而且都在小说中找不到有说服力的依据,但也的确能自成一说,因为早有以蔡元培代表的索隐派的如此说法,而这说法也符合《红楼梦》第二种造假空间的现象,即将真事隐(甄士隐)去,假语存(贾雨村)言的手法。所以,即使这即108回小说文本的实际描写如此,也仍然是"满纸荒唐言",是"假作真时其亦假,无为有处有还无"的假话。至于在这假话中所隐藏的真事,究竟是曹氏家族的家族史故事,还是明朝从朱元璋开国到崇祯皇帝灭亡的明朝三百年兴亡史的缩影,也是暂时真假难辨,但也未尝不是一家之言,可以满足部分的好奇和新兴索隐迷之时尚。这也当是一种具有"美味"的"假味"的超脱境界,自然也是"假味"现象的春风吹又生现象。

问:其三是什么呢?

答:是网上信息提出小说作者是谁的问题。发现者认为,《红楼梦》的原创作者是明末清初著名诗人吴梅村(吴伟业),"曹雪芹"只是在原创基础上加以增删润色的修改者,并且只是一个化名。猜想在清初"文字狱"的高压之下,这"曹雪芹"极有可能不是一个人,而是一个小团队,与吴梅村志同道合。这些人皆文学功底深厚,兴趣爱好广泛,且深知作品创作底里。还有人考证出,对原作"增删五次,批阅十载"之"曹雪芹",是吴梅村的学生严绳孙。此外,还提出的依据是,在吴祖本第一回里有一条批语:"此书本系吴氏梅村旧作,名曰《风月宝鉴》,故事倒也完备,只是未加润饰稍嫌枯索,吴氏临终托诸友保存,闲置几十载,有先人几番增删皆不如意,也非一时,吾受命增删此书莫使吴本空置,后回虽有流寇字眼,内容皆系汉唐黄巾赤眉史事,因不干涉朝政故抄录修之,另改名《石头记》。"并且在全书的最后,还有一条批语:"本书至此告一段落,癸酉腊月全书誊清。梅村夙愿得偿,余所受之托亦完。若有不妥,俟再增删之。虽不甚好,亦是尽心,故无憾矣。"甚至说,单凭这两条批语,就足以证明《红楼梦》的原创作者是吴梅村。但也有学者对这些论据表示质疑,从吴梅村的生活经历、学识素养、著作情况上看,缺乏创作《红楼梦》的基础和依据,同时也对这两条批语以至整个版本的真实性有所质疑。

网上还介绍了吴梅村,即明末清初大诗人吴伟业(1609—1672),字骏公,号梅村,别署鹿樵生、灌隐主人、大云道人,世居江苏昆山,祖父始迁江苏太仓,汉族,江苏太仓人,崇祯进士。明末清初著名诗人,与钱谦益、龚鼎孳并称"江左三大家",又为娄东诗派开创者。长于七言歌行,初学"长庆体",后自成新吟,后人称之为"梅村体"。明神宗万历三十七年(1609)五月二十日,吴梅村出生于江苏太仓的一个读书人家中。七岁开始读家塾,十四岁能属文。崇祯四年(1631),参加会试,遭乌程党人诬陷,被控徇私舞弊,幸崇祯帝调阅会元试卷,亲在吴伟业之试卷上批"正大博雅,足式诡靡",方得以高中一甲第二名(榜眼),授翰林院编修。崇祯十年(1637),迁东宫讲读官,十六年(1643),升庶子。其间仕途春风得意,踌躇满志,皆因与崇祯帝之殊遇知遇密切相关,内心十分感激崇祯帝。崇祯十七年(1644),李自成农民起义军攻入北京,崇祯帝自缢煤山,梅村号哭痛欲自缢,幸为家人所觉。出于对明王朝之依恋,尤其对崇祯帝之感恩,吴梅村在其编撰的《绥寇纪略》中,极力诋毁、攻击李自成、张献忠起义。在明亡后长达十年,吴梅村一直屏居乡里,保持名节。顺治十年(1653),不得已乃应诏入都,授秘书院侍讲,寻升国子监祭酒。顺治十四年(1657),吴伟业借口身体有病,辞官请假归乡里。对此经历,内心深感耻辱。康熙十年(1671)夏,吴伟业旧疾大作,留下遗言:死后敛以僧装,墓前立一圆石,曰:诗人吴梅村之墓。后葬于苏州元墓山之北。吴伟业晚年深为自己仕清失节而痛悔,不愿以入清官职"祭酒"相称,而自许为普通一"诗人"。由于吴伟业是这样的经历,所以有学者认为"变节"者不可能写出"抗清复明"的《红楼梦》。有意模糊成书及其所写时代生活时间的造假行为密切相关的,小说首回即声称:所录石头故事"朝代年纪,地舆邦国却反失落无考"。

　　从这些网上信息可见,尽管有这么明显的可疑之处,但也未尝不可称其为一家之言,因为在《红楼梦》首回中,确实留下了造假作者的空间,因为文本并未写出作者是谁,只是写"有个空空道人访道求仙,忽从这大荒山无稽崖青埂山下经过,忽见一大块石上字迹分明,编述历历。空空道人乃从头一看,原来就是无材补天,幻形入世,蒙茫茫大士、渺渺真人携入红尘,历尽离今悲欢炎凉世态的一段"《石头记》故事,经空空道人"检阅一遍","因毫不干涉时世,方从头至尾少抄录回来,问世传奇",并将其改名《情僧录》。东鲁孔梅溪则题曰《风月宝鉴》。后因曹雪芹于悼红轩中披阅十载,增删五次,纂成目录,分出章回,则题曰《金陵十二钗》。从这些说法可见,空空道人只是传抄者,东鲁孔梅溪是改题者,曹雪芹也只是整理者,显然这是有意隐瞒真正作者的假话,而这些假话也即为后世后人留下了造假作者的空间,并且提供了东鲁孔梅溪、曹雪芹两个真名实姓的人物供人选择。经过百年风雨,由于"自传说"占上风,使曹雪芹为真正(或主要)作者说成为约定俗成的公认定论,现在由于新索隐派的突起,抬出"孔梅溪"即吴梅村是真正作者说,自然也是从《红楼梦》首回中留下造假作者的空间而来,所以也不能斥此说毫无依据,尽管此说的可疑之处甚多而明显,但从"百家争鸣"方针而言,此说也未尝不可称其为一家,也当是一种具有"美味"的"假味"的超脱境界,自然也是"假味"现象的春风吹又生现象。

问:其四是什么呢?

答:是网上信息还提出《红楼梦》的成书时间问题。这个问题,首先是从原作者究竟是曹雪芹还是吴梅村的问题引出来的。如果确定了吴梅村为《红楼梦》的原创作者,那《红楼梦》的成书时间,就不是主流红学专家确定的乾隆年间，而是大大提前到康熙年间，甚至可以推定初稿完成时间，不会晚于吴梅村去世的 1672 年，修改润色稿则不晚于康熙癸酉年，即公元 1693 年。网络笔者还对原称《红楼梦》作者曹雪芹表示怀疑，认为此位北京曹雪芹，区区一介书生，处于败落之家，穷困潦倒，自己的温饱都成问题，哪还有精力创作一部近百万字的皇皇巨著？况且到曹雪芹懂事时，曹家早已败落，凭他的生活经历，不可能写出宛如帝王的生活场景，大量的细节如果不是生活在其中，是很难靠想象描写出来的。但是，也有学者质疑：那么，吴梅村有"宛如帝王"的生活经历和依据么？而且《红楼梦》所写贾府大观园的生活，是"宛如帝王的生活"么？由此，过去"自传派"称《红楼梦》隐写的是江宁织造曹寅家族史的说法被否定，代之是作者"以家寓国"的手法隐写的一段明代亡国史。据本子的持有者透露："这个本子分 12 册，每册九回，一共是 108 回，封面题为《吴氏石头记增删试评本》。"这个本子通本带有大量朱批，其中有些批语是其他石头记古本所没有的。有落款的批语中，有一部分是署名"畸笏叟""棠村"等。除了批语，这个本子前八十回的回目和正文也存在很多异文。比如，每一回平均的字数要比今本多 10% 左右，宝玉有过很多"反动"言论。另外，此本在第八回里有"枫露茶事件"，第二天宝玉忽然发火并找借口撵走茜雪的情节；在第九回里有薛蟠贪恋男色而为秦钟争风吃醋的情节；在第十回有秦可卿与公公贾珍扒灰被尤氏捉奸的情节；在第十三回里有"秦可卿淫丧天香楼"的情节，这一回的回目为"秦可卿死封五花部，王熙凤协理宁国府"，而今本为"秦可卿死封龙禁尉，王熙凤协理宁国府"；在第六十四回里多出一个叫"鳌小白"的凶悍角色，而且有着惊人的表现；第六十七回的回目也与今本不同，为"探奇宗宝玉挽故友，闻秘事凤姐讯家童"，今本为"见土仪颦卿思故里，闻秘事凤姐讯家童"，其中多出了柳湘莲出家以后宝玉为其悲伤过度、派小厮茗烟到处寻找柳湘莲的情节。遗憾的是，此本前八十回迄今未见面世。所以，只能待 108 回版本正式出版后，经过科学的鉴别，才能判断这些网上信息说法是否属实，才能在判断原作者究竟是谁的同时，对小说的成书时间作出判断，而且还必须根据小说所写生活习俗、世风情、人物语言等的时代背景作出判断。但是,网上这些信息披露,也并非空穴来风,也的确是从《红楼梦》留下的造假空间(实则空子)中吹出来的。在小说首回连续两次宣称:所录石头故事"朝代年纪,地舆邦国却反失落无考",又说这段故事"无朝代年纪可考",这显然是有意模糊留下的第四种造假空间。后世后人当然不会浪费这个巨大空间,早在百年前已有"自传派"以"清康雍乾盛世"的说法填补,现在则由新索隐派以"康熙年间"具体化,这种连续造假现象,也未尝不是一种连续的层层超脱境界,自然也是"假味"现象的春风吹又生现象。

问:其五是什么呢?

答:是网上信息还简介《吴氏石头记增删试评本》的后二十八回本(下称《红楼梦》后二十八回本)的故事情节。这是接着《红楼梦》第八十回的情节进行的。写宝玉得知晴雯被撵之事与袭人有关以后,一气之下将她赶出贾家,后袭人嫁给了蒋玉菡;贾家人开始为宝玉择媳,否定了宝钗,然而贾政居然为宝玉选中了妙玉,妙玉得到消息以后大吃一惊,匆忙离开贾家,后在瓜州渡口不幸落入风尘;庶出的探春在相亲的时候遭人嫌弃,后因和番而远嫁岛国;迎春嫁给孙绍祖一年以后被折磨至死;惜春因看破红尘出家为尼;王熙凤因种种恶行曝光而被贾琏和邢夫人休掉赶出贾家,后惨死在狱中。随后天下大乱,因连年不断的灾荒导致变民四起,外有戎羌入侵,元春因被诬告通敌而被处死,贾家正在为宝玉和黛玉办喜事的时候被皇帝抄家,从此开始败落;赵姨娘和贾环为争夺贾家财产而招接流寇洗劫贾家,杀死了贾政,并绑架了宝玉,从此宝玉和黛玉天各一方不能相见;贾蓉和贾蔷、柳湘莲和薛蟠等人勾结流寇抢夺贾家财物,贾家惨遭涂炭,纷纷惨死,最后只剩下黛玉一个主子,而黛玉没有管家经验,又因为小性、多疑的性格不幸中了"反间计",导致贾家很快被流寇攻破,在绝望之中的黛玉上吊而死;宝玉辗转着被人搭救出来,一年以后回到贾家悼念死去的黛玉;因贾家家亡人散,所以宝玉走投无路而与宝钗成亲,后因感情不和而离家出走,四处流浪;几十年以后宝玉遇到同样流浪的史湘云，两个人相依为命，直到去世，最后宝玉与家人在警幻仙境团聚，全书告终。从这信息可见，的确有一部续《红楼梦》前八十回的后二十八回本，而且是多年流行的后四十回的故事与结局迥然不同的版本，姑且暂不论其真假，仅从其提供的故事情节和人物结局上看，也是可自圆其说的，也同之前多年流行的后四十回本一样，是填补《红楼梦》前八十回后造假空间的又一新成果，是连续的"假味"超脱境界和现象，是这种传统现象在新的时代条件下春风吹又生。

三、从《红楼梦》前八十回本艺术形象看癸酉本《石头记》后二十八回本的真伪

（一）从癸酉本《石头记》后二十八回本大结局看主题思想和基本理念的逆反

问：你如何评价近年来在网上关于《吴氏石头记增删试评本》的论争？

答：应当说，这些关于《吴氏石头记增删试评本》的信息及其论争，揭开了红学论争的新序幕，使新时期学术红学又深一层地进入"争味"的超脱境界，同时也将"假味"推向新的超脱境界。近年的这场论争，核心是这个《红楼梦》版本是否为原真版本的问题，上述五个造假现象和境界都是从这核心产生并围绕着进行的。但是，应当清醒地看到，这些"争味"或"假味"，都是正如鲁迅所说不同的人以不同的眼光看《红楼梦》，并主要是从前八十回本的内伸与外延而产生的问题和现象，换句话说，这些现象都是不同的人以不同的眼光（或需要）而对《红楼梦》节外生枝的外加产物，只能是供了解艺术形象的参考，因为不管其说得如何天花乱坠、头头是道，全都既非前八十回本有机整体的内涵，也不能作为甄别分析其是否为前八十回本有机整体的内涵的依据或标准，只有从前八十回本艺术形象出发去甄别分析，符合前八十回本艺术形象发展

和内涵的续篇版本，才能称其为真正的原本，才能视为与前八十回本艺术形象一脉相通的有机整体中的艺术形象。所以，应当以此对新发现的《吴氏石头记增删试评本》尚未全书出版，仅由金俊俊、何玄鹤编的《癸酉本石头记后28回本》（当代世界出版社2017年6月出版）的真假如此进行甄别分析。

问：具体怎么做呢？

答：由于通行的《红楼梦》一百二十回本（即人民文学出版社1982年版本）中的前八十回古全书之大半，所写的主题思想、故事结构、主要人物等小说主要环节已基本成型，尤其是在小说的开篇和第五回中已有清晰的结局预示，其美学原则和理想已基本体现于其塑造的艺术形象之中。所以，应当以前八十回本艺术形象的内涵、预示与发展，去甄别分析其是否为前八十回本有机整体的内涵的依据或标准。令人惊讶的是，以此视点观照《癸酉本石头记后28回本》的描写，很快即发现通篇都是与前八十回本艺术形象的内涵、预示与发展相反方向超脱的假话谎言，是完全背离历史真实和起码艺术真实的丑漏百出的"假味"境界。具体表现在下列五个方面。

问：请分述其详。

答：首先是主题思想的背离，甚至完全相反。众所周知，前八十回已清楚表明《红楼梦》是一部反映人生离合悲欢、世态炎凉的小说，它以贾氏家族的兴亡故事反映了封建社会中人生从"好"与"了"变幻莫测的命运，同时以贾宝玉、林黛玉的爱情故事的始末体现青年一代的自由追求，及其对封建礼教的反抗与理想的破灭；尤其重要而突出的是，小说以僧道二仙将未能用于补天的一块顽石化为宝玉到世间亲历见证这两个故事，而以佛道观念告诫世人行善报恩、淡化名利以救世，同时又以惠能禅学的"空""净"理念，揭露抵制贪赃枉法、男盗女淫的邪恶行径，并以此为人生的目标和分辨是非的底线。这样的主题思想和基本理念在前八十回的艺术形象中是全面体现、一以贯之的。可是，后二十八回本则是全面割裂、背离甚至完全逆反的。最典型的事例是在小说第一〇八回"情不情僧遭逢穷途，幻中幻境展演情榜"所写的"情榜"和结尾中。

问：这是全书大结局呵！

答：是的。在前八十回本第五回所预示的大结局，是贾宝玉在太虚幻境听到的《红楼梦》曲的预示。一是［红楼梦引子］："开辟鸿蒙，谁为情种？都只为风月情浓。趁着这奈何天，伤怀日，寂寥时，试遣愚衷。因此上，演出这怀金悼玉的《红楼梦》。"这是宝黛爱情故事结局的预示。二是［收尾·飞鸟各投林］："为官的，家业凋零；富贵的，金银散尽；有恩的，死里逃生；无情的，分明报应；欠命的，命已还；欠泪的，泪已尽。冤冤相报实非轻，分离聚合皆前定。欲知命短问前生，老来富贵也真侥幸，看破的，遁入空门；痴迷的，枉送了性命。好一似食尽鸟投林，落了片白茫茫大地真干净！"这是整个故事结局的预示。此外，就是在同回中警幻以"千红一窟（哭）"的茶和"万艳同杯（悲）"的酒招待贾宝玉，暗示所写美女（都是"千红""万艳"）的结局都是令人痛哭的悲剧。这些预示和暗示，不仅清晰地体现了原作者创作《红楼梦》故事的整体构思，而且鲜明地体现了这部小说的主题思想和基本理念，尤其是在对人生从"好""了"变幻莫测命运的叹息，以及对惠能禅学的"空""净"理念坚守追求中，对封建社会的黑暗残酷和礼教束缚的对立与抗争。这种以"好""了"和"空""净"的道佛理念与儒家主宰的社会对立而不同流合污的行为和理念，本来也不是怎么先进的，但在黑暗污浊的社会中则是可贵而有进步意义的，并且在前八十回本中是全面而强烈体现的。正因为如此，高鹗在后四十回续书中，即使最后以儒家思想写贾宝玉中举、获得"兰桂齐芳"荣耀的大团圆结局，最后也不得不按原作者的构思写贾宝玉出家归大荒收尾，从而还在一定程度上体现了对原作者构思和理念的尊重与继承。

问：这个全书大结局的逆反具体表现在哪里？

答：具体表现在这回所写的"情榜"上。这是贾宝玉最后在太虚幻境见到小说所写已死去人物的名单，除全部女子都被封上"金陵十二钗"正册、副册、又副册、三副册、四副册之外，全部男子也分别被列入"金陵十二主子""金陵十二恶人""金陵十二公子""金陵十二杂家"。这就意味着，所有人不管男女、不管好坏、不管有情无情，全都是太虚幻境的情仙下凡，死后回升仙境并被分别在"痴情司""结怨司""春感司""秋悲司"中"任职"，全都成了"情仙"，甚至都当了"司情"机构的"司官""司长"，将整个已经家破人亡、"树倒猢狲散"的贾氏家族全都在仙境大团圆，盘踞天下多年多代、腐败透顶的王公贵族死而不僵，又重新回到天上享受富贵荣华。显然，这样的"情榜"和结局，首先是背离了前八十回中两次写到太虚幻境的机制和规模的，因为小说写明，这个仙境所设各个情司"皆贮的是普天之下所有的女子过去未来的簿册"，并明确规定是"金陵十二钗册"及其副册又副册。而且在前八十回描写中始终贯串着"女子是水做的""男子是泥做的"洁污、美丑分明的思想。可是，这个"情榜"竟将大批男子立册列入，而且无恶不作的恶棍也列入其中，这不是明显跨越界限并大大"超编"，而且好恶不分、美丑混同么？这不是明显混淆是非的造假么？还值得注意的是，这个一〇八男女"情榜"，类似《水浒传》中梁山泊一〇八结义的"天罡星""地煞星"神榜，但这名单仅限于被逼上梁山的英雄好汉，绝不会将迫害这些好汉的奸臣恶霸（如高俅、西门庆等）列入神榜的，是非好恶的界限极其分明，可见这情榜全是低级的东施效颦，与《水浒传》的神榜天隔地远，更与前八十回关于太虚幻境的构思与形象风马牛不相及，所以是纯属拙劣伪造的全书结局。

问：这个版本对前八十回艺术形象的逆反还有哪些表现？

答：更重要的还表现在这版本所写的贾宝玉最后做人生总结的结尾上。小说写贾宝玉看完情榜之后，对众人感叹说道："想我自幼生于金门玉府，赖天赐祖恩，着雀裘锦衣，食饫甘美馔，深蒙父兄宠爱，却不惯人间是非曲折，厌高低尊卑束缚世人，自以为自古多少帝王将相，将那功名富贵看得过重了，曲解了孔孟之道。想那闺阁裙钗平民子弟亦有聪明灵秀娇姿倩容，一并使其泯灭，何其错谬。上天有好生之德，世法平等，不可错会了圣人教导，然我虽有一颗真挚赤子之心，然过于顽劣，桀骜难驯，未肯听从父母兄姊之尊尊训诫，又误受纨绔公子之靡靡邪诱。岂知一味看重优雅谈吐妍美容貌，犹如以附子疗疾，以鸩毒止渴，荒废了一生事业，半点功名亦未得取，不堪为社稷国家出力。如今国破家亡，我岂不后悔，今只有叹息罢了。"这番悔过总结，从语言到思维方式都活似当今某些经常逃学捣乱犯规的中小学生犯错后所作的检讨书，知识浅薄、涵养有限、文字肤浅，与贾宝玉的文化素养沾不上边，一看即知是假货！更为明显的是，全篇悔过书的内容，将《红楼梦》这部反映人生离合悲欢、世态炎凉的小说，以贾氏家族的兴亡故事反映了封建社会中人生从"好"与"了"变幻莫测的命运，同时以贾宝玉、林黛玉爱情故事的始末体现青年一代的自由追求，及其对封建礼教的反抗与理想的破灭；尤其重要而突出的是，小说以僧道二仙将未能用于补天的一块顽石化为宝玉到世间亲历见证这两个故事，而以佛道观念告诫世人行善报恩、淡化名利以救世，同时又以惠能禅学的"空""净"理念，揭露抵制贪赃枉法、男盗女淫的邪恶行径，并以此为人生的目标和分辨是非的底线的主题思想和基本理念根本抛开了，将前八十回所写的一切看作"不惯人间是非曲折，厌高低尊卑束缚世人，自以为自古多少帝王将相，将那功名富贵看得过重了，曲解了孔孟之道。想那闺阁裙钗平民子弟亦有聪明灵秀娇姿倩容，一并使其泯灭，何其错谬"。这样的悔过，怎能使人相信是前八十回所写贾宝所说的话？怎能相信是原前八十回作者按其原有写作框架所写的续篇结尾呢？这段文字，不仅是对前八十回贾宝玉形象的全盘背叛和逆反，同时也是对前八十回所创造艺术形象的背离和逆反，也即是对《红楼梦》思想艺术的全盘背叛和逆反，尤其重要而突出的是对原作者在前八十回中所确定并充分体现的主题思想和基本理念的彻底背离和彻底逆反，因为正在于这基本点上的背离逆反，造成了下述一系列的层层变异与逆反。

（二）从人物形象变形看对基本美学原则和理想的破坏与逆反

问：前面你用从结局倒看后二十八回本造假的方式很好，请继续吧。

答：这方式也可用来从人物形象变形看其造假，只用前八十回的主要人物形象，分别与后二十八回本对比，用基本的美学原则去甄别分析，即可清楚看出其造假，正如俗话所说"不怕不识货，只怕货比货"。先看小说主人公贾宝玉的形象。在前八十回中，贾宝玉简直是古代青年公子美的化身，他不仅外貌美，是众所公认的帅哥，是才貌双全的公子，更主要的是心灵美、精神美，原作者为其取名"宝玉"，在于美其人品圣洁，称其前生是"神瑛侍者"，实乃寓有精神英灵之意，而其以圣洁雨露滋养绛珠草故事为底蕴的宝黛爱情史，更是其人品和心灵美的始终和最大亮点。他既专情而又泛爱，愿为爱情而生死，他爱女子的纯情圣洁，认为女子是水做的，男子是泥做的；他爱憎分明，视贾雨村之流贪官为"蠹禄"，同情下层使女男仆，平等相待。尤其是在爱情生活上，小说注重写他的"意淫"，而体现其注重情性的精神美；注重《西厢记》《牡丹亭》的爱情向往，体现对封建礼教束缚的反抗和对爱情美的追求。显然，前八十回的故事情节，非常明确地将贾宝玉放在对封建礼教的反抗，始终保持不同流合污的思想行为中，作为人美、心美、情美、质美的形象而塑造的，而且是以惠能禅学"空""净"理念为精神支柱的。这是贾宝玉形象的中轴线和基本点。如果真是继续前八十回的真本，所写的贾宝玉形象必然是从这样的中轴线和基本点上发展的形象。所以，高鹗的后四十回续本，尽管有意以儒家思想改变小说主题，写贾宝玉与薛宝钗成亲后，用功读书，中举成名，光宗耀祖，但在此前也不得不写贾宝玉与林黛玉继续以禅语禅机交流的细节，以承传前八十回的中轴线和基本点；尤其写贾宝玉中举后出家回归荒山的结尾，更意味着对此的承传与发展，因为这个结尾不是在做和尚的行动身份本身，而在于体现惠能禅学"空""净"理念和精神美形象的传承发展，高鹗只不过是以贾宝玉中举和穿上红锦袈裟跪拜生父贾政的结尾，加上儒家思想的光环而已，还不至于像所谓新发现的后二十八回本那样造假到了令人作呕、不可容忍的地步！

◇ **问**：新发现的后二十八回本是怎样做的呢？

◇ **答**：庸俗低级，卑劣污秽，简直是别有用心，蓄意破坏！明显表现在对前八十回所写贾宝玉形象四个节点的背离和破坏上：其一，此本第八十五回写贾政决意为宝玉成亲，以妙玉为正妻，以黛玉为副作妾，贾宝玉乍听流泪，与父争执，但很快即转念心想："林妹味的风流气度虽与妙玉旗鼓相当，若论品貌确不及妙玉，妙玉乃天上仙女一般人物，出身高门本是攀求不得，只如今他宦门凋落徒留，尊敬与众人，他那诗才连林妹妹等皆不及，如此种种妙玉倒占了上风。父亲逼我求娶妙卿，我对他也有几分情意，若与父亲违抗必然吃亏，不若顺着父亲答应求娶妙卿。"这段自白，首先就背离了原作者"木石前缘"的美丽构思和美学意义，背离了前八十回系列描写贾宝玉对林黛玉情投意合、信誓旦旦的坚贞爱情关系，背离了为坚守这坚贞的爱情而与封建礼教抗争的决心和勇气，从而造成对宝黛爱情的性质和美学意义的背叛和破坏。其二，在这段自白和同回描写中，写贾宝玉自认对妙玉"也有几分情意"，甚至不惜以现代人的手法和笔法，主动向妙玉写求爱信："浊物久慕兰姿仙才，不敢亵渎，小姐乃金玉之质，小生则系不才之身，鸠鹓岂近鹰鸳？然达成申信，愿结秦晋之好，恕吾直言冒犯，多多见谅，静待佳音。槛内人怡红院浊玉沐浴谨拜。"这样粗俗的情书有谁相信是一位饱读诗书的贵族公子给一位尼姑才女写的呢？甚至急不可待地追逐当面表白，下作到如此田地，不是现代电视剧常见的男追女逐的俗套用于封建时代公子小姐的"狂奔"作为么？这不仅违反历史常识，更背离并破坏了妙玉和宝玉的高雅思想性格，也是对原作者精心塑造的体现"空""净"禅意美学理想形象的亵渎破坏。其三，在第九十九回写贾宝玉与薛宝钗埋葬林黛玉留下的白骨后，两人即在荒凉的大观园合欢性交，随后正式成婚成家，不仅将前八十回所写"木石前盟"的神圣美瞬间粉碎，也将"金玉良缘"庸俗化，完全背离并破坏了贾宝玉在这两方面姻缘中的思想性格和美学理想,以及在这"三角恋爱"关系中的思想与美学内涵。其四,前面谈到的全书结尾所写贾宝玉在太虚境"大团圆"时的悔过词,完全是对前八十回所写贾宝玉思想性格的背离,也是对原作者在前八十回中确立并体现的基本美学原则和理想的背离和破坏。

问: 其他人物形象怎样呢?

答: 大都如此,林黛玉形象更是这样。在前八十回中,林黛玉形象是古代少女美的化身,是天生丽质、才貌双全、高雅圣洁的大家闺秀。她的美主要在四个方面:其一是情美,她前世是天仙绛珠草为还泪债而到今生结"木石之盟",为共同的爱好和"禅机"而建"宝黛"情缘,从始至终,都是纯洁纯美之情;其二是诗美,她在大观园群芳中是诗魁,是诗魂,一生写诗,诗写人生;其三是气质美,纯洁正直,不甘同污,"质本洁来还洁去,强于污淖陷渠沟";其四是理想美,追求如花似鸟的自在生活,抱负天人合一理想,"花魂鸟魂总难留,鸟自无言花自羞。愿奴胁下生双翼,随花飞到天尽头"。这四美所凝的光辉形象是极其鲜明而光彩照人的,遗憾的是原作者未写出其生命最后结束的情景即搁笔了,但在前八十回中也不是没有伏笔暗示的。如在第七十六回"凸碧堂品笛感凄清,凹晶馆联诗悲寂寞"中,写月下联诗,史湘云的末句是"寒塘渡鹤影",林黛玉的接句是"冷月葬花魂",有专家认为这是二人结束生命场景的预示,因为史湘云常以鹤自喻,后死于湘江;林黛玉可能是在所闻宝玉与宝钗成亲的消息后,于月夜投湖自尽。当然这只是猜想,但应当肯定这猜想是符合这句联诗和《葬花词》所含的意境及其所体现林黛玉"四美"的光辉形象和思想性格的。耐人寻味的是,高鹗在后四十回续书中,写林黛玉在贾宝玉与薛宝钗成亲的时候,焚诗后高呼"宝玉!宝玉!你好……"后命绝,同在这个时辰,"只听得远远一阵音乐之声,侧耳一听,却又没有了。探春、李纨走出院外再听时,唯有竹梢风动,月影移墙,好不凄凉冷淡!"这番情景描写,虽与专家猜想的原作者原意有所不同,但基本上还是符合林黛玉的光辉形象和思想性格的，也是符合基本的美学原则和理想的。

问：新发现的后二十八回本是怎样做的呢？

答：这个冒充的"真本"更是明显而严重地对前八十回本的背离而逆反，主要体现在四个节点上：其一，安排林黛玉与贾宝玉正式结婚，因为前八十回所写的"木石前盟"是《西厢记》《牡丹亭》式的自由恋爱，是封建礼教所不容的，其与"金玉良缘"的纠葛，实际上就是林黛玉的"情美"和"理想美"与封建礼教的矛盾冲突和对立反抗，安排其实现结婚，不是意味其反抗胜利，而是意味着矛盾冲突的改变和对其反抗的消失。所以这个安排，明显是对前八十回本的背离而逆反。其二，在贾家衰败后在贼寇连续围攻的情况下，林黛玉被推举出来作为唯一主子而指挥抗贼的安排，是明显造假并背离其思想性格的，因为当时曾经是管理大观园"三人小组"之一的大少奶奶李纨仍健在，轮不到林黛玉；而且，当时林黛玉虽已开办婚礼，但未正式拜堂即遭抄家和暴乱的厄运，按林黛玉的思想性格和素质，是肯定不能也不会担当如此使命的。显然这个安排，是有意利用林黛玉的无能和弱点，有意安排其中鸳鸯离间计而罪当最后败亡贾家之责，以彻底背离并破坏其光辉形象。其四，是安排林黛玉最后自罪在大观园槐树下上吊自杀身亡，白骨露天，无人收殓，数年后才由贾宝玉与薛宝钗殓葬，也由此而将"金玉良缘"取代了"木石前盟"，彻底破坏并毁灭了林黛玉的光辉形象和基本的美学原则和理想。早在1927年9月，鲁迅说过："我宁看《红楼梦》，却不愿看新出的《林黛玉日记》，它一页能够使我不舒服小半天"，因为"多不在假中见真，而在真中见假"。（见《鲁迅全集》第4卷第20—21页）当今后二十八回本中的林黛玉形象，给人的印象远过之而无不及。

问：薛宝钗形象怎样呢？

答：同样如此。众所周知，在前八十回中，薛宝钗与林黛玉是"双峰并峙"的形象,是原作者以对立统一美学法则精心塑造的对称美女,林黛玉是气质高雅的天仙美女,薛宝钗是温柔敦厚的典范美女。在中国传统美女中,有"燕瘦环肥"的说法,意思是有似燕子在手掌上跳舞的赵飞燕代表线条型的美女,有似在温泉出浴的杨贵妃则代表丰润型美女,分别体现两种对等传统美女形象,体现对称的美学法则,所以,红学界历来有"钗黛平分""钗黛合一"的说法。从前八十回看薛宝钗形象,主要是体现一种圆形的思想艺术美,具体表现在:一是圆润的体质和外貌,小说写她脸若银月,眼似漆杏,堪比王嫱,妙似杨妃,丰润的胳膊,使贾宝玉看得发呆,可见其美。二是圆和的人缘和情缘,小说写她性格温和,待人宽厚,人缘极好,"金玉良缘"又是规范的门当户对的情缘,这也是一种圆满的美。三是圆通的知识和才干,小说写她饱读经书,诗画针秀,无所不晓,且善持家理家,既是薛家主骨,又是大观园"三管家"之一,可谓是一种圆通美。四是圆满的追求和目标,小说写她是为"备选"进京,对元妃省亲顶礼膜拜,苦劝宝玉读经求名,但求实现"金玉良缘",以达"好风凭借力,送我上青云"的目标,这种理想和途径,也未尝不是一种圆满美。但这"四圆"还是围绕着一个"德"字,即封建礼教"三从四德"之德。这是其"四美"并具有典范性的核心和底线,也是其对贾宝玉具有吸引力和牵制性之所在。所以,在前八十回的《金陵十二钗册》判词预示中,以"可叹停机德"喻薛宝钗(同时以"堪怜咏絮才"称林黛玉),可见,即使这"德"本身有伪善的一面,但在薛宝钗说来是真诚信奉并践行的,这正是数百年来众多读者认可并使贾宝玉欲舍难断的魅力所在。正因为如此,高鹗在后四十回续书中,也不敢背离这个核心和底线去写薛宝钗的形象,一直未有使用阴谋诡计破坏宝黛情缘的情节,即使在写贾宝玉中"调包计"而与其成婚后,她也仍然一如既往地以封建礼教规劝宝玉,最后直至宝玉中举后出家,她也在生出遗腹子后,在冷寞孤寂中默默死去,按原作者所预示的"金钗雪里埋"判词,完成了这个封建礼教殉葬品的圆美典范形象塑造。

问：新发现的后二十八回本是怎样写薛宝钗的呢？

答：这个所谓真本对薛宝钗的形象写得更是离谱，更是庸俗低级，简直变成了一个工于心计、缺德害人的荡妇！如此丑恶形象，主要体现在四个节点上：其一，第八十四回写薛宝钗知道贾政确定贾宝玉与林黛玉结婚的消息后，即访林黛玉探虚实，出主意并亲带算命先生张半仙进大观园为林黛玉"驱邪"，暗地收买张半仙对贾政说出"公子名玉，不可找名中带木的匹配即可，须找带金的为佳"，即以命该否定"木石前盟"，代之"金玉良缘"之意。万没料到贾政当即反对，认为"不好，宝玉为土，更不可找金了。人人都知土生金，土反吃了金。不妥，不妥！既是宝玉为土，还找个名字中带玉的就妥了"，顿使张半仙结舌，薛宝钗的诡计被粉碎了。其二，第九十六回写贾宝玉被救出后被安置在薛家，一再要求回大观园，薛宝钗就是不准，说道："你那府里已叫流贼全占了，大太太、老爷都被贾环刺死了，家里一个人也没有了，下剩的不是死了就是逃了，还有，你林妹妹已经跳井自尽了！"其实这个时候，按小说所写，林黛玉尚在指挥抗贼中。可见是薛宝钗有意欺骗。在第九十九回中，写贾宝玉回大观园，发现并安葬林黛玉尸骨，薛宝钗也私下跟随，在贾宝玉痛苦中主动以性慰藉，进而成婚圆梦，可见，这个原是封建礼教典范大家闺秀，已变成乘人之危而遂己之愿的风骚妒妇！其三，第一百六回，写薛宝钗在与贾宝玉成家出走后，羡慕贾雨村"是个识时务的，善于钻营拍马。此公生的魁伟雄壮英气逼人，倒有个官家之相，宝玉若学他半点世故，也不至于流落在外"。于是便千方百计接近并取悦贾雨村，甚至在约见时，以荡秋千的情态勾引，使贾雨村在等候时，"忽听墙内有女子的笑声，抬头一看，只见有人在高高的荡着秋千，穿着轻薄春衫，露出两个香肩，衣随风动，显出些雪肌香肤，不觉看的呆了。又见那女子对他嫣然一笑，顿觉神魂颠倒，也不顾得避讳，死死地盯望起来。宝钗也盯着他不住含笑，雨村浑身似酥如麻，竟忘了身后有人叫他"。请看这样一句调情镜头，一个是有夫之妇，一个是有妇之夫，在封建社会如此胆大妄为，可见不是一般的奸夫淫妇！如此轻浮挑逗的下作，哪有一丝半点大家闺秀风范，全是缺德害人的荡妇形象！其四，第一百八回写薛宝钗的下场是：因贾雨村贪赃枉法，发配过去帮过他的门子到远地，而今门子飞黄腾达，晋官进京，查出贾雨村贪赃之弊，要报复他尝尝发配滋味，将其与薛宝钗一道发配东北充军行役，薛宝钗百般埋怨命舛，不久死去，"就地葬在雪中"，形式上是应了前八十回"金钗雪里埋"的判词，但实质是沦为贪赃报应而死，与原判词为封建礼教殉葬的思想内涵与美学意义天壤之别，可见后二十八回本的薛宝钗形象，是对前八十回本的严重背离和破坏，也是对基本美学原则和理想的破坏与逆反。

问：还有哪些严重变形的人物呢？

答：贾政是特别明显而重要的一个。在前八十回中，贾政是封建礼教的代表形象。他世袭祖位，受恩获任官职，位虽不高，但忠心耿耿，品德正直，长期外差效力，少理家务，唯重对宝玉管教，稍有不轨，即重责笞挞。可是在后二十八回本中，当贾母病逝后，他却摇身一变，成为贾府无事不管的大管家，除了继续约束宝玉读书并赴考功名外，还亲自操办宝玉婚事，不惜暗地托人代宝玉向妙玉送礼，还亲自说服宝玉，顺水推舟地成全宝黛姻缘，轻易地化解了一直纠葛不清的"木石前盟"与"金玉良缘"矛盾冲突，从封建卫道者瞬变为开通慈父形象；尤其是在贼寇入侵贾府的危难中，他勇敢地挺身而出呵斥贾环引狼入室的败家行为，竟然被这个自己亲生的大逆不道儿子活活捅死，成了不惜以生命卫道保家的英雄形象，显然是对前八十回贾政形象的根本逆反！除了以上四个主要人物之外，其他人物也大都有种种背离前八十回原本形象的变形状态。这种现象，很能说明这个自称"真本"的后二十八回本是明显造假之伪书。

（三）从故事情节及矛盾冲突的变异看小说的性质变异与逆反

问：还有什么现象能说明的呢？

答：更为明显而深刻的，是在小说的故事情节及其矛盾冲突变异现象。这种现象，既体现在上述人物形象的变形状态中，是造成人物变形的内在原因，但又是小说主题思想和基本理念以至基本美学原则和理想逆反的原因和体现，所以，单列其为一种现象。对于这种现象，很有必要首先从根本上做分析。《红楼梦》在艺术构思上有一个极其重要而明显的特点，即先预示并在开篇中即将整个故事结局倒叙为小说的启端，从而步步展开故事情节及其矛盾冲突，以至结局好似电影戏剧从序幕开始的倒叙方式。其序幕就是小说的第一回和第五回。这两回先后介绍了整部《红楼梦》讲的四个故事，一是女娲补天未用的一块顽石变为宝玉到世间经历的"石头记"故事，即小说中自称"蠢物"附在主人公贾宝玉身上所耳闻目见的经历；二是主人公出生的王公贵族贾府氏族的兴亡故事；三是绛珠仙草到世间为神瑛侍者还泪的故事，即贾宝玉与林黛玉的"木石前盟"，同薛宝钗的"金玉良缘"之间的兴亡故事；四是太虚幻境《金陵十二钗》存人世间的命运故事。这四个故事的情节及矛盾冲突，主要是在第二、第三两个故事（即贾府兴亡史、宝黛情缘史）为中心的场景中展开的，其矛盾冲突的性质、进程与最后结局，也都是有明确预示的。这种构思和手法的运用表明，似乎原作者预见到自己不能全部完成书稿，而又防止后人伪作似的，将自己本有的创作意图先作预示，并在这两部兴亡史的系列矛盾冲突中逐步显现出来。前八十回最早问世至今两百年有余，其续篇真假有无迄今仍是个谜。可幸的是原作者有此预见，采取这种构思和手法做出防范和铺垫，不仅预示了四条故事情节及其矛盾冲突的性质、进程与最后结局，而且预示续作的基本准则，并可以此作为甄别是否背离原作原意的试金石。所以，也当以此对待早已获得公认的高鹗续四十回本，尤其是自称是新发的"真本"后二十八回本，以此分辨其是符合或基本符合原作原意的续作，还是有意造假的伪作。

◇ **问**：从何着手呢？

◇ **答**：从贾府兴亡史着手，这是四条故事情节及其矛盾冲突的背景和中心场地，小说矛盾性质的主要体现。在小说第五回〔好事终〕秦可卿判词中已有预示:"画梁春尽落香尘。擅风情,秉月貌,便是败家的根本。箕裘颓堕皆从敬,家事消亡首罪宁,宿孽总因情。"第十三回写秦可卿与贾珍之乱伦"扒灰"淫事及死前向凤姐交代后事,即预示贾府的衰亡是"首罪宁(宁国府),宿孽总因情(淫)"。并且以"秦可卿"之名,寓以"情(淫)可倾(家)"之意。这即是对贾府从兴至亡的因由和结局的预示,也是这条故事情节及其矛盾冲突的基本线索,其内涵和实质就是:正统的社会道德同逆反破坏社会的观念与势力的矛盾冲突,还包含社会正统与腐朽势力的对立冲突。所以,前八十回小说所写的故事情节,始终贯穿着对贾府的奢侈享乐、腐化堕落、荒淫无耻、贪赃枉法、草菅人命的行径的揭露和控诉,并从中步步深刻地反映出其必然没落崩溃的命运,清楚地展示了小说开端所预示的结局和矛盾冲突性质。高鹗的后四十回续书,近百年之所以被大多数读者接受,即使在明知其不是原作也予以肯定,因素之一,就在于在第一○五回"锦衣军查抄宁国府,骢马使弹劾平安洲"的下场描写,承传并体现了原作中这条故事情节的预示,尤其是对其矛盾冲突性质的承传体现。由此对比后28回本所写这条贾府兴亡故事线索,却是在第九十一回"锦衣卫查抄荣国府,御林军戒严大观园"及其以后章回的描写中,大笔抒写贾蓉、贾蔷引入"羌戎"贼军和赵姨娘、贾环领入之流寇对贾家的大肆抢掠残杀,致贾府全面崩溃的场景。这些描写,显然违离了原作的清晰预示,尤其是将贾府的衰亡因由变成了是"羌戎"贼军和流寇所致,根本背离了原作所写这条故事情节及其矛盾冲的结局和性质。这种逆反现象,说明后二十八回本显然是造假之作。

问:宝黛情缘的故事线索怎样呢?

答:宝黛情缘兴亡史这条线索,是贯串整部《红楼梦》矛盾冲突始终的焦点和主线。在小说第五回太虚幻境的描写和判词中,对这条故事线索其始终已有明确的预示,并清晰地指明了其矛盾冲突的性质和倾向。应当看到,在整部被称为"情书"的《红楼梦》前八十回中,主要通过贾宝玉在与林黛玉之间的情缘兴亡史,划清"情"的两方面的界限与矛盾冲突，一是纯情（"意淫"）与荒淫（"性淫"）之间的界限与矛盾冲突，警幻仙子安排宝玉尝受秦可卿的云雨情，就是以此这作出这方面的警示，因此，在以后发展的故事情节中，较少（仅有一次与袭人初试云雨情）这方面的描写，而是歌颂贾宝玉与林黛玉之间的纯情（"意淫"），着力描写贾宝玉与林黛玉之间的在"木石前盟"及其在贾宝玉与薛宝钗"金玉良缘"的纠葛，由此而体现在"情"的另一方面的界限与矛盾冲突，即圣洁人性情与世俗社会情之间的矛盾冲突，同时体现萌动的民主自由思想与封建礼教思想的矛盾冲突。这个矛盾性质决定并体现于三人之间矛盾冲突的始终，尤其是在贾宝玉的思想倾向上。所以，在前八十回对这条故事线索的描写中，始终贯串着贾宝玉对林黛玉如痴如醉，同时对薛宝钗敬而远之又若即若离的势态，但贾宝玉及原作者的倾向性是很清楚的，其结局与矛盾冲突的爱情性质也是在第五回的判词中有清楚预示和展示的。试看[终身误]："都道是金玉良缘，俺只念木石前盟。空对着，山中高士晶莹雪；终不忘，世外仙姝寂寞林。叹人间，美中不足今方信。纵然是齐眉举案，到底意难平"，这即是爱情倾向性的充分展示，也即是对故事矛盾冲突性质及其倾向性的明确展示。此外，还在《金陵十二钗正册》中看到图示和诗句"可叹停机德，堪怜咏絮才。玉带林中挂，金簪雪里埋"的预示中清楚表明两"缘"的结局和这条故事线索矛盾冲突的性质及倾向性，意味着倾心的"木石前盟"，拒绝"金玉良缘"，也不完全否定，只不过是"空对着"其"齐眉举案"的"停机德"而已；但对这两缘的结局（"玉带林中挂，金簪雪里埋"）则是"悲金悼玉"的都是无限悲伤。这些真情表白，意味着对这条矛盾冲突，还只是思想感情"美中不足"和"意难平"的冲突，还只是在思想性格上"堪怜咏絮才"与"可叹停机德"的分野和相互之间的矛盾冲突，但其是圣洁人性情与世俗社会情之间的矛盾冲突，同时体现萌动的民主自由思想与封建礼教思想的矛盾冲突的性质是始终保持而清楚的。高鹗的后四十回续书，对这条爱情故事线索，尚能基本上承传保持着这种矛盾冲突的性质和走向，在黛玉焚稿病逝归天的同时，宝玉在中调包计情况下与宝钗成婚；随后写宝玉中举后出家归大荒，宝钗在冷寞中去世的结局，体现了原作的预示和矛盾冲突性质的基本承传保持。可是，后二十八回本却从根本上悖离逆反。在第九十回后，写贾政同意宝黛姻缘，意味着这姻缘与封建礼教冲突的结束并对原有矛盾性质的改变；随后又在婚礼当日被抄家和贼寇动乱中宝黛离散，最后黛玉因抗贼中计失误自咎上吊而死，更是对"木石前盟"的人性纯情性质的根本背离，将对封教礼教的抗争冲突变成了民族矛盾性质的抗争。从"金玉良缘"而言，第一〇五回写贾宝玉与薛宝钗成婚后，算是了结了良缘，两人虽然仍是对封建礼教求名逐利的隔膜分歧，但已经变成了"亡国之民""为谁卖命"之争，变成了民族存亡性质的矛盾冲突，随后又写薛宝钗尾随卖身求荣的贾雨村流放东北冰地而死，更是将"金玉良缘"的性质和结局预示的根本背离逆反。由此，在宝黛钗"三角"情缘的故事线索上，也可见后二十八回本是地地道道的假货。

问：《金陵十二钗册》在人世间的命运故事是怎样的呢？

答：这条故事线索，是分散在前两个故事线索中交叉开展的，主旨是写一批"水做成骨肉的"女子，在人世间受到封建社会熏染而有各自不同思想性格和命运结局的故事。在第五回太虚幻境中，已分别预示了每个女子的判词，上至贵妃，下至丫鬟，都各自不同，相同之点是封建社会的环境、制度、压力在影响他们各自不同思想性格和命运结局，从而使其故事情节都具有与封建社会种种方式不同而性质相同的矛盾冲突，命运各不相同，全都"千红一窟（哭）""万艳同杯（悲）"的结果。在前八十回的描写中，对这些女子已经基本上体现了判词的预示，但大都尚未作出展示。所以，续书的得失真假，也鲜明体现在对是否符合这些判词的预示上，尤其是在其结局是否背离前八十回展现的故事线索的矛盾冲突性质。从这块试金石看来，高鹗的后四十回，除香菱和巧姐的命运结局与判词稍有出入外，其他人物基本上是符合的，尤其是在矛盾冲突的性质上，是与前八十回基本保持一致的。新发现的后二十八回本则正在这节点上，根本背离了原所预示和体现的矛盾冲突性质，除早逝者（如秦可卿）外，全成为"戎羌"贼寇"改朝换代"的殉葬品，从封建黑暗统治变成民族矛盾冲突的牺牲品。前述的林黛玉、薛宝钗的思想性格变形及爱情线索性质奕异,已是明显实例,其他属于"金陵十二钗"人物也大都如此。如元妃的形象,判词是"二十年来辨是非,榴花开处照宫闱。三春争及初春景,虎兕相逢大梦归"。在后二十八回本中则写其是被诬以"外通戎羌"罪名处死,迎春在动乱中默默死去,惜春在动乱中出家,妙玉在动乱中被奸污,巧姐被戎羌卖入妓院,史湘云、薛宝琴在动乱中家破人亡……这些美女金钗的结局,将原作预示的"千红一窟(哭)""万艳同杯(悲)"结局的悲剧,全都变成了从封建黑暗统治变成民族矛盾冲突性质的悲剧,如此偷天换日的伎俩和货色,不是赤裸裸的假货么?

问:《石头记》的故事线索怎样?

答:这是一条贯穿全书但主要见于头尾的故事线索。它实际上是将这块石头变成的宝玉,附于主人公贾宝玉身上,经历(包括见证和参与)前说三个故事(贾府、宝黛情缘、金陵十二钗兴亡史)线索的历程(也即是兴亡史)。其实,"石头"的故事情节及其矛盾冲突的实质,也即是贾宝玉的经历、实质和兴亡史。这就意味着,石头所变成的"宝玉",实质是假的宝玉,附在贾宝玉身上,仍然是假的宝玉;所以,"假作真时真亦假"。另一方面,这块石头和贾宝玉既然是假的,那么其所经历的故事,自然也即是假的故事;既然是假的故事而不是真的故事,那么这样的故事即使是有,也仍然是"于无有处有还无"的。可见,这条故事线索,原作者是在预示(或指明)这"石头记"是"假"、是"无"的故事,换句话说,即以假作真、无中生有的故事。同时,原作者以"甄士隐"之名寓以"真事隐"之意,又以"贾雨村"之名寓有"假语存"之意,并以"好了歌"及"陋室空堂"词释其义,这就意味着,所谓"好"即是"假",是故事中所"存"的"假语",所谓"了",即是"无",即是隐(消亡、不存在)的甄士(真事),换句话说,小说所写的故事是虚构的,是假象,是昙花一现的过眼烟云,是"乱哄哄你方唱罢我登场"的热闹一阵即烟消云散,变成一片"白茫大地真干净"的世界,全面深刻地体现了一"空"二"净"的惠能禅学思想。这条故事线索在前八十回中是清晰的,高鹗续书后四十回也基本上体现的,新发现的后二十八回本则根本背离这个深刻寓意,写这个本是作为见证整部《红楼梦》只是一个"好了"梦的假宝玉真石头,在戎羌贼寇"改朝换代"的时候,离开落难的贾宝玉身躯,"在民间躲躲藏藏,出入草堆旷地,唯恐被俗夫知觉或卖或砸或污,整日过得不甚开心,颇为后悔当日来至人间,受这般折磨"。最后,终于在"躲于煤堆旁"时被发现,仍被"放回大荒山无稽崖青埂峰下",将一个深有寓意和诗意的神话故事变成了一个庸俗拙劣的鬼话!

(四)从《序一:打开红楼大门的金钥匙》看离开文学形象制造的种种假象

问:除上述三个角度看后二十八回本续书真假之外,还可以从什么角度甄别呢?

答:在后二十八回本书首,印有《序一:打开红楼大门的金钥匙》(下简称《序一》)一文,应当是这本书的纲领,是近年部分媒体关于维护这本续书真实性的代表观点集成,也是离开文学形象规律,尤其是背离前八十回所确立的艺术形象而制造的假象之集中体现。在前面的对话中已说过,文学批评和研究不外乎两个"象",即艺术形象与文学现象;对文学作品的艺术形象本身进行批评研究,才是正当真正的文学形象批评研究;对文学作品的艺术形象的"外延内伸"的利用发挥或批评研究,都属于离开艺术形象本身所进行文学现象的批评研究或利用发挥,包括对作者身世、作品原型等进行的考证、索隐、批点,以及鲁迅所说不同人看《红楼梦》各不相同的"为己所用"或发挥现象。应当说,这些现象有些可能有助于对艺术形象的理解和作用的发挥,但不管怎样,都是艺术形象之外"节外生枝"的假象,不能以此取代艺术形象本身,或作为艺术形象的有机组成部分,也不能以此作为评价艺术形象的标准或依据。对于《序一》一文的观点正当如此。既然此文作为这个号称"真本"的宣言书录入书首，那咱们就详细看看此文用哪些手段为这"真本"制造了怎样的假象。首先应当指出的是，此文作者公然声称"运用考证、索隐并重的研究方法并且搞清幻笔等写作手法，是开启红楼大门的钥匙"。由此可见，此文所用的手段，自然都是属于其所称之方法或手法了。所以，咱们既可以从这些手段看出其制造出怎样的假象，也可以从中领教其所用的这把"打开红楼大门的金钥匙"究竟是怎样的东西。

◇ **问**：请分别谈谈。

◎ **答**：第一种是以望文生义之手段制造"以家喻国"假象，并企图以此达到推论整部书是写明末清初改朝换代历史斗争的目的。《序一》提出《癸酉本后28回本》是"真本"的根本性理由，是认为《红楼梦》"以宝黛钗等所谓恋情故事做障眼，暗中映射各方势力对华夏江山的争夺。她以贾家这个大家族做'假托'，暗中影射皇家和国家。这是以小写大、以家喻国的特殊文学笔法"，是一部"以家喻国"的小说。依据之一，是小说第一回英莲出场的长批中有一句话"家国君父事，有大小之殊，其理其运其数则无差异"。之二，是第五回写贾宝玉在秦可卿房见到《燃藜图》及"世事洞明皆学问，人情练达即文章"对联时很反感，即有一批语：看此联极俗，用于此则极妙。盖作者正因古今王孙公子劈头先下金针，由此而认为寓有"灾异与君主失势国家败亡间关系"。之三，是《红楼梦曲·好事终》有词："家事消亡首罪宁"所用"消亡"一词"只能是指朝代的灭亡，而非指作者家族之灭亡"。之四，是书中说甄士隐、贾雨村、王熙凤、探春等都生于"末世"，很明显是指朝代"末世"。首先要指出的是，此文所说的"以小写大、以家喻国"不是什么"特殊文学笔法"，而是一条文学规律和文学基本常识，且不说写出"幸福的家庭是相似的，不幸的家庭各有各的不幸"的俄国作家列夫·托尔斯泰的世界名著《安娜·卡列尼娜》及中国著名作家巴金的《家》等长篇小说，只说陆游的"王师北定中原日，家祭无忘告乃翁"，以及明末大儒顾炎武的"天下兴亡，匹夫有责"等诗句，"以小写大、以家喻国"的作品何其多也，难道都可以说其是所写时代的亡国篇章吗？所列四条依据，前两条均从"批语"而来，是"外延"之说，不足为据，且原句也无明确实指，实乃望文生义。后两条依据虽出自作品本身，但所用"消亡"一词并非国亡、代亡专用词，某种自然或社会现象的消退或消失也可称消亡，家庭家族被灭同样可谓消亡。"末世"虽然通常用于改朝换代之"世"，但是也经常被用于无改朝换代意味之"世纪末"，以及经常听到的"世界末日"之类杞人忧天戏言，怎能根据用了这个泛指之词介绍王熙凤、探春的出生年，就推定小说所写的是明末清初的争夺华夏江山之争，这样的做作不就是以望文生义的手段制造的"以家喻国"假象么？

问：第二种是什么？

答：第二种是以捕风捉影之手段，制造"末世"假象，以达到改变小说时代背景为明末清初之目的。《序一》中称：石上所记之事开篇便说："那日地陷东南。"仅凭这一句话，即妄言推断"地陷东南"是十分重大的事件，是指国家发生战争灾难导致国土沦丧、生灵涂炭，绝不是指一家一户的变故，并以此妄说这"大灾难"只能指向明末清初改朝换代时期，清统治者武力镇压南明抵抗政权，又在统治区推行剃发易服引起南方民众反抗，从而导致民众被惨无人道杀戮的几十次屠城镇压事件，甚至将小说中所写的"黛玉葬花"说成是对"扬州十日"生灵涂炭的控诉和祭奠，将"芦雪庙遭劫"说成是对广州大屠杀的隐写，将"姽嫿将军林四娘"说成是对山东青州衡王府遭清兵屠戮的揭露。其实，石头记事开篇所说"那日地陷东南"，指的是《淮南子·天文训》中共工与颛顼争帝触倒不周山神话，将其说成是明清争夺江山之隐写，实是捕风捉影；尤其将"黛玉葬花""芦雪庙遭劫"如此美丽的诗境描写，以及将"姽嫿将军林四娘"的历史事迹，都说成是生灵涂炭血腥屠杀事件的隐写，更是风马牛不相及的瞎猜妄度！既是基本美学知识的违背，又是历史的根本颠倒，错得离谱，实在可悲！

问：第三种是什么？

答：第三种是以对号入座之手段，冒用影射、象征、意象、符号指代之名，自作多情地将风马牛不相及的事物，扯在一起对号入座，以达其制造假象、改变小说主题和所写年代之目的。如，将贾宝玉的"通灵玉"说成是皇帝的"传国玉玺"，将贾宝玉前身所在的"赤瑕宫"说成是"明皇宫"，将"风、水、绿、秋、雪"说成是"清人、清皇帝、清朝的符号"，将"月、红、春、木"说成是"明皇帝、明朝、南明的符号"，等等，显然是以神话故事对号入座，将庄严的"国玺"与民间的"宝玉"想当然地对应起来。同时，以朱元璋参加红巾军起义时追认宋之火德，克蒙元之金；火为红色，赤色属火；明朝天子姓朱，朱是赤色属火；又明字拆开是日月，日者阴之极也，日配朱色，也成一火。因此"明"这国号有"三重火"之意。进而将这些莫名其妙之说，打出"易学"的旗号，与作者所引用的"昨夜朱楼梦，今宵水国吟"对号入座，作为指代明亡清兴的"意象符号"。这种手段实际是故弄玄虚、移花接木、张冠李戴之举，在作假场中，司空见惯，不足为训。

问：第四种是什么？

答：是以无中生有之手段，冒充与前八十回的"谶语、伏线完全照应"，以达其从整体上否定后四十回续书、全盘改变前八十回主旨，并从根本上否定数百年红学成果之目的。《序一》中称："倘若我们结合前八十回深入分析《癸酉本石头记后28回本》，就能断定此书为真本无疑。"认为前后立意主旨一脉相承。如果说前八十回以家喻国的种种明示和暗示还不能使一部分读者彻悟，那么后二十八回贾环、赵姨娘带领的流寇和贾蓉贾蔷（戎羌）的队伍多次攻打贾家，致使贾家败亡，则完全是明末农民军、清军争夺大明江山的缩影，且所证了探春在第七十四回说的话："可知这样大族人家，若从外头杀来，一时是杀不死的，这是古人曾说的'百足之虫，死而不僵'，必先从家里自杀自灭起来，才能一败涂地！"应该说，这是序一作者肯定后二十八回本"为真为无疑"的首要理据。而前八十回本的小说描写实际，恰恰说明这是无中生有的制造，显然，如果贾环、赵姨娘是代表农军，为何前八十回只写这两母子人品恶劣、拨弄是非，但对其与农军的关系没有一丝半点的明示或暗示呢？更莫名其妙的是，仅因为"蓉"与"戎"、"蔷"与"羌"同音或近音，就说其是"戎羌"代表的清军，如果真是如此，为何在前八十回中没有这两人与"戎羌"有任何瓜葛的明示和暗示呢？这不是无中生有吗？至于贾探春所说的话，其实与秦可卿临死前向凤姐说的话是一个意思。小说第十三回写秦氏对凤姐说："常言道：'月满则亏，水满则溢'；又道是'登高必跌重'。如今我们家赫赫扬扬，已将百载，一日倘或乐极生悲，若应了那句'树倒猢狲散'的俗话，岂不虚称了一世的诗书旧族了。"可见秦氏的话，不仅与贾探春之说同调，而且还增有"树倒猢狲散"的深层顶见和谶语，为何对此重要预示视而不见呢？后二十八回本根本逆反这明示，怎能称是"谶语、伏线完全照应"呢？再说，探春所说的话，也不过是防微杜渐、盛极防衰、居安思危的家常告诫话语，所谓"百足之虫，死而不僵"，也是自古有之的传统告诫，不能说是什么特定的谶语。由此可见，所谓"谶语、伏线完全照应"，全是无中生有的凭空捏造，实际是企图以此否定和取代后四十回续书、并全盘改变前八十回主旨，同时从根本上否定历代红学的杰出成果、推翻中国学术界数百年建立起来的红学大厦之目的。

问：第五种是什么？

答：是以钻空冒名的手段图谋篡夺创作成果，改变作品性质，势必造成以政治化践踏以至毁灭国家艺术瑰宝的严重恶果。《红楼梦》第一回有一段关于本书作者的叙述，先是空空道人在大荒山无稽崖青埂峰下一块大石上发现字迹分明的《石头记》，检阅一遍，方从头至尾抄录回来，并将其改名《情僧录》，东鲁梅溪则题曰《风月宝鉴》。后因曹雪芹于悼红轩中披阅十载，增删五次，纂成目录，分出章回，则题曰《金陵十二钗》。显然，这段叙述是为逃避当时文字狱而写的故弄玄虚之笔，说是空空道人在大石上发现的《石头记》，显然是留下作者是谁的空白，发现和首位抄录和检阅者空空道人也是"空空"的，接手的"东鲁孔梅溪"以至成书的曹雪芹，也一概成为"检阅"或"题名"者而不是作者；再加上历年来红学界对"孔梅溪"的身世一直语焉不详，对"曹雪芹"开始是一知半解，后来才由胡适、俞平伯为首的"自传说"作出肯定的结论，但也只能说是一家之言。这样，就在学术上留下了考证作者究竟是谁的空白，以及探讨或争议"孔梅溪""曹雪芹"其名与身世是否相符的学术空间，同时也为某些别有用心的后人提供了钻空子和冒名顶替的机会。《癸酉本石头记后28回本》的《序一》作者就利用这个机会大做文章，因为写《桃花扇》著名的孔尚任姓"孔"，便说"东鲁孔梅溪"就"有可能是孔尚任"；由于明末诗人吴伟业号梅村有个"梅"字，又说"东鲁孔梅溪"是吴梅村；而且其依据除列举几件他人所说之资料和未批资料之外，在吴伟业生平创作中无任何与《红楼梦》有关的蛛丝马迹，竟然以其诗《破砚》"一掷南唐恨，抛残剩石头。江山形未半截，宝玉气全收"中，写有"石头""宝玉"，使作为依据；甚至将这个已叛明投清的"二臣"说成是像林黛前世绛珠仙草以泪感恩的赤瑕宫神瑛侍者那样，而写出"字字都是血"的《红楼梦》，将想象的神话作为冒名顶替的依据，不是无力之极、可悲之极么？更恶劣的是，将《红楼梦》创作说成是明亡后一班遗老遗少之团队集体创作，不是某个人能全部完成的；而且"披阅十载，增删五次，纂成目录，编出章回，题曰《金陵十二钗》"的曹雪芹，也不是乾隆年间住在北京香山的曹雪芹，而是康熙年间创作《红楼梦》这个团队的代号。这个说法，不仅完全否定了北京曹雪芹的著作权，为孔尚任或吴梅村冒名顶替作者开路，而且还为改变小说的主旨和年代作了根本性的铺垫，达到既篡夺著作权、又改变作品性质之一箭双雕目的。其实，图谋篡夺著作权也是为了改变作品性质。因为如果其图谋得逞，则造成《红楼梦》的作者不是北京香山的曹雪芹，那就意味着这部小说不是以曹氏家族为原型反映清朝康雍乾时代社会生活的作品；如果《红楼梦》作者由原说的曹雪芹著、高鹗或无名氏续编，变成了《癸酉本石头记后28回本》之《序一》所称的"东鲁孔梅溪"（孔尚任或吴梅村）著、"曹雪芹"团队续编，那就变成了以明末贾氏家族的崩溃，缩影隐现明亡清兴过程汉满民族斗争的作品，即意味着作品反映清代社会生活性质，变成了明末清初改朝换代的汉满民族斗争性质。这个改变性质的说法，对《红楼梦》来说，不仅与作品实际完全不符，而且是根本性的歪曲和的否定，因为这意味着：将本来是生活化的艺术品说成政治化的斗争武器了！如此阴险的钻空冒名伎俩，不是明显以政治化践踏以至毁灭《红楼梦》这个国家艺术瑰宝的严重恶果么？所以，当下应当从不许践踏国宝、必须保护国家艺术瑰宝的高度，认识这种造假现象的危害性和严重性，将其与学术上正常的"假味"现象区别开来。这种现象，虽然也可以说是一种超脱的"假味"境界，却也是另一种既超脱了小说《红楼梦》，又超脱学术上正常"假味"的逆反超脱境界。

（2020年7月16日完稿）

关于"《红楼梦》的真实作者是冒辟疆"信息的对话

一、两件新起的异曲同工、性质不同的"假味"现象

问：老师，真有意思，咱们两个多月前刚就关于《吴氏石头记增删试评本》的"假味"现象进行了对话，没料到现在的9月（2020年）初，在手机微信上看到一条信息，题目是《石破天惊，〈红楼梦〉的真实作者是冒辟疆?》（下称"信息"），您看了是否也感到"石破天惊"呢？

答：看是看了，但没有什么"石破天惊"的感觉，倒觉得这是意料之中、司空见惯的现象。在前面对话中我已讲过，《红楼梦》的"假味"现象始终是"野火烧不尽，春风吹又生"的！你看，夏天刚过，秋风刚起，春风未来，一波未过，一波又起，真是"假味"环生，生生不息。值得注意的是，虽然总体而言，《红楼梦》的"假味"现象，是一条亮丽风景线，但具体而言，则是有好坏、真伪、优劣、美丑之分的，同时在其所起到的作用上，也是有正能量与负能量、积极作用与消极作用、支撑作用与破坏作用等等不同的。这两三个月，咱们先后对话的这两件新起的《红楼梦》的"假味"现象就是如此，可谓之异曲同工、性质不同的"假味"现象。在前面对话中，咱们已经详细分析了《吴氏石头记增删试评本》的"假味"现象，以及《癸酉本后28回本》的有意造假伪作行为，指出其主要是以"索隐派"取代"自传说"的方法，改变《红楼梦》的作者和时代；以背离前八十回本艺术形象的伪作，改变《红楼梦》的主题和性质，从而对《红楼梦》三百年光辉艺术形象和优良传统起到破坏作用，是一种起到消极影响的负能量"假味"现象。而现在咱们要对话的关于"《红楼梦》的真实作者是冒辟疆?"的信息，则是以系列的假设伪命题为诱饵，谋求以新的"自传说"取代旧的"自传说"、以真人真事取代虚构艺术形象之目的；在方式方法上，其"假味"似乎与前者异曲

同工，但在总体上则与前者有性质和效果的不同，其中还有些少正能量和积极因素。

问：其系列的假设伪命题是怎样的呢？

答：首先应当注意，这个信息是作者以记者身份到江苏如皋采访的过程写的，根据现场所见的人和事及遗址的采访，尤其是专访冒辟疆族人后裔冒廉泉的报道，提出并论证《红楼梦》的作者究竟是曹雪芹还是冒辟疆之系列问题，显然是有试探性的，提出和论证的问题也是以商榷性和推论性的，即以反诘的方式提出以假设性的伪命题，进行系列的追寻论证。

二、第一个伪命题："曹雪芹"是否实有其人

问：请将其系列逐一介绍吧。

答：第一个伪命题，是"曹雪芹"是否实有其人？信息报道者冒廉泉认为，二百年来考证《红楼梦》存在两个误区：一是对"曹雪芹"这名字太较真。在《红楼梦》"曹雪芹于悼红轩中披阅十载"这句话中，"悼红轩"明明是假的，那么，不存在的"悼红轩"中，怎能坐着一位真实的"曹雪芹"在披阅《石头记》（《红楼梦》）呢？应该认定，作者杜撰的"悼红轩"中坐着一位化名"曹雪芹"的人，在披阅《石头记》。从而认为"曹雪芹"是假名，现代叫笔名。鲁迅姓周，巴金姓李，曹雪芹难道不能姓冒吗？二是主观认定"曹雪芹"创作了《红楼梦》，作者必须姓"曹"，其他免谈。于是对号入座，在清档案中找到一个曹寅，上下三代做过五十八年的江南织造，接驾康熙皇帝四次，是个显赫富豪人家，"曹雪芹"必须生在这个曹家。但是，从《曹氏宗谱》和清代宫廷档案中，根本找不到曹寅后代有叫"曹雪芹"的人——直到20世纪初杨钟羲发现敦诚著的《四松堂集》有"雪芹为楝亭通政孙"，这才给曹雪芹找到身世，成为胡适考证的最大根据！但那句"雪芹为楝亭通政孙"是写在

一笺条上的夹注，是刊印《四松堂集》时才夹添上去的，不是敦诚的原文，可信度无从证明，这句夹注也许是当时书商出于卖书的目的攀扯豪门的一个谎言，一个满足学界和读者好奇心的谎言，一个能为曹雪芹找到出身富家的美丽谎言。不管怎样，对于胡适来说，总算找到一个叫"曹雪芹"的富豪后裔，谢天谢地，如获至宝！由此，冒廉泉认为，在清初康熙雍正盛行文字狱的时代，作者要冒抄家杀头的危险，动辄家破人亡祸及子孙，哪敢书写真实姓名？那时的著作刊印大都是在著书人去世以后，因此，被一度视为禁书和淫书的《石头记》，最初也只能以手抄本稍稍流行，作者为了保护自身和家族，故意摆出迷魂阵，《红楼梦》开门见山说，"作者自云：因曾历过一番梦幻之后，故将真事隐去，而借'通灵'之说，撰此《石头记》一书也。故曰'甄士隐'云云"。书上明写参与撰书的有空空道人、吴玉峰、孔梅溪、曹雪芹、棠村五人，这五个人，是隐去真实姓名的虚构人名，都是假名，不过是"原应叹息的假语村言"罢了（元、迎、探、惜，贾雨村）！

问：您怎样看这第一个命题呢？

答：我认为提出红学上的两个误区是有道理的，但他由此所作出的结论，则是与他要论证命题之目的相反的。先说第一个误区，他实际指出了"贾雪芹"这个名字，以至"书上明写参与撰书的有空空道人、吴玉峰、孔梅溪、曹雪芹、棠村五人，这五个人，是隐去真实姓名的虚构人名，都是假名"，都是与鲁迅、巴金一样是笔名。这就是说，他也承认了"贾雪芹"是《红楼梦》的真正作者，是实有其人的作者，只不过是用的是笔名（假名）而已。其次，他对第二个误区的看法，即认为"在清初康熙雍正盛行文字狱时代，作者要冒抄家杀头的危险，动辄家破人亡祸及子孙，哪敢书写真实姓名？"所以，"曹雪芹"这个真名隐去、用假名发表作品是必然的。这个结论，尽管有假设成分，但仍是合情合理的。问题是：这不就意味着冒先生也肯定了《红楼梦》是"清初康熙雍正盛行文字狱时代"的作品吗？这不是与他自己提出和论证命题之目的相矛盾以至完全相反吗？这不是伪命题么？

三、第二个伪命题："曹雪芹"能否写出《红楼梦》

问：是的。第二个伪命题是什么？

答：第二个伪命题是"曹雪芹"能否写出《红楼梦》？信息作者在报道中称：自从国学大师胡适考证认为《红楼梦》是曹雪芹（曹霑）所写之后，一段时间以来，曹雪芹撰写前八十回、高鹗续写后四十回，几乎成为社会公认的结论。但是，事实上，谜点和疑点重重，我们无法相信一个叫"曹雪芹"的人，居然除了《红楼梦》，没有在文学史上留下其他任何作品、活动和痕迹；也无法确定，一个没有被记载在曹氏家谱，更没有后裔的曹雪芹是否存在？如果存在，根据红学家所考证的，曹雪芹在抄家去北京时只有虚岁5岁，那么，他能够了解和回忆起的奢华生活体验又能有多少？冒廉泉回忆："我是初中时期开始看《红楼梦》，开始是全面接受胡适和俞平伯他们的观点，但是，慢慢地，我发现曹雪芹不一定存在，可能只是个'化名'而已，即使真有，也不可能写出《红楼梦》，因为里面有太多的如皋土话！退休后，我有了一点时间，去甘肃省、上海市和如皋市的图书馆档案馆，去研究资料，仔细比对冒辟疆的经历，考证曹雪芹的身份，就更加坚信《红楼梦》只能是冒辟疆所著！"

问：这一大堆问题您怎么看呢？

答：我看都是伪命题。咱们逐条清理。第一，是"无法相信一个叫'曹雪芹'的人，居然除了《红楼梦》，没有在文学史上留下其他任何作品、活动和痕迹"问题。这问题实在可笑！请问罗贯中除了《三国演义》之外、施耐庵除了《水浒传》之外、吴敬梓除了《儒林外史》之外，在中国文学史上还留下什么作品？曹雪芹留下这部名垂青史的国宝《红楼梦》还不够？又请问：鲁迅在发表中国现代第一篇白话小说《狂人日记》之前写过什么作品？巴金在写著名长篇小说《灭亡》和《家》《春》

《秋》之前写过什么作品？曹雪芹非得先有成名作才能写《红楼梦》么？这不是违背文学常识的伪命题么？第二，是"无法确定，一个没有被记载在曹氏家谱，更没有后裔的曹雪芹是否存在"的问题。其实，正如信息作者所说，自从国学大师胡适考证认为《红楼梦》是曹雪芹（曹霑）所写之后，在长时间内，曹雪芹撰写前八十回、高鹗续写后四十回，就几乎成为社会公认的结论。既然对这结论有怀疑，完全可以拿出证据来推翻这个结论，怎能只是以"在初中开始读《红楼梦》时"的"困惑"为据而提出质疑呢？第三，是"根据红学家所考证的，曹雪芹在抄家去北京时只有虚岁5岁，那么，他能够了解和回忆起的奢华生活体验，又能有多少"之问题。这问题有两方面疑问：一方面是否作者"自叙传"？这方面问题待下文回答；另一方面是作品所写是否都是作者亲自经历？这也是个常识问题，如果作者非经历过所写作品的生活不可，那么，《聊斋志异》是写鬼的小说，作者蒲松龄到过阴间或者在世上见过鬼吗？如果冒辟疆果真是《红楼梦》作者，那么，他果真到过太虚幻境见过警幻仙子吗？显然是不必要也是不可能的。这不是明显的常识以下的伪命题吗？第四，是"曹雪芹不一定存在，可能只是个化名而已，即使真有，也不可能写出《红楼梦》，因为里面有太多的如皋土话"问题。对这个问题，有两个层次质疑：一是不一定有"曹雪芹"，问题本身就荒谬，《红楼梦》明明写着是曹雪芹"披阅十载，增删五次，纂成目录，分出章回，则题曰《金陵十二钗》"，怎能说无其人，而且否定是他写的呢？二是如果说小说中有几句如皋土话便认为只能是冒辟疆所写，那么，小说中比如皋土话不知多多少倍的北京土话，也只能是冒辟疆所写而非曹雪芹所能为吗？显然这也是个"天方夜谭"般的伪命题和离谱说。

四、第三个伪命题：所谓《红楼梦》作者只能是"明末清初人"

问：经您这么梳理，这一堆问题算理清了，还有什么呢？

🌑**答**：还有一个是更荒谬的命题，是信息认为《红楼梦》的作者"只能是明末清初人"。理由是：①《红楼梦》第二回贾雨村长篇大套的议论世间男女："……若生于诗书清贫之族，则为逸士高人……如前之许由、陶潜、阮籍……石曼卿、柳耆卿、秦少游，近日倪云林、唐伯虎、祝枝山……"文中如前之"许由……秦少游"等都是明代之前文学家、诗人。而"近日之倪云林、唐伯虎、祝枝山"都是明代文学家、诗人。胡适考证的生于清中期的曹雪芹（约 1715—约 1763）会把魏晋、唐宋时期指为"如前"，但不会把距他一二百多年前的元、明代（1271—1644）说成"近日"。只有明代或明末清初时代人，才能把元代、明代视为近日！②据浙江土默然教授研究，《红楼梦》前八十回中所出现的《豪宴》《乞巧》《仙缘》《离魂》《游园》《惊梦》《相约》《相骂》《刘二当衣》《寄生草》《妆疯》《西厢记》《牡丹亭》《白蛇记》《满床笏》《南柯梦》《负荆请罪》《琵琶记》《吃糠》《荆钗记》《琴挑》《上寿》《长生殿》等剧目，都是元代杂剧、明代和清初的传奇或杂剧，其中最晚出的《长生殿》创作完成于康熙二十七年（1688）。这就是说，《红楼梦》中涉及的戏剧，都是康熙中叶以前流行的戏剧，书中绝无 1688 年以后康熙中晚期以及雍正、乾隆时期的任何剧目。因此，《红楼梦》作者应是极其熟悉明末清初戏剧的文人，而出生清朝中期的"曹雪芹"做不到。③《红楼梦》中的服饰、发型全部是明代的。我们看王熙凤"头上戴着金丝八宝攒珠髻，绾着朝阳五凤挂珠钗；项上带着赤金盘螭璎珞圈；裙边系着豆绿宫绦，双衡比目玫瑰佩；身上穿着缕金百蝶穿花大红洋缎窄褃袄，外罩五彩缂丝石青银鼠褂；下着翡翠撒花洋绉裙"。如此过细的描写，非亲目所见是写不出的。其他如宝玉、黛玉、宝钗、丫鬟、婆子、老爷、管家各式人等的服饰均有过细的叙述。因此可以想象，《红楼梦》作者应生活在明末清初，亲眼看到过如此服饰，才能作出如此过细的服饰描写。信息还称记者在初中开始读红楼梦时，就一直困惑于书中所精细描述的人物衣着打扮，完全是明朝风格，这根本不可能是清朝中叶的曹雪芹闭目就能想象出来的，必须是来自生活日复一日的亲身经历！

问：这三点理由您怎么认为是荒谬的呢？

答：我认为，这个命题及其三点理由都是荒谬的伪命题。首先是违背了写作常识。按信息的说法，"《红楼梦》作者应是极其熟悉明末清初戏剧的文人，而出生清朝中期的曹雪芹做不到"，"《红楼梦》作者应生活在明末清初，亲眼看到过如此服饰，才能作出如此过细的服饰描写"，所以《红楼梦》作者只能是明末清初人，这就等于说作者写的作品必须是写自己经历的事，写明末清初生活的作品必然是明末清初人，《红楼梦》是明末清初生活的作品，所以必然是明末清初人所写。如果按此逻辑，写《三国演义》的明朝人罗贯中岂不变成了三国时代人，施耐庵写的《水浒传》是宋代的事岂不也变成宋代人了吗？同时，这两部古典名著不也即变成三国和宋朝的作品了么？广东著名作家刘斯奋获第四届茅盾文学奖的长篇小说《白门柳》，写的是明末清初江南"复社"扶明抗清故事，其中有大量篇幅写到信息作者称其为贾宝玉与林黛玉原型的冒辟疆与董小宛的爱情故事，难道当今的刘斯奋是经历过明末清初时代的生活吗？这不是荒谬离谱吗？其次，是以偏概全，与小说实际不符。信息所列三点理由中所列文坛戏剧和服饰打扮描写，即使全都是明代生活真实，在《红楼梦》中也是个别的局部的，占多数和主导地位的生活描写，是清代康雍乾三朝年代的贵族和社会生活，尤其明显的是在清初顺治入佛以后，佛道对于清朝王公贵族的重大影响，大建寺庙并找僧道"替身"之风大盛，甚至以禅学成为小说的主导思想。为何对《红楼梦》所写这些清代独特风景和主导理念视而不见、只着意其芝麻绿豆般的"根据"呢？再次，更为重要的是，信息作者其实由此而被《红楼梦》作者高明的障眼法障住了。这三点理由，从第一点即所列举人物只称"明代文学家、诗人倪云林、唐伯虎、祝枝山"，"近日"名流，而无清代中叶名流之名单，到第二点所列戏剧都是明代至康熙初年剧目，以至第三点称"书中所精细描述的人物衣着打扮，完全是明朝风格"等芝麻绿豆现象，都是作者精心设下的防避文字狱的障眼法。前面讲过，信息作者也认同《红楼梦》是清初康熙雍正盛行文字狱时代的作品，《红楼梦》首回也交代清楚所写的事

"无朝代年纪可考",更无"伤时骂世"之语,由此才采用将真事隐(甄士隐)、假语存(贾雨存)的方法写作,信息列举的三点理由,正是其为避祸而用的障眼法所在,第一点是在列举千古名流中有意无意地以"近日"之模糊时限提前至明代;第二点明显是以剧目时限提前至明代,第三点更是以清晰史实感的服饰将时限定于明代,将时限推至前朝,也即避过当朝之嫌了。这正好说明《红楼梦》作者为避清朝文字狱之祸做得高明,使人丝毫看不出所写"无朝代年纪可考"之避祸用心,即使遇到信息作者那样的检察官,也只能根据其所发现的三点理由,将其所写的时代从清朝推前到明朝,也就更找不出"伤时骂世"的理由和依据了。这真是使人无懈可击、无缝可钻、滴水不漏的高明之举,简直是无人能越其项背的高超作为!信息作者反以此作出《红楼梦》作者"只能是明末清初人"的结论,实在荒谬可悲得难以理解!

五、第四个伪命题:以所谓"必备要素",将冒辟疆套为《红楼梦》作者

问:第四个伪命题是什么?

答:第四个伪命题是以所谓"必备要素",将冒辟疆套为《红楼梦》作者。首先,这个立论本身是虚伪的。信息作者称:《红楼梦》作者到底是谁呢?换句话说,谁才能写出《红楼梦》?随即提出"其作者必备的几大要素",同时,又"确认"《红楼梦》"具有自传性质",于是,便在否定《红楼梦》作者是曹雪芹、并确认其是一部明代作品之后,按胡适论证《红楼梦》是曹雪芹"自叙传"的老路,将明末清初冒辟疆的生平,套进他设计的所谓著作《红楼梦》的几大"必备要素"之中,从而作出"只有冒辟疆"才是《红楼梦》作者的结论。显然,这既是以"冒辟疆传记"而反曹雪芹"自叙传"的手法,又是以虚假的命题和文不对题的答案,试图以浑水摸鱼手段达到弄假乱真之目的。

◇ **问**：咱们先看看是什么"要素"和答案吧。

◇ **答**：信息称"要素一：他必是明末清初的文学巨匠"。答案称：这"巨匠"是冒辟疆，因为他是"明末清初江南四大才子之一、水绘园诗词唱和的首领、诗词集《同人集》总编"。"要素二：应生于世代官宦书香之家，有贵公子生活经历"。答案称：冒辟疆父辈上溯六代外放为官，五世冒鸾、十一世冒起宗贵为进士，其父冒起宗官至山东按察司副使，督理七省漕运，正是《红楼梦》中的"所赖天恩祖之德"，号称"巨富豪门"。"要素三：要有广泛的社会交往，医卜巫娼都通"。答案称：冒辟疆六次到京参加科举，连续多日在南京桃叶渡招待宾朋，来者不拒，耗资不菲。后加入复社，参与发布《留都防乱公揭》，退隐如皋水绘园后，也招待上千文友诗词唱和，"士之渡江而北，渡河而南者，无不以如皋为归"，冒辟疆拥有巨大社会声誉和社会交往经验，是著名的社会活动家。"要素四：熟悉女性，广交女友，有丰富的女性故事素材"。答案称：冒辟疆六次科举，每次都流连南京与苏州等风月场所，与秦淮八艳中的陈圆圆有婚约、在李香君住所三十天每天一论文问世、与董小宛归隐九年、吴蕊仙更是为他专程赶到水绘园……他还与其他名妓往来。夫人一位，先后纳妾五位（其中就有袭人、晴雯型通房丫头），好友在《冒姬董小宛传》称冒辟疆"所居凡女子见之，有不乐为贵人妇，愿为夫子妾者无数"。其对女性之关心了解，可谓世间少有。"要素五：要有坎坷的人生经历，乃至风尘碌碌，一事无成"。答案称：冒辟疆六次科举未遂，却险些被阮大铖抓捕杀害，归隐后明朝覆灭，冒辟疆南下逃亡，结果僮仆被清朝大军屠杀二十余个，而资产被抢劫一空，家道中落。到晚年，冒辟疆庶出的弟弟变卖祖产，冒辟疆不得不搭建三间草房，把茅为盖，挂席为门，绳枢瓦牖，仅蔽风雨，靠卖字为生，正是《红楼梦》中的"茅椽蓬牖，瓦灶绳床，其晨夕风露，阶柳庭花"的原形。

◇ **问**：请对这些说法详细分析吧。

◇ **答**：首先，提出"谁才能写出《红楼梦》"并提出"其作者必备的几大要素"本身,就是虚假的伪命题,明明书上已写出作者是谁,怎么还会有"谁才能写出"的问题呢?写出书的作者就是作者,怎么还会有所谓"必备的几大要素"问题呢?这不是明显的伪命题吗?其次,所谓五大"必备要素",是从肯定《红楼梦》"是明代清初人"所作和作者"自传性质"的前提下提出问题,并以冒辟疆的生平、经历、学识、活动与处境作出答案的,姑且不论这些答案是否属实,即使属实,那么与写《红楼梦》有必然联系吗?试问冒辟疆虽是明末清初的"文学巨匠",在他的作品中有一丝半点与《红楼梦》相关的蛛丝马迹吗?至于要素二至要素五列举的家庭、身世、社会交往、晚年处境等,即使与《红楼梦》所写有相似之处,但"相似"不等于"就是"呵!更何况有某些相似情况的文人,在明清两代何其多也!清华大学出版社 2015 年 6 月出版的《红楼寻梦水西庄》(韩吉辰著),不仅论证出天津水西庄是贾府大观园原型,还论证出水西庄历代主人查氏(尤其是查氏第二代主人查为仁)与贾府相似的皇亲国戚、声威显赫、才人辈出、女诗人成群的"诗礼之乡"盛况,比冒辟疆祖居及族群与《红楼梦》相似之处不知超出多少倍,也不敢就此作出"就是"贾府大观园的结论;该地还有种种"曹雪芹遗址"的传说,也不轻率拿来与《红楼梦》挂钩。信息作者怎能依据冒辟疆之点滴"相似"就将其说成"就是"呢?更何况这些"相似"现象尚未经查实论证,其真实性有待证实;即使这些"相似"之处都是真实有据,其做法不也就是胡适将曹雪芹家族生平考证《红楼梦》而将其作为"自叙传"的翻版;同时,以虚假的命题设下套路,将冒辟疆的生平作为答案,套入其中,谋求以假乱真的做法,将冒辟疆套为《红楼梦》作者,以达到将胡适所说的《红楼梦》是曹雪芹"自叙传",变成"冒辟疆传"之目的,显然是不能成立的。

六、第五个伪命题：以所谓五大类同点，将冒辟疆与贾宝玉等同于曹雪芹

◇ **问**：第五个伪命题是什么呢？

◎ **答**：第五个伪命题，是在以所谓"必备要素"，将冒辟疆套为《红楼梦》作者的前提下，将冒辟疆与贾宝玉等同起来，进一步又以"自叙传"说，达到以冒辟疆取代曹雪芹而作为真正作者之目的。其所找出的五大类同点有：第一，命运类同。信息称，冒襄（1611—1693），字辟疆，号巢民，江苏如皋人。生于明万历三十九年，卒于清康熙三十二年，年83岁。冒辟疆出生在世代仕宦之家，幼年随祖父在任所读书，14岁就刊刻诗集《香俪园偶存》，明代后期著名画家书法家董其昌为其诗集作序，把他比作初唐王勃。冒辟疆生活在花柳繁华之地，锦衣玉食，奴仆成群，在生活上无忧无虑，出手阔绰，挥金如土，急公好义，同情弱者，他一介布衣，竟不惜千金，代行官府职责，屡屡救济灾民。他第三次赴金陵乡试，大会东林遗孤，出巨资租赁桃叶渡厅堂楼阁九所，招待同仁、食客数百余人，多日方散。但冒辟疆仕途不顺，凭他的才学早该中举，可在应试作文中，他抛弃八股规矩，议论朝政，针砭时局，违背当局要求，六次乡试未中，只上了两次副榜。《红楼梦》中贾宝玉才华横溢，厌恶八股文，厌恶仕途经济，不求功名，与冒辟疆这些难堪的遭遇是一致的。冒辟疆虽生富贵之家，但他终身未仕清廷，兼不善经营祖产，坐吃山空，又遭遇兵荒马乱清兵杀掠，家境衰败，终于穷困潦倒，靠卖字度日，这和《红楼梦》中贾宝玉的命运相似。1677年冒家开始中衰，冒辟疆建三间草屋居住，他写道："把茅为盖，挂席为门，绳枢瓦牖，仅蔽风雨。"与《红楼梦》开篇说"茅椽蓬牖，瓦灶绳床，其晨夕风露"处境一致。此外，冒辟疆与贾宝玉还有一些共同点，如庶出弟弟被挑唆使坏。康熙十五年（1676年），冒辟疆庶出弟弟冒裔变卖了祖业，冒辟疆被迫另建草房"匿峰庐"。之后冒裔又在别人唆使下扬言冒辟疆有"通海"行为，拟告

官，牢狱之灾将临，幸亏亲友调停，冒辟疆破财，方得缓解。贾宝玉也有庶出弟弟贾环，其母赵姨娘恶毒自私，平时教贾环许多坏点子，所以会发生贾环故意拨翻烛台烫伤宝玉之类的事情。

问：第二是什么？

答：第二，冒辟疆与贾宝玉同是"情种"。信息称冒辟疆深受秦淮八艳等女孩爱戴，陈圆圆与他私定终身，说"可托终身者，无出君右"。却不幸被抢掠去京；在金陵科考时，他就住在后来以桃花扇名闻天下的李香君闺房，三十天写作三十文，李香君对他情深意浓；董小宛见冒辟疆第一面就一见钟情，几次挽留，第二面就决定跟他归隐远走；董小宛死后，吴蕊仙更是从金陵追至如皋，可惜当时冒辟疆已经另外有妾，吴蕊仙心灰意冷，决意遁入佛门，冒辟疆特意在冒家修建尼姑庵，让这个"妙玉"居住！据文献考证，冒辟疆一生先后与十多位女性有过爱情关系，有名有姓的除夫人苏元芳外，尚有王节、李香君、顾媚、陈圆圆、董小宛、范珏、沙九畹、杨漪炤、麻姑、吴琪、吴扣扣、蔡女萝、金晓珠、张氏女，这些女性都能画、善唱、会舞、擅诗，其中六人先后正式获得小妾名分，可见冒辟疆天生对女性有亲和力、吸引力，是现实版的情种贾宝玉！《红楼梦》中贾宝玉"极恶读书，最喜在内帏厮混"，宝玉说"女儿都是水做的骨肉"，"我见了女儿便清爽"，宝玉从骨子里尊重女性，喜欢女子，与冒辟疆的经历和情感是完全一致的，宝玉对林黛玉的感情，和冒辟疆对董小宛的"天荒地老歌长恨，好忏应为再世因""九年一日千秋怨，肠断衰残抱痛来"的深沉寄托是一致的。冒辟疆生命中的爱姬董小宛就是《红楼梦》中林黛玉的原型。一是，她们二人都生得貌美异常，我们只要到如皋水绘园去看董小宛的画像，就联想到《红楼梦》中林黛玉的形象。二是，二人都才艺出众，能诗善画，水明楼内的古琴，是小宛的心系之物，无锡市博物馆收藏着小宛的绘画作品《彩蝶图》。小说中黛玉也善绘画，在众多才女中名列前茅，还在群芳咏菊中夺魁。三是，二人都多愁善感，孤芳自赏，都是薄命女子，二十出头不幸早逝。四是，二人皆体弱多病,得的都是肺结核。五是,半塘董小宛和姑苏林黛玉,来自同一个苏州。六是,小宛由钱谦益雇船送到如皋冒家,而黛玉随了奶娘登舟而去,贾雨村另有一船依附而行,来到贾家。两位美女都是乘船,都有外人陪送。七是,小宛在南北湖畔鸡笼山上感叹江河破碎一家流离,泪葬残花。而黛玉也是荷锄葬花,催人泪下。我们把苏州、乘船、肺结核、短命、葬花、水绘园、大观园等元素一并考虑,水绘园中的董小宛不就是大观园中的林黛玉吗?此外,还有董小宛是贾府美食大师,贾府的美食描写都有她的创造。

问:第三是什么?

答:第三,是冒家与贾家祖居的格局都是"两府一园"。信息称《红楼梦》中的贾家建筑格局是:宁国府、荣国府和大观园,可谓"两府一园"。作者描述精细备至,令人身临其境,必有长期生活体验才能写得出来。而如皋冒家的建筑格局是:东府、西府和水绘园。且不说太多的建筑相似了,就这"两府一园"的格局,世间只有冒家,书中只有贾家,彼此一致,绝非巧合!明代冒辟疆先高曾祖冒承祥富甲一邑,如皋冒家巷两侧,悉为冒家府第。当年冒辟疆居西府是冒辟疆祖父冒梦龄所建,冒辟疆父亲与两个庶出弟弟居东府。东西两府规模相当,东府内留耕堂和爱日堂在20世纪80年代仍保留旧时规模。少年的冒舒諲还见冒家巷内立有牌楼,上书"恩荣坊"。从东西两府间的冒家巷向北不远就到了闻名海内的"水绘园",这个著名园林是冒辟疆主持改建和扩建的,点点滴滴都变成了大观园。2001年6月25日,水绘园被国务院列入第五批全国重点文物保护单位名单,为国家4A级风景名胜区。贾家有"荣禧堂",冒家有"凝禧堂",贾家和冒家的两府间都有"恩荣坊"牌楼,而且,两府中间一条巷道,似连似分的模式,这是中国园林布局的"唯一件"。这是南京、北京、苏州、扬州没有的,也是无法复制的!这说明只有冒辟疆是小说《红楼梦》真正作者!冒辟疆就是"曹雪芹"!

问：第四是什么？

答：第四，是冒家与贾家同有昆曲戏班。信息称明亡以后，冒辟疆以昆曲自娱，并招待四方宾客。其家班中吸收了一批著名的演奏家，培养了许多名演员。据陈瑚《得全堂夜宴记》叙述，阮大铖家班的名角在明亡后也流散到冒家，演出《燕子笺》待客。家班全盛时期，常演的剧目有《浣纱记》《牡丹亭》《西厢记》《邯郸梦》《党人碑》《清忠谱》《秣陵春》、尤侗的《黑白卫》和余怀的《鸳鸯湖》等作品。冒辟疆晚年生活困窘，他写道："每夜灯下写蝇头数千，朝易米酒，家生十余童子，亲教歌曲成班，供人剧饮，岁可得一二百金，谋食款客。今岁俭，少宴会，终年坐食，主仆俱入枯鱼之肆矣。"八十老翁宁愿卖字也要维持家班，冒辟疆对昆剧热爱之深，令人难以置信！据说冒辟疆临终还要家班演出。《冒巢民先生年谱》载冒辟疆去世那天："时寐时醒，令诸童度曲"，冒辟疆的灵魂在优美的昆剧乐曲中升天。冒辟疆的"昆剧情结"，在《红楼梦》中有淋漓尽致的表达，他让昆剧贯穿在《红楼梦》中。他让贾家也和冒家一样有"家班"；昆剧源自苏州，他让贾家从苏州买来十二个女孩子；他也让这十二个女孩住进贾家的"梨香园"学唱昆剧。现实中的冒家有家班，虚幻的贾家也有家班，再次证明冒辟疆就是曹雪芹！

问：第五是什么？

答：第五，是《石头记》的通灵宝玉与冒辟疆爱石癖相通。信息称，《红楼梦》原名《石头记》，写《石头记》的人必然热爱石头。冒辟疆爱石有癖，有记载，他的终身好友将自家花园的假山石全部移赠给他；冒辟疆在海盐避难，大病垂死，作《思乡》一诗："追呼人耐千金赋，展转心怀二祖坟。此外更无堪系念，英山朴树古巢云。""英山"是冒辟疆父亲从广东带回如皋的一块奇石，此石瘦长九尺，峰如玉女。冒辟疆大难垂死，念念不忘的是奇石。可见其爱石之品位，于是他把小说定名《石头记》就自然之至。不爱石头的人，会编出女娲炼石补天，多一块石头未用，给这块石头灵性，于大荒山无稽崖自怨叹吗？不爱石头的人，会编出《石头记》里主人翁叫"宝玉"吗？不爱石头的人，会编出宝玉衔"通灵宝玉"而降生吗？而且它成为宝玉的命根子吗？不爱石头的人，会编出失掉"通灵宝玉"宝玉就呆若木鸡，失掉"通灵宝玉"贾家就大厦倾倒吗？自古文人雅士，爱赏奇石，赏石品种繁多其中以灵璧石为最。著名的学术团体杭州西泠印社，就藏有一块视为"社宝"的灵璧奇石，此石质地细腻，色极青柔，叩之清越如金玉。此灵璧奇石原来就是冒辟疆的宝藏，为吴昌硕于1897年所得，昌硕先生喜而作铭，"山岳精，千年结，前归巢民（冒辟疆）后苦铁"。下镌"巢民长物""缶庐"二印。冒辟疆1693年去世后，这块石头隐去200年才被吴昌硕收藏。300年后的2005年，这块灵璧宝石为西泠印社收藏。

问：对于这五大类同点，您怎么看呢？

答：从表面上看，这五大类同点似乎点点持之有据、振振有词！但是，从实质上看，还是不足为据、不成为理的伪命题，因为其论证的前提是虚假的，结论也自然是不能成立的。具体表现在：首先，《红楼梦》本是一部虚构的小说，信息作者将历史上的真实人物和事物（真），与小说中的虚构人物和事物（假）找类同点，即在真与假之间找共同点的做法本身是不能成立的、虚假的。因而所找出的类同点怎可能是对等的、相同的、真实的呢？从第一点类同而言，贾宝玉是不求功名的叛臣逆子，贾府是破落的王公贵族；冒辟疆则是屡试不中的落魄文人，冒府则只是曾富贵一方的破落户，两者怎能相比、相等、相同呢？第二点的"情种"类同，也只是对女性的泛爱和形象的类同，而非情爱性质的一致。其次，类同不能与"相同"等同，因为世上无论人物或事物，类同者甚多，故有"同类"之词。所谓"类同"或"同类"，也只是在某些方面大致类同而已，不能完全等同。如第三点所列同类祖居，类同贾府大观园者多的是，如早有人发现并论证出南京的"随图"、江宁织造府、北京的恭王府、圆明园，天津的水西庄、杭州的西溪等，都称是贾府大观图类同原型，怎能称冒辟疆家祖居的东府、西府和水绘园是贾府大观园的"唯一件"呢？再说第四、第五点"昆曲迷"与"石癖"之类同，从古至今的类同者更是多得不可胜数，难道都可以拿来论证其是贾宝玉相同的人物并是《红楼梦》的真正作者么？最后，类同元素不能与小说人物之原型或真人等同，因为人物原型指的是小说作者模拟过的真实人物，类同元素是指艺术形象包含与迸发（内延与外延）的文化元素，也即是通常说的典型意义。艺术形象内涵和引发的类同文化元素越多越广，其概括性、普遍性的典型意义就越深广。这就取决于作家在塑造典型形象的过程中，选取什么样的原型和如何概括典型。鲁迅说："作家的取人为模特儿（原型）有两法。一是专用一个人，言谈举动，不必说了，连微细的癖性，衣服的式样，也不加改变。这比较的易于描写……二是杂取种种人，合成一个"；而他自己"一向取后一法的"，"没有专用过一个人，往往嘴在浙江，脸在北京，衣服在山西，是一个拼凑起来的脚色"。鲁迅的这些话有三点启示：一是写真人必须是"专用一个人，言谈举动，不必说了，连微细的癖性，衣服的式样，也不加改变"；二是即使写模特儿（原型）也不是专用一个人，而是"杂取种种人，合成一个"。据鲁迅弟弟周作人回忆，鲁迅写《阿Q正传》的阿Q是有原型的，原是他家乡人，名叫阿贵。但鲁迅并不局限于这个原型。而是"嘴在浙江，脸在北京，衣服在山西，是一个拼凑起来的脚色"；三是正因为如此，阿Q的形象才有如此广泛而深刻的典型意义，说明艺术形象典型意义的深广度，与作家在选取原型和概括形象过程中的概括性、普遍性是不可分的。从这三点启示来看，信息作者所列举的作为《红楼梦》真正作者是冒辟疆论据的"五大类同点"，更说明其站不住脚！很明显，这些类同点不能说明或证实贾宝玉的原型或真人就是冒辟疆，更不能与曹雪芹等同，将"相似"说成"就是"、将"类同"变成"等同"的结论显然是错误的、虚假的。这五大类同点，充其量只能说是类同文化元素较多而已。这种现象也正好说明包括贾宝玉、林黛玉在内的《红楼梦》艺术形象创造，也正如鲁迅所说的那样，不是"专用一个人"（包括曹雪芹及曹家），而是"杂取种种人，合成一个"，包括许许多多"类同文化元素"的人，当然也包括信息作者列举有五大类同点的冒辟疆及其冒家；但这样说，绝不意味着认同信息所说的"冒辟疆就是贾宝玉，冒辟疆就是曹雪芹"，更不是认同"《红楼梦》真正作者就是冒辟疆"的奇谈怪论！而是说明这个怪论，只不过是为《红楼梦》艺术形象的概括性普遍性提供又一个典型实例而已。从这角度上看这件新的"假味"现象还是有积极意义的。

  还应当特别注意的是，这场对话开头，我已讲到，信息作者提出："曹雪芹"是假名（现代叫笔名）的看法，是有可能的，但是无根据的，由此推论："鲁迅姓周，巴金姓李，曹雪芹难道不能姓冒吗？"更不当了，尤其是以所谓五大类同点，将冒辟疆与贾宝玉等同于曹雪芹更是不对！鲁迅原名周树人，如果用同样做法推出"鲁迅与阿Q等同于周树人"的结论不是很荒谬吗？其实，对于作品的署名问题，也当以信息作者所说那样，不必"太较真"。自古以来佚名的著名作品多的是，孔子主编的中国历史上首部诗歌总集《诗经》，三〇五首都是有诗无作者，中国著名的两首故事诗《木兰辞》《孔雀东南飞》都是佚名，仍旧流传千百年，现在再去追究作者是谁，有什么意义呢？当然，"文如其人"，了解作者能更深入理解作品，况且当今还有版权问题。但是，对于流传了三百年而且家喻户晓作者是曹雪芹的《红楼梦》来说，再去追究"曹雪芹"是谁，又有什么意义呢？即使所署的"曹雪芹"是假名，要将其换为胡适考证出其真名是"曹霑"，或者是换为信息作者寻找出的"冒辟疆"，不是如同将《阿Q正传》所署笔名鲁迅换成其原名周树人，《家》《春》《秋》所署笔名巴金换成其原名李尧棠或李芾甘一样，有什么意思呢？读者是不会因为将作者的笔名换为原名而不读作品，以至于将作品的艺术形象改变或忘掉的。当然，作为学术研究课题探讨未尝不可。

  问：这也是一种积极意义吧？

  答：在这段对话开头，我已讲了这两件新起的"假味"现象，是"异曲同工、性质不同"的；"异曲同工"，是指两者都是造假，发现所谓《吴氏石头记增删试评本》是造假，虚构五个伪命题也是造假；"性质不同"所指，是伪造《癸酉本石头记后28回本》已造成破坏《红楼梦》艺术形象和文化光辉的严重后果,而所谓"《红楼梦》真正作者是冒辟疆"信息,虽有虚假之嫌,但未造成破坏性后果,仍属学术范畴内的探讨论争;同时,它以类同的实例印证了《红楼梦》艺术形象的概括性普遍性,扩大了"类同文化元素",对《红楼梦》艺术形象和文学现象,以及对《红楼梦》的光辉传统和宝贵遗产的研究开发都是有积极意义的,应予以充分肯定。当然,它的意义还在于再次以实例证实了"假作真时真亦假"是硬道理,说明了"春风吹又生"的"假味"超脱境界,也是"别有一番滋味在心头"的超脱境界!

(2020 年 9 月 20 日完稿)

后记　寻味进去享受，超脱出来欣赏

问：老师，咱们这场专题对话该结束了吧？

答：是的，虽然对《红楼梦》的"美味"尚未寻完，作为"超脱境界对话录"也未讲完，但作为以一部文学作品为例，解读什么是"超脱境界论"的学问，尤其是从《红楼梦》的创作探讨如何寻味超脱境界再创造超脱境界之课题，可以说是基本完成了。因为这场历时数年断断续续的对话，咱们已经从《红楼梦》寻找出十二种"美味"的对话中，探讨出究竟怎样"以超脱做事，以做事超脱"；认识到创造一部作品，从开始到结束的全过程，都是以超脱境界再创造新的超脱境界的过程；切实了解这个过程，早在作者动笔之前的酝酿时期，以至成书出版以后，都莫不贯穿着这样的过程；并了解到这个过程，包括许许多多、方方面面、反反复复、此伏彼起、无穷无尽的超脱境界！

问：主要体会是什么呢？

答：主要是两句话："寻味进去享受，超脱出来欣赏。"这两句话，实际上也是我对"以超脱做事，以做事超脱"的践行和体会。具体而言，我是以"寻味进去享受"践行"以超脱做事"，以"超脱出来欣赏"践行"以做事超脱"的。

问：请分别具体说说吧。

答："寻味进去享受"，就是进入《红楼梦》中寻找其"美味"，是为了精神享受。这对于我自己来说，无疑是一个很大的超脱境界！因为我已年届八五高龄，进入耄耋之年，眼蒙耳背，做事往往力不从心，但又感到如果不做事，精神空虚，无寄托，无享受，更难受，对身体更不利，应当做点力所能及而又能获得精神享受的事情。另外，又感到自己从20世纪50年代至今，在广东文坛已经历了六十余个春秋，本着文章为时而写、学问为时而做的法则，该做的事做了，该写的文章写了，该做的学问做了，该写的书写了，当然，这些都是我当时的工作要求做的，都是带有使命性的事，但现在我退休了，可以做点无使命性的、纯享受性的事了。那么，选什么可以作为纯享受而又力所能及的事呢？我当即选择了"寻味"《红楼梦》，因为这是一部中华文化美味集成大著，其中蕴藏着丰富多彩的人生世态之美味境界；而且，自这部大著问世以来，对其研究或续作甚多，各家各说，争议不绝，真假难辨，已构成持续百年的"红学"现象，比原著字数还多数倍不止。这种"余味""争味""假味"现象，虽系"节外生枝"，但也仍属"红学"，也未尝不可作为"别有一番滋味"之美味，享受在"心头"！应该说，现在这场对话全过程，我的确是不仅从中寻到了前人从未点出的"憧味""辩味""禅味""恩味""画味""特味"，而且还在早已知名的"情味""诗味""食味"中，寻出了新的"美味"，尤其是在超脱多年重负的使命性境界后，寻找出并享受到非使命性享受境界之"美味"！

问：请接着说"超脱出来欣赏"的体会吧。

答：这体会就是"以做事超脱"之践行。换句话说，就是以欣赏为目的，研究评析文学作品中的艺术形象和文学现象。这样的举措本身就是一个非使命性的超脱境界，更是从多年重负的使命性境界中超脱出来的超脱境界。咱们这场对话就是在这样的境界中进行的。所以，旨在欣赏，尤其是对人的欣赏、美的欣赏、艺术的欣赏、语言的欣赏、美味的欣赏，甚至对悬念丛生的"余味"、层出不穷的"争味"、春风吹又生的"假味"现象，都能够以"超脱出来欣赏"的眼光，宽容地对其所创所为，并将其作为另类"美味"来欣赏。另外,在"寻味进去享受"的同时,将寻到的"美味",以"超脱出来欣赏"方式上升到哲学、禅学、人学、伦理学、美学、文化学、文艺学、形象学、境界学、语言学、食味学等学术文化的高度和境界,进行高层次的论析欣赏;并由此而有新的发现,如发现《红楼梦》是集中华"美味"大成之大著,发现惠能禅学是其主导思想,对立统一是其塑造艺术形象的规律,感恩思想是其贯串始终的理念,将本性的情爱与糜烂的淫欲区别的情性之学,以及小说场景画的创造、诗词境界之分类创作技巧、环境人物互现之艺术手法、文学语言的性格化运用、饮食文化内涵之深层挖掘、文学现象与艺术形象的区别与联系,及其对文艺研究和欣赏的新启示等,都可谓"超脱出来欣赏"的新发现和新境界。

问:主要体会这两句话之外还有什么?

答:这两句话之外还有层层境界的超脱,即在本书所列的十二个"美味"超脱境界中,都内含层层的超脱境界,都可以在享受或欣赏中一个又一个、一层又一层地逐个逐层超脱。这种层层超脱境界,正如本书"题记"所言:有似长江后浪推前浪的态势那样,不断地从一个超脱境界再创造新的超脱境界。

问:好呵!原来《红楼梦》的"美味"如此丰富!你的"超脱境界论"原来如此!

答:是的。合作愉快,谢谢!

2020年9月22日于广州康乐园寓居

参考文献

[1] 蔡义江. 红楼梦诗词曲赋鉴赏 [M]. 北京：中华书局，2001.

[2] 曹雪芹，高鹗. 红楼梦 [M]. 北京：人民文学出版社，1982.

[3] 陈国学.《红楼梦》的多重意蕴与佛道关系探析 [M]. 中国社会科学出版社，2011.

[4] 陈慧琴. 追忆红楼：曹雪芹的生命体验与艺术创造 [M]. 北京：京华出版社，2010.

[5] 陈维昭. 红学通史 [M]. 上海：上海人民出版社，2005.

[6] 邓云乡. 红楼风俗谭 [M]. 北京：中华书局，2015.

[7] 段振离. 红楼品酒 [M]. 上海：上海交通大学出版社，2011.

[8] 段振离. 红楼说茶 [M]. 上海：上海交通大学出版社，2011.

[9] 傅永怀. 红楼医话 [M]. 北京：金盾出版社，2005.

[10] 高淮生. 红学学案 [M]. 北京：新华出版社，2013.

[11] 郭皓政. 红学档案 [M]. 武汉：武汉大学出版社，2007.

[12] 郭锐，葛复庆.《红楼梦》诗词赏析 [M]. 济南：济南出版社，2013.

[13] 韩吉辰. 红楼寻梦：水西庄 [M]. 北京：清华大学出版社，2015.

[14]《红楼食谱》编写组. 红楼食谱 [M]. 北京：中国方正出版社，2007.

[15] 胡文彬. 酒香茶浓说红楼 [M]. 太原：山西教育出版社，1998.

[16] 胡适. 胡适红楼梦研究论述全编 [M]. 上海：上海古籍出版

社，1988.

［17］解放军报社. 红楼梦研究资料［M］. 北京：解放军报社，1975.

［18］李辰冬. 知味红楼［M］. 北京：中国档案出版社，2006.

［19］李根亮.《红楼梦》与宗教［M］. 长沙：岳麓书社，2009.

［20］李希凡，李萌. 传神文笔足千秋：《红楼梦》人物论［M］. 北京：人民文学出版社，文化艺术出版社，1991，2006.

［21］李希凡. 红楼梦艺术世界［M］. 北京：文化艺术出版社，1996.

［22］梁归智. 禅在红楼第几层［M］. 北京：中国人民大学出版社，2017.

［23］刘耕路. 红楼诗梦［M］. 北京：生活·读书·新知三联书店，2010.

［24］刘心武. 刘心武谈《红楼梦》［M］. 北京：人民文学出版社，2015.

［25］刘再复. 红楼哲学笔记［M］. 北京：生活·读书·新知三联书店，2009.

［26］梅新林. 红楼梦哲学精神：石头的生命循环与悲剧指归［M］. 上海：学林出版社，1995.

［27］苗怀明. 风起红楼［M］. 北京：中华书局，2006.

［28］饶道庆. 红楼梦的超前意识与现代阐释［M］. 北京：北京图书馆出版社，2004.

［29］申江. 探寻迷失的红楼神话［M］. 昆明：云南大学出版社，2012.

［30］孙伟科.《红楼梦》与诗性智慧［M］. 北京：北京时代华文书局，2015.

［31］王昆仑. 红楼梦人物论［M］. 北京：北京出版社，2009.

［32］王蒙. 红楼启示录［M］. 贵阳：贵州人民出版社，2013.

［33］王朝闻. 论凤姐：2册［M］. 成都：四川人民出版社，1984.

[34] 武斌. 谁为情种:《红楼梦》精神生态论[M]. 北京:中国古籍出版社,2013.

[35] 悟澹. 解毒《红楼梦》的禅文化[M]. 广州:中山大学出版社,2015.

[36] 杨淼. 红楼撷趣[M]. 上海:上海古籍出版社,2010.

[37] 佚名. 癸酉本石头记后28回[M]. 北京:当代世界出版社,2019.

[38] 一粟. 古典文学研究资料丛编·红楼梦卷:全2册[M]. 北京:中华书局,1963.

[39] 一粟. 红楼梦资料丛编:全2册[M]. 北京:中华书局,1964.

[40] 俞平伯. 俞平伯论红楼梦:全2册[M]. 上海:上海古籍出版社,香港三联书店,1988.

[41] 俞平伯. 红楼梦研究[M]. 上海:棠棣出版社,1953.

[42] 俞平伯. 脂砚斋红楼梦辑评[M]. 上海:上海文艺联合出版社,1954.

[43] 俞平伯. 红楼梦辩[M]. 北京:人民文学出版社,1973.

[44] 俞平伯. 俞平伯点评红楼梦[M]. 北京:团结出版社,2004.

[45] 曾扬华. 红楼梦新探[M]. 广州:广东人民出版社,1987.

[46] 曾扬华. 钗黛之辨[M]. 广州:中山大学出版社,2009.

[47] 张庆善. 惠新集:红学文稿选编[M]. 北京:北京时代华文书局,2016.

[48] 周汝昌. 红楼梦辞典[M]. 广州:广东人民出版社,1987.

[49] 周汝昌. 红楼梦新证[M]. 南京:译林出版社,2013.

[50] 周汝昌. 红楼梦与中华文化[M]. 北京:工人出版社,1989.

附　记

本书在研究写作期间，除在网上参考或引用百度 360 搜索资料外，尚承蒙中山大学中文系博士生包莹相助，在中山大学图书馆借阅了以上书籍作为参考，有的浏览、有的抽读、有的汲取、有的引用，受益匪浅。在此向各书的作者、编者、出版者，以及百度 360 搜索和中山大学图书馆表示衷心的感谢。尤其是中山大学出版社徐劲总编辑、资深编辑李文、责任编辑张蕊为此书出版费了许多心血，在此一并致以衷心的感谢和敬意。

黄伟宗

2020 年 9 月 28 日于广州康乐园寓居